Kerstin Ekman   Zum Leben erweckt

Kerstin Ekman

Zum Leben erweckt

Roman

Aus dem Schwedischen
von Hedwig M. Binder

MALIK

Die Originalausgabe erschien 1996
unter dem Titel »Gör mig levande igen«
bei Albert Bonniers in Stockholm.

ISBN 3-89029-190-2

Gesamtherstellung: Ebner, Ulm
Printed in Germany

Jetzt hat der Winter begonnen, und er wird lange dauern. Licht und Sauerstoff werden knapp.

Oda Arpman ist unterwegs. Ihr Stock schlägt in die Kruste aus Eis und Schmutz. Sie kommt aus Dalen, das zwischen Tallkrogen und Gamla Enskede liegt. Jetzt geht sie an allen Straßen des Pilzeviertels vorbei und betrachtet aufmerksam die Gärten um die Häuser. Da gibt es verwachsene Apfelbaumkronen und schiefe Eiben. Manche Rasen sind verfilzt. Sie sieht Fliederhecken mit toten Löchern. Unter anderem.

Es gilt, nicht durch das tote Loch zu fallen.

Parabolantennen, Alarmanlagen und Gitter vor den Kellerfenstern. Gewiß, es ist ordentlich. Aber trotzdem: Warum erregt Sune Kyndel solchen Anstoß in Dalen? Hier gibt es doch auch verwilderte Baumkronen. Vielleicht Meere von Sommergras, hüfthoch. Wer weiß.

Oda muß aufpassen, damit sie nicht ebenfalls Anstoß erregt. Sie ist alt. Jahrgang 1911. In den vergangenen zehn Jahren hat kein Gartenbaubetrieb ihre Apfelbaumkronen gestutzt. Die Elstern nisten darin.

Vor dem Haus mit dem MIELE-Waschmaschinengeschäft ist eine kleine Steigung. Eine unmotivierte Erhebung im Gehsteig, auf und dann ab. Dieser wäre sie entgangen, wenn sie die Straße beim vorigen Übergang überquert hätte. Doch es waren keine Lücken zwischen den Autos auf dem Tallkrogsvägen.

Auf dem Viadukt tost der Nynäsvägen, und ein Stück weiter zischt die U-Bahn in ihrer Einhegung aus Gittern und Pfählen.

Jetzt ist es soweit. Die Fußgängerampel ist grün. Oda stößt Johan Krylunds Stock hinab bis zum Beton. Wie sie jedoch auf die Straße treten will, geht ihr die Luft aus. Verflixt. Sie muß den Inhalator herausholen und läßt dabei den Stock fallen. Jetzt zieht sie, kräftig, dreimal Luft ein, aber noch bevor sie den Stock aus dem Matsch aufheben kann, springt die Ampel um, und es ist rot.

Als es wieder grün wird, geht es mit dem Atmen besser, und sie wird jetzt hinübergehen. Wer verläßt sich auf grünes Licht? Mit dem Stock zu drohen hat sie nicht vor. Aber sie hat Latein gelernt. Nicht in der Töchterschule in Borgå, sondern später, im Lyzeum. Frauenzimmer sollten nicht lernen, Großhandlungen, Telefongesellschaften und Ministerien zu leiten. *De bello gallico* gehörte aber gleichwohl dazu: Feldzüge, Märsche, Triumphparaden und Übergänge. Die gebieterischen Gesten. Eine solche macht sie jetzt.

Obwohl die darauffolgenden sechzig, siebzig Jahre das kleinbürgerliche Gepräge gemütlichen Übereinkommens trugen, überquert Oda die Straße jetzt wie die alte, gebildete Oberschicht. Sie ist Gajus Julius Cäsar, und brummend stehen die Autos da und murren. Gezähmte Kohorten. Sie ist mitten auf der Fahrbahn und versucht, das rechte Hüftgelenk zu belasten, um das linke zu schonen, und ihre Gesundheitsschuhe schmatzen durch die braune Matschschicht. Sie trägt ein grauschwarzes Lodencape und hat ein rosa Halstuch um ihren empfindlichen Luftröhrenkanal geschlungen. Sie ist barhäuptig, wie ein Ädil. Ihr Haar würde den Eindruck eines Eisendrahtgewirrs oder einer winterlichen Apfelbaumkrone machen, wenn es jemand sähe. Doch was diejenigen, die in den Autos sitzen, sehen, weiß niemand.

Der Umhang flattert. Wir siegten unverdrossen. Da springt die Ampel um, und die Autos starten aus ihrer gezähmten Stellung und rasen in Richtung Tallkrogen. In zwei Reihen beschreiben sie einen engen Bogen um Oda. Sie steht inmitten eines Rubikon aus elliptischen Stahlströmen und ist in diesem Moment das wert, was ihr Körper wert ist, knapp zweihundert Kronen. Die Feldherrengeste ist in reine Drohung übergegangen. Sie schüttelt die linke Faust und stößt Johan Krylunds Stock auf den Straßenbelag, um die Unversöhnlichkeit ihrer Haltung zu unterstreichen.

ROT

Zzzzisch …

Jetzt hackt sie sich zum Gehsteig hinüber, holt dort den Inhalator hervor und zieht erneut dreimal kräftig Luft ein. Hinter ihr setzt sich, zeitweilig von Zischen und Gebrumm abgelöst, das periodische Gebrüll fort. Aber nun ist Oda das egal. Man muß im Jetzt leben.

Sie bewegt sich auf die U-Bahn-Station zu, kommt an einem ausgestorbenen Restaurant in einem braunen Mietshaus vorbei. Es heißt Linnégården. Linné hätte es für eine von Swedenborgs unteren Stätten gehalten. Und den Nynäsvägen? Sein brauner Blick auf den Autostrom.

Die Toten sind tot und fort. Nein, nicht fort, nicht einmal weit fort. Sondern die Toten des Todes.

Und warum gehe ich dann hier?

Mit Johan sprechen. Ein Bild natürlich. Man denkt in Bildern oder in kleinen, lahmen Wortstummeln. Mit Johan sprechen. Man denkt kleinlaut davonschleichende, kleine, vage, wattige–. Man denkt Ratten. Gedanken sind Ratten.

Reden, reden, reden. Wird eine andere Art von Grau. Wie Grütze. Papierbrei. Abfall aus einem Aktenvernichter. Die Zunge ist ein Reißwolf.

Wohin verschwanden kleine Ratten?

Doch das läßt sich in Ordnung bringen. Der Intellekt, verstehste. Johans Instrument.

Und sein Glied und sein Herz und seine Brust und seine Hände. Und die Zunge.

Die Zunge ist ein kleines Glied.

Dieser Stich, als ich das Telegramm gelesen und den Vers nachgeschlagen hatte. Johan war witzig. Das vergessen sie. Schickte es aus Hudiksvall, wahrscheinlich vom Stadthotel aus. Mahagonifarbene Kognak-Soda. Johans hell bernsteingelb. Er war so vorsichtig. Nein, genau. Er mußte sich erhoben und gesagt haben: Entschuldigt mich bitte, ich muß ein Telegramm aufgeben. Geschäfte, hatten die Mahagonikognaks gedacht. Rund um die Uhr Geschäfte. Viel um die Ohren. Krieg und Importsperre, doch die Räder müssen sich drehen. Und Johan schickt von der Rezeption aus ein Telegramm:

Brief des Jakobus 3,5
Johan

Oder womöglich aus seinem Zimmer. Ja, bestimmt. Die Bibel in der Nachttischschublade, ein Gruß der Christlichen Kaufleute. Und dieser heimliche und intensive Genuß, telegrafiert im Januar 1943. Denn das war wahrhaftig zu jener Zeit. Sie weinte über Stalingrad, über Soldaten, die keine Braunen und Nazis mehr waren, sondern tot: eingeschlossen, verhungert, erfroren, erschossen. Jungen. Weiter nichts. Und trotzdem lachte sie innerlich, tief innerlich, als das Telegramm eintraf. Wie konnte man bloß? Aber es war so. Der Stich, der Kitzel.

So ist auch die Zunge ein kleines Glied
und richtet große Dinge an.

Zu jener Zeit glaubte man, daß man die einzigen sei, die so etwas machten, daß man selbst darauf gekommen sei, und niemand nahm einem diesen Glauben. Johan war ja von Natur aus vorsichtig. Freilich nicht immer. Er war auch fröhlich. Verrückt manchmal. Aber genau. Die Unterwäsche zusammengelegt auf dem Stuhl. Die Hosen mit hängenden Hosenträgern, die Weste fein säuberlich über der Stuhllehne, das Sakko draußen in der Garderobe.

Er zog das Sakko draußen in der Garderobe aus. Da wußte ich Bescheid.

Ansonsten gab es nur Tee.

Oda geht mit der vagen Absicht, Grabschmuck zu kaufen, bis zur U-Bahn-Station Skogskyrkogården, Waldfriedhof. Ein Eibenkranz. Starre Blüte. Ein Öllicht im Plastikbehälter. Doch zum Kuckuck! Johan würde –

Aftonbladet

ER BRACH SEINEM EIGENEN BABY
DIE KNOCHEN

Ein junger, recht fetter Kerl. Er sitzt und sitzt, obwohl es eilt. Das Bier eilig, die Pizza eilig, sitzt und sitzt bis zum Schluß: Whisky. Sportjacke mit Abzeichen auf der Taschenklappe, Turnschuhe, weiße Socken. Schnauft ein bißchen: ER BRACH SEINEM EIGENEN BABY DIE KNOCHEN, nur ein bißchen und ein Bier. Nun überläßt er dies einem anderen Kerl. Handschriftlich, mit Filzstift. Sieben Wörter braucht man doch nicht mit dem Computer zu schreiben, die sieben Worte des Babys mit Filzstift, das geht schnell. Das ist sein Job, er schnauft nur ein bißchen. Bei der Arbeit bricht man sich im übrigen auch etwas ab; die Zeit segelt dahin wie ein Papierflieger. Er knackte die sieben Worte des Babys am Kreuz und war seine fünfundzwanzigtausend Kronen im Monat wert, und der andere in Sportjacke und Turnschuhen, weniger Geschnauf, nicht ganz so fett, noch nicht arriviert, läuft mit dem Schlagzeilenaushang, nein – natürlich läuft er elektronisch! –, den Bauch zwischen den Schenkeln, hackt die gebrochenen Babyknochen hinein. Hackt sich in mich hinein. Ich glaube nicht, daß er etwas verkaufen will, doch, natürlich will er das. Andernfalls Zusammenkünfte auf Topniveau, sinkende Auflage, Trübseligkeit bei Mineralwasser. Doch in einer Hinsicht ist sein Ehrgeiz wohl völlig sauber, absolut wie der weiße Knochen, jede Schlamperei weggebrannt: hinein ins Bewußtsein! Presse und schraube! Babyknochen und Bewußtsein nur Knorpel.

Diese Kiefern. Diese ungebrochenen Kiefern, hoch wie der Turm des Stadthauses, mit ihrer schwarzdunklen Rinde. Jetzt biege ich an der Mauer entlang ab. Schleiche zu Johan hinein. Zu Johans – was? Nicht Grab. Anwesenheit, Gedenken? Jedenfalls dem letzten Punkt, dem Johan Krylunds Körper anhaftet. Nein, seine Bewegungen. Freilich auch nicht dem letzten, und schon gar kein Punkt. Verstreute Punkte, ein Raster. Asche, Staub. Nicht in der Jahreszeit verstreuen, wenn Schnee den Boden bedeckt. Nein, das wäre auch zu grafisch.

Was ist das für eine Sudelei? Was für eine Art von Anwesenheit ist das? Wer treibt sich hier zwischen der Mauer und dem U-Bahn-Zaun herum und zertrampelt den Boden, beschmiert alles?

Die Bänke sind massivstabil und mit Eisen in der Erde verankert. Damit sie sie nicht auseinandernehmen und die Einzelteile wegschaffen können. Die Kiefern sind beschmiert. Zweihundertjährige Kiefern mit geraden, schwarzbraunen Stämmen und im Niesel fast unsichtbaren Kronen.

Sprühereien. Die Linie wird von den tiefen Furchen der Rinde unterbrochen, fließt nicht so gleichmäßig anaphorisch wie auf Bänken, Wänden, Kabelkästen, Laternenpfählen, Papierkörben. Die Kiefern und Steinblöcke der Friedhofsmauer leisten der fließenden Anwesenheit Widerstand, wollen als Andenken stärkere Beschädigungen haben.

Das Geschmier sind keine Worte. Es sind eher Wellen. Keine Logos oder Initialen, sondern Wellen zersetzter Sprache: Anwesenheit, Geplapper. Läßt alles benutzt aussehen. Nicht gedächtnisschwach und rein für den nächsten Blick, sondern hier war ich, der ich ist, der ich ist, der Raster, Punkte, Körnchen ist, der du ist, der ich ist...

Befreie uns vom Geschmier des Ichs.

Wer?

Ja, zu wem spreche ich? Es ist schon erstaunlich, wie leicht wir uns tun, die Stimme nach oben zu richten. Welche Spuren im Gehirn, welch sinnlose Windungen, die wie Muster aussehen! Wer hat in mein Gehirn gekritzelt?

Oda ist jetzt am Friedhofstor, verläßt den Streifen der Unbekannten zwischen der Mauer und den Gleisen. Zwischen dem Totenreich und den Transporten (ha! ha!). Vor sechzig Jahren schon ist sie darauf gekommen, daß man denken darf, was man will. Man darf Kitsch und Sakrilege denken. Sie hat sich eben an die Höhe gewandt. Ja, ihr Gedanke hat zumindest im Tiefdruckniesel über den Kiefernkronen umhergetastet. Johan hätte das nicht gefallen. Wenn die Leute überzeugt und durchdacht (ha!) glaubten und hinter ihrem Glauben eine plausible Theologie hatten, ein System von Übereinkünften über das Unergründliche, dann durften sie ihn natürlich haben und blieben von seiner Ironie unbehelligt. Er glaubte an das Räsonieren, das vernünftige Gespräch. Er meinte, daß selbst die Theologie ein Räsonieren, ein Erfahrungsaustausch sein sollte.

Anfangs hatte er mit Verwunderung die Religionsdebatten der Zeit zur Kenntnis genommen, Tingsten und Hedenius contra die Bischöfe und die Masse des Volkes. Ihm war bestimmt nicht klar gewesen, daß unter der Modernität die Hölle wie eine Heizzentrale noch in vollem Gange war und daß sie ihrer Abschaffer bedurfte. Später war er jedoch nachdenklich geworden, hatte schrille Stimmen gehört, ein gewisses tyrannisches Rasseln (ich komme auf Jesus zurück!), und er hatte gesehen, wie die archetypischen Gestalten sich noch weiter hinabbegaben, unter die Zentrale, und sich für das Räsonnement unerreichbar machten.

Was ihre Person betraf, weiß Oda, gab es bei Johan, neben dem Respekt natürlich, einen Vorbehalt – nein, das ist zuviel gesagt: die Spur einer leisen Verwunderung, wenn sie bisweilen im Nebel stocherte. Er konnte jedoch über das, was er die großen Vier nannte, räsonieren: die feucht und mütterlich Jungfräuliche mit den quellenden Brüsten, den Jungen, welcher der Erde geopfert wurde, den Alten, der die Macht und den Blitz besaß, und den Luftigen, Allgegenwärtigen, den vogelgleichen Sendboten.

Er sagte sogar, daß der Hirte und Liebhaber, der Erdgeweihte, der im Fleische Anmutige seine erotische Anziehungskraft hätte behalten sollen. Seine Entsinnlichung sei für das Gefühlsleben des abendländischen Menschen ein großes Unglück gewesen. Sie habe ihn ebenso ausgetrocknet, wie der Spielraum zwischen der Unschuld und der Jungfrauengeburt deren Adepten ausgetrocknet und sie zur Anbetung rohen Fleisches getrieben habe. In Spitzenkorseletts, hatte Oda hinzugefügt.

Solcherart war ihr Räsonnement. Amateurhaft frei, lebhaft wie das Spiel junger Tiere. Ulkig.

Durch dieses Tor in der Friedhofsmauer schleicht man förmlich hinein zu Johan. Der Gedächtnishain ist ein Kiefernhügel. Eigentlich blickt man hier selten zu den Kronen hinauf. Die Gedanken gehen mit angewidertem Zwang zur Erde, zur Asche und zu den Wurzeln. Die Kiefern machen einen uralten Eindruck. Aber sie sind gerade ein paar hundert Jahre alt. Oda stellt ein Kalkül an und kommt auf die Reuterholmsche Zeit der bösen Überraschung, die Jahre nach dem grausamen Schrot- und Inflammationsmord. Welch fürchterlicher Kater in dem Gestank und den Schmerzen. Und trotzdem diese edle Haltung! Dann: ein graues Regime, einen Finger an der Lippe. Ein Geruch nach Gefängnismief aus dem einzigen Mund, der sprechen durfte. Und alle buckelten, außer der Schwedischen Akademie. Gesegnet sei Silverstolpe! Sein frischer Atem.

Doch die Kiefern sind vielleicht noch gar keine zweihundert Jahre alt. Rissen Leute im Namen der Pressefreiheit gerade Leute in Stücke, als sie zart sproßten? Crusenstolpe auf dem Weg zur Festung von Vaxholm: Stiefel, die Münder eintraten, in Augen traten, eine Gurgel zertraten. Im Enthusiasmus.

Das Tor steht offen. Fast zu willkommenheißend. Hu, ja. Oda will leben, doch dieser Wille erscheint unanständig. In den vierziger Jahren machte ihre finnländische Mutter Kulleraugen. Diese Augen hatten das andere Jahrhundert gesehen. Ein lebendiger Blick mit einem seltsamen Humor. (Oder Schadenfreude?) Hier bin ich also. Es ist kalt draußen und drinnen, Krieg, sagt ihr, Preßkohlen, Zellwolle in der Kleidung, Kaffee-Ersatz. Aber ich lebe! Was ihr empfindet, ist nicht Ehrfurcht, wir sind ja nicht in China. Es ist der abendländische Humanismus in seiner ermattetsten Form.

Sie wurde im Jahr von El Alamein siebzig, und Oda fand sie alt. Sie wurde jedoch noch älter, sie durchlebte die fünfziger Jahre, bis in die sechziger Jahre, lebte unverdrossen, senil, froh (oder schadenfroh?), in verschiedenen Stadien der Verwirrung. Zunächst war es um Verwahrlosung gegangen. Deshalb durfte sie aus Finnland herüberkommen, aus dem verschlafenen Borgå. Sie mußte in Obhut genommen werden. Es war jedoch ein nackter Lebenswille, der sie über die Abgründe trug, nicht Oda. Papa hatte sie vergessen. Den armen gehetzten Papa. Auch das Kind Oda war vergessen. Ebenso wie die junge Helsingfors-Oda, die Studentin, die Klubb 7 rauchte, und Harjalintus Frau, die politisch Unbegreifliche, vergessen waren. Nur die erwachsene, starke Oda Arpman war noch übrig. Sie, die mit Strümpfen und echtem Bohnenkaffee kam und eine neue Röhre anstelle der kaputten ins Radio einsetzen ließ.

Damals, in jenem kalten Kriegswinter, dachte Oda: Sie überlebt mich. Sie hat mehr Lebenswillen als ich. Ich kaufe Kleider für sie. Der Schrank ist proppenvoll. Doch Fräulein Valborg steht ständig da und fragt nach neuen und größeren Kleidern, wenn ich komme. Fräulein Valborg hat angefangen, das, was Mama nicht mehr tragen kann, in Kartons zu packen, und sie fragt, ob sie es der Finnlandhilfe schicken dürfe. Diese Ausdehnung des alten Körpers hat etwas Erschreckendes, etwas Verschlingendes und Großartiges.

Sie wird nie eine dürre und stille alte Frau, und ich fühle mich wie eine leere Schale. Mir ist schwindlig.

Tot jetzt. Neunzehnhundertdreiundsechzig. Fünf Jahre nach Johan. Das Gefühl damals, achtundfünfzig, als sie lebte und mein Geliebter tot war. Verstreut. Hier.

Zu Johan hineinschleichen. Doch jetzt gehört die Kraft mir, trotz der schrecklichen Müdigkeit im Knochengerüst. Der knochenweiße Wille.

Lieber Johan, wäre es nicht besser gewesen, netter, meine ich, mit ein bißchen sanftem Glauben? Ein klein wenig Sehnsucht. So etwas wie Jenseitsgedanken. Aber du hast dich nie durch die Hintertür eingeschlichen. Du warst gerade, Johan.

Was sage ich?

Du liebe Zeit, du bist um jemanden herumgeschlichen! Hinauf ins Kieferngehölz, über den Hof zum Kellereingang. Ich sah deine kurze, breite Gestalt durch die Gardinen. Obwohl die Sicht durch die Marquisette der Gardinen etwas benommen war, bemerkte ich deinen schnellen Blick nach den Seiten und dachte: Was tue ich dir da an? Wir uns.

Und dabei wußte sie wahrscheinlich die ganze Zeit davon. Die verständige Aina.

Es ist verboten, sich auf dem Kiefernhügel, der den Gedächtnishain bildet, frei zu bewegen. Nur Wege und Pfade dürfen betreten werden, steht auf dem Schild. Trotzdem schleichen und trampeln Leute zwischen den Kiefernstämmen und Schößlingen umher. Sie wollen ihren Toten nahe sein, und sie haben eine bestimmte Vorstellung davon, wo diese sich befinden, das sieht man an den Brandflecken, die die Becher von Lichtern in dem gelbbraunen Gras hinterlassen haben, und an den Resten von Kerzen und Ölleuchten, die lange gebrannt haben.

Ein Toter hat sich am Fuß eines Birkenstamms niedergelassen. Er hat sich an der Stelle, wo die Wurzel sich teilt, in einer Furche zu erkennen gegeben. Wie in einem mütterlichen Schritt wohnt er, und seine Hinterbliebenen haben dort ein kleines Eibengesteck mit Silberzapfen abgelegt sowie ein Licht, das im rauhen Nieselregen erloschen ist.

Hier und da finden sich zwischen den Bäumen die Töpfe mit kräftig violettem immergrünem Heidekraut, die rosaroten Plastikrosen und die schwarzgebrannten Kreise im Gras. Die Toten scheinen wie Waldmäuse unter Baumstümpfen und neben Wurzeln zu hausen, und man gelangt zu der Einsicht, daß der Gedanke an das ewige Leben nicht mehr auf höchstem theologischem Niveau verwaltet wird. Die Leute gestalten selbst das Totenreich, und sie tun dies dem nordischen Naturell gemäß. Die Geister breiten sich im Gelände aus; ein nördlicher Geist will nicht beengt wohnen, und er hat nichts gegen Kühle, Dunkelheit, Schneeregen und spärliches, zottiges Gras, denn er ist mit den kleinen Grauen und beinahe Vergessenen verwandt, die früher unter Tennenböden hausten.

Auch Aina Krylund und Oda Arpman gingen über das verbotene Gras, das damals, Anfang Oktober 1958, noch grün war, wenn auch rauh und struppig. Aina trug den Karton. Es war ein weißer Pappkarton. Oda kann sich nicht erinnern, daß ein Emblem darauf gewesen wäre. Weder eine Taube, eine Harfe, ein Segel, eine Blume noch ein Kreuz. Sicherlich gibt es heutzutage Behältnisse würdigeren Designs und Materials.

Aina hatte braune Gummistiefel angezogen, als ob es sich um eine Gartenarbeit gehandelt hätte. Johan hatte ja eine Bestattung, das heißt eine Beerdigungsfeier, was symbolisch und womöglich ein leeres Geschwätz war. In der Heilig-Kreuz-Kapelle war es jedoch feierlich zugegangen, und der gesamte Gesprächskreis war dabeigewesen, die Übriggebliebenen. Hier passierte indes auf alle Fälle das, was ihn eventuell für immer unter die Erde bringen würde, und dabei waren Aina und sie allein. Sie waren in einer unerlaubten Sache unterwegs. Die beiden Witwen. Konnte man wohl sagen. Wenn sie auch niemals darüber sprachen.

Was hier vollbracht werden sollte, war verboten. Johan hatte sich zwar für eine Verbrennung und das Verstreuen der Asche ins Zeug gelegt. Keinen düsteren Anbetungsort. Keinen Grabstein. Verstreut werden wollte er. Aber diese Verrichtung sollte von einem Angestellten mit einem Streuer vollzogen werden. Die Angehörigen durften nicht einmal wissen, wohin die Asche kam. Anonymität im Gedächtnishain – das war der Buchstabe des Gesetzes. Das war, um die Wahrheit zu sagen, auch Johans Wunsch gewesen. Da mußte schon ein Maß sein.

Oda hatte sich gefragt, was da offiziell wohl ein paar Tage vorher unter Johan Krylunds Namen beigesetzt worden war. Etwas aus dem Aschenkasten der Heizanlage?

Aina trug nun jedenfalls den Karton. Sie öffneten ihn, als sie den Hügel ein Stück weit erklommen hatten. Oda glaubte damals, daß sie sich immer daran erinnern würde, wo sie standen, aber sie erinnert sich nicht. Es gibt an dem Hang so viele Kiefern, so viele gleiche oder nahezu gleiche Abschnitte mit jungen Kiefernschößlingen und Preiselbeergestrüpp. An Farn erinnert sie sich. Er wurde gerade welk.

Aina weinte nicht, sie sah verbissen aus. Mit steifen Bewegungen säte sie Johans Asche, ein körniges Pulver, aus. Zu wenig, dachte Oda. Das kann nicht alles sein. Der Gedanke an Knochen und Zähne und an Zermalmen und Vermahlen schoß ihr mitten in der Panik durch den Kopf, und sie war einen

Augenblick lang widersinnig böse auf Johan, der sie diesem bizarren Einfall aussetzte. Sie sehnte sich sogar nach einem Pfarrer oder einem Bestattungsunternehmer, jemandem, der die Sache professionell vollzöge und damit die Roheit von Ainas Tun hätte mildern können.

Zum Schluß schüttelte Aina den Karton. Es sah aus, als hätte sie Putztag. Oda erinnert sich an das Panikgefühl: Jetzt kommt er. Der Haß. Der bittere Trank wird wie Gespienes auf mich zurückgeworfen. Die Demütigung! Doch Ainas Gesicht war unbewegt.

Er hatte ja nicht nur sich selbst gedemütigt, wenn er aus dem Kieferngehölz hinter Odas Haus hereingeschlichen kam, um sich seiner Kleider zu entledigen. Und nun war er sogar des Kartons entledigt. Was würde Aina damit machen? Sie blickte entschlossen drein, als sie ihn in die Einkaufstasche steckte, folglich hatte sie es sich vermutlich schon im voraus überlegt. Aber was?

Dann standen sie eine Weile mit vor der Brust verschränkten Armen. Keine Gebetshaltung, denn Johan war programmatischer Atheist gewesen. Seine Asche glitzerte nicht mehr in der Luft (hatte sie geglitzert? wirklich geglitzert?), und in der Oktobersonne war es kühl. In diesem Moment merkte sie, daß sie irgend etwas im Auge hatte.

Igitt. Nein.

Und dann trotteten sie in dieser schalen Stimmung heim nach Dalen. Sie saßen bei Aina und rührten unablässig in ihren Teetassen. Womöglich dachte sie an das Begräbnis ihres eigenen Vaters in Borgå. Jedenfalls fällt ihr das jetzt ein, es ist, als gehörte dieser Gedanke mit den Teetassen zusammen.

Er war 1858 geboren und wurde neunundsechzig Jahre alt. Sein Leib wurde in einen schwarzen, silberbeschlagenen Sarg unter ein Meer von Lilien gelegt und von einem Leichenwagen, der einen schwarzen Baldachin mit Silberfransen hatte, gefahren. Das Pferd trug eine Samtschabracke, und jahrzehntelang dachte Oda an die Majestät des Todes, wenn ihr der Geruch von Pferdemist in die Nase stieg.

Johan wurde dagegen in verbissener Verwirrung, in Panik und ohne majestätischen Duft verstreut.

Jetzt kommt ein Wutraptus. Ein innerer Erdstoß. Sie kommen häufig jetzt, aber im geheimen. Sie glaubt jedenfalls, daß sie sie geheimhält.

Dies ist nicht meine Zeit.

Und dann in ebenso deutlichen Worten: Pfui Teufel!

Sie tötet zu leicht. Und ebenso leicht fällt es ihr, sich der Leichen zu entledigen. Nein, jeder Mensch hat das Recht auf zwei, drei Stunden Begräbnis, fünf, sechs mit Kaffee. Er hat das Recht auf schleppfüßige Pferde in schwarzem Samt, auf einen Baldachin und Glocken, auf gedehnte und klagende Choräle.

O Lebens elend Brechlichkeit,
Wer kann dich recht betrachten?

Auf schwarze Schleier und weiße Kragenzipfel, auf Mandelkuchen und Madeira. Er hat ein Recht auf Langsamkeit, auf Verzögerung. Der verfluchte Krieg sollte für fünf, sechs, ja sieben Stunden aufhören, während die Opfer nacheinander begraben würden. Die Dieselmotoren und Maschinengewehre sollten schweigen. Sie müßten warten, bis es vorbei wäre. Und dann der nächste. Und der nächste. Lange, sich dahinwindende Trauerzüge, schwarz gekleidete Menschen mit rot geränderten Augen, das Geräusch von Schritten, Pferdegetrampel und Glocken, während die jungen Männer in Stiefeln und Tarnanzügen untätig bei ihren Granatwerfern, ihren Whiskyflaschen und Zigarettenschachteln stünden.

Ja, warum nicht? Warum keine rituelle Langsamkeit. So, wie der Käfer seine Kugel rollt und die Spinne ihr Netz häkelt, umständlich und aus einer inneren Pflicht heraus, die man Instinkt nennt.

Nein. *Nicht diese Töne, sondern andere und fröhlichere Töne*, sagt Oda jetzt und strebt, aus Angst vor der Glätte ein bißchen steif, den Hügel hinauf, um mit Johan Krylund zu sprechen. Welch eine Idee! Soll man über sich lachen oder weinen?

Hier befindet sich der vorgeschriebene Platz zur Gedenkmeditation, ein Stück Rasen, auf dem, wie Speisen auf einem Büfett, Töpfe mit Heidekraut und Thujakränze arrangiert sind. Oda Arpman steht da und starrt die Kränze, Bänder und feuchten Papierblumen an. Ihr tränen die Augen, besonders das rechte läßt jetzt die Tränenflüssigkeit hervorquellen, sobald sie aus der Tür tritt. Sie ist leer. Es hallt wie in einem alten Schulkorridor. Was soll sie sagen?

Man kann ja nicht quatschen mit... Welch abscheuliches

Wort. Quatschen. Sich ausquatschen. Sie las am Morgen von Kindern, die zur Krankenschwester der Schule kamen, um sich auszuquatschen. Ein sechsjähriger Kamerad war erschossen worden. Sie mußten Gefühle loswerden, die so wünschenswert waren wie Exkremente.

Nein Oda, du solltest nicht allein sein, du wirst böse wie ein getretener Hund, und hier geht es im übrigen nicht um Gefühle und nicht ums Quatschen. Ich muß räsonieren, ich will Vernunft annehmen. Ich will heraus aus diesem Gefühlsbrei, diesem großen Topf. Ich koche und will abkühlen. Johan!

Ihr Blick wandert unruhig umher. Sie kann ihn ja nicht auf einen Kranz heften, der für jemand anderen hingelegt wurde, oder auf einen Kiefernstamm, der schon hundert Jahre vor Johan Krylunds Geburt dort stand. Es hätte wenigstens ein Schild mit seinem Namen geben sollen. Eine einfache Platte oder Metallscheibe, da kannst du sagen, was du willst, Johan. Etwas, worauf der Blick ruhen kann.

Oda starrt ein Strahlenarrangement aus Silberpappe an, das an der Spitze eines winzigen Wacholders in einem Topf befestigt ist.

Jetzt friert sie, und in diesem Augenblick wallt die Müdigkeit heran, eine große, ansteigende Dünung in ihrem Körper. Alles schmerzt. Die Arthritis. Sie ist sich sicher, daß sie wieder Cortison nehmen sollte. Und ihr Hallux valgus schmerzt intensiv. Sie weiß, daß es nichts hilft, die lateinischen Namen ihrer Leiden zu kennen. Das einzig Lindernde ist, den Fuß, an dessen großem Zeh das Gelenk schmerzt, hochzulegen. Sie muß jetzt sitzen, sie muß unten sein, bevor die Dünung sie umwirft.

Es gibt keine Bank. Doch, weiter oben auf dem Hügel bei dem Blecharrangement, das einem Lappenzelt gleicht und Urnen mit Asche birgt. Aber bis dorthin ist es zu weit und steil. Sie sieht weiter unten eine Dame, die ironisch waagrecht schwebt (schweben, Oda Arpman, schweben!) und eine bronzene Lockenfrisur hat, seit den vierziger Jahren nicht berührt. Oda sieht auf weite Entfernung wie ein Adler: Es liegen Schneeflocken auf den Brüsten, die sich aufrechthalten.

»Zum Teufel aber auch, es fängt zu schneien an«, sagt die Bronzedame zu Oda.

Beim Gedächtnishain gibt es Platten aus schwarz lackiertem Blech, auf die man Kerzen stellen kann, drei längliche, immer niedriger angebrachte Platten. Deren Beine sehen zerbrechlich aus, aber Oda sinkt auf eine nieder, sie hat keine andere Wahl. Immerhin landet sie ein Stückchen über der Erde.

Ausruhen. Intensiver Schmerz. Hallux valgus ist ein so lächerliches Leiden und selbstverschuldet. Ja, nicht in längst vergangenen Tagen. Es ist wie auf Weihnachtskarten, auch in der Erinnerung schneit es; sie sieht finnische Kätnerkinder grünrotzig glotzen. Sie froren sich rote, glänzende Beulen an die Füße. Sie trugen Schwedenstiefel, ohne Unterschied zwischen rechts und links. Diese kniffen über dem Gelenk des großen Zehs und hinterließen ein übles Andenken fürs Leben. Oda hatte handgefertigte Boxcalfstiefel, doch ihre Beulen schmerzen ebenso nachhaltig und höllisch. Von hochhackigen Schuhen.

Aber ich habe mich ja auch amüsiert! Lulle Ellbojs Orchester, türkische Zigaretten. Schaukelnde Lichter von grünen Blättern umarmt. Küsse mit Kognakgeschmack. Reiner Hemdkragen, frisch rasierte, rauhsanfte Wange. Ich habe mich auf turmhohen Absätzen amüsiert.

Rassebeine.

Das ist ein Wort, das Johan selbstverständlich nie über die Lippen gebracht hätte. Ja, lieber Johan, da war viel Rasse zu jener Zeit; unterlegene Rasse und überlegene Rasse. Gerieten mir die Rassebeine vor Johan in den Hals, ganz von selbst? Weiß der Himmel. Ich werde mit allen erloschenen Feuern fertig, auf dem Ozean der Erotik. Es gab gewisse Dinge, die er nicht amüsant fand, obwohl er so tolerant war. So gutmütig gegenüber Alberei. Hatte sogar etwas darüber zu sagen. Daß sie nützlich sei? Nein, nur natürlich vielleicht. Aber im Grunde war er ernsthaft, rechtschaffen, unalbern. Und man wurde mit den Jahren wohl auf jeden Fall ernsthafter. Das Räsonieren aber, das brachte er mir bei.

Räson. Raison. Ratio.

Das ruhige Räsonieren. Das sanfte. Sagte er das nicht sogar? Aber das war wohl ein Zitat.

Die Kälte kriecht wie Tiere von der Erde hoch, verspritzt Lähmungsflüssigkeit. Oda sitzt in einem ansteigenden Curaremeer. Himmel, wie dumm! Und trotzdem ist es ernst, nur weil ich über achtzig bin, ist es ernst. Wie in Bronze. In mir schwebt waagrecht eine Dame aus den vierziger Jahren mit unangetasteten Locken und Rassebeinen. Ich selbst kann mich jedoch nicht aus der Bronzemasse erheben, das geht nicht.

Herzukommen und mit Johan zu reden! Jetzt in dem fallenden Schnee und der wie Pfeilgift hochsteigenden Kälte hier erscheint das eindeutig verrückt. Johan gibt es nicht, und er wüßte nicht einmal, was ein Fernsehprogramm ist. Und die Sendung *Striptease*? Gab es das Wort? Damen, die sich ausziehen und sich mit einem Herrenschlips zwischen den Beinen reiben, das gab es wohl. Aber Johan hatte so etwas bestimmt nicht gesehen. Und hieß das Striptease? Gesellschaftsprogramm, das klingt auch nicht wie zu Johans Zeit.

Zeit.

Tante Serine war von 1913 bis 1945 Witwe. Oda stand auf dem Friedhof in Kongsvinger neben ihrer norwegischen Tante und las deren frisch errichteten Grabstein. Oda, die Witwe des Oberleutnants Arpman aus Stockholm, las und rechnete: Es ergab zweiunddreißig Jahre. Die auf poliertem, schwarzem Stein ausgedrückte Einsamkeit war erschreckend. Klosterstrafe, hingezogenes Sterben und Verdammnis. Dachte sie damals in ihrer jungen Witwenschaft.

Der liebe Lars, der im Winterkrieg als Freiwilliger nach Finnland kam und sich eine Schußverletzung in der Schulter und eine Rippenfellentzündung holte. Das war alles, glaubte ich.

Jetzt ist es bald vierzig Jahre her, daß Johan hier ausgestreut wurde, und mehr als ein halbes Jahrhundert, daß Lars in einem Sarg auf dem Friedhof von Haga begraben wurde und einen Stein mit Namen und Jahreszahlen bekam. Eine besondere Verdammnis folgte nicht. Johan folgte. Schneller als anständig. Und dann folgte nichts, was dem glich, niemals. Aber Leben.

Oft Trauer. Melancholie. So, als klimperte man in der Dämmerung auf dem Klavier, so ungefähr. Allerdings spielt Oda nicht Klavier.

Ich habe so ausgezeichnete Männer gehabt. Wo sind diese Knilche, die Frauen in den Schatten stellen? Nun ja, Juha war, wie er war. (Odas Denken hat mehr als ein halbes Jahrhundert lang einen kleinen Bogen um Harjalintu gemacht.) Und die politischen Ansichten von Lars waren natürlich mehr als bedenklich. Doch wer begriff das schon in der schweren Stunde des Vaterlands? Und es ist klar, daß Johan kraft seiner Bedachtheit dominierte. Das Räsonieren.

Aber jetzt hat es sich ausräsoniert, Geliebter. Sogar das Wort

Geliebter ist in der Kälte und der grausamen Dunkelheit erbärmlich. Du würdest das nicht verstehen:

Ich schwanke, Johan. Taumle. Bin unsicher. Woher kam deine sanfte Überzeugung? Warum mußtest du dich nie selbst überzeugen? Woher wußtest du – Unerschütterlicher?

Ich schäme mich. Es ist albern, aber ich schäme mich. Ich sah die Wiederholung von *Striptease*. Lieber Johan, lauter unbegreifliches Zeug, denn es ist im Jargon der Zeit. Ruth Anser, das ist Nisse Åslunds Tochter, kannst du dir sie gut sechzigjährig in diesem großen Haus hier in Dalen vorstellen, ihrem Elternhaus, obwohl die Möbel jetzt so gut wie verschwunden sind, ich glaube, nur das Klavier ist noch da. Sie haben neue bekommen, bequemere und hellere, von IKEA. Sie ist die Chefin des Sozialamts hier, ja, es ist natürlich eine Außenstelle. Er ist vor ein paar Jahren gestorben. Er war mittlerer Angestellter beim staatlichen Alkoholvertrieb. Das hätte dich gefreut, denn er machte Einkaufsreisen nach la douce France, da war ja kein Krieg hier in Europa. Aber jetzt ist Krieg.

Und Krieg in Dalen. Ruth Anser machte vor den Fernsehkameras die Tür zu. Das ist eine rituelle Geste, verstehst du.

Sie machte ein unfreundliches Gesicht. Das ist ebenfalls rituell. Sagt mehr als ihre Worte:

»Verschwindet. Hier wird nicht gefilmt.« Sagt: Ich habe Stellung bezogen, und ich schließe jetzt meine Tür. Da ist einer, dem sie verbieten will, hier einzuziehen, in dein Haus. Vielleicht kann man sagen: Da ist *etwas*.

Mir gefiel nicht, was ich sah. Aber weißt du, was für ein Gesicht das war, Johan? Du hättest es nicht wiedererkannt, nein, das hättest du nicht. Denn es war mein heimliches Gesicht.

Sie wünscht, es wäre Sand in der Rabatte, nicht verklumpte, gefrorene Erde.

Sandkörner. Weiße funkelnde, rote, braune. Und schwarze. Dann könnte man sie durch die Finger rieseln lassen und etwas wünschen oder glauben.

Sie muß atmen. Der Inhalator zischt, und er sagt zu Oda: »Zum Teufel aber auch, du frierst. Du kippst bestimmt gleich aus den Latschen. Asche! Jaja, gewiß doch.«

Schwarze Körnchen eines gewissen nach Mandel duftenden

Gemischtwarengrossisten mit Körnchen von Metzgern, Straßenbahnschaffnern, Zeitstudienleuten und Hausfrauen. Winzige Körnchen eines zarten Knäbleins mit schwachem Herzen. Grobe Körner von einem illegal verstreuten Hund. Nein, du kippst um, Oda. Er ist nicht auszumachen. Bist du einsam, so sei es. Johan Krylund hat endlich Gesellschaft bekommen.

Martin Sallahs Konversion zur Asenlehre ist eine Sache, mit der zu befassen, sich Sigge stets geweigert hat. Adam Oxehufvud ist ausnahmsweise richtig ernsthaft gewesen, er hat gefleht.

»Manage das jetzt. Du weißt schon. Ein bißchen Schnickschnack, so dies und das. Damit es eben was wird. Mach das. So, wie nur du es kannst.«

»Methörner, was?«

Er sah mißmutig drein. Ihm gefiel ihr Lachen nicht. Nein, wahrlich nicht.

»Das ist eine kleine Nummer, Sigge. Eine kleine, alberne Nummer, okay. Aber für Martin bedeutet sie zufällig eine ganze Menge.«

»Dieses Wrack.«

»Martin ist jetzt auf dem Weg nach oben. Er braucht diese kleine Nummer, und sie muß top werden.«

Aber das ist keine kleine Nummer. Lotar hat Verstärker zum Kastenwagen hinausgetragen. Die größten Lautsprecher. Scheinwerfer. Er riecht nach Schweiß. Seine Baggy-Hose klebt hinten. Lotar sieht schlachtreif aus. Er kann keine normalen Klamotten tragen.

»Ich habe auf der Herfahrt die Abendzeitungen gekauft.«

»Sag bloß!«

Das sagt Adam Oxehufvud immer über Ove Fehzéns nach außen gerichtetes Wirken. Denn natürlich war er es, der die Zeitungen informiert hat. Lotar ächzt mit einem Scheinwerferstativ vorbei.

»Kannst du vielleicht Torten ranschaffen?« Adam glaubt, sie habe es sich anders überlegt, weil sie am Sonntagnachmittag in die Firma gekommen ist.

»Ich bin nur hier, um meinen Vortrag auszudrucken.«

»Ja ja. Aber zwei Prinzeßtorten.«

»Merkwürdige Verpflegung zu solch einem Anlaß.«

»Die essen wir hier. Hinterher. Stell sie in den Kühlschrank. Ich mache jetzt den Abflug und hole Martin.«

»Soll er hier kostümiert werden? Schafpelz? Wickelgamaschen?«

»Er zieht sich auf Sal um.«

Adam selbst will in seinem flott geschnittenen Bleigrauen auftreten. Im Hintergrund. Womöglich nicht einmal draußen im Gelände. Graf Oxehufvud wird wohl mit seiner Mutter Tee trinken, während Martin Sallah in den Büschen Opfer darbringt. Sigge will zu Hause sitzen und schmollen. Ja, sie fühlt sich ausgeschlossen. Es ist absurd. Als sie sich erstmals weigerte, das ist Monate her, fragte er, ob ihr Freund das Bühnenbild übernehmen könne.

»Er ist doch Werbefuzzi gewesen.«

»Aber jetzt geht er auf die Hochschule für Architektur«, sagte Sigge.

»Und wird nie einen Job kriegen. Sigge, sei vernünftig. Eyvind Johnson und die Hochschule für Architektur. Das geht schief.«

»Nicht, solange ich die Buchführung für dich mache.«

Als Sigge das sagte, mit erhobenem Schnabel, bekam sie plötzlich Angst. Seit sie neben der Literaturwissenschaft jobbt, ist sie bei Adam Oxehufvud. Sie ist unentbehrlich. Wirklich. Sigge, regle das mal. Tu dies. Mach jenes, sei so nett. Red freundlich mit ihm, ich mache den Abflug. Verdammt, was ist das? Umsatzsteuervoranmeldung. Siiigge!!! Bring Hamburger und Coca-Cola runter, sei ein Schatz. Kannst du mit Martin reden? Der ist ausgetickt. Liegt zu Hause. Kannst du Bänder bestellen? Sind die Kuverts alle? Was ist das hier, kannst du das ausfüllen? Liebe Sigge, red mit diesem Mann, er sagt, er will Gegenstände pfänden. Was, verdammt – Gegenstände. Ich glaube, er meint den Schneidetisch. Bring ihm das mal bei. Ich mache jetzt den Abflug.

Sie ist dabeigewesen, als Fehzén Adams Kompagnon wurde. Ursprünglich war die Firma um ein Teenagersternchen im popreligiösen Genre herum aufgebaut. Eine größere Gesellschaft warb sie ab, und das war Adams kleines Glück, denn sie hielt sich nicht. Sie bekam Kinder und einen großen Busen, und ihre Stimme wechselte binnen weniger als einem Jahr von Nachtigall zu Glasfeile. Damals begann Adam mit Rock, einer bereinigten

Variante für das mittlere Alter. Die Leute wollen das Gefühl haben dazuzugehören, verstehst du? Allerdings wollen sie nicht das Wohnzimmer ausgeblasen kriegen. Wer allmählich erwachsen wird, schafft sich Kinder an und ein Ledersofa. Und dann sehnen sie sich zurück. Aber nicht gerade nach dem Unterhemden- und Kettenlook. Da muß man ihnen das Ihre geben.

Dann kamen Fehzén mit seinen Immobiliengeschäften und Martin Sallah, der ziemlich am Boden war. Er hatte ihn billig bekommen, denn man hielt ihn für erledigt. Doch Fehzén glaubte, daß er wieder aufgemöbelt werden könne. Adam war damals auf dem Weg zum Yuppierock, mit Seidenanzug und gezähmtem Gebrüll, doch bei Sallah biß er an. Es sei etwas Rührendes an diesem amphetaminbleichen Neger, sagte er zu Sigge. Das Rührende saß natürlich in den Lungen und in einer höchst eigenen Beckendrehung. Niemand konnte sagen, welchen Geschlechts er war, und bevor sie den Vertrag machten, ließ Adam Fehzén schwören, daß sein Protegé nicht an kleinen Jungs interessiert sei. Obwohl, schwören? Bleich sei er von Salben, belehrte Sigge. Er sei im übrigen Halbschwede. Aber sein Vater sei ein richtiger schwarzer Jazzmusiker aus den USA, oder gewesen.

ROCK OF AGES wurde zu ROCK OFF und begann mit der Produktion leicht sanften Hardrocks. Adam hielt erfolgreich sowohl kleine Jungs als auch Amphetamin fern. Beim Alkohol machten er und Fehzén schließlich ein Geschäft: Gott durfte Sallah retten, und damit waren sie wieder zurück beim religiösen Halbpopkram, und es ging nun lediglich darum, einzusehen, daß Martin Sallah das Seine getan habe. Glaubte Adam. Er war gemeinsam mit Fehzén in Immobiliengeschäfte eingestiegen. Sie schlossen sich zu BOSTABIL zusammen, und dann folgte CHECSEC, das sich zur selben Zeit etablierte, in der Sallah abtauchte. Micke Finn war Adams eigenes kleines Masthähnchen, ein totenblasser Hacker, der sich zu allen Systemen Zugang verschaffte. Superschlau, sagte Sigge mit hingeworfener Ironie über Adams Idee, Datensicherheitsberater zu werden. Er hatte inzwischen Silberstreifen in seinem schwarzen, gut gepflegten halblangen Haar, und seine in London geschneiderten Hemden waren flotter denn je. Es ist nichts Vulgäres an Adam Oxehufvud. Das ist eben sein Ding, denkt Sigge oft. Er watet durch Kloaken, und dieses Profil bleibt intakt. Die edle Nase ist nach unten hin freilich etwas klumpig, ungefähr wie ein mißratenes Geschlechtsorgan, denkt sie, wenn sie sich ärgert. Doch die gesunde Gesichtsfarbe aus dem Årsta Golfklub und die sauberen Nägel. Es ist, egal wie es kommt, etwas Ansprechendes an Adam. Vor allem, wenn Fehzén dabei ist, denn der ist schmuddlig und hebt oft das Hinterteil, um einen fahren zu lassen.

Er war es, der Adam dazu gebracht hat, sich für Multimedia zu interessieren. ROCK OFF hat bis dato nur ein paar Rockvideos produziert. Martin Sallah in lila Nebeln durch etwas wie einen eingefallenen Hochofen schwebend. Metal Trash, wenn auch eine etwas softere Variante. Doch jetzt ist HYPERVISION dran, und plötzlich hat etwas ganz Großes (sagt Adam) namens GLOBECOM begonnen, sich für die Geschäftsidee von HYPERVISION und für CHECSEC zu interessieren. Also ist Adam jetzt auf dem Weg in dünnere Luft, und Fehzén scheint in seine eigene Richtung zu gehen, er soll in den Reichstag. Das Politische sei gelaufen, sagt Adam. Aber Fehzén glaubt, daß man noch ein Weilchen etwas daraus machen könne. Er will wahrscheinlich zu seiner Mutter sagen: Mama, ich bin Minister geworden. Selbst wenn es zweiundfünfzigtausend Kronen im Monat bedeuten sollte. Aber er hat ja noch HYPERVISION. BOSTABIL hat sich in Papierstreifen aufgelöst.

Außer Sallah, der nahezu eine Nostalgienummer ist (... aber er kann mit dem Asenteil ein Comeback landen. Mensch, Sigge, der hört sich jetzt wie ein ganzes Stahlwerk an, der ist gut drauf!), ist EDIBLES zur Zeit ihr einziges gemeinsames Projekt. Eßbare Teller, dito Besteck und Gläser. Mehr so ein Zeug für Konferenzen, sagt Adam. Man mümmelt den Teller in sich rein, so ein bißchen vom Rand, und redet darüber, wie der Abfallberg abnimmt und solch gute Werke. Das ist voll in, jedes Catering-Unternehmen hat sie schon seit September. Aber eins ist klar, die Leute bekommen es über. In den Hamburgerlokalen sind wir fest drin, die Leute sollen, verdammt noch mal, ihr Geschirr hinterher auffuttern, und wenn sie das nicht wollen, dann nehmen wir es mit SUPERSWEDEFOR zurück. Das ist die Schweinefuttererzeugung von Sals Gutshof. Jetzt ist die Fabrik nach Bålsta verlegt worden, so daß Sigge für sie wenigstens nicht mehr fakturieren muß.

Angst. Ja, in der Tat. GLOBECOM – das klingt wie K 2 oder ein Atom-U-Boot. Sigge soll jetzt angeheuert werden. Doch wie lange wollen sie sie haben? Kaffeeköchin, Autodidaktin in Textverarbeitung und Buchführung. Die haben für alles Spezialistinnen. Empfangsdamen. Textverarbeiterinnen. Kalkulationsdamen. Ohne sichtbare oder merkliche Familie. In grauen Kostümen von Jaeger mit sahneweißen Seidenblusen. Sigge ist mit Lotar und einem bißchen vom ersten Umzugskrempel bei GLOBECOM gewesen, denn das Krylundsche Haus ist jetzt an die Stadt verkauft. Es ist das einzige Mal gewesen, daß sie Lotar gegenüber so etwas wie Loyalität empfunden hat. Sie trug natürlich keine geblümte Baggy-Hose, sondern genoppte Leggings und einen Acryljumper von Åhléns. Aber im großen und ganzen nahmen sie sich vor den grauen und sahneweißen Spezialistinnen wohl gleichartig aus.

Sonntagnachmittag. Sickan kommt von ihrem Platz unterm Schreibtisch hervor, nachdem sie gefahren sind. Sie mag Lotar nicht. Jetzt streckt sie sich und wird eineinhalb Meter lang. Sigge läßt sie zur Terrassentür hinaus. Es hat zu schneien angefangen. Ein mattbraunes Amselweibchen in einem Stachelbeerstrauch flattert davon, als Sickan kommt. Es läßt sich in einer Schneebeerenhecke, die die Grundstücksgrenze markiert, nieder. Sickan kümmert sich nicht darum. Es schneit, und die Dämmerung verdichtet sich. Im Nachbarhaus ist es dunkel.

Nun hat Sickan gepinkelt, und sie kommt kerzengerade zurückgetappt. Auf der Terrasse liegt bereits eine dünne Schneeschicht, in der sie Spuren hinterläßt. Sigge hat die Arme um sich geschlagen. Im Rücken hat sie die trockene Zentralheizungswärme des Hauses, und an den Bauch, das Gesicht und die Beine strömt rauhe Winterluft. Diese ist grau fürs Auge, soft. Sie geht einen Schritt zurück, nachdem Sickan hereingelaufen ist, und schließt die Terrassentür, eine Grenze aus Glas.

Sie löscht das Licht im Studio. Es war einst das Wohnzimmer und hat eine halbkreisförmige Fensterwand zur ebenso geformten Terrasse hin. Jetzt brennt nur noch die Schreibtischlampe in dem Raum, der in dem funktionalistischen Haus das Speisezimmer war. Sie hat ihr Manuskript eingesammelt, es liegt im Lichtkreis.

Zwischen den Momenten gibt es hin und wieder Phasen. Das Dasein, jedenfalls Sigges, ist eine militärische Operation. Mühsame und eilige Versetzungen. Überprüfung der Ausrüstung.

Laden. Signal geben. Konfrontation. Eilige Verlegung. Reparationen. Neuerliche Versetzung. Überprüfung ...

Das sind die Momente. Die Phasen sind wie dies hier. Mattgraue Luft, erdnahes Geflatter. Glas und Schnee und eine Dunkelheit, die mühsam der Erde entsteigt. Sigge sieht die schmukken Zehenballen auf der Terrasse und denkt: Sprache, nicht Worte. Sie wird jetzt Tee aufgießen.

Sie vermißt das Haus bereits. Im Grunde ist sein Inneres vielleicht häßlich. Seine nordische Eigentümlichkeit ist schon vor langer Zeit zerstört worden. Als Fehzén es in den achtziger Jahren erwarb, hatten die Tagesstättenkinder die Wände mit Fingerfarben bemalt. Er ließ es von seinen Italienern mit den gleichen Stuckarbeiten dekorieren wie seine Pizzerien. Es wurde unverkäuflich. Doch Fehzén ist nicht dumm. Er lernte schnell. Die Häuser, die er später in dieser Gegend aufkaufte, wurden von Innenarchitektinnen gestaltet, die so ästhetisch waren, daß sie näselten.

Adam liebt die Bar in Weiß und Gold. Niemand hat sie anfassen dürfen, nicht einmal, als sie für den großen Kontrolltisch Platz schaffen mußten. Die ist so scharf, daß es mich rührt, sagt er.

Bevor Adam Oxehufvud sich mit Fehzén zusammentat und das Studio ins Krylundsche Haus verlegte, lebte Sigge in zwei getrennten Welten. Sie hatte gerade ihr Dissertationsthema erhalten, als sie mit ROCK OF AGES nach Dalen kam.

Die Dozentin mit ihren wallenden Sechzigerjahrelocken (sie mußte noch einen Satz Carmen Curlers besitzen) hörte mit gerunzelter Stirn zu, als Sigge fragte, ob sie über »Gesellschaftsdebatte und Frauenprobleme in Lesezirkelromanen« schreiben dürfe. Es war ein Fehler, dies wie einen Titel klingen zu lassen. Eine Doktorandin soll demütig tentativ sein, das lernte sie über dieser Tasse Tee. Dagmar Edqvist, ließ sich die Dozentin auf der Zunge zergehen, Alice Lyttkens ... Tjaa, nun.

Nun ja. Vati geriet ganz aus dem Häuschen vor Freude darüber, daß sie einen Arbeiterschriftsteller nahm (bekam). Das Seminar war auf Eyvind Johnson ausgerichtet. Sigge wurde die Krilon-Folge zugeteilt. Vati las, daß die Schwarte krachte, und erinnerte sich an den Krieg. Er war 1939 geboren, folglich waren seine Erinnerungen wohl kaum ausgereift, aber davon gestreift. Er sagte jedoch, daß sein Vater sich daran beteiligt habe, auf dem

Bahnhof von Laxå in einem deutschen Transitzug eine Kiste mit Maschinengewehren aufzubrechen. Er war voller Kriegslegenden und Enthusiasmus. Sigge versuchte ihn ein bißchen auf den Boden herunterzuholen, indem sie erklärte, daß es um metafiktionale Züge gehe; alle einfühlungssabotierenden Strategien Johnsons sollten aufgespürt werden. Wozu das, zum Teufel? Weil es sie gebe. Johnson versuche ständig, die Illusion in dem Moment, in dem er sie schaffe, aufzuheben. Kapiert?

Vati kapierte zu leicht, fand sie manchmal. Sie hätte ihre Ruhe gebraucht, in der Technik aufgehen müssen. Aber das sabotierte er. Johnson sei auf jeden Fall in erster Linie ein verdammt guter Erzähler, sagte er. Ja, aber sich dessen, was er tat, sehr bewußt. Er las *Die Falschmünzer* von Gide und begann an illusionsaufhebenden Konstruktionen zu basteln und das metafiktive Paradoxon anzuwenden. Was denn für ein Paradoxon? Die Einladung ins Reich der Illusion: Bitte schön, hier ist eine Welt, tritt ein und fühl dich wie zu Hause. Hier wohnen Lederstrumpf und Meister Lekholm an der richtigen Adresse. Zur gleichen Zeit: Dies sind keine Menschen, dies sind Bauchrednerpuppen und Marionetten. In Wirklichkeit führt das Wort der Autor, und manchmal grinst er und spricht dich direkt an. Er nimmt eine Pappkulisse der Puppenstubenwelt fort und läßt aus der Konstruktionswerkstatt den kalten Zug herein.

Wozu denn? beharrte Vati stur, denn in seiner Jugend haben ihm die Literaturzirkel des Arbeiterbildungsvereins keinen Einblick in die Probleme des Modernismus vermittelt. Weiß ich nicht, gestand Sigge. Das hat bestimmt mit dem Zusammenbruch des 80er-Jahre-Optimismus zu tun. Es entstand keine neue schöne Welt damals. Sie flohen allenthalben in einen genüßlichen Pessimismus. Oder auch, wie hier zu Hause Strindberg, in Frömmelei. Dann mußte man auf andere Weise versuchen, eine fiktionale Wirklichkeit zu errichten. Die alte schleppte sowohl das alte Kulissengerümpel des 19.-Jahrhundert-Idealismus als auch die Kugellager und Eisenketten des Positivismus mit sich. Sie klapperte.

Ein paar Wochen später fand sie Vati auf dem Bett (das kam immer häufiger vor). Er las *Die Falschmünzer*. Sie sah die Reklame für Fyffesbananen auf der Rückseite: AM BESTEN IST DIE BANANE MIT BRAUNEN REIFEFLECKEN. Als er das Buch mit dem aufgeplatzten Rücken beiseite legte, sagte sie:

»Weißt du, daß das eine Kostbarkeit ist? Die Ausgabe aus dem Spektrumverlag.«

Vorn stand 2,50, und André Gide starrte, schön, aber böse wie das Phantombild eines Massenmörders. Vati hatte nicht mehr die Kraft, durch Antiquariate zu zockeln. Er erstand das meiste bei einer Gebrauchtmöbelfirma im Nachbarhaus, die Nachlässe aufkaufte, und er mußte unglaublich Schwein gehabt haben.

»Ich weiß nicht, ob es besonders illusionsaufhebend ist«, sagte er. »Wenn er sich auch rasch entfernt, folgen wir ihm, schreibt er, als Vincent zu Passavant geht. Ist das nicht wie beim Pickwickclub? Lilian ist mir, schreibt er, ziemlich zuwider, wenn sie sich so kindisch benimmt. Er deutet an, daß die Personen eine Art eigenes, unkontrollierbares Leben haben. Ist das nicht ein ziemlich alter Trick?«

»Warte, bis du im zweiten Teil bist. Dem spekulativen«, sagte Sigge.

Sie wußte jedoch nicht, wovon sie sprach. Ein kaltes, schales Gefühl beschlich sie, das sich nicht sehr von dem unterscheiden konnte, welches einen Politiker in Wahlzeiten überkommen konnte oder sollte. Sie erkannte die Namen nicht wieder. Weder Vincent noch Passavant, noch Lilian. Sie versuchte, scharf an *Die Falschmünzer* zu denken. Dort lagen sie. Es waren zwei Hefte mit zerrissenen Rücken, blau mit rotem Text auf dem Umschlag. Das Papier war vergilbt, das sah man, als Vati blätterte, um noch mehr illusionsaufhebende Stellen zu finden. Sie erinnerte sich nicht daran, wovon sie handelten. Nicht einen Furz.

Ich habe sie nicht gelesen.

Das war die schlichte Wahrheit. Das war ja nicht so seltsam. Aber warum rede ich darüber, als hätte ich sie gelesen?

Warum glaube ich, sie gelesen zu haben?

Vati las. Er las wirklich. Kenne ich noch jemanden, der liest, überlegte Sigge. Wirklich liest? Die Schalheit und Kälte rührten von der Mechanik des professionellen Lesens her, das so effektiv war, daß es sich allzuoft mit Referaten und Analysen begnügen mußte. Diese sedimentierten, bildeten einen undurchdringlichen Bodensatz, den man für fruchtbar, für produktiv hielt. Aber es ist ein toter Boden, dachte Sigge. Grau und tot.

Man liest, um etwas daraus zu machen. Der Text ist das Objekt. Sich einem Buch zu unterwerfen ist etwas anderes. Objekt des starken Einflusses eines Textes zu sein – geht das überhaupt?

Oder mit einem anderen Bewußtsein zu kopulieren, mit dem Text als Medium. Geht das irgendwo anders als hier in dieser Einzimmerwohnung eines invaliden Gaswerkmechanikers in der Folkungagatan? Lungenembolie. Das ist die Erklärung.

Nein.

Er raucht, seit er elf war, und liest, seit er sechs war. Jetzt natürlich mehr. Aber er ist schon immer so, wie er ist. Unerklärlich.

Als Romanfigur ist Sigges Vati der ideale Arbeiter (nur, daß er nicht arbeitet). Deswegen denkt sie auch weiterhin an ihn als Vati und spricht ihn auch so an. Sigge kann keine Romane schreiben. Aber sie kann Romanfiguren analysieren. Sie hat für ihn eine andere Gestalt in petto, eine, die einen Druck von zweitausend Atmosphären ausübt. Er betet sie an. Sie ist eine Art Klara Fina Gulleborg, und der Tand und Flitter, den dieser Kaiser sich umhängt, ist ihr zu Ehren. Vermutlich weiß er das. Sein Lesen ist eine Kulthandlung. Aber es entspricht wahrscheinlich einem tiefen persönlichen Bedürfnis, das er schon empfand, ehe er wußte, was Lesen überhaupt war. Er hat ganz einfach die Tochter bekommen, die er brauchte. Oder sie erschaffen.

Es gibt Phasen kalter und schaler Panik. Man spürt, daß der Abfluß zu verstopfen droht. Nicht heute, vielleicht auch nicht morgen. Noch gurgelt er. Aber bald.

Wie wird man all den Scheiß los? Alles, was man in einer Art wahnsinniger mentaler Gier an sich gerissen, aufgeschnappt, gestohlen, gesammelt, angehäuft, aufgestaut hat. Wie soll man rein werden? Wann wird man sagen: Hier gibt es nur mich und das, was mich angeht? Tut Vati das, wenn er auf diesem Bett liegt? Taten die Wüstenväter das? Thoreau?

Alles ist alt, dachte Sigge damals. Wie wird man neu? Sie ist einunddreißig.

Sie war neunundzwanzigeinhalb, und sie hatten das Studio schon vier Jahre in dem Haus, ohne daß sie besonders viel an dessen Vergangenheit gedacht hätte. Eines Nachmittags war sie mit Lotar im Keller und verstaute Kopierpapier. Sie öffnete die Tür zu einem großen Vorratskeller. Dort gab es nur eine alte Gefriertruhe und dahinter an der Wand eine Reihe von Regalen. Auf dem Fußboden unter dem untersten Regalbrett stand ein Karton. Er war mit Klebstreifen verschlossen, die gesprungen und aufgegangen waren.

Verlassenes, graues, erbärmliches Material. Sie fingerte an den Papierstreifen und dem grauen Papierbogen, der den Inhalt des Kartons schützte. Als sie ihn zur Seite schlug, fiel ihr Blick auf Bücher. Immer das gleiche Buch. Sie zählte siebenundzwanzig Exemplare, die mit einem grauen Umschlag broschiert waren. Der Titel in korrektem schwarzem Druck lautete:

ZUSAMMENKÜNFTE DES GESPRÄCHSKREISES
1937–1948
mit Kommentaren von
J. A. KRYLUND

Keins der Exemplare war aufgeschnitten. Sie nahm eins mit nach oben, und sie kann sich nach wie vor daran erinnern, wie schlampig sie zwei Seiten auseinanderschnitt, um einen Blick auf den Inhalt zu werfen.

Wichtig.

Genau dieses Wort. Wahrscheinlich einer der ersten Sätze, die sie las: Deshalb ist es wichtig, daß wir zusammenkommen und räsonieren.

Die Eingeweide rühren sich, wenn man sich aufregt. Leib und Seele erzählen mit einem sanften inwendigen Stoß davon, daß sie aus demselben Gewebe sind.

Das Papier war glatt, der Druck dicht und gleichmäßig. An der Ausstattung war nichts Einschmeichelndes. Eine kleine Eule unter dem Titel. Gedruckt bei Fock & Söhne Buchdruckerei AG. Das Druckjahr war 1948.

Unbeholfen schnitt sie hier und da ein paar Seiten auf. Wußte sie es bereits? Sie saß wieder an ihrem Schreibtisch, Lotar redete mit ihr, bekam aber keine Antwort. Nein, sie wußte nichts. Es war wie Verliebtheit. Oder eine geahnte Schwangerschaft.

Sie nahm zwei der Bücher mit nach Hause. Sie wagte es nicht, sich darauf zu verlassen, daß in allen dasselbe stand. Wort für Wort.

Hier trafen sich zehn Jahre lang fünf Männer und sprachen miteinander. Sie waren namentlich genannt. Jeder Abschnitt begann mit dem Datum und den Namen der Anwesenden. Sie sprachen nicht frei, sondern über ein Thema. Worüber gesprochen werden sollte, wurde auf einer früheren Zusammenkunft vorgeschlagen. Manchmal brachte einer namens J. A. Krylund das Thema vor. Auffallend oft eigentlich.

Ist Bosheit angeboren?

Über den Einfluß der Propaganda.

Wie weit erstreckt sich unsere Verantwortung?

Die Themen waren abstrakt, aber die Gespräche schienen dies nicht gewesen zu sein. Durch Vatis Legenden kannte Sigge den Geruch der Zeit darin. Sie berührten Verhältnisse, die diese Männer in der Vorkriegszeit, in den Kriegsjahren und in der bleichen Nachkriegszeit beschäftigten. Sie sah Namen von Männern und Orten. Ribbentrop. El Alamein. Coventry. Marshall.

Sie sprachen, sprachen miteinander. J. A. Krylund referierte und kommentierte.

Déjà vu.

Die Vertrautheit mit dem, was total fremd sein müßte. Das Gefühl, zu Hause zu sein. Manchmal wollte sie das Buch zuklappen und ihr Wissen über seinen Inhalt aufschieben. Die Spannung war zu groß. (Das Glück. In der Tat.)

Es fand sich zwischen den grauen Deckeln. In dem dichten, schwarzen Druck. Aber nicht in der Sprache. Die war korrekt. Sigge hatte zu diesem Zeitpunkt die johnsonschen Vibrationen in den Nerven. Davon war hier nichts zu spüren. Dies war eine Sprache in grauem Überrock. Den Tigersprung, den Katzentritt gab es hier nicht. Dafür etwas anderes. Ein Gefühl der Enge wie in einem Bus: Menschen.

Sigge ist es professionell gewohnt, mit Texten umzugehen. In den Texten werden fiktionale Charaktere gebildet. Sie kann sie freilegen. Sie legt Bündel von Wörtern, Sprachgebilden bloß. Das Werkzeug, womit sie stochert und tastet, ist Sprache. Sind, bis in die Einzelheiten hinein, Wörter. Leicht erstaunt denkt sie manchmal, daß sie mit Fleisch in Fleisch schneidet.

Dies ist ein Gedanke, der ihr erst kam, als sie J. A. Krylunds Buch in einem Vorratskeller fand, der schwach nach Schimmel roch. (Kriegsschimmel? Hamstereifäulnis?) Hier ist etwas bewahrt und langsam verändert worden. Doch die Figuren, die dem Text entsteigen und die Krylund, Arpman, Fredh, Åslund und Fock heißen, sind keine fiktiven Charaktere, gebildet aus einer Anzahl von sprachlichen Merkmalen, die Sigge isolieren und deuten kann.

Ihr ist aufgefallen, wie einfach fiktive Charaktere eigentlich gebildet werden. Eine Wiederholung einiger weniger Merkmale. Oder eines einzigen dominierenden: die offene Hand der Konsulin Buddenbrook – diese kleine, hilflos flehende Geste. Das Wiedererkennen rührt uns, und wir helfen so gern nach.

Sie pflegt jetzt schon lange Zeit Umgang mit den fiktiven Charakteren Krilon, Hovall, Minning, Frid, Segel, Arpius und Odenarp. Sie weiß, welche Adjektive es vor allem sind, die in ihrer Vorstellung die Krilongestalt bilden: stämmig – breit – klein. Eine spätere Sprachschicht des Textes, chronologisch gleichwohl früher als das breite Krilonstadium, bildet den Jungen Krilon aus weicheren und fließenderen Merkmalen. Das rührt Sigge. Dem stämmigen Krilon, dem humorvollen Melancholiker Segel, dessen Schmerzen ihn am Ende zerbrechen, dem liebenswerten Hovall, der von altem, gutem Burgunder Visionär wird, dem gequälten und sehr männlichen Frid, dem Arpius der Zigaretten und des wankenden Rausches und der Liebessehnsucht, dem redlichen Arbeiter Minning und dem angegriffenen und von seinem eigenen Rassismus im Innersten getroffenen Odenarp sind in den drei Texten selten diffuse Merkmale verpaßt worden, die den Leser in deren Zeichenwelt umherirren ließen. Sie sind nicht nebulös. Sie schwanken nicht. Sie sind unbestreitbare Gestalten, die ebenso zusammenhalten wie ihre Überröcke und Anzüge. Ihr Autor ist in einer Mission unterwegs. Er gedenkt weder den Kompaß noch die Sportjacke Marke Militärmodell wegzuwerfen. Irgendeine großartige Nebulosität wird nicht herrschen. Er weiß, was er mittlerweile kann. In seiner Sprache findet sich ein katzengleiches Selbstvertrauen. Aber er wählt bei dieser Gelegenheit einfache Merkmale. Einen Hut, einen Überrock, drei Adjektive.

Sigge hat eine tiefe sprachliche (menschliche) Freude an diesen Wortzusammenstellungen gehabt, die Auge – Nase – Mund – Körper – Hände – Stimme – Geschlecht bilden. Sie hat sich mit Krilon intakt, nahezu unbezwingbar gefühlt und sich mit Hovall langen, genußvollen und den Körper durchrüttelnden Niesern hingegeben. Glocken haben zu ihr gesprochen, wie sie zu Isabelle Verolyg sprechen. Speck hat sich gebraten, und Brüste haben sich gerundet, so daß sie ihre Füße beinahe in Floras neu erworbene Skistiefel gesteckt hätte. Sie hat ihren Enthusiasmus zügeln müssen. Die Liebe aber hat sie nicht zügeln können. Sie findet eher, daß der Professionalismus sie noch vertieft hat. Es zieht, wenn sie sein Fleisch mit ihrem Fleisch berührt.

Dem Pappkarton, den sie im Keller fand, den grauen Umschlägen und den dichten, schwarz gesprenkelten Satzoberflächen entsteigen natürlich keine Menschen. Es sind nach wie vor Vorstellungen von ihnen. Aber es ist etwas anderes als die Gestik der fiktiven Charaktere, was sie erfaßt. Etwas Knapperes – wie Namen und Nummern. Und Umständlicheres: wiedergekäute Ansichten. Zuerst sieht sie diese nicht. Es dauert Stunden, die zu Tagen stiller Lektüre werden, ehe Arpman, Fredh, Åslund und Fock hervortreten.

Mit J. A. Krylund ist es anders. Er erlaubt es sich, sich in dem Text zu verbreiten. Er war es, der hier saß, denn es muß hier in diesem Haus gewesen sein, wo er saß und schrieb, vermutlich in der nächtlichen Stille nach ihren Zusammenkünften. Das Licht der Straßenlaternen, ein Sprenkelmuster vom Astwerk auf der Terrasse.

Wie alt waren die Apfelbäume? Neu gepflanzt? Kalt womöglich. Eisig. Kriegswinter. Einer davon entschied den Krieg an der Ostfront, und die Terrasse mußte schneebedeckt im Mondschein gelegen haben.

Sigge ist nicht gerade eine Anhängerin der Wirklichkeit. Sie ist natürlich völlig zu Hause in ihr, wird von ihrer tragenden Welle aus Geplapper und Motorengeheul und elektronischem Piepen in eine Richtung geleitet, die Vorwärts heißt. Sie ist eins mit deren geschäftigem Flimmern. Jedenfalls meistens, es kann niemand etwas anderes behaupten. Kompetent in der Bedienung des Kopiergeräts, PCs, Scanners, des Armaturenbretts des Golfs, von thermostatregulierten Wasserhähnen und Espressomaschinen.

Aber Menschen.

Wie, zum Teufel, kann sie so davon ergriffen sein, daß das Menschen sind? Krylund, Arpman, Fredh, Åslund und Fock. Sie mußten lange weiße Unterhosen und Halsbinden getragen haben. Sie lebten, sie hörten Pferdehufe auf Pflastersteinen – noch. Sie waren beunruhigt über ihre Welt, empfanden einen würgenden Ekel, den sie bekämpfen mußten. Dieser Ekel wurde nicht von Namen wie Omarska und Dretelj hervorgerufen, sondern von Dachau, Ravensbrück und Birkenau. Doch sie mußten ihn bekämpfen. J. A. Krylund verlangte es. Als die Massengräber geöffnet wurden, als die Kinderskelette von Kalk und Lehm befreit wurden, da saßen sie in dem funktionalistischen Haus um den Eßtisch, saßen also hier und waren Menschen. Sie versuchten, in einer Art Menschen zu sein, die einen Sinn ergab.

Wie Vati.

Ja, Sigge denkt: Wie Vati. Sie ist es nicht gewohnt, sich Menschen als Entwürfe oder Versuche eben von Menschen vorzustellen. Lotar ächzt in seinem Fitneßcenter, Oxehufvud kauft in London maßgeschneiderte Hemden. Fehzén badet in Jetstreams. Sagt er. Janne tritt in Hundekacke, hat geniale Einfälle, riecht gut – nach Sommermeer –, hat über dem Glied ein samtweiches Futteral, das seidig glänzend werden kann. Natürlich sind sie Menschen, aber in der Eile fällt ihr nur Vati ein, der auch versucht, es zu sein. Wie diese unglaublichen Figuren, die zwar einem Text entsteigen, aber einst in ganz anderen Kategorien gelebt haben. Auf spezielle Weise rochen, schwer zu beschreibende, nein, gar nicht zu beschreibende Stimmqualitäten hatten, denen Haare ausgingen, die Geld verloren, lange Spaziergänge machten, Kognak mit Soda mischten – ein Sammelsurium von Zeichen und Merkmalen, die keine Zeichen und Merkmale sind, sondern etwas, das geschah und Leben formte, gelebtes Leben, meist unfreiwillig und von einem System außerhalb des Willens gesteuert, so wie die Nerven ums Rektum oder im Herzmuskel oder im Augenhintergrund. Darüber hinaus aber etwas, das vom Willen und von – kann man es Hingabe nennen? – gesteuert war. Ja, von etwas Hingebungsvollem hinter der Halsbinde: einem wirklichen Versuch. Wie Vati, denkt sie wieder.

Es dauerte, bis sie Janne etwas davon erzählte. Sie tat geheim mit den zwei Exemplaren des Buches. Schließlich rückte sie damit heraus. Es war beim Frühstück; Krümel, Honigkleckse und Druckerschwärze auf der Kiefernplatte. Sie wußte kaum, wo sie sie hinlegen sollte.

»Ich habe die Feldkanzlei Karls XII. gefunden.«

»Wo denn?« fragte er und las die *Dagens Nyheter* weiter.

»Nein, ich meine … die Rollen vom Toten Meer. Ich habe sogar – oje. Nein, ich kann nicht.«

Janne schnitt Käse. Der Hobel formte einen Hügel im Käse, und sie dachte: DIE STILLE IST HEILIG. Weil dies aber ein Wort Strindbergs war, galt es vermutlich der Schriftstellerei, das heißt Gestalt annehmenden Einfällen. Dies hier war Wissenschaft, sollte es, mußte es werden. AKRIBIE, dachte sie. Und jetzt, mit der mehr als schmuck lasergedruckten Manuskriptreinschrift vor sich, sieht sie das Wort in gruselfilmzittrigen, triefenden Versalien. Das wird eine Horrorshow in der Whitlockschen Schule. Sie weiß das. Und sie verscheucht es.

Sie versuchte es dort, quer über den Frühstückstisch hinweg, Janne zu erzählen, so, wie sie es früher oder später ihrer Doktormutter würde erzählen müssen. Besonnen. Beinahe trocken. Aber überzeugend. (Großer Gott! Jesus! Hilfe!)

Fünf Männer treffen sich und sprechen miteinander über große und notwendige Themen. Es ist ungewiß, wer sie sind. Einer heißt Fock. Er kann Buchdrucker sein. Derjenige namens J. A. Krylund ist der Initiator. Er ist es auch, der nach jeder Zusammenkunft seine Kommentare zu der Diskussion aufschreibt. Er gibt wichtige (sic!) Repliken wieder, polemisiert, diskutiert. Mitunter erzählt er auch.

»Das ist die Krilongruppe«, sagte Sigge. »Krilon. Krylund. Verstehst du?«

Janne streckte sich nach dem Buch.

»Wisch dir die Finger ab!«

Er erhob sich, ging zur Spüle und wusch sich die Hände unterm Hahn, ironisch umständlich. Dann schüttelte er sie wie ein Chirurg. Ihr gefiel seine Art, in dem Buch zu blättern, nicht.

»Immer hübsch langsam«, sagte sie, und ihr Tonfall war so, daß Sickan unter dem Küchentisch zu knurren anfing.

»Ist es nicht umgekehrt?« fragte er.

»Wie, umgekehrt?«

»Nun, daß sich der Verkehr in entgegengesetzter Richtung bewegt hat. Wie ist das mit den Jahreszahlen?«

»In *Gruppe Krilon* treffen sich 1930 zuerst Krilon und Hovall und dann Minning. Aber das ist die Hintergrundgeschichte. Die Romane beschreiben genau die Zeit, in der sie geschrieben wurden. 1941 bis 1943.«

»Jou!« sagte Janne. »Die sind doch mordsdick. Da hat er sich wohl den Arsch aufgerissen?«

»Er hatte kaum einen Arsch. Das war ein kleiner, magerer Typ. Im dritten Teil beschreibt er sich selbst. Ein magerer und schütterer Schriftsteller mit einer zerschlissenen Aktentasche.«

Janne las jetzt jedoch *Assar* und aß ein Honigbrot.

J. A. Krylund, Lars Arpman, Joakim Fredh, Nils Åslund und Simon Fock waren um einen Eßtisch herum zusammengekommen oder in Sessel gesunken und hatten miteinander über die Ängste ihrer Zeit gesprochen. Das war sicher. Ja, sie glaubte daran. (Akribie?) Lange Zeit waren sie auf etwas Untersprachliches, auf einen Drucksatz auf vergilbendem Papier reduziert gewesen. Doch jetzt: unmögliche Charaktere, die weder schauderten noch nach Luft schnappten.

Es hat in den Tagen des Lesefiebers Momente gegeben, wo sie sich gewünscht hat, ihnen nie begegnet zu sein. Sie juckten. Nesselmenschen. Weltmilben. Wie Lotar und Adam. Sie hat im Grunde wohl nie diesen Unterschied zwischen fiktiven Charakteren und lebenden Menschen gemacht, über den sie so professionell redet. Hovall und Minning sind ganz einfach besser und amüsanter gewesen und haben wertvollere Standpunkte vertreten als diejenigen, mit denen sie im Gedränge stehen muß, wenn sie Rotwein kauft. Sie braucht sonst nirgendwohin zu gehen als in den Text, damit sie sich öffneten. Sie verdrücken sich nicht. Sie diffundieren nicht, werden nicht fleckig und zerfallen nicht. Sie blasen einem nicht das Hirn voll, plappern nie. Sie fließen vielmehr dort hinein.

Krylund, Arpman, Fredh, Åslund und Fock existierten auf dem Papier. Aber sie waren nicht mit einer Kunstfertigkeit ausgeführt, die dadurch, daß sie mitunter ihre Illusion aufhob, nur größer wurde. Sie waren tot.

Oder waren sie gar nicht tot?

Es dauerte nicht lange, bis sie einsah, daß sie eine Expedition in die Wirklichkeit unternehmen mußte. In Kies, auf Asphalt. Sie mußte im Haus nebenan klingeln, und dort konnte ihr alles mögliche begegnen. Sicherlich Unannehmlichkeiten. (Unflat? Demenz? Senile Aggressivität?) Dort wohnte ein weiblicher Geront, der aufgrund seines Namens, Arpman, nicht übergangen werden konnte.

Oda Arpman ist überschneit. Sie kommt nicht hoch, sie ist zu dicht am Boden gelandet. Sie ging auf den Waldfriedhof, um mit Johan Krylund zu sprechen. Um zu denken, muß man wohl sagen. Aber es kam keine Ordnung in ihr Denken. Und was hätte es im übrigen auch genutzt?

Die Leute zünden Öllichter an. Diese stehen in der Dunkelheit, spärlich über die sanft abfallenden Hügel verstreut. Der Friedhof flackert vor Kerzen. Anstatt ihre Sache dem Winterhimmel zu unterbreiten, sind die Gedanken zwischen den Einfallstationen gependelt. Sie haben sie hierhin und dorthin gezerrt, jäh gebremst, hochgejagt. Wenn sie zurückblickt, um die lichtere Stunde auszumachen, die war oder ging oder im grauen Nebel vor dem Schnee davonwirbelte, sieht sie nur Bilder: Wacholdersträucher, Sterne, hochhackige Schuhe, Pferdemist, befleckten Samt. Ich kann nicht denken! will Oda die Dunkelheit anbrüllen, die schneller als die Flocken zwischen diesen herabsinkt. Aber sie hat keine Kraft mehr. Die Lungen sind eingesunken, die feinen Verästelungen der Bronchien ziehen sich im Krampf zusammen. Dieser verzweigt sich wie ein Baum und schmerzt fein verteilt. Sie muß versuchen zu atmen. Ein klein wenig Luft, so viel, daß man davon überleben kann, muß sie aus der Dunkelheit einziehen. Sie denkt unbestimmt von der Luft: Ich habe ein Recht darauf.

Dann sind da also Schneefall und Dunkelheit, und Oda ist zusammengesunken, ein großer Haufen beim Gedächtnishain. Doch den Haufen bescheint eine Laterne, und er erhält Konturen von der strahlenden Dunkelheit. Die Perspektive ist auf jeden Fall großartig, auch wenn Oda erloschen ist; es sind die langen Linien der Landschaft, in die Asplund seinen Friedhof hineingeplant hat. Oda ruht in den langen Linien, fügt sich gut in sie ein. Vielleicht dachte er auch an Dunkelheit, überschneite Brüste, schwebende Ruhe.

Jetzt werden noch mehr Lichter angezündet. Noch eins. Und

noch eins. Flammen. Sie atmen gegen den Schnee, ziehen Sauerstoff ein, zittern zwischen nassen Flocken aus Schnee und beweglicher Luft. In diesem Moment entsteht wie eine Verdichtung der Dunkelheit eine Gestalt, sie bückt sich, zündet eine Flamme an, die naß auffaucht und erlischt, zündet erneut eine an.

Jetzt zittert sie, ein Blütenblatt aus Licht in der beweglichen Stille, das erfroren ist und fällt.

Die Gestalt, klein, stabil, in einem dunklen Pelz oder Mantel, richtet sich auf und sieht vielleicht nach anderen Flammen. Ihr Blick streicht über die langen Linien, über die Hügel und will gerade an der Dunkelheit des Gedächtnishains vorbeistreichen.

Da erhebt Oda den Arm aus dem Schnee und dem Cape. Die Feldherrengeste. Die Frau, die eine Flamme angezündet hat, erhebt sich aus der Hocke und steuert auf den Hügel zu.

Es schneit die ganze Nacht über, und Sigge träumt, ohne es zu wissen, von dem Haus, der Straße und dem Katarina Friedhof vor den Fenstern. Sie sitzt an einem Tisch und muß schreiben. Sie sind mehrere Autoren und schreiben im Auftrag; es ist eine Art Wettbewerb. Einer hat ein dickes Buch dabei und trinkt es aus. Clever. Aber sie entlarvt ihn. Unaufhörlich fällt der Schnee und bleicht die Gräberfelder, ohne daß sie es weiß. Sigge fürchtet selbst, entlarvt zu werden. Sie flieht vom Tisch und vor dem Auftrag. Überall strömt Wasser, doch sie weiß, daß es Nacht ist und daß sie durch das Institut streift. Es ist wohl das Frescati-Institut, es ist nach allen Seiten offen, und das Wasser strömt herein. Die Wände saugen sich voll; in dieser Nacht halten sie das Wasser klar und zum Bersten bereit wie Glas. Auf einer Hutablage schläft ein Obdachloser. Das ist ebenfalls clever. Jetzt kommt ein Gebäude auf einer Anhöhe, es ist ein Schloß, irgend jemand hat darüber geschrieben. Sie erkennt es, aber aus der Nähe ist es nur ein Wirrwarr von geschmackloser, unzusammenhängender Architektur, nein, nicht Architektur, nur Aufgetürmtes – Gewürfeltes, Gestreiftes durcheinander –, auf der Anhöhe errichtete Häuschen. Ja, es ist Sprache. Gebe Gott, daß es nicht die meine ist. Aber sie ist es wohl.

Sie hat sich verdrückt. Aber sie ist nicht draußen. Es schneit, und Sigge weiß nichts davon, daß sie Literaturwissenschaftlerin ist, sie glaubt zu schreiben. Es ist ernst.

In diesem Moment steht Janne auf und geht. Seine Boots zieht er erst an, nachdem er die Tür geöffnet hat. Sickan starrt. Er hat einen Zettel auf den Tisch gelegt. Das ist vielleicht feig, aber er möchte so gern ohne Gezänk ein bißchen Geld verdienen. Er geht die Friedhofsmauer entlang, sieht die bleichen Gräberfelder, denkt jedoch nicht an diese, sondern: Warum kann sie Jahr für Jahr für ROCK OFF arbeiten, während ich keinen Auftrag übernehmen soll?

Und welch eine Nacht für Martin Sallah!

Das Wasser des Strömmen, das so wild ist und nie einen Ton von sich gibt, wird vom Schnee nicht gebremst, dieser wird von der Schwärze aufgesogen. Die Schwäne krümmen ihre Schlangenhälse unter die Flügel. Bald ist der ganze Riddarfjärden vereist, an den Ufern körnig und rauh. Jetzt im Schneefall wird er eingeebnet, und in seiner Mitte fließt schwarz und unverfroren die Fahrrinne. Enten in einer Wuhne, sie schwimmen still in der Nacht umher. Einige stehen mit hochgezogenem Bein und verborgenem Schnabel auf dem Eis. Der Wald sieht aus, als rücke er an, silbergrau. Es sind vielleicht Kränze von Häusern. Im Winter wird man über die Buchten gehen können, es ist jetzt nicht mehr lange hin.

In alten Häusern wirbelt es in Ventilen und Schornsteinen. Aber es rattert nicht, es ist still. Schlaf und Schnee. Doch der Puls pocht.

Auf dem Burghof des Stadthauses gäbe es Spuren wie in Schönschrift, wenn jemand sie machte. Die Patina auf den Dächern schimmert, der Himmel leuchtet, obwohl Schnee aus ihm fällt, und wirft den Schein auf das Band der Lichter, den leuchtenden Wirrwarr zurück. Wenn hier jemand barfuß ginge! Tiefere Spuren, wenn er seine Geliebte im Arm trüge und ein alter Mann, grau und spitz, zwischen Gitterstäben herausguckte. So viele Schatten, die auf und unterwegs sind, es ist wie in Sigges Traum. Noch schlimmer bei der Johanneskirche. Dort fällt der Schnee in luftigen, eckigen großen Flocken, wie aufgelöste Buchstabenkekse.

Die Witwe eines kleinen, mageren Schriftstellers ist auf, in Nachthemd und Strickjacke. Das ist auf Djurgårn. Dort hat sich der Schnee verdichtet, aber sie hört in der Dumpfheit ein Motorengeräusch. Sie hat es schon so lange gehört, daß sie aufstehen und nachsehen mußte. In dem grauen Schneefall pulsiert ein orangefarbenes Licht. Helme, eine Leiter, die waagrecht in die Luft ragt. Das ist zwar seltsam, aber kein Traum. Die Leiter führt zu einer Eiche unterhalb von Sollidsbacken. Was machen die?

Ulla Häger unten in Djurgårdsstan trägt keinen Hut und beruhigt keine verzweifelten Menschen mit ferner Stimme; sie schläft.

Eine junge Frau bringt im Keller des Allgemeinen Krankenhauses ein Kind zur Welt. Neben ihrer Trage liegt ein männlicher Körper, dessen Gesicht mit einem Tuch bedeckt ist. Die Kellerwände vibrieren, wenn mit einem harten, durchdringenden Laut die Granaten einschlagen. Sie schlagen ununterbrochen ein. Jetzt ist das Kind geboren. Die Granaten schlagen weiterhin ein. Das Kind schläft. Das ist in einer anderen Stadt.

Sylvia Fransson-Bleibtreu ist wach. Sie denkt an die Menschen, die in ihrer Kindheit um sie herum waren. Wenn jemand aus dieser Welt sie fragte, ob sie nachts schlafen könne, würde sie antworten: Mal so, mal so. Sie hat die Jalousie hochgezogen und sieht die beiden verwachsenen Tannen im Vanadislunden. Sie denkt auch daran, was der Boden und der luftige, fußtiefe Schnee aufnehmen müssen, wenn der Tag und das Gepinkel der Hunde beginnen.

Sie denkt wieder an diese andere Welt und deren Sprache, und sie hungert danach, sie zu sprechen. Wie das geschneit hat diese Nacht!

Der Betrug ist in ihren Körper gedrungen wie in einen Boden, der immer und immer wieder aufnehmen muß. Kälte, Schmutz und Gift. Die schlimmste Art von Betrug ist der langsame, einsickernde. Du nimmst die Fluten in vertrauensvoller Offenheit auf, und eines Tages entdeckst du dann die Kälte und daß sie hart wird. Da verstehst du, daß du dich ausdehnst und platzen kannst.

Der Puls verlangsamt sich. Janne ist in der U-Bahn, die mit spärlichen Schlägen ruckt und zischt. Käsigkeit. Er ärgert sich, daß das Auto Sigge gehört. Nachts ist alles so kantig.

Nahe, sehr nahe am Puls liegt Kajan. Vor ihrem Fenster führt die große Verkehrsader über die Tranebergsbron vorbei, nur wenige braungraue Meter entfernt, doch Kajan ist ziemlich taub. Hörgeschädigt heißt das. Als sie es in einem Stahlwerk wurde, an das sie nie denkt – nicht denken darf –, hieß das allerdings nicht so.

In Dalen ist es silbergrau. Oda ist selbstverständlich auf und wirtschaftet herum. Da sind die warme Milch und die Patience und das Nachtprogramm im Radio und dieses und jenes. Kleine Routinen. Alte Schreckschrauben brauchen nicht so viel Schlaf und auch nicht so viele Kalorien, weshalb die Milch eigentlich unnötig ist. Aber da ist die Kindheit wieder. Die zieht um diese Zeit gern einen Vorhang auf, silbergrau und weich des Nachts. Papa, wie er rackerte. Und dann schlief er schlecht. Milch und Emser Salz. Ich habe es ein bißchen im Hals, sagte er.

Aber es waren die Studienschulden.

Ruth Anser sieht nicht, daß bei Oda Licht brennt, denn sie schläft mit fünfzehn Milligramm Oxazepam. Sonst hätte ihr dieses Licht hinter dem Vorhang eine Gesellschaft sein können. So ist sie in ihren Labyrinthen allein.

Und Blenda? Nun, sie schläft. Sie hat keine so großen Probleme damit. Keine Wache im Zimmer nebenan. Doch sie ist praktisch in eine Intrige verstrickt. Vor ein paar Tagen hat jemand, der noch nie zuvor Schnee gesehen hat, sie als geeignet auserkoren und eine Einladungskarte aus dickem, schönem Leinenpapier geschrieben. Nun dämmert bald der Morgen, nun zieht der Schneevorhang über Sörmland ab, und Blenda bekommt kleine Orgasmen im Schlaf. Das kommt nur daher, daß sie pinkeln muß. Aber sie ist so; sie interpretiert die Dinge gern hell und genießt, wenn sie kann.

Mariella erwacht von Geräuschen. Nicht von Tallkrogens altem, normalem Verkehr und Baßgedröhn und den Knallköpfen, die herumbrüllen und mit Türen schlagen, sondern von Geräuschen aus der Küche. Es ist Luciamorgen. Rosemarie ist jetzt wach, sie macht jetzt irgendwas. Mariella sah gestern spät abends, als sie auf war und pinkelte, ein langes weißes Lucianachthemd mit Spitzen. Es lag auf Rosemaries Bett, und sie hatte auch ein rotes Seidenband gebügelt. Das lag über dem weißen Stoff und hatte nicht eine Falte. Das erklärte, warum das Bügelbrett am Abend gepoltert hatte. Da hatte sie es aus der Putzkammer geholt.

Mariella schlich. Denn es ist gemein, wenn man jemanden überraschen will, und der andere merkt es im voraus. Mama schlief. Jedenfalls war ihre Tür zu.

Jetzt macht Rosemarie in der Küche mit irgendwas rum. Es klirrt. Sie wird dann hereinkommen und singen und Kerzen auf dem Tablett haben. Natürlich nicht in den Haaren, denn sie haben keine Luciakrone. Aber immerhin. Und so ein schönes Kleid!

Was hat Sigge erwartet? Jedenfalls nicht, daß die Kirche von Sal brennen würde. Oder daß sie zu brennen aufhörte, falls sie brennen würde, und ein kalter Mond sich zur verkehrten Zeit in der falschen Himmelsrichtung darüberstellte.

Hier sind Schatten. Tausend Schatten? Befreit von Fleisch und Schwere. Die brennende Kirche wirft kein Licht auf den Wald. Es stürzen keine Wände ein. Sie brennt schattenlos, und die Musik dröhnt. (Eine Wahnsinnspower, Sigge!)

Rotierende Blaulichter. Polizistenleiber, die ihre Gewichtigkeit zu bewahren versuchen, indem sie sie mit schweren Autos, Lederjacken, Koppeln, Schlagstöcken, Halftern, Waffen, Handschellen verankern. Doch sie schweben.

Er ist dabei, die Schatten zu befreien. Sie gleiten ohne Schwere vorüber, ohne Schmerz und ohne Liebe gehen sie durch einander hindurch.

Er ist jetzt Traum und Droge. Er ist ein Tier.

Aber er verlangt Abstand.

Sigge bretterte eben durch die Nacht, hinein in den Lichtkorridor der Autobahn, der gelbrosa war wie Menschenpisse im Schnee. Sie fand die Abfahrt und sah, daß noch Massen von Leuten sie gefunden hatten. Nirgends gab es einen Platz, um den Golf abzustellen; den ganzen Grabenrand entlang Autos. Schräg wie auf einem Erdrutsch. Schließlich war die Straße mit Autos verstopft, und sie stieg aus.

Sickan war es, die sie geweckt hatte, ein unruhiges Kratzen der Klauen über die Dielenbretter. Da war Janne fort, und der Zettel lag da:

> fahre nach Sal und gucke, if it sucks
> ich hatte ja einen Auftrag

»Ja« war falsch. Sie wußte von nichts.

Hier draußen mußte er jedoch mehrmals gewesen sein, um

das Licht der Landschaft anzupassen und mit Hilfe von Balken und Lichtclustern die Insel wie eine Bühne zu bauen. Der Strom mußte wohl aus der Kirche kommen?

Der Graf weiß den Kirchenvorstand richtig zu nehmen.

Die Bronzezeithügel und die gedrungene Kirche aus dem 12. Jahrhundert mit dem schwarzen Schindeldach ruhen in einem Lichterplasma, einem Ei aus graurosa Transparenz, die zur Stadt gehört. Janne hat es mit Lichtgefäßen als Blutadern durchzogen, und sie pulsieren. Der See ist schilfig und von den Ufern aus ein Stück zugefroren, Schattenkörper sind schreiend hinausgelaufen und eingebrochen. Beavis und Butthead scheinen hier zu sein, vollzählig. Draußen liegt die Insel, die keiner von ihnen erreicht. Lockere Baumvorhänge und Licht. Die Musik ist jetzt nur rohwuchtiger Hardcore. Martins Stimme toastet. Sigge erkennt die Worte wieder:

die alte Sprache
laßt sie leben
laßt sie schallen

Thorkraft allen
Thorkraft allen

die Brut der Schlangen
hat graus'ge Augen
Thors Söhne sind hart
Thorkraft allen
Thorkraft allen

die alte Sprache
laßt sie leben
laßt sie schallen

Das Pferd jagt über die Insel. Schreit. Sigge steht jetzt direkt an der nördlichen Kirchenmauer, sie hat Angst und preßt sich an die rauhen Steine, denn die Leute kreischen und glauben. Das Pferd oder der Schatten des Pferdes? Das Bild des Pferdes? Es ist so groß.

Dann ist da ein Mädchen, ein dickes mit flammend roten, auf dem Scheitel hochgedrehten Haaren, das schreit: Runen!

Martin Sallahs Stimme schneidet jetzt in die Gehörnerven; er verfällt in eine Art Kastratenfalsett. Das ist neu. Und auf der Kirchenmauer stehen große Runen. Martin Sallah steht da, so gut es geht, und die Mädchen erklimmen den rauhen Stein.

Das Pferd erscheint wieder. Die Polizisten patschen durch Schilf und eingebrochenes Eis, um die Leute herauszuholen. Wie Sigge zwischen die kreischenden Runenkletterinnen gerät, weiß sie nicht, doch sie schreibt mit einem Kugelschreiber in Runenschrift Martin Sallah auf entblößte Unterarme. Sie hat schlicht Angst vor ihnen. Besonders vor derjenigen, die ihr T-Shirt hochzieht und schaukelnde, blasse Titten entblößt.

»Darauf kann ich nicht schreiben«, sagt Sigge. Dann eben auf den Rücken, grießig von Pickeln. Sie schreibt

martin salla
kud ok kudsmodir hialpi ant hans

Da schreit das Pferd den Todesschrei. Dann folgt ein weißes Licht, laserscharf in der Mitte der Insel, und Martin steht dort ohne Klampfe, mit hängenden Armen und nacktem Oberkörper. Blut auf Brust und Unterarmen. Ihr wird klar, daß er von übernatürlicher Größe ist, daß man das Blut besser nicht sehen sollte, findet aber trotzdem, daß er es zu sein scheint, daß er sich bewegt.

In diesem Moment fängt die Kirche von Sal ohne Geräusch und ohne Rauchgeruch zu brennen an. Polizisten laufen, schwerfällig jetzt, zu den Autos, und Sigge denkt: Das läuft aus dem Ruder. Keine Einsatzfahrzeuge, denn dann ist Feierabend. Dann kostet es Geld. Es gelingt ihr, zu einem Polizeiauto vorzudringen und den Anruf mitzubekommen.

»Es brennt nicht!« schreit sie. Aber er hat bereits eine Verbindung und beschreibt den Weg.

»Es brennt nicht!«

Er schubst sie weg und schließt den Wagen ab. Dann stürzt er, schwer mit den Stiefeln patschend, wieder ans Ufer hinunter.

Jetzt sieht sie Zeitungsleute in roten Jacken mit Wespen auf den Rücken und drängelt sich hinter ihnen durch.

»Seht doch«, sagt sie. »Es brennt nicht.«

Was sollen sie nur glauben? Bis schließlich der Mond aufgeht. Kaltweiß. Und der Kirchturm unberührt gegen den pulsierenden Himmel absticht.

Auf der Mickymausuhr ist es halb sieben. Da draußen, das ist nicht Rosemarie. Die Kühlschranktür klingt anders. Das ist Mama. Auf der Toilette und am Herd. Das hört man. Dann kommt sie mit dem Tablett herein. Sie singt ein bißchen: Leise Schritte rund um unser Häuschen. Sie hat kalten O'Boy-Kakao und Kerzen auf dem Tablett. Natürlich nicht in den Haaren und kein weißes Kleid.

»Wo ist Rosie hin?«

»Ich weiß nicht«, sagt Ann-Britt, und ihre Stimme klingt dünn. Als ob sie Angst hätte oder so. Da sagt Mariella nichts mehr, sie trinkt nur den O'Boy aus. Es ist, als ob es bloß schlimmer würde, wenn sie zu fragen anfinge.

Sie kann noch den Luciamorgen im Fernsehen angucken, ein bißchen wenigstens. Da sind ein verkleidetes Mädchen und ein Junge, die dastehen und sich umarmen. Das würden sie in Wirklichkeit nie tun, denn er ist viel kleiner als sie. Sie tragen affige Halstücher und Mützen.

»Komm jetzt«, sagt Ann-Britt.

»Warum singen die denn so komisch?«

»Ich weiß nicht. Das soll wohl schön sein.«

Sie haben es jetzt eilig. Ann-Britt schließt das obere Schloß ab und kontrolliert die Stelle am Türrahmen, wo jemand ein kleines Loch gemacht hat, das sie zugestopft und übermalt hat. Sie geht ein bißchen mit dem Kajalstift darüber, damit es dunkler wird. Manche sagen, das sind Zeichen, die Diebe machen. Aber sie haben jetzt Splinte und ein zweites Schloß. Das Brandmal auf der Klingel ist kein solches Zeichen. Da hat nur jemand mit einer brennenden Zigarette gestanden. Hat es da geklingelt? Abends macht Ann-Britt nie auf, wenn es klingelt. Die Glut wäre bestimmt abgefallen, wenn sie zu fest gedrückt hätten, also hat es wohl nicht geklingelt. Mariella hat Ann-Britt mal gefragt, aber sie sagte: Ach was, die blödeln doch nur rum. Mariella hörte allerdings einen großen Jungen, der vor Saschas Laden stand, sagen: Kommt, laßt uns zu der Niggerin reingehen. Vielleicht war der das. Denn der rauchte.

»Wach jetzt auf«, sagt Ann-Britt. »Du mußt aufpassen, wenn ein Auto kommt.«

In Saschas Laden brennen nur die Lampen im Schaufenster und an der Decke. Das Licht über der Kasse ist aus. Aber das wußte sie. Nur weil Lucia ist, macht Sascha nicht früher auf.

»Wo ist Rosie hin?«

Erst jetzt fragt sie. Und Ann-Britt antwortet natürlich, daß sie es nicht weiß.

»Vielleicht geht sie irgendwo als Lucia.«

»Davon hat sie gestern aber nichts gesagt.«

Aber da war was. All die kleinen Zöpfe. Und noch was. So als ob sie nicht zuhören würde, wenn Mariella was sagte. Das kostet wohl einige hundert Kronen, sich einen solchen Putz machen zu lassen, den ganzen Kopf voller klitzekleiner Zöpfchen.

»Vielleicht hat sie einen Freund gefunden«, sagt Mariella.

»Das hätte sie schon gesagt.«

Ja, Rosemarie singt immer, wenn sie einen Freund hat, und redet davon. Nur, wenn es nun was Richtiges ist? Wenn sie einen Freund hat und bei ihm wohnen will und sich nicht traut, es Ann-Britt zu sagen, weil die Miete dann so teuer wird.

Dann trennen sie sich. Zuerst knöpft Ann-Britt den obersten Knopf von Mariellas Fleecejacke zu. Doch der soll nicht zu sein. Dann geht sie an dem alten Totenschädelmann auf dem Marktplatz vorbei und weiter zur U-Bahn.

Mariella geht zwischen den Häusern hindurch, nimmt den kürzesten Weg zur Schule. Vor den Kellerfenstern sind überall Gitter. An den Haustüren sind Schilder angebracht.

HELFT MIT, DIE KÄLTE UND UNBEFUGTE AUSZUSPERREN
TÜRE SCHLIESSEN UND UNBEDINGT ZUSCHNAPPEN LASSEN

Sigge hat sich auf ihren Vortrag konzentrieren wollen, doch sie muß in die Firma und nach dem Rechten sehen. Lotar liegt sich mit einem Fahrer in den Haaren, der Kassetten liefern will. Er blockiert die Kellertür und klingt bereits leicht drohend. Sickan, die sich normalerweise nicht mit Lotar verbündet (liegt es am Geruch?), bellt den Fahrer an, und Sigge vermittelt. Lotars Punkt ist, daß die Firma umzieht und die Lieferungen nun direkt an GLOBECOM gehen müssen.

»Nicht die Plattendinger«, sagt Sigge. »Das ist ja jetzt alles vorbei, das wird Fehzén übernehmen.« Es ist indes der Fahrer, dem sie das erklärt, und der ist total desinteressiert und sucht zwischen seinen Zähnen nach Pizzaresten. Er hat einen geöffneten Karton neben sich; es ist neun Uhr morgens. Der Arsch ist auf dem Autositz festgewachsen, der Bauch quillt vor.

Lotar hat die Kellertür abgeschlossen, so daß sie ums Haus herum- und hinuntergehen und ihn begütigen muß. Als sie mit Lotar spricht, klingt sie wie Pettson, wenn der mit der Katze spricht: »Es muß ordentlich sein. Richte hier jetzt alles für die Kassetten her. Denk nicht, mach nur, was ich sage. Ist noch Torte da?«

Sie will ihn mit Kaffee und Torte bestechen, doch er haut sofort ab, nachdem sie die Kellertür geöffnet hat. Der Asphalt der Auffahrt verbrennt die Reifen des King Cabs. Aber das kann egal sein, denn der gehört ebenfalls der Vergangenheit an. Das Beste an GLOBECOM ist, daß nicht mehr so viel Materie um sie herum sein wird. Aber was dann? (Information, sagt Adam.)

Von den Prinzeßtorten ist nur noch ein Geschmiere auf Pappplatten übrig. Abwasch und Kippen. Sickan legt sich auf das Stück Teppich unterm Schreibtisch. Sigge fängt an aufzuräumen. Hier hat sich die Asengang eine kleine Kaffeepause gegönnt. Sie findet einen hübschen Gegenstand, nicht gerade im Wikingerstil: einen kleinen Engel aus fester Metallfolie. Sie sieht aus wie Silber. Der Engel ist an irgend etwas befestigt gewesen, er hat eine Öse, die entzwei ist. Feine Flügel. Sie legt ihn in die Stiftablage.

In diesem Moment sieht sie, daß Adam die Telefone ausgesteckt hat. Sobald sie sie wieder angeschlossen hat, klingelt es. Während sie mit dem ersten Gespräch dasitzt, fahren zwei Autos vor. Sie hört die Autos und das Klingeln und wie dieses in lautes Klopfen übergeht. Da sagt sie: »Einen Augenblick, bitte!«, tappt leise durch den Raum und zieht die Vorhänge zum Garten hin zu. Bald sind dort draußen Stimmen zu hören, und sie senkt die Stimme: »Nein, es hat nicht gebrannt. Das ist völlig richtig. Das heißt Gassprojektion. Gustav, Anton, Doppel-Siegfried. Das ist was Neues. Ich weiß nicht. Ich habe wirklich keine Ahnung.«

Aber schließlich, beim vierten Gespräch, sieht sie ein, daß sie sich an einer Erklärung versuchen muß. Sie kann die Leute nirgendwohin verweisen. Es nützt auch nichts zu moralisieren. Sie versucht es, aber am anderen Ende lachen sie nur lauthals. Sicherlich haben sie geschrieben, daß Martin Sallah etwas opfern wolle, doch wo kommt das her? Wie war das mit dem Pferd?

»Da war kein Pferd. Ich weiß es im übrigen nicht. Und die Kirche hat nicht gebrannt, das können Sie doch selbst sehen. Das war eine Gassprojektion. Das ist eine Art Licht. Zwei Arten.«

»Was für zwei Arten?«

»Ja, das eine heißt Metonlicht. Es ist intensiv, dicht. So was wie Laser, glaube ich. Aber man kann es irgendwie in Scheiben aufspalten. Und dann sind da Fiktastrahlen. Die bestehen aus farbigem Licht. In die Fiktastrahlen kann man Bilddaten eingeben.«

»Wie denn?«

Ja, wie denn? Adams Gesten, Wortschwall.

»Durch einen elektronischen Prozeß, der dem Scannen ähnelt. Glaube ich. Sie können an den Metonscheiben abgelesen werden, aber nur daran.«

»Abgelesen?«

»Ja, also gesehen werden. Der ganze Prozeß wird Gassprojektion genannt. Das bedeutet, daß man ohne Schirm Bilder projizieren kann. Das Metonlicht reflektiert die Fiktastrahlen. Also brechen sie sich am Metonlicht, aber an sonst nichts auf der Welt.«

Dann, bevor die Sprache wieder auf das Pferd kommt, legt sie auf und zieht die Telefonstecker heraus. Sie traut sich nicht wegzufahren, solange Autos vorfahren und es an der Haustür bummert. Aber das macht nichts. Sie hat ihren Vortrag hervorgeholt und hält ihn in dem stillen Studio vor Sickan und dem PA-Pult. Dann hört sie ihn an. Ein helles Stimmchen. Zwischen Mädchen und Tante. Sie rührt an etwas, das verlorengegangen ist. Kommt aber nicht heran. Liest noch einmal, und nun kann sie ihn praktisch auswendig.

Betrachte mich als anwesend. So sprach Johan, lange bevor er starb. In der Nacht hat Oda daran gedacht. Viel.

Es gibt meistens einen anderen in dir, einen, mit dem du sprechen kannst.

Aber nicht immer.

Nein, manchmal entzieht er sich. So sprach Johan. Er hatte recht: Anstelle des anderen in ihr begegnete sie in dieser Winternacht grinsenden Gesichtern.

Sie schlief ein bißchen. Auf der Milch, die sie sich warm gemacht hatte, bildete sich eine Haut. Wachte davon auf, daß sie draußen eine Elster hörte. Ein schriller Ausbruch. Sie dachte erneut an den anderen in sich. Die anderen. Die wirren Bilder. Das höhnische Grinsen.

Wenn es dir schwerfällt, mit dem anderen in dir ins Gespräch zu kommen, dann mußt du mich als anwesend betrachten. Du mußt ein Gespräch führen, sagte Johan in den Nachtgedanken. In der Morgendämmerungsqual, als das Licht und der Sauerstoff zur Neige gingen und das Elsterngelächter rasselte. Du bist ein altes Weib. Du bist ein altes Klappergestell, ein Erdbausch, sagte die Elster. Du hast nicht einmal Zähne im Oberkiefer.

Zu räsonieren, mit jemandem zu sprechen, ist zutiefst notwendig. Wenn du nicht mit jemandem sprichst, kannst du in den Fesseln deiner Überzeugung landen. Und du mußt wissen, daß es nicht möglich ist, mit seiner Überzeugung Gespräche zu führen. Die Überzeugung geht mit der Nichtigkeit schwanger, und mit keiner von beiden kann man sprechen.

Sagte der Vernünftige. Der Stabile und etwas Füllige. Du, Oda, die du dich rühmst, Anhängerin des Skeptizismus zu sein, der nicht einmal ein Vetter dritten Grades – nein, das sagte er nicht, denn er drückte sich immer ein bißchen feierlich und umständlich aus, er sagte: welcher nicht einmal entfernt mit dem Nihilismus verwandt ist, du kannst dennoch in so schwere und quälende Situationen geraten, daß du zum Nichtigkeitsstandpunkt neigst: Alles ist gleich gut. In hundert Jahren sind wir ohnehin alle Knochen und Erdbausche. Da erschrickst du, ja, aufrichtig gesagt, du bekommst eine Heidenangst (sagte er das?) beim Gedanken an das Bild des Willens von der Welt, davor, daß es bei Arkans Tigern und Schändern ebenso gebieterisch zugeht wie bei deinen Damen von *Frieden und Freiheit* – die, ohne daß du gemerkt hast, wie es kam, zu Tanten mit Einkaufstaschen geworden sind.

Ja, es ist entsetzlich, Oda, sagte Johan Krylund und war ebenso anwesend wie Arkan, in solche Gleichwertigkeitsqualen oder Mangel-an-Würde-Brechreize zu geraten. Man ist versucht, Anhänger irgendeiner Sache zu werden. Man ist versucht, sich zu überzeugen, und da endet das Gespräch. Der andere in dir bekommt tausend zersplitterte und grinsende und höhnende Gesichter – ja, du siehst schlimmstenfalls nur dein eigenes Gesicht in dem seinen, ein schiefes und abscheuliches Spiegelbild. Da, Oda, sollst du mich als anwesend betrachten und mit mir sprechen.

Man hat dies Gebet genannt. Es gibt Zeiten, in denen man dies Gebet genannt hat. Nicht, daß ich im Leben oder viel weniger noch hinterher eine Person oder Gestalt gewesen wäre, zu der man beten könnte. Natürlich nicht. Ich war ein kleiner, etwas untersetzter Lebensmittelgrossist mit Homburg, das wissen wir beide.

Oda putzt sich die Zähne des Unterkiefers. Die Zähne des Oberkiefers hat sie bereits saubergemacht. Sie liegen in einem Glas mit einer leicht antiseptischen Lösung. Wie sie aus dem Bad kommt, sieht sie, daß Sigge im Krylundschen Haus die Vorhänge zugezogen hat. Sie sollte Sigge anrufen. Sie sollte sie bitten, auf eine Tasse Tee vorbeizukommen, und dann würden sie die Kampagne planen.

Es gibt gute Überzeugungen, Johan. Du hattest wohl selbst die eine oder andere. Und der Morgen ist mit einer solch ruhigen und guten Überzeugung zu mir gekommen.

Sigge läßt Sickan hinaus. Sie läßt sie durch die Terrassentür hinausschlüpfen, öffnet den Vorhang nur einen Spalt breit. Als ob sie nicht gesehen werden wollte. Als Sigge vor zwei Jahren auf der Treppe stand und klingelte, hielt Oda sie für ein Laufmädchen. Obwohl es die gar nicht mehr gibt. Nur solche wie jenes Mädchen, das aus reiner Liebenswürdigkeit immer mit Waren aus dem Laden kommt. Sigge hatte von der Frühlingskälte Tropfen unter der Nase, sie trug nichts auf dem Kopf, und lange dunkle und ziemlich dünne Haarsträhnen hingen ihr auf die Lederjacke. Ihre schwarzbestrumpften Beine sahen bis hinauf zu den Schenkeln staksig aus. Sie sagte, sie heiße Sigrid Falk und sitze an einer literaturwissenschaftlichen Dissertation. Sie wollte wissen, ob Oda einen Lars Arpman kenne. Und vielleicht einen, der in dem Haus nebenan gewohnt habe, einen J. A. Krylund.

Oda ist, lange bevor das Mädchen, das sich eine Luciakrone ausleihen wollte, sie vor sechs Uhr weckte, wach gewesen. Man kann nicht sagen, daß sie nach dieser Strapaze im Gedächtnishain – die sie bereute – ausgeschlafen hat, und womöglich bekommt sie eine Erkältung. Ihre Atmung ist nicht einwandfrei. Doch im Vormittagslicht fühlt sie sich schon anders. Sie weiß, was sie zu tun hat. Eigentlich hätte das selbstverständlich sein müssen.

Sie ist nahe daran, zuerst Kajan anzurufen. Die ist praktisch immer zu Hause. Aber dann fällt ihr ein, daß sie damit Ruth Anser hinterginge. Sie blättert in den großen, schweren Telefonbüchern herum, und nach einiger Tatterei wählt sie die Nummer des Sozialamts.

»Mir ist schlecht«, sagt sie, und die Lehrerin guckt groß. Alle anderen gucken auch groß. Dann geht sie hinaus. Die Lehrerin kommt nicht hinterher. Mariella zieht ihre Fleecejacke an und haut schnell ab.

Der Laden ist jetzt geöffnet. Er liegt neben dem Hundefuttercenter. Sascha hat alles voller Flitter und Glaskugeln. Er hat auf alle Werbeplakate FROHE WEIHNACHTEN! und GUT WURST geschrieben. Rosemarie hat ihm gesagt, daß das nicht so heißt. Das heißt gute Wurst. Er schreibt es aber trotzdem so. ICA will mich umbringen, sagt er. Mich darf es nicht geben.

Saschas Laden ist zweimal beraubt worden, einmal, als Rosie an der Kasse saß. Sie saß völlig still und guckte auf den Boden. Dort lag eine aufgerissene Tüte mit Geleemäusen. Sie guckte die ganze Zeit über darauf, während diese Hände im Geldschub rafften. Und dann hatte sie Angst, daß Sascha aus dem Lager kommen würde. Er würde so böse werden. Dann würden sie zu schießen anfangen.

Er kam aber erst, nachdem sie abgezogen waren. Da saß Rosemarie noch genauso da und starrte auf den Boden. Der Geldschub vor ihr stand offen.

Mariella denkt an die Geleemäusetüte, überlegt, wer sie wohl aufgerissen hat. Vielleicht ein Kind, das Angst bekam, als Rosie oder Sascha in seine Richtung sahen. Ließ die Tüte fallen.

Rosemarie sagte, daß sie die ganze Zeit draufgestarrt hat, wie sie die Hände in dem Schub gesehen hat. Am Mittelfinger der einen Hand war ein Ring. Wie ein Goldklumpen mit einem kleinen roten Stein. Ich würde ihn wiedererkennen, sagte sie zu Ann-Britt. Sie unterhielten sich leise. Der Fernseher lief, aber Mariella verstand sie trotzdem. Sag nichts, meinte Ann-Britt. Das hatte sie auch nicht getan. Es konnte jemand aus den Häusern sein.

Mariella schielt zuerst durch die Tür, das Glas ist kalt an der Nase. Als sie öffnet, kommt Sascha mit einer Kiste Orangen aus dem Lager. Er stolpert schnell heraus, als er die Glocke hört. Weil niemand an der Kasse sitzt, darum hat er es so eilig. Und dann wird er böse, weil es nur Mariella ist.

»Wo, zum Teufel noch mal, ist Rosemarie?« fragt er.

»Ich weiß nicht.«

Sie hat gedacht, daß Rosie jetzt an der Kasse sitzen würde. Vielleicht. Daß sie zurückgekommen sei. Dann würde sie doch direkt zur Arbeit gehen, damit Sascha nicht so böse würde. Er konnte ja jemand anderen nehmen.

»Wenn sie krank ist, kann sie doch wenigstens anrufen«, sagt er. »Warum hat sie nicht angerufen?«

»Ich weiß nicht.«

Sie geht hinaus, fast rückwärts. Dann weiß sie nicht, wo sie hingehen soll. Auf keinen Fall nach Hause. Falls sie bis fünf Uhr fortbleibt, ist Rosemarie vielleicht daheim, wenn sie kommt. Oder bis sechs.

Sie geht in die Anlage. Der Totenschädelmann hält ein Kind umfaßt. Die beiden sind klein und dick. Die Jungs haben ihnen die Augen schwarz angestrichen und Zähne auf den Mund gemalt. Deshalb sieht er wie ein Totenschädel aus. Das Kind auch. Er sieht aber trotzdem nett aus. Dick.

Ich werde achtzehnmal um den Alten herumgehen. So viele Jahre, wie Rosie alt ist. Freilich hatte sie im August Geburtstag. Ich werde achtzehnmal und dann fast noch einmal herumgehen. Ich werde das Stück vom August bis Dezember übriglassen. Dann werde ich dort stehenbleiben und hochsehen. Dann kommt Rosie von der U-Bahn.

Man darf nicht subvalid sein.

Das Personal weiß, was Ruth Anser meint, obwohl diese Terminologie aus den fünfziger Jahren und dem Sozialpolitischen Institut stammt. Ruth ist nicht subvalid. Sie ist superstabil. Heute hat sie eine Sitzung im kommunalen Fachausschuß. Sie müßte heute abend auch zur Zusammenkunft der Johnsongesellschaft in die Whitlocksche Schule gehen. Zuerst aber hat sie Kyndel und dann Ångesten, beide von niedrigeren Ebenen übernommen. Kyndel ist jetzt, laut einem der Assistenten, völlig ausgetickt und hat mit einer Schrotflinte auf einen Außendienstmitarbeiter gezielt. Ångesten heißt eigentlich Tom Saufaus. Dieser Name hätte vom Standesamt gestoppt werden müssen.

Sune Kyndel besitzt und bewohnt die Immobilie Svansjön 7, zwei Häuser von Ruth Anser in Dalen entfernt. Folglich ist sie völlig im Bilde, wie es sommers dort aussieht. Hohes Gras, das Ähren ansetzt. Verwachsene Apfelbaumkronen mit großen Elsternnestern. Stinkender Kompost. Rauher und wuchernder Borretsch, der von Kyndels Grundstück Samen ausstreut und über alle Grundstücksgrenzen hinweg intensiv blau blüht. Kirschmacchia. Kartoffelacker. Er behauptet, von Kartoffeln und Butter zu leben.

Doch woher bekommt er die Butter?

Die Nachbarn haben eine Sanierung des Gartens inklusive des lebenskräftigen und unternehmungslustigen Rattenstamms verlangt. Das Sozialamt hat darauf hingewiesen, daß er eine Wohnung sowie Wohngeld und Hilfe zum Lebensunterhalt gemäß Paragraph sieben erhalten könne, wenn er sich von dem Haus trenne. Mensch! Wie viele bekommen schon eine Wohnung angeboten, Kyndel?

Er ist zu einem Gespräch bei Ruth Anser einbestellt worden. Ganz fügsam hat er sich eingefunden und sitzt jetzt mit seinem weißen Wallehaar – das sie fast reizt, denn so alt ist er in der Tat noch nicht – vor ihr, den Kopf schräg geneigt, braune Augen mit trügerischem Hundeblick. Er hat leberfleckige Hände, was Ruth gefühlsmäßig berührt. Bekleidet ist er mit einem Anorak, einem Faserpelzpulli, einem Flanellhemd, einer Jeans mit mächtig hängendem Hinterteil und Stiefeln aus Graninge. Das Engelhaar ist unbedeckt. Neben dem Stuhl hat er eine grüne Sportmütze Marke Militärmodell auf dem Fußboden abgelegt. Ein dichter Dunst von Unsauberkeit, der in gewisser Weise an Käse erinnert, umgibt ihn.

Es ist elf Uhr, und Ruth muß noch die Sitzung des kommunalen Fachausschusses am Nachmittag vorbereiten. Sie wird nicht zum Mittagessen kommen, weil sie einen Termin mit Ångesten anberaumt hat. Sie ist mit seinem Fall nicht vertraut. Doch sie rechnet damit, sich während des Gesprächs mit Kyndel Hintergrundinformationen über Saufaus zu verschaffen.

Jetzt nimmt sie sich also Kyndel vor, dessen Hintergrund sie als Nachbarin nur zu gut kennt, und bereitet unterdessen Saufaus vor. Während des Gesprächs mit Saufaus, so rechnet sie, wird sie die kommunale Fachausschußsitzung vorbereiten, und bei dieser Zusammenkunft will sie sich Notizen für ihren Beitrag auf der Bürgerversammlung zur Zukunft des Krylundschen Hauses machen.

Sie sagt hallo zu Kyndel und schaltet den Computer ein, und während dieser zu der Datei rattert, in der sich Saufaus befindet, der Teil von ihm, der nicht frei herumläuft und in ICA-Geschäften Lachs stiehlt, sagt sie, daß es sie freue, ihn zu sehen, und dann gibt sie ihr Paßwort, ACCA47, ein. Der Computer teilt mit, daß er keine ACKA47 kenne. Kyndel zwinkert mit seinen (trügerischen) sanftbraunen Augen und hält den Kopf noch schräger.

Ruth gibt das Paßwort noch einmal ein und landet glatt bei den Personalien von Saufaus, seiner Personenkennziffer, der Wohnanschrift, solange es eine solche gab, den zweiundzwanzig Bußgeldbescheiden und dem Gutachten des alkoholpoliklinischen Behandlungsteams, das sich zuletzt seiner angenommen hat, seiner Ich- und Ressourcenschwäche, dem Mißbrauchsprofil, dem Leberstatus samt Maßnahmenprogramm und Berichten über frühere Rehabilitationsversuche. Das scheint sich alles recht einfach einbimsen oder überfliegen zu lassen, und Ruth sagt, daß das so nicht mehr gehe, das verstehe er doch selbst. Kyndel schweigt.

»In den Sozialämtern weht jetzt ein anderer Wind, Sie verstehen? Es kann polizeiliche Anzeigen geben.«

Ein Augenzwinkern. Saufaus hat bei Åhléns Rinderfilet gestohlen und es auf der Herrentoilette im Hauptbahnhof verkauft.

»Wir dulden nicht mehr alles mögliche. Gewalt zum Beispiel.«

Da echot Kyndel: »Gewalt?«

Das ist sein erster Laut.

»Die Schrotflinte. Sie haben auf den Assistenten gezielt, Kyndel.«

Milzriß. An anderer Stelle steht freilich Leber. Aber das ist alles weit weg in der City. Das Rinderfilet überspringt sie und kommt zu einem Auftritt im Hundefuttercenter.

»Es war ein Hase.«

»In Dalen? Ach, tatsächlich? Und Sie haben natürlich Jagdrecht, in einem dicht bebauten Gebiet?«

Er bekommt zur Abwechslung ein bißchen Ironie zu schmecken. Ein anderer Wind, Kyndel. Da kommt er mit einer langen Erläuterung, bei der sie nicht so genau hinhört, weil sie das Maßnahmenprogramm von Saufaus markiert und den Eindruck hat, daß in der Datei ein einziges Durcheinander herrscht.

»Er kommt also meistens davon«, schließt Kyndel.

Sie muß mal hier, mal da markieren, und die Maus macht links Doppelklick und Dreifachklick, seltener rechts Klick. Es müßte mehr zusammengefaßt sein.

»Wir reden jetzt nicht über Tierquälerei. Wir reden über den Assistenten.«

Tierquälerei ist früher einmal Thema gewesen, weil Kyndel unter seinen Johannisbeersträuchern eine rattenfallenähnliche Vorrichtung zum Fasanenfang aufgestellt hatte. Nicht angemeldet. Doch die Vertrauensbildung ist jetzt soweit wie nur irgend möglich gediehen. Ruth bringt die Ausdruckfunktion nicht in Gang, und ihr fällt ein, daß sie den Drucker gar nicht eingeschaltet hat. Da klingelt das Telefon. Ein-, zwei-, drei-, viermal. Ruth drückt mit dem Mittelfinger und dem Daumen der linken Hand CTRL-ALT und mit dem Zeigefinger der rechten Hand DEL und denkt zu spät daran, daß sie aus dem Hintergrund des Falls Saufaus hätte herausgehen müssen, bevor sie erneut bootete.

Fünf-, sechs-, sieben-, achtmal. Das klingt nach Verzweiflung dort draußen. Ruth nimmt ab.

»Ich habe gesagt, daß ich nicht gestört werden möchte.«

»Da ist eine schreckliche Frau in der Leitung«, sagt die Vermittlung. »Sie sagt, sie kennt Sie.«

»Ich nehme jetzt kein Gespräch entgegen.«

»Oda Arpman. Sagt Ihnen der Name etwas?«

»Ich nehme jetzt kein Gespräch entgegen.«

Kyndel sitzt da und sieht sie an, als wäre sie frisch vom Himmel gefallen, und dazu hat er allen Grund. Ein arbeitender Mensch muß in seiner Welt aus Hasen und Borretschblüten ein großartiges Ereignis sein.

»Wir haben uns noch einen anderen Ausweg überlegt«, sagt sie, während sie wieder in Ångestens Hintergrund geht und feststellt, daß die gesamte Markierung verschwunden ist. Natürlich. Merkwürdig, daß er nicht einmal Antabus verträgt. Kann man so etwas simulieren?

»Jämtland«, sagt sie.

Dann müßte man es intramuskulär verabreichen, in den Schenkel, oder wie das geht. Wahrscheinlich verträgt er es sehr gut.

»Sie kommen doch von dort.«

Es klingelt wieder. Diesmal reißt sie den Hörer ans Ohr und spricht energisch.

»Aber da ist schon wieder diese Frau in der Leitung!« fleht das Mädchen in der Vermittlung. »Sie sagt, daß sie eine gute Freundin von Ihnen ist und daß sie sich das Bein gebrochen hat und nicht hochkommt.«

»Geben Sie sie mir.«

Kyndel zwinkert einfältig. Ein Mensch, der alle Zeit der Welt hat. Ehe sie Oda in der Leitung hat, sagt Ruth: »Zu Hause in Ihrer dünn besiedelten Gemeinde ist das ja alles völlig okay. Da können Sie so originell sein, wie Sie wollen, Kyndel. Hasen jagen. Sich anziehen, wie Sie wollen.«

»Das mach ich hier doch auch«, erwidert Kyndel.

»Endlich. Du bist wahrlich schwer zu erreichen.«

Das ist Oda.

»Wie sieht's aus?«

»Danke, gut. Wir müssen uns treffen und räsonieren.«

Kyndel hat seinen Anorak ausgezogen.

»Dein Bein, Oda!«

Er schwitzt. Hoffentlich in mehr als einer Hinsicht.

»Wir müssen uns treffen!« brüllt Oda, die allmählich schlecht hört. »Es ist sehr wichtig. Ich habe, verstehst du, deinen Beitrag im Fernsehempfänger gesehen.«

Gibt es noch mehr Menschen auf der Welt, die Fernsehempfänger sagen?

»Ich kann jetzt nicht sprechen. Ich habe einen Klienten. Du hast das Mädchen in der Vermittlung irregeführt.«

»Ach was«, sagt Oda. Ruth markiert versehentlich den Block mit dem gefrorenen Rinderfilet und die ganze Toilettenepisode und fragt sich, inwieweit das Personal in diese Transaktionen verwickelt ist. Aber das ist Sache der Polizei und gehört nicht hierher. Bei der Herrentoilette im Hauptbahnhof macht sie BEFEHL RÜCKGÄNGIG und sagt zu Kyndel, daß eine dünn besiedelte Gemeinde ganz andere Ressourcen habe, um sich ausgefallener Wünsche bezüglich der Lebensbedingungen anzunehmen, als eine dicht bebaute Großstadtgegend mit hohen Hypothekenzinsen und fluktuierendem Immobilienmarkt.

»Nun, ich habe gar kein Geld aufgenommen«, sagt Kyndel, und gleichzeitig schlägt Oda vor, daß sich die ganze Gruppe vor der Bürgerversammlung treffen und durch Räsonieren zu einer Stellungnahme kommen solle.

»Ich habe keine Zeit«, sagt Ruth bestimmt. Na, so etwas! Oda legt tatsächlich auf. Kein Geld aufgenommen. Gibt kein Einkommen an. Bezieht keine Sozialhilfe. Wird mit einem geschätzten Einkommen unmittelbar über dem Existenzminimum veranschlagt, hat aber lange keine Steuern mehr gezahlt. Strom-, Telefon- und Wasserrechnungen werden dagegen bezahlt. Jedoch nicht die Müllabfuhr. Kyndel behauptet, daß er das bißchen, das übrigbleibe, verbrenne.

»Umzugsbeihilfe. Das können wir anbieten. Regeln Sie das mit Ihrer Gemeinde in Jämtland. Ich verstehe ja, wenn Sie hier nicht in eine Wohnung ziehen wollen, Kyndel.« Doch er sagt einfältig: »Meine Gemeinde ist hier. Ich wohne seit vierunddreißig Jahren hier.«

Irgendwo muß es eine Liste über Ångestens Bußgeldbescheide geben, die nicht so detailliert ist. Sie möchte eine rasche Übersicht haben, es geht schließlich um die Art der Kriminalität, nicht um diesen fürchterlichen Sumpf von Details: zertrümmerte Nasen, Lachse in rostfreien Rinnen auf Herrentoiletten und Leberrisse. Sie muß Kyndel fragen, ob er Kaffee haben möchte. Es ist an der Zeit. Und die Frotteebadelaken des Provinzialkrankenhauses. Hat Ångesten wirklich versucht, diese zu verkaufen? Sune Kyndel weiß, daß mit ihr jetzt nicht zu spaßen ist. Kaffee geht in Ordnung. Vierunddreißig Jahre in der Gemeinde. Dieser Punkt geht an ihn. Aber jetzt werden sie wirklich Klartext reden. Sie sieht keine Möglichkeit, irgend etwas Wesentliches zu markieren, es bleibt ihr nichts anderes übrig, als den ganzen Klumpatsch auszudrucken, dann kann sie ihn während der Sitzung des kommunalen Fachausschusses lesen, denn jetzt ist sie schon etwas spät dran. Saufaus muß sie verschieben. Normalerweise nimmt Ruth in solchen Situationen eine Koffeintablette, doch Kyndel braucht die Kaffeetherapie. Die Leute sind auch nur Menschen. Im selben Moment wird ihr jedoch klar, in was sie geraten wird, wenn sie sich in der Tür zeigt und fragt, ob heißes Wasser da sei (in einen Abgrund verzweifelter Bedürfnisse nämlich), weshalb sie ihm einen Kompromiß vorschlägt.

»Auf meine Weise«, sagt sie nahezu leichtsinnig und zeigt ihm, wie sie aus einem A-4-Blatt, indem sie es in der Mitte knickt, eine Rinne zu machen pflegt. In diese Rinne streut sie Pulverkaffee und schüttet ihn sich in die Kehle.

»Das geht ganz ausgezeichnet, wenn man den Kopf nach hinten legt. Und dann Wasser hinterher.«

»Das gibt aber nicht ganz denselben Kick, wie wenn er kocht?« fragt Kyndel und zwinkert mit beiden Augen. Er verzichtet auf Kaffee. Diese kleine Vertraulichkeit hat ihm aber offenbar gutgetan. Festigkeit muß Humor und Wärme nicht ausschließen. Irgendwo in der Symbolleiste muß sich das Druckkerkommando befinden, doch sie klickt verkehrt und bekommt eigenartige Fragen, ob sie ein Bild in den Textbereich einfügen wolle, und klickt noch einmal, und Kyndel sieht aus, als würde er gleich vom Stuhl abheben und quer über den Tisch kriechen, doch davor soll er sich hüten. Sie klickt zweimal, die ganze Episode mit den Badelaken des Provinzialkrankenhauses wird schwarz und verschwindet dann, was ihr auch egal sein kann.

»Einmal aufgenommen haben Sie doch ganz andere Möglichkeiten, das Leben zu leben, das Sie eigentlich leben wollen«, sagt Ruth, und Kyndel echot: »Aufgenommen?«

Sie meint natürlich nicht aufgenommen, sondern weggezogen, ausgezogen. Ångestens Aufnahmen sollen nun in einen

Ausdruck verwandelt werden, und genau das geht nicht, obwohl es eine lächerlich einfache Sache ist. ESCAPE! Wenn nur Kyndel nicht über dem Tisch hinge. Seine Haare, die wie Glasfiber aussehen, hängen ebenfalls.

»Sie, das sind vertrauliche Informationen«, sagt Ruth und drückt auf HILFE und erhält ein Dialogfenster, während gleichzeitig Ångestens Rehabilitierungsprogramm mit den Prognosen und allem gleichsam in einem schwarzen Loch verschwindet. Gott!

»Verbindlichsten Dank, aber ich bleibe lieber«, sagt Kyndel; dies ist ein Irrtum, den sie ihm austreiben muß. Er lebt nun einmal in einer Gesellschaft.

»Sie leben nun einmal in einer Gesellschaft, Kyndel«, sagt sie, und im selben Augenblick erhält sie die Seitenansicht und klickt OK. Es erscheint das kleine, vertrauenerweckende Fenster DRUCK IN VORBEREITUNG, und Ruth faltet sich ein neues Kaffeepapier und atmet tief. Dann verschwindet das Feld, und es wird still. Sie hört Kyndel atmen. Nicht schwer oder demonstrativ oder etwas in dieser Richtung. Nur atmen. Und auf dem Bildschirm ist es helltürkis, derselbe schwarze Text, unheilverkündend still wie vor einem Gewitter. NICHTS ANFASSEN sagt ihr eine innere Stimme, doch sie kann es nicht lassen, ENTER zu drücken. Nur ENTER. Kein Gewitter. Kein Ausdruck. Nichts.

»Je nun«, sagt Kyndel besorgt.

ESCAPE !

Gott im Himmel!

Jetzt schmatzt Kyndel auf eine unangenehme Weise. Ruth erzählt ihm etwas über die Gesellschaft, darüber, daß er ein Mitglied einer Gesellschaft mit einem Gesellschaftsvertrag sei (sie hat sich in den Kopf gesetzt, daß er pseudointellektuell sei), und versucht währenddessen, diskret, CTRL und BREAK zu drükken. Es ist, als stecke sie in einer Sackgasse.

»Das Scheißding hat sich aufgehängt«, sagt Kyndel mit heller Stimme.

»Sie sollten meine Vorschläge überdenken«, sagt Ruth. »Denn sonst, so fürchte ich, gibt es eine Sanierung mit dem Bagger.«

»Im Garten?«

»Wenn Sie das so nennen wollen. Und Pfändung und Vollstreckung, Kyndel. Die Steuerschulden, Sie verstehen.«

»Ich regle das normalerweise mit dem Gerichtsvollzieher.«
»Der Bagger«, sagt Ruth mit Nachdruck.

CTRL-ALT-DEL. Aber es geht jetzt nicht mehr vor noch zurück.

»Jetzt hätten Sie gern eine Axt, was?«

Nicht ohne.

»Eine Axt, voll rein in diesen gottverdammten elektronischen Schrotthaufen.«

»Wie Sie daherreden, Kyndel!«

»Ich kenne diesen Blick. Schalten Sie aus, und starten Sie von neuem. Wenn Sie wieder reingehen und diesen Mischmasch von dem Saufaus ausdrucken wollen, dann geben Sie den Dateinamen ein.«

Sie sieht ihn nicht an, sie sieht auf den Bildschirm, der jetzt grauschwarz ist.

»Sie haben vor dem Ausdrucken vergessen, den Dateinamen einzugeben. Da stand nur eine Bibliothek. Da hat er sich aufgehängt. Noch obendrein verdammt tödlich. Ein bißchen primitiv das Programm, was? Ist das ein Dreisechsundachtziger?«

Sie schaltet mit einer Bewegung, so als machte sie diese nur so im Vorbeigehen, den Computer aus und sagt förmlich: »Ich wollte direkt über den Drucker gehen.«

»Dann müssen Sie das angeben, verstehen Sie.«

Sie glaubt allmählich, daß er sie nachäfft. Doch er tritt sofort den Rückzug an: »Ich hab so meinen ersten Computer gekriegt. Vom Nachbarn. Hab mit einer Tüte voll Roter Bete bei ihm vorbeigeschaut, und da fehlte nicht mehr viel bis zur Axt, da können Sie Gift drauf nehmen. Wirklich. Sie hätte bloß danebenliegen brauchen. Nimm diesen verdammten Apparat, hat er gesagt. Nimm ihn, auf der Stelle, verflucht noch mal, bevor ich mich unglücklich mache. Ich hab Handbücher und alles gekriegt. Jetzt hab ich einen Viersechsundachtziger. Die kriegt man billig, wenn die Leute sie eine Zeitlang geleast haben.«

Es erfordert Zeit und Geduld, mit Computern und ihren Programmen umgehen zu lernen. Lange, lange Sommernächte. Amselgesang. Licht auf dem blasser werdenden Bildschirm. Die Amsel zieht Würmer aus dem Kompost. Geruch nach frisch gekochtem Kaffee. Kyndel hat schwarz kleine Beschäftigungen, denen er wie eine Amsel oft in den hellen Sommernächten nachgeht. Sie hat ihn gesehen, hat den Pfeifenrauch über dem Gartentisch sich ringeln sehen.

Der Flieder, ganz fahl in der Nacht. Das Rascheln der Morgendämmerung in den Espen. In ihren schlaflosen Nächten hat sie ihn gesehen.

»Kyndel«, sagt Ruth leise. »Vereinbaren Sie mit dem Gerichtsvollzieher einen Amortisierungsplan. Schaffen Sie den Kompost weg. Noch heute. Und für den Sommer gilt folgendes: Gras mähen. Vor allem den Borretsch. Das oder der Bagger. Kapiert?«

»Aber ja doch«, sagt Kyndel mit ganz, ganz heller Stimme.

»Ich scherze nicht. Das wissen Sie. Nicht wahr?«

Dann geht Kyndel, und der Drucker beginnt im selben Augenblick mit einem kräftigen, vertraueneinflößenden Geräusch, das weit in den Korridor hinaus zu hören ist, zu knattern.

Oda wählt sämtliche Nummern von ROCK OFF, doch es meldet sich nach wie vor niemand. Gleichwohl sind von Sickan ganz frische Spuren im Schnee, ein Bogen zu den Johannisbeersträuchern und wieder hinein über die Terrasse. Und in der Auffahrt steht Sigges rotes Auto.

Das Haus ruht in seiner kühlen Schönheit, eine Schönheit, die bald nur noch Oda sieht, nach sechs Jahrzehnten Verfall. Oder Entwicklung. Auf jeden Fall Geschichte. Zeit, die vergeht, und Schönheit, die in Knochengerüsten und Riegelholz zurückbleibt. Ein heiliger Ort.

Nein! Wollen wir die entschwundene Schönheit und Heiligkeit ein bißchen gelassener, ein bißchen nüchterner betrachten. Dieses Haus wurde von Baumeister Joakim Fredh, nach Entwürfen von Markelius höchstpersönlich, erbaut und geriet zu einer fürchterlichen Fehlspekulation, die Fredh beinahe in den Konkurs geführt hätte. Doch für Johan Krylund war dies die zweite und die entscheidende Begegnung mit der Schönheit des Sachlichen. Er kaufte das Haus und rettete Fredh, zumindest vorübergehend. Solche Freunde waren sie, in den Krisen und Komplikationen des Alltags, so dick hielten sie zusammen, so wichtig war die Freundschaft in der Krylundgruppe, daß sie Johan dazu brachte, das Zentrum aufzugeben (er wohnte gegenüber dem Blå Tornet und hatte das Büro seiner Großhandelsfirma an der Ecke Tegnérgatan, Holländargatan) und sich weit hinaus nach Enskede zu begeben und zu versuchen, in einer Modernität, die damals kühl, fast öde war, Wurzeln zu schlagen. So weit in die Außenbezirke. So nahe an dem, was ein Friedhof werden sollte, auch dieser sachlich und schön.

Ja, sachlich? Im Grunde war er wohl eine Art Traum. Man konnte doch nicht ahnen, daß Körper, die keinen Platz in der Erde in Anspruch nehmen sollten, anfangen würden, Quecksilberdämpfe abzugeben.

Johan war in Uppland geboren. Auf dem flachen Lande. Bis

weit in die dreißiger Jahre hinein stank es nach den Abflüssen, die direkt in die Gräben führten, und nach verwesenden Schlachtabfällen hinter den Viehställen. Sein Vater war Landwirt und Dorfkrämer gewesen, und Oda ist inzwischen klar, daß dieser während des ersten großen Krieges ein beträchtliches Vermögen gemacht hatte.

Weltkrieg und Pferdekarren auf dem Weg nach Stockholm. Langsam und mühevoll arbeiteten sich die Wagen des Kaufmanns Johansson auf holperigen uppländischen Straßen vorwärts. Schinken, Butter, Kartoffeln und Sahne von Krylundas Bauern. Geradewegs hinein in die Welt der Schieber: Die lebten üppig. Fettes Gekröse mit Sauce auf gestärkten Hemden? Oder schmalztriefendes Gänseklein? Diese Geschäfte bekamen Johan nicht schlecht, denn er wußte damals nichts davon. 1916 Abitur. Militärische Ausbildung auf Pollacksbacken, mit dreieckigem Hut wie ein Armfeltkrieger aus der Zeit Karls XII. Doch nach und nach dämmerte ihm, woher das Geld kam, und in seinem Krieg, fünfundzwanzig Jahre später, nahm er es äußerst genau. Kein Hamstern. Kein Schwarzhandel. Trotzdem erzielte er keine schlechten Ergebnisse. Im Krieg sind es die Lebensmittel, die Geld bringen, wie auch immer man es handhabt. Lebensmittel und Waffen.

Der Vater starb an einem Herzschlag, als Johan in Uppsala im dritten Semester war. Als er nach Hause kam, standen seine Mutter und die drei Schwestern schwarz gekleidet hinter der Ladentheke, vier hilflos erbleichte Gesichter, und er mußte, neunzehnjährig, Dorfkrämer werden.

Nominell führte das Geschäft natürlich die Mutter, die Witwe. Doch hinter ihr wuchs der Pastor der Pfingstgemeinde empor. Johan hatte ein deutliches Erinnerungsbild von dessen Scheitel. Blanke Haut über dem Kranium, fettige schwarze Haarsträhnen. Es war, pfui, o Welt, ein typisch jugendliches Bild vom Geliebten der Mutter. Ein Teil des Kapitals floß in die Verzückung (nur eine göttliche, geistige?), doch Johan sagte bereits nach einem ersten verwirrten, bitter tastenden Jahr Hamlet Lebewohl und begann die Buchführung zu inspizieren.

Mit zweiunddreißig war er Grossist, und er war nach Stockholm umgezogen. Zwei der Schwestern hatten geheiratet, und die dritte hatte eine Ausbildung zur Lehrerin für ländliche Hauswirtschaft erhalten. Die Mutter lebte weiter im Wohnhaus des Hofes in Krylunda, doch das Land war verkauft. Sie sollte bis zu ihrem Tod dort wohnen.

Johan hatte sein Glück gemacht. Die drei Semester in Uppsala hatten keine zehrenden strindbergschen Erinnerungen hinterlassen, sondern ihn zu dem gemacht, was er seitdem mitten in der Großhändlerei immer war: ein Bildungsschwärmer und Radikaler. Welche politischen Kennzeichen man der Radikalität auch jeweils anheftet. Diese fallen ja normalerweise ab wie Etiketten von Saftflaschen in einem feuchten Keller.

Außer Harjalintus. Natürlich.

Johans Radikalität bekam schnell andere Vorzeichen als die jungsozialistischen. Die Götter seines Mannesalters waren Barbusse mit *Das Feuer* und H. G. Wells. Er entstammte einem alten Schweden, einem biblischen und lehmigen Agrarland. Väterlicherseits einem Konservativismus und Haß gegen eine neue Wirklichkeitsbeschreibung (Strindberg! Branting!) und mütterlicherseits einer schwärmerischen und unkritischen Frömmigkeit.

Lieber Johan, Frömmigkeit kann nicht kritisch sein!

Doch – gegen Frömmelei sollte sie es sein können, besonders wenn sie drei unversorgte Töchter hat!

Doch die Sabotage der Liebe, das Verbrennen von allem, was uns am liebsten und nächsten sein sollte, in der Flamme der Liebe mußte Johan am eigenen Leib erfahren, und er fiel schwindelig, als er nach sechs Jahren Ehe in das weiße und sachliche, das selbst im Verfall und in den Veränderungen noch schöne, von Markelius entworfene Haus zog und Oda begegnete.

Johans Charakter und Persönlichkeit erhielten ihre Grundzüge aus der Bibel und Upplands Lehmboden, doch geformt wurden sie im wesentlichen durch einen Betrug. Nicht wie im Fall Johannes Krilon (oft angeführt) durch einen Betrug, dem ein anderer Mensch ihn ausgesetzt hätte. Nicht durch das trügerische Licht einer Mittsommernacht, Rausch und Messerstiche direkt in die Lebenswurzel. Sondern durch den beträchtlich langatmigeren und vom klaren Tageslicht beschienenen Betrug, der sein eigener war.

Aber es gab immer eine andere Seite. Eine offene, ideendurchspülte. Er kam mit dem Boot zu der hellen Sachlichkeit, zur ersten Zusammenkunft. So etwas! Daher deren Kraft?

Er sagte, daß es ein Petterssonboot aus hellbraunem Mahagoni gewesen sei und daß sie im Bootshafen beim Blockhusudden gestartet seien. Dort hätten sie mit ihren Mixgetränken aus Eau-de-Vie und Vichywasser gesessen. Er befand sich auf dem Weg in sein Großhändlerleben. Das war im Jahre 1930. Es war Sommer. Beim Strand von Djurgårdsbrunnsviken war die Stadt aus der Zukunft herabgeschwebt. Von Asplund im Grünen und in den Wasserspiegelungen hervorgebracht. Weiß hatte er sie in Erinnerung. Doch mit Kolorit. Flecken, Flächen, Schocks. Der unwiderrufliche Sieg der Zweckmäßigkeit über die Umschreibungen der Gier und der Macht, deren selbstverherrlichende Girlanden und Schnörkeleien. Über Muffigkeit und Schmutz und Finsternis. Über die Armut selbst.

Diese sonnige Kraft! Das schmale Boot schwankte während der Diskussionen. Nur Johan war hingerissen. Mit einemmal. Eine blitzartige Verliebtheit. Das Licht, das Wasser, die Spiritualität und die Sachlichkeit. Dort fand er seine Zeit. Sie lag dort in der Sonne.

Oda lebte in Helsingfors, heiratete Harjalintu zu der Zeit und sah nie die Stockholmausstellung. Ihr wurde beigebracht, an eine andere Zukunft zu glauben. Rauh und schön. Ehrlich, schrieb Harjalintu in seinen Artikeln, die er mit dem Namen des kriegsverkündenden Vogels unterzeichnete. Den er vor ihrer Heirat annahm. Sie konnte kein Finnisch. Lediglich ein paar Kinderworte. Ja, sie konnte grüßen, zur Not. Juntanen, für Oda war das, wie die Kleidungsstücke eines anderen Menschen direkt auf dem Körper zu tragen. Allerdings sagte sie das nie. Jedenfalls wechselte er den Namen. Herr, ich bin selbst ein Spießer, und wie ein alter Pharisäer sitz ich auf der Erinn'rung Thron, deklamiert es in Oda, ein halblautes, inneres Gebrummel, während sie den Vormittagskaffee aufsetzt.

Sie hat eine Idee für die Bürgerversammlung. Die Zukunft des Hauses im Besitz der Stadt. Ja doch. Und die Abkunft des Hauses, in der weithin die Welle der Zeit schwappt. Glauben sie. Aber wer hat, wie Sigge sagt, Kontrolle über die Geschichte? Mensch, was für eine gute Laune sie bekommt!

Sie kann beweisen, daß dieses Haus die Geschichte ist. Es ist kein Inklusorium für denkmalpflegende Mittelschichtsdamen. Es ist unterwegs durch die Zeit, und dies schon seit ... ja.

Am 13. September 1959 um 22.02.30 Uhr schwedischer Zeit glitt Lunik II auf den Mond hinab, und nachdem das vollbracht war, sendete der Rundfunk Schubert. Es war ein halb bewölkter Abend in Stockholm, doch viele sahen zum Himmel. Tage Erlander war Ministerpräsident und Gustaf Adolf VI. König. Johan Krylund war seit fast einem Jahr tot. In dem Haus brannte nur in einem einzigen Fenster Licht, und Oda dachte: Haben die erst eine Lampe angebracht? Doch dann wurde ihr klar, daß die neuen Bewohner Schubert und der Geschichte lauschten.

Es war ein wohlhabendes Paar. Die Frau war in einer kleinen braunen Persianerjacke und einer Baskenmütze aus dem gleichen Fell angekommen. Ein großer Haarknoten. Ein gewaltiger, kann man sagen. Sie war so schön.

Sie hieß Zenta. War das eine Art Künstlername? Sie war Tänzerin. Sie nannte das so. Nicht Balletteuse. Ihr Mann war Unternehmer, irgend etwas in der gleichen oder einer angrenzenden Branche wie Johan. Sie hatten das Haus von Aina gekauft, die in eine kleine Wohnung in Birkastan zog. Zenta hatte bei Mary Wigman getanzt. Freilich wußte Oda, um der Wahrheit die Ehre zu geben, damals nicht, wer das war. Jetzt tanzte Zenta nur noch auf Gesellschaften. Es war wohl so, daß sie Gesellschaften gaben, damit sie mit gelöstem Haar, das ihr ums Gesicht wallte und übers Parkett fegte, tanzen konnte. Barfuß.

Leicht knotige Füße. Ein schwarzes, locker sitzendes Kleid, das bis zu den Knöcheln reichte. Alle waren leicht verlegen, denn von einem Plattenspieler kam eine Art sägende Musik, und ihr Körper war sehr kantig. Beim Tanzen zeigten ihre Füße, von der Ferse ab gerechnet, manchmal nach oben. Ruth Ansers Mutter, Siv Åslund, eine kleine, feine Person, die dann starb, sagte, daß die Füße im Bogen nach unten gespannt werden müßten. Aber das hier war ja moderner Tanz.

Dann starb der Mann. Viel war es nicht, was er hinterließ. Zenta begann sich mit Ballettstunden für kleine Mädchen zu versorgen. In dem großen Wohnzimmer des Hauses tanzten sie in Trikotkleidchen mit volantartigen Röcken. Oda wurde mit den Müttern zu den Vorführungen eingeladen und bekam Sherry und Kaffee mit Kuchen. Bei einem Abschlußfest war es so warm, daß sie auf der Terrasse tanzten, rosige, leicht schwitzende Elfen.

Und schließlich die Luciafeier. Es gibt Ereignisse, so bizarr, daß sie nicht in die Geschichte passen. Die Jungfernelfen, diesmal weiß und mit Flitter im Haar, sollten um Lucia herumtanzen. Die Mädchen waren fiebrig erregt. Einige Mütter fanden, daß es in einen Schönheitswettbewerb ausartete. Resolut präparierten sie ihre Sprößlinge und erzwangen eine Wahl, die Zenta nicht guthieß. Ein derbes Mädchen mit der Andeutung eines Überbisses. Ja, mehr als eine Andeutung. Sie wurde Hasenzahn genannt.

So geht man nicht mit der Schönheit um. Sie hat trotz allem gewisse Rechte. Die von Natur aus Schöne hieß Rosita. Sie mußte zurückstehen.

Ein Plastikfabrikant spendete einen künstlichen Preiselbeerkranz mit elektrischen Kerzen und eine neue Art von Plastikflitter, den man um Tannenbäume und ins Haar wand. Und dann wurde getanzt. Rosita ertrug es jedoch nicht, sich um Hasenzahn herumzubewegen, sie ging zu ihrer Mutter, setzte sich auf deren Schoß und beugte sich vor, und dort auf dem Kaffeetisch stand eine gewöhnliche Stearinkerze, weit entfernt von den Kindern, die in ihrer Sicherheit, ihrer elektrischen Kerzenwelt und zu Zentas Plattenspieler tanzten. Rositas Flitterkranz wurde von der lebendigen Flamme entzündet.

Das Plastik brannte triefend und klebrig. Sie bekam es auf die Finger, und die Finger brannten. Die Haare. Der offenstehende Mund. Die Finger der Mutter brannten. Und noch ehe eine der resoluten Mütter die Decke vom Tisch gerissen und begonnen hatte, das Feuer zu ersticken, brannte ihr Gesicht.

Oda blieb allein zurück, lange. Ihre Beine trugen sie nicht. Der Krankenwagen war abgefahren. Wo war Zenta? Kuchen und zerbrochenes Porzellan lagen auf dem Fußboden. Es war eine Art Bild. Doch es bedeutete nichts.

Rosita wohnte mit ihren Eltern weiterhin in Dalen. Trotz vieler Operationen war ihr Gesicht für immer in zwei Hälften geteilt. In der einen konnte man sehen, wie ihre ursprüngliche Schönheit sich entwickelte und erblühte. In der anderen dunkelte und schrumpfte und schuppte die Verwüstung, die der Neid bei ihr angerichtet hatte.

Wenn es nun so war?

Es war jedenfalls nichts zum Erzählen. Ebensowenig wie Zentas zunehmend wackliger Gang.

Der Sherry, der eine lahme Gesellschaft geölt und ihr Blumenduft und das edle Aroma von Eichenholz verliehen hatte, wurde in rauhen Herbstnächten nun Zentas Wärmespender und eine kleine und anfänglich wirksame Hilfe beim Einschlafen. Ihr Fuß trat schon manchmal fehl. Aber sie hatte ja auch wahrhaft turmhohe Absätze!

Zenta verschwand aus dem Viertel, ohne daß Oda wußte, wohin. Manchmal denkt sie an sie: das Taxi, die zwei leichten Koffer, die Persianerjacke und die Persianerbaskenmütze mit dem Markasitschmuck, das Winken mit behandschuhter Hand – fort.

So sinnlos. Aber das beruht wohl darauf, wie man die Teile zusammensetzt. Und wer das macht.

Eben noch dachte Oda, daß die Geschichte in ihrem Kopf sei. Aber dort ist etwas anderes. Das Monster grinst im gleichen Moment, in dem Zenta ihren Abgang zum Taxi macht, aus dem Terrassenfenster. So ging das nicht vor sich. Das Monster war zunächst ein pubertierender Jüngling, der in unregelmäßigen Eruptionen hormoneller Kraft zu voller Größe heranwuchs. Seine Hände wurden binnen einer Woche riesenhaft. In der nächsten Woche hatte er eine bis dahin unbekannte Nase. Sein Gesicht wurde fruchtbar, es trieb und mästete reifende Pickel. Die ganze Zeit hatte er diese Eltern. Ruhige ältere Leutchen. Sie hatten ihn wohl auf den letzten Drücker bekommen. Er war Oberstudienrat, und sie arbeitete in der Zweigstelle der Stadtbibliothek. In dem Haus begann es zu dröhnen. Es wurde von Explosionen im Keller erschüttert. Es hämmerte und jaulte. Gemaunze und krächzende Schreie, heiseres Schnaufen und Räusperer drangen heraus, und in den Fenstern bebten die Scheiben. Geisteskranke Schäferhunde in einem Flugzeughangar. Hinrichtungen in der Garage.

Manchmal klang es nach Orgien, aber eine solche hatte das Monster erst, als es das Abitur machte, und trotz der Embleme war es nicht sicher, ob sie sexueller Natur war. Das Haus sollte sich an die Geräusche gewöhnen. Sie bilden nach wie vor seinen Dunstkreis. Jetzt ist es ROCK OFF, das dort seine Duftmarke setzt. Doch das Monster und sein Plattenspieler waren unbestreitbar zuerst dran.

Sigge behauptet freilich, daß zwischen Rock und Rock ein himmelweiter Unterschied bestehe. Fehzén und Oxehufvud vertrieben Dreck, es gebe aber astreine Rockmusik. Die ihre Zeit ausdrücke. Das Monster war wahrscheinlich ein bißchen vor seiner Zeit durch. Und die Frage ist (hat sie zu Sigge gesagt), ob diese Musik und alles, was sie im Schlepptau hat, ihre Zeit nicht macht, anstatt sie auszudrücken.

Und was macht Sigge?

Sie benutzt den Dreck natürlich, um ein paar goldene Körnchen auszustreuen. Sigge finanziert ihre Literaturwissenschaft mit Dreck. Ja, wirklich. Doch sie sät in einen Humus, in dem der Mist noch nicht ganz hat verbrennen können. Er wird deine Körnchen aufzehren, Sigge.

Oda sitzt am Küchentisch, eine Kaffeetasse vor sich und mit Aussicht auf die Terrasse und das große Terrassenfenster des Hauses. Sie ist allein und braucht sich keinen Zwang anzutun.

Das Monster hatte jedoch lange vor der Schlußorgie schon wilde Feten. Wie leicht, ein Stück Geschichte oder mehr fallen zu lassen! Tage, an denen die Mutter, die Bibliotheksassistentin, auf Knien lag und Wände und Böden scheuerte. Doch das Abitur war unbestreitbar der Höhepunkt. Mädchengekreisch, Brunstschreie und Gedröhn. Sie bliesen weißgelbe Ballons auf, die über das Arpmansche Grundstück segelten. Einer platzte in der Felsenbirne, und Oda zog ihn über den Zeigefinger und stellte eine innere Untersuchung über ihre eigenen Zeiten an. Kondome kaufte man, als Harjalintu und sie zugange waren, illegal im Frisiersalon. Sie waren teuer, und man zog sie mit Ehrfurcht oder zumindest unter Schaudern und Kichern über. Die Qualität war auch nicht die beste. Heikki kam so zustande.

Das Monster und seine zahllosen Freunde und Bekannten grillten Würstchen auf der Terrasse. Bald loderte ein Scheiterhaufen. Sie hatten den selbstgebastelten Grill (eine Fußkratze über zwei Reihen Ziegelsteinen) aufgegeben und das Feuer direkt auf dem Marmor entzündet. Sie verheizten Möbel und ausgestopfte Vögel, den Fuchs mit den Glasaugen und noch weitere Exemplare aus den Sammlungen des Oberstudienrats. Der Marmor barst, und Oda holte die Polizei.

Orgien und *Götterdämmerung* und Weltkrieg und Kernschmelze.

Wenn Sigge Weltkrieg sagt, dann meint sie, daß sie mit Janne Streit hat. Sie glaubt nicht, daß es Weltkriege geben werde oder daß es jemals welche gegeben habe. Nur die gewöhnlichen, schmutzigen kleinen oder größeren Kriege, oft um heilige Orte.

Nein, laß uns ein bißchen nüchterner sein. Laß es nun direkt durchs Haus blasen, wenn es denn unbedingt will. Irgendwo hat Oda gelesen, daß menschliche Identität nicht mehr mit einem Ort verbunden werden könne. Da die Orte sich immer mehr gleichen, ist das scharfsinnig gedacht. Menschen setzen sich in ein Taxi, wie Zenta, oder tauchen, wie Inga Hernfelt (Herngren?), jedenfalls die Mutter des Monsters, im Café in der Hötorgshalle mit einem Cappuccino vor sich auf. Sie sagte, er verkaufe jetzt Wohnwagen und habe zwei kleine Mädchen. Sie und ihr Mann hätten sich statt dessen einen Boxer angeschafft. Sie nannten ihn Taff, und die Frau sprach viel von ihm.

Sie wohnten in Sollentuna und hatten keinen Garten mehr. Hernfelt oder Herngren war ja kein Züchter. Er wollte lesen. Wie sie trotz ihres schlechten Rückens in dem Garten in Dalen geackert hatte! Bis es nicht mehr ging und sie verkaufen mußten. Ored Bildström erschien mit seiner Gang auf der Bildfläche. Sie müssen das Haus billig bekommen haben. Die gesprungene Terrasse? Sie sahen wirklich ärmlich aus. Alle außer Ored hatten blaue Arbeitskleidung und gestreifte Schreinerhemden an. Nein, manche trugen auch Plüsch. Er trug eine braune Baskenmütze, eine Brille und einen Mantel aus winddichtem Stoff. Wenn er nicht dagestanden und sie wegen einer Besichtigung um den Schlüssel gebeten hätte, dann hätte sie geglaubt, er habe den Mantel auf dem Dachboden des Hauses gefunden und es sei derselbe, den Johan in den kalten Kriegswintern auf seinen Spaziergängen übers Eis getragen hatte. Der militärische Schnitt, dem nicht einmal der Zivilist Krylund entkommen war. Und die Baskenmütze. Und das Brillengestell aus Stahl! Ored schien der Vergangenheit entstiegen zu sein.

Sie wußte damals nicht, daß die Zeit, oder zumindest deren Geist, sich gedreht hatte. Dieser will nicht immer vorwärtsgehen. Er schlägt kleine Haken und Ösen zurück, wenn er meint, daß es zu schnell gehe. Doch für Oda war Ored der erste, und sie fand das Ganze merkwürdiger als das Farbfernsehen.

Sie zogen Zwischenwände ein, denn sie waren eine Wohngemeinschaft und hatten viele Kinder. Und sie pflügten den Rasen um und pflanzten Gemüse an. Zuerst hatten sie angefangen, ihn zu fräsen, doch dann gab es deswegen eine Zusammenkunft im Wohnzimmer, wo die meisten auf dem Fußboden lagerten. Diese Menschen hatten einen ausgesprochenen Widerwillen dagegen, auf Stühlen zu sitzen, und auch gegen elektrische Geräte. Sie brachten Oda bei, ihren Joghurt selbst zu machen. Sie wickelte einen Pullover um den Eimer und stellte ihn zwölf Stunden lang neben den Heizkessel. Kwass gären zu lassen lernte sie ebenfalls, doch der wurde auf die Dauer zu säuerlich, denn sie schaffte es nie, ihn auszutrinken. Es wurden entsetzliche Mengen, die von hellem Bernstein zu Braun dunkelten. Er sah wie der Urin eines kranken Menschen aus. Der Pilz wuchs in diesem Urmeer, wurde schleimig und trieb Fäden und vermehrte sich in neuen, amöbenartigen Formen. An dem Tag, an dem sie das riesige gelbgraue Ding auf den Kompost warf, kam ihr dies wie eine politische Tat vor. Und das war es in Oreds und Ellas und der anderen Augen wohl auch.

Aber sie hatten recht, was den Krieg betraf.

Es war spannend. Die berühmte Yrsel Järnsjö kam, las aus ihren Büchern vor und saß mit ihnen auf dem Fußboden, und sie luden die gesamte Krylundgruppe ein. Sie waren freigebig mit ihrem Matetee und ihrem Nesselbrot, und Yrsel zuzuhören war, wie von einem starken Wind fortgetragen zu werden und an anderer Stelle zu keimen. In einem Moor.

Und sie hatten recht, was den Wald betraf. Und die Autobahnen. Und den Krieg.

Vor nicht allzulanger Zeit haben schwedische Intellektuelle der Botschaft der USA mit Danksagungen für deren Kriegseinsatz gegen den Irak aufgewartet. Als Oda dies las, dachte sie, daß Johan das niemals mitgemacht hätte. Nicht, um sich zu brüsten. Nein. Aber er betrachtete die Stärke der USA als Schutz gegen antidemokratische Kräfte, und davon hätte ihn nichts abbringen können, wenn er noch gelebt hätte.

Wie hätte er mit rissig werdenden Wänden und dem immer schleimiger sich auswachsenden Pilz gelebt? Mittwoch folgt auf Dienstag, und Donnerstag folgt auf Mittwoch, und Freitag folgt auf Donnerstag und Frühling auf Winter, und es stürmt, und es schneit, und es regnet und fließt ab, und ganz dicht an der Hauswand grünt es, und es mausert sich und wird saftig und blüht und bildet Samen und welkt und verblaßt und schneit ein, und all das ist vielleicht nicht die Zeit, gleicht aber unserer Vorstellung von ihr.

Die Geschichte ist es nicht. Zentas Kaffeetisch brennt, und die Terrasse birst durch eine andere, spätere Hitze. Ored, der Gedichte über Küchentische und Spüllappen schrieb, wandert ein und dann aus, Brille auf der Nase und von der gesamten

Wohngemeinschaft begleitet: tropf, tropf, tropf. Die patente Ella Bask bleibt mit ihren Kindern allein zurück und zieht Mangold, wo einst Rasen war. Sie wird im großen Stil Tagesmutter, ja, eigentlich war das wohl eine Art alternativer Kindergarten, was sie betrieb, und die Kinder bemalten die Wände, wie das Volk im befreiten Portugal Mauern und Hauswände. Es werden farbenfrohe alte Männer und Kinder und der Drache Kapitalismus und die Wolke Giftemission, denn die Kinder sind ebenso gehorsam wie zu Alice Tegnérs Zeit. Dann erhält Ella Elchfleisch aus Jämtland. Das Auto kommt zurück; sie hat sich verliebt, womöglich in eine Lebensform, und geht in ihren Ökoschuhen Marke Knulp fort. Fehzéns italienische Stukkateure erscheinen in langen, glänzenden Autos, holen ihre Eimer heraus und überstreichen alles. Geht es so vor sich? Kann man es so erzählen?

Es ist Dienstag oder Mittwoch oder vielleicht Donnerstag, es schneit oder stürmt oder regnet, und Oda geht durch die Diele des Krylundschen Hauses, ruft hallo, hallo! In der Hand hat sie eine Tüte oder eine Dose mit irgend etwas. Joghurtkultur? Gurkenpflanzen? Man soll einfach reingehen, sie wollen es so. Es ist so leer in dem großen, hellen Haus, sie wandelt wie im Traum, öffnet schließlich eine Tür und findet Ored und seine Freundin Barbro auf einer Matratze auf dem Fußboden vor. Er lächelt Oda an und sagt: Komm rein zu uns! Streichelt weiterhin Barbros Busen, der nackt und kräftig blaugeädert ist. Er nimmt mit dem Zeigefinger etwas auf, hält die Fingerspitze hoch und sagt: Siehst du, was das ist? Oda schüttelt vermutlich den Kopf oder starrt wie im Traum. Milch, sagt Ored. Ein Gruß von unserem Kind. Wir haben abgetrieben, verstehst du? Da geht Oda rückwärts hinaus, sie hat Angst vor ihnen. In der Diele ist das große Gemälde mit Superman, und wie bisher steht da: ICH LECKE SEINEN SUPERSCHWANZ, doch jetzt sieht sie, daß es keine kindliche Hand war, die diese Worte geschrieben hat. Sie hat Angst vor ihnen. Ja, sie hat Angst. *Kastriert Chao Ky mit einem stumpfen Schlittschuh* steht auf der Toilette. Sie geht nie wieder dorthin. Es ist Mittwoch oder Donnerstag, und draußen fahren die Autos wie immer, es stürmt, der Wind weht durch die Apfelbaumkronen. Es ist ein weit entfernter Tag. Sie weiß nicht, wann.

Sie muß sich jedenfalls entscheiden. Man kann wählen. Man kann Teile herausnehmen, und man kann sie hochhalten, und man kann dies mit Vernunft und Willen tun und die Geschichte oder die Zeit, oder was es ist, nicht nur mit sich geschehen und sie Fäden austreiben und das Jetzt trüben und bitter machen lassen wie alten Kwass.

Das Gespräch mit Ruth Anser hat Oda nachdenklich gemacht, aber nicht niedergeschlagen. Sie ruft Kajan an, die zwar am nächsten Abend auf dem Norrmalmstorg Geld sammeln will, aber verspricht, so bald wie möglich zu kommen. Ulla Häger erreicht sie im Gemeindezentrum der Oscarkirche, wo sie Brillen sortiert, die nach Rumänien gehen sollen. Ulla meint, daß sie über die Zukunft des Krylundschen Hauses nach der Whitlockschen Schule reden könnten. Zwei Treffen in der Woche seien zuviel. Doch Oda ist entschlossen.

»Es ist wichtig«, sagt sie. Sigge nimmt nicht ab. Die Vorhänge sind immer noch vorgezogen. Blenda Uvhult hört sich an, als denke sie an etwas anderes, und sagt, daß sie es kaum schaffen werde.

»Sind zwei Treffen in der Woche nicht ein bißchen viel?«

Dann fängt sie zu kichern an und sagt: »Ich habe einen Termin.«

Einen Termin. Oda möchte es natürlich wissen, sagt aber nichts. Ein Rendezvous? Klar, sie ist jung. Oder zumindest jünger. Mittleren Alters. Mittendrin.

Sylvia Fransson sitzt stramm dran, wie Odas Mutter über das Weben sagte. Allerdings sitzt sie an der Arbeitsbank und starrt auf einige, nach Odas Ansicht ziemlich widerliche Fragmente mittelalterlicher Stoffetzen. Geistesabwesend sagt sie, sie wolle mal sehen. Es gehe wohl. Mal sehen.

Nun ist es wieder still. Oda bleibt beim Telefon sitzen. Es ist, als glaube sie, daß eine von ihnen noch einmal anrufen werde. Oder Sigge. Obwohl sie weiß, daß sie sich entscheiden muß, daß sie sich entschieden hat, und zwar mit Vernunft und Willen, sitzt sie da und denkt (denkt?) an die illegalen Warenkarren des Kaufmanns Johansson auf dem Weg von Krylunda nach Stockholm während des ersten Krieges, der Weltkrieg genannt wurde. Sie sieht sie wohl. Vielleicht.

Sie fahren durch Almqvists Wortvorhänge und die Gewölbe aus hellgrünen, blattreichen Zweigen, die sich über die Straße neigen. Schaukeln und mühen sich durch die lehmigen Holperlöcher.

Almqvists Zeit dauerte bis Ende der zwanziger Jahre. Da erzählte eine Frau, daß sie ihn gesehen habe. Er habe in ihrem Treppenaufgang gewohnt. Sie sei noch ein Kind gewesen. Er habe ihr Furcht eingeflößt.

Als sie starb, war Almqvists Zeit zu Ende. Ihre Geschichte war jedoch aufgezeichnet worden. Oda hat sie in den sechziger Jahren im Radio gehört.

Andere Zeiten werfen ihren Gaukelschein und ihre Bilder an die Wände des Raums, der jetzt Odas Zeit sein soll. Nicht einmal das Vergessen ist natürlich. Es ist ein elektronischer Schlaf, der in plötzlicher Wachheit aufblitzen, wie ein Ektoplasma an einer leeren Wand funkeln kann. Sie hat Brahms Klavier spielen hören.

Janne kann die Logik nicht begreifen. Wenn es okay ist, daß Sigge für ROCK OFF jobbt, dann kann er wohl einen einzelnen Auftrag annehmen. Dies prustet er aus dem Badezimmer. Es ist kaum zu verstehen, was er sagt. Doch er ist verdammt zufrieden. Einen halben Tag lang auf den Schlagzeilenaushängen.

Da fällt ihr Blick wieder auf diesen merkwürdigen Turm. Diesmal auf einem Plakat.

EIN TAG VOR DER ZUKUNFT

Und dann GLOBECOM. Unglaublich.

»*Einen* Auftrag!« jault sie durch die Badezimmertür. »Was, zum Geier, ist dann das hier?«

»Was?«

»Der Turm!«

Doch im Bad rauscht es nur.

Sie hat diesen Turm viele Male gesehen. Er hat ihn auf Blockpapier und mit seinem Easy-Cad-Programm im Computer gezeichnet. Sie hat ihn rührend gefunden. Pimmel können rührend sein.

Der Schiefe Turm in Pisa neigt sich nach unten. Dieser hier will nach oben. Er strebt schräg nach oben, ist rührend und schön. Schwer zu sagen, worin der Trick besteht. Den Turm in Pisa hat sie nachgeschlagen und weiß, daß seine Neigung keineswegs beabsichtigt ist.

Sie hat Janne über die Neigung oder besser die Strebung befragt sowie darüber, welche Materialien eine Konstruktion wie diese halten könnten. Sie sei doch unmöglich. Janne sagt, daß das Unmögliche das Schöne an seinem Turm sei. Er strebe von der Grenze der Wahrscheinlichkeit schräg nach oben. Janne ist voller Zärtlichkeit für ihn. Andacht, kann man schon sagen.

Sie hat ihn auch gemocht. Doch nun hat er ihn mit der GLOBECOM-Konferenz gepaart. Wie? Soll dies das Plakat sein? Warum hat sie es nie zu Gesicht bekommen? Warum mauschelt er mit Oxehufvud? Und warum badet und duscht er da drinnen bis zum Gehtnichtmehr?

»Beeil dich! Wir müssen fahren.«

Da hört er.

»Es tut mir leid, Sigge, aber ich kann nicht mitkommen.«

Das ist so grauenhaft. Sie kann gar nicht glauben, daß es wahr ist. Wo sie doch einen Vortrag halten wird. Immerhin kommt er jetzt heraus. Er ist naß und wickelt sich gerade ein Handtuch um den Bauch, sorgfältig. Er ist merkwürdig. Alles ist merkwürdig. Der Turm auf dem Plakat. Will er wieder in die Werbung einsteigen?

»Dein Vater kommt doch. Und alle Krylundtanten. Sigge …«

Es ist wirklich nur grauenhaft.

»Ich muß heute abend arbeiten. Wir werden mit dem Turm ein reelles Ding machen. Wir haben nur noch ein paar Tage Zeit. Das weißt du genau.«

Sie weiß gar nichts. Aber sie muß jetzt los, wenn sie nicht zu spät kommen will.

Janne war berühmt, als sie ihn kennenlernte. Sie wußte nicht, wie er hieß, aber er war berühmt. Es war im Prinsen, eine Menge Leute, und sie aß nur Muschelsalat und trank Eiswasser. (Ständig bin ich knapp bei Kasse, ständig.) Janne betrat das Lokal, sein Scheitel war schon ein bißchen licht, obwohl er noch keine dreißig war, und sie sah seine Boots, echt starke schwarze Boots. Er war nicht knapp bei Kasse, das merkte man. Und er war so feingliedrig, hatte einen edlen, bräunlichen Teint. Ihr gefiel auch seine Jacke. Grau mit Wildlederkanten an den Taschen. Wer ist das, fragte sie Jessika. Weißt du das nicht?

Er war also berühmt. Er habe die COPY-CAT-Anzeigen gemacht, erklärte Jessika. Das war zu der Zeit, wo alle darauf warteten, daß Guillou oder Aschberg ihre Schuhsohlen zeigten, wenn sie sich auf der Mattscheibe fläzten.

In den USA wurde jemand wegen Mordes an drei Mädchen hingerichtet, Mord und natürlich Vergewaltigung und Folter. Er hatte bestimmt neununddreißig Frauen und kleine Mädchen auf die gleiche Weise umgebracht, doch man konnte ihm nur drei nachweisen. Dann gab es in Stockholm mehrere Morde, drei in unmittelbarer Folge, und die Zeitungen begannen von einer Epidemie zu schreiben, ein Mörder inspiriere den anderen;

sie verwendeten den amerikanischen Polizeiterminus copycat. Janne hatte bei Beckman gelernt und einen Job in einem Büro bekommen, keinen festen. Die Firma hatte einen Riesenvertrag mit einem Schuhimporteur. Ziemlich derbe Schuhe, aber solche wollten die Leute nun haben, jedenfalls wenn sie unter zwanzig waren. Sie wurden irgendwo in Asien hergestellt, die Fabrik brach später zusammen, doch noch stand sie und war voller lebendiger Mädchen, die Schuhe zusammensetzten. Dieser Schuh hatte noch keinen Namen, das war es, worum es unter anderem ging, doch Janne hatte keinen Deut damit zu tun. Er war ja neu.

Der erste Mörder, der im Vasapark, hatte einen Schuhabdruck hinterlassen. Janne saß eines Nachts da und machte eine Skizze (er erzählte ihr, wie er sich gefühlt habe, elektrisch). Es wurde ein Sohlenabdruck, dieser grobe, geriffelte, mehr nicht. Dann kam er an den Prototyp des Schuhs heran. Das geschah hintenherum und war recht schwierig, denn er hatte mit der Sache ja nichts zu tun. In einer Tierhandlung hatte er Sand gekauft, machte eines Nachts einen Abdruck von dem Schuh und fotografierte ihn. Das war schwierig. Unterschiedliche Feuchtigkeitsgrade im Sand und ein klein wenig Beimischung von Blumenerde, die er bei Weibull gekauft hatte. Schließlich kriegte er es hin. Schwarzweiß, platt. Es war wie ein Polizeifoto. Er war zufrieden und vergrößerte es anschließend, grob gerastert.

Dann zeigte er es in der Firma vor. Ihm war mulmig dabei, denn dort herrschte eine Hierarchie wie in einer Nationalmannschaft, und er gehörte nicht einmal zur Reserve. Doch sie fingen Feuer. Himmel, und was für ein Feuer! Er hatte Copycat geschrieben. So sollte der Schuh heißen. Das ging bis zu dieser asiatischen Fabrik raus: copycat, copycat, copycat. COPY CAT.

So war das. Und das Sohlenmuster wurde gröber geriffelt.

Eklig, sagte Sigge zu ihm. Total eklig. Da liefen bereits alle mit diesen Schuhen herum, fanden wohl, daß sie umherschlichen und Abdrücke machten. Doch Sigge sagte, was sie meinte. Er hatte sie zum Wein eingeladen. War sie voll? (Ich werde nie voll. Ich muß ja morgens wieder raus.) Aber es war dieser Funke. Da gab es ein Buch: VERLIEBT SEIN UND LIEBEN. Wie hieß er bloß? Alberoni? Alberti? Der erklärte das.

Jedenfalls wie ein Rausch, eine Euphorie, und da sagte sie

alles mögliche. Die Wahrheit. Gibt es etwas so Wahres wie das, was man im alberonischen oder albertischen Rausch sieht und sagt? Im ersten Stadium, dem ätzend durchgreifend klaren. Es ist wie Meerwasser. Fünfundzwanzig Prozent Salzgehalt.

Sie empfand es ganz und gar nicht als Verliebtheit, im Gegenteil. Sie hielt ihn für pathetisch. Bald würde er eine Glatze haben, und bei näherem Nachdenken fand sie sowohl die Boots als auch die Jacke ziemlich lächerlich. Sie waren ganz einfach zu teuer, er mußte unsicher sein.

Später ging es in eine Disco, alle zusammen fuhren mit dem Taxi dorthin. Janne und sie zankten sich weiter wegen COPY CAT, ziemlich hitzig. Er stieß auf eine unverschämte Art seinen Unterleib gegen den ihren. So tanzt man nicht, wenn man nicht angetörnt ist. Es war übertrieben. Doch er stieß zu. Gott!

Schließlich wurde er so stinkig, daß er ging. Sie erinnert sich nicht mehr, was sie sagte, es war wohl ständig in etwa dieselbe Leier. Sigge hat eine spitze Zunge, das weiß sie. Sie war ebenfalls auf dem Nachhauseweg, und da sah sie ihn in der Folkungagatan. Er stand da und rieb unablässig seine Sohle im Gras ab. Es war genau an der Stelle, wo sie die Abkürzung zum Friedhof nehmen wollte. Er war mit einem seiner schwarzen Boots in Hundekacke getreten. Sie konnte es nicht lassen, zu ihm hinzugehen und etwas zu sagen, sie weiß aber nicht mehr, was sie sagte, möglicherweise: Symbolisch.

Er war jedoch so mitgenommen, daß er nicht böse wurde. Er war schrecklich verzweifelt, unglücklich. Völlig hysterisch. Der Geruch! Sie kam nicht umhin, ihm zu helfen. Das war geradezu humanitär.

Sommernacht. Die Linden blühten. Und da drängte sich dieser Geruch nach Hundekacke vor. Auf dem Friedhof hörte sie eine Taube.

Als sie in ihre Wohnung kamen, wurde es Janne zuviel. Es war warm dort, und der Gestank blühte aus. Er schluchzte über der Toilette, während sie in der Küche den Schuh saubermachte.

Sein Erfolg mit COPY CAT nahm ihn ziemlich mit. Angst. Man muß ein bißchen hart sein, um auch mit Erfolg klarzukommen. All dieses Für und Wider und Hin und Her, die kleinen Qualen, das hält nicht. Sie wußte, daß dies die Sache entschied. Doch alle glaubten, es habe an ihr gelegen. Er fing auf der Hochschule für Architektur an. Da waren sie bereits zusammengezogen. Mensch, Vati überließ ihr die Wohnung und zog selbst in eine Einzimmerwohnung an der Långholmsgatan!

Vati! Wird er zur Whitlockschen Schule kommen?

Hier ist das Haus, in dem Sylvia arbeitet. Es ist nicht gerade so, daß es schwankt. Jedenfalls nicht sichtlich. Und natürlich nicht aufgrund eines Betrugs.

Wann geschah das eigentlich? Es ist schwer zu sagen. Der Betrug kann ja einsickern. Er kann begonnen haben, sich einen Weg in Blutbahnen und verborgenen Drüsen zu suchen, während du noch vor atemloser (und erschreckter?) Seligkeit perlst und plapperst.

Es sind Jahre vergangen, tatsächlich, seit Sylvia hierhergekommen ist, und auch damals sprach man über einen Krieg, wenn auch einen anderen. Und man verdrängte ihn, jedenfalls tat Sylvia das. Es war unangenehm. Ein gerechter Krieg. Trotzdem nicht gerade einer von Odas Predigerkriegen. Ein Krieg zur Verteidigung des Öls und der Abhängigkeit der Ölstaaten von den USA. Unter anderem. Der vorgesehene Befreier dieser Staaten war indessen ein brutaler Schlächter und Kriegsverbrecher. Unter anderem, unter anderem.

Im Krieg gibt es nämlich Verbrecher. Schlächter, die nicht so schlachten, wie man im Krieg schlachten soll, sondern die mit Gas schlachten und die ihre eigenen Leute schlachten und die Bewohner ferner Städte zu schlachten drohen. Das ist verbotenes und ungerechtes Schlachten.

Das war damals. Oda hatte Besuch von der kleinen Literaturwissenschaftlerin mit der Lederjacke und den Leggings, und der Zirkel war wieder aufgelebt und hatte Eyvind Johnson zu lesen begonnen. Den Skeptiker. Er zauderte jedenfalls nicht während des Kriegs. Er, der Radikalpazifist. Er habe Stellung bezogen, als es wirklich notwendig gewesen sei, sagte Oda. Dieses Auflösen, dieses resignierte Mißtrauen hätten ihn nicht ergriffen. Wie sie beispielsweise Vennberg ergriffen hätten. Sagte Oda, gleichsam sprühend vor Gerechtigkeit. Als hätte sie gewußt, daß Sylvia Vennbergs *Du mußt dein Leben verteidigen* auf dem Nachttisch hatte. Doch das konnte sie gar nicht wissen, denn Sylvia ist eine, die sich bedeckt halten kann, und überdies benutzte sie die Gedichtsammlung in jenen Tagen buchstäblich dazu, ihr Leben zu verteidigen; sie schlug sie selten auf, starrte nur die Worte an, manchmal nächtelang.

Das einzig Vernünftige, was Sylvia in dieser Diskussion aufschnappen konnte – das übers Schlachten hatte Verstimmung hervorgerufen, und sie saß da und schämte sich –, war, daß Oda sagte: Das Verlangen nach absoluter Hingabe findet sich bei Vennberg stärker als bei Johnson. Mißtrauisch – ja, vielleicht. Aber nicht skeptisch. Nicht skeptisch genug.

Mein Verlangen nach totaler Hingabe war stark, dachte Sylvia und hörte dann deren mitunter ziemlich schrille Stimmen nicht mehr. Vom Schweren trat ich ins Einfache ein: Willst du die totale Liebe? Ja! Ja! Ja! Ich war mißtrauisch – und nicht geimpft. Mißtrauen schützt nicht. Im Gegenteil. Mißtrauen ist eine Krankheit, von der man geheilt werden möchte. Skeptizismus dagegen ist ein Impfstoff.

Sie hätte wach sein und deutlich sagen sollen, daß Vennbergs Mißtrauen, selbst wenn es danach verlangte, von einer großen Hingabe überwunden zu werden, doch niemals überwunden wurde. Im übrigen weiß sie jetzt, wenn die Chapman mit ruhigen Masten in einer bewegten Zwirngardine aus Schnee liegt und sie den Schiffsrumpf anstarrt, mit Kräften, die alles andere als zerstreut sind und diesen dennoch nicht dazu bringen, sich in die Stadt und die Schneenebel und den Glockenklang im Verkehrsgetöse zu bewegen – eine Beerdigung in Jakob, ist das jetzt möglich? –, daß man diese Ähnlichkeit zwischen politischer und erotischer Hingabe nicht allzuweit treiben kann. Es gibt in der Liebe einen Rest, der nicht durch nachträgliches Kalkül zerstört werden kann. Einen wilden Rest, einen guten.

Oder auch nicht.

Das Haus in der Ferkens Gränd gehört einer großen Schiffsversicherungsgesellschaft. Die Häuser in diesem Viertel stehen auf lehmigem Grund. Sie können abtreiben oder verschlungen werden. Jetzt will die Gesellschaft das Haus renovieren und im Keller mit Pfählen verstärken lassen. Eine braungraue mittelalterliche Schale, die erhalten werden muß. Das kostet zig Millionen, doch es waren die achtziger Jahre, als damit begonnen wurde. Das Haus steht natürlich unter Denkmalschutz und ist überdies mit einem Haus an der Skeppsbron zusammengebaut. Nachdem die Kalkulation erstellt und die Renovierung beschlossen war, hob der Direktor hervor, daß das Haus die Seele der Versicherungsgesellschaft berge.

Das Haus brütet. Es hat viele Seelen besessen. Es ist im Bersten und Sinken begriffen. Es will in den braunschwarzen, den halb treibenden Lehm versinken. Gern in die Saltsjön. Es will sich auflösen.

Doch die Versicherung möchte die Seele retten, und tief in den Kellergewölben geht die Pfählungsarbeit voran. Abgrundtief schwankt der Schlamm.

Aus ihm drang natürlich die Geschichte empor. Schon gleich in den ersten Monaten der Renovierung. Die Versicherung wollte das nicht, denn die Geschichte kostet Zeit, die Geld ist, das der Körper der Versicherung ist. Die Geschichte riecht muffig. Sie ist schmierig und schlabbrig. Keine Skelette, keine Krüge, Münzen oder Schwerter. Nur riesige, lehmige schwarze Stoffetzen.

Die Versicherung hätte sich am liebsten einen feuchten Kehricht um die Geschichte geschert, besann sich jedoch auf einer Vorstandssitzung und meldete dem Zentralamt für Denkmalpflege den Fund eines Gegenstands, der wie eine dicke, aus Stoff zusammengedrehte Trosse aussehe.

Da wurde das Haus in der Ferkens Gränd in einen archäologischen Ausgrabungsort verwandelt. Der Vorstand schritt auf Stegen über den Lehm und schielte im Scheinwerferlicht in die Finsternis und den Schlamm des Mittelalters hinab. Tapfer bezog er Position und stellte der archäologischen Forschung Zeit und Raum, der ebenfalls Geld ist, zur Verfügung. Nach und nach stellte sich über dem Schlamm ein Modus vivendi ein. Das Büro zog größtenteils in die Stadt um, mietete sich in einem der Hochhäuser am Hötorget ein. Der Vorstand trat nach wie vor in seinem Zimmer zusammen. Sylvia Fransson-Bleibtreu, aus Zürich herbeigerufen, bekam in dem Haus ein Büro. Sie ist Expertin für Textilien. Speziell Grabfunde. Sie bekam einen Raum mit einem Kabuff für den Kopierer und den Drucker. Von hier aus überwachte sie, die in Stockholm immer mehr Fransson und immer weniger Bleibtreu wurde, die Ausgrabungen und registrierte die Funde. Diese wurden hier ausgebreitet, fotografiert und für den Transport zum Laboratorium verpackt. Der

Raum selbst wurde mit der Zeit immer mehr zum Laboratorium. Die Kosten trug die Versicherung. Dadurch, daß man wichtigen Kunden unter den Reedereien das Laboratorium, die forschende Dame und das Kellerdunkel zeigte, bekam man einen Goodwill, den man als bares Geld einschätzte.

Es gab nicht viele Funde. Drei gab es. Drei Trossen aus zusammengedrehten Stoffetzen.

Die Versicherungsgesellschaft hat in ihrem Haus Sylvia Fransson-Bleibtreu gern als ein Bild von dessen Seele sitzen. Sie ist jetzt überzeugt davon, daß dessen Seele die Geschichte ist. Die Gesellschaft, die nach Kriegsende gegründet wurde, als die Seefahrt wieder in Gang kam, fühlt sich mit der Hanse und den Lübeckern samt den unternehmungslustigen Visbykaufleuten verbunden, die ihre Koggen und Frachtschiffe einst mit Trossen vertäuten, die aus dem Stoff zerschlissener Kleidungsstücke und Bettwäsche zusammengedreht waren.

Sylvia sitzt in ihrem Raum unter dicken Gewölben. Manchmal schlägt sie sich den Kopf an einem Gewölbebogen an. Sie hat in einem Antiquitätenladen ein Sofa gekauft und herschaffen lassen, so eines, das man früher Chaiselongue nannte. Das tat sie aus Vorsicht, einer ebenso komplizierten, wie Sylvia selbst es ist. Es war ja une chaise longue – also eigentlich ein Stuhl. Die Versicherungsgesellschaft soll nicht glauben, daß sie hin und wieder ausruht. Die Gesellschaft wartet auf die Ergebnisse ihrer Arbeit, wünscht aber nicht, daß sie vor dem fünfzigsten Jubiläum vorliegen.

Man bezahlt sie dafür, daß sie eine Festschrift schreibt, die über eine wissenschaftliche Untersuchung mittelalterlicher Stoffreste Rechenschaft ablegt. Kleidermoden, Webtechniken und Handelswege sollen ihr entsteigen. Erinnerungszeichen. Erinnerungszeichen des Schlamms, befruchtet von Sylvias Wissen. Es soll schöne Farbaufnahmen geben. Ein junger Mann mit Dreitagebart fertigt das an, was er Bildmaterial nennt, und er läßt goldgelbes Licht über die Texturen schweifen. Das wird gewiß schön. Sylvia ist immer dabei, wenn er arbeitet, sie traut ihm keine Sekunde über den Weg. Er hat einen Akzent, der, wie sie begreift, modern und stockholmerisch ist, doch ihr ist er fremd. Ein Stakkato. Eine Art Heiserkeit. Viel zu offene Ö.

In diesem mittelalterlichen Raum betet und arbeitet Sylvia vor einer Chaiselongue, die sie auf Schritt und Tritt an ein Möbel in Cyrus Bleibtreus Dienstzimmer in Zürich erinnert. Dort geschah es. Eine irreversible Tat. Sie hat also ein Möbel herschleppen lassen, das dem Altar gleicht, auf dem sie das erste Mal opferten. Die Ähnlichkeit erst wahrnehmend, als es aufgestellt ist. Gut bezahlt und dienstfrei hat sie Zeit gehabt, die Chaiselongue anzustarren, deren ewiges Jetzt:

»Jetzt habe ich dich. Jetzt gehörst du mir. Bist mein Besitz. Mein Besitz und Eigentum. Ich nehme dich.«

Wie natürlich sich die Worte fügten! Das eine ergab das andere, als wäre es die Natur der Worte, alles Menschliche zum Wahnbild zu treiben.

Irgendein Schlaukopf hat gesagt, daß Gott nur in Negationen beschrieben werden könne. Durch das, was er nicht sei, werde er bestimmt. Das nennt man sicherlich apophantische Theologie. Wie diese dort paßte, auf einer Chaiselongue wie dieser hier, im Winterlicht, in lau durchglühter Dunkelheit mit Reflexen von Straßenlaternen, in klebriger, säuerlicher, frischer, durchdrungener Wärme.

Das apophantische Beschreibungsmodell. Wie uns das paßte.

Du. Du. Es gibt niemanden, der so –

Nein! Nein!

Der apophantischen Theologie getreu stammelten wir die letzten Negationen. Wir ackerten. Ich ackere noch immer mit den Worten.

Wir waren eine äußerst kleine Sekte, denkt Sylvia, während sie die Chaiselongue betrachtet. Zwei Personen. Ich weiß sehr wohl, daß dies unser Sakrament war. Wir empfingen es. Die Chaiselongue, ohne weiße Altarlaken, war unser Tisch. Dort opferten wir. Dort aßen wir Gott.

Kannst du begreifen, daß wir es gleichzeitig gemütlich hatten?

Als ich deinetwegen zur Kommunion ging, fühlte ich mich bestenfalls umfangen und teilhaftig. Ich erlebte einen kleinen Zeitraum voller Glanz – eine Art weißes Loch im Bewußtsein. Es kam auch vor, daß ich Angst hatte. Amüsant war es indes nicht. Aber das hier!

»Kleines Ferkel! Quiek nicht!«

»Ich muß jetzt pinkeln.«

Amüsant, gemütlich, wohlig. Auch witzig. So ein Pech, daß ich damals aufstehen mußte. Ich ging zum Schreibtisch, hatte

Durst, wollte sehen, ob noch etwas Tee in der Kanne war. Da gingst du auf die Toilette. Das Wasser lief aus den Hähnen. Du spültest unsere Düfte fort. Die Unterwäsche auf dem Schreibtischstuhl. Weiße kurze Unterhosen aus Baumwolle. Ein ärmelloses Unterhemd. Es sah so ordentlich und korrekt aus. So, als hätte dich das Kindermädchen Heidi mit ihrem rätoromanischen Geplapper und ihren Ermahnungen ein für allemal gegen die Stürme und Wechsellagen des Lebens ausgestattet. Ein reines Wunder.

Das Hemd. Es war hellblau, oft. Hosen, Gürtel aus Schweinsleder. Die klobigen braunen Schuhe. Du bandest sie so, wie Heidi es dir beigebracht hatte. Jetzt nahmst du die Armbanduhr. Die Zeit setzte wieder ein.

Ich stand da und trank den kalten, bitteren Tee, den ich fast aus der Kanne gepreßt hatte. Du hattest dich gewaschen, angezogen und legtest dir nun die Armbanduhr um. Da dachtest du: *Jetzt haben wir sie geopfert.*

Oje, sagtest du. Ich muß nach Hause. Du klangst genau wie immer. Doch in meinem Kopf hörte ich ganz deutlich deinen Gedanken. Es war natürlich viele Male vorgekommen, daß ich wußte, was du dachtest. Das ist zwischen Liebenden wohl so. Vielleicht. Jedenfalls zwischen uns. Und immer, immer dachtest du, was du sagtest oder brummtest, während ich piepste. Nein … nein. O du! Und so etwas.

Bis zu diesem Tag. Da war es, als – ja. Das, was sie von Ulla Häger behaupten. Daß sie praktisch Gedanken liest. Diese hört.

So hörte ich auch deinen: Jetzt haben wir sie geopfert.

Sicherlich hatte dein Gedanke recht. Wir opferten auf unserem Altar. Ja, wir opferten. Es war gar nicht so feierlich, wie es klingt. Wir opferten schlechterdings deine Frau. Bin jetzt ich an der Reihe?

Durchkauen. Wiederkäuen. Im Kreis drehen.

Stochern, graben. Oh, pfui Teufel!

Opfuiindreiteufelsnamen!

Aber es ist unbedingt nötig. Es muß zermahlen werden. Gesiebt. Gefällt. Sedimentiert. Schicht auf Schicht, die ich bin, die sie ist, die diejenige ist, die war, die ist, die unablässig in strata super strata an Stimmungen wird. Darinnen ruht mit diesiger Oberfläche, mit Schmutz und Körnchen das Ei des Lebens. Wird es jemals hervorgeholt und geschliffen werden? Funkeln. Reflektieren.

Dies ist Sylvias schwache Seite, und sie weiß das. Eine Art pseudoreligiöse, symbolische Gedankenfaselei. Nicht vorphilosophisch.

Quasi. Pseudo.

Jetzt muß sie nach Hause fahren. Sie muß etwas essen. Sich umziehen, mit der 46 zur Eriksbergsgatan fahren und zur Whitlockschen Schule gehen. Und das tut sie jetzt auch, sie will gerade den Überweg benutzen, um die 46 von Söder zu erwischen, wie sie Blenda, ihres Körpers nicht eingedenk, anwatscheln sieht. Dieser hat die Form einer Urne, ein ausladendes Hinterteil und eine Taille, die noch erkennbar ist, runde Brüste und runde Schultern. Blenda geht in ihrer Wolke. Die Leute gehen in ihren Wolken. Es ist nicht im geringsten etwas Übernatürliches daran, die nebulösen Formationen von Kummer und Sorgen, Mühen, Ängsten, Zwängen und Hoffnungen sehen zu können, mit denen Menschen dahinwatscheln oder -schreiten, -hinken und -hüpfen. Sie stehen schwankend über den Köpfen. Ihr Gewicht gräbt sich in die Gesichter, als wäre die Haut der Sand einer Wüste, die Sylvia aus großer Flughöhe sieht: Blendas Mann, er heißt Kjell, hat beim Schulbuchverlag gekündigt (gekündigt!) und gibt mittels Literaturförderung eigene Bücher heraus, die sich nicht verkaufen, und Blendas Mutter, die Witwe geworden ist und jedesmal, wenn Blenda anruft, einen Sturm von leisen Schreien, Geheul und Gewimmer losläßt – es kommt vor, daß Blenda den Hörer ein Stück vom Ohr weghält, und da klingt es wie Vögel an einem Meeresstrand –, hilflos abhängig, einst schön, in den vierziger Jahren, seitdem vom Leben nur noch verlassen und geprellt. Hat sie das nicht geschnallt, sagt Blendas Tochter Viveca, die Schauspielerin ist, man bekommt Runzeln, man wird gaga, so ist das, so ist das Leben. Zwanzigjährige Weisheit, sie gilt anderen und erfüllt Blenda mit Zärtlichkeit, jedenfalls erzählt sie so davon. Watschelt weiter. Kauft einen neuen Kühlschrank für die Mutter, bezahlt Kjells Computer ab, man nennt dies Kauf auf Leasingbasis, und das wiegt schwer, schwer, fast dreitausend Kronen im Quartal. Kauft Katzenmahlzeit mit Hähnchen für die Katze. Vivecas Theatertruppe braucht das Auto, sie holen gebrauchte Styroporplatten von einer Baustelle. Kulissen sollen daraus entstehen, eine Art Hölle oder negativ utopisches Bild der Stadt. Da kommen sie bei Tungelsta von der Straße ab, fahren den Golf zu Klump. Viveca ist gottseidank gar nicht dabei. Die Wolke schwankt indes über Blenda, wird eines Tages so richtig höllentief bleischwer. Es kommt soweit, daß sie länger als einen Monat lang vergißt, ihr Haar mit Henna zu behandeln, und es teilt sich in Strähnen, die vom Gewicht der Wolke versilbert werden. Und zwar zu der Zeit, als sie ihren Mietvertrag in der Högbergsgatan in Genossenschaftsanteile mit Dauerwohnrecht umwandeln sollen.

Dreihundertfünfundsechzigtausend! 365 000!!! Die Zinsen darauf? Da ist sie einige Tage, vielleicht nur Stunden lang von dem Abgrund entfernt, an dem man steht und sich fragt: Was ist der Sinn?

Was ist eigentlich der Sinn von allem?

Daß man bezahlen muß.

Sicherlich. Das weiß sie. Aber müssen diejenigen, die nicht so künstlerisch sind, immer für die bezahlen, die künstlerischer sind, und diejenigen, die nicht so begabt sind, immer für die, die äußerst begabt sind, und diejenigen, die nicht so schön sind, für die, die sehr schön sind oder es zumindest waren und dem nachtrauern?

Nein, das denkt sie nicht am Rande des Abgrunds. Ganz und gar nicht. Sylvia ist es, die es für denkbar hält, dort am Äußersten diese Gedanken zu denken. Die sich vorstellt, daß man womöglich platzen könnte. Daß man auf seinen anspruchsvollen Macker, seine Mutter, Tochter oder Katze stocksauer werden könnte.

Blenda watschelt unter ihrer Wolke weiter. Sie ist offensichtlich auf dem Weg zur Ferkens Gränd, sie sucht Sylvia. In ihrer Wolke ist etwas, aber nicht das, was Sylvia annimmt. Viel Geld ist darin, ein Glücksereignis, Hoffnung. Und damit verbunden Angst. Die ist wie ein Schwindel, wie das Gefühl auf dem höchsten Punkt einer Achterbahn. Das hat keinen Deut mit Schwere zu tun.

»Himmel, was für ein Glück ich hatte«, sagt sie, als sie ihre Freundin Sylvia sieht. »Jesses!«

Sie ging. Sagte nichts. Nicht, also tschüs dann. Sie hatte ihr langes hellila Tuch um den Hals geschlungen, ein Ende schlackerte auf dem Rücken, das andere vorn.

So mußte es auch sein.

Die Lederjacke aus dem Überschußlager. Und die kurzen, schwarzen Lederstiefel. Nichts auf dem Kopf. All die kleinen, feinen Zöpfe. Sie mußte auch die Sporttasche mitgenommen haben. Die schwarze, die so bauchig war, daß sie nach allen Seiten ausbeulte. Denn diese Sachen waren alle weg. Und das weiße Kleid und das Seidenband.

»Also tschüs dann.«

Aber das sagte sie nicht. Denn es war sehr früh am Morgen. Dann hat niemand sie gesehen.

Doch – irgend jemand hat sie natürlich gesehen. Aber niemand, der was sagt. Niemand, der sich erinnert?

Es ist doch irgendwas passiert.

Mariella kam darauf, als sie nicht mehr darüber sprachen. Es wurde ganz still. Am ersten Tag hatten sie die ganze Zeit über alles Mögliche, was passiert sein könnte, geredet. Auch am Telefon, mit Oma und mit Ankis Mutter. Dann war Schluß. Es war, als ob es gefährlich geworden wäre, darüber zu reden. Am zweiten Tag wurde es gefährlich. Ann-Britt ging zur Polizei. Das ist nichts Schlimmes, sagte sie. Das macht man so.

Da war Mariella draufgekommen, daß was passiert sein mußte. Irgend etwas. Irgend etwas von all dem, worüber sie geredet hatten. Oder was ganz anderes. Aber nur eine einzige Sache.

Dann fiel ihr ein, wie ihr das Armband, das sie von Eilert bekommen hatte, von der Hand gerutscht und verschwunden war, und wie sie überall gesucht hatte, versucht hatte, zurückzudenken, wo sie gewesen war. In Gröna Lund und zuvor auf der Fähre und im Bus und auf dem Gehsteig zwischen der Fähre und Slussen und im Blå Gången und vor dem Kiosk und dann bei Anki zum Erzählen. Schließlich begriff sie, daß es nicht an tausend Stellen sein konnte, sondern nur an einer. Und dort lag es. Es war vorhanden. Es war dort, an dieser einen Stelle. Es muß doch jemanden geben, der das weiß, dachte sie. Weil es so ist.

Es ist vorhanden. Und da ist jemand, der das weiß.

Sie hat das zu Ann-Britt gesagt, die hat leise gelacht, freilich fast traurig, und ihr das Haar gezaust. Doch das war damals. Das war das Armband. Jetzt sagt Mariella nichts. Aber sie weiß. Rosemarie ist irgendwo. Wenn was ist, so gibt es jemand, der das weiß.

Als sie aus der U-Bahn kommt, geht sie auf den Friedhof.

Sie geht und geht, die Wege sind lang, und Leute stehen über die Gräber gebeugt, stochern im Schnee. Stellen Behälter mit Kerzen hinein. An Allerheiligen waren dort mehrere tausend Lichter. Millionen vielleicht.

Da ist eine Art Kirche oder so. Das Portal ist natürlich abgeschlossen, doch nach einer Weile hält ein Auto an einer Terrasse, die davor ist, und ein älterer Mann steigt aus, schließt auf und läßt die Tür offenstehen. Dann lädt er aus dem Auto Kränze mit Nelken und starren grünen Blättern und Rosen und Seidenbändern aus, die so steif sind, daß sie rascheln. Es ist Gold darauf. Er hat einen schwarzen Anzug, eine weiße Krawatte und ein weißes Hemd an, hat große Füße und eine Glatze. Er bleibt immer ziemlich lange drin. Als sie sieht, daß er nur noch eine Ladung Kränze im Auto hat, geht sie hinter ihm hinein, so leise wie möglich.

Sie hat Angst. Wenn er sie sieht, wird sie nicht sagen, wie sie heißt und in welche Klasse sie geht. Sie wird nur ganz still dastehen, bis sie abhauen kann.

Sie findet, daß es hier wie in einer großen Werkstatt oder in den Bushallen aussieht und daß es ziemlich kalt ist. Vorne ist der Mann in dem schwarzen Anzug zugange und plaziert Kränze um einen hellbraunen Sarg. Irgendwo tickt es, und außerdem ist da ein Rauschen. Es dauert lange, bis sie draufkommt, daß in dem Sarg jemand liegen muß, der tot ist. Erst als der Mann hinausgeht, um die letzten Kränze zu holen, kommt sie darauf. Sie versteckt sich hinter den Bänken. Sie denkt an die Füße dessen, der da tot im Sarg liegt, und an sein Gesicht und überlegt, ob er wohl kalt ist. Es tickt und rauscht. Sonst nichts. Sie weiß nicht, was sie tun soll.

Jetzt kommt der Mann zurück und legt noch mehr Kränze hin, und er braucht unendlich lange, bis sie so liegen, wie er es haben will. Dann zückt er eine Kamera und fotografiert den Sarg und die Kränze. Zuoberst auf dem Sarg liegt ein Bukett gelber Rosen. Als er endgültig gehen will, verneigt er sich vor dem Sarg, und gleich darauf läßt er einen fahren.

Ihr wird klar, daß man sie mit einem Toten einsperren wird, wenn sie nicht vor dem Mann hinauswischt, also rennt sie zur Tür, ohne sich darum zu kümmern, ob er sie sieht. Im Vorraum steht ein Tisch mit roten Büchern, sie nimmt eins davon und steckt es sich unter die Jacke. Das geht so fix, daß sie es selbst nicht begreift, und auf dem Heimweg hat sie Angst, daß das Buch herausfallen und es jemand entdecken könnte.

Sie schließt sich in ihr Zimmer ein, blättert in dem Buch und liest eine Menge komischer Wörter. Dann wirft sie es auf den Fußboden, ziemlich weit von sich, geht hin und sieht nach, wo es sich geöffnet hat. Ob da etwas über Rosemarie steht. Das macht sie dreimal, und erst beim letztenmal kommt sie darauf, daß sie die Augen zumachen und dort, wo das Buch sich geöffnet hat, auf eine Stelle zeigen muß. Da macht sie es erneut dreimal und schreibt die Stellen auf, auf die sie gezeigt hat.

Gott der Herr ließ mich schauen, und siehe, da stand ein Korb mit reifem Obst.

Von deinem Herzen, Gottes Lamm, werde mir ein zwiefach Heil, gegen der Sünde und Bedrohung Pfeil.

Und hatte die Absicht … 190.7

Diese drei Sachen sind erschienen, und es sind nur das Wort Obst und das Wort Lamm, die auf Rosemarie zutreffen können.

Das Obstgeschäft. Oder daß sie Obst dabeihatte. Oder Lammfleisch. Daß sie jemandem Obst und Lammfleisch bringen sollte.

Daraufhin wickelt Mariella das Buch in eine Zeitung, spannt Gummibänder darum und macht so ein Päckchen daraus. Sie hat Angst, daß Ann-Britt bald nach Hause kommen wird. Sie würde keine Rücksicht darauf nehmen, daß die Tür zu ist. Sie würde sie einfach aufmachen.

Was machst du?

Das Päckchen steckt sie in eine Plastiktüte, die sie zubindet, und dann wirft sie das Ganze in den Müllschlucker. Niemand kann wissen, woher es kommt. Trotzdem zittert sie die ganze Zeit.

»Bitte weiter nach hinten rücken! Der Wagen fährt erst, wenn alle nach hinten durchgegangen sind. Es wollen noch mehr mit! Die Türen werden geschlossen.«

Die Türen werden geschlossen. Ja, die Türen werden geschlossen … Der letzte Geruch: Zwiebeln aus Mündern. Herber Tabak in Kleidern. Und ich verlor dich im Gedränge vor den Krematoriumstüren.

O Gott, nein, wenn sie nun Gedanken liest … Gedanken hört … so wie Ulla … Nein! Welch ein Übergriff. Das ist schlimmer als alles andere.

»Jetzt wollen wir etwas essen«, sagt Sylvia zu Blenda. »Wir pfeifen auf den frugalen Franzosen. Wir steigen oben bei der Kungstensgatan aus, gehen zu Wedholms Kött und hauen uns mit Blut und Fett und Muskeln voll. Was hältst du davon?«

Sie ist darauf gefaßt, daß Blenda sagt: Das kann ich mir nicht leisten. Dann würde sie sie dazu überreden, sie einladen zu dürfen, doch Blenda nickt nur. Sylvia ist absolut überzeugt davon, daß Blenda sie wegen etwas Besonderem aufgesucht hat, daß sie etwas loswerden möchte und daß dies wichtig ist. Aber Blenda plappert nur bei Wedholms. Plappert wie ein Wasserfall und stopft Fleisch in sich hinein. Hat sie Angst? Das ist unwahrscheinlich. Doch sie wirkt ängstlich und gleichzeitig irgendwie euphorisch. Womöglich ist ein Mensch, der in seinem Leben kein tiefes Geheimnis hat, sehr arm? Hast du ein Geheimnis, Blenda? Ist es tief? Es scheint jedenfalls ein wenig gefährlich zu sein.

Das qualifizierteste Geheimnis ist natürlich Gott. Aber es kann auch eine Liebschaft sein. Oder ein Verbrechen. Es kann Scham sein.

»Mensch, ich habe vielleicht einen Hunger!« plätschert Blenda weiter und greift nach dem Eiswasser.

»Nein, wir nehmen Wein.« Sylvia winkt. Roten, fast schwarzen Wein. »Was macht es schon, wenn wir in der Whitlockschen ein bißchen dösig sind?«

»Mensch, was für'n Wein!« sagt Blenda, nachdem sie gekostet hat. »Das ist ja ... Jesses!« Jetzt muß sie ein paar Bissen essen. Ein paar richtige Fleischhappen, angebratenes Fett und schmelzende Knoblauchbutter.

»Die haben richtige Butter in so einem Lokal, was?« Und nachdem sie ein paarmal in der Folienkartoffel gegraben hat: »Das ist Kümmel, Kreuzkümmel natürlich, so muß das sein.«

Sie hört plötzlich auf zu essen. Das ist gut so, denn sie hat zu hastig gegessen, geschlungen. Sylvia sieht nun, daß Blenda eingefallen ist. Immer noch rundlich, schon. Ihr Bauch wölbt sich vor, nachdem sie die Jacke aufgeknöpft hat. Sie ist unmöglich angezogen, ein schwarzes Kostüm und eine Halskette mit Perlen im Verlauf. Von Muttern? Das Kostüm wirkt alt. (Tee bei Königin Louise.) Es ist eng. Aber trotzdem: Blenda ist eingefallen. Das sieht man jetzt an den Wangen, den dünnen Oberarmen, wie sie, vom Wein und Fleisch erhitzt, die Jacke ablegt.

»Da ist etwas. Ich muß ... Sylvia, du versprichst doch?«

Endlich kommt es.

Irgendwer muß als erstes kommen. Also sind Kajan Tidström und Ulla Häger bereits auf dem Weg zur Whitlockschen Schule. Sie wollen gute Plätze haben. Ulla hat die 47 bis Dramaten genommen und ist bis zur Treppe gegangen, die zur U-Bahn hinabführt. Sie steht dort, als Kajan heraufkommt. Sie mögen einander. Jetzt treffen sie sich.

Es ist die neunzehnte Stunde, in der ganzen Stadt sind Durst und Hunger groß. Die Magenhäute sind vertrocknet, die Gehirne welk, die Autos jaulen. Die Leute sitzen mit offenen Mündern in den U-Bahn-Wagen, und die Stadt ist unbeweglich wie ein Schiff vor Anker. Die Spaghettiwasser sieden.

Dies ist die Stunde der bildenden Vergnügen. Satt und ohne Durst versammeln sich die Silberköpfe. Es beginnt frühzeitig. Damit sie keinen auf den Schädel bekommen, wenn sie nach Hause gehen. Ulla trägt einen schwarzen, ziemlich breitkrempigen Filzhut mit einem Lackband, das wie ein Gürtel aussieht, weil es vorn eine Schnalle hat. (Es ist ein Gürtel.) Kajan hat ihr auch den schwarz-weiß-melierten Ulster umgearbeitet, das Revers verknappt, die Schultern gepolstert. Sie selbst trägt einen Pelzvelours und einen kleinen, dunkelgrünen Hut nach Herrenart mit zwei schmalen Federn am Band (Fasan?). Es ist unglaublich, daß ausgerechnet Kajan einen solchen Hut hat, der seinerzeit aus den Büschen um Karinhall hervorlugte. Auch ohne Gamsbart ist dies eine unheilverkündende Kopfbedeckung. Kajan ist eine Blumenfliege, die sich als Lehmwespe verkleidet hat. Ja, so ist das. Kajan legt eine Mimikry an.

Sie diskutieren, ob sie ihre Fahrscheine zum Umsteigen in die 46 benutzen und zur Eriksbergsgatan fahren sollen. Doch sie glauben, daß es zu Fuß schneller geht. Sie fragen sich, ob Oda jetzt schon auf dem Weg ist und wie.

»Ruth fährt sie wohl«, vermutet Kajan.

Ulla Häger weiß jedoch Bescheid. Ruth komme nicht. Sie habe kommen wollen, komme aber nicht.

Eine kleine Senkung im Boden. Kaum merklich.

»Wie seltsam«, sagt Kajan nur.

Jetzt sind sie bei der Eriksbergsgatan angelangt. Ulla hat Kajan untergehakt. Vorsichtig gehen sie durch den Matsch, der hier in der ruhigeren Straße mit den braunen Häusern, die wie Burgen aussehen, eher grau als braun ist. Im Torweg der Whitlockschen Schule läßt sie Kajan los. Ulla denkt an Anna Whitlock und deren Reformschule. Daran denkt Kajan nicht, denn sie hat eine andere Geschichte. Eine ohne viele Frauen.

Sie müssen in den Keller hinuntergehen. Der Kassierer der Johnsongesellschaft ist schon da, ansonsten wirkt es leer. Sie brauchen nicht zu bezahlen. Sie sind Mitglieder und zeigen ihre Karten vor.

Irgend jemand hat eine Hyazinthe auf das Podium gestellt. Sie sieht selbstgezogen aus, ein bißchen überdimensioniert, was das Blattwerk anbelangt. Ist Oda schon da? Nein. Sie sind tatsächlich die ersten.

Und sie setzen sich auf die mittleren Plätze der ersten Reihe. Eigentlich gehört sich das ja nicht. Aber dies ist etwas Besonderes. Sigges Tag. Sie wollen wirklich alles sehen und hören.

Bombyx mori ist ein weißer Schmetterling. Er flatterte um die Maulbeerbäume, als Xi Longshi, die Kaiserin, so leicht, als hätte sie Vogelfüße, daran vorüberschritt. Sie war damals dabei, mit Hilfe des weißen Schmetterlings Göttin zu werden. Ihre Reispuderwange wurde immer weißer, und ihr Nacken war nahezu keusch.

Nahm sie einen Schmetterling auf den Zeigefinger? Weißer Flügelschlag, weicher, weißgelber Pelz. Sie lächelte. Eine Göttin, zumindest Halbgöttin, lächelt, und an dem langen, gefeilten, opalschimmernden Nagel entsteht vielleicht eine Bindung.

Nein, sie barg wohl Puppen in dieser lackierten Skulptur, die ihr Haar bildete. Oder waren es Eier? Wickelte sie den Faden um ihren schlanken Finger? Sie war auf jeden Fall klug, eine richtige Göttin der Weisheit und des haushälterischen Nutzens in spe; sie vermittelte den Menschen das Geheimnis, daß die Larve mit heißem Wasser getötet werden kann, bevor diese sich aus dem Kokon nagt und ihre eigene Schöpfung zerstört, die beiden langen Seidenfäden.

Sie können zu zwei-, vielleicht dreitausend Meter Länge abgehaspelt werden. Die acht- oder neunhundert Meter, die verwertbar sind, brauchen nicht gesponnen zu werden. Die Chrysalide hat sie gesponnen. Es gibt natürlich nichts Feineres, nichts mit mehr Lüster, nichts Stärkeres, Weicheres, Zäheres.

Es klebt Blut an dem Faden, wie er so durch die Jahrtausende läuft, es klebt aber an allem Menschlichen. Der Faden schimmert ambrafarben wie das Sekret aus den Drüsen der Chrysalide oder bronzefarben, färbt sich schwarz durch das, was aus den Sterbenden rinnt.

Ganz am Ende des Seidenfadens sitzt Blenda und haspelt und weiß nicht viel von dem Blut und den Straßen über Loulan und Tunhuang, nichts über die Wüsten, über den See, der sich allen Karten entzieht, die großen Flüsse, die Kamelkarawanen, die Geheimnisse und Morde, weiß eigentlich gar nichts. Trotzdem hat sie Angst.

Immerhin versucht sie Sylvia davon zu erzählen, der großen, fast schicken, im Moment allerdings etwas dürren und klapprigen Sylvia, der sie vertraut und die sie wegen ihrer Gelehrtheit über eben solche Materien wie Seide bewundert. Sylvia weiß mehr über dieses Weiche als sonst jemand, den sie kennt. Blenda selbst ist ein oft allzu munterer Laie, das gibt sie zu. Aber es macht ihr so viel Spaß, sie schwatzt drauflos und teilt mit, was sie gelernt hat, als sie die Replik auf dem Wandbehang von Överhogdal mit aufweben durfte.

Sie hielt also Vorträge, das ist es, wovon sie Sylvia erzählt.

»Im Keller dieser Bruchbude in Tallkrogen, wo sie ihre Kirche, oder wie man das nennen soll, einrichten durften. Ziemlich grauenhaft, verstehste, bloß ein normaler Fahrradkeller und zwei weitere Kellerräume, einen für Männlein und einen für Weiblein, und dahin kommen sie fünfmal am Tag, stell dir vor! Ich meine, nicht alle, aber es kommen immer welche, und dann ist da einer, der fortwährend vorbetet, ich habe noch nie erlebt, daß er gefehlt hätte. Und dann der Raum mit den Webstühlen. Ich habe beim Freizeitausschuß drei Stück lockergemacht, sechs kleine Bandwebstühle, einen Schärbaum und eine Haspel. Eine Tafel. Während der Vorträge waren sie ziemlich tranig. Sie verstanden ja eigentlich kaum Schwedisch. Ich fand es toll, über den Wandbehang von Överhogdal zu erzählen, sowohl darüber, wie wir die Replik aufwebten, als auch über all die Zeit, die das dauerte, ungefähr ein Zentimeter am Tag, aber weiß Gott, wir hatten so viel Spaß, Sylvia! Und die Leute, die alle kamen und guckten, die Touristen. Und dann habe ich von der Restaurierung erzählt. Du darfst mich nicht auslachen.«

»Ich lache dich nicht aus.«

»Die Restaurierung war jedenfalls der springende Punkt, verstehste. Ich weiß, daß ich über Konservierung und Restaurierung nichts weiß, ich meine, tiefergehend. Aber wie auch immer. Sie wollten vermutlich am liebsten gleich zu weben anfangen. Aber es sollte Unterricht gehalten werden, der Sprache wegen. Ich durfte erzählen, was ich wollte. Und die waren ja so brav. Rochen nach Parfüm, Moschus oder so. Mächtig viel Parfüm in den glänzenden Haaren. Ein bißchen schlaff fand ich sie, aber das liegt wohl an den Kulturunterschieden, du weißt, wir müssen ja immer Action haben. Zwei Mädchen waren dabei, die saßen da und, ja, schliefen halb, dachte ich. Die haben dann aufgehört, kamen nie zum Weben. Aber dann passierte es. Sie kamen wieder. Da hatten sie beide einen Brilli im linken Nasenloch und einen Nerzmantel, stell dir vor. Lange, dämliche Nerzmäntel, fast schwarz. Ich wußte nicht, was ich davon halten sollte, ob ich sie bedauern sollte. Ob sie auf Pump lebten, meine ich. Du weißt, Kreditkarten und so Zeug. Sie fragten, ob ich den Vortrag noch mal halten könne, er sei so interessant gewesen. Ich meine, nicht, daß ich darauf eingegangen wäre, aber was sollte ich davon halten? Das war doch völlig unglaublich.

Aber es kam dann dazu. Sie brachten noch ein Mädchen, nun, eine Frau mit, was mag sie gewesen sein: dreißig, fünfunddreißig? Wirklich sehr gutaussehend, dünn, nicht so genudelt wie die beiden, und fix, weißt du, spitzenmäßig in Schwedisch und verdammt gut in Englisch. Sie hat manchmal auf englisch gefragt, wenn ihr die Worte fehlten, also die Fachausdrücke. Es ging nämlich um Webereien. Konservierung, Restaurierung. Sie saß in einem Leinenkostüm da, eigentlich einem Anzug, schlank und gutaussehend, und ich war total von den Socken. Wer war sie? Sie hatte eine Ausbildung, war fortschrittlich und auch irgendwie hart. Ja, nicht unangenehm. Aber man ahnte ...

Du weißt schon, die anderen lebten in ihrer Welt, das spürte man. Sie würden Kinder kriegen. Sie würden, wenn sie Glück hätten, als Mütter verehrt, schwer duften ... ja, ich dachte daran, was man sich so vorstellt ... Wenn ich dir, mein Herr Gemahl, nicht mehr zu behagen vermag, so habe ich kein Leben ...

Aber die hier. Die war akademisch gebildet, da nehme ich Gift drauf. Assia hieß sie. Oder Asja. Ashia ... was weiß ich.«

Assia.

Oda will jetzt in die Stadt kommen, zur Whitlockschen Schule. Irgendwie. Sie entscheidet sich für ein Taxi bis zur U-Bahn-Station. Es ist eine leidige Sache mit Ruth Anser. Sie meldet sich nicht. Es wird nichts aus der Mitfahrgelegenheit, und Oda muß ihren Ortswechsel detailliert planen. Um halb vier beginnt sie, sich umzuziehen. Dann ruht sie aus und schaut sich *Aktuell* an. Sie sieht große schwarze Säcke aus Plastik. Das muß eine Spezialanfertigung sein. Junge Männer tragen diese mannsgroßen Säcke, schleppen sie. Sie lüpfen und wuchten. Sie scheinen schwer zu sein. An die siebzig, achtzig, vielleicht neunzig Kilo. Sie sollen sie auf die Ladefläche eines Lasters packen. Oda sitzt da und starrt. Danach wird es still im Zimmer.

Was gab es, bevor man Plastiksäcke hatte? Daß sie das nicht weiß! Es wiederholt sich wahrhaftig nicht alles.

Sie ist ja nun schon so lange dabei, daß sie sich mit einer gewissen Autorität zu Wiederkehrendem und Wiederholungen äußern kann. Ich decke bald das ganze Jahrhundert ab, sagt sie zu sich selbst. Sehe mit einigermaßen klarem Blick in das Dunkel der Vergangenheit. Höre auch. Hufeisengeklapper auf Kopfsteinpflaster, das Rasseln des Säbels im Gehänge.

Aber was für Säcke gab es, die mannsgroß waren? Jute? Hanf? Oder hatte man gar keine Säcke? Es gab vieles, was einfach so belassen wurde, wie es war, früher. Ohne Verpackung.

»Ich kannte einst einen jungen Mann namens Juha Juntanen«, sagt Oda zur Tapete. »Nun, um die Wahrheit zu sagen, so war ich mit ihm verheiratet. Er nahm einen anderen Namen an, betrachtete sich als Bannerträger, als jemand, der an der Spitze einer neuen Zeit marschierte. Harjalintu nannte er sich. Er war vornan, er war unter den ersten in der neuen Zeit. Wir glaubten, daß sie hell und gerecht sein würde.

Gewaltsam war es, das Neue. Welle auf Welle schlug es über das alte Rußland, das uns so nahe lag. Von dem wir ein Teil waren. Menschen verschwanden. Wenn sich eine Welle zurückgezogen hatte, war es lichter, es fehlten einige. Viele. Doch wie sollte man das aus der Ferne erkennen können? Mittendrin vielleicht.

Ja, dort verschwanden Menschen voreinander. Und in den Sommerhäusern in Karelien traf ich auf diejenigen, die davongeirrt waren. Sie saßen dort jetzt im Winter.

Die russischen Damen, sagten wir, als ich noch ein Kind war. In ihren guten Zeiten hatten sie bis weit in den Vormittag hinein im Morgenrock dagesessen und Tee getrunken. Lange Zigaretten geraucht.

Mama hatte gesagt, daß man sich waschen und anziehen müsse, bevor man frühstücke. Nicht wie die russischen Damen herumsitzen. Ja, die waren jetzt verarmt. Vögel, die aus ihrer Schar geirrt waren, als diese in den Winter und den Tod flog. Sie verstanden es kaum. Aber sie waren noch einmal davongekommen.

Was verstand ich selbst, als meine Zeit kam? Sah ich etwas sich wiederholen? Juha Juntanen, er, der sich Harjalintu nannte und voranflog, wurde er gewarnt? Nein. Alles war neu für ihn. Eine neue Welt. Nichts wiederholte sich. Sie bildeten ein Zeichen, indem sie flogen. Viele stürzten auf die Erde und starben. Hätte ihm jemand (wer?) die Zahl der Toten nennen können, so hätte er diese von sich gewiesen. Er hätte womöglich gelacht. Mit solch grotesken Zahlen läßt es sich im übrigen nicht rechnen. Fallendes Laub, Sandkörner an einem Strand, Schneewirbel, Asche, Vögel, die nie ankommen. Asche und Haare von Menschen. Nein, das weiß niemand. Das weiß niemand.

Die Tage des Zählens kommen lange danach. Die Archivmonate und die Jahre. Aber da ist es zu spät.

Sicherlich erkennen wir den Gestank und den Leichengeruch, wenn sie dann da sind. Dann beugen wir uns der Geschichte und sagen, daß sie sich wiederhole. Aber das stimmt nicht ganz. Denn ehe der Blutgestank bis zu uns vorgedrungen ist, erkennen wir nicht, was wir sehen. Vielleicht sollten wir den Schemen einer Ähnlichkeit ahnen. Aber der ist verzerrt. Wir glauben dem gespensterhaft irrenden Bild nicht, es ist ein Phantom, das wir zu fixieren versuchen, ein Trugbild. Wir starren, bis die Fläche erstarrt.

Eindeutigkeit. Das ist es, was wir haben wollen. Die Ruhe der Eindeutigkeit.

Unser Land, unser Land, unser Vaterland. Meine Brüder verteidigten es. Überlebten beide, aber einer hatte für immer seine Lungen ruiniert. Der andere seinen Schlaf. Mein Mann, der liebe, mutige Arpman, das Kind, hätte ich beinahe gesagt, überlebte nicht. Ja, ein paar Jahre. Aber das Tempo holte ihn sich.

Im Krieg bläst ein besonderer Fahrtwind um den Tod. Er stimuliert auch. Es herrscht ein sauerstoffreiches Brausen im Krieg. Kein Alltag in Todesnähe. Das Tempo holte ihn sich hinterher, im ruhigen, grauen Zugeständnisschweden. Unser Land. Etwas Eindeutigeres habe ich nie erlebt, neben einer Liebe, die ebenfalls so beschaffen war, daß es keinen Zweifel gab, war dies meine feste Überzeugung: Wir tun recht. Wir verteidigen unsere Freiheit. Jetzt wissen wir endlich, was Freiheit ist. Grobes, dunkles Brot, so eins, das ihr finnisch nennt. Das ist Freiheit. Notwendig. Hart.

Ist Freiheit eine Ikone? Ist sie unveränderlich und eindeutig?

Das, was einem meiner Brüder geschah, macht, daß ich mit Nein antworten muß.

Er mußte den begonnenen Krieg weiterführen. Man nannte ihn auch Fortsetzungskrieg. Da war ich in Stockholm, mit Arpman verheiratet. Ich ging in die Schulen, die zentralen Sammelstellen für Kleider, die nach Finnland geschickt werden sollten. Haufen, ja ganze Schober alter Kleider lagen dort. Dieser Hilfsbereitschaft haftete ein besonderer Geruch an. An den Wänden hingen Plakate: ein Gesicht, eine schwarze Binde um eine hohe Stirn, eine Uniform.

Er hieß von Döbeln. Einst verließ er seine Armee auf Åland, ruhrkrank, an Fieber und in unfaßbar elendiglichem Unflat sterbend. Eine sterbende Armee. Eine geschändete Männlichkeit.

Ja, es ist schwierig, nach etwa einem Jahrhundert die Notwendigkeiten des Krieges zu verstehen. Oder nach einigen Jahrzehnten. Ebenso schwierig, zu erkennen, welche menschlichen Niederlagen sich hinterher mit knochenweißer Stirn und schwarzer Stirnbinde erheben und Heldentaten genannt werden wollen.

Er war mein Bruder. Mein geliebter kleiner Bruder. Carl hieß er. Jetzt ist er natürlich tot. Doch er lebte lange, und sein Schlaf war nicht ruiniert, nur die Lungen. Er wurde nicht einmal von dem Weckamin abhängig, das sie bekamen, um Tag für Tag rund um die Uhr ohne Schlaf ihren Krieg durchzuhalten.

Mein Bruder Carl war mit den Deutschen gezogen, mit der Naziarmee, in einen Krieg, den er für gerecht hielt.

Ich betrachtete dieses Gesicht mit der hohen Stirn und dachte: Wenn man die schwarze Seidenbinde auf der Stirn lüftet, dann wimmelt es in der Wunde vor Würmern.

Mein Bruder hatte Ehre, Schuldigkeit, Willen gesehen.

Eine Ikone.

Wenn die Geschichte ihre Ikonen heraushebt, glatt, deutlich, glänzend, dann kann man nichts von ihnen lernen. Man wird eher Plastiksäcke anstarren. Kleiderberge. Abgeschnittene Haare.

Oda will jetzt nicht in die Stadt fahren. Sie ist müde. Sie möchte lieber hier sitzen und zu den Tapeten sprechen. Man kann ja über andere Dinge reden.

Es ist angenehm, alleine zu sein. Es wird immer angenehmer.

Sie denkt jedoch an Sigge und sieht ein, daß sie fahren muß.

Sylvia und Blenda haben noch eine Kanne Kaffee bekommen. Eine junge Frau, die so aussieht, wie Blenda sich eine Theologiestudentin vorstellt, umkreist sie hin und wieder und wischt mit einer Serviette über eine Tischplatte. Die Uhr läuft und läuft. Aber daran denken sie nicht. Blenda erzählt, und Sylvia lauscht. Innerlich Maulaffen feilhaltend, muß man wohl sagen.

Steuern und Fernsehgebühren müssen bezahlt werden, Europas Flüsse sind voller Salze, Schwermetalle, Chlorverbindungen und Bakterien. Derjenige, den man fieberhaft begehrt hat, bekommt bleiche Knochen und einen runzligen Beutel vorn. Aus den Straßenbrunnen riecht es.

All das weiß Sylvia. Aber dies hier.

Blenda ist doch ein normaler Mensch. Stinknormal. Und dann wird sie von einer Fee berührt, einer bösen oder guten, auf jeden Fall einer dunklen namens Assia. Sie bietet ihr Geld für Katzenfutter, Leasingraten und Versicherungen an. Blenda kann viertausend Kronen auf ein Kundenkonto bei ICA einbezahlen. Sie kann es sich leisten, ihrer Mutter einen warmen Mantel zu kaufen. Ihr schwant sogar die Lösung des Elends mit dem Wohnungsgenossenschaftsanteil. Sie braucht dafür nur einen alten, zerknitterten Mantel auszubessern.

Ist das möglich? Ist das überhaupt wahrscheinlich?

Nicht nur zerknittert übrigens. Völlig verdreckt und zerfallen.

Das ist es, was zu erzählen so schwer fällt. Blenda Uvhult hat zwar keineswegs die Kenntnisse, die Sylvia Fransson-Bleibtreu hat, aber so viel weiß sie, um klar zu erkennen, daß sie einen Fehler gemacht hat. Das ist ihr die ganze Zeit über schon klar. Sie hat an die Frau des Regierungspräsidenten gedacht, die die Wandbehänge von Överhogdal aus dem 11. Jahrhundert in die Badewanne gepackt und energisch gewaschen hatte.

Es waren nicht die Hochhäuser in Tallkrogen, wohin Assia sie in ihrem weißen Audi brachte. Dort wohnten die Nerzmädchen und die anderen, die zum Weben gingen. Dort hauste Kryddan in einer engen Einzimmerwohnung, er, der jetzt, nachdem die Stadt es gekauft hat, ins Krylundsche Haus ziehen soll. Oder auch nicht. Dort gab es überhaupt eine ganze Menge dunkler Menschen, Frauen mit Kopftüchern, alte Männer in Pantoffeln. Und weil Blenda in dem Webkeller gearbeitet hat, hat sie geglaubt, ein bißchen was darüber zu wissen. Aber Rinkeby! Gott. Eine Welt.

Blenda versucht sie zu beschreiben. Den Geruch nach Masala und Minze und Knoblauch und rohem Fleisch im Supermarkt. Braunäugige alte Männer mit Persianermützen auf Parkbänken. Gleichsam in einer Zeit ruhend, die niemals zu Ende geht. Sylvia sitzt da und denkt an ihre erste Parisreise, es war ihre erste Reise ins Ausland überhaupt, und sie hatte noch nie einen Neger gesehen. Wie man sagte. Dann, in den achtziger Jahren, auf einer anderen Reise dorthin, entdeckte sie, was mit den Vierteln jenseits von Pigalle geschehen war.

Dunkle Wellen über die Welt.

Die meisten Menschen sind sehr dunkel und sehr arm. Sie bewegen sich nun in gewaltigen Wellen über die Kontinente. Bilden Welten innerhalb der bekannten Welt: Kreuzberg, Rue des Abbesses, Rinkeby. Erfüllen sie von innen heraus mit einer sprengenden Wachstumskraft, unerbittlich.

Assia brachte Blenda in eine Wohnung, wo eine fette Frau wohnte, die unentwegt rauchte. Sie trug große kunstseidene Tücher, eine Art weites, langes Kleid, doch mit Jogginghosen darunter, und Badelatschen aus blauem und weißem Gummi. Seit dem Tag, an dem sie die Tür öffnete, nachdem Assia mit einem bestimmten Signal – ping pingeling ping ping (Blenda kennt das jetzt, weiß Gott!) – geklingelt hatte, versteht Blenda weder ihre eigene Welt noch deren, noch, ob die Welt trotz allem eine gemeinsame ist.

»Es gibt nicht eine Zahl, die stimmt«, sagt sie. »Ich meine das ganze Gerede. Politisch und so. Wir glauben, wir leben in einer Art Welt aus Worten. Göran Persson und die. Assar Lindbeck. Aber das stimmt nicht. Wir leben in Gerüchen. Man hört Stimmen. Es gibt Verletzungen ... ich weiß nicht, wie ich sagen soll.«

»Die Beschreibungen stimmen nicht. Die Ideen sind wirkungslos. Ist es das, was du meinst?«

»Nein, nicht ganz. Die Ideen sind so viel langsamer. Im

Grunde. Setzen sich tiefer. Man weiß nicht einmal, daß es Ideen sind, man glaubt, es sei die Wirklichkeit.«

»Mythen«, sagt Sylvia.

»Ja, das ist es wohl. Du hast das in der Krylundgruppe gesagt. Über die Indianer, die die Sonne aufgehen lassen und das alles. Ich muß zugeben, daß ich das in dem Moment nicht kapierte, obwohl ich das dachte. Denn ich meine, die Sonne geht ja auf jeden Fall auf, das ist doch eine objektive Tatsache? Aber dann habe ich eingesehen, daß es irgendwo vielleicht immer noch jemanden gibt, der dakniet und die richtigen Bewegungen macht, damit sie ... Man weiß ja nicht, ob alle aufgehört haben. Und solange wir glauben, daß jemand weitermacht, leben wir in Mythen, die wir Wirklichkeit nennen. Manchmal freilich, wenn wir die Wirklichkeit anderer sehen oder deren Geruch kräftig einatmen, verblaßt unsere eigene. Gerät ins Wanken.«

Komm, los jetzt, Blenda. Du schämst dich. Aber erzähl trotzdem. Erzähl, was du mit dem Mantel gemacht hast.

Er war aus Seide. Die Grundfarbe war gelb. Einst war sie goldgelb. Nun wurden in einem dunklen Wohnzimmer die Fragmente auf den Tisch gelegt. Voller grauweißer Vogelfedern. Völlig verpißt. Völlig verdreckt. Flecken wie Kartenbilder, braun gerändert und steif. Jüngere Flecken, die noch rochen. Beschädigungen. Feine und vielfarbige Seidenfäden hingen aus diesen Wunden.

Assia erklärte. Diese Stoffetzen bildeten die Fragmente eines langen Gewandes, eines Mantels. Er sei in einem Federbett aus dem Heimatland dieser Menschen befördert worden. (Welche Menschen? Blenda sah nur diese ältere, fette, rauchende Frau, die sie anstarrte, als sie an den Seidenfetzen zupfte.) Heimlich sei er befördert worden.

»Geschmuggelt?« fragte Blenda, und Assia blickte scharf drein.

»Er gehört ihnen. Er gehört mir, praktisch. Obwohl ich zwei Jahrzehnte früher von dort herauskam. Sie hatten ein Land und eine Kultur. Wir hatten das.«

»Allerdings ist das kein Land, das jemand anerkannt hat oder so«, sagt Blenda zu Sylvia. »Sie sind wohl so was wie Samen. Welche, die überlebt haben. Jedenfalls bis jetzt. Nun werden sie bestimmt vergast. Sie werden von zwei Seiten her angegriffen, hat sie gesagt. Ein Ausrottungskrieg. Kryddan kommt von dort, wußtest du das? Wenn das hier nun irgendwie über Kryddan gelaufen ist? Aber das weiß ich nicht. Sie haben den Mantel oder die Reste davon in ein Federbett gepackt, und während der ganzen Reise lag eine alte Frau darauf. Auf dem Frankfurter Flughafen hatten sie dreizehn Stunden Stand-by, und da ist sie auf diesem Federbett gestorben, auf dem Mantel praktisch. Und jetzt hör zu. Sie haben nichts gesagt. Sie sind mit dem Zug und dem Schiff weiter, haben die Alte befördert wie bisher, bis sie in Trelleborg waren. Erst da haben sie gesagt, daß sie gestorben ist. Da war sie bereits seit zwei Tagen tot. Das gab ein Mordsspektakel. Sie sagten, daß sie das nicht gemerkt hätten. Daß sie schon lange so reglos gewesen sei. Aber das haben sie natürlich nur gesagt, um das Federbett nach Schweden zu bringen, ohne daß es jemand untersuchte.«

Es waren nicht nur die Ausscheidungen während des letzten und dramatischen Zerfalls der Alten, die den Mantel durchtränkt hatten. Viele Flecken waren älter. Manche mußten uralt sein.

»Was wollten sie?« fragt Sylvia.

Das ist es, was schwer einzugestehen ist.

»Du solltest ihn zusammenflicken und saubermachen?«

»Ja.«

»Sie haben dir Geld angeboten.«

Blenda nickt mit geschlossenen Augen.

»Und du hast angenommen?«

Sie läßt dies brutal einfach klingen. Das ist es aber keineswegs gewesen. Eine Qual ist es gewesen. Oda würde freilich sagen, daß es nicht die Qualen und das Hin- und Herräsonnement seien, die zählten. Sondern die Tat. So wie Blenda wenig über archäologische Moral, über Pflichten gegenüber der Geschichte (wessen Geschichte?), die Zerbrechlichkeit des Vergangenen zu wissen und trotzdem so zu handeln. Stolpe stöbert in der Schwarzerde. Winckelmanns Anhang wäscht Marmorgötter. Und Blenda Uvhult geht her und macht voller Begeisterung aus einer historischen Seide eine Flickendecke. Gütiger Gott!

»Ja, genau«, sagt Blenda. »Aber du mußt dir mal diese Angebote vorstellen. Ich habe gerade noch acht Wochenstunden in der Schule. Und außerdem die Webkurse. Und diese Sache bringt Stundenlohn für Vollzeit und Überstunden.«

»Solche verdammten Idioten!« schimpft Sylvia.

Denn sie zweifelt nicht daran, daß es sich um eine sehr alte Seide handelt. So viel weiß auch Blenda.

Mehrere Monate arbeitet sie jetzt schon dort. Zu der Wohnung fährt sie mit einem Passat, den sie nach dem Golf gekauft hat. Schon allein das. Sie klingelt das Signal, ping pingeling ping ping. Die alte Frau, die übrigens gar nicht so alt ist, in den Sechzigern, tippt Blenda, öffnet und läßt sie ein. Jeden Morgen atmet sie auf dem Parkplatz einmal tief durch, zum letztenmal, denn in der Wohnung ist die Luft schwer vor Zigarettenrauch, Staub, Parfüm und gewürztem Essen. Sie hat ein eigenes Arbeitszimmer bekommen. Die Wohnung hat vier Zimmer. Das, in dem sie arbeitet, ist ein Schlafzimmer, das einer der Jungen hatte. Er ist jetzt zu seinem Bruder ins Zimmer gezogen. Es war nie die Rede davon, daß sie die Stofffragmente mit nach Hause nehmen sollte.

Zwei Jungen, nun, junge Männer, sind da. Die Mutter, sie ist nämlich deren Mutter, ist vielleicht noch gar nicht sechzig, denn die Jungen sind, vermutet Blenda, fünfundzwanzig und dreißig. Sie hat keine Ahnung, was die machen. Ob sie arbeiten. Doch sie scheinen sehr beschäftigt zu sein. Sie haben Handys, in die sie oft und hitzig sprechen. Kommen mit Kisten nach Hause. Sie will nichts wissen. Blenda sitzt in diesem Herbst Tag für Tag, Woche für Woche da und säubert Seidenteile. Legt sie aus. Hat Tüll gekauft, um sie darauf zu fixieren. (Sylvia schließt die Augen.)

Blenda sitzt dort nicht ohne Qual, das möchte sie wirklich unterstreichen. Es geht auch schlecht, und sie ist sich dessen bewußt. Sie versucht, vorsichtig zu sein. Keine Waschflüssigkeit, sondern destilliertes Wasser. Mit der einen oder anderen kleinen Ausnahme.

»O Gott«, sagt Sylvia. »Gott!«

Es geht nicht immer gut, nein, im Grunde vielleicht überhaupt nicht. Langsam und mit etlichen nicht wiedergutzumachenden Mißerfolgen. Sie hatte eine Auseinandersetzung mit sich selbst. Übrigens nach einer Zusammenkunft der Krylundgruppe. Sie merkte, daß sie die Verantwortung nicht mehr übernehmen konnte, sah ein, daß es die pure Zerstörung war. Also beschloß sie aufzuhören und sagte dies zu Assia, als diese vorbeikam, um zu sehen, wie es ging. Es wurde hitzig. Nun – sie machte weiter.

»Du verstehst, es war unmöglich, ihr Angebot nicht anzunehmen. Sie fragte, was ich haben wolle. Außer dem Stundenlohn also. Erstattung aller Kosten, Stundenlohn wie bisher, und wenn der Mantel sauber und zusammengesetzt wäre, eine abschließende Summe. Da sagte ich fünfzigtausend. Nur, um dem Ganzen ein Ende zu machen. Es war ja ein Phantasiebetrag.«

»Du hast ihn bekommen?«

»Sie haben einen Vertrag aufgesetzt. Ich mußte unterschreiben. Es gab keine Probleme mit der Summe.«

»Hast du eine Kopie des Vertrags bekommen?«

Nein, sie hatte nicht fragen wollen. (Sich nicht getraut?) So arbeitete sie weiter. Ängstlich und mißtrauisch und gleichzeitig von all solchen Gefühlen abgeschnitten, arbeitete sie weiter.

Blumen, Vögel... Auf der Seide begann es zu leben. Irgend jemand hatte seinen Arm dort gehabt. Sie konnte fast die Form eines Ellbogens erahnen. Vor langer Zeit. Der Körper eines Mannes. Eines Fürsten?

»Ich glaube, es ist ein Jagdrock«, sagt sie. »Das Rückenteil fehlt. Aber es könnte ein Fürst darauf gewesen sein, ein Mann auf einem weißen Pferd. Mit einem Jagdfalken.«

»Wie kommst du denn auf diese Idee?« fragt Sylvia ziemlich scharf.

Da wird es erst richtig schwierig.

»Hast du Angst?«

Sie schließt die Augen.

»Hast du Angst bekommen, als sie willens waren, eine so große Summe zu bezahlen?«

»Ja, ein bißchen. Aber es kam noch schlimmer.«

In Wirklichkeit war es so, daß es heute schlimmer kam. Vorhin. Jetzt weiß sie nicht, ob sie sich noch traut, an die Flickarbeit zurückzukehren. Ob sie sich nach Hause traut. Sie weiß praktisch gar nichts. Sie wünscht, sie hätte gleich von Anfang an, gleich, als sie diese braungefleckten Seidenfetzen zum ersten Mal sah, mit Sylvia geredet. Dann wäre natürlich nichts daraus geworden. Gekommen wäre – ja, was eigentlich? Das Zentralamt für Denkmalpflege? Das Historische Museum? Und kein Geld.

Sigge ist die Hauptperson in der Whitlockschen Schule. Der Vorstand umringt sie. Es sind ältere und freundliche Leutchen mit in Handarbeit gefertigten Tüchern und altmodischen Tweedjakken. Wie in den fünfziger Jahren, als Vati jung war. Er ist da. Er sitzt ganz vorn. Neben ihm sitzt Oda, und dann kommen Kajan Tidström und Ulla Häger. Sigge ist nach vorn gegangen, um das Mikrofon zu überprüfen. Sie ist nicht schüchtern. Aber sie hat eine Heidenangst.

Vati sieht aus wie ein Adler. Ulla beugt sich vor und flirtet mit ihm, flirrrtet wahrhaft. Ihre Stimme ist fein wie die eines Vögelchens. Kajan sieht wie immer gefaßt aus. Oda sitzt da und trimmt ihr Gerät. Vati hat das seine auch dabei. Es ist selbstverständlich ein anderes Modell. Sie unterhalten sich nicht über die Geräte, sondern halten sie routiniert. Wie Degen oder einen Begleithund.

Es kommen pausenlos Leute. Es sind noch zehn Minuten bis zum Beginn. Die Leuchtstofflampen an der Decke surren, doch hört man dies immer weniger, je mehr Leute herbeiströmen und reden. Nun, sie strömen vielleicht nicht gerade. Aber es müssen jetzt vierzig Personen sein. Vati lächelt sie an, nur mit den Augen. Er ist frisch rasiert.

Es ist wichtig, daß wir zusammenkommen und räsonieren.

Sigges Augen füllen sich jetzt bis an den Rand mit warmen Tränen. Das ist ja verrückt. Ein oder zwei kullern ihr in die unteren Wimpern. Sie ist unglaublich gerührt. Das kommt wohl von der Nervosität. Wie auch immer. Oda dort in der ersten Reihe und Vati im Anzug. Die kleine Kajan und die Telefonseelsorgerin Ulla Häger. An solch einem Winterabend. Das ist wichtig. Sie will ihren Vortrag so einleiten:

In der Nacht zum dreizehnten Dezember neunzehnhundertvierzig saß in einem Haus in Fredens Dal in Gamla Enskede ein Großhändler und schrieb nach der Zusammenkunft eines Diskussionsklubs Protokoll. Er gab seine eigene Eröffnungsansprache wieder, und diese begann: Es ist wichtig, daß wir zusammenkommen und räsonieren.

Jetzt beschließt sie, die Reihenfolge der Sätze zu ändern. Sie wird beginnen mit: *Es ist wichtig, daß wir zusammenkommen und räsonieren.* Sie wird so tun, nein, auch nicht so tun – sie wird sich ganz einfach direkt an sie wenden, zu ihnen sagen, daß es wichtig sei, in dieser alten Whitlockschen Reformschule, im Licht der Leuchtstoffröhren zusammenzukommen und zu räsonieren. Erst nach einer Weile wird sie darüber sprechen, daß J. A. Krylund dies in einer anderen Zeit, in einer anderen wichtigen und erschreckenden Lage dessen, was sie die Geschichte nennen, in sein Protokoll geschrieben habe.

Im Dezember 1940 befand sich Europa zum größten Teil in der Gewalt Adolf Hitlers. In den meisten europäischen Ländern sorgten deutsche Truppenverbände dafür, daß eine politische und bürokratische Verwaltung darauf getrimmt wurde, Menschen, die Gegner des Nationalsozialismus waren, effektiv aufsammeln, abtransportieren und liquidieren zu können.

Es sollten nicht alle abtransportiert werden. Die meisten sollten überzeugt werden. Man rechnete im übrigen damit, daß sie sich selbst überzeugten. Ihre Angst würde stark überzeugend wirken. Andere waren bereits Anhänger des Nationalsozialismus. Sie hatten sich anfangs möglicherweise nur vehement für Zucht und Ordnung eingesetzt. Doch nun ging es nicht um die Ordnung in den Kommodenschubladen, sondern um Zucht und Ordnung in ganz Europa. Es gab viele, die früh schon Anhänger der siegreichen und ordnungschaffenden Ideologie geworden waren, die in die Länder schwappte.

J. A. Krylund meinte, daß es wichtig sei, daß einzelne Menschen selbst in kleinen und scheinbar bedeutungslosen Gruppen zusammenkämen und räsonierten. Räsonieren kommt von Raison, von Ratio. Krylund war ein Anhänger der Vernunft und des Gesprächs zwischen den Menschen. Er meinte, daß solche leisen und eindringlichen Gespräche eine Bereitschaft gegen die hereinschwappenden, ordnungschaffenden, grauen und ansteckenden Gedanken- und Kriegsaktivitäten in sich bärgen. Nach Schweden war die Kontamination bisher nur in Form von Wortproduktionen gelangt. Davon handelte J. A. Krylunds

Eröffnungsansprache, die er am Abend des zwölften Dezember im Hause seines Freundes Nils Åslund gehalten hatte.

Es wurde Weihnachten. Ein finstres und unruhiges Weihnachten. Es war fürchterlich kalt in diesem Winter. Das Wasser und die Wogen des Mälaren erstarrten zu dickem Eis. Vier Tage nach Weihnachten befand sich J. A. Krylund am Norr Mälarstrand, wo sein Freund, Baumeister Fredh, wohnte. Die Familien hatten sich zum Sonntagskaffee getroffen, wie es damals üblich war. Kaffee wurde allmählich knapp. Krylund hatte echte brasilianische Bohnen aus seinem Großhandel mitgebracht. Er hatte Frau Lisa Fredh die doppelte braune Papiertüte überreicht, und sie hatte jubelnd den Geruch eingeatmet und die Tüte an den Busen gedrückt, dessen Weichheit nur Baumeister Fredh kannte.

Krylunds Frau Aina wurde mit dem Auto nach Hause gebracht; es gehörte dem Ehepaar Åslund und war mit einem Holzgasgenerator ausgerüstet. Johan machte einen Spaziergang übers Eis. Später erzählte er seiner Freundin Oda Arpman, daß er sich zwischen Brommalandet und Kärsön befunden habe, als ihm etwas widerfahren sei, was vielleicht weder großartig noch gar seltsam sei. Er war nämlich dem Schriftsteller Eyvind Johnson begegnet. Dieser machte genau wie er einen Spaziergang übers Eis.

Johnson war zu dieser Zeit noch kein großer und berühmter Autor. Aber er war bekannt. Krylund erkannte ihn sehr wohl. Sie hatten im Gesprächskreis erst kürzlich seinen Roman *Nachtübung* gelesen und diskutiert. Es war keine literarische Diskussion gewesen. Sie drehte sich um den überwundenen Pazifismus. Buchdrucker Fock war es gewesen, der die Sache so ausdrückte: Johnsons überwundener Pazifismus.

Jetzt ist die Frage: Sprachen der Autor Johnson und der Gemischtwarengrossist Krylund an diesem Winternachmittag auf dem Eis zwischen Brommalandet und Kärsön miteinander?

Die Quelle sitzt in der ersten Reihe. Oda Arpman blickt Sigge ruhig an. Sie hat gesagt, daß Krylund nach dem Spaziergang zu ihr gekommen sei. Mit roten Ohren. Die Persianermütze habe nicht darübergereicht. Er habe von seiner Begegnung erzählt. Er sei auf dem Eis spazierengegangen, und er sei einem bedeutenden Schriftsteller begegnet. Er habe ein geheimnisvolles Lächeln gelächelt.

Wahrhaftig.

Jetzt versammelt sich der Vorstand um jemand anderen. Es ist ein Gewirr von Tüchern, Silberkrausen, grauen Strähnen. Ihre Dozentin mit dem blonden Wallehaar über einem Jerseykleid von Bredenberg. Mein Gott, wie sie sich abmüht! Für wen nur?

Da sieht Sigge, daß es S. A. Aaland ist. Professor der Literaturwissenschaft, Mitglied einer literarischen Akademie und mindestens zweier gelehrter Gesellschaften.

Ich bin verratzt, denkt Sigge.

Sie zieht gerade den Reißverschluß ihrer neuen Aktentasche auf (GLOBECOM TRAVELS SPACE AND TIME FOR YOU), denn sie will das Manuskript auf die Ablage des Rednerpults legen. Sie hat nicht die Absicht, sich lächerlich zu machen und ohne Manuskript oder dergleichen aufzutreten.

Jetzt wendet sie den Blick von Aaland, dem Vergoldeten und Unbezwingbaren, in ihre Aktentasche. Doch das einzige, was sie dort sieht, ist wieder der GLOBECOM-Quatsch: TRAVELS SPACE AND TIME FOR YOU. Ansonsten ist die Tasche leer.

Ich habe das Manuskript vergessen. Ich weiß, wo es liegt. Auf dem Garderobentisch. Verdammt!

Nein!

Das sind alles Lügen. Über die Verantwortung. Über das hochmoralische Gefühl, von dem Blenda behauptet, daß es sie nach der Zusammenkunft der Krylundgruppe überkommen habe.

Es kroch nämlich ein anderes Gefühl hervor, und das kam aus dem Stoff selbst. Während sich diese fleckigen und schadhaften Teile zusammenfügten, begann die Seide etwas auszudünsten. Und das waren nicht Verantwortung und Moral. Man kann für die Vergangenheit ja eine Art Zärtlichkeit empfinden; sie empfand sie wohl am meisten für das jüngst Vergangene auf dem Frankfurter Flughafen. Eine kraftlose alte Frau wird von allem, womit sie vertraut ist, fortgeschafft. Das Leben rinnt aus ihr heraus und befleckt ein Federbett, durchdringt es und fließt hinab in – ja, die Geschichte, oder wie man das nennen soll. Doch dort unten findet sich anderes. Dunkel geworden, erstarrt.

Vögel, Blumen ... sicherlich hatte die Seide zu leben begonnen. Sich zu bewegen, nicht schimmernd, doch unsicher flimmernd. Weiß Gott, ob das Blumen waren. Unregelmäßige Flecken, uralter Gestank lebten in den Falten des Stoffes auf. Natürlich bildete sie sich das nur ein. Doch all dies kroch unablässig aus dem Stoff hervor.

Sylvia behauptet immer, daß die weiche Geschichte ohne Spuren vermodre. Stoff modre. Er verschwinde wie Fleisch. Am Ende seien nur noch die Knochen einer Zivilisation übrig. Die Karosserie.

Schwerter findet man. Kanonenrohre. Doch die Wärme ist fort. Das Zierliche. Die Schönheit, die mit geschmeidiger Kunstfertigkeit hergestellt worden war. Eine alte Welt grinst dich an. Ein Totenschädelgrinsen. Stein auf Stein. Sie grinst wie ein Bär ohne Fell, spitz wie ein federloser Vogel.

Sie hat wahrhaftig zugehört, als Sylvia in der Krylundgruppe von dem Mädchen unter dem Roteisenocker erzählte, das unter den Fäden, die seine Kleidung gewesen waren, kauerte, mit verstreuten Zähnen breit lächelnd. Ins Haar geflochtenes Wollgarn und Perlen aus Knochen. Die Wolltunika an den Schultern zusammengehalten.

Die Fürsorge der Mütter und älteren Schwestern verschwindet, die leicht vergängliche Schönheit einer Frauenwelt ergraut, wird brüchig und welkt, modert. Die Festtagstunika wird fast ebensoschnell vernichtet wie die rosigen Brustwarzen.

Behutsam, behutsam. Faden um Faden ebenso sauber zupfen, wie der Schuß einst in das feine Gewebe eingebracht worden war. Dies wurde an einem einfachen Rahmen vollführt. Vielleicht wurden die Enden der Kettfäden von einem festgebundenen Stein untengehalten. Die Kompliziertheit des Gewebes war im Gehirn und wurde mit den Fingern ausgeführt. Spuren von Fach und Gegenfach, ein Bild aus Gehirnen. Die Gerätschaften waren hölzern und grob.

Hier lag ein Mädchen. Mit locker zur Faust geballten Händen und zur Seite geneigtem Kopf. Es war mit seiner feinsten Tracht bekleidet und trug eine Krone aus Bussardknochen (Federn, Körper?) auf dem Kopf.

Sie muß ein geliebtes Geschöpf gewesen sein. So viel Roteisenocker, wie über ihren Körper gestreut worden war. Perlen, Raubtierzähne.

Oder gefürchtet?

Dieser Gedanke kriecht aus einer Seide hervor. Ob sie ein scheußliches Gebrechen hatte, ein Feuermal über dem halben Gesicht? Oder eine wundersame Gabe. Ob sie bereits als Kind gefürchtet, gehaßt – verehrt wurde?

Sylvia erzählte, wie sie das Mädchen freigepinselt hatten. Die letzte Erdschicht entfleuchte mit den leichten Strichen eines Pinsels.

Es ist jetzt Winter. Winter, Hetze und große Ambitionen. Viel zu groß für Blendas Kenntnisse. Sie hat sich ein Paar teure Lederstiefel gekauft. Finnische, von Palmroth. Futtert Maissalat, weil sie zu nichts anderem kommt. Zu Hause sagt sie, daß sie so viele Stunden bekommen habe. Arbeitet, arbeitet. Sie wissen nicht, daß sie in Rinkeby in einer Mietshausreihe, so lang wie ein Kreuzfahrtschiff, sitzt und uralte Seide wäscht und flickt. Denn sie darf nichts sagen. Der Seide entströmt das Gefühl von Papp und Gestank. Altes Blut. Nicht Frankfurt. Älter.

Die Geschichte ist ja nur eine Erzählung. Ein äußerst dürftiger Kioskroman praktisch. Das wirkliche Leben ist jetzt. Dies ist die richtige Welt. Sie ist wie ein Ei. Sicherlich ist einem klar, daß es noch andere Eier, Zeiten und Orte gibt. Wie Hudaibiya, Frankfurt und solche, die ihre Namen verloren haben. Palmyra steht in dem Roman. Aber nicht der Name, mit dem das Mädchen das, was ihre Welt war, als sie sie mit Roteisenocker überpuderten, benannt hatte.

Ei an Ei an Ei mit nicht gerade undurchdringlichen Schalen, doch auf jeden Fall abgerundet, unterschiedlich und abgeschlossen. Beendet die Steinzeit. Schließt das Grab. Streut den letzten Ocker über das letzte Mädchen. Ankunft in Frankfurt. Eine Ära blutet und pinkelt nicht mehr. Ein neues Ei. Ei an Ei an Ei.

Nun, Blenda ist ja keine Idiotin. Und normal mittelschichtsgebildet. Wie auch immer. Es sieht so dürftig aus im Kopf.

Jetzt hat sie sich wochenlang, Tag für Tag, bis spät abends über Seidenfragmente gebeugt, ohne mit jemandem sprechen zu können. Die alte oder vielleicht gar nicht so alte Frau in den Badelatschen spricht weder Schwedisch noch Englisch. Sie raucht, und manchmal lächelt sie Blenda an, und sie kommt regelmäßig mit Kaffee, der nicht so dick und süß ist wie die Luft in der Wohnung, sondern ein stinknormaler, recht schwacher Pulverkaffee der Marke Nestlé. Die beiden Männer stürmen aus und ein, sie essen Speisen, die duften, nicht mehr duften, Geschirrgeklapper setzt ein, sie sprechen in ihre Handys, rufen ihrer Mutter zu, sie solle mit dem Geklapper aufhören, deren Stimme antwortet knurrend, das Radio spielt, es ist das 3. Programm. Was, um Himmels willen, kann diese Frau von tocker tocker tock raspjoing schsuiii tocker tocker tock rasp und dann Nachrichten, Nachrichten, Nachrichten haben, die sie erwiesenermaßen nicht versteht? Die nächste Runde Essen beginnt zu duften, manchmal zu riechen. Da ist Blenda vor Müdigkeit bereits übel. Aus der Seide kriecht zunehmend greifbarer etwas ganz Altes hervor.

Altes Blut.

Genau.

Die Welteneier sind leck.

So ist das. Es ist wahr, daß sie nach dem Krylundtreffen, auf dem Sylvia erzählte, wie ihr archäologisches Team mit Behutsamkeit, Kenntnis und Sorgfalt das Mädchen aus dem Roteisenocker herausgepinselt hatte, beschloß, nicht länger für die strenge und ergebnisorientierte, aber durchaus freundliche Assia in Rinkeby zu arbeiten. Das war jedoch erst drei Tage nach dem Treffen, und Verantwortung und Moral und andere erhaben menschliche Begriffe holte sie im nachhinein hervor und garnierte damit ihren Entschluß.

Es war die Seide, wovor sie Angst bekommen hatte. Aber es sollte noch schlimmer kommen. Denn jenes Mal ließ sie sich immerhin dazu überreden, am Arbeitstisch zu bleiben. Sie unterschrieb sogar.

Doch dann kam dieser Brief. Das ist erst ein paar Tage her. Eine Karte aus Leinenpapier. Ein Wappen in Golddruck. Und Blendas Name mit geübter Handschrift und Füllfederhaltertinte geschrieben. Jetzt weiß sie kaum, ob sie sie als Lesezeichen in *Nicht ohne meine Tochter* zu behalten wagt.

In einem Gedankenblitz der Hölle spürt man das Unglück.

Blutgeschmack.

Sigge stürmt die Treppen hinauf, und in der Gefühlskluft zwischen zwei Stufen hat sie die Schneidezähne in den Kalkstein geschlagen. Ein Stolperer. Mehr nicht. Sie stürmt weiter. Hinterher wird sie in dem braunlila Stein das Skelett eines Krebstiers sehen: eine Wunde klafft auf und schließt sich. Während die Erinnerung wie eine Treppenstufe abgenutzt wird.

Die tatsächliche Wunde sieht sie eine knappe halbe Minute später in einem Spiegel.

In der Wohnung dröhnt es. Ihr Schmerzaufnahmeapparat steht auf Empfang. Er hat sich bei dem Gedanken an zerschlagene Schneidezähne eingeschaltet. Aber das wäre nicht nötig gewesen.

Sie rüttelt am Türgriff, ruft »Janne!«, aber der hört ja nichts; die Musik dröhnt. Also öffnet sie schusselig mit dem Schlüssel, denkt an die Whitlocksche, muß es schaffen, muß es schaffen, sie haben ja ein paar Vereinsangelegenheiten zuerst, fragt sich, was Vati denkt, ist nicht dazu gekommen, etwas zu sagen. Und jetzt steht sie mitten in dem Gedröhn, dem Erdbebenrhythmus, im Taumel eines Himmels unter der Erde – und sieht.

Im Spiegel sieht sie es. Auf dem Tisch liegt ihr Vortragsmanuskript, dieses übersauber lasergedruckte, das bereits einem anderen Zeitalter angehört. Im Glas darüber vögelt Janne eine Frau. Tief in dem Glas.

Obwohl es umgekehrt ist: die Frau wippt, stößt Janne. Ein kräftiger Rücken, Gesäßhälften, die muskulös in die Schenkel übergehen. Sie sitzt dort und behandelt ihn. Er hat ausgeschlagen, seine Arme sind wie Kronblätter, hilflos geschlossene Augen, saugend.

Ja, er saugt Genuß.

Es ist das grausame, natürliche Bild.

Die Menschenblume auf dem warmen, duftenden Bettzeug. Auf dessen Hitze, Gestank.

Giftgeschmack.

Jetzt wird der Prozeß beginnen, dessen Ergebnis sich in der oberen Schicht zu Lebensweisheit läutert, in der unteren und selten berührten, der trüben und dichten, giftige Bitterkeit bildet. Ehe der Prozeß einsetzen kann und während Sigge noch mittendrin (in der Musik, den Stößen) ist, vollbringt sie zwei Taten, mit jeder Hand eine, und beide sind unerklärlich und konsequent: Sie ergreift das Manuskript, und sie ergreift eine Handtasche aus grauem Haifischleder.

In eine romantische Geschichte, zu der diese notgedrungen wird, als Sigge sich vom Glas abwendet und der Prozeß beginnt, findet sich das Forteilen eingeschrieben: ein Arm erhoben, die Hand an der Stirn, der andere Arm schlaff herabhängend, der Körper vom Schmerz durcheilt und sich von dem bösen Punkt entfernend, im Glauben, daß dieser außerhalb dessen Terrains gebracht werden kann. Sigges Hände sind jedoch beide mit Beschlag belegt (das Skript, die Handtasche), und sie eilt zur Whitlockschen Schule zurück. Zuerst hinunter zum Golf, wo sie einige Augenblicke lang die Stirn ans Lenkrad lehnt und zischt, und dann durch die Stadt. Zu dem Heizkörper, an dem Sickan angebunden ist.

Denn sie hat es nicht geschafft, Sickan loszupfriemeln und mitzunehmen. Es ist wohl, um sie zu holen (was weiß man?), bevor sie ernstlich forteilt, daß sie zurückkehrt, falsch parkt und hineinstürzt. Sickan erhebt sich halb und wirft ihr einen abschätzenden Blick zu, zu mehr kann es nicht kommen, denn die Dozentin wallt (vor Erleichterung) herbei, und Sigge stürmt in einer Art Phrenesie, die nicht die ihre ist, vielleicht die des Vorstands, hinein, und dann steht sie am Rednerpult. Die Hyazinthe stinkt nach Leiche. Vati lächelt und sieht herausgeputzt aus. Vor Sigge liegt das Manuskript:

In der Nacht zum dreizehnten Dezember neunzehnhundertvierzig saß in einem Haus in Fredens Dal in Gamla Enskede ein Großhändler.

Es ist klar, daß sie anfängt. Was sollte sie sonst tun?

Wedholms Kött ist bis auf die beiden flüsternden Frauen leer. Es ist ja eine Zwischenzeit, Leere und Wüste. Warum flüstern sie? Die Vestalin oder Theologieseminaristin mit der weißen Kellnerschürze scheint nicht zu lauschen, kaum zu hören.

Zu flüstern angefangen hat Blenda, und zwar, als sie zur Botschaft gekommen ist. Sylvia hat sich angesteckt, aus ihrer Stimme verschwindet der Ton.

»Du weißt schon, da in Richtung Englische Kirche. Wo sie alle liegen. Natürlich bin ich hingegangen. Ich meine, man wird schließlich nie ... ein normaler Mensch kommt schließlich nie in eine Botschaft, ist doch klar.«

»Aber du mußt dich gefragt haben, warum?«

»Ich weiß nicht.«

Nein, sie weiß es nicht. Sie dachte nicht oder dachte eben, wie man so denkt: Wenn ich jetzt hingehe, immerhin bin ich eingeladen, obwohl es wahrscheinlich ein Irrtum ist, sie meinen eigentlich jemand anderen, aber ich habe immerhin die Karte, und was soll man anziehen, wenn man da hingeht? Ein Kostüm. Madame steht auf der Karte. Nicht Botschafter. Madame muß die Botschafterin sein. Und französisch. Reden die auch Französisch? Das wird ein bißchen prekär. Ich könnte ja vorher ein Buch lesen, zum Auffrischen. Das schwarze Kostüm? Herrje! Aber man muß wohl korrekt sein?

»Also habe ich dieses Kostüm angezogen. Das ist auf jeden Fall korrekt.«

Sylvia prustet. Etwa nicht? Neein ...

»Entschuldige. Das ist der Wein. Meine Liebe.«

Bald ist die zweite Flasche leer. Sind sie noch bei Troste?

»In der Garderobe stand einer mit einer weißen Jacke und einer schwarzen Hose. Anfangs wirkte alles so europäisch. Große Krüge mit Treibhausflieder. Stell dir vor! Und dann Teppiche, ich meine richtige, ja, das waren Museumsstücke, man hätte gar nicht darauf gehen dürfen. Und noch mehr Flieder und auch Rosen. Und sie haben tatsächlich mich eingeladen, verstehste. Sie kam und begrüßte mich, hatte hochgestecktes Haar, glänzend schwarz. Sie war dünn und wahrscheinlich geliftet. Sie hatte dieses Haifischlächeln, das die immer aufsetzen. Zuerst nannte ich meinen Namen, und dann stellte sie mich völlig richtig jemandem vor und sagte – du wirst dich kaputtlachen –, daß ich eine bedeutende Textilkünstlerin sei. Ich meine, da mußte doch was verkehrt sein, ich arbeite in einer Schule, einem normalen Gymnasium. Allerdings war da natürlich die Sache mit den Wandbehängen von Överhogdal. Die andern waren alles Frauen. Schauspielerinnen. Zwei habe ich erkannt, kam aber nicht drauf, wie sie heißen. Eine, die diese Poesieecke macht. Eine Glaskünstlerin. Und, wie heißt sie noch, nicht Channa Bankier, die andere? Sie malt jedenfalls. Es war also eine Art … kultureller … na, du weißt schon. Mit Frauen. Und sie sagte meinen Namen. Sie hatte ein Leinenkostüm an, hellgrün, es klingt grauenhaft, aber es war eine phantastische Farbe. Und diese Schuhe! Gottseidank sprach sie Englisch. Wir bekamen Saft oder Sherry und ein paar Pistazien und Kräcker, du weißt schon, solche, die man mit einem Pinsel direkt auf eine Backfolie streicht. Im Raum nebenan war Tee gedeckt, und schließlich gingen wir dort rein. Da standen drei Tischchen, ich bin neben der mit der Poesieecke gelandet und hatte gottseidank niemanden an meiner andern Seite. Es war fürchterlich zäh. Ich wußte nicht, was ich sagen sollte, und die Botschafterin redete am mittleren Tisch ununterbrochen. Das ist vielleicht ein Beruf, Himmel, wie leicht und fließend die doch reden können, über nichts, und hinterher dachte ich, daß es bloß Smalltalk war, als sie mich ganz leicht, aber immerhin in den Arm genommen hat.«

Blenda hatte nämlich das Gefühl, daß man sich nicht anfaßt. Nicht hier. Man tritt nicht in Tuchfühlung. Das ist nicht korrekt. Und deshalb empfand sie diese sanfte Berührung am Ellbogen als leicht unangenehm. Wenn es nicht so übertrieben klänge, würde sie sagen, daß es eine Machtsprache sei. Eine Drohung?

»May I show you something that will interest you very much? I'm sure it will.«

Der Botschafter war eingetreten, ging herum und grüßte, sah nicht aus, als sollte dies lange dauern. Blenda konnte ihm die Hand drücken, und schon zog die Madame sie in einen Korridor. Steinfußboden, Marmor und Schummerlicht. Eine schonende Beleuchtung, wie sie verstand, denn dort befanden sich Textilien hinter Glas. Seide. Da blühte es. Da waren Blumen, Vögel.

Ein Mantel auf einem Stativ. Ein glatter, golddurchwirkter Grund. Darauf zeichnete sich in verschiedenfarbigem Seidensamtflor ein persischer Garten mit Iris, Tulpen, Hyazinthen und Nelken ab. Darin ritt der Fürst auf seinem Hengst. Der war cremefarben. Vielleicht einst weiß. Der Turban des Fürsten war golden und grün. Und der Mantel, den er trug – o Gott –, das war der Mantel, auf dessen Rückenteil er gleichzeitig ritt, wo zwischen Hyazinthen und Nelkenblüten Vögel ihre langen Hälse neigten. Blenda fror innerlich. Sie kann jetzt ruhig sagen (flüstern), daß sie erst, als sie mit zwei, drei harten Fingern am Ellbogen, diesem leichten Geplauder, das kein Ende nahm, und diesem Lächeln, das von den Augen nicht reflektiert wurde, vor dem Seidenmantel stand, wußte, was Angst ist. Und sie sagt zu Sylvia: »Das war kein Irrtum, weißte. Das war schon ich, die sie eingeladen haben. Sie wußten davon. Sie wußten, daß mir die Ähnlichkeit des Mantels auffallen würde. Aber Madame sagte nur, sie habe gewußt, daß mich das interessieren würde. Mir war innerlich kalt. Ja, wirklich. Ich fror von innen raus. Ich fühle mich immer noch so. Es ist, als ob ich Grippe kriegen würde. Aber das kommt, weil ich Angst habe, Sylvia. Ich habe Angst. Wenn er ihnen gestohlen wurde, warum gehen sie dann nicht zur Polizei?«

Das ist ihre kornblumenblauäugige Frage.

Vor vierzehn Minuten begann Sigges Vortrag aus ihrem Mund zu dringen, der eigentlich starr war, örtlich betäubt. Und die Worte fielen und fielen. Nicht wie Schnee, sondern wie etwas Trockeneres. Styroporflocken.

Sie fielen und fielen. Und fallen noch immer. Seite acht. Seite neun. Sechs Herren um einen Eßzimmertisch. Sie wähnten sich im Dunkel, sie tasteten sich in ihrem Gespräch voran. Sechs Herren, die während der dreißiger Jahre und während des Kriegs auf eine Lawine warteten, die sie hinwegfegen würde. Fallen die Worte.

Und das Messer im Fleisch: der Anblick im Spiegel, die Handtasche. Warum habe ich sie genommen?

Zwei Minuten pro Seite. So fallen die Worte und legen sich dicht bei dicht, isolieren gegen die Bodenkälte. Glaube ich. Es gibt Vorhänge aus Worten und eine innere Beleuchtung, Cluster aus Licht, die uns eine Gestalt und eine dünne, luftige Decke aufbauen, worauf diese steht, normalerweise gibt es so ein Bau- und Beleuchtungsmaterial. Durch Zufall, ja, so heißt das wohl, reißen die Vorhänge und erlöschen die Effektlichter: Hier steht eine Frau mit Steckenbeinen und spricht, spricht die Seite von oben bis unten, links, rechts, von oben bis unten, und behauptet, daß Johannes Krilon nicht nur aus Flocken, die sorgfältig und methodisch, melodisch fielen, aufgebaut sei, sondern auch aus dem Zufall eines Wintertages, aus einer Begegnung.

Ein Stück einer anderen – Materie? Womöglich nicht größer als ein Stück Käse, das auf einem Teller übriggeblieben ist. Doch mit kräftigem Geschmack und einer regen Schimmelkultur aus jenem Land, jenem ungeordneten Land, dem des Zufalls mit seinen wilden Strandlinien, demselben, in dem Janne war, mit sanften, harten Stößen womöglich immer noch ist. Das wilde Land, in dem es weh tut.

Sie, die immer behauptet hat, daß Lesen Leben sei, Erfahrung sei und somit gelebtes Leben, muß jetzt eingestehen, daß die

Lektüre niemals so weh tut wie das hier, wie immer man das nun nennen soll. Wirklichkeit ist ein ziemlich starkes Wort in einem örtlich betäubten Mund, aus dem, ausgelöst durch irgendeine Automatik, die wir in der Regel Wille nennen, die Worte fallen, nicht wahr?

Die Worte fallen über die Gesichter. Vatis hingerissenes Starren, das er mit einer Art Ironie zu verbergen versucht: Wir kennen einander, du und ich, wir sind vom selben Stamm. In dem Fall sind wir Affen. Bandarlog, das Plappervolk. Die Worte stehen wie Schneewirbel über den Gesichtern. Man kann direkt aus dem Reißwolf heraus Konfetti herstellen. Streifen werfen. Abfall werfen. Sind dies Gedanken? Sie gehen, wie der Verdauungsprozeß, weiter, während die Worte fallen. Parallele Prozesse. Deklamieren und Darmbewegungen. Idealismus und heimliche Fürze.

Himmel, was ist das? Alle, fast alle, nein, alle zusammen sind ja grau, papierdürr, schuppig, leberfleckig. Lungen und Lebern haben wie Pullover Mottenlöcher. Wie bin ich bloß hier gelandet? Alle zusammen sind im Begriff aufzubrechen, den Saal zu verlassen, diesen Humanismus, oder wie man das nennen soll, was da gleichzeitig mit der Peristaltik abläuft. Oda Arpman, du bist nicht wirklicher als Carl Gustaf Leopold oder Johan Stenhammar, der arme schwindsüchtige Enthusiast – nein, du bist Magnus Enberg! Der letzte Gustavianer, zierlich und parodistisch im Kohlenrauch und Lärm der fünfziger Jahre des neunzehnten Jahrhunderts. Oda, Oda, du bist im Begriff zu gehen. Alles rührt sich, während die Worte in diesem Haus, das keine Hoffnungen mehr enthält, fallen.

S. A. Aaland sieht aus wie ein Totenschädel. Die graue Haut liegt straff um seine Schläfen und Backenknochen. Er hält den Kopf schräg und lächelt. Ich bin das Objekt von S. A. Aalands freundlichem Interesse. Noch zwanzig Minuten. Er wird mich zu Klump machen, mich an einem elektrischen Zaun vögeln – kein Witz, dies ist ein snuff movie. Er wurde eigens eingeladen, um mich zu Klump zu machen. Ich bin jedenfalls nicht dumm, nicht beliebig lange. Es war unnötig, die Tasche zu nehmen, das war keineswegs Absicht. Haifischleder, ich weiß. Es war Lili Thorm, ich sah ihr Profil im Spiegel. Den Rücken, die Schenkel. Er duschte und duschte und schrubbte sich. Ich bin zu Klump gemacht. Ich hätte genausogut die Schneidezähne in den Kalkstein rammen können. Es kann alles mögliche geschehen. Einiges geschieht auch. Die Worte fallen und fallen auf jeden Fall.

Jetzt tauchen mit zwanzig oder fünfundzwanzig Minuten Verspätung Blenda Uvhult und Sylvia Fransson-Bleibtreu im Licht der Leuchtstoffröhren auf. Sie wirken angesäuselt, aber das ist doch wohl nicht möglich?

Die Worte fallen im Lampenschein, und gleichzeitig vollzieht sich in Sigges Körper eine langsame Fällung: Dies hier ist wirklich. Ich halte jetzt meinen Vortrag, und seltsamerweise ist er erst jetzt wahnsinnig, lächerlich und erbärmlich. PATHETISCH. In Anwesenheit von S. A. Aaland, diesem schmunzelnden, fischbauchgrauen Reagenzmittel. Er fällt den Mißerfolg aus. Ganz natürlich. Ein ruhiger Prozeß, ein Fallen eben, eine Abwärtsbewegung zum Bodenschlamm hin. Abfall. Das ist es, was daraus wird. Gerade im Werden begriffen ist.

Entropie.

Genau das. Die Wirklichkeit der Wirklichkeiten. Die Energie reicht noch für elf Minuten.

Man macht keine Universitätskarriere mit dem Großhändler Krylund oder der blonden Gräfin G. Ehemalige Größen wie Fredrik Böök und Henry Olsson konnten es sich vielleicht erlauben, Fleisch und Blut zu streifen. Doch da waren sie bereits wissenschaftlich etabliert und halb belletristisch. Snoilskys Skandal und die Tugend der kleinen, pummeligen Sine in Lund sind im übrigen nur wie Plastikfiguren in Frühstücksflocken, nähren nicht, erfreuen aber die Kinder. Krylund und seine Trenchcoatgang sind nicht einmal pikant. Trotzdem gibt es Leute, die dasitzen und gerührt sind, ein paar Naive mit Winterschnupfen, die glauben, daß Romane das Leben abbilden und sie selbst sich mitten im Leben wie in einem Roman befänden und der Schnee falle und falle. Sie werden auf Luftkissensohlen durch den Niesel nach Hause gehen. Ja, man kann ohne Übertreibung behaupten, daß Sigge ihnen ein wenig Sauerstoff oder Amphetamin oder ein Fußbad aus dem Taunitzer See verabreicht hat.

Das sind sie. An die sechs, sieben, acht Leute. Dann sind da Oda und ihre Gang, in die man Vati einbeziehen kann, obwohl er sie kaum kennt. Sie haben eine höhere oder ambitioniertere Form von Naivität; sie sind Sigges und ihrer selbst wegen ein bißchen vom Karrierismus angegriffen. Sie glauben, daß Krylund und sein Diskussionsklub den Autor Johnson schlichtweg inspiriert hätten. Sie haben keine Ahnung von dem gärenden Kompost, den dieser jahrelang in sich barg, und daß das einzige, worauf sie im Grunde hoffen können, dies ist, daß die Begegnung auf dem Eis einen der Teilprozesse tief im mulmenden Johnsonschen Dunkel ein bißchen umrührte und lüftete.

Wenn es Sigge nun gelänge, die Begegnung zu beweisen. Aber daran denken sie nicht einmal. AKRIBIE. Das Wort kennen sie gar nicht. Vati ist der schlimmste von ihnen. Er ist doppelt naiv. Er glaubt steif und fest, daß der eigentliche Zweck von Romanen und wissenschaftlichen Abhandlungen eben diese Verabreichung von Sauerstoff sei, der Kick, der den Delinquenten vergessen läßt, daß er beispielsweise durch eine Lungenembolie zum Tode verurteilt ist, und außerdem glaubt er, daß Sigge berühmt und Dozentin werde und daß er die Promotionsfeier noch erleben werde.

Jetzt sind die letzten elf Minuten vergangen, und Sigges Gedankentätigkeit, die zusammen mit dem Verdauungsprozeß während des Vortrags weitergegangen ist, hört auf. Ihr letzter Gedanke ist Metafiktion oder ungefähr: Ich hätte mich an das Metafiktive halten sollen, ich hätte niemals –

Dann spürt sie nur noch Lili Thorm tiefe Züge machen, tiefe Schnitte. Wippen und stoßen.

Das Wort ist freigegeben. Kurzes Schweigen. Ein älterer Herr bereitet Sigges Annihilation vor, die ihrer niederträchtigen These und ihrer exponierten Beine. Krilon ist nicht irgendein Großhändler Krylund, brüllt es in seiner Brust. Ein Christus ist er und ein Platon!!!

Es gibt Menschen, die nie auf den Gedanken kämen, sich in einer Debatte zu äußern. Kajan gehört dazu. Dafür sieht sie mehr als diejenigen, die sich just in den Nahkampf begeben wollen. Sie sieht, wie Sigges Hand mit roten Knöcheln eine längliche Handtasche an sie preßt, die nicht zu der Tunika aus dem Indienladen paßt. Sie sieht die schwarzen Beine, die so hilflos aus den Stiefeln ragen. Was ist mit Sigge?

Jetzt bringt der Herr mit Christus und Platon das Seine vor. Er ist jedoch Amateur und Rentner. Er erregt weniger Aufmerksamkeit als der nächste Herr, der von transzendentaler Meditation zu sprechen beginnt und von der Vorsitzenden auf das richtige Gleis zurückgebracht wird. Diese trägt ein unvorteilhaftes Jerseykleid, findet Kajan. Eine Dame mit zarter Stimme fragt, ob Krylund wirklich übers Eis nach Enskede habe heimgehen können. Sigge blickt stumpf drein. Schließlich weist die Vorsitzende ein bißchen hastig darauf hin, daß es sowohl Straßenbahnen als auch Busse gegeben habe, um zurückzufahren. Jetzt bahnt sich jedoch irgend etwas an. Kommt ins Rutschen. Gerät in Schieflage. Kajan kennt das. Da bittet S. A. Aaland ums Wort.

Er ist ein Mensch mit gesellschaftlicher Verantwortung. Er trägt einen dunkelgrauen Anzug mit helleren grauen Streifen. Der Rücken der Jacke und die Hosenbeine, wo sie auf eine vielleicht ein wenig altmodische, aber elegante Weise auf die Schuhe stoßen, fallen sauber. So fällt nur wirklich gute Qualität. S. A. Aaland hat nichts von einem schäbigen Bibliothekshocker an sich. Er besitzt eine Sommerfrische in Dalarö. Er hat lange Beine. Er ist mit der Generaldirektorin des Datenschutzamtes verheiratet. Aber er wird allmählich krumm.

Nachdem er zwei, drei Minuten gesprochen hat, beginnt sich eine Katastrophe abzuzeichnen. Warum ist Sigge so passiv? Sie wirkt fast schläfrig. Graublaß. Schlaff. Wenn sie sich doch bloß etwas korrekter angezogen hätte! Oder auch nur hübscher. Aber dieser Gedanke ist hoffnungslos, denn ohne Leggings wäre Sigge kaum Sigge.

S. A. Aaland greift die Namenssymbolik auf und weist darauf hin, daß ein Vorredner (der jetzt wie eine welke Pelargonie auflebt) die Parallelen Christus und Platon genannt habe. Er erinnert auch an les cris longs – die langen Schreie, die Krilons gemarterter Vorfahr in seinem beharrlichen Kampf für erhaben menschliche Werte ausgestoßen habe und die Krilon zu seinem Namen verholfen haben sollen – alles gemäß dem Roman.

Dies alles ist wirklich weit von Krylund und dem Großhandel oben in der Drottninggatan entfernt. Sigge wirft Aaland einen bösen Blick zu. Wenn der bloß nicht gleichzeitig so stumpf wäre. So hoffnungslos. Er berührt Kajan unangenehm. Einen Augenblick lang findet sie, daß S. A. Aalands Anzug aus einem qualitativ so guten Stoff ist, wie ihn hohe Offiziere früher für ihre maßgeschneiderten Uniformen hatten.

Er klingt gutmütig und väterlich, wie er sich weiterhin über die Namenssymbolik ausläßt. Daß nach einer unbewiesenen Begegnung auf dem Eis im Januar 1941 Fock zu Segel, Arpman plus Oda zu Arpius und Odenarp, Fredh zu Frid und Krylund zu Krilon geworden sein sollen, klingt allmählich auch für Kajan merkwürdig. Aaland legt genüßlich die Johnsonsche Namenssymbolik dar, die sowohl lichte als auch tragische Bedeutung des Namens Segel. Sieh scheel, glaubt Kajan, daß er sagt, Mal um Mal. Sieh scheel. Aber er sagt natürlich se gèle und erinnert an die Gefahr des Gefrierens, die in Segels Namen liegt. Da hört Kajan, daß Oda nicht schnaubt, sondern im Gegenteil: sie atmet äußerst geräuschvoll ein. Kajan ist beeindruckt, das gesteht sie sich selbst gern ein, gleichzeitig aber findet sie, daß Aaland ein bißchen arg verzwickt ist. Es zeigt sich indessen, daß der Verzwickte der Autor selbst ist. Aaland zitiert nur. Er sagt, daß das Arp in Arpius und Odenarp ein Erbe an Männlichkeit und Macht und Weisheit bedeute, worauf Oda nun die Luft ausstößt, die sie vorher eingesogen hat. Kajan wünscht, Oda könnte sich ruhig verhalten. Es ist nicht gut für Sigge, wenn Arpmans

Witwe dasitzt und sie mit geräuschvollem Ein- und Ausatmen unterstützt.

Jetzt verläßt Aaland die Namenssymbolik, die er als elegantes Spiel referiert hat. Wenn er gefriert, Sill sieh scheel, dann lächelnd, denkt Kajan. Ein unbedrohter Mensch. Womöglich seit Generationen. Unbedroht von Hunger, Krieg und Demütigungen wird er glaciert werden.

Hier nimmt sie ihren Gedanken an die Leine. Er drängt auf Gebiete wie Uniformen, Demütigungen und Gefrieren. Er wird undiszipliniert, wenn sie stillsitzt und zuhört. Deshalb sitzt sie selten still. Dasselbe passiert ihr, wenn sie zum Beispiel Pilze sammelt. Dann muß sie zwischen zusammengepreßten, gespitzten Lippen leise summen. Eine Art Pfeifen. Aber sie kann jetzt natürlich nicht pfeifen. Sie ist erleichtert, als Aaland nicht mehr über Segel spricht.

Er spricht überhaupt nicht mehr über Namen und Personen. Er ist dabei, die narzißtische narrative Methode zu beschreiben; die Krilongestalt sei eine Form der Selbstbespiegelung des Autors und der Reflexion über seine eigene Identität, behauptet er. Oda zieht aus ihrem Gerät kräftig Luft ein. Kajan findet ebenfalls, daß der Sauerstoff in dem Raum allmählich zur Neige geht. Aaland behauptet, Johnsons Geschichten seien keine Geschichten aus der Wirklichkeit, sondern Geschichten über Geschichten über die Wirklichkeit.

Die Wirklichkeit, denkt Kajan. Sie denkt das Wort. Sie fragt sich, wie er es in den Mund nehmen kann. Aber eigentlich tut er das gar nicht. Er schließt es in Anführungszeichen ein. Womöglich ironisiert er. Lächelnd. Als ob die Wirklichkeit etwas Peinliches wäre. Plötzlich wünscht sie, daß Oda prusten oder schnauben würde.

»Wir wissen«, sagt S. A. Aaland und hält seinen straffen weißgrauen Schädel schräg, »daß es nicht die Aufgabe der Literatur ist, eine tatsächliche Wirklichkeit wiederzugeben. Wir wissen, daß dies außerhalb ihrer Möglichkeiten liegt, außerhalb der künstlerischen Ambition. Die Literatur handelt nicht von der Wirklichkeit.«

Den letzten Satz spricht er aus, als stünde er vor einer Schar Kinder. Vielleicht spricht er zu Kindern? Zu kindlichen Menschen. Zu solchen, die sich vor der Wirklichkeit in acht nehmen müssen – wenn sie denn können. Die sie leise pfeifend oder vor

Angst summend zu durchqueren versuchen, so wie man bei tosendem Stoßverkehr den Sveavägen überquert.

»Die Literatur«, sagt Aaland, »möchte veranschaulichen, wie das Individuum, das künstlerische Individuum, der Autor, in seinem Bewußtsein die Wirklichkeit umgestaltet, sie in einen Stilisierungsprozeß verwandelt, der ihn fortwährend von ihr entfernt. Von der objektiven Wirklichkeit. Was immer das sein mag.«

Das letzte sagt er mit einem beinahe konspirativen Lächeln des Einverständnisses. Es ist ganz klar, daß S. A. Aaland die Wirklichkeit nicht kennt, sie nicht zu kennen wünscht, und daß er der Ansicht ist, die Frage ihrer Beschaffenheit gehöre der Metaphysik an. Oder der Philosophie. Oder sonst etwas Pathetischem. Wie Sigge zu sagen pflegt. Sie sieht jetzt selbst recht pathetisch aus.

Aaland schließt, indem er sich wegen ihrer kommenden Dissertation, die ja gerade die metafiktiven Tendenzen in Johnsons Krilonfolge zum Gegenstand habe, feierlich an Sigge wendet. Er glaube, daß sie sehr interessant werde.

»Während sie in ihrer Arbeit begriffen ist, hat uns Sigrid Falk auf einen faszinierenden kleinen Ausflug nach Fredens Dal hinter Gamla Enskede mitgenommen. Ein Stück Rezeptionsgeschichte können wir das wohl nennen. Wir können die mentale Atmosphäre kennenlernen, die die Krilonfolge aufnahm – die auch sie aufnahm, müssen wir wohl sagen. Denn wir dürfen nicht vergessen, daß viele sich auf denselben Irrwegen befanden wie der gute Odenarp.«

Warum sagt er: der gute Odenarp? Kajan versteht das nicht. Doch daß Sigge eine Abfuhr erhalten hat, das versteht sie. Und daß Oda eine Abfuhr erhalten hat. Und die Gruppe.

»Die Krilonbücher waren Bücher, auf die eine kleine und widerstandsfähige Öffentlichkeit gewartet hatte. Ich denke, man kann sagen, daß sie danach gehungert und gedürstet hatte. Vielleicht bildeten sich nach dem Muster der *Gruppe Krilon* noch mehr Gesprächskreise als nur die Krylundsche Diskussionsgruppe. Das ist ein faszinierender Gedanke. Sigrid Falk hat uns den Beweis erbracht, daß es mindestens eine solche Gruppe gab. Dafür danken wir ihr.«

Er hat eine Operation vorgenommen, denkt Kajan. Für diese Dozentin, die möchte, daß Sigge den Krylundkommentar beiseite legt und über das Metafiktive schreibt. Jetzt dankt sie ihm. Ihr Jerseykleid ist hinten ausgebeult. Sie erteilt Sigge das Wort. Als ob es möglich wäre, zu sprechen, wenn man frisch operiert ist.

Doch Sigge spricht kurz. Ein paar Worte.

»Die Protokolle«, sagt sie und klingt piepsig. »Sie sind datiert. In dieser Ausgabe von Fock & Söhne. Die Krylundgruppe existierte bereits 1937.«

Kajan versteht kaum, was sie sagt. Immerhin sitzen sie und Ulla Häger und Oda in der ersten Reihe. Weiter hinten kann man Sigges Stimme nicht hören. Derjenige, der sich auf Christus und Platon berufen hat, brüllt: »LAUTER!«

S. A. Aaland erhebt sich federnd.

»Ja«, sagt er, »sie sind datiert. Aber wir wissen nicht, wann die Datierung vorgenommen wurde. Wir wissen, daß die Protokollausgabe 1948 gedruckt wurde. Das ist unser Terminus ante quem.«

Unser? Warum sagt er das so? *Wir* wissen, *wir* nehmen an.

»Es ist denkbar, daß es eine kleine Versuchung gab, die Dokumente vorzudatieren, einen leisen Wunsch, daß ...«

Jetzt erhebt sich Oda. Es ist ein wahres Ereignis, weil sie dabei ihren Stock fallen läßt.

»Ja, das ist ja ganz natürlich«, treibt Aaland sich selbst zur Eile. »Es liegt keine Kritik in solch einer leisen Befürchtung eines ... ich möchte es nicht einmal Verdacht nennen. Nur eine Art, die Protokolle, die der Gemischtwarenhändler J. A. Krylund geschrieben hat, ungefähr so zu betrachten wie ein literarisches Werk. Jedenfalls bis wir Belege für das Gegenteil haben.«

»Welches Gegenteil?«

Oda hat aufgebrüllt. Es ist nicht einmal sicher, daß S. A. Aaland die Frage verstanden hat. Oda hat das Wort nicht erteilt bekommen, sie hat es sich genommen. Aber warum muß sie sich wie eine Bronzelure anhören? Das hier ist jedenfalls ein richtiges Jerseykleid. Doppelt gewirkt. Kajan hat das Kleid, das vorn übereinandergeht und verbirgt, daß Odas Bauch oder auch ihr Darmsystem sich zu etwas mehr oder weniger Eigenständigem entwickelt hat, selbst genäht.

»Ich heiße Oda Arpman«, sagt sie jetzt, und Aaland setzt sich. Die Dozentin in ihrem schlabbrigen Jerseykleid kommt auf die Beine.

»Wir sollten uns vielleicht ein wenig an die Rednerliste halten.«

Doch Oda fährt fort: »Mein Name ist die feminine Form des phallischen Männernamens Odd. Er hat also nichts mit dem Erbe Odins zu tun. Nichts Arisches oder Asisches.« Sie senkt den Kopf und hält Aalands Blick fest. Das ist nicht leicht. Die Dozentin schnellt ein paarmal von ihrem Stuhl hoch und setzt sich wieder und resigniert schließlich.

»Odd – udd – Spitze!« sagt Oda und lacht auf wie jemand, der eine Schmeißfliege erschlagen hat. Gleichzeitig legt sie Sigges Vater, ohne ihn dabei anzusehen, ihren Inhalator auf den Schoß.

»S ... A ... Aaland«, sagt sie langsam und deutlich. »Welch phantasieanregender Name! Aal und Aland. Was hätte der Schriftsteller Eyvind Johnson nicht daraus machen können! Vielleicht hätte er etwas Fischiges suggeriert.«

»Ich denke, wir sollten das Wort jetzt ...«

Die Dozentin ist wieder auf den Beinen.

»Oder Schlangenähnliches ... Aal ... glatt. Der Aland ist jedoch ein Fisch, der nicht beißen kann. Er hat ein zu kleines Maul.«

Oda ist verrückt. Sie ist altersdement. Die arme Sigge sitzt gebeugt da, als hätte sie einen Schlag bekommen. Sie blickt zu Boden oder in sich selbst. Kajan lassen peinliche Stimmungen in der Regel ziemlich unberührt. Sie ist nicht wie Ulla Häger, die sofort aufspringen und alles einrenken will. Doch nun ist Kajan angegriffen, und sie wünscht nur, daß Oda der Sauerstoff ausgehen möge, so daß sie in Ohnmacht fiele. Etwas anderes ist kaum zu erhoffen.

»S ... A ...«

Oda saugt an Aalands Initialen. Er lächelt noch immer, jedoch versteinert. Ja, gequält. Es sieht aus, als ob die graue Haut um seinen Mund nicht ausreichte.

»Er hätte auf die komische Idee kommen können, daß das seifiger Affen-Arsch bedeutet!«

In dem Kellersaal zischt es kurz. Danach ist wieder ganz deutlich das Brummen der Leuchtstoffröhren zu hören.

»Nun denn«, sagt Aaland, »nun sollten wir vielleicht zur Diskussion zurückkehren.«

»Aaaal«, sagt Oda, »glatt wie ein seifiger Affen-Arsch ...«

Dann muß sie sich setzen. Ihr ist tatsächlich der Sauerstoff ausgegangen.

Es gibt eine Art von Erinnerung, die in Wirklichkeit ein Vergessen ist. Ein Erinnern, das außerhalb des Willens und der Wachheit tappt und umgestaltet. Dort befindet sich Sigge jetzt. In der Erinnerung des Vergessens, wo eine Schattenwelt Form annimmt und regsam wird. Sie erkennt deren Gestalten wieder, und trotzdem sind sie so fremd. Gestalten?

Ihr nähert euch wieder. Ja, wieder. Ihr seid Wiederholungen. Ihr seid eine Art Kopie. Oda ist natürlich Oda. Und auch nicht. Unter dem Namen Oda brütet ein großes und nebulöses Phantasma, das dieser alten Dame gleicht, die Sigge kannte. Wie aus grauer Luft, aus Nebelhauch und treibender Feuchtigkeit nimmt es jetzt Form an.

Simulacra, simulacrum. Ein Körper, nicht aus Worten, sondern aus rasch vorbeiblitzenden – was? Ja, etwas, was sie gesehen hat. Tatsächlich. Aber sie hat nicht gewußt, daß die Erinnerung oder das Vergessen es bewahrte.

Dort in der ersten Reihe sitzt ein Doppelwesen, es ist Kajan, aber gleichzeitig ist es ein toter Mensch. Ein Mädchen, das nicht älter als siebzehn, achtzehn Jahre alt sein kann. Grau wie eine Leiche im Schauhaus.

Es ist vorbei.

Sie wird jetzt ihre Aktentasche nehmen und gehen. Wohin? Sie kann ja nicht früher nach Hause kommen, als sie gesagt hat. Zu einer Art alberner Peinlichkeit: Lili Thorm, die mit ihrer Unterwäsche im Arm ins Badezimmer hopst. Das verkraftet sie nicht. Obwohl, was würde das machen? Nein – die Kraft ist zu Ende.

Gottseidank sieht sie keine Nebelkörper mit phantastischen Ähnlichkeiten und Unähnlichkeiten mehr, sondern normal zusammengesetzte Leute. Mit Schuppen auf dem Mantelkragen. Was sind das für Leute? Wie ist sie zwischen ihnen gelandet? Unterm Garderobentisch liegt ein Slip aus knochenweißer

Seide, kein großes Seidenteil, aber kräftig. Eine Spitzenborte in Grau. Hoch ausgeschnittener Slip. Daß das Vergessen ihn sah! Ihn bewahrte.

Ich bin verratzt.

Es sind eine Stunde und fünfunddreißig Minuten vergangen seitdem. Jetzt bin ich doppelt verratzt. Dreifach im übrigen. Aaland hat mich wie ein kleines Karnickel auf einem Labortisch seziert. Die Dozentin brauchte sich nicht die Hände blutig zu machen.

Du liebe Zeit, was bin ich pathetisch!

Es findet eine Art Diskussion statt. Oda ist aufgestanden und hat trompetet. Jetzt sind mehrere Frauenstimmen zu hören, schrillere. Auflösung. Wangenküßchen. Du bist auch da! Wie schön! Wann seid ihr aus Ramlösa zurückgekommen? Hast du Knuts *Unterm Strich* gelesen? Danke für das Buch! Örjan hat es zuerst genommen – er ist ganz wild darauf. Schuppen. Barbro-Sörman-Kleider. Vati sieht wirklich schlecht aus. Ich muß jetzt weg von hier. Sigge dröhnen die Ohren, und all die fröhlichen, wohlmeinenden Stimmen klingen wie Vogelgekreisch über einem Wasserfall.

Jetzt erinnert sie sich daran, was Oda gesagt hat. GLATT WIE EIN SEIFIGER AFFEN-ARSCH. Das hat sich bewahrt wie der Seidenslip. Ja, schlimmer kann es nicht mehr werden. Danke, danke, Oda Arpman. Die jetzt angedampft kommt und Sigge in den Arm nimmt.

»Wir wollen im China Garden etwas essen, weißt du schon?«

Ja. Nein. Aber sie kann es sich denken. Die Krylundgruppe wird zum Chinesen gehen und Soja übers Essen gießen. Sie werden die Rechnung teilen. Sie werden gackern, und sie werden Aaland und die Johnsongesellschaft auseinandernehmen, und bald werden sie wieder uneinnehmbar sein. Oda hat sich jetzt bei Vati untergehakt und zieht mit ihm zu den Kleiderablagen. Vati soll fünf kleine Gänge essen. Wenn er denn überhaupt bis zur fritierten Banane kommt. Er sieht schlecht aus.

Sickan sitzt unbeweglich zwischen den Stiefeln unter der Kleiderablage. Sie fixiert Sigge. Die Dozentin, die reizende Britt-Marie mit den Locken, nimmt sie in den Arm und sagt:

»Sigge, das war ein bißchen … ich weiß nicht, was ich sagen soll.«

»Das war doch, verdammt noch mal, genau das, was du dir vorgestellt hast.«

Schön. Jetzt geht es nur darum, die Krylundtanten und Vati loszuwerden. Sie löst den Knoten von Sickans Leine. Die Krylundgruppe steht wie eine Leibwache um sie herum. Es wird vermutlich nicht so leicht werden, ihnen davonzulaufen. Als sie in den Schneeregen hinaustreten, übernimmt Ulla Häger die Führung des Trupps. Zum China Garden am Karlavägen kommen sie, indem sie dunkle Sträßchen hinaufgehen. Die Hauskörper brüten. Es ist lausig kalt. Sigge geht langsam mit Sickan, die pinkeln muß, sich aber weigert, dies auf Asphalt zu tun. Ständig warten sie auf sie. Dieser wärmende, klebrige Klumpen von Tanten.

»Geht schon mal weiter«, sagt Sigge. »Ich muß Sickan laufen lassen. Ich komme nach.«

Jetzt haben sie an einer Steigung eine breite Treppe zu entern begonnen. Sie werden um Oda herum vom Abstützen und Atmen in Anspruch genommen. Keuch, keuch. Naß fällt der Schnee.

»Leben ist eine prima Sache«, sagt Sigge zu Sickan.

Jetzt sind sie am Fuß der Treppe, Sigge nimmt ein paar Stufen und bleibt dann stehen. Die anderen verschwinden jetzt dort oben, wenn sie Glück hat. Mit ihrem ewigen Gemurmel. Ihrem Gezwitscher und Gegroll. Sigge kann nicht mehr. Nicht einen Schritt, weder vor noch zurück. Sie sollte hinunterfliehen, zur Eriksbergsgatan, wo unterm Scheibenwischer ihres Autos vermutlich oder höchst sicher eine Zahlkarte klemmt. Aber sie kann nicht. Sie setzt sich auf die Stufe und spürt die Nässe des Schnees durch ihre Leggings dringen. Der Stein der Treppe kühlt beißend und wirklich. Erst jetzt merkt sie, daß sie noch immer die längliche Haifischtasche an sich preßt.

Wie sie die Tasche öffnet, fällt leicht käsiges Straßenlicht auf den Inhalt. Ein dicker, schwarzer Lederkalender. Er ist von Lili Thorms Leben ausgebeult. Sie knöpft ihn auf. VISA PLUS, MASTER, NK und noch ein paar. Noch mehrere. Dicht wie ein Pokerblatt sitzen sie in den Taschen beider Deckel. Keine Fotos außer im Führerschein, der in der großen Deckeltasche steckt. Sigge weiß sehr wohl, wie Lili Thorm aussieht. Dunkel, braune Augen. Scharfgeschnittenes Profil, beinahe kühn mit der kräftigen Männernase und den vollen braunroten Wangen. Cliniques

Crêmerouge. Es liegt auf dem Boden der Tasche. Clinique und Clinique. Und nochmals Clinique. Jaja, man muß vorsichtig sein und auf sich achten. Keine Allergien kriegen, igitt. Hier saßen Kaninchen angeschnallt und blinkerten mit Mascara auf den Schleimhäuten. Supermascara.

Wie verkrafte ich das? Ich pfeife auf Kaninchen! Sie wirft die Mascara in den Matsch. Hundertfünfzig Kronen? Puder, Extrahelp Make-up. Lippenstift. Braunrot, ziemlich dunkel. Blut? Nun, in diesem Fall getrocknetes, wie auf einer Binde. Sie schraubt an der Hülse, bis der Stift ganz draußen ist, und drückt ihn dann auf den Stein der Treppe. Die Säule verschwindet. Es bleibt nur ein bißchen fettes Mus auf dem rauhen Stein.

Sie ist mir ähnlich. Sigge besieht sich den Führerschein noch einmal, hält ihn schräg nach oben, damit das Licht auf das in Plastik eingeschweißte Gesicht fällt. Nein, ich bin ihr ähnlich. Sie hat das tonangebende Aussehen. Aber die Ähnlichkeit ist vorhanden. Man bemerkt das gar nicht, denn Lili Thorm sieht man irgendwie immer im Profil. Dieses Profil ist es, das man sich merkt, auch wenn sie sich bewegt. Aber so direkt von vorn sind wir uns ähnlich.

Sigge blättert in dem Kalender. Rupft die Blätter heraus und reißt sie in tausend Stücke. Alle deine Dates, Lili Thorm. Und das Telefonverzeichnis – welch ein Fund! Na du. Versuch doch, noch mal an all die Nummern heranzukommen. Die meisten davon geheim. Klitzekleine Papierschnipsel, und dann drauf mit dem Matsch! Zu tintenverschmiertem Papierbrei gestampft und getrampelt! Deine Nummern. Dein lächerliches Superleben. Geld. Vier Tausender, ein paar Fünfhundertkronenscheine und mehrere Zwanziger mit Selmas Bild. Keine Münzen. So viel Geld, obwohl du dein Scheckbuch dabeihast. Eine Lederhülle um die Schecks. Mit mindestens zwanzig Formularen der SE-Bank. Die legen wir hierher, siehst du. Auf das Treppengeländer. Und hoffen, daß jemand kommt, sie nimmt und schnell zur Bank geht, bevor du dazu kommst, das Konto sperren zu lassen. Den Führerschein daneben. Bitte schön. Wir laden heute zu ein wenig Superleben ein. Doch das Geld fliegt in den Matsch, das soll aufweichen. Nachdem es zerrissen ist. Geld, Geld, Geld. Leider nur eine Handtaschenportion. Wenn ich doch deine Architekturausbildung und deinen cand. phil. in Ästhetik und Kunstwissenschaft und deine Beziehungen und deinen beweglichen Hintern und deine langen, muskulösen Schenkel und deine rauhe Stimme zu Brei machen und austilgen könnte! Dann wärst auch du gezwungen, nachzusehen, ob es den Lauch im Sonderangebot gibt.

Wie verflucht sinnlos. Hier auf der Treppe zu sitzen und am Unabänderlichen zu reißen und zu zerren. Ich bin fünf Jahre alt. Sieh an, Kondome. Keine besondere Marke, irgendeine Bananenverpackung. Womöglich auf dem Weg zu Janne im Supermarkt gekauft. Traust du Janne nicht? Ich traue ihm. Er ist sauber und uninfiziert. Oder war es, bis er dir begegnet ist.

Es ist sinnlos.

Ein Keuchen. Und dann in regelmäßigen Abständen ein Kratzen. Eine Zwinge im Matsch. Irgend jemand tappt mit einem Stock, um tückischen Eisflecken auszuweichen. Es wird still. Dann ist ein Saugen und Zischen zu vernehmen.

»Sigge!«

Es hat keinen Zweck, sich verdrücken zu wollen, denn da oben steht Oda und hat die ganze Treppe im Blick.

Die Schneewolken treiben über den Humlegården herein. Sie leuchten, sind hell und rotgelb grau und aufgequollen von der Farbe, die die Stadt hinaufwirft. Braun nieseln sie in die Bäume herab, die sie mit triefenden Armen auffangen. Sigge und Oda trotten mit Sickan, die auf Stein keinen Tropfen Urin abgeben will, sondern auf Humus mit welkem Gras oder verrottetem Laub unter nassem Schnee beharrt, über die Engelbrektsgatan. Sickan wolle ihre Körperflüssigkeiten der Mutter Erde überlassen, sagt Oda. Ein gesunder Hund.

Odas ironisches Geplauder deutet darauf hin, daß die Episode in der Whitlockschen Schule ihr Selbstvertrauen nicht erschüttert hat. Warum auch, denkt Sigge. Die Johnsongesellschaft speist jetzt sicherlich mit Aaland. Schwärmt um sein eminentes Gehirn. Aber das findet im Gåsen oder einem anderen gepflegten Lokal statt. In einer anderen Welt. Oda ist in der ihren. Auf sie warten die fritierte Banane und völlige Zustimmung. Ovationen. Laßt uns eine Flasche Wein trinken! Haben sie einen Hauswein?

Man muß in seiner Welt sein, denkt Sigge.

Hinter den nassen Schleiern erscheint eine nebulöse Masse. Die Königliche Bibliothek. Welch eine schäbige Kathedrale.

Schmutziggelb mit unterbezahlten Offizianten. Das ist Sigges Welt gewesen. In den siebziger Jahren wollte ein sozialdemokratischer Minister die Lagerungsprobleme durch die Entfernung aller ausländischen Titel lösen. So definiere man eine Nationalbibliothek, fand er. Heruntergekommen, zugig, eng. Jetzt werden Räume in den Fels gesprengt, die Scheiben klirren. Manchmal haben Sigge und ihre Nachbarn an den Tischen vor den Detonationen den Forschersaal verlassen müssen. Bisher haben die Fenster gehalten, aber es dringen trotzdem andere Welten ein. Der weißbärtige Schemen des einstigen Bibliotheksleiters Klemming irrt durch immer mehr gestaute Magazine. Und wenn man ihm begegnete? Ein Weihnachtsmann oder ein Asengott im Bratenrock. Dödel. Klemming gestrichen. Daß man sich auf der Toilette im Keller schminken konnte, ist wohl ein paar Jahrzehnte her. Sie installierten blaues Licht, damit die Drogensüchtigen vom Humlegården ihre Venen nicht erkennen konnten.

Dort im Lichternebel tosen die Welten.

Ich gehe nie wieder in die Königliche Bibliothek. Niemals.

»Wir könnten vielleicht raufgehen. Zum Karlavägen«, sagt Oda. Sie klingt vorsichtig. Um nicht zu sagen manipulierend.

»Ich komme nicht mit essen. Ich bin baden gegangen und will meine Ruhe haben.«

»Aber Aaland hat dich doch nicht zunichte gemacht!«

Zunichte gemacht. O Gott. Zurück zur Hochpathetik. Und der saure Hauswein. Nein, Oda.

»Das ist alles nur Politik, und das weißt du«, sagt Oda. »Britt-Marie Uddén will ein zusammenhängendes Projekt haben mit – was sind es, sechs? sieben? Arbeiten, die von ihren eigenen Skripten ausgehen. Meta … oder was das war. Sie nahm S. A. Aaland zu Hilfe, um dich auf den rechten Weg zu bringen. Aber das Beste von allem wissen die gar nicht. Ich kam nicht dazu, es zu sagen, weil mir der Sauerstoff ausging. Das mit der Namenssymbolik – dieser Affen-Arsch! –, das war nur die Einleitung! Aber vielleicht war es auch gut so, daß mir die Luft weggeblieben ist. Schließlich soll nicht ich sie überraschen. Sondern du! Ich habe die handgeschriebenen Protokolle. Sigge! Von 1937 an.«

Sie sind hinter der Königlichen Bibliothek stehengeblieben. Sigge rührt sich nicht. Sickan, die auf eigene Faust unter den

Bäumen umhergetrottet ist, kommt zurück und versucht eine trockene Stelle zu finden, wo sie sich hinhocken kann. Sie wartet.

Da packt Sigge Oda am Arm und beginnt sie in Richtung Humlegårdsgatan zu zerren. Oda mag es nicht, wenn man sie anfaßt. Es ist nahezu unglaublich, daß Sigge dies wagt. Sie zerrt und zerrt.

»Da vorn steht eine Bank. Beim Grillimbiß. Da setzt du dich hin. Ich laufe zur Eriksbergsgatan zurück und hole das Auto. Dann fahre ich dich zum China Garden. Aber ich komme nicht mit rein.«

Als sie mit dem Auto zurückkommt, das spritzend durch den Matsch pflügt, kann sie Oda zunächst nicht ausmachen. Bei dem dunklen Grillimbiß ist jedoch eine nebulöse Formation. Halb gefrorene Regenschauer werden an die Windschutzscheibe geworfen, und die Scheibenwischer wispern machtlos durch den Mansch. Es sieht aus, als stünde da jemand mit einem Paar mächtiger Füße auf der Bank. Die Nebelgestalt setzt sich von den Füßen aufwärts zu dem herabgefallenen Himmel fort. Irgendwo bei den Hüften verschwindet sie, löst sich auf. Ist Odas Kopf hoch oben, wo es gefroren und sternklar ist?

Sigge berührt sie. Sie ist nur noch ein Häufchen. Ohne Kopfbedeckung. Ihr eisengraues Haar ist naß. Es ist seltsam, sie erneut zu berühren. Diesmal ist Sigge behutsam. Oda starrt in den Wintermondschein der Straßenlaterne. Sie wirkt blind. Ist sie krank? Die Luft weggeblieben?

»Komm, Oda. Ich bringe dich zum China Garden. Oder soll ich dich nach Hause bringen?«

Der Tisch, den Ulla Häger im China Garden reservieren ließ, ist zu groß. Die Johnsongesellschaft ging woandershin. Sigges Vater mußte mit dem Taxi nach Hause fahren. Ihm war das späte Mahl zuviel. Ruth Anser erschien nicht einmal zum Vortrag. Und weder Sigge noch Oda sind bisher aufgetaucht. Sie sind zu viert, und sie setzen sich ans Tischende. Ulla sagt:

»Wie gut, daß wir allein sind. So sitzen wir nicht im Tabakrauch.«

Ein Geruch nach Fritüre hängt unkommentiert zwischen den Wänden. Natürlich ist es ruhig. Einem nicht sichtbaren Teil des Personals muß dies aufgefallen sein, denn jetzt hört man aus Lautsprechern hoch oben an der Decke plötzlich Musik.

Trotz Mützen und Kopftüchern sind ihre Haare naß geworden. Sie beginnen nach winterlicher Feuchte zu riechen. Das Lokal wirkt dicht. So, als wolle es alles, wohinter sich die dicke, plastikgepolsterte Tür einmal geschlossen hat, behalten. Ein schlankes chinesisches Mädchen in kurzem, schwarzem Rock und weißer Bluse legt ihnen Speisekarten vor. Sie sind sich einig, daß sie auf Oda und Sigge warten wollen. Bestellen aber schon Wein. Den Hauswein, bestimmt Ulla.

»Der ist bestimmt ausgezeichnet.« Außer Sylvia stimmen alle zu.

Die nächsten Minuten verlegen sie sich darauf, so auszusehen, als lauschten sie der Musik. Sie wissen alle, daß das, was aus den Lautsprechern dringt, keine Musik im eigentlichen Sinne ist. Oda hätte stante pede darum gebeten, sie abzustellen. Sie verspüren doch eine gewisse Erleichterung darüber, daß Oda noch nicht da ist.

Es ist auf jeden Fall nicht die Sorte Musik, die innere Bilder hervorruft: Man sieht keine nackten Männer mit wehendem Haar in Meeresbrandungen springen, keinen Wind über Waldeswipfeln oder reifenden Kornfeldern oder an Wände oder in den Himmel gezeichnete arithmetische Probleme. Nichts dergleichen. Es handelt sich in erster Linie um chinesische Musik. Oder um chinabetonte Klänge. Arrangiert zu dem Zweck, daß man den Karlavägen und das Fauchen der Belüftungsanlage nicht hört. Oder das Schweigen am einzig besetzten Tisch. Es sind am ehesten Antiklänge.

Sie haben praktisch einen ganzen Diskussionsabend auf die Klangprodukte verwandt, mit denen via Lautsprecher Großviehställe und Kaufhäuser berieselt werden. Oda hat Sigge erklären lassen, wie diese zustande kommen. Sie ist ja durch ihre Tätigkeit in der Musikbranche oder zumindest in der elektronischen Klang- und Informationssphäre mit deren Technologie ein wenig vertraut. Sie haben erfahren, daß die Klänge, die jetzt an ihr Ohr dringen, aus einem Synthesizer stammen, einem elektronischen Apparatesystem, das Sigge lässig Synthi nannte. An einem Frühlingsabend waren sie im Krylundschen Haus und sahen sich den Synthesizer an. Es tönte auch aus diesem System, variierende und manchmal überraschend naturgetreue Klänge erfüllten das Studio. Wenn man beispielsweise Violoncelli in die Natur mit einbezieht. Oder Baßtuben.

Das dunkle oder helle Holz eines Violoncellos ist natürlich veredelte Natur, genau wie es auch die legierten Metalle einer Tuba sind. So, wie das Menschengehirn Natur ist, das Klänge und Töne und Rhythmen aus Rotem Hartriegel, Esche und Ahorn, aus Kupfer, Zinn und Silber in Bilder oder in arithmetische Probleme oder seelische Abläufe umwandelt. Alles sei Natur, bemerkte Oda bei dieser Gelegenheit. Es gebe nichts anderes als Natur in unterschiedlichen Graden von Bearbeitung. Auch das da, sagte sie und zeigte auf die große Maschine. Aber die sei vom Baum, der sein dichtes Holz und den Saft seiner Adern geopfert habe, weit entfernt. Weit entfernt auch von dem Stein, der das Metall gefangenhalte.

Ja, dem konnte man zustimmen. Natürlich viel zu weit entfernt. Oda wird so leicht feierlich. Da machte ihnen Sigges Vortrag mehr Spaß. Auch wenn die Klangillustrationen beschwerlich waren. Sigges Ohren schienen mehr zu ertragen als die ihren.

Jetzt denkt zumindest Sylvia an den Tongenerator in dem Synthesizer. Denn die chinesisch betonten Flöten und Schlaginstrumente, denen sie jetzt zu lauschen scheinen, werden natürlich ebenfalls in oder sogar von einem elektrischen Schwingungskreis hervorgebracht. Der vielleicht alles mögliche hervorbringen kann. Zumindest bis auf weiteres auf dem Klangweg. Und von dem selbst kaum behauptet werden kann, daß er in der Sinnenwelt existiert. Auf jeden Fall nicht als etwas Erzeugtes oder, ja– Erschaffenes. Verstand sie die Sache an jenem Aprilabend, an dem die Apfelbäume so schwarze, triefende Äste hatten, richtig, so waren es am ehesten die Voraussetzungen dafür, daß ein elektrischer Schwingungskreis sich offenbarte, was in dem Synthesizer erzeugt wurde. Im Synthi.

Ulla und Kajan denken nicht an den Synthesizer, aber die Klangwindungen gefallen ihnen. Etwas ängstlich klingen sie schon. So, als ob die Melodie niemals irgendwo ankäme. Doch sie zerstreuen auf angenehme Weise.

»Pling ming ming ... njing njing«, ahmt Blenda nach. Sie ist mit einem Mal künstlich aufgedreht, findet Ulla. Jetzt fängt sie an, auf deutsch zu singen.

Dort oben am Berge!
Da stäht ein Chinäääs ...
Er hat in der Naaase
ein Limburgerkäääs!

Sie wirkt jetzt groggy. Im übrigen hat sie schon nach Wein gerochen, ehe sie etwas im Glas hatten. Sylvia ebenfalls. Gottseidank singt Blenda ziemlich leise. Dann fangen sie und Sylvia an, die Sprechweise der Chinesen nachzuahmen. Sie sagen, daß sie vielleicht Flühlingslollen haben wollten. Das ist nicht lustig. Sie sind sogar ein bißchen diskriminierend. Obwohl sie wahrscheinlich, so wie sonst, ironisch sind. Sylvia ist ja immer gern ironisch. Und dabei kann man sich, hat Ulla begriffen, so ungefähr alles erlauben. Jetzt kommt ein Witz. Ein Chinese wird gefragt, ob es in seinem Land general elections gebe, und er antwortet: eveli molnin. Blenda sagt nicht weniger als dreimal eveli molnin, und Sylvia prustet. Kajan und Ulla sehen sich kurz an, dann senkt Kajan den Blick.

Für Kajan haben die chinesenbetonten Klänge oder die leicht europäisierten, asiatisch klingenden Antiklänge dieselbe Funktion wie ihr eigenes Summen, wenn sie durch den Wald geht. Oder wenn sie zu Hause putzt. Das nach Fritüre riechende Restaurant mit seinem asiatischen Schnickschnack ist dicht.

Richtig dicht kommt es Kajan vor. Genau so soll es sein, wenn man ins Restaurant geht. Man macht dicht. Hier drinnen ist warmes Licht, es schimmert hinter Seidenschirmen mit roten Fransen. Buddhas mit großen Bäuchen lagern auf Borden und Tischen. Drachen sind da. Lotos. Genau wie die weißen Porzellanbäuche und die Klangelemente (Flötengepfeif, trockenes leises Trommelgepick) sind sie Zeichen. Jedoch Zeichen einer Sprache, die zersetzt erscheint. Jedenfalls ist sie unverständlich, denkt Kajan. Buddha? Sie versucht sich ein Restaurant mit gekreuzigten Christusfiguren auf den Weinregalen vorzustellen. Reihenweise Flaschen. Dies ist mein Blut.

Wenn sich Abscheu ins Jetzt mischt, besonders aus alten Ekelquellen wie Blut und Schmutz, metallischem Gestank, Gas und Kohlenrauch, dann hört sie gern Musik. Oder wie man das hier nennen soll. Und in diesem Augenblick ist sie erst recht froh, daß Oda das Restaurant noch nicht betreten hat und raunzt, daß die Musik abgestellt werden solle. Sie fände es angenehm, wenn es überhaupt keinen Krach gäbe. Wenn sie einfach Sigges Vortrag passieren lassen könnten. Wenn sie plaudern könnten. Nicht so dramatisch wären.

Auch wenn die Musik nun nicht chinesisch und nicht einmal Musik ist und auch keine aus Silber, Bambus und leichten Holzarten elektronisch bewahrten Klänge wiedergibt, sondern eben das ist, was Oda Zeichen nannte, recht ungeschlachte Zeichen, eine Art Erinnerung an Musik und Instrumente, die für gewöhnlich weit weg erklingen, zum Beispiel in China (obwohl diese Erinnerungen hier eher in Hongkong hervorgebracht wurden), so ist es nach Ulla Hägers Ansicht trotzdem nicht unbehaglich, sie zu hören. Ein Weilchen, während man wartet. Ebenso, wie es angenehm ist, mit dem Blick die Landschaft an den Wänden zu streifen.

Eine chinesische Tapete. Ein schmaler Streifen blauer Himmel, gestrichelt, unten gelb. Ein Hof oder ein großer Platz, eingekreist oder umrahmt von Türmen und offenen Gebäuden. Vermutlich Galerien. Man ahnt, daß dort Leute in Reihen sitzen. Innerhalb der Galerien stehen Menschen und rahmen überdies die Zentralfiguren ein: eine mit einem Mantel bekleidete Gestalt mit Sonnenschirm und mit einem Stock oder Zepter in der freien Hand. Zwei weitere, die auf die Knie fallen, sowie einige locker verstreute Gestalten, die lange Stangen tragen. Womöglich handelt es sich dabei um zeremonielle Stäbe. Oder Waffen. Was weiß man? Es ist eine ferne Welt, im Puppenformat. In solch eine gemalte Welt, nun, in diesem Fall natürlich eine schablonisierte und gedruckte, sagt man, könne manch chinesischer Meister oder zumindest irgendeiner von ihnen eingehen, nachdem er sie aufgemalt habe.

Nun ist sie aber trotzdem ein klein bißchen langweilig. Dieselbe Szene, derselbe eingerahmte offene Platz mit den Figuren wiederholt sich auf der ganzen Wand. Auf allen Wänden. Das Muster besteht lediglich aus diesem einen Bild. Dazwischen gibt es ein paar gewellte Striche. Sie können natürlich etwas bedeuten. Macht. Oder Milde. Weisheit vielleicht. Es gibt so viele chinesische Zeichen. Diese hier sehen wie ganz banale Striche aus. Aber das tun die Linien auf Sylvias Teebecher auch. Als sie ihn kaufte, erfuhr sie, daß sie das Zeichen für Ewigkeit bildeten.

Blenda hatte in ihrer Kindheit eine Tapete mit chinesischem Motiv in ihrem Zimmer. Die starrte sie an, wenn sie einschlafen sollte. Die Tür war angelehnt, aus der Diele fiel Licht herein. Auf dieser Tapete, sie war schwach gelb und hatte ein grünes Muster, sah man einen Chinesen mit flachem Hut in einem Boot sitzen und angeln. Die Krümmung der Rute war sehr chinesisch. Die dünne Angelschnur verschwand in einem Wasser, das durch grüne Ringe angedeutet war. Blenda glitt oft auf dieses Wasser hinaus. Durch die Binsen. Da waren Blumen. Sie schienen auf der Oberfläche zu treiben. In der Ferne sah man Gebäude, die auf Pfählen im Wasser standen. Sie fragte sich, was wohl in diesen Gebäuden sei.

Sie konnte von einer Ansammlung graziös geneigter Binsenhalme zur anderen gleiten. In dem seichten (wie sie glaubte) und grünen chinesischen Wasser trieben Boote mit angelnden Chinesen. Derselbe Chinese, und trotzdem nicht derselbe. Sie sollen einander doch so ähnlich sein. Ein freundlicher chinesischer Angler glitt in den anderen über, und Blenda schlief für gewöhnlich ein, während sie zwischen ihnen hin und her fuhr.

Ulla hat einen Druck auf dem Kopf. Ihr Blick schießt wie ein Pfeil in den gleichen Musterstücken umher. Sie findet nicht aus der großen Anlage heraus. Dem Zeremonienplatz – oder was das ist. Es herrscht ein himmlischer Friede, das ist sicher. Die

Menschen bewegen sich würdig. Sie glaubt, sich mit ihnen zu bewegen. Doch sie kann nicht aus dem einen Bild heraus- und in das nächste hineingleiten. Ihre Übelkeit erinnert an das, was man verspürt, wenn man lange auf ein Kreuzworträtsel gestarrt hat. Man spürt, wie absolut sinnlos die Mühe war. Das Geklingel aus den Lautsprechern, das sie eben noch als angenehm empfunden hat, ist eigentlich peinigend eintönig.

Sie würde gern mit jemandem darüber reden, zum Beispiel mit der recht liebenswerten Blenda. Aber man kann ja nicht erzählen, daß einem übel wird und man sich eingesperrt fühlt, wenn man ein Bild ansieht, das sich wiederholt. Es soll doch sicherlich erhabene Ruhe darstellen. Geborgenheit. Würdige Formen menschlichen Beisammenseins. Ulla hebt selbst oft hervor, daß der Mensch Riten brauche. Wenn man nun aber schon eine Tapete mit einem Landschafts- oder Stadtmuster zeichnet, dann sollte es einen Ausweg daraus geben. Der Blick will zum nächsten wandern. Er will eine Öffnung haben.

Blenda hat rote Flecken im Gesicht und ist aufgedreht. Sie blödelt mit Sylvia. Keine der beiden wirkt richtig nüchtern. Als Ullas Blick wieder zu dem Zeremonienplatz hinaufirrt, kommt ihr die verrückte Idee, daß dies Rockstalund sei. Und daß sie nicht herauskommt.

Doch Rockstalund ist verkauft.

All das ist fort. Wie im Schneegestöber. Es existiert nicht.

Es tut nicht gut, dazusitzen, eintöniger Musik zuzuhören und eintönige Bilder anzustarren. Oda sollte jetzt mit Sigge kommen. Sie hat diesen Abend zerstört. Es war peinlich in der Whitlockschen. Ulla sagt leise, aber deutlich zu Kajan: »Ich finde, Oda ist zu weit gegangen.«

Kajan weiß nicht, was sie darauf erwidern soll. Nach fast fünfzig Jahren kann sie sich immer noch sprachlich unsicher fühlen.

Oda sagte Arsch. Oder arschig? Arschloch?

Natürlich ist das äußerst vulgär. Sie kennt niemanden, der das sagt. Götz von Berlichingen – leck mich im Arsch! Daran erinnert sie sich. Aber das war in einer anderen Welt.

Dadurch, daß Oda es mit gedehntem A und einem viel zu deutlichen R ausgesprochen hat, wurde es vielleicht nur noch schlimmer. Die Finnländer sprechen nun einmal so. Affenarsch. Aber warum seifig? Kajan hat jetzt so lange überlegt, daß sie nichts mehr zu erwidern braucht. Ulla unterhält sich bereits mit Sylvia darüber, ob sie das Essen bestellen oder weiterhin auf Oda und Sigge warten wollen. Sie klingt militant. Sind das Waffen oder Musikinstrumente, was die Tapetenfiguren tragen? Sie ragen empor. Es stehen reihenweise Figuren innerhalb der Galerien. Schützen sie den Kaiser in der Mitte? Chinesische Waffen. Speere.

Aber sie sind nicht gleich. Soldaten haben alle die gleichen Waffen. Diese hier haben unterschiedliche. Die eine oder andere ragt empor. Wie bei Haufen, die sich auf der Straße zusammengetan haben. Wie können die in die Nähe eines Kaisers gelangen? Grölende Haufen mit Waffen. Pöbel.

Sie will jetzt nichts mehr sehen.

»Prost«, sagt Sylvia.

Man sitzt da. Man wartet. Eigentlich wird man weitertransportiert. Der Augenblick hat keinen besonderen Inhalt, kaum einen Geschmack oder Geruch. Abgesehen von ein bißchen erhitzter, wiederverwandter und wieder abgekühlter Fritüre. Man sitzt. Wie auf einem Flughafen. Zeitung gefällig? Bitte sehr. Oder eine Speisekarte. Man wartet auf *Rapport* oder auf den nächsten Bus. Man wird weitergeführt, obwohl man sich nicht bewegt. In Richtung Krematorium, denkt Sylvia. Aus irgendeinem Grund würde sie es nicht wagen, das laut zu sagen. Nicht vor Kajan, die so ernst ist. Beinahe streng ist sie.

Ein Stück Tapete, ein Tapetenmuster und einige stets gleiche Girlanden fernöstlichen Gepicks und Geklingels ziehen vorüber. Man lebt, wenn man denkt. Wenn man Bilder sieht. Im eigentlichen Sinne lebt man nur dann. Bilder transportieren nicht. Sie transzendieren. Jedenfalls hegt Sylvia leicht hochfliegende Vorstellungen von den Möglichkeiten der Transzendenz. Sowie eine gewisse Verachtung für physische Abläufe und biologischen Austausch. Nun ja – sie lächeln. Mehr wohl nicht.

Essen ist lächerlich. Pinkeln ist lächerlich. Weniger lächerlich ist singen. Am wenigsten lächerlich ist denken. Trotzdem denkt sie jetzt etwas Lächerliches:

Wenn ich ein Kind wäre und zwischen all diesen Menschen mit ihren Speeren, oder was das ist, und ihren großen Hüten hindurch direkt zu dir gehen könnte. Wenn ich vor dich hintreten und den Saum deines Umhangs berühren, den Frieden und die

Weisheit verspüren könnte, die den Falten deines Seidenmantels entströmen und die wie Vögel in deiner Krone brüten. Wenn ich bei dir sein könnte wie ein Kind bei seinem Vater, dann würde ich gern von all dem Dunklen und Hitzigen lassen. Wenn du es wolltest, hörte ich auf zu essen. Dem Blut würde ich entsagen, der Macht und der Gier. Gib mir deinen Frieden.

Da dreht er sich um, und sie sieht das Gesicht des Kaisers.

Es ist das Gesicht eines alten Mannes. Sein Mund ist schlaff und sabbert. In dem Mund dreht sich die Zunge. Sie liegt ganz vorn, ein weißgrauer, feuchter Wulst. Seine Augen sind farblos und tränen. Ihr Blick ist erloschen. Er wartet nur darauf, gefüttert zu werden.

Natürlich möchte sie schreien.

»Ich war selber dort«, quasselt Blenda drauflos. »Und hab ihn tanzen sehen, oder wie man das nennen soll. Sich zieren und abmühen.«

»Sag bloß!«

»Ja bestimmt, da ist doch nichts dabei. Da gehen jede Menge Frauen hin. Junge und alte. Zu Jungfrauenabschieden und zu siebzigsten Geburtstagen.«

»Doch nicht mit siebzig!«

»Na, dann Kaffeekränzchen meinetwegen.«

»Lesekreise? Diskussionsklubs?«

Blenda prustet:

»Die Krylundgruppe ... wow!«

»Wovon redet ihr?« fragt Sylvia, doch Blenda hört nicht.

»Gegen halb eins ist er aufgetreten, der Clou des Abends sozusagen. Dröhn, dröhn und schrapp auf den Drums. Ein ziemlich großer Typ. Hell. In einer schwarzen Antilopenlederhose, ihr wißt schon, wie Seide, aber eben aus Leder, hauchdünn. So ein recht bulliger, knackiger Hintern, wie ihn manche Typen haben. Muskelbacken.«

»Bodybuilding?«

»Ja, ich weiß nicht. Er schob das Becken vor. Darum geht es ja schließlich. Spitzenmuskeln. Das Hemd hatte er recht schnell runter. War natürlich aus schwarzer Seide, und drunter hatte er Hosenträger an seiner Antilope. Das war eine Riesennummer, allein schon, wie plump er die runterkriegen wollte. Es ist eben doch ein Unterschied zu einem BH. Uje – ist das der Hauswein?

Jaja. Man sollte nie guten Wein verkosten. Prost, Sylvia! Da wird man nur verwöhnt.«

»Die Hosenträger«, erinnert sie Sylvia, die jetzt wieder bei der Sache ist.

»Ja, die Hosenträger. Aus einem BH kommt etwas raus. Aber bei Hosenträgern. Nicht ein Haar hatte der auf der Brust. Das sah recht geil aus mit dieser glatten Haut, und dann das Licht. Von Rot zu Grün und allem möglichen. Violett. Der sah aus wie ein Bonbon. Das eigentliche Bonbon kriegte man freilich nicht zu sehen.«

Sie trinkt, zieht rein, denkt Ulla, die Säure und den Metallgeschmack scheint sie nicht mehr wahrzunehmen.

»Dann sollte er doch noch die Hose ausziehen. Dazu setzte er sich auf einen Stuhl. Es half aber irgendwie nichts, daß er die Augendeckel zuklappte und sich immer wieder die Lippen leckte und mal da, mal dort die Muskeln spielen ließ – ein Kerl, der dasitzt und seine Bux auszieht, ist nicht sonderlich sexy. Ich meine, da guckt man normalerweise doch fast nicht hin. Oder macht so ein bißchen leidenschaftlich die Augen zu. Es ist ja offensichtlich, wie vertrackt das ist. Zwei lange Hosenbeine, das dauert eine Weile. Es sah aus, als ob er gerade den Fernseher ausgemacht hätte und ins Bett gehen wollte. Das letzte Bier ausgetrunken, Zeit zum Zähneputzen. Die ganze Zeit hatten alle gekichert und leise gejuchzt, aber jetzt ging so richtig die Post ab. Sie drehten die Musik auf, um die Weiber zu übertönen. Man merkte, daß sie das schon gewohnt waren, das Ausziehen der Hose war wohl der kritische Punkt der Show. Die Mädels ließen sich aber nicht zum Schweigen bringen. Sie hatten in ihren Handtaschen einiges mitgebracht. Runter mit den Hosen! schrien sie. Biste mit dem großen Zeh hängengeblieben? Schatzi Schmatz, immer mit der Ruhe, wir warten, und wenns noch so lange dauert. Nur keinen Streß! Und noch einiges in der Art. Dann fiel endlich die Hose runter und sah richtig rührend aus. Ein schwarzes Häufchen. Er schnellte vom Stuhl hoch und brach im Scheinwerferlicht und zu der Musik in mächtige Zuckungen aus. Aber das nützte nichts. Sie waren jetzt richtig in Fahrt und lachten und kreischten. Es herrschte keinerlei Ordnung mehr, und es war auch niemand aufgereizt, glaube ich. Obwohl sie immer so getan haben, du weißt schon: keuch, keuch und so. Vorne hatte er einen schwarzen Beutel für sein Ding, der war wohl ein bißchen ausgestopft, nehm ich an, weil er so knollig aussah. Ansonsten bestand dieser Tanga nur aus ein paar Bändern über den Hüften, die zwischen den Hinterbacken zusammenliefen. Es sah aus, als ob es scheuerte. Just als die Musik ein Furioso, oder wie das heißt, gebracht hatte und er mit halb geschlossenen Augen dastand und fürchterlich schwer atmete und alles aus war, rief eine ganz laut: Du kriegst zweihundert Mäuse von mir, wenn du den Fetzen auch noch ausziehst! Da wieherten alle vor Lachen, und da war die Musik auf dem Band zu Ende, und er verdrückte sich. Wirklich.«

Als Blenda SCHATZI SCHMATZ, IMMER MIT DER RUHE rief, kam Oda von der Garderobe herein. Aber sie bemerken sie erst jetzt. Ihre Haare sind triefnaß. Es ist, als stünde sie weit weg auf einer Eisscholle.

Oda kann nachts nicht schlafen. Sie ist bleiern vor Müdigkeit, sitzt im dunklen Wohnzimmer und ruht sich aus, um die Prozedur des Auskleidens bewältigen zu können. Da klingelt das Telefon. Es klingelt viele Male, bevor sie den Apparat in der Diele erreicht. Sie denkt, daß es Sigge ist. Vielleicht will sie kommen und sich so schnell wie möglich J. A. Krylunds handgeschriebene Protokolle ansehen. Es kann auch Ruth Anser sein, die bedauert, daß sie nicht zur Whitlockschen Schule kommen konnte, und fragt, wann das nächste Treffen sein werde. Alles mögliche kann es sein, doch Oda möchte, daß es etwas Hoffnungsvolles ist.

»Hallo?«

Ein Atmen. Dann kommen die Worte. Eine belegte Stimme. Ein Mann. Sie läßt den Hörer los. Nach einer Weile knackst es. Dann beginnt es wieder zu klingeln. Es klingt jetzt anders. Nicht nach klangvoller Hoffnung. Schließlich hört es auf. Da hat sie vierundvierzig Signale gezählt. Sie weiß jedoch, daß sie erst angefangen hat zu zählen, nachdem es bereits etliche Male geklingelt hatte. Sie fühlt sich steif und fröstelig.

Du altes Luder.

Erst als sie ihre heiße Milch mit Honig getrunken hat und im Bett liegt, wird ihr klar, daß sie noch eine Weile dieser undeutlichen und tonlosen Stimme hätte zuhören sollen. Jetzt weiß sie ja nicht, worum es geht. Aber sie ahnt es.

Es ist völlig unmöglich zu schlafen, also steht sie auf und schlendert umher. Die Häuser sind dunkel. In den Fenstern spielt das Licht der Straßenlampen. Manchmal sieht es aus, als bewegte sich in Johans Haus etwas. Aber es sind nur unruhige Spiegelungen von Ästen. Der Wind hat sich gelegt. Ab und zu kommt eine Schneewolke, die im Licht der Straßenlampen goldbraun aussieht.

Sie muß den Thermostat hochdrehen. Es ist kalt im Haus. Danach bleibt sie im Wohnzimmer sitzen. Vielleicht eine Stunde. Sie hat kein Licht eingeschaltet.

Du altes Luder.

Nun soll man ja solche Worte nicht so dramatisch nehmen. Oder wörtlich. Der Sprachgebrauch hat sich geändert. Vermutlich haben sie nicht viel zu bedeuten. Womöglich gar nichts. Nur, daß ein Hirn nachtfinster geworden ist. Daß irgendwo im Finstern etwas scheuert und sich windet. In der nahen Finsternis, glaubt Oda.

Da sieht sie, daß im Keller des Krylundschen Hauses ein Licht brennt. Ein schwaches, unruhiges Licht. Es flackert oder atmet.

Jetzt überkommt Oda ein völlig unsinniges Heimweh. Nicht nach Finnland, nach Borgå oder Helsingfors. Sondern nach der Zeit.

Am Dienstag macht Mariella es noch mal. Es geht so schnell, daß die Lehrerin gar nicht dazu kommt, etwas zu sagen.

»Mir ist schlecht!«

Sie hält sich den Mund zu, so als ob sie sich übergeben müßte, und dann rast sie raus. Draußen auf dem Schulhof weiß sie nicht recht, wo sie hingehen soll. Sie hat sich gedacht, daß sie Rosemarie suchen würde. Aber wo? Ihr fällt nichts ein, und schließlich geht sie nach Hause.

Es ist komisch zu Hause. Sie weiß nicht, warum. Manchmal, wenn sie erkältet ist oder wenn der Hort zu ist, ist sie auch allein zu Hause. Aber da ist es nicht so komisch. Jetzt sind da andere Geräusche. Und es ist grau in der Wohnung. Das kommt von den Fenstern her, vom Schnee. Da wird das Licht grau.

Sie nimmt die Kekse mit Zitronencreme. Erst nur zwei, dann alle. Dann geht sie in Rosemaries Zimmer. Aber sie bekommt fast einen Bammel davor. Da ist nichts Besonderes, aber es riecht nicht mehr so wie sonst. Es riecht bloß nach Staub und Papier.

Auf dem Nachttisch steht Harrys Foto. Er hält die Klarinette in der Hand und hat ein Bühnenkostüm mit Flitter auf den Jackenrevers an. In dem schwarzen Kraushaar ist ein bißchen Grau, folglich ist es ein ziemlich neues Bild. *To Rosie from Dad with all my Love* steht darauf. Mariella kann seine Schrift nicht lesen, aber Rosemarie hat gesagt, daß das da steht. Mit allen möglichen Tintenschnörkeln.

Sie nimmt alle Teddys und Puppen hoch und kontrolliert sie. Sie sollen an den Volantkissen auf dem Bett sitzen. Rosemarie hat am Luciamorgen ihr Bett gemacht und ihre Teddys und Puppen an die Kissen gelehnt. Genau so, wie es sein soll. Sie schlampt nie mit etwas. Auf dem weißen und flauschigen Bettvorleger, den sie zusammen mit Ann-Britts Blumentisch bei IKEA gekauft haben, stehen Rosemaries Pantoffeln. Es sind chinesische, bestickte. Innen ist ein roter Stoff, in den sie ein Loch gelaufen hat. Rosemarie hat fast nie kaputte Sachen. Mariella kann es nicht lassen, in dem Loch zu bohren, dabei kommt graue Watte zum Vorschein. Wie sie gerade dasteht und in dem einen Pantoffel herumstochert, hört sie, daß der Schlüssel ins Schloß gesteckt wird und die Wohnungstür aufgeht.

Mist! Ann-Britt hat was vergessen. Jetzt wird sie zu spät stempeln und kriegt was abgezogen. Dann fällt ihr ein, wie trübsinnig Ann-Britt wird, wenn sie merkt, daß Mariella schwänzt. Sie bückt sich rasch und kriecht unters Bett, immer noch mit dem Pantoffel in der Hand.

Ein Husten. Rauh. Das war nicht Ann-Britt. Irgend jemand geht durch die Wohnung. Die Kühlschranktür schlägt zu. Dann ein Schleifen aus dem Wohnzimmer. Der Schrank unterm Bücherregal. Es klirrt. Die Likörflasche. Mariella ist sich fast sicher, daß da jemand trinkt. Dann ist es wohl doch Ann-Britt. Sie will vielleicht nicht zur Arbeit gehen. Sie schläft nachts ja nicht. Womöglich fängt sie zu trinken an. Das tun die Leute, wenn sie trübsinnig werden.

Wenn Ann-Britt zu Hause bleibt, kann sie ebensogut unterm Bett hervorkriechen. Ann-Britt kann wohl nicht sehr böse werden, wo sie doch selbst blau macht.

Da sind die Schritte wieder in der Diele, nähern sich, und dann kommen zwei Turnschuhe herein. Sie sieht sie. Sie sind schwarz mit gelben Streifen und Verschlüssen an den Seiten. Puma. Ziemlich neu, aber dreckig. Groß. Es ist ein Kerl.

In Rosemaries Zimmer ist ein Kerl. Geht hin und her und faßt ihre Sachen an. Macht Schubladen auf. Atmet.

Zuerst macht sie sich schier die Hosen voll. Dann denkt sie: Es haben ja nur Rosemarie und Oma einen Schlüssel. Also muß Rosemarie ihm den Schlüssel gegeben haben. Er soll was holen. Sie ist bei ihm. Und sie traut sich nicht herzukommen, weil ihr klar ist, daß wir uns solche Sorgen machen. Sie glaubt, daß Ann-Britt böse wird.

Aber Mariella kriecht nicht hervor.

Jetzt steht er auf dem Bettvorleger. Dann kracht es, und das Bett gibt nach. Sie kapiert zuerst nicht. Aber er hat sich hingelegt. Dann folgt ein Gewühle, und das Bett schaukelt. Es kommt was herunter und bleibt auf dem Bettvorleger liegen. Etwas Gelbgraues, das sich bewegt. Sie will es nicht sehen, traut sich aber nicht, den Kopf abzuwenden. Sie traut sich überhaupt nicht, sich zu bewegen. Also macht sie statt dessen die Augen zu. Als sie wieder guckt, ein bißchen nur, bewegt sich das Gelbgraue nicht mehr. Es liegt völlig still, und ein schlapper Finger ragt daraus empor. Es ist nur ein Handschuh aus dünnem Gummi.

Er hat ein Ekzem, denkt sie. Ann-Britt mußte in der Kantine solche Handschuhe anziehen, allerdings etwas dickere, als sie ein Waschmittelekzem hatte. Das Bett schaukelt ununterbrochen. Er selbst ist auch zu hören.

Er wichst. So eine Type!

Er ist ein Weilchen still, nachdem er fertig ist. Aber nicht sehr lange. Er hebt den Handschuh auf, nachdem er seine Pumafüße auf den Bettvorleger gestellt hat. Dann zieht er noch eine Zeitlang Schubladen auf und zerrt an den Kleidern im Schrank. Ein Bügel fällt auf den Boden. Die Geräusche sind alle so dürr. Mariella tut vom Stilliegen alles weh. Komisch, daß Rosemarie mit so einem ekligen Typ gehen kann. Mariella traut sich nicht hervorzukriechen. Er würde böse werden, weil sie dort gelegen und gehört hat, wie er wichst.

Endlich geht er. Sie hört die Tür zuschlagen, bleibt aber noch lange unterm Bett liegen. Schließlich krabbelt sie hervor. Sie ist ganz steif. Sobald sie sich rühren kann, rennt sie zur Tür und alle Treppen hinunter. Sie traut sich nicht, mit dem Aufzug zu fahren. Er könnte ja da drinstehen, wenn der oben ankommt!

Erstmal aus dem Haus, rennt sie den ganzen Weg bis zur Bushaltestelle.

In der Schule sagt sie, daß sie auch noch Nasenbluten bekommen habe, sicherheitshalber. Die Lehrerin starrt sie natürlich an. Aber sie sagt weiter nichts.

Vati hat in der Küche eine Bettcouch. Sie steht dort seit der Scheidung, seitdem Sigges Mutter wieder heiratete und nach Gävle zog. Wenn Sigge ihn besuchte, sollte sie auf dieser Bettcouch schlafen. Jetzt liegt sie wieder dort. Die Tür zu Vatis Zimmer ist geschlossen, und sie hört das Sauerstoffgerät säuseln. Er hat jetzt das große angeschlossen, das am Bett steht.

Bevor er ins Bett gegangen ist, hat er lange Zeit im Badezimmer verbracht, da hatte er das tragbare Gerät dabei. Sie hörte die Wasserhähne rauschen. Manchmal war es still, so als ob er sich ausruhte.

Sigge liegt da und denkt daran, wie es bis zwanzig vor sieben gewesen ist. Was sie bis dahin gedacht und geglaubt hat.

Rigorosum. Architektendiplom. Ein oder zwei Kinder.

Eine bescheidene Utopie. Obwohl die Wirklichkeit bereits eingetroffen ist: zwei Abtreibungen. In dem fahlen Licht der Nacht in der Küche erinnert sie sich ganz deutlich daran. Es sind keine dramatischen Erinnerungen. Nur graue.

Vatis Utopie war politischer Natur. Sie weiß nicht, ob diese Schiffbruch erlitten hat oder nur ruhig abgeflaut ist.

Oda sagt, daß die Hoffnung übrigbleibe, wenn die Utopien Schiffbruch erlitten hätten.

Vati geht ins Badezimmer, obwohl er sich kaum auf den Beinen halten kann.

Wer hofft, wäscht sich die Füße und begräbt seine Toten. Ein hoffnungsvoller Mensch verhält sich dem Sammelsurium des Daseins gegenüber würdig (glaubt Oda!); er putzt sich die Zähne.

Was ist die Hoffnung denn? Chemie? Und worauf hofft Vati?

Es ist jetzt vier Uhr. Tut es weh? Kaum. In großen Löchern tut es nicht weh.

Als es auf sechs Uhr zugeht, hat sie kalte Füße. Lange dachte sie, daß Janne bei Vati anrufen und fragen würde, ob er sie gesehen habe. Aber er ruft nicht an.

Er vögelt wahrscheinlich.

Vögelt, wie er noch nie zuvor gevögelt hat. Jedenfalls nicht mit mir. Meine blassen Beine. Ich, die ich immer früh aufstehen muß.

Ich bin wohl auch nicht so sexuell. Normal, dachte ich. Aber was ist das schon? Wenn man arbeitet zum Beispiel. Und nach den Abtreibungen.

Diese grauen Geschichten tauchen wieder auf. Bei der ersten war es Kochsalz. Apathisches Warten und dann der ziehende Schmerz im Kreuz. Die Betäubung. Das Aufwachen.

Es sitzt ja nicht gerade jemand mit Blumen da. Und dann darf man nach Hause fahren, und man kann darüber ja auch nicht wie über eine Art Trauer reden. Wie über irgend etwas.

Nur Grauheit.

Um halb sieben steht sie auf und geht mit Sickan Gassi. Sie muß bis zum Liljeholmsbad hinuntergehen, bis etwas daraus wird. Dort unten sind zum Wasser hin Grashänge unterm Schnee. Das Bad liegt eingefroren auf seinem Prahm. Es ist dunkel, und oben auf der Brücke bewegt sich flimmernd und nebelhaft der Strom der Autoscheinwerfer.

Wenn der Badeprahm nun eine schwarze Rinne im Eis gefunden hätte und hinausgetrieben wäre? Wenn er an diesem graugedunsenen Morgen nun verschwunden wäre? Viele wären außer sich geraten. Wären am Ufer umhergeschwärmt. Hätten geredet. Dem Schicksal oder den Behörden mit der Faust gedroht. Ihr kleines Bad. Das alte, graue Holz und die sanfte Wärme. Das weiche Wasser, die Stimmen und das Umgebensein.

Sigge gelingt es, dies einige Augenblicke lang so zu sehen. Sich selbst als eine unter vielen umherschwärmenden, redenden, drohenden Menschen zu sehen, die beraubt sind – ihres Rechts?

Nun ja. Eine erhöhte Perspektive ist das schon.

Sickan steht auf ihren dünnen, krummen Beinen wie ein kleines antikes Möbel oder Örtchen. Ein Büchergestell, ein Waschbecken. Ganz unten auf dem Erdboden, wo es keine ozeanische Adlerperspektive gibt. Wo ein jedes seinen Schmerz nimmt und damit nach Hause geht.

Der Prahm des Liljeholmsbades ist nicht fest ins Eis eingefügt. Sein Körper ist warm, er bewegt sich oder könnte dies in einer Handbreit noch nicht erstarrten Wassers tun. Sigge blickt auf ihre Stiefel, wie sie durch den Matsch trotten, und auf Sikkans vernarbtes rechtes Auge, das nie aufgeht. Das Auge tut nicht weh. In diesem kaputten Augapfel sitzt kein Schmerz. Jetzt nicht.

Sie muß zu Vati zurückgehen. Dies hätte eine Phase sein können. Autos brüllen. Seekühe an einem namenlosen und fernen Ufer. Doch es ist keine Phase, sondern ein ruckartiges Versetzen. Sie muß fort. Und dann muß sie logisch denken.

Vati sitzt am Küchentisch, als sie zurückkommt, und das Teewasser säuselt. Er sagt, daß es ihm ganz famos gehe und daß sie heute nacht zu Hause schlafen könne. Da begreift Sigge, daß er geglaubt hat, sie habe aus Sorge über seinen jämmerlichen Zustand in der Whitlockschen bei ihm übernachtet. Sie weiß nicht einmal, ob sie den überhaupt wahrgenommen hat.

»Hat Janne angerufen?« fragt sie.

Er hat nicht angerufen.

Wenn er nun tot wäre? Dann würde sie in eine stille Wohnung heimfahren. Den Kleiderschrank, das Bücherregal und die Schreibtischschubladen ausräumen. Den Computer mit dem Easy Cad einpacken. Eine Annonce aufsetzen. Kreuz, Blume, Möwe oder Segel? Einen Vers.

»Woran denkst du?« fragt Vati. Da schämt sie sich.

Eines ist klar. Sie will nicht Vatis Ansichten zu S. A. Aaland hören. Und sie muß in die Firma.

Als sie nach Dalen kommt, hat sich der Wolkenniesel verzogen. Das Licht spült durch den Körper des Hauses. Halb leer und all seine Beschädigungen und seine Abnutzung darbietend, ist es immer noch unangreifbar. Als Sigge die Terrassentür öffnet, flattert die Gardine wie Nikes Kleid nach draußen. Morgen und Winter. Hier gab es den Traum von einem vernünftigen Leben, das auch ein Leben in notwendiger Schönheit war.

Sie betrachtet die Stukkaturschnörkel an der Decke. Es müßte saubergemacht werden. Bevor wir umziehen, sollten wir das Haus auskochen wie die Ablagerungen in einem Teekessel. Die Schönheit als eine Möglichkeit hinterlassen, neu damit anzufangen.

Lotar ist nicht gekommen, den ganzen gestrigen Nachmittag war er nicht hier. Er soll Sachen zu GLOBECOM und zu Fehzéns neuer Schnuckelbude mit den eierschalenfarbenen Ledermöbeln bringen. Der King Cab steht nicht auf dem Hof. Niemand hat den Schnee auf der Treppe oder der Terrasse zertrampelt. Doch merkwürdigerweise vor der Kellertür. Sie beginnt wieder zu packen.

Ich sollte nicht denken. Wenn ich denke, sollte ich logisch denken.

Um halb zwölf kommt Adam Oxehufvud. Er riecht nach Wäscheschrank, als er vorbeifegt. Imitiert mit den Lippen ein Küßchen.

Er hat jedoch nie gegrapscht. Wirklich nicht. Fehzén hatte natürlich bald den Schwanz in der Hand, als sie in sein Zimmer kam, um ein Diktat aufzunehmen. Hilf dem kleinen Burschen ein bißchen. Sei ein bißchen nett. Kleenex auf dem Schreibtisch. Als er keine Hilfe bekam, drehte er sich mit seinem Kleenex zur Wand und schüttelte sich ein paarmal, als jagte ihm ein Stromstoß durch den Körper. Da war sie schon so gut wie zur Tür hinaus.

Selbstverständlich hätte sie das Adam erzählen müssen. Hätte Bedingungen stellen müssen: Setz den Schimpansen raus, oder ich gehe. Und dann hätte sie gehen müssen. Zuerst hätte er ihr natürlich noch erklärt, daß man dem keine Bedeutung beizumessen brauche.

Das Leben hat so viele Schnörkel und Haken. Und Umstände. Deshalb geht man nicht. Und deshalb wird sie jetzt nicht denken, nur packen. Und Janne ist schließlich kein masturbierender Schimpanse. Janne ist sauber und sympathisch. Womöglich sogar lieb.

Nicht denken.

Dann kommt Ove Fehzén. Adam und er schließen sich in Adams Büro ein. Jetzt teilen sie wohl die letzten Schnipsel des Imperiums auf. Nach zwanzig Minuten bitten sie um Kaffee.

Sie macht Kaffee. Spürt etwas.

Sollte ich böse sein?

Es ist, als verkoste man ein unbekanntes Getränk. Böse?

Da kommt Fehzén mit Adam heraus. Sie sind fertig. Ove verabschiedet sich. Hält seine Labberpfote hin und bedankt sich für die vergangenen Jahre.

»Tschüs«, sagt Sigge, die sich jetzt nicht mehr zu verstellen braucht. »Und vergiß deine Kleenex nicht.«

Aber das kapiert er gar nicht. In Adams Augen blitzt Verwunderung auf. Aber nur für den Bruchteil einer Sekunde. Dann sagt er, daß er nach China müsse. Heute abend noch.

»Du hast sie wohl nicht alle! Wir ziehen doch um.«

»Ich weiß. Aber dort ist jetzt echt was los. Und zwar volle Kanne. Ich meine, die wollen alles haben. Kapierst du das? Die Systeme. Multimedia. Die ganze Kommunikation, alles. Da braucht man nur abzusahnen, Sigge. Darum mach ich den Abflug.«

»Soweit ich weiß, basiert das darauf, daß die in einem totalitären System den blanken Kapitalismus haben, wo nicht einmal dann einer aufmucken darf, wenn ihm das Fabrikdach überm Kopf zusammenfällt. Über vierzehnhundert ...«

»Sigge, Kleines. Werd jetzt nicht so hinterwäldlerisch. Sei ein Goldschatz und schmeiß den Laden hier. Wir müssen aus dem Haus raus, die Stadt bläht schon die Backen auf. Morgen ist der Fünfzehnte!«

»Lotar ist nicht da. Gestern war er auch schon nicht da, nachmittags. Er hat nicht einmal angerufen.«

»Das geht in Ordnung. Lotar kommt nicht mehr.«

»Bist du wahnsinnig! Glaubst du denn, ich trage alle diese ...«

»Der Botendienst, Liebes. Der Botendienst. Nur ruhig Blut, Sigge. Und Lotar hast du doch nie gemocht. Wir besorgen uns einen neuen Lotar, nein, Mensch, das brauchen wir gar nicht. Bei GLOBECOM haben sie Boten. Lotar sind wir praktisch los.«

Es ist seltsam. Adam ist sonst keiner, der hart vorgeht und die Leute von heute auf morgen rauskickt.

»Und der King Cab? Wo ist der?«

Jetzt guckt er tatsächlich nicht ganz knusper aus der Wäsche.

»Das kommt schon in Ordnung.«

»Wo ist der King Cab? Lotar ist doch gestern damit weg. Soll er ihn denn nicht zurückbringen?«

»Natürlich soll er das. Aber nur nichts überstürzen jetzt, wo es so hektisch ist. Wenn du einen Botendienst klarmachst ...«

»Den King Cab melde ich als gestohlen.«

»Das tust du nicht.«

Das sind wenigstens klare Worte. Und bevor er abzwitschert, gibt er ihr seine NK-Karte:

»Mamas Weihnachtsgeschenke. Sigge, Liebes!«

Nun, das ist ja mittlerweile Routine. Weihnachten und Geburtstag. Sie hat sich praktisch schon Gedanken gemacht, in welche Richtung es gehen soll. Gestrickte Seide. Cremefarben oder eher etwas Olives. Adams Mutter heißt Ginette und ist gebürtige Amerikanerin. Sigge hat sie noch nie gesehen. Da über die Wahl der Blusen, Seidenkopftücher und Cardigans keine Klagen gekommen sind, nimmt sie an, daß die Farben passen. Oder sie packt alles einfach nur weg. Das kann sie sich ja leisten. Sie ist die Tochter eines Konzerns, der weichen und süßen rosa, weißen und hellblauen Schleckerkram für eine ganze Welt herstellt. Zu Weihnachten haben ihre Marshmallows die Form von Engeln. Manchmal kauft Sigge schwarze Oliven in Tonkrügen aus der Provence und schickt sie mit. Runzlige, scharfe. Es ist wohl nicht allzu schwierig, das Richtige zu treffen.

»Halb fünf?«

Das ist das letzte, was sie hört, bevor die Haustür zuschlägt.

Sie räumt ihren eigenen Schreibtisch aus und packt den Inhalt in einen Pappkarton. Da findet sich noch Tipp-Ex aus der Steinzeit. Sie erinnert sich daran, wie sie dasaß und ihre Tippfehler in den Briefen übermalte. Jetzt sind die Fehler elektronisch, und wenn sie getilgt sind, ist es, als hätte es sie nie gegeben. Damals setzten sie sich als dicker weißer Klecks ab, den sie mit Hilfe eines Schwämmchens auf einem Plastikstiel auftragen mußte. Wirklichkeit.

Tampax, Kekse, Hundekuchen, Extraslips, Strumpfhosen im Dreierpack für 49 Kronen. Die drei Krilonromane kommen zum Vorschein. Sie hat sie in der Delfin Sonderausgabe hier.

Sieben Herren unter einem Sternenhimmel. Zur täglichen Kontrolle. Dicht haben die Läuse auf Krilon gesessen, wenn sie mit den Nägeln über sein edles Haupt gefahren ist. Die Läuse und Nissen der Reife. Besonders der Reife der aus Schmerz gepreßten und gefilterten Lebensweisheit.

Sie hilft ihr nicht, die Einsamkeit in dem halb ausgeräumten Haus zu ertragen. Die Kälte des Winternachmittags dringt durch die Ritzen der Terrassentüren. Die Dämmerung saugt die Farbe aus Gesichtern und Häusergiebeln. Nach Hause will sie auch nicht. Dort steht das Bett, die offenen Arme des Betrugs.

Womöglich noch immer mit einem schalen Geruch nach den keuchenden, kriminellen Mühen.

Es ist verbrecherisch, das zu tun, was Janne getan hat. Vor vierundzwanzig Stunden wußte sie das noch nicht. Aber da hatte er es auch noch nicht getan.

Oder doch? Was hat er getrieben, wenn er sagte, daß er unterwegs gewesen sei.

Unterwegs?

Das schlimmste ist, daß Sigge sich komisch vorkommt. Auf den Kopf geschlagen, den Oberschenkelhals gebrochen, die Tasche entrissen. Das komische Opfer eines Verbrechens.

Es ist die Zeit des Forteilens. Fort vom Schmerz. Hin zur Lebensweisheit.

Es ist so banal, daß es komisch ist. Millionen Menschen vögeln im Moment mit dem falschen Partner. Im falschen Bett. Oder auf dem falschen Parkplatz. Millionen Menschen werden betrogen. Man wird nicht weise davon. Man wird eine andere. Man windet sich aus sich selbst, und im Forteilen hat man für einige Stunden (Tage? Monate?) keine Haut. Nur feuchte Membranen. Dann wird man eine andere. Vielleicht mit einer edlen Miene.

Ich möchte, daß es schnell geht. Ich möchte schnell eine andere werden.

Kajan weiß ganz genau, was Oda will, daß sie diskutieren sollen. Und sie will nicht hingehen. Nein. Sie traut sich nicht.

Es kann nicht wahr sein. Und wenn es wahr ist (was ist das, was ein Gefühl wahr macht?), dann muß es sich um eine unsinnige Angst handeln, eine, die sie nicht haben will. Aber welche Angst will man schon haben?

Kajan ist eine vernünftige und korrekte Person. Das ist die Auffassung, die sie von sich selbst hat, und sie teilt sie mit anderen, was ungewöhnlich ist. Trotzdem zeigt sie in der Frage des Aufrufs eine unvernünftige und unbegründete Angst. Sie möchte mit niemandem darüber sprechen, möchte nicht argumentieren und auch nicht mit zurechtgelegten Ausflüchten kommen. Keine der anderen soll überrascht für sich feststellen dürfen: Kajan hat Angst.

Nun hat sie Angst. Diese ist mit einer Krankheit zu vergleichen. Nicht so dramatisch. Man überlebt sie. Kajan weiß in etwa, was sie zu tun hat, um auch diesmal zu überleben.

Es beginnt damit, daß trübe und unruhige Gedanken ihre Nachtruhe stören und sie zerstreut und vergeßlich machen. Sie fängt an, Lebensmittel einzukaufen, und stopft den Kühlschrank voll. Sie sieht natürlich ein, daß es irrational ist, mehr Lebensmittel einzukaufen, als sie essen kann, doch sie hört nicht auf. Auf den Nachttisch legt sie eine Taschenlampe. Auf den Stuhl legt sie einen warmen Pullover und ein Paar Wollunterhosen. Warum nicht? Wenn es ihr nun einmal Linderung verschafft, wenn sie erst schlafen kann, nachdem sie sich in unmittelbarer Nähe eine Taschenlampe und warme Kleidung zurechtgelegt hat. Das ist doch unschuldig, das schadet niemandem.

Schlimmer ist es, wenn Oda andauernd anruft, um sie zu überreden. Ich bin erkältet, sagt Kajan. Ich kann nicht aus dem Haus. Doch Oda redet und redet, und Kajans Mund wird trokken, unter ihrer Brust bildet sich ein Schweißfilm. Es ist unangenehm. Sie wäre jetzt am liebsten allein oder völlig anonym in einer Menschenmenge. Am Nachmittag läuft sie auf dem Norrmalmstorg jedoch Ulla Häger in die Arme. Sie sind beide mit Büchsen unterwegs. Auch Ulla ist ins Schwanken geraten und will am Abend eigentlich nicht zu Oda gehen.

Als Kajan eine Viertelstunde zu Hause ist, klingelt es an der Tür. Unvermutet. Sie hat keine Ahnung, wer das sein kann. Sie steht im Lärm der Verkehrsader über die Tranebergsbron, und ausnahmsweise hört sie diesen in ihrer Wohnung. Und zwar deshalb, weil er sie daran hindert, Geräusche von der anderen Seite der Tür wahrzunehmen. Das Klingeln durchschneidet den Lärm. Ihr strömt der Schweiß. Der Mund wird trocken.

Sie traut sich nicht, durch den Türspion zu gucken. Sie hat Angst vor dem, was sie zu sehen bekäme. Als das Klingeln aber aufhört, wagt sie sich ans Wohnzimmerfenster, sie steht hinter der Gardine und sieht Ulla Häger zwischen den Bäumen des Parks hindurch zur U-Bahn gehen. Sie bleibt stehen und blickt zu Kajans Fenster herauf.

Später am Nachmittag, als das Zittern und die Mattheit nachgelassen haben, ruft Kajan bei Ulla an. Sie möchte freundlich und natürlich zu ihr sein. Doch Ulla meldet sich nicht.

Sie hat mich bestimmt gesehen, denkt Kajan. Sie hat mich durch die Gardine schimmern sehen.

Aber sie muß verstehen, nein, sie muß lernen, daß wir einander in Ruhe lassen müssen. Es muß eine gewisse Distanz in der Diskussionsgruppe geben. Nicht wie bei einem Kaffeekränzchen, wo man einander ein Vertrauen schenkt, das man hinterher bereut.

Ulla Häger liest manchmal die Gedanken anderer Menschen. Nicht immer. Für einige Stunden, mitunter rund um die Uhr, ist es, als hätte sie einen kleinen Radioempfänger im Gehirn. Sie würde natürlich nicht daran glauben (und sie glaubt auch nicht daran), wenn es sich nicht so verhielte, daß sie es bestätigt bekam. Die Leute sagen oft genau das, was sie denken, und Ulla kann nicht umhin, festzustellen, daß es mit dem, was sie soeben bei sich im Kopf gehört hat, übereinstimmt. Es ist lächerlich.

Manchmal weiß sie, wo sich Dinge befinden, obwohl es niemand sonst weiß. Dann sieht sie diese in ihrem Inneren. Sie sieht sie in einer bestimmten Umgebung, die sie beschreiben kann, obwohl sie diese noch nie gesehen hat. In der Schule fragte man sie oft nach Sachen, die weggekommen oder gestohlen worden waren. Es handelte sich um Fahrräder und einmal um eine Brieftasche mit mehreren Zehnern. Als sie mit der Realschule begann, antwortete sie nicht mehr. Es kam immer noch vor, daß sie es wußte, wenn jemand fragte. Aber sie fand, das gehörte nicht mit Rockstalund und mit dem neuen Leben zusammen. Es gehörte zur Volksschule. Zum Geruch von Kindern, die nicht so oft die Kleidung wechselten.

Also sagte sie, daß sie nichts sehen könne, auch wenn sie etwas sah. Außer einmal, weil sich da während der Hasenjagd ein Stöberhund verfangen hatte und ihr leid tat.

Alle, die Ulla kennen, sind der Meinung, daß sie auf einem kleinen sörmländischen Herrenhof aufgewachsen sei. Rockstalund liegt auf einer Anhöhe, an deren Fuß sich ein Seerosensee befindet. Das Wohnhaus ist aus Holz, im frühen neunzehnten Jahrhundert errichtet. Eine Art sparsames Karl-Johan-Empire herrschte dort auch noch im Inneren des Hauses, als Ullas Vater das Anwesen kaufte.

Sie ist aber gar nicht dort aufgewachsen, sondern in der Jungfrugatan und der Styrmansgatan und in Lärkstan und an zwei

Stellen am Norr Mälarstrand. Ihre Eltern zogen häufig um, sie schwirrten herum, wie man es in etwa zu Strindbergs Zeiten getan hatte. Allerdings war das schon nach dem Ersten Weltkrieg. Ulla wurde 1923 geboren. Ein Nachkömmling. Ihr Vater war über fünfzig und Geschäftsführer einer Bank, die sehr gut ging. Als er auf die Fünfundsechzig zuging, trug er sich mit dem Gedanken, sich zurückzuziehen, und kaufte Rockstalund.

Novembernebel verhüllten den See, als Ulla das erste Mal dorthin kam. Sie ging an das sumpfige Ufer hinunter und sah, daß Seerosenblätter unter die Oberfläche gesunken und braun geworden waren. In der Stille merkte sie, daß der Steg und die Reusenpfähle verrotteten. Das Badehäuschen aus grauem Holz hatte eine gesprungene Scheibe. In dem ansonsten unmöblierten Salon vermorschte ein Tafelklavier. Es gab Mäuse in den Zwischendecken. Sie konnte sie laufen hören.

Erstmals störten sie hier andere als menschliche Zeitrhythmen. Sie fühlte sich beklommen. Weil sie nicht wußte weshalb, erklärte sie sich ihren Widerwillen mit dem, was sie und ihre Mutter begreifen konnten: Die Mäuse könnten in den Kommodenschubladen Nester bauen, wenn man sie zu schließen vergaß. Es wäre unangenehm, wenn sie sich in die Speisekammer schlichen.

Sie mußte mit dem Schulbus auf lehmigen und holprigen Straßen fahren, um in Katrineholm in die Realschule zu gehen. Ihre Geschwister kamen damit klar. Ulla mußte jedoch in der dritten Klasse aufhören und im Klostret, der achtjährigen Mädchenschule in Norrköping anfangen. Es war ein in miserable Noten gekleideter Aufruhr. Sie wurde in Kost und Logis untergebracht und entkam Katrineholm und Rockstalund wenigstens unter der Woche.

Doch dann starb Papa. Es war genau wie in diesem schrecklichen Hedbergroman, den sie gelesen hatte. Das Telefon klingelt. Die Frau nimmt den Hörer ab. Eine Stimme: *»Der Großhändler ist gerade gestorben.«*

In dem Roman war dies allerdings ein Tagtraum in einer Ehehölle. Der Bankdirektor, der Ullas Vater war, starb in der Wirklichkeit.

Rockstalund wurde verkauft, doch hinterher sprach Ulla oft darüber. Über die sörmländische Landschaft. Über den Frieden und die Nebel. Über die Schlittenfahrten zur Christmette. Über das Herrenhofleben jenseits der Zeit und des Wahnsinns und der Trauer.

Ulla ist sich völlig darüber im klaren, daß sie nicht auf Rockstalund aufgewachsen ist. Ebenso klar ist sie sich darüber, daß die meisten, die sie heute kennen, dies glauben. Daß sie ein sörmländisches Herrenhofmädchen sei. Daß es bei ihr etwas zeitlos Kultiviertes gebe. (Das gibt es auch.) Rockstalund ist ein Teil von ihr. Es ist in ihr. Deshalb erzählt sie gern davon.

Ulla vermittelt Ruhe, wenn sie mit Menschen spricht. Sie war jahrelang Telefonseelsorgerin. Sie hörte verzweifelten und oftmals betrunkenen Menschen zu. Es waren Menschen, die mißhandelt wurden oder vom Gedanken an Selbstmord besessen waren, Menschen, die im Begriff waren zu töten, oder solche, die sich nicht aus dem Haus trauten, die gestohlen hatten, die ihrem Kind, das dann starb, den Tod gewünscht hatten, die untreu waren oder betrogen oder um Geld geprellt wurden oder tödlich erkrankt waren oder sich einbildeten, sie hätten einen Gehirntumor oder seien einer Verfolgung ausgesetzt, die gemobbt wurden, die die ganze Decke gegen Strahlung dicht mit Telefonbüchern vernagelt hatten.

Als sie sich freiwillig zur Telefonseelsorge meldete, weckte sie Mißtrauen. Ulla schien keine Lebenserfahrung zu haben.

Sie war in einer Welt merkantiler Dispositionen aufgewachsen, auf deren nach Körper duftender Innenseite ihre Mutter mit ihren Irrigatoren lebte. Vielleicht war es ein gutes Leben. Jedenfalls war es besser als das Leben, das dann kam. Die Bank wurde mit einer anderen Bank zusammengelegt und verlor ihren Namen, als Ulla Påhlmans Handelsinstitut am Sveavägen besuchte. Ihre Mutter bekam aus Trauer um den Vater Weinkrämpfe und hatte Mühe mit dem Atmen. Sie landeten wieder in der Jungfrugatan, doch dort störten Mamas Schreie die Nachbarn. Ulla mußte ihre Sekretärinnenausbildung abbrechen. Sie bekam immerhin eine Stelle in der großen Bank. Sie trug Vichywasser und Kaffee auf, sie sorgte dafür, daß im Direktionszimmer Blumen standen. Eine Zeitlang war sie im Archiv. Das war zu der Zeit, als sie allmählich fast täglich das Haus verlassen konnte. Zumindest für ein paar Stunden. Es wurde besser, als sie dann allein war. Mama starb zwölf Jahre nach Papa an Krebs.

Mama hatte gesagt, daß Ullas Arbeit eine Sinekure sei und

daß es ihr im Unterschied zu ihren Geschwistern nie gelingen werde, etwas zu Ende zu führen. Das war vielleicht wahr.

Sie sammelte also Lebenserfahrung, obwohl sie sich Mühe gab, daß man es nicht merkte. Mama, deren Hemmungen ein für allemal von der irrwitzigen und ungerechten Trauer, die sie ereilt hatte, überwunden waren, sagte auch, daß sie niemals heiraten werde. Dafür sei sie zu mager.

Da irrte sie sich. Ulla sollte sich sogar ein Auto anschaffen. Das ging folgendermaßen zu:

Ende der sechziger Jahre reiste sie in einen dreiwöchigen Weihnachtsurlaub nach Teneriffa.

Die raschelnde Bougainvillea blühte an den Hauswänden. In der schwedischen Kolonie besorgte man Zedernzweige, die man als Weihnachtsbäume verkleidete. Man machte Glühwein und veranstaltete in der Nähe des uralten Drachenbaums in Icod eine Luciafeier.

In Puerto de la Cruz, wo sie wohnte, wurde sie bald von den dort ansässigen Schweden aufgenommen. Hier gab es in Torres Lebensmittelkette Kalles Kaviar und Skånebranntwein. Das Rinderfilet kostete so viel wie zu Hause die Fleischwurst, und die Luft war lau. Ökonomisch einsichtige Personen warnten sie, daß ihr väterliches und mütterliches Erbe schnell in Form von Steuern vom Staat eingezogen würde, wenn sie weiterhin in Schweden ansässig bliebe.

Es war ein sonderbares, beinahe erschreckendes Gefühl, das Ulla hatte, als sie im Herbst desselben Jahres die Papiere unterzeichnete, die sie zur Auslandsschwedin machten. Rockstalund, nicht das Schneetreiben, das gefrorene Wasser und die Mäuse hinter den Tapeten, sondern ihr inneres Rockstalund rebellierte in ihr. Aber natürlich nur schwach.

Mit siebenundvierzig heiratete sie einen Kraftmenschen aus Sundsvall. Er war nicht der ehemalige Chef der Immobilienabteilung von SCA, wie sie vor der Trauung geglaubt hatte. Aber Ulla war ja auch kein richtiges Herrenhofmädchen. Das konnte sie jetzt kompensieren, indem sie einen Volvo kaufte und ihn per Schiff aus Schweden importierte. Ihr Ehemann holte ihn in Göteborg ab und brachte ihn nach Cadiz.

Doch zuvor war etwas sehr Erschreckendes geschehen. Die Kolonie hatte sich nach der Trauung in der Englischen Kirche zum Hochzeitsmahl versammelt. Von den Geschwistern war

Ullas Bruder aus Schweden angereist. Dies nahm man zum Anlaß, sich über den elenden Zustand des Landes zu unterhalten. Bald schon sprach man über Olof Palme. Es ist möglich, daß Ullas Bruder, in jeder Hinsicht ein moderater Mann, ein wenig betreten war wegen der Wortwahl und der Hitzigkeit der Äußerungen. Er sagte, daß Olof Palme immerhin aus baltischem Adel stamme und eine Beck-Fries geheiratet habe; vermutlich würden seine Gene ihn daran hindern, das Land an die Sowjets zu verkaufen.

Ulla war klar, daß dies ein abmildernder Scherz sein sollte. Sie kannte ihren Bruder. Doch der Mann, der seit einigen Stunden ihr Ehemann war, bekam eine intensive Gesichtsfarbe und erhob die Stimme zu einem Brüllen. Ulla war vor Verlegenheit blockiert und verstand kein Wort von dem Meinungsaustausch. Als ihr Ehemann schließlich mit einem Jagdmesser in der Hand ihren Bruder durch das Haus und in den Garten jagte, glaubte sie, mal ohnmächtig zu werden, mal zu träumen. Männlichen Hochzeitsgästen, ebenso betrunken wie ihr Gatte, aber nicht ebenso cholerisch, gelang es, den Bruder in ein Auto zu verfrachten und ihn zu seinem Hotel zu bringen.

Der Ehemann nahm nun das Jagdmesser, schnitt damit eine Papaya auf und erklärte, daß sie in der Ehe unentbehrlich sei. Alle wußten, wozu eine Papaya gut war, und es gab Gelächter. Ulla war beunruhigt. Sie dachte, sie hätte ihm während der überstürzten Verlobungszeit klargemacht, daß Menschen mittleren Alters eine Ehe nicht unter denselben Voraussetzungen eingingen wie jüngere.

Sie hatte sich bestimmt keine unbefleckte Ehe vorgestellt. Aber eigentlich hatte sie sich überhaupt nicht in die Sache hineinversetzt (weil sie sie nicht recht kannte), aber sie stellte sich eine natürliche Enthaltsamkeit, Zärtlichkeit und vielleicht Finesse vor. Ihr Körper war ein wenig gealtert und spröde. Wenigstens empfand sie das so.

Sobald sie allein waren, machte der Ehemann ihr klar, daß er ein Ehemann sei und die Rechte eines solchen besitze. Das schlimmste war, daß er über sie lachte. Groß und haarig wälzte er sich herum und hob ihre Beine hoch, spreizte sie, schlug ihr auf den Po und sagte, daß sie eine Zimperliese und eine alberne Gans sei. Er roch nach Schnaps und Tabak, und aus seinem Mund drangen Duftwolken von den mit Knoblauch gegrillten

Hummerschwänzen. Sie fragte sich, ob er einen Gehirnschaden habe.

Er wurde um so gewalttätiger und aufgekratzter, je mehr sie ihre Würde und ihre Auffassung von Zärtlichkeit und Finesse zu verteidigen versuchte. Sie kam mit blauen Flecken am Kinn und Rissen in der Vagina aus dem Hochzeitsschlafzimmer gestolpert. Den zweiten Teil der Nacht saß sie unter dem Papayabaum und fror. Den Mann hörte sie durch geschlossene Fenster und Türen schnarchen.

Sie war nicht nur erschrocken, sondern auch zutiefst reumütig und beschämt über den hastigen Entschluß zu heiraten. Sie war froh, daß ihre Mutter nicht mehr lebte. Die Autokaufreise verschaffte ihr einen Aufschub. Sie dachte, daß es ruhiger werde, wenn ihr Ehemann mit dem Volvo zurückkomme.

Dann machten sie das, was sie ihre Hochzeitsreise nannten. Er war nüchtern und sachlich, und sie fuhren mit dem neuen Wagen hinauf nach Teide. Sie wohnten im Parador und sahen vom Speisesaalfenster aus die weißen Bimssteinflecken des Pico de Teide. Am Nachmittag fuhren sie auf das Wüstenplateau hinaus. Der Ehemann sollte Ulla das Autofahren beibringen. Hinterher rief er einen Freund unten in der Kolonie an und erzählte, daß sie, verdammte Scheiße, die ganze verfluchte Wüste gehabt habe, um geradeaus zu fahren oder in welche verdammte Richtung auch immer, und daß sie es, verfluchte Scheiße, trotzdem geschafft habe, geradewegs in den einzigen beschissenen Felsblock zu fahren, der dagewesen sei und, verdammte Scheiße, den neuen Volvo zu Klump zu fahren, so daß die ganze verfluchte Front am Arsch sei.

In der Nacht wurde sie höhenkrank. Sie konnte natürlich nicht denken, wußte aber, daß diese Ehe aufgelöst werden mußte.

Es war ihr Instinkt, der ihr dies sagte. Als sie zu seinem Heiratsantrag ja gesagt hatte, hatte er nicht funktioniert. Sie war wochenlang mit ihm verkehrt, ohne zu hören, daß jedes zehnte oder achte Wort seiner Äußerungen verdammt, verflucht und Scheiße lautete. Sie hatte geglaubt, er sei kultiviert und gediegen wohlhabend und außerdem die Geborgenheit und Rücksichtnahme in Person.

Freilich ein klein wenig poltrig.

Sie kostete diese Worte, die sie sowohl gedacht als auch

gesagt hatte. Sie lag mit Herzklopfen und trockenem Mund da, was, wie sie sehr wohl wußte, vom Mangel an Sauerstoff in der großen Höhe kam, und sie war entsetzt über die Lage, in die ihr illusionistisches Denken sie versetzt hatte. Nicht vom Leben fühlte sie sich betrogen, sondern von ihrem Instinkt.

Sie hatte also vieles, worüber sie mit Menschen hätte sprechen können. Aber sie vertraute sich nie jemandem an. Statt dessen wurde sie diejenige, der man sich anvertraute.

Ihre eigentümliche Fähigkeit, hin und wieder Gedanken aus anderen Gehirnen in ihrem eigenen Kopf zu hören, war keine besonders große Hilfe, wenn sie am Telefon mit fremden und unglücklichen Menschen sprach. Sicherlich hörte sie manchmal Gedanken, die eine Aussage zu einer glatten Lüge machten. Oft aber hatte sie es ohnehin gewußt.

Sie wußte nicht, ob sie eigentlich etwas Nützliches tat. Ihr war zwar klar, daß es ihr ein paarmal gelungen war, einen Selbstmord hinzuhalten. Wie es aber auf Dauer weiterging, erfuhr sie ja nie. Mißhandlungen und Übergriffe hatte sie sich als Absonderlichkeiten unter einer besonderen Spezies unglücklich gestellter Menschen auf niedrigem sozialem Niveau vorgestellt. Diese Einstellung mußte sie ändern. Aber Übergriffe verhindern konnte sie natürlich nicht. Es waren ja nicht die Täter, die anriefen, es waren deren Opfer. Wenn einer der Henker von sich hören ließ, dann nach dem Tod des Opfers. Mit solchen Menschen zu sprechen, die von Selbstmitleid erfüllt waren, war am schwierigsten.

Einmal hatte sie zu Oda Arpman gesagt, sie glaube nicht, daß sie mit ihrer Arbeit als Telefonseelsorgerin etwas wirklich Nützliches tue. Oda sagte: »Aber du bist doch da.«

So einfach ließ sich das natürlich ausdrücken, und Ulla schämte sich wegen ihres Hochmuts. Sie sollte in einem Büro mit einer Leuchtstofflampe überm Schreibtisch sitzen und Stimmen ohne Gesichter zuhören. Sie sollte dasein, auch sie gesichtslos.

In den Gesprächen war ihr das, was sie erlebt hatte, manchmal von Nutzen. Aber selten ihre wunderliche Fähigkeit, das zu wissen, was man eigentlich nicht wissen konnte.

Sie kümmert sich normalerweise nicht so sehr darum. Es hat keine Relevanz in der Welt, in der sie nun einmal lebt. Nur wenn sie unruhig wird und nicht weiß, wie sie ihre eigenen Probleme lösen soll, denkt sie daran. Dann kreisen ihre Gedanken unaufhörlich um das Unbeweisbare. Sie werden wie ein Juckreiz.

Weiß Gott, ob es überhaupt Gedanken sind.

Dann ist es vorgekommen, daß sie etwas getan hat, wofür sie sich ein wenig schämt. Es ist irrational, und sie weiß nicht einmal, was sie damit gewinnen will.

Irgendwann hat sie es getan. Hin und wieder. So denkt sie darüber. Aber es sind viele Male. Sie kann sich selbst auf die gleiche Weise durchschauen, wie sie während langer Telefonate einen gesichtslosen Anormalen durchschaute, der ständig um das kreiste, was er nie tat oder nur manchmal oder äußerst selten tat, und dann nur in einer sehr milden, beinahe scherzhaften Form.

Aber sie tut es. Sie steigt Treppen hinauf, liest Schilder, klingelt an Türen, und halb bereuend ist sie schon wieder auf dem Weg nach unten, wenn dahinter endlich das Geräusch von Schritten zu hören ist.

Jemand öffnet. Diesmal ein Mann. Das hat sie nicht erwartet. Sie will sich schon umdrehen, als er etwas fragt. Er ist verschnupft. Vielleicht hat er aber auch einen eigenartigen Akzent. Dann begreift sie, daß er den Besuchern nur öffnet und sie empfängt. Womöglich paßt er auf. Einen Moment lang schwebt ihr die Nähe von Gewalt vor. Aber das ist doch nicht möglich? Daß eine solche Frau – ja, was? einem Überfall? – ausgesetzt sein sollte.

In seiner verschnupften Art fragt er, ob sie einen Termin habe. Als sie antwortet, daß sie keinen habe, sagt er, daß es in Ordnung sei, wenn sie sich hinsetze und warte.

»Iss in Oodnung. Iss in Oodnung«, wiederholt er eintönig. Hat er vielleicht einen Sprachfehler? Er setzt sich in den Raum hinter der Diele, der möbliert, übermöbliert, ist wie ein Wohnzimmer und setzt einen Kopfhörer auf.

Ann-Britt hat einen Zettel in der Handtasche. Er ist gelb. Sie brachte ihn mit, als sie gestern abend von der Arbeit kam. Nachdem sie ihr belegtes Brot gegessen und sich eine Tasse Kaffee eingeschenkt hat, holt sie das Telefonbuch und studiert hinten den Stadtplan. Mariella begreift mit einem Mal, daß das etwas mit Rosemarie zu tun hat. Man hört es an ihrem Atmen.

Sie rührt pausenlos in ihrem O'Boy, und Ann-Britt sagt: »Trink jetzt, hörst du« und »Ich begreife nicht, wie man morgens kalten Kakao trinken kann«. Das sagt sie immer. Alles, was sie morgens sagt, ist nur ein ewiges Gebrummel, das kaum zu verstehen ist, wenn sie einem den Rücken kehrt. Es schlägt etwas gegen die Fenster. Regen oder Schnee. Vielleicht regnet und schneit es hier so hoch oben ärger. So nahe am Himmel.

Dann geht Ann-Britt zur Spüle und schaut auf den Zettel in ihrer Handtasche. Sie kehrt ihr den Rücken zu. Mariella hat ihr zum Geburtstag einen Block mit gelben Zetteln geschenkt. Da war eine Katze drauf. Zu Weihnachten wird sie einen mit rosa Zetteln und einem Papagei bekommen. Es gibt auch türkise mit einem Hund. Ob Rosemarie dann wieder zu Hause ist? Natürlich kriegen wir Weihnachten, sagte Ann-Britt gestern. Das kriegen wir doch jedes Jahr. Aber sie sagte nichts von Rosie.

Das hier ist ein anderer Zettel, der stammt nicht aus dem Block. Er ist ausgefranst. Sie hat ihn irgendwo abgerissen. Jetzt legt sie die Handtasche hin und geht aufs Klo. Das macht sie immer, kurz nachdem sie Kaffee getrunken hat, und dann ist sie ein Weilchen fort, so daß Mariella die Handtasche nehmen und nachsehen könnte, was auf dem Zettel steht. Aber sie tut es nicht.

Wenn da etwas über Rosemarie steht, dann hätte der, der den Zettel geschrieben hat, zur Polizei gehen müssen. Womöglich will er Geld haben? Ann-Britt hat aber keins, jedenfalls nicht mehr als das, was sie zum Einkaufen braucht. Oder aber Rosemarie hat den Zettel selber geschrieben. Womöglich ist sie gefangen und hat einen kleinen Zettel herausgeschmuggelt. Sie ist bei einem Spion. Bei einer Drogenbande. Bei einem Kerl, einem komischen, der hat sie gefangen und eingesperrt. Sie hat den Zettel herausgeschmuggelt.

Aber dann hätte sie ja auch zu Hause anrufen können.

Ann-Britt steckt den gelben Zettel in die Brieftasche. Vielleicht steht eine Telefonnummer drauf. Sie will von der Arbeit aus anrufen. Wahrscheinlich, weil Mariella nicht mitkriegen soll, was sie sagt. Doch dann fällt ihr ein, daß es der Stadtplan war, den Ann-Britt im Telefonbuch nachgeschlagen hatte. Da bekommt sie Angst. Die kommt, als sie im Aufzug stehen und Mariella Ejes Tag anstarrt, das halb weggekratzt ist, und die Knöpfe, die jemand mit Zigarettenglut angebrannt hat, so daß die Zahlen weggeschmolzen und braune Mulden entstanden sind. Ann-Britt betrachtet ihr Gesicht im Spiegel und preßt die Lippen zusammen, um den Lippenstift gleichmäßig zu verteilen. Sie reibt sich mit dem Angorahandschuh die Wangen, weil sie ganz blaß ist. Wahrscheinlich, weil es Winter ist. Aber womöglich hat sie auch Angst. Da kommt das Bauchweh wieder. Mariella krümmt sich und zieht Luft ein. Die Lippen hat sie zu einer Tüte zusammengekniffen.

»Hör auf, Grimassen zu schneiden«, sagt Ann-Britt.

Mariella geht am Nachmittag nicht in den Hort, sondern fährt bis Slussen, geht in den Konsum und guckt, bis es zehn vor fünf ist. Dann rennt sie durch den Matsch zum Finanzamtshochhaus und stellt sich an den richtigen Ausgang. Aus einem Ventil kommt Essensgeruch, derselbe Geruch wie aus Ann-Britts Haaren, wenn sie von der Arbeit kommt. Manchmal läßt sich das Gericht erschnuppern.

»Mama, ich will mitkommen!« sagt sie, sowie Ann-Britt herauskommt. Im Konsum hat sie an den Zettel gedacht und daran, zu wem Ann-Britt wohl fahren wollte, und die ganze Zeit hat ihr der Bauch weh getan, es waren richtige Hämmer. Sie steht da und zieht die Nase hoch, denn sie hat sich einen Schnupfen geholt. Da lacht Ann-Britt leise. Wahrscheinlich, weil sie Mama gesagt hat. Das sagt sie sonst nie. Ann-Britt nimmt sie an der Hand, und so trotten sie zur U-Bahn.

Es sieht so aus, als würden sie nach Hause fahren, doch als die Bahn zur Haltestelle Skogskyrkogården kommt, sagt Ann-

Britt, daß sie aussteigen müßten. Sie treten auf den Sockenvägen hinaus und gehen, bis sie zu einem gelben Haus kommen. Ann-Britt fragt, ob Mariella nicht auf der Straße warten könne. Aber das will sie nicht. Sie läßt Ann-Britts Hand nicht los.

»Da ist nichts Schlimmes, da ist bloß eine Frau. Magst du nicht einen Moment hier warten?«

Mariella darf wenigstens mit raufkommen, und das Bauchweh läßt ein bißchen nach, weil Ann-Britt aussieht, als ob sie über alles lachen wollte. Dann kann es gar nicht schlimm sein.

Sie darf klingeln, und es ertönt eine Menge Gerassel und Pling, als die Tür geöffnet wird. Da sind eine Art Vorhang aus Bambusschnüren und ein Glockenspiel.

»Das ist wohl chinesisch«, kann Ann-Britt noch sagen. Dann steht schon ein großer und silberhaariger alter Mann in der Tür, und Mariella schreckt zurück, doch Ann-Britt hält ihre Hand fest und lacht leicht entschuldigend.

»Habben Sie einen Temmin?« fragt er. Ann-Britt weiß zuerst nicht, was sie antworten soll, und da fragt er noch einmal: »Habben Sie einen Temmin?«

»Nein«, sagt Ann-Britt.

»Iss in Oodnung, iss in Oodnung«, sagt er und zeigt auf das Sofa unterm Fenster.

»Ich will eine Frau treffen«, flüstert Ann-Britt, als sie den Mantel auszieht und der Große, der wie ein Präsident aussieht, ihn für sie auf einen Bügel hängt. Er sagt nichts mehr. Es riecht nach Staub und ein bißchen nach Katzenpisse, und hinter der Diele ist ein Zimmer, das voller Möbel und Kissen und Vasen ist. Alles ist alt. Mariella hat in einem Zimmer, in dem jemand wohnt, noch nie so alte Sachen gesehen.

»Wir müssen wohl einen Moment warten«, sagt Ann-Britt, und so setzen sie sich auf das Sofa, es ist grün und hat braune Noppen. Ann-Britt lächelt den Präsidenten an, als ob sie sich entschuldigen wollte, doch er merkt nichts. Er hat sich in einen Ohrensessel mit einer Unmenge bestickter Kissen, die von seinen Haaren ganz fettig sind, gesetzt und einen Kopfhörer aufgesetzt. Er hört Musik aus einer Stereoanlage. Mariella kann die Musik als schwaches Säuseln hören. Es ist eine traurige Musik. In einem Zimmer nebenan redet jemand. Man hört es nur wie ein Summen. Auf jeden Fall ist es eine Frau.

Dann kommt eine Frau raus. Sie hat einen schwarzen Hut mit

einem Lackband und eine kleine Handtasche. Sie nimmt einen melierten Mantel von einem Kleiderbügel. Der wirkt alt, weil er so kurz ist. Sie hat auch lächerliche Stiefel an, fast Plateaulatschen. Dann geht sie. Ann-Britt verschwindet durch die Tür, und Mariella kann eine andere Frau sehen, die ein geflecktes Kleid anhat. Wie eine Tierhaut. Dann wird die Tür zugemacht. Von dem, was sie da drinnen sagen, ist kein Ton zu hören. Mariella hört bloß den Verkehr und das Musikgesäusel aus den Lautsprechern. Der silberhaarige Mann blickt geradeaus, direkt auf die Wand, auf ein Bild mit verschneiten Bergen. Aber die sieht er wahrscheinlich gar nicht. Er hat Lackpantoffeln und dunkelblaue Strümpfe mit einem silberfarbenen Streifen an. An ihm ist alles so ordentlich, daß es künstlich aussieht.

Sie traut sich nicht, sich von ihrem Platz wegzubewegen, und es gibt keine Zeitschriften zum Anschauen, nichts. Draußen lärmt ununterbrochen der Verkehr. Das fällt einem erst auf, wenn man dasitzt und nichts zu tun hat. Das ist wie beim Zahnarzt. Vor dem Fenster sind ein anderes Haus und brennende Lampen zu sehen. Eine alte Frau geht mit einem Becher in der Hand an einem Fenster vorbei. Alle leben und machen. Alle arbeiten und trinken Kaffee und wohnen in ihren Zimmern. Alle, alle. Der silberhaarige Alte, der wie ein Präsident aussieht und sie nicht wahrnimmt, riecht nach Rasierwasser, dem gleichen wie Eilert.

Die CD ist zu Ende, und er steht auf, um eine neue einzulegen. Da ist die Stimme der Frau aus dem Zimmer zu hören. Sie sagt: » ... ging in das Haus des Löwen.«

Dann fängt die Stereoanlage wieder zu säuseln an, und der Alte lehnt sich zurück, und alles ist wie vorher. Nach langer Zeit kommt Ann-Britt raus, sie steckt gerade ihre Brieftasche in die Handtasche. Sie muß der Frau Geld gegeben haben. Warum denn?

Bevor Rosemarie verschwunden ist, hat Mariella immer nach allem gefragt, und Ann-Britt hat nur selten gar nicht oder ausweichend geantwortet. Jetzt fragt Mariella nichts. Denn mit jeder Stunde, die vergeht, wird es schwieriger, nach Rosie zu fragen. Alles macht Ann-Britt trübsinnig. Alles tut weh. Vielleicht hat sie ja auch Bauchweh. Mariella hat von ihrem Bauchweh nichts erzählt. Es wird immer mehr, worüber man nicht spricht.

Der Präsident schält sich aus seinem Sessel, um Ann-Britt in den Mantel zu helfen. Er sieht aus wie eine Puppe. Er nimmt zuerst den verkehrten Mantel. Als sie wieder im Treppenhaus sind, sagt sie, daß das total komisch ist. Müßte er den Mantel seiner Frau nicht kennen? Ann-Britt beißt sich auf die Unterlippe, jagt nach Hautfitzelchen.

Draußen ist es windig und schwierig zu gehen. Auf den Gehsteigen sind Eiswälle. Ann-Britt starrt vor sich hin, scheint aber nichts zu sehen. Es wird nicht leichter, auf diese Weise zu gehen, und ständig stolpert sie und hält Mariellas Hand viel zu fest. Als sie zum Tallkrogsvägen kommen und auf Grün warten, fragt Mariella: »Hat sie gesagt, daß Rosemarie in einem Haus ist, wo ein Löwe ist?«

»Was für ein Löwe?«

So hätte sie nicht geantwortet, wenn die Frau nicht gewußt hätte, wo Rosemarie ist. Ein Löwe? Drinnen? Oder ein Bild auf dem Haus? Erst als sie bei dem steinernen Alten mit dem Kind sind, traut sie sich noch mal zu fragen: »Ist Rosemarie in einem Haus mit einem Löwen?«

Aber Ann-Britt schüttelt bloß den Kopf, so als ob sie alles abschütteln wollte.

»Ach was. Das ist doch nur Quatsch«, sagt sie. »Alles.«

Sie hat aber diesen Zettel aufgehoben und ist den ganzen Weg vom Waldfriedhof aus gegangen und hat dieses gelbe Haus gesucht und Geld bezahlt. Sie hält das nicht für Quatsch. Bestimmt nicht. Sie sagt das nur so.

Jetzt will sie bei Sascha einkaufen gehen, und Mariella sagt, daß sie nicht mitkommt. Sie geht zur U-Bahn zurück. Ann-Britt mag so böse werden, wie sie will. Mariella will bis Slussen fahren, weil sie weiß, daß es weiter drinnen in der Stadt Häuser gibt, auf denen alles mögliche ist. Doch sie kommt nicht dazu, sich auf die Suche zu machen, weil sie Anki in der Bahn trifft. Sie meint, daß Mariella mit zu Åhléns kommen soll. Anki ist ungeheuer gut drauf und redet laut in der Bahn. Man merkt, daß sie es gar nicht gewohnt ist, einfach so in die Stadt zu fahren, obwohl sie das behauptet.

»Ich fahr ständig rein«, sagt sie, und dann, daß die Mädchen in ihrer Klasse immer klauten und sie das auch schon mal getan habe, aus Jux. Mariella weiß nicht, ob das stimmt.

Anki zeigt ihr eine rote Lacktasche mit Handschlaufe. Die kann sie genausogut von ihrer Mutti bekommen haben.

Bei T-Centralen kommen sie aus dem Untergrundgeruch nach oben. Vor den Sperren stehen mehrere Gangs, und die Erwachsenen gehen alle mit Plastiktüten von Åhléns oder Aktentaschen zwischen ihnen hindurch. Sie gehen, ohne nach links und rechts zu sehen und außerdem gebeugt, als ob es da unten windig wäre. Aber da ist es nicht windig. Die Luft regt sich nur, als ob jemand atmen würde, ein Riese oder so. Von unten dringt ein Hauch rauf, der schlecht riecht, und wenn die Türen schwingen, kommt Kälte.

Klar, daß alle glotzen, und sie versucht, nicht darauf zu achten. Alle glotzen alle anderen an. Außer den Erwachsenen, die sehen niemanden an, sondern glotzen auf die Kaugummiflecken auf dem Pflaster. Vor den Mädchen fürchtet sie sich am meisten. Die Jungs sehen sie nicht an, bloß Anki ein bißchen.

Anki möchte, daß sie direkt zu Åhléns raufgehen, aber Mariella läuft auf den Platz, Platte genannt, raus und die Treppen zur Drottninggatan rauf. Anki meckert weiter wegen Åhléns, während sie auf Grün warten, ist aber doch damit einverstanden, ein Stück die Drottninggatan hinaufzugehen. Da gibt es Massen von Händlern. Lauter Bimbos, sagt Anki. Mariella weiß nicht, ob sie das nur so sagt, weil sie an Rosemarie und an Harry denkt. Die ist nicht nett, sagt Ann-Britt. Aber sie halten sich ja alle ständig ein bißchen über Rosemarie und ihre Haare auf. Über Fatima, die aus dem Sudan kommt, halten sie sich nie auf. Immer sind es Harry und Rosemarie, an die sie denken.

Der Zinnschmuck interessiert Anki nicht, ebensowenig die Spinne, die an einer Gummischnur hüpft. Sie bleibt bei den Haarbändern stehen. Auf einer Decke liegt ein ganzer Berg davon. Pausenlos wühlt sie in dem Haufen, beguckt sich gelbe, türkise und orange Bänder und hält sie hoch. Mariella wird von all den Bändern allmählich schlecht. Den gleichen, wie Rosemarie sie immer benutzt, und in einer ihrer Kommodenschubladen liegt auch ein solcher Haufen von Bändern, allerdings ein kleiner. Anki findet keins, das ihr gefällt, und sie geht weiter und läßt ihre Lacktasche baumeln. Sie bläst die Haare weg, die ihr ins Gesicht gefallen sind, während sie in den gekräuselten Nylonbändern gewühlt hat. Mariella findet es komisch, daß sie sich das so lange zu tun traute, ohne etwas zu kaufen. Der Kerl hat die Augen aufgerissen. Jetzt geht sie zu Bata, um sich Schuhe anzusehen, und lange Zeit versuchen sie wegen der Musik nicht einmal, zueinander etwas zu sagen. Sie gehen in mehrere Läden, und am Ende weiß Mariella nicht mehr, wie sie heißen. Es dröhnt aus Lautsprechern an der Decke. Bei Mique wacht sie auf und findet es leicht cool, besonders einen Snoopy, der auf einer Gummimatratze liegt. Es ist eine Seifenschale. Er soll in der Badewanne schwimmen.

»Nimm ihn doch«, sagt Anki. Aber sie meint das bestimmt nicht ernst. Dann kehren sie um und gehen wieder zu Åhléns.

»Wir können doch Häuser angucken gehen«, sagt Mariella, merkt aber selber, wie dumm das klingt. Anki reagiert auch gar nicht darauf, und so gehen sie rein und kommen direkt in die Parfümabteilung.

»Geh hin, und guck dir die Lippenstifte an«, sagt Anki. »Frag, was sie kosten. Und immer so weiter. Daß er heller sein soll und nicht so viel Blau drin.«

»Die glaubt bestimmt nicht, daß ich was kaufen will. Jedenfalls keinen Lippenstift.«

»Doch, doch. Kann ja ein Weihnachtsgeschenk sein.« Ankis Augen sehen aus, als hätte sie die Taiwangrippe. Sie ist schon auf dem Weg zum anderen Ende der Theke, wo es Nagellack gibt. Als Mariella vor der Verkäuferin steht, bekommt sie Angst. Es ist eine Frau mit weißgelbem Haar und grünen Augenlidern, ziemlich alt. Sie sieht Mariella nicht an, als sie fragt, was sie haben möchte. Sie sieht Anki an, die sich da vorn langsam bewegt.

»Wie spät ist es?« fragt Mariella. Es klingt so dumm. Dann dreht sie sich um, ohne darauf zu achten, was die Frau antwortet, und verzieht sich zu einem großen Extratisch mit Schokoladenkartons am Fuß der Rolltreppen. Anki hat sie bestimmt bald eingeholt. Sie wird stinksauer sein. Da setzt sich Mariella lieber in Bewegung, steigt auf die Rolltreppe und fährt in die Schreibwarenabteilung runter. Aus dem Untergeschoß dringt Essensgeruch herauf. Sie läuft an den Blumen und den zusätzlichen Parfümtheken vorbei, wird aber in dem Moment, als sie in die U-Bahnhalle rauswill, aufgehalten. Der Aufseher hat eine braune Hose an, und Mariella sieht nur auf diese Hose und auf seine Schuhe, während er auf sie einmeckert. Dann läßt er sie los. Er darf wahrscheinlich nicht in den Taschen nachsehen, weil er kein Bulle ist. Sie läuft auf die Platte hinaus, starrt die ganze Zeit auf die Steine und bemerkt, daß die Kaugummikleckse auf den schwarzen Platten hellgrau und auf den hellgrauen schwarz sind.

Sie kommt bei NK raus und findet sich sofort zurecht. Sie weiß nicht, wo sie hingehen soll, um Häuser mit Löwen zu finden. Beim Schloß gibt es Löwen. Aber dort kann es nicht sein, denn dann hätte die Frau Schloß gesagt. Sie sagte aber Haus des Löwen.

Mariella geht über die Straße und guckt in das Schaufenster von Stor & Liten. Da gibt es ein weißes Skelett zum Aufblasen. Sie geht auf dem Gehsteig weiter und durchquert an den Schlittschuhläufern vorbei den Kungsträdgården. An den Bäumen hängen noch braune Blättchen. Die hängen da schon den ganzen Winter. In dem Park sitzen vier große Löwen. Zwei davon sind linkshändig. Sie halten die Pranke auf Kugeln. Aber ein Haus ist da nicht. Ein Stück weiter sind Schwäne mit ganz abgegriffenen Schnäbeln. Die sind ebenfalls aus Eisen. Zwischen den Flügeln haben sie Hohlräume, wo man was reinlegen kann. Auf einem Löwen ist ein Tag. DOLFAN steht da. Auf den Schwänen ist nichts. Während sie unter den Bäumen dahingeht, betrachtet sie die Häuser auf der anderen Seite, und da entdeckt sie zwei weiße alte Männer, die in einem Eingang Laternen hochhalten. Sie haben komische Mützen auf und sehen fast wie Tiere aus. Es gibt hier überall Häuser mit Männern und Tieren, und sie muß sich genau umsehen. Aber da sind so viele Leute und Autos, und sie kann sich nicht entscheiden, wie sie gehen soll. Sie rennt halb und sieht zwei eiserne Männer, die miteinander ringen, und dann kehrt sie um, denn da sind immer mehr Bäume und immer weniger Häuser. Dann biegt sie rechts in eine Straße ein, nur weil sie nicht rüberkommt – es will einfach nicht Grün werden. Sie sieht Schiffe, wo die Straße abfällt, aber keine Tiere aus Stein oder Eisen. Sie geht auf den Kai, der Wind bläst ihr durch die Jacke, und sie weiß jetzt überhaupt nicht mehr, wo sie ist. Schließlich geht sie auf ein Haus zu, auf dem Gold ist, und muß mehrmals stehenbleiben und auf Grün warten, bevor sie endlich so nahe hinkommt, daß sie die Figuren darauf erkennen kann. Es sind jedoch keine Löwen.

Sie geht auf einer langen, geraden Straße mit Bäumen in der Mitte weiter, und der Verkehr dröhnt so, daß ihr schwindlig wird. Sobald sie an einem Haus irgendwelche Figuren sieht, bleibt sie stehen und schaut hinauf. Aber es sind Engel und Blumen aus Stein und Gesichter. Keine Tiere. Jedenfalls erkennt sie, daß es die richtige Art von Häusern ist. Daheim haben die Häuser bloß Balkone und Fenster.

Jede Querstraße, in die sie guckt, ist voller Häuser mit Steinblumen oder Gesichtern, und an einigen sind auch Tiere. Sie ist nahe daran loszuheulen, als ihr klar wird, wie viele solcher Häuser es gibt und wie schwierig es ist, das richtige zu finden. Jetzt weiß sie auch nicht mehr, wo sie ist und wie sie zum T-Centralen zurückkommen soll. Da fällt ihr Blick auf eine Brücke mit eisernen Männern, riesengroßen. Sie rennt bei Gelb zwischen den Autos hinüber, muß die Straße auf zweimal überqueren, denn in der Mitte ist eine Baumanpflanzung, und dann ist sie auf der Brücke. An deren Ende sind links Gittertore. Darauf sind Rene oder Rehe aus Gold.

Jetzt ist es fast dunkel unter den Bäumen. Sie läuft auf dem Gehsteig durch Kies, der mit Schnee und fauligem Laub vermischt ist. Komische Häuser sind an dem Hang. Am Abhang steht die Statue eines alten Mannes. Man hat ihm den Pimmel mit schwarzer Lackfarbe besprüht. Auf der anderen Straßenseite ist eine Mauer und dann ein Steinhaus, so groß wie eine Schule, und dann komische Häuschen und dann Gröna Lund. Da rennt sie über die Straße zur Haltestelle der 47. Ihr ist ganz schwindlig vor Müdigkeit. Und sie friert. Doch jetzt weiß sie wenigstens, wie sie nach Hause kommt, denn die 47 fährt bis zu Åhléns, und dort kann sie die U-Bahn nehmen.

Ich hätte sie sein können.

Fettiges Haar und mit einem leopardengemusterten Kleid aus synthetischem Seidensamt von Domus bekleidet.

Ulla ging dorthin, um zu sehen. Sah aber nichts. Es war ja eigentlich auch nicht sie, die sehen sollte, sondern die Dame in dem geschmacklosen Kleid. Ulla wollte nur sehen, ob es wirklich möglich war zu sehen. Oder zu hören. Aber nichts von dem, was diese Frau sagte, hatte die geringste Relevanz. Es handelte sich nicht um Ullas Leben. Es war stereotyp. Sie setzte voraus, daß Ulla an Geld und Krankheiten interessiert sei. Sie versuchte, etwas Allgemeines bei ihr zu treffen. Eine Unruhe. Eine Hoffnung. Sie war wirklich ziemlich schauderhaft in diesem Kleid.

Ulla Häger ist schon bei vielen Damen mit Kristallkugeln und Karten auf Samtdecken gewesen. Bei sachlichen Damen in schmucken Wohnungen mit gegossenen und gepflegten Topfpflanzen. Bei Damen, die sie der Boheme zuordnen möchte. Sie hat keinerlei Beweise erhalten. Doch manchmal Anflüge einer möglichen Bestätigung. Diesmal ist sie offensichtlich bei einer Scharlatanin gewesen.

Und was das Krylundsche Haus und die Zusammenkunft und Odas Schrulligkeiten betraf, war sie noch genauso unschlüssig wie vorher. Sie wird zu der Zusammenkunft gehen. Das ist ihre Pflicht. Ulla drückt sich nicht. Selbst wenn es verlokkend wäre.

Sie ist aufgrund ihrer Unruhe zeitig unterwegs. Nicht, daß Oda es übelnehmen würde, wenn sie eine Stunde zu früh käme. Sie würde eine Tasse Tee bekommen. Und bearbeitet werden. Es ist alles sehr ungut geworden.

Als sie zwei Häuser von Odas Haus entfernt auf der Straße steht, sieht sie bei Ruth Anser Licht brennen. Rosa Gardinen mit weißen Volants verlaufen im Bogen in jeder Fensterhälfte. Dazwischen eine Ampel mit einem Bubikopf, und über der Ampel leuchtet ein Adventsstern im fahlen Winterlicht. Ihr wird klar, was sie tun soll: in dieses Licht und diese Wärme gehen und die ganze Angelegenheit mit der durch und durch vernünftigen Ruth durchräsonieren.

Sie merkt, daß Ruth leicht gereizt wirkt, als sie kommt. Auch ist es gar nicht so warm im Haus. Ruth hat natürlich wie immer viel zu tun. Sicherlich auf die Minute genau berechnet. Und sie wird nicht zu der Zusammenkunft gehen.

»Ich habe absolut keine Zeit«, sagt sie. »Und außerdem wißt ihr, daß ich Stellung bezogen habe. Ich finde, die Sache versteht sich völlig von selbst. Macht es dir etwas aus, wenn ich meine Wäsche sortiere, während wir reden?«

Sie hat Ulla eine Tasse Tee hingestellt. Buchstäblich. Eine Tasse mit einem Beutel. Jetzt legt sie auf dem Küchentisch rosa Frotteehandtücher zusammen.

»Willst du, daß ich dir einen Stern lege?«

»Aber gute Ulla!«

Es ist klar, daß sie verwundert ist. Oder womöglich schokkiert. Sie stößt Luft durch die Nase aus. Das ist gewiß unabsichtlich, denn ansonsten ist sie durchaus höflich. Aber die Sorgen machen sie zerstreut. Was sind das für Sorgen? Ulla überkommt der heftige Wunsch, es zu wissen. Ein eifriger, juckender Glaube, daß sie es erfahren könnte, wenn sie es nur versuchen dürfte. Also fragt sie, ob Ruth nicht an Karten glaube. Es ist, als hätte jemand anders gefragt. Ruth glaubt nicht an Karten. Warum nicht? Weil es unmöglich sei, Ereignisse vorauszusagen. Warum denn?

»Weil die Wirklichkeit vermutlich eine unendliche Anzahl von Entwicklungsmöglichkeiten hat, ehe etwas eintrifft«, sagt sie.

»Aber warum soll man nicht voraussagen können, welche Möglichkeit sich verwirklichen wird?«

»Ja schon, schon, sicherlich kann man das. Aber nur mit Statistik. Und dabei ergibt sich ein Muster, keine einzelnen Ereignisse.«

»Aber die Vergangenheit«, sagt Ulla, »die kann man rekonstruieren?«

Ruth setzt sich schwer nieder und sieht die nicht zusammengelegten Handtücher an, Ullas Teetasse, alles, nur nicht ihr ins Gesicht.

»Nein, nein. Man kann sich nur ein Bild davon machen.«

»Aber von der Zukunft willst du dir kein Bild machen?«

»Doch, aber das kannst nicht du für mich tun. Niemand kann das. Dir stehen nicht hinlänglich viele Fakten für eine einigermaßen zuverlässige statistische Vorhersage zur Verfügung.«

Sie ist so überlegen. Was immer ich sagte, ich bekäme eine Antwort. Sie lebt in einer Welt, in der sie die Tür vor zweifelhaften Damen schließen kann. Obwohl ich kein leopardengemustertes Kleid aus synthetischem Jersey trage, bin ich ihr jetzt unterlegen. Unterlegen, verwirrend und mäkelig.

Schließlich geht Ruth tatsächlich ins Wohnzimmer und sucht in Schubladen und Schränken. Man merkt, daß sie schon seit Jahren keine Karten mehr hervorgeholt hat.

»Hier, bitte.«

Sie tut nicht einmal so, als ob es ein Scherz sei. Ulla räumt die Tischplatte vor sich frei, nimmt die Karten und beginnt sie zu mischen. Sie streckt sie Ruth hin, die durch fast geschlossene Lippen Luft, viel Luft, ausbläst. Sie sieht grotesk aus, und es hört sich an, als fände sie es im Zimmer zu warm. Es ist jedoch noch genauso kühl wie vorher. Ruth Anser geizt mit Wärme. Mit Öl.

»Du mußt abheben.«

Widerwillig teilt Ruth den Kartenstapel. Als Ulla den Stern zu legen beginnt, verfolgt sie dies immerhin mit dem Blick. Das tun wahrscheinlich alle. Wenn sie statt dessen aus dem Fenster gesehen und beobachtet hätte, wie die Schneeflocken auf die Erde irren, wäre das schlecht gewesen für mich, denkt Ulla. Wie der Stern vollendet ist, sagt sie: »Ich gebe dir recht, daß ein Stern aus Spielkarten in gewisser Weise ein dürftiges Bild vom Leben eines Individuums ergibt. Wenn man sich alle Vorkommnisse in einem Menschenleben so versammelt vorstellt – so wie diese Bilder auf den Karten – und sie auf eine spezielle Weise auslegt – in einem solchen Muster –, dann wird einem durchaus klar, daß man ungeheuer viel mehr Bilder brauchte ...«

»Gelinde gesagt.«

»Und ungeheuer viel mehr Platz, um das Muster zu legen. Nun habe ich nicht mehr als diesen Tisch und nicht mehr als dieses Kartenspiel mit zweiundfünfzig ziemlich stereotypen Bildern. Du hältst dies natürlich nicht einmal für tauglich, dein vergangenes Leben darzustellen. Es beinhaltet ja so viele und so komplizierte Dinge.«

»Ulla, was ist in dich gefahren?« fragt Ruth ernsthaft und leise.

»Ich behaupte jedenfalls, daß ich dein ganzes Leben darstelle. Das vergangene ebenso wie das zukünftige. Eines hat dieser Stern mit einem großen, einem aus deinem Blickwinkel befriedigend großen und bildreichen Stern gemeinsam.«

Ruth starrt jetzt Ullas Gesicht an statt den Stern.

»Es ist natürlich das Muster. Wenn ich dir das hier in mathematischen Formeln oder statistischen Säulen ausdrücken würde, wärst du vermutlich überzeugter davon. Aber das kann ich nicht. Ich kann mir dagegen vorstellen, daß es mathematische Formeln geben könnte, die ein Diagramm über die Verhältnisse zwischen der Vergangenheit, der Gegenwart und der Zukunft ergäben. Wenn man alle Vorkommnisse in einem Menschenleben als Inhalt in das Diagramm einspeiste, so würde es natürlich enorm. Ich glaube, dann wärst du mit dem Bild deines Lebens zufrieden. Daß es so viel beinhaltet hat und noch beinhalten wird. So unterschiedliche Dinge. So unerwartete. So viele Wiederholungen. So viel Kompliziertes. Du würdest merken, daß du gelebt hast. Ja, daß du wirklich gelebt hast.«

Ruths Gesicht ist so bedrückt geworden. Sie hat Speichel im Mundwinkel, nur ein Tröpfchen, das aber glitzert. Ihr Mund steht offen, ihre Augen zwinkern kaum in dem großen, blassen Gesicht.

»Ich wünschte, ich könnte dein Leben so darstellen. Vielleicht kannst du das manchmal selbst, in irgendeinem Zustand oder Gefühl. Das wäre in dem Fall ein Glück für dich. Doch eines hat mein kümmerlicher Stern, wie gesagt, mit dem mathematischen Diagramm gemein. Das Muster. Alles, was geschehen ist und was noch geschehen wird, trifft sich in einem einzigen Punkt. Hier im Raum. Jetzt, in dieser Zeit.«

Ulla legt den Zeigefinger auf die mittlere Karte. Es ist zufällig Herz As, und es sieht recht großartig aus. Ruth atmet aus (es scheint, als habe sie eine Weile das Atmen vergessen) und sagt: »Ich erkenne dich nicht wieder, Ulla.« Dann erhebt sie sich und holt frische Teetassen und eine Kanne hervor. Sie setzt noch einmal Wasser auf. Nach wie vor nimmt sie jedoch Teebeutel und hängt sie in die Kanne. Kamille.

Ulla muß zur Toilette, besonders wenn sie noch mehr Tee trinken wollen. Das Badezimmer ist blitzsauber, und an den

Haken hängen rosa Frotteehandtücher in verschiedenen Größen. Es sieht aus, als hätte Ruth eine große Familie. Sie ist jedoch Witwe und wohnt allein im Haus. Sie benutzt Mundwasser für den Mund und eine besondere Seife mit niedrigem PH-Wert für den Intimbereich. Sie nimmt es genau. Ulla nimmt es ebenfalls genau. Sie hat sogar die unparfümierte Variante der gleichen Intimseife, um die Schleimhäute nicht unnötig zu reizen. Ebenso wie Ruth hat sie sowohl ein Shampoo als auch einen Balsam und eine Mousse. Am Waschbecken liegt eine Plastikflasche mit flüssiger Seife, kein rissiger Bakteriensammler.

Sie nehmen es beide gleich genau. Trotzdem riecht Ulla jetzt nach Schweiß. Das ahnt sie. Es bilden sich Tropfen unter den Armen. Es ist fast unmöglich. Aber es ist so.

Sie lockert ihren Jumper in der Taille und schlüpft aus den Ärmeln, läßt ihn aber um den Hals hängen. Vorsichtig wäscht sie sich unter den Armen und trocknet sich mit einem der flauschigen rosa Handtücher ab.

Als sie in die Küche kommt, ist der große Stern fort. Sie kann auch die Karten nirgends entdecken. Und Ruth hat jetzt eine andere Stimme.

»Wir müssen jetzt räsonieren.«

Sie benutzt das alte Odawort, das von Raison und von Ratio kommt.

»Willst du zu dem Treffen bei Oda gehen?«

Deswegen ist Ulla doch den ganzen Weg von Djurgårdsstan hergefahren. Nur im Vorbeifahren, fast wie aus Spaß, ist sie zu dieser Dame gegangen, die in der U-Bahnstation gelbe Zettel aufgehängt hatte. KARTENLEGEN. SOCKENVÄGEN 477. Offensichtlich eine lokale Scharlatanin. Und diese Luft dort!

»Ja, Odas Treffen ... weißt du, ich habe mich noch nicht recht entschieden.«

»Jetzt erkenne ich dich wieder, Ulla. Vorhin hattest du praktisch eine ganz andere Stimme.«

»Tatsächlich?«

Trotzdem saßen dort Leute und warteten. Eine Mutter mit einem Kind. Man sollte Kinder nicht zu so etwas mitnehmen.

»Oda macht mir Sorgen«, sagt Ruth. Ulla pflichtet ihr bei.

»Ich habe von ihrem Einwurf gegen S. A. Aaland in der Whitlockschen gehört.«

Wer kann sie angerufen haben? Ulla will nicht fragen.

»Sie ist zu weit gegangen«, sagt sie nur. »Es war in der Tat peinlich. Die Wortwahl. Die Stimme.«

»Alterserscheinungen«, sagt Ruth. Sie ist so sachlich. Ihr helles Haar ist kurzgeschnitten und wird von Dauerwellen in Form gehalten. Jetzt, nachdem sie die Leuchtstoffröhre an der Decke eingeschaltet hat, sieht Ulla, daß es an den Schläfen und oben auf dem Scheitel weißgrau ist. Ruth hat ein großes Gesicht. Das Kinn und die Nase sind ausgeprägt wie bei einem Mann.

»Oda ist populistisch.«

»Populistisch?«

»Ja. Wenn eine Ansicht ein wenig scharf ist, traut sie sich nicht, sie zu vertreten. Sie soll schon hineinpassen.«

»Hineinpassen? Du meinst – wo?«

»Auf die Kulturseite von *Dagens Nyheter.*«

So hat Ulla das noch nie gesehen. Nein, wirklich nicht. Sie hat Oda immer als eine sehr beherzte und selbständige alte Dame gesehen.

»Oda hängt ihr Fähnchen nach dem Wind. Wenn es wirklich darauf ankommt, muß man manchmal ein wenig inopportun sein. Auch wenn es schwerfällt. Man muß für seine Überzeugung einstehen. Hast du meinen Beitrag in *Striptease* gesehen?«

Beitrag, denkt Ulla. Habe ich den versäumt? Sie traut sich nicht zu fragen. Sie hat Ruth Anser die Haustür öffnen sehen. Hier wird nicht gefilmt! Das war es, was Ulla sie sagen hörte. Aber sie beschäftigt sich oft mit etwas anderem, wenn der Fernseher läuft. Womöglich hat Ruth etwas sehr Wichtiges gesagt. Und Scharfes. Etwas, was ganz und gar nicht opportunistisch war.

»Ich bin hier in Dalen aufgewachsen«, sagt Ruth. »Ich gehöre zu den ganz wenigen Menschen, die ihr Leben lang am gleichen Fleck geblieben sind. Dies hier war das Haus meiner Eltern, das weißt du, Ulla. Aber ich habe die gesellschaftliche Entwicklung durchaus mitgemacht. Bin nicht stehengeblieben.«

Ihr Tonfall kann fragend sein, also sagt Ulla ja.

»Ja gewiß!« verbessert sie sich. Ruth bewirkt, daß sie sich innerlich fließend fühlt. So als würden Farben ineinanderfließen. Wasser. Ein Aquarell. Warum kommen mir so bizarre Einfälle jetzt, wo Ruth vernünftig und logisch mit mir spricht? Mit mir stimmt etwas nicht. Warum bin ich zu dieser schrecklichen Person gegangen? Ich kann doch wohl nicht so dumm sein, an

Karten zu glauben? Und was denkt Ruth von mir? So eine idiotische Idee, Karten legen zu wollen. Hier!

»Du weißt, daß ich nichts gegen diese Menschen habe. Seien sie nun Flüchtlinge oder Einwanderer. Ich denke, das beweisen zu können, wenn nötig.«

Es ist keineswegs nötig. Ulla findet jedoch nicht die richtigen Worte, also fängt Ruth doch an, es zu beweisen. Sie erzählt von ihrer Tätigkeit im Sozialamt. Von der Unterstützung und Hilfe für Menschen, die im Wind trieben. Sagte sie: im Wind trieben? Oder havarierten? Ulla wünscht, sie könnte ihre Gedanken in den gleichen vernünftigen Bahnen halten, in denen sich Ruths Rede bewegt. Aber sie sieht die ganze Zeit so viele Merkwürdigkeiten vor sich. Als ob sie ein kleines Kind wäre, zu dem eine erwachsene Person spräche. Und als ob diese Rede teilweise unbegreiflich wäre und deshalb unerklärliche Bilder hervorriefe. Im Moment eine Menge leidender, kriechender Menschenleiber auf einem Floß. Dunkelheit. Sturm. Wind.

»Mittsommer!« hört sie Ruth rufen. Brüllen eigentlich. Doch was hat Mittsommer mit Dalen zu tun? Ist die Gegend dann nicht immer menschenleer?

»Dalen repräsentiert ein kulturelles Erbe.«

Dem pflichtet Ulla wirklich bei.

»Und das Krylundsche Haus ist die Perle darin. Reiner Funktionalismus. Zukunftsglaube. Lichte Träume. Aber nicht nur Träume, sondern auch soziale und politische Visionen!«

O je. Wie oft hat Ulla Oda den Krylundschen Traum in diesem Haus dort darlegen hören! Wie er die Welt gesehen hat: In den Telefonleitungen sang es, die Bahngleise dröhnten. Auf frisch asphaltierten, begradigten Fahrbahnen, die sich bis zum Horizont erstreckten, schossen die Autos wie Webschiffchen dahin und webten das Gewebe der Zivilisation. Dieses chaotische, bunte, blitzende Gewebe. Die Welt aller Menschen. Stirnschweiß und die explosive Kraft der Muskeln: alle brachten sie die Reichtümer der Erde dar, um den Hunger in der Welt zu stillen. Alle trafen sie sich im blauvioletten Schein der Bogenlampen auf Kaien, auf Flughäfen, auf großen, ratternden Bahnhöfen. Eine Menschheit, die sich über den Erdball bewegte, die Sprachen vermengte und Freundschaftsbande knüpfte. Keine melancholischen, in einem Tannenwaldland eingeschlossenen Dorfbewohner. Keine Sonderlinge, die in Dreck und Finsternis lebten und wimmernden Ziehharmonikas lauschten. Sondern Weltbürger. Und er fand, daß der Norrlandtrotz in den Stromschnellen brüllte!

»Ha! Ha!«

Oda ging oft zu weit. Ihre Ironie war unberechenbar.

»Kulturelle Tradition«, sagt Ruth. »Erbe. Du weißt selbst, wie wichtig solche Dinge sind. Du, die du auf einem Herrenhof aufgewachsen bist.«

Ulla fehlen einige Glieder dieses Räsonnements. Daß es so schwierig sein muß, zu folgen, wenn jemand logisch mit einem spricht. Sie weiß, daß sich bei Menschen, die zusammen sind, allmählich die Gehirnrhythmen angleichen. Das gilt auch für große Menschenansammlungen, zum Beispiel bei Massenkundgebungen, was sie ein wenig erschreckte, als Sylvia Fransson-Bleibtreu das erzählte. Sylvia trägt bei den Zusammenkünften oft die neuesten Erkenntnisse der Wissenschaft vor. Nicht selten schafft sie es, sie gefährlich klingen zu lassen. Oder zumindest heikel. Sie behauptet jedoch, daß nicht das Wissen an sich gefährlich sei, sondern seine Anwendung. Sylvia ist immer so überlegen. Sie befindet sich in einer Position an der Seite dessen oder ein Stück über dem, was sie erzählt. Ulla verspürt jetzt den heftigen Wunsch, in denselben Rhythmus wie Ruth zu kommen, aller bizarren Einfälle und Nebengedanken und seltsamen Bilder und Erinnerungen oder Fragmente enthoben zu werden. Von allem, was stört. Sie ist müde.

»Du weißt, daß ich lediglich etwas so Stinklangweiliges, so Unglamouröses wie den gesunden Menschenverstand repräsentiere«, sagt Ruth jetzt. »Der genießt auf den Kulturseiten, die Oda liest, kein hohes Ansehen.«

Das weiß Ulla. Oder besser gesagt: sie ahnt es manchmal. Die Artikel sind oft sehr lang. Und Gesundheit ist es nicht gerade, was die Kultur ausatmet. Vielleicht zu J. A. Krylunds Zeit, in seiner Jugend. Weiß der Himmel. Dann fällt Ulla ein, daß sie damals ein Schulmädchen war. Ein Backfisch. Und ihre Gedanken schlängeln sich wieder davon. Wenn es denn überhaupt Gedanken sind.

»Deshalb war mein Beitrag in *Striptease* konsequent«, sagt Ruth.

»Aber war das denn ein Beitrag?« wagt Ulla zu fragen. »Ich dachte, du hast dich geweigert, etwas zu sagen?«

»Eben! Das war doch mein Beitrag. Ich habe darauf verzichtet, etwas zu sagen. Es ist praktisch ein demokratisches Recht, nicht im Fernsehen auftreten zu müssen. Es wird immer ungewöhnlicher, daß jemand noch nicht dort war.«

Ulla fühlt sich getroffen. Weiß Ruth, daß Kajan und sie als Publikum bei WIE IST DAS BEI DEN TIEREN waren?

»Vom Rassendenken bin ich völlig frei«, sagt Ruth jetzt. »Wir sind alle mehr oder weniger ein Gemisch. Ich habe vielleicht selbst einen kleinen touch of the tarbrush irgendwo in ferner Vergangenheit. Weiß man es?«

Der Gedanke ist überwältigend phantastisch. Ruth, blond und groß, lacht und zeigt dabei kräftige Zähne, die für ihren Mund etwas zu groß sind. Das Zahnfleisch zieht sich allmählich von den Zahnhälsen zurück. In unserem Alter sollte man sich davor hüten, zu offen zu lachen, denkt Ulla. Man sollte sich schon etwas zurückhalten. Sie verliert einige Augenblicke lang den Faden und muß nachfragen, nachdem Ruth noch eine Weile geredet hat. Was sie zu hören bekommt, ist erstaunlich, unappetitlich und erschreckend. Also: Nach der Abweisung des Filmteams von *Striptease* hatte Ruth Hundehaufen im Briefkasten.

»Hunde ...«

»Hundehaufen. Keine Wurst, Ulla. Nicht nur ein bißchen Kot in einem Beutel oder so. Sondern eine ganze Ladung. Der Briefkasten war mehr als zur Hälfte gefüllt. Dreiviertel voll tatsächlich.«

»Aber ich verstehe nicht ...«

»Du verstehst nicht? Aus der Fernsehsendung ging ja klar hervor, daß ich zu denen gehöre, die den Aufruf unterschrieben haben. Die das Haus, die ganze Gegend praktisch, als Kulturerbe verteidigen. Am Morgen hatte ich den Hundehaufen im Kasten.«

»Du meinst ...«

»Ich meine gar nichts. Ich sage nur, daß der Kasten mehr als halbvoll war. Zu drei Vierteln, das kann ich ruhig sagen, mit Hundekot gefüllt.«

»Wie hast du das wegbekommen?«

»Ich packte den Briefkasten in die Mülltonne. Und kaufte einen neuen. Doch die *Dagens Nyheter* und zwei Briefe waren besudelt. Zeitungsausträger und Postboten haben es immer so eilig. Sie gucken nicht in den Kasten.«

»Meinst du, daß es mit... ja... den Haufen einen Zusammenhang gibt? Mit deinem Auftreten. Deinem Beitrag, meine ich.«

»Das habe ich nicht gesagt. Im Gegenteil. Das kann ein Zufall sein. Allerdings ein sehr eigenartiger Zufall. Das einzige, was ich mit Sicherheit sagen kann, ist, daß man nicht so viel Hundekot zusammensammeln kann, nicht in dieser Gegend. Wir nehmen es hier genau. Wir befolgen die Gesetze und Verordnungen.«

Ulla erinnert sich an die kommunalen Hundekotbeutel aus Plastik, die in den achtziger Jahren in den Parks neben den Latrinentonnen an Halterungen befestigt waren. Braun, nicht immer Ton in Ton, doch meistens ziemlich treffend. Es gab auch Schilder mit einem Schäferhund, der den Rücken krümmte. Ulla bewundert Ruth, die sich nie zu etwas äußert, wozu sie sich nicht mit Sicherheit äußern kann.

»Der Hundekot«, sagt sie jetzt, »muß der kommunalen Hundelatrinentonne beim Auslauf entnommen worden sein. Er muß aus den Plastikbeuteln herausgenommen worden sein, die wir in dieser Gegend immer sehr sorgfältig verknoten.«

»O Gott!«

»Ja. Das ist ein entsetzlicher Gedanke. Grauenhaft.«

Sie sinnen beide ein Weilchen darüber nach. Sie sehen eine Gestalt, schattenhaft, ohne Gesicht oder mit einem dunklen Oval, wo das Gesicht sein müßte. Sie beugt sich über einen Hundelatrinenbehälter im Park.

»Ich weiß nichts«, sagt Ruth. »Das einzige, worüber ich mir klar bin, ist, daß derjenige, der auf diese Weise gegen mich demonstriert hat, nicht vor dieser Verrichtung zurückgeschreckt ist.«

Sie sinnen auch darüber ein Weilchen nach: das Aufknoten der gemäß Gesetz und Verordnung verknoteten Plastikbeutel. Die Entleerung. Das Auskratzen?!

»Schwedische Müllwerker fassen niemals den Inhalt an«, sagt Ruth. »Deswegen müssen die Beutel auch verknotet sein. Ich nehme an, daß das eine fachliche Frage ist.«

»Selbstverständlich!«

»Das einzige, was ich mit Sicherheit sagen kann«, schließt Ruth, »ist, daß die Verrichtung dem Betreffenden keine kulturell oder sozial bedingte Sorge bereitet hat.«

Kulturell. Sozial. Der Gedanke flattert. Erbrechen. Gott! Ulla will nicht mehr denken.

»Soviel dazu«, sagt Ruth. Sie wechselt das Thema und beginnt über Oda zu sprechen. Es ist nicht so, daß sie Oda verleumdet. Im Gegenteil, in ihrer Stimme liegt Wärme. Doch sie stellt Odas Standpunkt, was das Krylundsche Haus betrifft, in Frage. Und sie tut dies auf der Basis der Vernunft. Das ist gut. Was auch immer, gerne Vernunft. Was auch immer, nur keine Rede mehr von Hundekot. Und Unreinlichkeit.

Ruth erinnert Ulla jetzt an Odas schwärmerische Periode während der Zeit der Wohngemeinschaft. Wie sie in das Haus rannte und Matetee und Kwass trank. Ulla erinnert sich noch an ihre Scham und ihren Schock, als sie Oda bei Wind und Schneeregen mit einer Sammelbüchse entdeckte. Sie stand neben den Leuten der FNL auf dem Sergels Torg. Ulla eilte von dort weg, ohne zu ermitteln, für welchen Zweck Oda Geld sammelte. Blenda Uvhult beruhigte sie jedoch, als sie viele Jahre später darauf zu sprechen kamen: es sei sicherlich für die Indianer Südamerikas oder gegen die Prostitution gewesen.

Oda ist nicht vernünftig. Oda fackelt nicht lange. Sie ist programmatisch gegen gewisse Dinge. Die nach Dennis benannte Verkehrsplanung. Das dritte Pendelzuggleis. Die Öresundbrücke. Kernkraft natürlich! Und Prostitution und die EU. Da hat Ruth recht. Sie sagt, Oda reagiere wie ein altes Zirkuspferd, das die schrille Musik des Blasorchesters höre.

»Schau dir Oda jetzt an. Sie tapert in der Manege herum. Das ist nicht gut.«

Ulla sieht Oda tapern. Das sieht nicht gut aus.

»Das ist unwürdig«, sagt Ruth.

Wie Ulla Ruth Ansers Haus verläßt, hat sie einen ganzen Packen mit Aufruflisten dabei. Zuoberst steht lasergedruckt:

DAS KRYLUNDSCHE HAUS DARF KEIN EINWANDERERZENTRUM WERDEN
EINWOHNER UND GÄSTE VON FREDENS DAL PROTESTIEREN
DIE STADT DARF UNSER KULTURERBE NICHT VERSCHLEUDERN

Unter dem Text ist Platz für Unterschriften.

Ulla fühlt sich benommen, als sie in die Winterluft hinaustritt. Es ist jetzt Zeit, zu Oda zu gehen und an der Zusammenkunft teilzunehmen. Ruth meint, daß sie die Aufruflisten mitnehmen solle. Doch sie merkt, daß sie das nicht kann. Sie traut sich ganz einfach nicht. Es wird ohnehin peinlich genug werden. Und Oda würde nur zu trompeten anfangen. Außerdem würde es nichts nützen.

Sie weiß nicht, wo sie den Packen Papier lassen soll. Ihre Handtasche ist zu klein. Auch kann sie die Blätter nicht bei sich selbst verstecken. Sie hat nur einen engen Mantel.

Unschlüssig macht sie sich in dem leichten Schneefall auf den Weg. Sie überlegt, die Aufruflisten hinter einem Kabelkasten oder in einer Hecke zu verstecken. Es könnte sie aber jemand beobachten.

Die Fenster der Häuser schimmern. Die Luft wird durch den herabfallenden Schnee beweglich. Ulla entdeckt einen Briefkasten aus Holz. Ein äußerst gediegenes Ding. Er sieht nach Teak aus. In den Fenstern hinter der asphaltierten Auffahrt brennt Licht. Aber das sind nur Zierlampen. Hier ist keiner zu Hause, der beobachten kann, was sie macht. Sie steckt ihren Packen Papier in den Kasten.

Sie braucht ihn nach dem Treffen ja nur zu holen! Niemand hat nachmittags oder abends etwas an einem Briefkasten zu tun. Da ist er bereits geleert. Sie fühlt sich erleichtert.

Ein Briefkasten aus gediegenem Holz. Die Zahl 18 aus Messing. Drei Eichenblätter, auch sie aus Messing. Es kann nicht so schwierig werden, ihn zu finden.

Das Haus des Löwen ist jedenfalls nicht in Tallkrogen. Oder in Enskede oder irgendwo in der Nähe. Denn da ist an den Häusern gar nichts. Keine Männer und keine Tiere. Wie Mariella vor der U-Bahnstation von Tallkrogen am Kiosk steht, fällt ihr Dalen ein. Wenn das mit dem Obst und dem Lamm richtig war, dann hat Rosie vielleicht Waren dorthin gebracht, obwohl sie das von Sascha aus nicht darf. Er fährt alle Waren mit dem Toyota aus, und die Kunden bezahlen 35 Kronen. Aber manchmal macht Rosie das trotzdem. Da ist eine alte Frau, der sie immer hilft, wenn sie krank ist. Wenn sie trotzdem zur U-Bahn will oder so.

Es wäre aber komisch, wenn sie so früh am Morgen hingegangen wäre. Hatte sie die Tasche am Abend vergessen? Sie mit nach Hause genommen?

Mariella macht sich auf den Weg zwischen die Häuser. Es dämmert, und zwischen den Gardinen brennen eine Menge Adventsleuchter. Zuerst sieht es so aus, als ob sie in der ganzen Gegend völlig allein wäre, weil die Leute noch nicht von der Arbeit zurück sind.

Da kommt eine Frau aus einer Querstraße und geht an ihr vorbei. Es ist dieselbe, die rauskam, als sie im Sockenvägen 477 waren. Sie war vor Ann-Britt bei dieser anderen Frau im Zimmer. Dieser melierte Mantel und der Hut mit dem Lackband und diese lächerlichen Lederstiefel mit Plateausohlen und einem Reißverschluß an der Seite.

Mariella geht ihr nach. Vielleicht war sie es, die der anderen erzählt hat, wo Rosemarie ist. Vielleicht ist das Haus des Löwen in Dalen, und sie ist auf dem Weg dorthin.

Die Frau biegt ab und geht zu einer Eingangstreppe. Die Treppenbeleuchtung ist nicht an, so daß da oben bloß Schatten zu sehen sind. Aber sie hat wohl geklingelt, weil irgend jemand die Tür aufmacht, und dann verschwindet sie ins Haus.

Sie haben vielleicht Rosemarie da drin. Aber warum? Da sagt jemand: »Verdammt, was machst du hier?«

Es ist direkt hinter ihr. Als sie sich umdreht, sieht sie ihn im Licht der Straßenlaterne.

»Nichts.«

Er heißt Rickie. Sie kennt ihn, er ist aus dem Nachbarhaus, und sie geht mit seiner kleinen Schwester in eine Klasse. Rickie geht in die siebte. Ein Halbdödel. Jedenfalls wird er gehänselt. Er hat eine Brille, ist dunkel und schmal und ganz blaß. Jetzt ist er allerdings ziemlich cool. Deswegen traut sie sich nicht zu sagen: Verdammt, was machst du selber hier! Und das ist gut so, weil er jetzt sagt: »Der Tiger mag es nicht, wenn hier Leute rumrennen, die hier nichts verloren haben.«

Er ist in Tigers Gang reingekommen. Das ist irgendwie komisch. Sie weiß nicht, was sie sagen soll. Wenn die Frau Haus des Tigers statt des Löwen gesagt hätte. Aber das hat sie nicht.

»Bist du bei Tiger dabei?« fragt sie.

Er nickt.

»Der Tiger mag es nicht, wenn Leute hier rumrennen und sprühen. Er mag keine Schmierereien. Dalen muß sauber bleiben.«

»Ich sprühe nicht.«

»Das ist gut.«

Er geht neben Mariella her, ziemlich langsam und die Hände in den Jackentaschen. Ohne daß Mariella es will, entfernen sie sich von dem Haus, in das die Frau gegangen ist.

»Wie bist du in seine Gang reingekommen?« fragt sie.

»Sie haben mich gebraucht.«

Er klingt gar nicht mehr so bescheuert wie früher.

»Schiebst du hier Wache?«

»Ja.«

Während sie in Richtung Tallkrogen gehen, sagt er: »Die Kinder Gottes halten Dalen von Schmierereien frei. Wenn jemand nicht richtig aufpaßt und auf einem Kabelkasten ein Tag steht oder so, dann versucht er ihn selber wegzumachen.«

Er kichert.

»Der Tiger haßt Tags. Die Kinder Gottes werden Dalen sauberhalten.«

»Der Tiger, das ist doch der, der in die neunte geht, oder? Der Blonde mit den Stiefeln.«

»Ja«, sagt Rickie. »Jetzt hat er welche. Früher hat er gefunden, daß Stiefel nicht das Richtige sind, weil er Skins haßt. Er haßt alle Typen, die nicht richtig ticken. Jetzt hat er aber Stiefel. Die gibt es jetzt bei COPY CAT. Sind aber teuer. Wir kriegen vielleicht auch welche.«

»Wer?«

»Die Kinder Gottes.«

Er schweigt lange, und sie sind fast bei der U-Bahnunterführung, als er sagt: »Daß du bloß nichts davon erzählst.«

Jetzt merkt man, daß es ihn reut. Er hört sich nämlich böse an. Er ist doch bescheuert. Er verquatscht sich, weil er angeben will. Sie fragt sich, ob er noch lange bei Tiger mitmachen darf.

»Du sagst nichts davon.«

»Warum denn?«

»Weil du dann stirbst.«

Mariella sagt nichts, aber man sieht ihr durchaus an, daß sie das für Blödsinn hält. Sie sind jetzt im Licht vor dem Kiosk, und er packt sie am Jackenärmel und hält sie zurück.

»Ich beschreib, wie du stirbst. Und dann machen wir's. Kapiert?«

Aufgewärmt wabert die Luftmasse im Eingang zu NK. Sigge macht Lavendel, Zitrone und Leder aus. Jedoch mit chemischer Schärfe. Kiefernnadeln lassen sich erahnen, mit einer giftigen Spitze, und Synthesen aus Nelken und Meer und kleesüßer Sommerwiese. Und pure Scheiße. Ein schwacher Hauch. Vielleicht wird das Menschentier von gewissen Duftnoten angeregt? Dunst aus den Kloaken der Wale. Der Geruch nach menschlichen Exkrementen in homöopathischer Verdünnung, mit Rosen und Lilien geschichtet.

Es zwitschert. Damenhafte Wesen verkaufen mit Kunststoffbändern verschnürte Päckchen mit Parfüms, Eaux de toilette, Schokoladenkonfekt, After-shaves und Dessertkäse.

Die tierische Offenheit hält nur für ein paar Sekunden an. Dann fährt Sigge, die Zähne zusammengebissen, mit der Rolltreppe nach oben. Sie findet fast augenblicklich ein Geschenk für Ginette Oxehufvud. Tritt effektiv oder instinktiv an einen Auslageständer mit Pullovern aus peruanischer Alpakawolle. Nicht in Eierschale oder Hafer, wie sie sich vorgestellt hat. Sondern schwach eingeweiderosa. Sowohl kühner als auch lieblicher. Sie erwischt eine Verkäuferin, die sie von den Haaren bis zu den Stiefeln mustert und sagt, daß die Knöpfe aus echtem Perlmutt seien und daß die Pullover 2.995 Kronen kosteten.

»Ich kann lesen«, sagt Sigge und zückt die Karte. Es ist doch irgendwie ein Genuß, für Adams Mutter Weihnachtsgeschenke einzukaufen. Mit ihrem Paket schweift sie an Alexon, Liz Claiborne, Mondi, Kenzo und Jaeger vorbei. Sie braucht noch zwei, drei Sachen. Das wird schnell gehen.

Dann wird ihr klar, daß alles, was schnell geht, sie nur rascher nach Hause bringt. Sie traut sich nicht, nach Hause zu fahren.

Man schafft sich ein privates Planetensystem im ozeanischen Menschenweltraum. Doch außerhalb existiert eine Kraft, die man nicht sieht. Ein Unterdruck. Ein Wirbel aus antihumaner Phrenesie. Nun ist das kleine System gänzlich verschwunden.

Aufgesogen. Es ist leer. Alle anderen Welten drehen sich weiter: der Weihnachtsbaum in der Eingangshalle. Die Welt von Vati und Adam und den Krylundtanten. Und natürlich die von Janne.

Der Gedanke, so zu tun, als sei nichts geschehen, geht ihr durch den Kopf. No see. No hear. Janne kann nicht wissen, daß ich da war. Er war zu – beschäftigt.

Und dann erhebt sich das Gebrüll in ihrem Inneren. Still. Um sie herum wogt das Geplapper, schwebt das Gemurmel.

In diesem Moment entdeckt sie den Armanianzug.

Daß er von Armani ist, sieht sie zuerst nicht. Er ist grau. Mit Weste. Sie haben ihn einer Puppe in Kombination mit einer am Hals züchtig zugeknöpften Seidenbluse in offwhite angezogen.

Er ist echt spitzenmäßig. Ein seidenweicher Wollstoff mit zartem Fischgrätenmuster. Der Schnitt nonchalant geschmeidig. Die Knöpfe exakt im Ton. Er ist in allen Details sauber gearbeitet. Die Taschenklappen. Die Revers. Sie fingert die Jacke auf und betrachtet die Fältchen unterm Hosenbund. Die flotten diagonalen Tascheneinschnitte. Die Hosenaufschläge. Dazu müßte man Boots tragen. Neue.

Er ist jedenfalls nichts für Ginette, und außerdem kostet er 8.900 mit Weste. Nun ja.

Im nächsten Augenblick stürzt sich Sigge in einem ovalen Spiegel, der auf einem Stativ befestigt ist, auf sich selbst. Da steht sie. Lederjacke. Leggings. Das Gesicht ist gelblich blaß.

Warum schminke ich mich nicht?

Sie erinnert sich, daß sie das früher immer getan hat. Wenigstens morgens um die Augen. Aber im letzten Jahr ist alles so hektisch geworden. Dieses leichenblasse face. Die Haarzotteln. Ungefähr bis zur Hälfte der Länge flammend hennagefärbt. Ist das so lange her?

Ja, es ist so lange her. Du arbeitest nur noch, Sigge. Und wofür arbeitest du? Warum hetzt du herum? Damit Janne sein Architekturexamen bekommt?

Du arbeitest und sparst und knauserst und geizt und kaufst deine Klamotten beim Inder und bei Hennes & Mauritz. Klamotten, die schon auf dem Bügel im Geschäft so gut wie Müll sind. Die Haare färbst du dir mit Henna im Waschbecken und läßt sie bei einer Frisöse in Enskede schneiden, die bei Senioren Hausbesuche macht.

Du wohnst in einer Wohnung, wo die Gasleitungen und die Toilette leck sind. Jahrelang hast du Sachen mit roten Etiketten gegessen und fettige Bücher aus der Stadtbibliothek gelesen. Zweimal hast du abgetrieben. Hier stehst du nun.

Ich.

In der Morgenzeitung hat Sylvia gelesen, daß ein stark unter dem Einfluß von Amphetamin stehender Dreiundzwanzigjähriger in die Wohnung eingedrungen sei, über die der Pastor primarius in der Källargränd in Gamla Stan verfügt. Mit einer Axt, die des Primarii Frau an der Balkontür liegenließ, nachdem sie den Weihnachtsbaum zurechtgestutzt hatte, hat er ein Loch in MARTIN LUTHER SCHLÄGT DIE THESEN AN DIE KIRCHENTÜR IN WITTENBERG gehauen.

Jetzt, im hereinbrechenden Abend, sitzt Sylvia da und liest LA VIE ET LES EPISTRES – PIERRES ABAELART ET HELOYS SA FAME, das sie mit der Post bekommen hat. Es ist eine Neuausgabe der Briefe des Liebespaares aus dem 12. Jahrhundert, das so brennende Herzen und so klare Köpfe hatte. Die Briefe sind im lateinischen Original und außerdem in Jean de Meuns Übersetzung aus dem 13. Jahrhundert wiedergegeben. In beiden Versionen brennt und knistert es um sie herum. Es glüht und schmilzt.

Liebe.

Es ist menschlich, Parallelen zu ziehen und Analogien herzustellen, und Sylvia tut dies nicht, ohne der Meinung zu sein, daß auch Cyrus und sie einst klare Köpfe und heftig brennende Herzen hatten. Er hatte, als sich dies begab, Hoden voller Pulver, und ihr floß die Vagina. Großer Gott! Außerdem entstand ein ausdrucksvoller Briefwechsel.

Zu Beginn bestand ihr Liebesverhältnis hauptsächlich aus Briefen. Die Möglichkeiten zusammenzukommen waren begrenzt, denn Cyrus war verheiratet, und Sylvia hielt sich nicht immer in Zürich auf.

Sie trinkt Tee und starrt nach Skeppsholmen mit seinen schwarzen Bäumen hinüber. Ihre Gedanken gerinnen wie die Schneeflocken in der sich verdichtenden Luft, und ihr kommt die Idee, daß es im Schweden des 12. oder 13. Jahrhunderts ein Paar gegeben haben könnte, das Heloise und Abaelard glich. In

Skänninge, denkt sie. Im Kloster. Vielleicht. Ein gelehrter Magister, der aus Paris heimkehrte. Eine hochadlige, aufgeweckte junge Dame von sechzehn Jahren, die unterwiesen werden sollte. Etwas in dieser Art.

Aber es ist alles verbrannt.

Teufel aber auch.

Die Reformation, hol sie der Teufel!

Dieses Land. Sylvia blickt in die dichter werdende Winterdämmerung hinaus, die aus schwarzen Bäumen und aus den alten Kasernen jenseits des Wassers aufsteigt. Dieses verdammte, feiste, furzende, selbstzufriedene, westeuropäische, verfluchte, aufgeblasene Scheißland!

Es hat reformiert und reformiert und reformiert. Zum Teufel noch mal! Ich nehme an, ich bin kulturkonservativ oder etwas noch Schlimmeres. Sie sieht das Loch vor sich. Ein aufgerissenes, aufgeschnittenes, ausgehauenes großes Loch in MARTIN LUTHER SCHLÄGT DIE THESEN AN DIE KIRCHENTÜR IN WITTENBERG.

Gut gemacht. Richtig gut.

Ich bin es leid. Es ist wirklich wahr. Die auf eine Axt angewiesene Ausdruckskraft der Bevölkerung. Ich bin es leid, auf dieser Entwicklung zu surfen. Mit Renten- und Boots- und Einbruchs- und Feuer- und Zahnschaden- und Vollschutz- und weiß der Teufel was für Versicherungen und Verträgen werden sie (wir!) niemals merken, wenn Europa vor die Hunde geht; wir werden, Gott sei's geklagt, nur figurbetont und mit Strähnen im Haar dasitzen und bedauern, daß neunundneunzig Prozent der Bevölkerung eine Marginalexistenz fristen.

Welche verflixten Marginalitäten diese Gesellschaften nur haben mögen!

Sylvias Solidarität mit der in jeder Hinsicht beklopptesten Tat, von der sie seit langem gelesen hat, verebbt nicht beim Gedanken daran, daß sie an diesem Tag mehr als 75.000 Kronen vom Prämiensparkonto in günstigere staatliche Anleihen (die Zinsen betragen im Moment 10,5 %) umgewandelt hat. Im Gegenteil. Sie hat tatsächlich ein Loch in den Frieden – oder Überdruß – des Winternachmittags geschlagen. Das Loch wird noch größer, als sie die Leselampe löscht und in der Dämmerung sitzt. Es öffnet sich auf eine Wirklichkeit hin. Auf etwas Heimisches hin.

»Heim« fuhr sie im Juli. In ihrer jämtländischen Region war Heimatwoche, sie kam mit den anderen Heimkehrern, saß da und fror und kämpfte mit Mücken und sah die Dorfgruppen aufspielen. Sie war vor allem betreten. Sie war mit dem Auto durch ein Schweden gefahren, das sie nicht mehr kannte. Hier und dort sah es erfolgreich und herausgeputzt aus. Die kleinen Ortschaften mit ihren ICA-Läden und STATOIL-Tankstellen wirkten stabil. Die Dörfer dagegen hatten verwilderte, wieder bewachsene Lehden und eingestürzte Scheunen zwischen den Häusern, die alle große, nicht unterteilte Fenster bekommen hatten.

Das Heimatwochenfest war wohlgeordnet. Die Männer, als Schienenleger und Holzfäller verkleidet, brieten auf dem Kirchplatz Speckklöße in Schweineschmalz und verkauften sie für fünfundzwanzig Kronen das Stück. Sylvia aß und trank Kaffee aus Plastikbechern, und sie unterhielt sich mit Leuten, die sie seit fünfundzwanzig Jahren nicht mehr gesehen hatte. Sie sagten, daß mit dem Fisch Schluß sei. Den Touristen würden, hol's der Geier, zu viele Angelkarten verkauft.

Sie saßen wie an den Wassern zu Babel, obwohl sie im höchsten Grad bei sich zu Hause waren, und sie klagten markig. Sie wollten das Land zurückhaben, in dem die Leute Schlapphüte und Hosenträger trugen. Aber sie hatten die Holzabfuhrwege selbst mitgebaut, die zusammengenommen dreimal so lang waren wie das öffentliche Landstraßennetz und achtmal rund um die Erde reichen würden, wenn man sie auslegte. Sie hatten ihren Unterhalt daraus bezogen, den Wald Quadratkilometer um Quadratkilometer niederzumähen, und sich von dem Geld Häuser gebaut. Ihre PV 444er hatten ebenso wie ihre Saab und Opel und Cortina Gift ausgepupt. Die elf Mercedes, hundertfünfzig Motorrasenmäher und achtzig Scooter des Dorfes pupten kräftig weiter. »Oh, wie selig ist's zu wandern«, sangen sie in der mit Laub geschmückten Kirche.

Sie hatten selbst die Motorsäge eingeführt. BEBO hieß die erste. Stolz waren sie mit den Scootern, Fäll- und Aufbereitungsmaschinen des Konzerns in die Waldschläge hinaufgefahren. Jetzt zog sich der Papierkonzern zurück und betrieb den Ausverkauf. Die Dorfbewohner reichten Angebote für diejenigen Jagen ein, von denen der Konzern sich zurückzog, die mit Flechten behangenen, die grobstämmigen, die an den Birkenwaldgürtel des Fjälls grenzenden, und sie nahmen gewaltige Kredite auf, um die Käufe zu finanzieren. Um die Zinsen bezahlen zu können, mußten sie den Rest abholzen.

»Oh, bleibe niemand da zurück!« sangen sie.

Sylvia ging langsam durchs Dorf. Als sie jünger war, hatte sie angesichts der Scheunen, deren Dachfirste gebrochen waren, weil im Winter niemand mehr die Schneemassen forträumte, Scham empfunden. Sie hatte sich wegen der zottigen und bewachsenen Lehden mit ihrem Fell aus Gras und Kräutern und wegen der Gräben, die voller Salweiden und Birkenschößlingen waren, geschämt. Die eingestürzten Schindeldächer waren für die Gymnasiastin Sylvia Fransson die peinlichen Monumente der Armut und Zurückgebliebenheit. Nun hatten sie neuen Glanz erhalten. Sie sah sie silbrig schimmern. Sie waren noch älter geworden, hatten ein geheimnisvolleres Stadium des Verfalls erreicht. Das Feuerkraut trieb seine Spätsommerfackeln zwischen den Bodenritzen im Sommerstall empor.

Sie fand den Brunnendeckel zwischen den Espenschossen, und ihre Hand erkannte den Griff wieder, als sie sich um ihn schloß. Als sie den Deckel aber abnehmen wollte, bekam sie nur das braunschwarze Holzstück hoch, das noch mit dem Griff zusammenhing. Mit der Stiefelspitze stupste sie die mürben Bretter weg, die liegengeblieben waren, und sah, daß das Wasser dort unten schwarz und sauber war.

Das beste Wasser. Sie erinnerte sich an seinen Geschmack.

Sie ertappte sich dabei, daß sie Ruhe empfand, während sie durch diesen Verfall ging, eine Ruhe und eine Art Zärtlichkeit für das Silbergrau, für das, was sich jetzt sacht mit einer neuen Haut aus grünschillernden Flechten überzog.

Mag schon sein, daß die Dorfbewohner sich als Schienenleger und Sennerinnen verkleideten und daß sie klagten, als seien sie aus dem Paradies ins Exil vertrieben worden, wenn sie auch in Wirklichkeit der Lungenschwindsucht und dem Hunger entkommen waren. Sie lebten aber immerhin in der Nähe der Wahrheit, und sie brachten es nicht über sich, diese fortzuschaufeln.

Dort lag sie. Dort glänzte sie schwarz. Dort bekam sie sacht eine neue Haut.

MARTIN LUTHER SCHLÄGT DIE THESEN AN DIE KIRCHENTÜR IN WITTENBERG klingt allmählich ab.

Sylvia hat oft Zornesausbrüche. Meistens bekommt sie diese jedoch, wenn sie die Zeitungen liest, und sie sind schnell mit Gelächter verdünnt. Die Mischung wird rasch trüb, denn ihr wird klar, daß sie ihre stärksten Gefühlsimpulse nunmehr von einer Pseudogemeinschaft erhält.

LA VIE ET LES EPISTRES – PIERRES ABAELART ET HELOYS SA FAME liegt immer noch auf ihrem Schoß. Sie streckt die Hand nach dem Telefonhörer aus, und dann wählt sie Cyrus' Nummer in Zürich.

Sie macht mittlerweile so selten etwas Unüberlegtes. Sie ist sich beinahe sicher, daß es vergeblich ist. Nur Ziffern, leises, trockenes Knacken und dann Signale, die in der Wohnung dort in der Ferne verlassen klingen.

Doch er meldet sich. Sie spürt, wie die alte Zärtlichkeit sie überströmt, als sie seine Stimme vernimmt.

»Cyrus!«

Er versteht nicht.

»Ich bin es!«

Und dann kommt die Kälte. Wie ein kalter Zug von einem Hausflur her. Was ist das? Und wann ist es geschehen? Sie redet drauflos. Er antwortet zerstreut. Einmal hat er sie Emmchen genannt. Das fällt ihr jetzt wieder ein, und der Zorn kehrt zurück. Die letzten Sätze sind heiter formell. Dann legt sie auf. Sie hat das Gefühl, daß er ihren Anruf bereits vergessen hat.

Daß es ihn reut. Daß er Emma zurückhaben will. Daß er alt, starr und müde ist – daß ihm die Leidenschaft schließlich fremd geworden ist. Womöglich lächerlich.

Oda hat Teetassen, Zwieback, Kekse und Pflaumenmarmelade aufgedeckt. Nach näherer Überlegung nimmt sie die Marmelade fort. Denn sie will die drei Bücher auf den Tisch legen. Das mit den sieben Männern in Überröcken und Hüten unterm Sternenhimmel, das mit dem Kaiser von China und das mit dem einsamen Krilon auf der Klippe.

Daß ihr Auftritt in der Whitlockschen Schule nicht gerade gelungen war, sieht sie ein. Sie hätte ruhiger und sachlicher argumentieren sollen. Doch Johans Geist des Räsonnements war nicht bei ihr. Jetzt fällt es schwer, die Sache überhaupt zu erwähnen. Abbitte zu leisten.

Äh.

Jetzt geht es jedoch nicht nur um den Auftritt bei der Johnsonversammlung. Diesem Eunuchen Aaland geschah es recht. Sein Gequake. Es war, wie neben dem Teufel in Kiel zu sitzen und Vorlesungen zu hören: Alles ist Wissenschaft!

Aber Leben –

Jetzt geht es um die Wahrheit. Die ist heikler. Was ist nach fünfzig Jahren noch wahr? Viele Male hat Oda in ihrem Leben erlebt, daß Wahrheiten nach einigen Jahrzehnten allmählich ziemlich schäbig ausgesehen haben. Sie sind angelaufen.

Daß Johan dem Schriftsteller Eyvind Johnson im Januar 1941 auf dem Eis begegnete, ist eine Wahrheit. Es ist etwas geschehen und verbürgt worden. Doch von da aus ist es ziemlich weit bis zu der hoffnungsvollen Vermutung, daß die Begegnung lange gedauert und in einem gehaltvollen Räsonnement bestanden habe und daß der Schriftsteller Johnson mit beflügelten Skistiefeln durch den knarzenden Schnee von dannen gegangen sei.

Daß ihm gewisse Ideen gekommen seien. Dies ist die eigentliche Peinlichkeit. Was hat sie Sigge bloß glauben gemacht?

Krylund las *Krilon*. Das ist sicher. Johan besaß alle drei Bücher in der Originalausgabe. Die seit mehr als einem halben Jahrhundert aufgeschnittenen Pappbände liegen jetzt auf dem

Eßzimmertisch. Der Drache windet sich unterm Schwert des Ritters, und der Tintenfisch schlängelt sich in feindseliger Ohnmacht. Der Schädel der Klippe bildet das Fundament für des äußerst Stämmigen Füße in braunen Halbschuhen. Johan schrieb seinen Namen in diese Bücher, und sie sind voll mit Bleistiftunterstreichungen, Ausrufezeichen und stark verkürzten Kommentaren.

Er führte ein Gespräch mit ihnen. Manchmal scheint es erregt gewesen zu sein, doch meistens war es ruhig und auffallend ironisch, freundlich ironisch. Es scheint ihm leicht gefallen zu sein, sich dem Tonfall des Textes anzupassen. Er wandte ein, bekräftigte und exemplifizierte. Es mußte ein lang anhaltendes Gespräch gewesen sein. Oda kann das an der Schrift erkennen. Diese wechselt wie die Bleistiftsorten. Er begegnete sich also auch selbst, wenn er wieder und wieder in den Büchern las. Er führte ein Gespräch mit dem Ich seiner frühen mittleren Jahre, mit seinem kriegsmüden und kriegserregten Ich. Sein Ich der fünfziger Jahre schrieb *Die Atombombe!* an den Rand, als Krilon in seinen abschließenden Ausführungen sagt, daß er mit Hilfe der Vernunft in die Zukunft zu blicken versuche. *Vi får inte glömma! Remember! N'oubliez pas! Glem det ikke! Kom ihåg!* hat er mit kräftigen, fast unbeherrschten Bleistiftlinien, die die Lesbarkeit bedrohen, unterstrichen.

Als die Johnsonschen Worte geschrieben wurden, war noch keine Atombombe abgeworfen worden. Machte Johan die Unterstreichungen und Kommentare, als Hiroshima und Nagasaki in das menschliche Bewußtsein eingeblendet wurden? Oder später?

Sein Gesprächskreis hatte sich am Protestmarsch gegen die Atombombe beteiligt, und Oda war dabeigewesen. Als einzige der Frauen übrigens. Es gab eine Art Sieg dort. Jedenfalls hatte man dieses Gefühl. Aber was war es tatsächlich?

Fast alles läuft mit der Zeit ein bißchen an. Wenn wir nun in Schweden keine atomare Verteidigung bekamen – wer hatte dann eigentlich bewirkt, daß es so kam? War es wirklich eine gebildete, wache und schon leicht silberhaarige Öffentlichkeit? Oder waren es die USA?

Wir schwammen, denkt Oda und tastet über die Bücher auf dem Tisch. Im Zimmer ist es halb dunkel. Sie wird sich bewußt, daß sie eine Weile zu den Bildern an der Wand gesprochen hat.

Zu der gutgefüllten Mrs. Pierre S. Du Pont und zu der einfachen weißen Rose aus Fredrika Runebergs Garten.

Wir schwammen, und wir lebten auch mit unserer Angst. Diese konzentrierte sich zunächst in einem Stecknadelkopf. Alles, was mit Atombomben zu tun hatte, war in unserer Vorstellung winzig. Ein Stecknadelkopf hatte die Kraft, die Erde zu sprengen. Glaubten wir. Doch man erfand noch etwas Besseres. Wirkungsvolleres. Giftigeres. Und das hieß Wasserstoffbombe.

Wir schwammen in unserem Leben, in unseren Zeitströmen und Ansichten und Ängsten und Überzeugungen. Das Gift konzentrierte sich jedoch nicht mehr in dem berühmten Stecknadelkopf. Es diffundierte. Es vermischte sich mit der Atemluft, und wir gewöhnten uns daran. Wir gewöhnten uns und gewöhnten uns und gewöhnten uns.

Ja, sicherlich gewöhnten wir uns nicht an die Wasserstoffbombe, an die Neutronenbombe, an das Leben in dem Dorf am Fuße des Kraters, der einst Hitze und Gift jenseits allen Verstandes ausspeien wird.

Wir gewöhnen uns sogar an diese Plutoniumpäckchen, Bleidosen, mit denen die Handlanger der Syndikate oder der Regierungen umherfahren. Mit leicht schweißfeuchten Handflächen, kann man sich vorstellen. Wir schwimmen und wir leben.

Doch von einem ist Oda überzeugt, nämlich davon, daß das Leben ein Tschechowstück ist. Denn es ist zumeist Zerstreutheit, und die Waffe, die im ersten Akt erwähnt wird, wird im letzten abgefeuert. Freilich lebe ich dann nicht mehr, denkt sie. Und so denken die meisten. Außer den Kindern.

Die Kinder sehen die Erdoberfläche wie einen Sonnenuntergang brennen. Sie sehen eine Feuersbrunst in einem öden Raum. Und sie denken daran, daß es dann keine Feuerwehren mehr gibt und kein Telefon und niemanden, der die Polizei anrufen und klagen kann.

Doch die Kinder werden halb groß, und dann werden sie halb erwachsen und erwachsen, und da haben sie sich gewöhnt. Sie fragt sich, ob Johan sich je gewöhnen konnte. Ob das vor 1958 jemand konnte. Und wenn er noch hätte leben dürfen?

Es gibt Menschen, die sich niemals gewöhnen.

Zwei Jahre vor seinem Tod schrieb er an den Rand von Hovalls Gespräch mit Jekau in der dunklen Kellerwohnung unter Freden einen Kommentar zu Ungarn. Sie kann sich vorstellen, wie müde und erregt er war, sicherlich überreizt vom mehrtägigen Radiohören. Er bezog auch den Koreakrieg in Krilons Zeit und Welt mit ein, brach mit seinem Bleistift in sie ein, als ob er Krilon zwingen wollte, zu dem, was immer schwieriger wurde und immer weniger die Deutlichkeit und scharfe ideologische Kontur der Kriegsjahre hatte, Stellung zu beziehen.

Oda hat sich im Lauf der Jahre so oft und eingehend mit diesen drei Bänden beschäftigt, daß sie weiß, daß Johan in dem Text auch seinem empfindlichsten Punkt begegnete: dem Betrug an Aina, dem Lügenleben. Das konnte er weder vergessen noch dem, der er sein wollte, einverleiben. Er strich Jonas Frids mangelndes Vergessen an und verglich es mit Schlaflosigkeit. Daß das Gedächtnis zu quälen vermag, beschäftigte ihn sehr. Zumindest scheint es so. Mit Sicherheit läßt sich das jedoch nicht sagen, denn bei dieser Art von Anmerkungen war Johan so unendlich viel vorsichtiger. Es sind nur Andeutungen, fein und graphitgrau. Manchmal wirken sie zittrig.

Das einzige, was sie weiß, ist, daß er mit *Krilon* in seiner Nähe lebte. Sie wünschte, daß jeder Mensch ein solches Buch über sich selbst besäße. Einen Schlüssel zu seinem verschlossenen Raum, einen Text, bei dem er neben sich selbst einhergehen und groß und deutlich und bemerkenswert – ja, wichtig werden könnte in seinem undeutlichen, seinem zerstreuten, schwimmenden und träghektischen Leben. Bei dem er ruhig würde. Bei dem er zu Worten würde. Bei dem er, endlich, ein Gespräch mit sich selbst führen könnte. Und er würde auch Lachen schenken und ein bißchen Vergebung. Aber trotzdem herausfordernd sein. Das Feierliche sollte ihn wie auch Baumkronen oder fallenden Schnee umgeben. Aber niemals das fehlgerichtete Gesicht im Spiegel. Nie.

Wenn Sylvia morgens zu dem Haus an der Skeppsbron kommt, bleibt sie eine Weile stehen und blickt übers Wasser, ehe sie hineingeht. Meistens sieht sie mehr Autos und Busse als Wasser. Sie ist jedoch der Ansicht, daß sie übers Wasser blickt. Es ist die Tat, die zählt.

Wenn sie oben ist, schaltet sie den Computer und den Kaffeeautomaten ein. Sie liest die *Dagens Nyheter*, ißt ein Käsebrot und trinkt aus einem Becher, auf dem Miss Piggy abgebildet ist, Kaffee. Es ist die beste Zeit des Tages. So ist mein Leben, denkt sie dann. So soll es sein. Der Computer surrt leise. Sein Geräusch gehört ebenso zu dem Raum wie das graue Tageslicht und der Geruch nach alternden Steinmauern.

Das gleiche Wasser, das gleiche Gedröhn von Motoren. Jetzt aber Abendlicht und Sylvia in einem Zustand kalter Verwirrung. Noch kein Schmerz. Noch nichts anderes als Kälte eigentlich, die von einem kalten Boden aufsteigt.

Auf einen Betrug ist sie nicht gefaßt gewesen. Auf dem Bildschirm steht:

ICH HABE VERTRAUENSVOLL LIEBT

Sie versucht, das wegzubekommen, und auf dem Bildschirm erscheint:

FEHLER! ERNEUTER ZUGRIFF!

Nein, auf einen Betrug ist sie nicht gefaßt gewesen.

Betrug?

Es ist vermutlich eine Frage der Semantik.

Betrug ist – glaubte sie, ohne je darüber nachzudenken –, wenn man mit seinem Geliebten in die duftende Sommernacht hinausrudert. Man rudert zur Insel der Glückseligkeit. Dort wird der Geliebte betrunken oder brünstig oder über beide

Ohren verliebt und sucht zusammen mit einem anderen betrunkenen oder brünstigen oder über beide Ohren verliebten Individuum – Individuum? Musterexemplar? – ein schützendes Gebüsch.

Die Büsche sind licht. Sie schützen den brutalen, den stöhnenden, den lauten Betrug nicht. Die Insel der Glückseligkeit verwandelt sich in den Kehrichthaufen der Hölle. Da ist Erbrochenes. Da sind leere Flaschen. Da sind gebrauchte Kondome. Da sind auch verlorene Unterhosen.

Solcherart ist der Betrug in der Jugend. Man rudert fort von ihm. Man will sich oder die Welt zerschneiden. Aber man tut es nicht. Man rudert fort von dort, und man wird eine Person.

So geht man relativ gesichert hinaus ins Leben und hütet sich vor Kuckucksrufen und Maiglöckchen.

Anders der Betrug in den mittleren Jahren, der vor Sylvia jetzt seine verborgenen Dateien aufrollt. Wie er schleicht. Wieviel Zeit er sich läßt. Welch schöne Worte er benutzt.

Bis ans Ende des Lebens.

Ja doch.

Richtige Gesangbuchworte.

Wie behutsam der Betrug in den mittleren Jahren doch ist, wie rücksichtsvoll! Auch ein wenig zerstreut.

Der Betrug in den mittleren Jahren hat es nicht eilig. Eilig hat es vielmehr der Betrügende. Immer häufiger. Und er trägt nicht mehr stets seine beste und sauberste Unterwäsche.

So sitzt man da, fünfundfünfzig Jahre alt und betrogen wie ein Teenager. Denn wie langsam, wie taktvoll und mit Rücksicht gepolstert ein Mord auch ist, am Ende kommt der Moment, in dem die Geschächtete und allen Blutes Beraubte entdeckt, daß die Kälte, die vom Boden oder vom Keller oder von der Hölle selbst aufsteigt, in Wirklichkeit aus ihrem eigenen Körper aufsteigt.

Da, in dieser Kälte, in der grauen Dämmerung, die in den Ecken bereits schwarz wird, klingelt das Telefon. Sylvia wird in zwei Hälften zerrissen, als sie sich auf den Hörer stürzt. Die eine Hälfte weiß, daß es Cyrus ist, der anruft. Jetzt wird alles eine Erklärung finden. Der Irrtum. Der Hörfehler. Der Wahnsinn. Alles. Es wird nicht länger als eine halbe Minute dauern. Dann werden sie lachen. Betrug! Ojeje! HAHAHA ! Großer Gott!

Sylvia ist so schnell wie ihr Pentium, und das zweifach. Die Hälfte, die nicht Cyrus' Erklärungen produziert, ist außer sich vor Schreck.

Es ist Blenda. Sie ruft von einer Telefonzelle aus an. Sie hat irgendeine Paranoia. Und sie möchte vorbeikommen.

»Sitzt du im Dunkeln?« fragt Adam, als er hereinkommt. Er sieht vermutlich ihre Silhouette im Lichtrechteck des Terrassenfensters. Der Schnee trieft jetzt. Das Licht wird ausgehöhlt, und Dunkelheit ergießt sich in den Garten. Wasserschwärze. Ein Aufblitzen. Sie hat eigentlich keine Lust, Licht anzumachen, streckt aber doch den Arm aus und schaltet es ein. Muß das hinter sich bringen.

Er sieht zunächst nichts. Also dreht sie sich auf dem Stuhl herum. Jetzt sieht er es.

»Mensch, Sigge«, sagt er mit tiefer und aufrichtiger Bewunderung. Sie dreht den Kopf herum. Björn Axén hat ihn mit der Schere skulptiert. Sie ist jetzt dunkel wie eine Kastanie. Und der Flügel aus schräggeschnittenem Haar an der linken Wange bildet auf der Blässe der Haut einen dunklen Kontrast. Ivory. Es ist Clinique Nummer 1. Das Rouge hat denselben rotbraunen Ton wie der Lippenstift. Sie streckt die Beine aus und wippt mit den Boots.

»Hat dich jemand gestylt?«

»Nein, das war ich selbst. Mit deiner NK-Karte.«

Sigge gedenkt nicht nervös zu werden. Nicht einmal durch das Schweigen, das jetzt kommen muß. Damit hat sie gerechnet. Jede Phase, jedes Niveau seiner wachsenden Verblüffung hat sie sich überlegt. Trotzdem ist sie nahe daran, nach einer Haarsträhne auf der Schulter zu grapschen. Wenn sie sich so fühlt wie jetzt, dreht sie für gewöhnlich eine um den Zeigefinger. Aber da sind keine Strähnen mehr. Sie nimmt statt dessen den kleinen Engel aus silbrigem Blech aus der Stiftablage und fingert daran herum. Dies ist das einzige Zugeständnis, das sie ihrer Spannung macht. Von Angst darf keine Rede sein. Sie muß warten. Sich nicht überrumpeln lassen. Unablässig dreht sie den Engel, so daß er auf der Schreibtischplatte Saltos macht, Adam starrt ihn an.

»Das mußt du schon ein bißchen genauer erklären«, sagt er leise.

Nicht antworten. Noch nicht. In die blitzende Dunkelheit hinaussehen. Wie diese das Licht der Straßenlaternen und der Adventssterne ansaugt. Odas Leuchtstoffröhre in der Küche verbreitet einen weißblauen Schein. Oda bewegt sich darin, unförmig, aber leibhaftig.

»Abfindung«, sagt Sigge schließlich. Adam hat sich irgendwo außerhalb der gelben Pfütze, die die Schreibtischlampe auf den Fußboden ergießt, hingesetzt. Seine Stimme ist immer noch leise. Brumm, brumm durch den Filter der Dunkelheit.

»Du willst doch wohl nicht aufhören, Sigge?«

»Ich passe nicht zu GLOBECOM.«

»Ich finde, du siehst aus, als ob du sehr gut paßt. Ich habe nichts dagegen, daß du dich stylst, um mitzuhalten.«

Sie schweigt.

»Ich verstehe, Sigge. Verdammt.«

»Tatsächlich?«

Sie hat es als Rechnung aufziehen wollen. Ihre zwölftausend im Monat gegen die neunzehn, zwanzig, die sie hätte haben müssen. Der Unterschied in Kronen ausgedrückt. Der Armanianzug und das andere abgezogen. Der Rest, was er ihr nach wie vor schuldig ist oder sein sollte. Moralisch zumindest. Aber sie verliert den Faden.

»Wir brauchen einander. Das weißt du. Mensch, Sigge, was hast du dir vorgestellt? Über Eyvind Johnson zu promovieren? Wer, glaubst du, liest noch *Krilon*? Das ist doch wie *Nathan der Weise*. Überholt. Das kann ja alles ein Hobby sein, Sigge, Liebes. Aber der Job. Ich meine, du hast alles gegeben. Ich weiß das. Ich verlasse mich auf dich.«

Vielleicht liegt darin Adams eigentliche Begabung als Unternehmer: überraschen zu können. Sie ist sich ganz sicher gewesen, daß er vorhatte, sie sich vom Hals zu schaffen, sobald der Umzug zu GLOBECOM über die Bühne wäre. Nachdem sie geschleppt und sortiert und ausgeräumt hätte. Er hat gesagt, daß er sie künftig anheuern müsse. Das sei bei GLOBECOM so Usus. Und *Nathan der Weise*! Woher in aller Welt kann Adam wissen, daß es etwas dieses Namens gibt?

Er streckt die Hand aus. Sitzt da und wartet. Sie begreift nicht, was er will.

»Ich verstehe, Sigge. Wir bringen das in Ordnung. Bei GLOBECOM werden die Verhältnisse ganz anders sein. Der

Lohn und alles. Selbstverständlich. Das einzige ist, daß wir uns aufeinander verlassen müssen. Nicht wahr?«

Da er seine Hand nicht heruntergenommen hat, kramt sie die NK-Karte aus ihrer Jackentasche hervor und reicht sie ihm. Er nimmt sie aber nicht.

»Du wirst Gastgeberin von EIN TAG VOR DER ZUKUNFT. Okay?«

»Gastgeberin?«

»Projektleiterin – Herrgott noch mal. Sei doch nicht so gräßlich feministisch. Das ist nicht nötig. Ich weiß, was du wert bist, Sigge. Gib jetzt her.«

Es ist gar nicht die Karte, die er haben will. Es ist der Engel. Sie hat das Gefühl, daß der ihr Glück gebracht hat, und steckt ihn deswegen in die Tasche. Adam hat sich erhoben. Er steht am Rand des Lichtkegels und sieht sie an. Kalkuliert etwas. Dann kramt er in seiner Hosentasche und zieht die SHELL-Karte heraus.

»Hier.«

»Was soll ich damit?«

»Fahr zu Mama raus, sei so lieb. Ich schaffe es nicht mehr, bevor mein Flugzeug geht. Du weißt doch – die Weihnachtsgeschenke.«

Nun sitzt sie mit zwei Karten da und begreift nicht, was da gespielt wird.

»Die Hauptsache ist, daß wir uns aufeinander verlassen können«, sagt er. »Rufst du jetzt bitte ein Taxi? Nimm Freys. Ich muß los. Ich darf mein Flugzeug nicht verpassen.«

Das Bussardmädchen zu sehen war das durchgreifendste Erlebnis in Sylvias Leben. Es war auch das stärkste. Nicht, daß es sich von allen ihren früheren Erfahrungen abgehoben und diese ausgestochen hätte. Sie war Indienreisenden begegnet, die behaupteten, eine totale und sehr schmerzhafte Umstrukturierung ihres Daseins erlebt zu haben. Oft scheinen sie aber so ziemlich die alten zu sein, wenn die Amöbenruhr geheilt ist und das Abmagern und die Schlaflosigkeit ein Ende haben.

Vor gar nicht langer Zeit stand sie an einem dunklen Nachmittag im Schneeregen und starrte Ruth Anser ins Gesicht. Ruth, acht Monate zwischen sich und Bombay, eifrig über den Würstchen an einem Stand auf dem Stortorget deutend und diskutierend.

Weihnachtsmarkt. Rote Wangen und Schneeregen. Sylvia trank mit ihr in Gottes eigener Konditorei Kaffee. Sie sprachen über Würstchen. Ruth hatte keine Angst mehr vor dem Hunger in der Welt. Ein Instinkt, stärker als ihre gesamte reiche und nuancierte Garnitur an humanen Gefühlen, sagte ihr, daß sie nicht unter den ersten Millionen wäre, die verhungerten.

Eigentlich ist es nur das Unbekannte, das, worüber wir nicht sprechen können, weil wir im Dunkeln noch nicht erkannt haben, was uns Schreck einjagt. In einer gut informierten Gesellschaft stirbt sogar die gesunde Angst. Sie wird zerredet.

Sylvia bekam jedoch tatsächlich Angst, als sie das gebrochene Hälschen des Bussardmädchens sah. Diffuse Schreckgefühle, Angstbäuschchen, Wollmäuse in den Winkeln ihres Bewußtseins nahmen Gestalt an. Sie wußte plötzlich viel von der Welt. Sie wußte, was sie die ganze Zeit über geahnt, aber nicht hatte sehen können.

Sie wußte, daß jegliche Suprematie im Grunde auf physischer Gewalt beruhte. Sie wußte es, hatte es immer gewußt. Aber nie gesehen.

Es war eine Einsicht, die schließlich ein Muster bildete. Sie beruhte auf Wissen. Sylvia weiß viel über Gewalt, über uralte Gewalt, Gewalt in historischer Zeit und gegenwärtige Gewalt. Sie denkt, daß sie durch ihre Arbeit und ihre Wissenschaft mehr weiß, als Frauen im allgemeinen wissen. Nur eine Erfahrung hat sie nicht. Die direkte. Kein Mann hat sie je mit einem Schlag aufs Maul zum Schweigen gebracht.

Sie hat diese Einsicht, dieses Muster in sich getragen, so, wie man eine Kostbarkeit trägt, in der Tat. So schmerzlich sie auch ist, so ekelerregend, ist sie doch die ihre und durch das Bussardmädchen offenbar geworden. Sylvia weiß jedoch nicht, was sie damit anfangen soll. Wie könnte sie ihrer Umgebung, die großenteils aus kultivierten und sympathischen Männern besteht, gegenübertreten und sagen, was sie gesehen hat? Sie bilden ja keine Vereinigung. Es ist kein Weltklub von Herren, die in Parks junge Mädchen vergewaltigen und kernwaffentragende Roboter aussetzen.

Deren physische Stärke bildet jedoch etwas. Ein Muster. Überall auf der Welt sind es junge, physisch gut ausgestattete und trainierte Männer, die diejenigen Werte verteidigen, auf die die Gesellschaften sich geeinigt haben. Sich geeinigt haben?

Das seien die Gefährlichsten, die es gebe, pflegt Cyrus zu sagen, wenn er in der Stadt starke junge Männer sieht. Cyrus mit all seiner Empfindlichkeit, der Stärke seiner Empfindlichkeit, ist ebenfalls ein Mann. Was sollte sie darauf sagen?

Blenda sitzt auf der anderen Seite des Schreibtischs und hat drei kleine, gelbe Seidenteile zwischen ihnen auf ein A-4-Blatt gelegt. Die Seide hat ein Muster, das vor braunen Flecken kaum zu erkennen ist. Blenda hat in ihrem Block eine Seite mit einer Zeichnung aufgeschlagen. Ihrem Gesicht sieht Sylvia an, daß Blenda ihrem Bussardmädchen begegnet ist.

»Das Mädchen gibt es nicht«, flüstert Blenda. »Nur die Vögel. Siehst du?«

»Warum sollte da ein Mädchen sein?«

»Der Pantoffel.«

Blenda zeigt auf die Stoffteile. Ihr Gesicht ist grau und hohl.

»Du bist überanstrengt«, sagt Sylvia. »Das ist nicht gut. Du siehst womöglich Dinge, die es gar nicht gibt.«

Schon drei Abendstunden lang flutet diese Musik heraus. Die Fenster sind der Kälte wegen geschlossen. Sie pulsiert durch Mörtel und Glas und verläßt den Körper des Hauses wie Gift, findet Oda, ja, Gift, das nach einem langen Sterbeprozeß aus befleckten Laken und Binden ausgekocht wird. Sie ruft mehrmals an, doch Sigge, die hin und wieder flüchtig in den Schatten und Reflexen dort zu sehen ist, nimmt nicht ab, und Oda denkt, daß sie diese Stunden musikalischen (?!) Schauderns nie erwähnen werde, tut es aber dann doch – ja, es ist das erste, was sie sagt: daß Sigge von dieser Musik gar nicht so gequält zu sein scheine, wie sie immer behaupte. Da erwidert Sigge, daß das gar nicht diese Musik sei. Es sei eine andere. Sie hat sie in einer NK-Tüte, die sie auf den Garderobentisch wirft, und da auf den CDs kein Cover zu sehen ist, lernt Oda den Unterschied nicht. Falls er sich denn herauslesen ließe.

Sigge kommt nur, um zu sagen, daß sie nicht kommen könne. Sickan tappt jedoch wie gewohnt ins Wohnzimmer und legt sich auf den Ryateppich, also geht Sigge hinterher, vielleicht, um sie zurückzurufen. Als sie aber die anderen dort sitzen sieht, vergißt sie das offensichtlich. Im Schaukelstuhl Sylvia, zu deren Füßen sich Sickan bereits zusammengerollt hat, mit der Handtasche auf dem Schoß, so daß es aussieht, als säße sie in der Bahn. Blenda und Ulla kissenlos im Sofa versunken. Sigge kommt folglich nicht umhin, zu sagen, daß die Musik sie offensichtlich gestört habe, und Ulla, die immer dafür sorgt, daß eine peinliche Stille unterbrochen wird, antwortet für sie alle, daß diese Musik doch ein bißchen formlos sei. Oder unförmig. Oder wie man sagen solle. Dieses Hämmern.

»Stoßen«, entgegnet Sigge, »das rhythmische Stoßen.«

»Ja, irgend so was. Da ist gleichsam kein …«

»Das will nirgends hin«, greift Oda ein.

»Vegetativ. Einschließend. Nebulös umschließend.«

»Irgend so was, ja.«

»Mangels Aktivität. Passives Aufgehen. Oder? Euch fällt in der Tat alles mögliche ein zu dieser Musik«, sagt Sigge. Und dann behauptet sie frech, daß ihre Literaturauffassung dieselbe sei.

Literaturauffassung! Die Diskussion ist aus dem Gleis geraten, bevor sie angefangen hat. Oda ist nicht einmal dazu gekommen, das Thema des Tages zu nennen.

»Sprache, die wie diese Musik fließt, wird als Schmutz empfunden«, sagt Sigge. Aber wem sagt sie das? »Wie Verunreinigung. Abgestoßene Materie. Materie eben. Körper also. Literarische Strukturen müssen theoretisch produktiv sein, damit ihr sie gelten laßt. Etwa nicht? Eine prägnante Metaphorik besitzen. Eine strukturierte Symbolwelt. Am besten das knifflige, raffinierte Zeichengewebe der Allegorie. Sie müssen irgendwohin wollen, und sie müssen auf einen Höhepunkt hinauslaufen.« Sie grinst (wirklich), wenn sie zweideutige Ausdrücke verwendet. Dies ist umso merkwürdiger, als sie ungewöhnlicherweise korrekt aussieht. Sie trägt einen Anzug, hat kurzgeschnittenes, dunkles Haar, und ihre Augenbrauen verlaufen schmal und gerade. Bisher hat man nie gemerkt, daß sie überhaupt Augenbrauen hat, jedenfalls keine nachgezogenen Zeichen über den Augen; es ist Sigge und auch wieder nicht, und läge dort nicht Sickan und säuselte in ihrem tiefen, freundschaftlichen Schlaf in den staubigen Ryateppich, könnte Sigge gegen eine dieser eigenartigen Doppelgängerinnen ausgetauscht sein, von denen sie immer spricht, ein Simulacrum, ein kleines Phantasma in kameralistischem Grau, das von sich behauptet, Sigrid Falk zu heißen. Ihr rechter Fuß stampft, er markiert einen unhörbaren Rhythmus, nach den Exzessen des frühen Abends im Halbdunkel jenes Hauses vielleicht eingespielt.

»Aber theoretische Modelle in einer solchen Sprachwelt, wie ihr sie bevorzugt, werden auf jeden Fall zersetzt, sie verwesen vielleicht nicht wie Körper, sie werden eher zu Materie zersetzt – es klappert, es knackt um sie herum, und schon sind sie unbrauchbar. Wie eine eigenartige und völlig durchgerostete Konstruktion, die man aus einem Tümpel herausgefischt hat. Ein altes Fahrrad ohne Pedale. Oder Pedale ohne Verbindung zu einer Nabe.«

»Humanism is obsolete«, sagt Sylvia.

»Was?«

Oda ist nicht die einzige, die sie anstarrt.

»Ich denke nur an ein T-Shirt, das Sigge einmal hatte. Da stand das drauf. HUMANISM IS OBSOLETE.«

»Ach das ... das war doch ein Gag.«

Sigge ist irgendwie zurückgekehrt, trotz des Anzugs. Der Wind des Geistes ist abgeflaut, sie sieht schlaff aus. Sylvia fährt fort:

»Ich bin der Auffassung, bin es schon lange, daß ein Mensch, der etwas mit großer Überzeugung, ja mit Pathos vertritt, ebensogut das genaue Gegenteil vertreten könnte.«

»Du meinst, unter anderen Lebensumständen«, sagt Oda.

»Nein, ganz und gar nicht. Er könnte unter genau denselben Lebensumständen und mit derselben geistigen Ausstattung tatsächlich genau das Gegenteil vertreten. Und zwar mit gleich großem Pathos.«

»Das verstehe ich wirklich nicht.«

»Nein, ich auch nicht. Aber es ist ganz offensichtlich, daß es so ist.«

»Das ist doch total widersinnig!« ruft Ulla vom Sofa her.

»Ja, es ist widersinnig. Und deshalb finde ich Sigges Begriff Gag auch fruchtbar. Praktisch eine Lösung des Dilemmas.«

»Welchen Dilemmas?«

»Daß der Skeptizismus und der Fanatismus offensichtlich desselben Geistes Kinder sind.«

Nun ist Oda böse, das sieht man. Als alte Anhängerin des Skeptizismus atmet sie hörbar ein: »Das mußt du schon erklären.«

Knochentrocken. Es folgt auch ein leises asthmatisches Nachhusten. Ulla möchte eingreifen, doch Sylvia läßt sich nicht bremsen: »Ich glaube, das Dilemma besteht im Unvermögen, an etwas anderes als an absolute Wahrheiten zu glauben. Und da scheinen mir Sigges Provisorien auf Pullis und das andere, deine fließende – was sagtest du? – körperliche oder, ja, verwesende Sprachwelt fruchtbarer, ja, tatsächlich eben fruchtbar, produktiv ... darin stinkt und keimt es.«

»Gag«, sagt Oda, »das bedeutet nichts anderes als eine Provokation, für die man nicht einsteht. Die man im nächsten Atemzug zurücknimmt. Ist es das, was du bevorzugst?«

»Die Dummen werden Fanatiker, die Intelligenten Skeptiker, ist es das, was du meinst?« fragt Blenda, so als ob Oda überhaupt nichts gesagt hätte.

»Es ist neun! Schalt mal *Aktuell* ein!«

Das ist Ulla. Oda ist drauf und dran, böse zu werden, wirklich böse, denn nun wollen sie offensichtlich die Form der Diskussionsabende zu Kompost zersetzen. Oder zu dem, was immer Sylvia mit dem, was stinkt und keimt, gemeint hat. Ulla erklärt, daß Kajan in *Aktuell* sei.

»Die Kundgebung auf dem Norrmalmstorg ist aufgezeichnet worden, und man hat Kajan interviewt, wie sie mit ihrer Sammelbüchse dort stand.«

Oda mag so etwas nicht, und das wissen sie. Das gemeinsame öffentliche Gesicht, die Fernsehübereinkömmlichkeit. Sie sollen anonym und individuell sein. Freilich sieht Oda selbst manchmal fern. Ziemlich oft. Ihr Apparat ist klein, die Farbskala bewegt sich immer mehr in Richtung Grün. Sie hat ihn von ihrem Sohn bekommen, und er ist an das Kabelnetz von Dalen angeschlossen. Daß sie *Treppauf – treppab* sah, als die Serie nachmittags wiederholt wurde, hat sie ihnen nie erzählt, auch nicht, daß sie hin und wieder *Der Doktor und das liebe Vieh* sieht. Sie mag den problematischen Veterinär Tristan. Sie mag den Hund und die Landschaft mit den staubigen Straßen und den Ford T, der die grünen Hügel rauf- und runtertuckert. Es kommt auch vor, daß sie sich schwedische Spielfilme aus den dreißiger und vierziger Jahren ansieht. Die Nachrichten aber, meint sie, muß man im Radio hören, weil man sonst dumm werde.

Sie kommen sich jetzt auch ziemlich dumm vor, wie sie Sten Anderssons Gesicht anstarren und ihn sagen hören, daß es zu beknackt sei. Es geht um Palästina, um den Gazastreifen und die Siedlungen, und Ulla sagt, daß Kajan womöglich doch nicht komme. Doch dann, nach einer Untersuchung über einen viel zu wirksamen Bestandteil in einem Waschmittel (einige Augenblicke lang werden die Fragmente eines Nylonnachthemds gezeigt), kommt ein weiß blitzender, ein allzu elektronischer Norrmalmstorg. Dann wird ihnen freilich klar, daß es schneit. Und da ist tatsächlich Kajan mit ihrer Büchse. FRAUEN FÜR FRAUEN steht darauf, und Kajan trägt eine Banderole auf dem Mantel, auf der FÜR DIE FRAUEN UND KINDER BOSNIENS steht. Und ihr Jägerhütchen. Sie warten darauf, daß sie etwas sagt. Sie sei ungeheuer gut, sagt Ulla. Doch Kajans Körper verschwindet zwischen den weißen, sich kreuzenden Blitzen oder langen Stäben, die wahrscheinlich Schnee sind, und in dem

Blitz taucht das Gesicht eines Mannes auf. Aus der Nähe und mit poriger Nase wird er gefragt, ob er sich für Bosnien engagiere.

»Einen Dreck werd ich«, antwortet er.

»Und warum nicht?«

»Daß sich da unten jede Menge Idioten gegenseitig abknallen, ist doch nicht mein Problem. Sollen sie sich doch, verdammt noch mal, einigen oder aber sich eben gegenseitig abknallen, wenn ihnen das lieber ist.«

Er trägt eine karierte Sportmütze. Sylvia prustet und steckt Blenda damit an. Ist das lustig? Ist das wirklich lustig? Oda stellt die Frage nicht, doch als Ulla den Fernseher abgestellt hat, sagt sie: »Ich habe euch hergebeten, damit wir über die Tragödie diskutieren, die sich in Dalen anbahnt. Die Angst, ja, ich möchte sagen, den Schrecken, der sich jetzt in dem Aufruf, den ihr alle kennt, manifestiert. Wir sollten statt dessen vielleicht über das Komische diskutieren. Die Bedeutung des Komischen.«

In diesem Augenblick erhebt sich Sickan und gähnt ausgiebig. Einen Moment bevor sie den Rachen um das gelbliche Gebiß, die schmale Zunge und den schwarzgefleckten, gewellten Gaumen schließt, klingt es wie ein Miauen oder ein Wimmern. Sie hat sich auf die Vorderbeine gestellt, die Hinterbeine aber so weit wie möglich ausgestreckt und das Hinterteil dabei auf den Ryateppich gepreßt. Der Kiefer knackt, als sie das Gähnen abbricht und ihre normale Länge und Beinhöhe wiedereinnimmt. Diese ist unbedeutend. Sickan hat etwas längere Beine als ein Dackel, aber die gleiche Drehung darin. Ihr Schwanz ist fest geringelt. Die Ohren stehen halb hoch, wobei die Spitze leicht nach vorn fällt und sich nur bei äußerster Wachsamkeit aufrichtet. Ihre Grundfarbe ist gelblichweiß mit grauen und rotgelben Flecken, und ihre Haardecke ist kurz. Sie hat nur ein funktionstüchtiges Auge, das andere ist vernarbt und blind. Es sieht weißgrau aus und ist mit einem trüben Häutchen überzogen, das bei bestimmtem Licht blau schimmert. Über dem rechten Auge sitzt ein Pigmentfleck, der schwärzer ist als die anderen. Es sieht aus, als trüge sie vor dem gesunden Auge eine Klappe.

Sickan sieht komisch aus. Sie ist, unglücklich formuliert, genau so wie Odas neues Thema. Sigge begreift, alle begreifen es, daß Oda auf das Tragische hinauswill. Sie will sich anschleichen und sie mit Schuld und Verantwortung und anderen dröhnenden Begriffen überrumpeln. Sie will geltend machen, daß in Wirklichkeit die Tragik die Mutter der Komik sei.

In Sickans Fall gibt es keinen Zusammenhang. Ihre Flecken, die Krümmung ihrer Beine, ihr harter, knotiger Schwanz und der bei Langeweile oder nur Schläfrigkeit manchmal aufgerissene Krokodilsrachen wären auch dann vorhanden, wenn das linke Auge gesund und funktionstüchtig wäre. Auch Sylvias These kann sie nicht stützen, daß jede Tragik früher oder später unerbittlich zu Komik werde, denn Sickan sah natürlich von Anfang an so komisch aus, und außerdem hat sie einen großen, runden Kopf, welpen- oder kindsproportioniert. Ein solcher Kopf ist im Instinktapparat des Menschen ebenso kodiert, wie Wölfen und Hunden der nackte rosa Bauch eingeprägt ist, um sie vom tödlichen Biß abzuhalten. Allerdings halfen in Sickans Fall der nackte Bauch und der runde Kopf ebensowenig, wie das seidige Gefühl auf ihrem Schädel oder die plumpen Pfoten mit ihren wohlgeformten schwarzen Klauen das abwehren konnten, was ihr an Schmerz zuteil werden sollte und was sie jetzt vergessen hat oder vielleicht auch nicht.

Sylvia erzählt eine komische Episode aus ihrem Leben, um ihre These zu untermauern. Was ist eigentlich los mit Sylvia, mit ihrer Stimme? Sie erzählt, daß sie im Heilbad Medevi Trottellumme gewesen sei, was bedeute, daß sie, eine Troddel der Heilquellenstandarte haltend, die Verdauungspromenade durch den Park mitgemacht habe. Die andere Troddel hielt ein silberhaariger Herr, auch er ein Ehrengast, und sie hatten den ganzen Weg über, der im übrigen in der strahlenden Julihitze von Zuschauern gesäumt war, munter und tapfer geplaudert. Auf der grauen, staubigen Straße, an den Pavillons und Holzhäuschen und dicht belaubten Bäumen vorbei, unter denen vor zweihundert Jahren die von Gicht geplagte, syphilitische und gelangweilte Oberklasse Kühlung gesucht, aber damals nicht so gefunden hatte, wie es sie jetzt gab, da Sylvia Fransson-Bleibtreu im Takt mit dem Silberhaarigen hinter dem Blasorchester mit Tuba, Becken und Trommeln einherschritt und die mehr oder weniger krummen Patienten der Provinzialklinik in ihren glänzenden Trainingsanzügen durch den Park wimmelten.

Kajan mit ihrem Jägerhütchen auf dem Norrmalmstorg sah komisch aus, denkt Sigge. Das ist so. Und es hat keine besondere Bedeutung, ganz und gar nicht. Doch Sylvias Geschichte bekommt allmählich eine Pointe, denn es stellt sich heraus, daß der Silberhaarige an der Standarte mit den Troddeln Chirurg ist oder in seinen besten Jahren war, und daß er es war, der ihr die Gebärmutter und die Eierstöcke entfernt hatte. Das nenne man radikale Hysterektomie, sagt sie, und den radikalen Entschluß habe er mit dem Messer in der Hand gefaßt, in der Meinung, daß mit dem vernarbten und mit Zysten gespickten Durcheinander an Gewebe in ihrem Bauch nicht viel anzufangen sei. Sie hatte ihn wegen Blutungen und Schmerzen aufgesucht und wegen der langandauernden Qual der Menstruationen, die überdies anfingen, ineinander überzugehen, so daß das Leben zu einer in die Länge gezogenen Menstruationsunlust geworden war und zuweilen, ja, immer öfter zu Schmerz, zu einem trivialen und sinnlosen Golgatha. Dem er abhalf. Das war auf jeden Fall eine Tragödie, eine Tragödie für eine achtundzwanzigjährige Frau, dem pflichten sie bei, doch macht es sie verlegen, wie Sylvia behauptet, daß es dort im Kurpark beim Gebummer und Gefurz des Orchesters komisch, unerbittlich komisch gewesen sei. Er erkannte sie natürlich nicht wieder, denn er hatte wohl niemals ihr Gesicht gesehen, und er hatte während seiner langen Karriere hier und in Amerika und in Australien tausende von Patientinnen gehabt und vielleicht hunderte oder tausend oder noch mehr mit Narben und Zysten und einem inneren Durcheinander, das zur Fortpflanzung nicht sonderlich tauglich war. Sie erkannte nach all den Jahren und Jahrzehnten nicht sein Gesicht, das Gesicht des Gottes unter der weißen Maske. Es war sein Name, den sie kannte, denn es ist klar, daß wir dem Schicksal Namen geben und sie im Gedächtnis bewahren.

Es ist unklar, was Sylvia geltend machen will. Vielleicht, daß es nichts gibt, was in Odas Sinn des Wortes tragisch ist, nichts so Dröhnendes und Tiefes und Ernstes wie Domglocken, sondern daß sich alles zu einer Art Komik zersetzt, wenn man die Fähigkeit besitzt, das so zu sehen, wenn einem diese vergönnt ist. Oder es zersetzt sich zu einem Kompost, in dem möglicherweise etwas keimt oder in dem nichts keimt, sondern nur stinkt. Weiß der Himmel, was Sylvia eigentlich behaupten will; sie verquatscht sich vielleicht nur. Vielleicht muß sie reden und reden und reden, um einen Schmerz, der in einem Astwerk spukt, in einem Wirrwarr von vor Jahrzehnten abgeschnittenen Nerven, zu heilen oder wenigstens zu lindern. Da beginnt auch Sigge zu reden, obwohl sie das gar nicht möchte.

»Doktor Mengele«, sagt sie.

»Na na, jetzt aber«, sagt Sylvia. »Das ist nun wohl doch übertrieben.«

»Erinnert ihr euch an diese Jüdin, die erzählt hat, daß sie in, was war es noch, Auschwitz oder war es Belsen, ein Kind geboren hatte?«

»*Wo* erzählt hat?« posaunt Oda, obwohl sie ganz genau weiß, daß es im Fernsehen war. Die Frau habe auf einer Bank in einer der Wohnbaracken ein Kind geboren, und ein Arzt habe es ihr, sobald es herausgekommen sei, weggenommen.

»Herausgekommen ist ja auch ein Ausdruck. Man merkt, daß du nie ein Kind geboren hast, Sigge.«

»Nein, und zwar aus verschiedenen Gründen nicht. Das Kind wurde jedenfalls geboren, und die Frau durfte sich auf ihren abgetrennten Teil der Pritsche legen, und sie haben ihr die Brust abgebunden, sie fest umwickelt. Das Kind nahm dieser Arzt für seine Experimente, doch die Mutter überlebte. Das wissen wir ja, weil sie es hier erzählt hat, auf schwedisch und alles. Also gibt es sie hier. Stellt euch nun vor, daß sie auf ihre älteren Tage als Patientin in die Provinzialklinik von Medevi kommt, was ja nicht ganz ausgeschlossen ist, sie hat sicherlich ihre Schäden davongetragen. Und da begegnet sie ihrem Mengele, oder wie er geheißen haben mag. Sie halten jeweils ihre Troddel der Standarte. Sie erkennt ihn wieder. Er erkennt sie natürlich nicht, denn er hatte ja so viele, ich nehme an, er nannte sie Patientinnen, und da gehen sie nun in der Hitze zur Blasmusik nebeneinander her. Und nun ist die Frage, ob das komisch ist, Sylvia!«

Das ist es gar nicht, was sie erzählen möchte, sie will sich im übrigen übergeben. Die Geschichte, die sie erzählen möchte, gibt es nicht. Sie hat sie nie zu einer Erzählung zusammengestellt, für niemanden, möglicherweise hat sie draußen in Albano, neben dem Behandlungstisch, flüchtig daran gerührt. Das weiß sie nicht mehr. Die Geschichte existiert nur in Sigges Erinnerung, allerdings nicht in der anwendbaren Erinnerung, sondern in der anderen. Sie existiert irgendwo an der Grenze zwischen zwei Erinnerungen, von wo sie sich ständig zurückzieht, und sie mit Worten heraufzubeschwören wäre unappetitlich.

Sie sammelt die Bilder in ihrem Inneren – die sandigen Wege im Kiefernwald, den Bus, das Taxi nach Albano – und hört trotzdem dem Gegacker der anderen zu. Es ist jetzt nämlich das pure Gegacker, das diese bizarre Medevigeschichte und deren virtuelle Nachfolgerin ausgelöst hat. Ulla ruft ziemlich schrill, daß im Mittelalter gerade die Krüppel, die Versehrten und Geschädigten und die Armen für so unbezahlbar komisch angesehen worden seien, daß man sogar dafür habe bezahlen müssen, um sie anzugucken, und Sylvias ständiger Ulk und Relativismus werde sie noch alle ins Mittelalter zurückbringen, und was sie angehe, so wolle sie nicht länger diskutieren, denn diese Diskussion sei aus dem Gleis geraten, außer ihr und Oda nehme sie niemand mehr ernst. Und Blenda, was wolle Blenda eigentlich? Die nur schweige. Oda versucht zu vermitteln, aber Blenda ist bis zum Hals hinunter flammend rot geworden und sagt, sie finde, die Diskussion sei für ein Kaffeekränzchen vielleicht ein bißchen zu hochtrabend geworden.

Es ist nun schon Jahrzehnte her, daß die Gruppe ein Kaffeekränzchen war. Die einzige, die aus dieser Zeit noch übrig ist, ist Oda Arpman, die bei ihrem Beitritt in den vierziger Jahren vorgeschlagen hat, daß die Frauen lieber einen Lesekreis bilden sollten. Es gab einen Kompromiß. Sie strickten weiterhin und stickten Kreuzstiche an den Abenden, an denen ihre Männer in Johan Krylunds Diskussionsklub zusammenkamen. Aber sie bildeten wirklich einen Lesekreis, und Oda, die niemals eine Handarbeit anrührte, sorgte dafür, daß die Romane von Lyttkens, Baum, Shellabarger, Maugham und Shute diskutiert wurden.

Das erste Bild ist tatsächlich Sand, sommertrockener, feinkörniger Sand auf einem Weg mit Spuren von Füßen und Fahrradreifen, vielleicht einem Moped. Der Gedanke an ein Moped rührt von der Erinnerung an ein Geräusch her, das weiter vorn (oder zurück) liegt: die Erinnerung an ein fliehendes Geknatter und an Gelächter. Es sind Geräusche, die sie hört, wenn sie den Sand und ihre Füße in Sandalen sieht und wie ihre Zehen grau und staubig werden und deutliche Konturen um die Nägel bekommen. Es ist ein Wimmern. Und Gelächter. Es klingt wie von einem Kind. Sigge glaubt, es sei ein Kind, das weint. Heult. Doch es ist leise, hinter Vorhängen von Ebereschen und Kiefern verborgen oder halb verborgen, und es muß von schwachen Stimmbändern herrühren. Es wird die ganze Zeit von erregten und lachlustigen Stimmen übertönt. Sigge hat Angst, ohne es recht zu wissen, aber ihr Körper weiß es. Er sticht und schwitzt.

Sie tritt in das Gestrüpp und erblickt eine Betonwand, einen Caisson. Dann wird ihr klar, daß es ein Bunker ist, denn es gibt eine Öffnung. Sie steht schräg dahinter und sieht einen Jungen herauskommen, ein Stück weglaufen und sich übergeben. Er steht da und speit und schüttelt sich, und ein anderer, den sie nicht sieht, ist in die Öffnung getreten und schreit: »Mensch, wir haben ihn doch gekriegt!«

Der Junge, der sich übergeben hat, hebt den Kopf, entdeckt Sigge und schreit: »Los, weg! Da kommt jemand!«

Dann trottet er davon, und es kommen noch mehr aus dem Bunker. »Ein Weibsbild!« schreit einer, und sie machen sich aus dem Staub. Sie weiß nicht, wie viele es sind, vielleicht fünf, sechs, und der, der sich übergeben hat, scheint elf oder zwölf Jahre alt zu sein. Wie sie aussahen, was sie anhatten, ist nicht mehr da. Sie hat jetzt vor allem Geräusche, einen Streifen, in Erinnerung: Motorgeknatter, Gelächter und dieses Wimmern, das noch immer aus dem Inneren des Bunkers dringt. Sie will nicht hineingehen, tut es aber trotzdem, weil sie denkt, daß dort ein Kind sei. In der Öffnung bleibt sie jedoch stehen. Sie muß sich über eine Grenze zwingen, eine unsichtbare Schwelle, aus der Sonnenwärme, dem Licht und dem Kieferndu ft hinein in die Dunkelheit und zu dem, was da jammert.

Es ist gar nicht so dunkel dort drinnen, die Augen gewöhnen sich daran. Da sind nur Sand und eine Kiste und eine Zigarette, die qualmend daliegt, sowie ein aufgehängter Welpe. Sonst nichts.

Es ist ein kleiner Hund. Sie versteht nicht viel von Hunden, erfährt aber später, daß er ungefähr acht Wochen alt sein kann. Er ist gefleckt, sein Scheitel ist rund und das Haar darauf weich wie Seide. Er hat Wunden am Körper. Ein Bein hängt in einem unnatürlichen Winkel, und ein Auge ist von dieser Zigarette verbrannt. Ihr ist das nicht gleich richtig klar. Doch sie hat genügend Zeit, um sich darüber klar zu werden, denn bis zur Landstraße ist es weit. Sie läuft und läuft, den Welpen dabei an die Brust gedrückt. Die ganze Zeit über denkt sie an Polizei und an Tötung, und nichts von dem, woran sie denkt, läßt sich verwirklichen. Da ist lediglich ein weiter, staubiger Weg, bis sie endlich die Landstraße erreicht und die Bushaltestelle findet. Es dauert vermutlich lange, bis der Bus kommt, doch Zeit existiert in dem Erinnerungsbild nicht, nur dieses Wimmern, das sie an ihrer Brust mit ihrem Pullover zu dämpfen versucht. Sie überlegt sich, ob sie versuchen soll zu trampen, will aber niemandem zeigen, was sie im Arm hat. Sie will nichts erklären. Das geht nämlich nicht.

An ihrer Brust ertönt jetzt ein anhaltendes, erschöpftes Jammern. Manchmal kommen leise Quieklaute, so als flimmerte die Stimme, und Sigge denkt, daß ein Tier, ein ausgewachsenes Tier, schon lange aufgehört hätte zu jammern. Es hätte sich mit seinem Schmerz zurückgezogen. Aber die Kleine hier glaubt noch, daß es jemanden gebe, der hören und alles wiedergutmachen könne. Und sie hat ja recht. Sie bekommt recht, obwohl Sigge überhaupt nicht in diesen Bahnen denkt, sondern nur an Tötung. Sie will, daß dieses Jammern, dieses Leiden ein Ende hat. Rein theoretisch hätte sie das Hündchen ja selbst töten können, es auf irgendeine Weise ersticken, es mit der Nylonschnur, an der es aufgehängt war, erdrosseln. Doch hier auf der platten, heißen Landstraße hat sie keine Möglichkeit, etwas anderes zu tun, als es zu wiegen und ihm zuzureden.

Sie erwischen einen Bus, und Sigge schämt sich, denn sie merkt erst jetzt, daß der Welpe riecht. Er ist hinten mit Kot verschmiert, und er bepinkelt sich mit kleinen, kurzen Spritzern. Sie zieht ihren Pulli aus, wickelt ihn hinein und versucht, das Jammern zu dämpfen, beinahe zu ersticken. Als sie endlich aussteigen und ein Taxi nehmen kann, betet sie, buchstäblich, zu Gott, daß ihr Geld reichen möge, denn sie hat nicht viel bei sich. Aber vom Stadion bis zur Tierklinik in Albano ist es nicht so weit.

Als sie dort endlich am Behandlungstisch steht, sagt sie vielleicht, daß er getötet werden solle, sie weiß es nicht mehr. Es ist möglich, daß sie gar nichts sagt, nur den in den Pulli eingewickelten Welpen hinhält. Sie sind zu zweit, eine Frau und ein Mann in grünen Mänteln, und sie arbeiten schweigend, sie säubern und verbinden und setzen erst eine Spritze und dann noch eine, in der etwas anderes ist. Sie gehen den gesamten kleinen Körper durch, den Sigge auf dem Behandlungstisch festhalten muß, weil er nicht selbst stehen kann. Das gebrochene Bein ist eingegipst und steif. Sie machen auch Fotos mit einer Polaroidkamera, geben Sigge die Bilder und sagen, daß sie diese bei der Polizei abgeben solle, wenn sie Anzeige erstatte. Sie müsse aber auch den Hund vorzeigen. Sigge hat nur an Tötung gedacht, ans Aufgeben. Daran, dem Ganzen so schnell wie möglich zu entkommen. Aber diese Menschen hier denken nicht so.

»Sie muß ein paar Tage dableiben. Wir müssen sehen, wie das mit Infektionen und so ist. Wie soll sie heißen?«

»Ja ... Sickan«, sagt Sigge, denn das ist der einzige Hundename, der ihr einfällt. Drei Tage später löst sie den Hund aus, und wie sie ihn holen will, rappelt er sich von dem Pulli hoch, auf dem er die ganze Zeit über gelegen hat, und bewegt den Schwanz. Der entrollt sich zu einem wackelnden Kringel, obwohl er ein gutes Stück gekürzt wurde und mit Pflaster bandagiert ist.

Auf dem Heimweg zeigte sie Sickan auf dem Polizeirevier vor und gab die Polaroidfotos ab. Dann fuhr sie mit ihr nach Hause. Sickan wurde ein guter Hund. Möglicherweise fremden Menschen gegenüber etwas abwartend. Sie entwickelte einen starken Wachttrieb und orientierte sich auf Sigge, darauf, ihre Bewegungen und ihre Stimme, selbst ihr Gesicht abzulesen. Sie wurde auch ein geduldiger Hund. Etwas Welpenhaftes war nicht mehr wahrzunehmen. Vielleicht war das weggebrannt und weggequält worden. Sigge ist jedoch klar, daß zwischen einem Kind und einem Hund ein sehr großer Unterschied besteht. Es ist nicht sicher, ob das Trauma bei Sickan Spuren hinterlassen hat. Man kann es jedenfalls niemals in Erfahrung bringen. Der Wachttrieb, die Reserviertheit und die Orientierung auf eine einzige Person können genetisch bedingt sein. Es ist etwas Unergründliches an diesem kleinen Körper mit seinem blinden Auge, seinem gestutzten, aber trotzdem geringelten Schwanz und dem steifen linken Hinterbein. Sickan sieht komisch aus, aber es ist nicht möglich, ihre Geschichte in einem Diskussionsklub zu erzählen, nicht einmal dann, wenn die Diskussion aus dem Gleis geraten ist.

»Ich finde, wir lassen die Komik«, sagt Sigge.

»Ja!« ruft Ulla. »Selbst ein Sadist kann ja sein geschundenes Opfer für komisch halten. Da gibt es nichts zu diskutieren, das ist lediglich unappetitlich.«

Es heißt, sie könne Gedanken lesen. Es handelt sich dabei

wohl um intuitive Treffer dieser Art, die sie das glauben läßt, denkt Sigge und sagt selbst mit Seminarkompression in der Stimme: »Es geht wohl um das, was wir von unseren einst tragischen Erlebnissen selbst zu Komik zersetzen können. Das ist es wohl, was Oda meint, nehme ich an. Und ob dies wünschenswert ist. Oder ob die Komik nur eine Flucht ist. Ich nehme an, Oda will geltend machen, daß man die eigene Tragödie intakt halten muß. Den eigenen Ernst lebendig halten muß. Die eigene Würde geradezu. Meine Qual gehört mir, und ich gedenke, sie zu ertragen. Sind nicht Würde und Ernst das charakteristisch Menschliche? Ich meine, mit einem Krylundwort: das erhaben Menschliche.«

Oda blickt ihr lange ins Gesicht, sagt aber nichts.

»Ich muß nach Hause«, sagt Sigge. Sie glaubt, daß sie dies, wenn sie es sehr bestimmt sagt, wenn sie sich erhebt und damit ernst macht, auch durchführen kann. Irgendwann muß es ja passieren.

»Der Übergang des Tragischen ins Komische, der eventuelle Ursprung des Komischen im Tragischen ...«

Jedesmal, wenn Oda *das Komische* sagt, versucht Blenda ein Prusten zu unterdrücken.

» ... darf uns hier nicht zum Vorwand dafür werden, selbsttherapeutisches Geschwafel zu betreiben. Die Zusammenkünfte der Krylundgruppe wirkten in einer schlimmen und muffigen Zeit vielleicht therapeutisch. Aber sie waren nicht als Selbsttherapie gedacht. Sie galten nicht dem Zukurzkommen und der Angst des einzelnen. Ihr Thema war die Angst der Zeit.«

»Was ist denn die Angst der Zeit! Sind es nicht gerade die Angst und der Schmerz des Individuums, die die Angst der Zeit ausmachen!«

Das ist Ulla, doch sie bekommt keine Antwort, Gegacker erhebt sich. Sigge sagt erneut, daß sie gehen müsse, und bewegt sich mit Sickan auf den Fersen durch die Vorhänge in die Diele. In dem Moment, als sie die Haustür öffnet, rasseln die Messingringe am Vorhang, und sie hört Odas Stimme: »Sigge, wir müssen versuchen, hier etwas zu unternehmen.«

»Wobei?«

»Ich möchte, daß du den Gegenaufruf unterschreibst.«

»Das ist nicht nötig«, sagt Sigge. »Die Stadt hat entschieden. Es wird ein Flüchtlingszentrum, oder wie das nun heißen wird.

Kryddan zieht oben ein. Er wird Hausmeister oder so etwas. Das ist doch in Ordnung? Dein Gegenaufruf ist unnötig. Wir machen uns nur lächerlich.«

»Das erhaben Menschliche, Sigge, sind nicht in erster Linie Würde und Ernst.«

»Was dann?«

»Ist es nicht eher das Lächeln? Die sanfte Selbstironie? Die Einsicht, daß ich in meinem ganzen Tragischsein in gewissem Sinne, dem meinem oder dem anderer, dem einer Nachwelt oder Mitwelt, tatsächlich auch komisch bin. Und du weißt, worauf ich hinauswill. Auf die Einstellung hier in Dalen. Die müssen wir bekämpfen. Das geht.«

»Ich bin nicht so eine Optimistin wie du«, sagt Sigge. »Ich habe kein Programm. Ich habe nur ...«

»Programm! Ich bin wohl eher eine Pessimistin. Jedenfalls würden mich viele als solche bezeichnen, glaube ich. Und ich kann dem zustimmen. Ich bin durchaus eine Pessimistin. Aus fundierter Erfahrung.«

Jetzt kommt der Krieg, denkt Sigge. Der Kriieg. Aber er kommt nicht. Es kommt nur eine neue Deklaration: »Menschen mit fundierter Schwarzseherei können nicht desillusioniert werden. Das stärkt uns – in Wirklichkeit sind es womöglich die sogenannten Pessimisten, die etwas bewirken können. Quand même! Quand même, Sigge!«

»Das heißt trotz allem. Wenn du verstanden werden möchtest. Das ist im übrigen kein Terminus mehr. Niemand weiß mehr, was das bedeutet. Ebensowenig wie Balaklavamützen. Ja, die hast du beim vorigen Treffen beiläufig erwähnt. Da hast du von irgendeinem Krieg gesprochen. Aber Balaklavamützen gibt es nicht. Ich meine, das Wort. Das heißt jetzt Haßkappe. Die Begriffe verschwinden. Bekommen neue Namen, neue Anwendungsbereiche. Trotz allem. Balaklavamützen. Bereitschaftshaltung. Fort. Jetzt geht es um Haßkappen. Alles, was wir da treiben, die Gespräche, die wichtigen Gespräche, sind wie Abhandlungen in Literaturwissenschaft. Oder Mädchenchöre. Um diese Zeit üben sie. Bist du an so einem Winterabend mal in einer Kirche gewesen? Engelssoprane, die zum Gewölbe aufsteigen. Nasse Steppanoraks auf den Kirchenbänken. Wartende Väter und Mütter. Das ist goldig. Da könntest du anfangen, an Gott oder den Menschen zu glauben. Aber das ist genau wie mit

Abhandlungen über Eyvind Johnson. Goldig. Wie mit Romanen. Meinungen bildet man nicht dadurch, daß Sopranstimmen zur Decke aufsteigen. Sie werden durch Presse, Rundfunk, Fernsehen und Datennetzwerke gebildet. Das kostet Geld. Es sind keine alten Weiber und Mädchensoprane, die Entscheidungen durchdrücken. Das weißt du. Es sind Leute mit Wählern oder Aktienbesitzern im Rücken. Vermutlich war das zu Krilons und Krylunds Zeit nicht anders, auch wenn du das nicht eingestehen willst. Oder es nicht weißt. Der Faschismus ist nicht wie die Lungenpest, Oda. Das war er auch damals nicht. Wer befallen wird, wird nicht zu einem voll erkennbaren, schwarzblau aufgequollenen Kadaver. Jedenfalls nicht sofort. Er hustet lediglich ein bißchen diskret in den Kulissen. Öhöhöhöh-öhöh ... Lange.«

Oda reicht Sigge ein Blatt Papier.

»Nimm das mit und lies es zu Hause«, bittet sie. »Wenn du kannst, dann unterschreib es.«

Wie müde und alt und verfroren Oda aussieht. Es zieht schneidend von der offenen Tür her. Sickan ist bereits draußen in der Kälte. Oda starrt in die Dunkelheit, fixiert sie. Sigge muß auch hingucken. Da sind nicht nur die fließende Dunkelheit, die schwarzen, verwachsenen Arme der alten Apfelbäume und das Gewirr der Hecke, wo jetzt vielleicht das Amselweibchen schläft. Da ist ein Licht, das sich tastend regt. Es flackert, als ob es unter Wasser brennen und bald ersticken würde.

»Was, zum Kuckuck ...«

»Ich habe das schon mal gesehen«, flüstert Oda. »Im Keller. Nur dort.«

Das Licht flimmert hinter der Scheibe des Kellerfensters im Krylundschen Haus.

»Was sollen wir machen? Du hast den Schlüssel?«

»Ja.«

Schweigend stehen sie da und sehen hinüber. Dann sagt Sigge:

»Da gibt es nichts mehr zu holen. Die letzte Fuhre ist gegen fünf abgegangen.«

»Aber was ist das dann? Wer ...«

»Ich denke, das sollte uns piepegal sein. Es ist wirklich das beste.«

Sie faltet den Aufruf zusammen und steckt ihn in die Tüte mit den CDs.

»Und das hier ist unnötig«, sagt sie. »Die Stadt hat bereits entschieden. Es wird so, wie sie es wollen. Wie du es willst, Oda. Oder wie du meinst, es wollen zu müssen.«

Dann geht Sigge auf die Straße und schließt den Golf auf. Oda bleibt stehen, bis sie startet.

Der Schneefall ist nun in einen unterkühlten Nieselregen übergegangen. Zwischen den Häusern ist es sehr dunkel. Bei dieser Glätte läßt es sich auf den Stiefelabsätzen nur schwer balancieren. Denkbar, daß Ulla Häger ihr Pflichtgefühl ein wenig lästig findet. Doch sie muß die Aufrufe holen.

Die Nummer achtzehn vibriert jetzt vor Licht. Hinter den dünnen, gefältelten Gardinen regt sich und leuchtet etwas. Wieviel Stoff da draufgegangen sein muß. Und diese vielen Lampen. Vielleicht ist es ein Fernseher, der das Licht nicht statisch sein läßt.

Der Briefkasten ist leer. Absolut leer. Die Aufrufe sind fort.

»Hallo!«

Es ist unendlich peinlich, mit der Hand im Briefkasten dazustehen und zu sehen, wie sich die Silhouette einer Gestalt gegen die erleuchtete Diele abzeichnet. Es geht jedoch schnell vorüber. Denn es ist ein so zuvorkommender Mann. Er ist jetzt den Gartenweg halb heruntergekommen, bis zu den Thujabüschen.

»Danke für die Unterschriftenlisten!« ruft er. Und dann ergreift er ihre Hand und schüttelt sie herzlich und kräftig. »Eine gute Initiative! Ich werde dafür sorgen, daß sie mit Namen gefüllt werden. Wie? Das ist doch Ulla Häger – nicht wahr?«

»Ja«, sagt sie.

»Ich habe Ruth Anser angerufen. Sie hat Sie aufgrund der Beschreibung erkannt.«

O Gott. Er hat gesehen, wie ich die Aufrufe im Briefkasten versteckt habe. Der nächste Gedanke ist nicht besser: Ruth weiß es. Obwohl es natürlich noch schlimmer gewesen wäre, wenn ich nicht gekommen wäre, um sie zu holen.

»Fehzén«, sagt er. »Treten Sie ein in meine kleine Höhle.«

Sie denkt selbstverständlich nicht im entferntesten daran. Es ist doch schon spät abends. Er hat sie jedoch ziemlich fest am Ellbogen gefaßt, und durch die offene Tür sieht sie warmes Licht und geheimnisvolle Reflexe. Es ist ein prächtiges Haus. Es ist das größte in Dalen und wurde im Unterschied zu den anderen vor weniger als zehn Jahren gebaut. Ein schwarzes Ziegeldach dominiert den dunkelbraunen Gebäudekörper. Es ist, als hätte sich das Leben sehr weit in diesen hineinverkrochen, hinter die Balkone unter dem überstehenden Dach. Ihr wird klar, daß es nicht darauf rechnen kann, daß Tageslicht einfällt.

Ulla hat große Lust, zu sehen, wie es drinnen aussieht. Es soll, laut Ruth, ungeheuer kostspielig sein. In der Diele nimmt sie nur Ausschnitte auf: Er hängt ihren Ulster auf einen schweren Bügel aus gemasertem Holz, ein orientalischer Teppich erstreckt sich in die Länge. Es ist ein richtiger Galerieteppich, und er führt zu einem erleuchteten Wohnzimmer. Einen Augenblick lang pulsiert etwas Großes und Rosiges – das kann doch kein Hinterteil sein! Das ist doch unmöglich. Und im übrigen verschwindet es mit einem diskreten Knacks. Ulla hat jedenfalls noch nie eine größere Mattscheibe gesehen.

»In meiner Einsamkeit sitze ich hier und zappe«, sagt Ove Fehzén. Er sieht aus wie ein Junge, der irgendeinen Unfug angestellt hat. Obwohl er mittleren Alters ist und ein klein wenig Fett angesetzt hat. Aber charmant, denkt Ulla. Sie hat erwartet, daß er vulgär sei.

Strenggenommen ist er das wohl auch. Er nimmt wie ein Barkeeper zwei Gläser zwischen die Finger und stellt sie auf die rosafarbene, maserige Marmorplatte. Sie staunt über das Ledersofa. Es ist geschwungen und lang – zehn, zwölf Plätze aus elfenbeinfarbenem Leder. Und der Sherry in der schweren Kristallflasche ist ausgezeichnet. Trocken und hell.

»Prost!« sagt Ove Fehzén. »Auf den Aufruf!«

Ulla erhebt natürlich das Glas. Und versucht hinterher, als der Sherry mit seinem Geschmack nach freigebiger Sonne und herbem Eichenholz ihren Mund erfüllt, ihre Ambivalenz zu erklären. Sie glaubt sich das selbst schuldig zu sein. Doch Ove Fehzén schlägt mit seinen ziemlich knubbligen Händen aus und sagt, er für seinen Teil sei ein Mann der Tat.

»Diese ganze Diskutiererei«, sagt er und schenkt ihr nach, »gerät die nicht schnell in einen Leerlauf? Oda Arpman – ich weiß. Eine Dame mit Ansichten. Jaja, gewiß doch. Zu allem – nicht wahr? Verwirrt Sie das nicht? All das Hin- und Hergekaue.«

In gewisser Hinsicht hat er recht. Ulla ist ziemlich verwirrt.

Doch die Zusammenkünfte der Diskussionsgruppe lösen sich sonst eigentlich nie in dieser Weise auf. Sigge verschwand ohne ein Wort. Die anderen standen plötzlich in der Diele, und Sylvia telefonierte nach einem Taxi. Es war unangenehm, Oda anzusehen. Aber man mußte sich ja bedanken, auch wenn der Tee nie getrunken wurde und die Pflaumenmarmelade gar nicht erst auf den Tisch kam.

»Früher hatten wir mehr einen Lesekreis«, erzählt Ulla. »Wir sollten vielleicht zu dieser Form zurückkehren. Das war ruhiger. Sicherlich diskutierten wir auch als Lesekreis. Wirklich. Aber wir hatten eine sowohl festere als auch anspruchslosere Form. In der Tat.«

Sie denkt daran, wie Odas Krylundverehrung mit ihr durchgegangen ist. Weiß der Himmel, was sie Sigge eigentlich in den Kopf gesetzt hat.

»Möglicherweise begreife ich die Finesse von all ihren Räsonnements nicht«, sagt Ove Fehzén. »Es hat ja allenthalben Bürgerversammlungen und Beiträge gegeben. Ich habe nicht alles begriffen, das gebe ich ehrlich zu. Ich bin ein einfacher Mann. Aber eines habe ich mir überlegt. Wenn Oda Arpman sich mit all ihren Argumenten in Hitze redet und so überzeugt wirkt, glauben Sie dann nicht, daß sie genausogut das Gegenteil sagen könnte? Ich meine, mit derselben Überzeugtheit.«

»Ich verstehe nicht ganz«, sagt Ulla. Sie kommt sich dabei falsch vor.

»Sie überzeugt sich selbst. Nicht wahr? Wer könnte sich nicht mit all diesen Argumenten selbst überzeugen?«

Er hat Whisky im Glas. Ulla ist noch verwirrter, als er es wieder erhebt und ihr in die Augen sieht, sehr ernst diesmal.

»Oda Arpman ist eine intellektuelle alte Dame, nicht wahr? Gewohnt zu diskutieren und zu argumentieren.«

Dem muß Ulla zustimmen.

»Aber wird es am Ende nicht zum Selbstzweck?«

Wird es das? Ulla weiß das wahrhaftig. Sie denkt an das Treffen. Ein solch merkwürdiges Treffen hatten sie noch nie. Es wurden Dinge gesagt, an die sie sich schon nicht mehr erinnern kann. Zusammenhanglos. Aufgelöst praktisch.

»Ich war schon immer ein ganz schlichter Typ«, sagt Ove Fehzén jetzt. »Aber meine Strategie ist seit jeher – handeln. Nicht quatschen.«

Er ist blond. Oder vielleicht aschblond. Eigentlich hat sein Haar überhaupt keine besondere Farbe. Es ist nach hinten gekämmt und lichtet sich schon etwas. Sein Gesicht ist im Grunde das eines Jungen. Freilich etwas grau und fett. Nein, nicht gerade fett. Das ist zuviel gesagt. Es fällt ihr schwer, sein Gesicht festzuhalten und sich ein richtiges Bild davon zu machen. Seine Augen sind jedenfalls hellblau. Oder grau. Ein bißchen farblos.

»Ich muß zusehen, daß ich nach Hause komme«, sagt Ulla. »Es ist so unangenehm in der U-Bahn, wenn es spät wird.«

»U-Bahn! Nein, nein, das mache ich dann schon klar. Aber zuerst müssen Sie das Haus sehen. Ich möchte unbedingt, daß Sie das ganze Haus sehen.«

Es ist, als lege er einen besonderen Wert auf ihr Urteil. Deshalb wandern sie nun durch die Diele zur Küche, die dunkelbraune Schranktüren und einen dunkelgrünen Kühlschrank hat, einen Gefrierschrank und einen Herd im gleichen Dunkelgrün und Lampen, die unter Leisten glimmen, und dunkelgrüne Kacheln mit einem Blumenmuster in Orange und Gold.

»Infrarotheizung auf der Altane«, sagt Ove Fehzén. »Auf der anderen ebenfalls.«

Er prahlt natürlich, deutet aber zugleich an, daß seine Kindheit und Jugend schwer gewesen seien. Vielleicht nicht das, was man ursprünglich mit arm meint. Eher dürftig, wenn Ulla das richtig versteht. Fünf Geschwister. Der Vater ein Alkoholiker, der sich irgendwann nicht mehr sehen ließ. Mietshaus in Eskilstuna. Die Mutter mit einem Putzjob am Abend, in einer riesigen Großhandelsfirma. Dort hat er dann selbst angefangen, als Laufbursche. Als Mädchen für alles, wie er sagt. Er ist zu Recht stolz, wenn das denn alles wahr ist. Und vermutlich ist es das. Er hat etwas Offenes und jungenhaft Ansprechendes.

Er scheint allein zu leben. Von einer weiblichen Hand ist in dem Haus keine Spur zu sehen. Keine Topfpflanzen oder Schnittblumen. Schwere Stücke aus Kristall und Silber und Holz. Auf der Toilette ein Geruch nach Rauch. Dickes, braunes Frottee. Er besitzt ein Doppelbett von gewaltigen Ausmaßen. Ulla ist es peinlich, in sein Schlafzimmer zu sehen, und besonders peinlich berührt ist sie von einem Hemd und ein paar winzigen Unterhosen auf einem Stuhl. Es sind schwarze Unterhosen mit roten Mündern darauf, Mädchenmündern mit vollen, gespitzten Lippen. Er ist wohl sehr kindlich. Und einsam.

Als sie wieder im Wohnzimmer sind und Ulla einen neuen Sherry bekommen hat und fast hilflos auf das Sofa gesunken ist, sagt er: »Sie finden es nicht gut.«

Was soll sie darauf sagen! Er sieht jetzt wirklich wie ein betrübter Junge aus. Enttäuscht und abgekanzelt.

»Sie sind ja auf einem Herrenhof aufgewachsen«, sagt er. »Alte Kultur und all so was. Der Pfarrer am Gartentor und halblange Handschuhe. Das sind feine Welten, von denen ein anderer keinen blassen Schimmer hat. Folglich kann Sie das hier gar nicht beeindrucken.«

Woher weiß er das alles? Nun, ein bißchen ist er natürlich falsch unterrichtet. Aber trotzdem. Im Kern stimmt es ja.

Ulla ist schon beeindruckt, aber nicht so, wie er es gern hätte. Und natürlich findet sie das, was sie um sich herum gesehen hat, nicht gut. Aber es ist ein absurder Gedanke, daß sie, die in einer zwar sauber renovierten, aber dunklen und engen Zweizimmerwohnung in Djurgårdsstan wohnt, über den Geschmack eines Mannes, der sich all das hier leisten kann, richten solle.

»Kommen Sie!«

Er packt sie. Er nimmt ihr tatsächlich das Glas weg und stellt es auf die Marmorplatte. Der leise, trockene Stoß deutet an, daß ein Splitter abging. Sie kommt nicht dazu nachzusehen. Ove Fehzén zieht sie fort. Das ist natürlich grobschlächtig. Aber es ist auch entwaffnend. Himmel, welch ein Junge!

Hinab in den Keller – mit Teppich ausgelegte dunkelbraune Stufen. Ein anderer Geruch hier unten. Nicht die textile Trockenheit, nicht der matte oder dumpfe Geruch nach kostbarem Holz und Stoff. Etwas Feuchtes. Als ob hier unten etwas lebte. Sie muß an Pilzzuchten denken.

Doch es handelt sich um nichts dergleichen. Ganz und gar nicht. Die Feuchtigkeit kommt aus einer Badeanlage mit Sauna und Swimmingpool, die Ulla wirklich so beeindruckt, wie er es wünscht. Er demonstriert Jetströme und mittels Sauerstoff blubberndes, von unten erleuchtetes Wasser. Und Teak und Glas und Kacheln. Die Fußbodenheizung. Einen Kühlschrank mit eiskalten Getränken. In dem Raum vor der Sauna steht ein Mikrowellenherd. Dieser Raum liegt mit einer großen Öffnung zu dem grünen Wasser hin. Fehzén bietet ihr einen Platz in einem Strandsessel mit dicken Kissen in zebragestreiften Baumwollbezügen an und setzt sich selbst in einen Leopardenstuhl mit groben Büffelhörnern am Ende der Armlehnen. Das Leopardenfell verblüfft Ulla. Es glänzt wie ein eben gelecktes Katzenfell, was wirklich sehr trügerisch ist. Aber es muß wohl doch ein synthetisches Fell sein. Sie möchte nicht darauf eingehen, sondern fragt statt dessen, ob die Saunatücher aus glänzend geköpertem Ganzleinen in Finnland gewebt worden seien. Das weiß Ove Fehzén nicht. Er führt ihr aber sachkundig den Fernseher, die Stereoanlage und das Videogerät vor.

»Hierher ziehe ich mich zurück«, sagt er. »Hier lebe ich, wie ich will.«

Er drückt auf einen Schalter, und es beginnt zu säuseln. Mit Entzücken nimmt er ihre Verwirrung zur Kenntnis, als hinter ihrem Stuhl Wind in den Palmen raschelt. Das Lüftchen ist aromatisch. Es duftet nach Meer und Blumen. Ulla bittet ihn trotzdem, es abzuschalten. Sie reagiere empfindlich auf Zug. Nun erhebt er sich und öffnet die Tür des Gefrierschranks.

»Jetzt wollen wir einen Happen essen. Ich bin verdammt hungrig.«

Es gefällt ihr nicht, daß er flucht. Und etwas zu essen will sie schon gleich gar nicht haben. Er holt zwei Teller aus dem Gefrierschrank und stellt sie trotz ihrer Proteste in den Mikrowellenherd. Immerhin nimmt sie einen Whisky mit Eiswürfeln an. Das muß sie ganz einfach, denn das gehört dazu. Und mit dem schweren, vom Eis klingelnden Glas in der Hand blicken sie über den Swimmingpool, der grün und ruhig wartend daliegt, eine Lagune in einer Landschaft, die sich auf einer Reise zum Mittelpunkt der Erde soeben geöffnet hat. Hier gibt es tatsächlich Topfpflanzen, reich belaubt, mit glänzenden Blättern und hochgewachsen. Papageien auf Sockeln, deren Federkleid zu Bahnen buntglasierter Tonwaren erstarrt ist. Einen großen Leoparden in einer Stellung zwischen Trägheit und Sprungbereitschaft; es sieht aus, wie wenn er gerade seine blanken Keramikpranken geleckt hätte, als er Ulla Häger entdeckte. Das Licht kommt aus Spektrallampen. Ove Fehzén verschwindet kurz in einem hinteren Raum, und in Ullas Ohren beginnt es zu dröhnen. Katarakte von Geräuschen sind entfesselt worden. Ihr Körper reagiert auf die Schockwellen mit einer inneren Bewegung, einer Art Schütteln oder durchgreifender Vibration, die ihn zu zerreißen droht. Sie ruft Ove Fehzén zu, daß er dies sofort beenden müsse, bevor sie zerspringe. Er ist äußerst zuvorkommend und verschwindet wieder. Das Geräusch hört auf.

»Das ist doch bloß Elvis«, sagt er. »Ich habe etwas Klassisches genommen. Ich meine, ich verstehe ja, daß Sie die Musik, die ich jetzt produziere, nicht gut finden.«

»Nein«, sagt Ulla. »Das ist nun bedauerlicherweise zu spät. Ich komme, wie Sie so richtig festgestellt haben, aus einer anderen Kulturwelt.«

Darin gehört Elvis Presley nicht zur Klassik, doch das will sie nicht sagen. Sie hat keine Lust, wie eine Hundertjährige dazustehen.

Die lauten, bezwingenden Geräusche kamen aus ausgerichteten Lautsprechern, deren Wiedergabekapazität er ihr nun mit technischen Begriffen zu erklären versucht, die sehr verzwickt sind. Unbegreiflich natürlich. Dies ist vielleicht die Welt, die er zur Gänze versteht und beherrscht. Er ist jetzt spielerisch: sagt, daß er ein Solarium habe, aber keine anderen Fitneßgeräte als das Billard.

Gewiß ist er kindlich, entwaffnend kindlich. Aber er hat natürlich auch Ahnung. Allerdings ist es schwierig, mit dem Finger auf seine Kompetenz zu zeigen. Aber all das hier fällt einem ja nicht in den Schoß, überlegt Ulla. Man – ja, erwirbt es sich. Und dazu gehört eine Kompetenz, deren Art sie nicht recht versteht.

»Hier«, sagt er und schlägt mit den Armen aus, »hier unten, hier bin ich ich selbst. Hier macht mir kein Schwein das Leben sauer.«

Er ist jetzt anders. Die angedeutete Fettleibigkeit, die graue Farbe der Haut, die Farblosigkeit der Augen – all das ist in dem Sonnenlicht, das von der Decke herabgeworfen wird, verschwunden. Er ist intensiv und stark und überzeugend, wie er sagt: Hier bin ich ich selbst.

»Das ist doch ein Mythos«, sagt Ulla überrascht. Ja, sie ist gegen ihren Willen von der Kraft in seiner Stimme, von seiner – wie soll sie das nennen? – totalen Anwesenheit beeindruckt.

»Das ist kein Mythos. Das ist, verdammt noch mal, wahr.«

»Ich meine keineswegs, daß es eine Lüge sei. Im Gegenteil. Obwohl es etwas schwierig zu erklären ist.«

»Versuchen Sie es«, sagt er, und sie findet, daß seine Stimme einen gefährlichen oder zumindest kräftigen Klang angenommen hat. Der Gedanke, daß sie ihn jetzt, da sie hier unten in seinem Untergeschoß sind, verärgert haben könnte, ist ihr unangenehm. Sie weiß nicht einmal genau, wie es nach oben geht. Das liegt wohl daran, daß der Whisky seine Wirkung tut. Sie nimmt normalerweise keine hochprozentigen Getränke zu sich. Das war dumm. Nun muß sie sich erklären.

»Man sagt ja, daß alle Mythen tot seien«, versucht sie. »Ich meine ... ja, daß wir ein dürftiges Leben führen.«

»Ach ja?«

Er versteht sie offensichtlich nicht. Ulla bereut zutiefst, daß sie sich auf dieses Gebiet begeben hat. Es war alles so glasklar, als Oda sagte: Wir glauben lediglich, daß unsere Mythen tot seien. Aber das ist falsch.

»Wir leben unseren Mythos«, sagt sie zu Ove Fehzén.

Er wartet auf mehr.

»Wir leben unseren Mythos, und er wirkt in uns. Oda Arpman hat mir das erklärt.«

»Hat sie das? Ich kapiere bloß nicht ganz, wie Sie so ein Ding hier reinkriegen wollen.«

Er blickt nicht ironisch drein, wirklich nicht, als er jetzt mit Ulla anstößt, die einen kräftigen Schluck nimmt und es erneut versucht. Das muß sie ganz einfach. Sie muß seine höchst merkwürdige Äußerung vorbeiziehen lassen, als hätte sie sie überhört.

»Sie nahm das Beispiel eines supermarkets. Sie sagte es tatsächlich auf englisch, denn ...«

»Sie ist Übersetzerin, was? Blumenbücher und so Zeug.«

»Ja, so kann man das wohl nennen. Obwohl es eigentlich sehr viel mehr ist. Bücher über Gärten, über Gartenkultur. Darüber, wie Menschen sich mit Hilfe von gebändigter, oder wie man sagen soll, im Grunde mit Hilfe der Natur ausdrücken. Freilich ...«

»Wie war das mit dem Mythos?«

Sie entkommt nicht. Sein Blick ist fest geworden. So hat sie diesen nicht von Anfang an erlebt. Nicht so bezwingend. Man darf den Mann wohl nicht unterschätzen, denkt Ulla. Auch wenn er ein bißchen vulgär spricht. Jargon.

»Nun, wie war das mit Oda Arpmans supermarket?«

»Ja, die Waren dort. Die ganze Einrichtung – die Röhren an der Decke, die Ventilation, die Regale mit den Lebensmitteln und, ja ... alles, was man so kauft. Alles, was man haben will. Geleehimbeeren zum Beispiel.«

»Geleehimbeeren? Hat sie was gegen Geleehimbeeren?«

»Oda sagte, daß Geleehimbeeren – sie nannte speziell Geleehimbeeren, aber sie waren natürlich nur ein Beispiel – jedenfalls: daß Geleehimbeeren mit ihrem scharfen Geschmack nach chemischer – Flüssigkeit, oder wie sie sagte – keine Himbeeren seien.«

»Nein, Gott sei's getrommelt und gepfiffen! Das sind schließlich Bonbons.«

»Sie meinte das so: Die Heftchen in dem Ständer an der Kasse sind keine Bücher im eigentlichen Sinn, und die Geräusche von der Decke sind keine Musik. Die Seife ist so, daß sie mehr ätzt als reinigt. Die Schuhe sind die gleichen wie die, die bereits auf den Müllhalden liegen. Das Brot schmeckt nicht nach Brot, und es kann nicht alt werden. Aber das macht nichts, hat Oda gesagt. Es seien keine Himbeeren, Bücher, Lieder, Seife, Schuhe und Brot. Es seien Zeichen.« Wie sie dies zu Ove Fehzén sagt, merkt sie, daß es nahezu unverständlich ist. Zahm und abstrakt.

»Die Waren sind ja eigentlich nicht ganz das, wofür sie sich ausgeben.«

»Nein?«

»In Odas Beispiel geht es ja um einen Discountladen, wie Ihnen sicherlich klar geworden ist. Aber Sie sind vielleicht noch nie in einem gewesen?«

»Ich besitze zwei«, erklärt Ove Fehzén.

Ulla hat eigentlich keinen Whisky mehr trinken wollen, doch jetzt tut sie es. Sie trinkt ziemlich tüchtig, denn sie ist verwirrt.

»Nun, das war ja nur ein Beispiel, das Oda sich ausgedacht hat«, sagt sie. »Um zu zeigen, daß die Waren nicht das sind, wofür sie sich ausgeben. Aber es macht nichts, daß sie es nicht sind. Denn sie sind Zeichen.«

»Ach ja? Für was denn?«

»Es sind Zeichen für ... jaa ... Fülle, kann man vielleicht sagen. Sie verstehen den Mythos, auch wenn er schlecht erzählt ist. Alles, sagt der. Alles ist hier drinnen. Ich kann dich nähren und dich kleiden und dich wärmen und dich säubern. Ich kann dich in deiner Welt herumführen, und ich kann dich in den Schlaf wiegen und dich heilen. Draußen sind Krankheit und Ansteckendes. Von dort kommen die Transporte. Doch ich mache sie rein, ich weihe sie dir. Draußen sind Hunger und Mangel und verkümmerndes Leben. Draußen. Hier drinnen ist die Fülle des Lebens. Zeichen für Reichtum, Leben und Gesundheit. Natürlich nur Zeichen.«

»Ja, was verlangen sie?« fragt Ove Fehzén.

Sie ist sich zutiefst unsicher über ihn. Versteht er sie? In diesem Fall hat er es wohl übelgenommen. Das mit den Discountläden war Pech. Damit hatte sie nicht gerechnet.

»Oda Arpman«, sagt Ove Fehzén nachdenklich. Er läßt den goldenen Whisky im Glas kreisen, und die Eiswürfel klirren und klingeln leise. »Eine bedeutende Denkerin. Komisch, daß man noch nicht mehr von ihr gehört hat. Also, außerhalb Dalens. Finden Sie nicht?«

»Nein«, sagt Ulla. »Sie ist doch nur eine alte Dame. Belesen natürlich. Intellektuell, wie Sie ganz richtig sagen. Aber sie ist eben alt, und eigentlich hat sie, genau wie Sie angedeutet haben, nur Blumenbücher übersetzt. Englische Gartenbücher und so etwas. Und dann hat sie noch diesen Kreis. Es ist ein Literaturkreis, ja, eine Art Diskussionsklub. Wir reden über ... ja, wie soll ich sagen ... unsere Lage in der Welt und so.«

»So viel Gerede«, sagt Ove Fehzén. Er klingt noch immer nachdenklich. »Ich lege normalerweise nicht viel Wert auf so was. Es wird eine ungeheure Menge Scheiß geredet. Und noch mehr geschrieben.«

»Auf die Tat kommt es an!« sagt Ulla ausgelassen und hebt ihr Glas. Sie meint das natürlich nicht so. Sie möchte nur ein bißchen mit ihm schäkern. Vor einer halben Stunde – ist es wirklich noch nicht länger her, daß sie an dem rosafarbenen Marmortisch Sherry getrunken haben? – schien es ja so, als sei er sowohl selbstironisch als auch guter Laune. Jetzt prostet er ernsthaft mit ihr. Beinahe hart. Es ist alles ein klein wenig unbehaglich geworden, und Ulla sieht ein, daß sie zuviel geredet hat. Ganz und gar viel zu viel.

»Oda Arpman ist gefährlich«, sagt er.

Im selben Augenblick merkt sie, daß es nach Brathähnchen zu riechen beginnt.

»Oda Arpman ist gefährlich, weil sie dabei ist, Dalen zu zerstören. Leute wie sie können Schweden zerstören. Ich habe hier in Dalen etwas aufgebaut, aber das sieht Oda Arpman nicht ein. Die Häuser in dieser Gegend waren verdammt heruntergekommen. Die Gärten waren zugewachsen. Ich habe aufgekauft. Ich habe renoviert, und ich habe verkauft. Ich gebe gern zu, daß ich damit Kohle gemacht habe. Gut Kohle obendrein. Und, ist daran was Böses?«

»Natürlich nicht«, sagt Ulla. »Aber ich dachte an das Hähnchen. Sie sollten es vielleicht herausnehmen.«

»Wie hätte diese Gegend denn sonst ausgesehen? Nun, das kann ich Ihnen schon sagen. Ich kann sagen, wie sie ausgesehen hat, als ich hierherkam. So, wie Oda Arpmans und Sune Kyndels Grundstücke und Häuser. So, wie sie noch immer aussehen. Verfallene Scheißhaufen. Rostige Rohre. Morsche Apfelbäume. Kaputte Zäune. Leckende Expansionsgefäße. Dächer mit Feuchtigkeitsschäden. Das ist es, was ich in dieser feinen Gegend gekauft habe, die so verdammt funktionalistisch und reformerisch war, daß man sie Fredens Dal nannte, Tal des Friedens!«

»Das war doch nur ein Witz«, sagt Ulla matt. »Der Baumeister, der die ganze Gegend plante, hieß Fredh. Er war ein Freund von Oda Arpmans Mann, Oberleutnant Lars Arpman. Und Johan Krylund kaufte das Haus neben dem von Arpmans. Fredh war praktisch ein Idealist, obwohl er ein Geschäftsmann war. Er hat sich unerhört für den Funktionalismus engagiert. Das, was man hierzulande Funkis nennt. Das war eigentlich eine, wie soll ich sagen – Lebensanschauung. Ein Programm zur Gesellschaftsveränderung.«

»Ich scheiß drauf, wer er war«, sagt Ove Fehzén. »Ich scheiß drauf, ob er Idealist war, und ich scheiß auf den Funktionalismus. Als ich hierherkam, herrschte der pure Verfall. Und jetzt trägt Oda Arpman dazu bei, daß es erneut vergammelt. Diesmal total vergammelt. Rettungslos.«

»Aber ein einziges Haus, das zu einem Flüchtlingszentrum wird«, sagt Ulla. »Nicht, daß ich mir selbst so sicher bin, ob das richtig glücklich ist. Aber gefährlich ist es doch wohl auch nicht.«

»Nicht für Oda Arpman. Sie wird sich wohlfühlen, da seien Sie mal sicher. Sie hat sich mit dieser Hanfzüchterkommune von Sexualtrotteln und Kommunisten wohlgefühlt, neben denen sie früher gewohnt hat, und sie fühlt sich mit Kyndel und den Ratten und den Kakerlaken und seinem verdammten Borretsch wohl. Und *wie* wohl sie sich fühlt! Eine Superwohlfühlerin. Das kommt aber daher, daß sie keinen Geruchssinn und keinen

Geschmack mehr hat. Ich dagegen muß realistisch sein. Was anderes kann ich mir nicht leisten. Wenn diese Gegend anfängt, nach Affen zu stinken, lassen sich die Häuser nicht mehr an den Mann bringen. Punktum. Das ist die Wirklichkeit. Oda Arpman lebt irgendwo, wo es sich feiner lebt. Das ist selbst mir klar. Ich bin jedoch gezwungen, in der Wirklichkeit zu leben. Immer schon.«

»Das Hähnchen! Ich fürchte, es verbrennt.«

Er nimmt jetzt tatsächlich die beiden Teller heraus. Auf jedem liegt eine recht goldbraune Hähnchenhälfte und eine Düne schön gebackener Pommes frites. Aus dem Kühlschrank nimmt er einen Plastikbecher mit Deckel und gräbt mit Hilfe des Daumens dessen Inhalt heraus, über jede Portion die Hälfte.

»Knoblauchmayonnaise«, sagt er. »Wir werden wie Araber riechen, aber das ist es wert.«

Ulla weiß nicht, was sie mit dem Teller anfangen soll. Es riecht gut, und sie bekommt Appetit, obwohl sie nicht der Meinung ist, daß sie hungrig sein sollte. Es gibt jedoch kein Besteck.

»Ich bin Realist«, sagt Ove Fehzén. Er hat mit beiden Händen seine Hähnchenhälfte gepackt und schlägt nun seine Zähne in das weiße Brustfleisch. So etwas hat Ulla bisher nur im Kino gesehen. Dann tunkt er ein Pommes-frites-Stäbchen in die Mayonnaise, steckt es sich über dem Hähnchenbissen in den Mund und behandelt das Ganze mit seinen kräftigen Zähnen. Diese Manöver hindern ihn nicht am Sprechen.

»Wir wissen beide, worum es geht«, sagt er, geht zum Kühlschrank und holt zwei Dosen Bier namens Luxter Old Barn Ale. »Die Erde ist in Bewegung. Geben Sie doch zu, daß Sie ein bißchen Angst haben.«

»Ich verstehe nicht ganz, was Sie meinen«, nutzt Ulla die Gelegenheit, während er fertigkaut.

»Die Erde ist in Bewegung. Sie kommen hierher. All die armen Teufel. Das ist gar nicht so verwunderlich, was? Daß sie das haben wollen, was wir uns hier aufgebaut haben. Was? Geben Sie doch zu, daß Sie ein bißchen Angst haben.«

»Manchmal vielleicht.«

»Sie sind realistisch. Gut. Das bin ich auch. Sonst würde ich nicht hier sitzen. Sonst würde ich in irgendeinem verfluchten verfallenen Mietskasten in Eskilstuna sitzen. Würde stempeln gehen. Vermutlich. Die kommen hierher. Darauf können Sie Gift nehmen. Sie merken das. Die wollen das haben, was wir haben. Nicht weiter verwunderlich. Und Oda Arpman findet, wir sollten es sie ruhig nehmen lassen. Bestimmt. Nur hereinspaziert! Bitte, bedient euch! Wir sind alle gleich. Schwarze, Gelbe, Rote, Weiße.«

»Ja, das ist doch auch richtig«, sagt Ulla, während er seine Zahnreihen erneut in das Hähnchen versenkt. »Im Innersten sind wir doch alle gleich.«

»Da ist nur ein verdammter kleiner Unterschied.«

»Das glaube ich nicht«, entgegnet Ulla, wie sie selbst findet, ziemlich scharf.

»Wir haben das aufgebaut.«

»Oda ist der Ansicht, wenn wir denn nun die ganze Zeit über Oda sprechen wollen, aber ich verstehe ja, daß Sie sich über ihre Ansichten und den Gegenaufruf ärgern. Sie meint jedenfalls, daß wir an deren Armut schuld seien. Daß unser Wohlstand im Grunde darauf aufbaue. Sie zur Voraussetzung habe.«

»Wie das?«

Es ist so merkwürdig mit Odas Selbstverständlichkeiten. Jemandem, der nicht zur Diskussionsgruppe gehört, sind sie nicht immer so leicht zu erklären.

»Nun, der Imperialismus«, sagt Ulla. »Der Kolonialismus und all diese Schrecklichkeiten.«

»Das ist jetzt vorbei. Es gibt keine Kolonien mehr. Sie sind frei. Sie haben Eisenbahnen und Elektrizität und Impfstoffe und Fabriken bekommen, und sie wurden frei. Und was machen sie? Sie führen Krieg. Sie tun ihr Bestes, um sich gegenseitig auszurotten. Das ist nichts Neues. Stammeskriege. Das ist es, womit sie zugange sind. Immer schon. Es ist nicht verwunderlich, daß sie sich nicht entwickelt haben. Daß sie es nicht schaffen, mit dem, was sie von uns aus Europa bekommen haben, umzugehen. Statt dessen schneiden sie sich weiterhin gegenseitig die Hoden ab. Damit beschäftigen sie sich am liebsten.«

Ulla hält es jetzt für an der Zeit, Profil zu zeigen. Nicht noch mehr laxes Gerede durchgehen zu lassen.

»Ich pflege nicht auf diese Art zu diskutieren«, sagt sie. »Ich schätze Ihren Jargon nicht.«

»Sie haben Angst«, sagt er. »Die Erde ist in Bewegung, und Sie machen sich fast in die Hosen deswegen. Aber Sie wollen es nicht zugeben.«

Er sieht sie ziemlich lange an, während er sich nachdenklich ein Pommes-frites-Stäbchen mit Knoblauchmayonnaise nach dem anderen in den Mund schiebt.

»Vor Oda Arpman sollten Sie sich in acht nehmen«, sagt er. »Sie erschreckt mich nicht. Aber sie ist tatsächlich recht gefährlich. Wissen Sie, was ich mit ihr machen würde, wenn ich sie hier hätte?«

Darauf gibt Ulla natürlich keine Antwort. Sie hat sich erhoben, ist sich aber unsicher, wie sie aus der Badeanlage herauskommt. Ove Fehzén geht plötzlich in die Sauna und kommt mit einer langen hölzernen Kelle zurück.

»Ich würde sie in die Sauna einladen«, sagt er. »Vielleicht bekomme ich eines Tages die Gelegenheit dazu, was weiß man schon. Hier, sehen Sie? Hier ist der Thermostat. Jetzt drehen wir auf. So.«

Er steckt den langen Stiel der Holzkelle quer durch den Türgriff.

»Die Tür ist versperrt. Pech. Man hört kein Klopfen. Keine Schreie. Drinnen wird es jetzt heiß wie in der Hölle. Ein gekochtes altes Weib.«

»Ich werde jetzt nach Hause gehen«, sagt Ulla.

»Jaja. Das war doch nur ein Scherz, Mensch.«

Sie hat sich jedoch erhoben und geht am Pool vorbei hinaus. Sie kann die Treppe nicht finden. Das ist ärgerlich und ein bißchen schwindelerregend. Sie hat tatsächlich das Gefühl von Schwindel. Das war ein schauderhafter Scherz. Jetzt aber, als er hinter ihr hertrottet und ihr ganz freundlich die Treppe zeigt, wird ihr schon klar, daß es nicht so böse gemeint war. Grob war es trotzdem. Er trägt die Hähnchenteller in beiden Händen. Eigentlich sieht er wie ein abgekanzelter Schuljunge aus. Ulla ist zufrieden, daß sie ihm gezeigt hat, wo die Grenze verläuft. Als er sagt, daß sie sich so lange ins Wohnzimmer setzen solle, während er bei Freys anrufe, tut sie dies. Aber sie protestiert natürlich gegen den Gedanken an Freys Wagenvermietung und findet, daß ein gewöhnliches Taxi ausreiche.

»Es ist klar, daß Sie mit einer Limousine nach Hause fahren. Das ist selbstverständlich. Schließlich war ich es, der Sie aufgehalten hat, und ich bezahle. Was? Nehmen Sie doch ein bißchen von dem Hähnchen.«

Ulla hat Hunger, und das ist nicht sehr verwunderlich. Nicht einmal einen Zwieback hat es bei Oda gegeben. Das Hähnchen hat eine sehr knusprige Haut. Die Mikrowelle muß ein Grillelement haben.

»Wir wollen noch etwas dazu trinken«, sagt er.

»Ja, ich habe tatsächlich ein bißchen Durst.«

Sie hält es für das beste, wenn dieses bizarre Beisammensein höflich und zivilisiert beendet wird. Er schenkt Wein ein. Das ist nicht ganz das, was sie sich vorgestellt hat, doch er bittet sie auf seine jungenhafte Art, mit ihm anzustoßen.

»Meistens sitze ich allein hier zum Futtern. Man ist ja nicht richtig dazu gekommen, in Familie zu machen. So was geht schief, wenn man soviel arbeitet wie ich. Und wenn man allein ist, dann hilft es auch nichts, daß es ein Zweitausendkronenwein ist, den man trinkt. Glauben Sie ja nicht, daß das immer so toll ist.«

Dann stoßen sie miteinander an, und Ulla fragt sich, ob das wirklich ein Zweitausendkronenwein ist. Doch sie möchte nicht fragen.

»Sie essen ja gar nichts.«

»Es ist ein bißchen schwierig ...«

»Moment!«

Er fährt hoch und nimmt einen Dolch von der Wand. Der ist krumm und hat eine Scheide aus graviertem Silber. Er sieht nicht besonders wirksam aus, erweist sich jedoch als scharf. Ove Fehzén zerteilt ihre Hähnchenhälfte mit einem einzigen Schnitt und reicht ihr den Schenkel.

»Ich weiß, daß Sie mich nicht sonderlich schätzen«, sagt er. »Sie sind vornehm. Sie sind auf einem Herrenhof aufgewachsen. Ich meine, mir ist das alles klar. Ich bin ein roher Typ – nicht wahr?«

»Das weiß ich nicht«, sagt Ulla. »Sie sind vielleicht ein bißchen grobschlächtig. Und Ihr Jargon ist ...«

»Ich weiß. Ich nenne eine Katze eine Katze und einen Spaten einen Spaten. Und einen HIV-positiven Nigger nenne ich einen HIV-positiven Nigger. Auch wenn er herkommt und behauptet, daß er Dozent in afropathischer Epistelogie ist. Es gefällt Ihnen nicht, daß ich das sage. Aber gefällt Ihnen denn HIV?«

»Nein, nein«, sagt Ulla. »Das ist doch schrecklich. Ein großes Leiden. Und eine Gefahr für die Gesellschaft. Das ist selbstverständlich.«

»Das finde ich auch. Ganz selbstverständlich. Da hilft es auch nichts, wenn dieser Typ Dozent ist. Nicht wahr? Er ist ein HIV-positiver Nigger, und ein HIV-positiver Nigger soll hier überhaupt nicht rein. Er gehört nicht hierher. Wir haben das hier aufgebaut. Wir haben das Recht, ein bißchen stolz darauf zu sein. Vorsichtig damit umzugehen. Oder etwa nicht?«

Ulla lächelt schwach, denn sie weiß nicht, was sie sagen soll. Es geht so schnell. Sie kann seinen Gedanken nicht immer folgen. Sie fragt sich, ob dieser Mann, den sie Kryddan nennen, Dozent ist.

»Ich möchte, daß Sie mich verstehen«, sagt er. »Es bedeutet mir tatsächlich einiges, daß Sie mich verstehen. Ich bin ein Typ, der in einfachen Verhältnissen aufgewachsen ist. Aber ich bin nicht dumm. Und ich habe meinen Stolz.«

»Aber das ist doch selbstverständlich«, sagt Ulla voll Wärme. In gewisser Weise ist es wie in der guten alten Telefonseelsorgezeit. Die Gespräche konnten sehr sonderbar verlaufen, aber am Ende verstanden sich Ulla und ihre Klienten in der Regel. Sie verspürt den Wunsch, daß Ove Fehzén und sie sich verstehen, bevor er die Limousine bestellt.

»Dann sehen Sie wohl ein, was Oda Arpman angestellt hat«, sagt er.

»Nicht ganz. Ich weiß zwar, daß sie einen Gegenaufruf verfaßt hat. Aber ich glaube nicht, daß der so eine große Rolle spielt. Die Stadt soll entschieden haben. Ich glaube, es ist sogar schon ein förmlicher Beschluß gefaßt worden. Ich meine, es kommt, wie es kommt, ohne daß Oda eigentlich so viel getan hat, damit ...«

»Wissen Sie, was kommt?« fragt er.

Sie kann natürlich nicht wissen, was er meint, und außerdem hat sie den Mund mit Hähnchen und Pommes frites voll, die tatsächlich auf eine aromatische und ansprechende Weise nach Knoblauch schmecken.

Da macht er etwas so Bizarres, daß Ulla der Hähnchenbissen im Hals steckenbleibt. Buchstäblich. Sie hustet und bekommt alles wieder herauf, zum Glück. Da sie keine Serviette hat, muß sie es in die Hände nehmen. Es ist klebrig, und es ist ihr unendlich peinlich. Ihm jedoch nicht.

Er hat mit dem Dolch zugestoßen. Ins Sofa. Er hat die scharfe gekrümmte Klinge geradewegs durch das elfenbeinweiße Leder gestoßen. Da ist jetzt ein großer Riß. Ulla sieht weißes Polstermaterial.

»Das Messer im Rücken«, sagt er. »Das wird sein. Sie werden sich noch an meine Worte erinnern.«

Natürlich wird sie sich immer daran erinnern. Sie bittet, in die Küche gehen und sich des Ausgehusteten entledigen zu dürfen, und dann sagt sie zu ihm, daß er einen Wagen bestellen solle. Er geht ohne Einwände zum Telefon.

»Ich werde zusehen, daß Sie einen Wagen bekommen, der zu Ihnen paßt«, sagt er. »Was halten Sie von einem Bugatti – 37? Freys hat ein paar hübsche alte Karren. Aus der Zeit.«

»Ich weiß nicht, ob ausgerechnet die dreißiger Jahre meine Zeit sind«, sagt Ulla, und sie hört selbst, daß sie leicht säuerlich klingt. Zum Glück bleibt ihnen noch etwas Zeit, um einander näher zu kommen. Sie weiß aus ihrer Erfahrung als Telefonseelsorgerin, wie wichtig es ist, ein Gespräch auf die richtige Art zu beenden. Als es Zeit wird, sich den Mantel anzuziehen, findet sie, daß alles wie zu Beginn ist. Er steht zwischen den Thujabüschen, und er ist sehr zuvorkommend. Aber er ist ein komplizierter Mensch, denkt Ulla. Eine Kraftnatur vermutlich. Sie selbst ist jetzt sehr müde.

Es kamen noch mehr Tanten zu dem Haus, wo die mit dem melierten Mantel reingegangen war. Mariella guckte sie sich an, als sie auf der Treppe standen und eine ungeheuer alte Frau sie einließ, und sie hat sie fast die ganze Zeit hinter dem Fenster gesehen. Sie sehen normal aus.

Sie ging fast augenblicklich zurück. Es war nicht so schwierig, Rickie zu täuschen. Sie ging ziemlich weit hinter ihm, und er drehte sich nie um. Dann verschwand er in die Richtung, wo der Tiger wohnt. Ihr war klar, daß sie aufpassen mußte, damit kein anderer aus Tigers Gang auftauchte. Aber sie war jetzt auf der Hut.

Die Frauen saßen den ganzen Abend nur da und quatschten. Man hörte natürlich nichts. Aber man sah es durchs Fenster, daß sie quatschten und mit den Händen fuchtelten. Als letzte kam eine mit einem Hund. Sie war nicht so alt wie die andern, und der Hund humpelte. Der Hund und die junge Frau gingen als erste. Sie hatten nichts gegessen. Normalerweise boten die Leute etwas zu essen oder so an. Aber die Tanten quatschten bloß. Mariella wartete die ganze Zeit über aufs Essen. Daß jemand mit einem Tablett ins Zimmer kommen würde. Daß es Rosemarie wäre.

Es gab nichts zu essen. Draußen wurde es lausig kalt. Sie mußte ständig herumtraben und versuchen, nicht daran zu denken, wie sehr sie fror. Als die Frauen endlich rauskamen, um nach Hause zu gehen, verkrümelte sie sich in den Garten nebenan und versteckte sich hinter ein paar Büschen, damit sie sie nicht entdeckten. Ein paar von ihnen hatten sie auf dem Gehsteig gesehen, als sie ins Haus gingen. Sie würden sich womöglich wundern.

Als die alte Frau allein war, war es schwierig, zu sehen, was sie tat. Das Zimmer lag zur Straße hin, und Mariella stand noch immer in dem anderen Garten. Aber dann ging die Frau in die Küche, dort ging nämlich das Licht an. Es war ganz blauweiß.

Sie stand an der Spüle und hantierte herum. Obwohl doch eigentlich gar kein Abwasch zusammengekommen war. Aber vielleicht hat sie den ganzen Tag über nicht abgewaschen.

Wenn Rosemarie dort war, würde sie jetzt kommen. Das wußte Mariella. Sie würde kommen und ihr beim Abwasch helfen. Sie brauchte bloß zu hören, wie das Porzellan im Waschbecken klapperte und das Wasser aus dem Hahn rauschte.

Es dauerte und dauerte. Aber irgendwann mußte sie es hören. Wenn sie dort war.

Ewigkeit der Ewigkeiten.

Dann macht die Frau das Licht aus. Da ist Mariella klar, daß Rosemarie nicht dort ist.

Sie friert fürchterlicher denn je. Sie muß jetzt nach Hause rennen und traut sich kaum. Es wäre ja was anderes, wenn sie mit Rosie heimkommen würde. Oder wenigstens heimkommen würde und sagen könnte, daß sie weiß, wo sie ist. Aber so wird sie nur heimkommen und versuchen, es zu erklären, und Ann-Britt wird wahnsinnig sein. Das ist klar. Sie muß ja glauben, daß auch Mariella verschwunden ist.

Wie sie durch den nassen Schnee auf dem Rasen geht, sieht sie, daß in dem anderen Haus ein Licht brennt. Und zwar im Keller. Ein komisches Licht ist das, es flimmert und flackert. Sie denkt an einen Luciaumzug, und da muß sie gucken.

Zu beiden Seiten einer Tür ist jeweils ein schmales Kellerfenster. Mariella schielt ganz vorsichtig hinein. Lauter Leute.

Sie sitzen in zwei Reihen und haben Kerzen zwischen sich und vor sich. In kleinen Behältern. Die Kerzen flackern und werfen Schatten auf die Gesichter. Sie erkennt etliche. Rickie sitzt dort. Und eine Menge Leute, die in Tigers Gang sind. Den Tiger selbst sieht sie allerdings nicht.

Alle sind starr und komisch. Sie rühren sich nicht. Schon merkwürdig, daß sie so lange stillsitzen können und daß sie nicht reden. Sie starren geradeaus an die Wand oder in die Dunkelheit oder sonst wohin.

Dann kommt jemand von weiter hinten aus dem Keller, einer, der eine Kerze in einem Behälter vor sich hält. Es sind noch mehr dabei. Mariella kann sie nicht richtig sehen, aber sie hat den Eindruck, daß sie aus einer Tür kommen. Dann setzt sich der eine und stellt seine Kerze ab, und da sieht sie, daß es der Tiger ist. Seine hellen Haare.

Dann ist da noch jemand, ein Mädchen. Sie setzt sich auf den Boden. Als sie ihre Kerze abstellt, fällt diese um. Einer von den anderen hebt sie auf, und das Mädchen fällt irgendwie zusammen. Ihr fällt der Kopf nach vorn, und sie schlägt die Arme um die Knie.

Mariella sieht, daß der Tiger redet, aber sie versteht nicht, was er sagt. Die anderen sitzen ganz still, und Tigers Gesicht ist gelblich in dem Licht. Er redet und redet und hat das Gesicht erhoben. Er scheint nicht ganz richtig im Kopf.

Da sieht Mariella, daß das Mädchen, das mit ihm aus der Tür gekommen ist, weint. Ja, sie weint. Sie drückt das Gesicht an die Knie und heult. Das ist so merkwürdig, daß Mariella ihre Vorsicht vergißt. Sie hat sich hingekniet und ist mit dem Gesicht dicht an die Scheibe ran, um besser zu sehen. Aber das hätte sie lieber nicht getan. Sie sind nicht völlig weggetreten, auch wenn sie so komisch starren, während der Tiger redet.

Dann geht alles so schnell. Sie begreift, daß einer sie entdeckt hat und daß sie aufspringen. Da rennt sie. Doch sie findet das Loch in der Hecke nicht und muß ums Haus herum zur Auffahrt laufen. Und da holt sie jemand ein und packt sie an der Jacke.

»Mensch! Laß los!« schreit sie. Sie hat Angst. Sie wünscht, daß es nicht der Tiger ist. Er ist es auch nicht. Es ist ein Mädchen mit einem harten Zugriff.

»Du verdammtes kleines Biest! Trittst du ...«

Dann kriegt sie ein bißchen Haue und wird schließlich unsanft zur Kellertür befördert. Da stehen sie jetzt alle. Sie haben die Tür hinter sich zugemacht. Es ist eine ziemlich große Gang, und Rickie steht ganz am Rand. Er sieht aus, als ob er die Hosen voll hätte. Sie hat zuerst keine Ahnung, was sie sagen soll, als sie fragen, was sie hier zu suchen hat. Doch dann denkt sie, daß dies eine Gelegenheit ist, etwas über Rickie zu sagen.

Die Fragen stellt der Tiger. Alle anderen ziehen sich ein Stück zurück. Er selbst hat sich nicht von der Kellertür fortbewegt.

»Rickie hat gesagt, daß ihr was am Laufen habt«, sagt Mariella.

»Was denn?«

»Das habe ich nicht verstanden«, sagt sie. »Aber er hat gefragt, ob ich mitmachen will. Drum bin ich hergekommen.«

Jetzt schreit Rickie: »Was! Die lügt! Verdammt noch mal, die lügt doch!«

»Halt's Maul.«

»Ja aber die lügt doch!«

Da haut ihm der Tiger eins rein. Er trifft ihn am Bauch. Rickie krümmt sich und verstummt.

»Wir verpissen uns jetzt. Du auch«, sagt der Tiger zu Mariella. Seine Stimme klingt überhaupt nicht böse. Doch sie weiß, daß er böse ist. Er fragt sie nicht, wie sie heißt oder wo sie wohnt, sondern sagt direkt in die Luft: »Was ist das für eine Tussi?«

Es antworten gleich mehrere auf einmal. Einer sagt, daß sie Rosemaries kleine Schwester ist. Da hält der Tiger die Hand hoch. Es wird still, als sie seine Handfläche sehen.

»Wir werden uns jetzt um Rickie kümmern«, sagt er zu Mariella. »Wir können uns auch um dich kümmern. Wenn du nicht verdammt helle bist.«

Dann geht er zu ihr hin, drückt ihr die Finger unters Kinn und hält ihr Gesicht hoch. Sie spürt, daß er kalte Finger hat.

»Was tust du, wenn du helle bist, Finnlandfähre?«

»Das Maul halten«, antwortet sie.

»Richtig«, sagt er. »Verpiß dich jetzt. Aber dalli.«

Und da rennt sie. Sie findet nicht, daß sie jetzt zu Ann-Britt heimkommen kann. Nicht einmal, wenn die total wahnsinnig ist. Und das ist sie natürlich.

Mitten zwischen Schlafen und Wachen denkt Sigge an den Fötus. Ein Wort des gestrigen Tages wirkt: Lebenszeichen.

Es war viel zu spät. Im Traum (ist es im Traum?) kommt ihr wie eine leise Bewegung in einem ganz kleinen Körper das Wort Lebenszeichen.

Er nahm es. Dieser Arzt. Er ist pervers. Er hat das Kind als Sklaven.

Nein, nein. Er nahm es und legte es in einen Brutkasten. Da war eine Frau, die es bekam. Eine Ärztin. Sie konnte keine Kinder bekommen, sie tat ihm leid. Nein, er mochte es nur, so zu handeln. Die Macht zu haben, so zu handeln. Er war wie Gott. Er fühlte sich wie Gott.

Aber sie war zu alt. Siebenundfünfzig. Sie schloß sich mit dem Kind ein. Es roch nach Gas in der Wohnung.

Dann starb sie an Brustkrebs. Verfaulte. Denn sie wagte es nicht, zu einem Arzt zu gehen. Sie hatte Angst vor Ärzten, vor Krankenhäusern. Klar, daß sie Angst hatte. Sie hatte Angst vor sich selbst.

Das Kind kam zu seiner Großmutter, die ja gar nicht seine Großmutter war. Eine alte, senile Frau. Niemand weiß etwas von ihm. Es ist geheim.

Ein russischer Komponist lebte so mit seiner Mutter, eingeschlossen. Vati sagte immer Mussogorskij. War das er?

Mit dreiundzwanzig lebt er auf dem Müllberg. Ein blonder Mann, ein Gott auf dem Müllberg. Langes Haar. Er ist gut. Ich habe ihn geboren. Ihn abgetrieben.

Sigge macht das Licht an. Was sind das für Zersetzungen, was sind das für unreine Zustände – ist es ein Traum? Ist es Wachen?

Sicherlich war es spät. Aber nicht so spät, daß es ungesetzlich war. Es war nicht einmal unangenehm, jedenfalls nicht so wie beim ersten Mal. Nichts, womit die Gedanken in dieser schlierigen, halb erstarrten, aber nach wie vor durchsichtigen Grauzone zu geistern brauchten, wo sie keine Gedanken mehr sind. Vielleicht Bilder. Bilder, die unter Druck wachsen und sich verzweigen. Sie kristallisieren und strecken armähnliche Polypen und Knochenbildungen aus. Sie geben Lebenszeichen von sich, obwohl sie in keinem Sinne Leben haben. In keinem sinnvollen Sinne.

Sie muß aufstehen und Tee machen. Wie sie die Rollos hochzieht, sieht sie, daß es hellichter Morgen ist. Um die Straßenlaternen wirbelt Schnee. Wie kleine Zyklone. Nein, das ist gar kein Schnee. Es sind Frostkristalle in sonnendurchgloster Luft.

Sie war nur über der Zeit gewesen, ohne etwas zu kapieren. Es ist nicht ungewöhnlich, daß ihre Regel ausbleibt, wenn sie hart arbeitet. Dann stand die Zeit still. Lange, lange war es Märzwinter und Aprilfrühling. Und sie wollte, sie konnte sich nicht entscheiden. Bis die Panik kam. Da war es weit im Mai.

Aber so schlimm war es gar nicht. Von Lebenszeichen konnte keine Rede sein. In keinem Sinne, der Sinn gehabt hätte. Nichts, um Alpträume zu haben. Solche, die man niemals jemandem erzählen könnte. Aber träumte sie? Eigentlich?

Tagträume waren es aber auch nicht. Mit ihren verzwickten Bestrafungen und verschlungenen Wegen zur Erfüllung sind Tagträume trotzdem Konditorwaren, und sie entgleisen zu einem Spritzmuster und hinterlassen nur Dürre. Ja, *Durst*, wenn man sie satt bekommen hat. Diese Gesichte haben indes einen herberen Reiz, den nicht gänzlich unangenehmen Geruch des zur Hälfte Zersetzten, dessen, was zu zerfallen begonnen hat.

Und weshalb denkt sie an die Bilder, als ob sie sie geboren hätte? Sich ausgesperrt, sich geöffnet und es zugelassen hätte, daß sie ihr weh tun?

Deshalb, weil sie ihnen überhaupt nicht aufgetan hat. Sie sind unvermeidlich und unbeabsichtigt, und sie wären auf jeden Fall durchs Tor gekommen. Aber vielleicht nur als leise Lüftchen. Schwüle Pupse. Etwas, worüber man hinwegsieht.

Eine ganze Welt.

Und ich denke, daß nur dies meine Welt sei. Die Firma. Die Stadt. Frescati. *Krilon*. Ich sitze wie ein herrschsüchtiger Gnom auf einer unbegreiflich großen Welt und will sie ausnutzen und das, was sich nicht lohnt, zurückhalten.

Sie steht da und wartet darauf, daß das Wasser kocht. Es riecht nach Gas, ein ganz klein wenig. Sie wünscht, daß alles so wäre wie noch vor zwei Tagen. Es war zwar nicht total gut, aber es war wenigstens nicht *so*. Sie hatte keine Alpträume, und wach lag sie auch nicht.

In dieser Nacht hat sie auf dem Sofa im Wohnzimmer gelegen. Im Badezimmerspiegel sieht sie, daß ihre Wange vom Cordstoff gestreift ist. Es war undenkbar, sich ins Bett zu legen. Sie wollte es nicht einmal angucken. Als sie die Tür zum Schlafzimmer schloß, war ihr schlecht.

Jetzt kommt ihr alles nur noch dumm vor. Sie hätte durchaus in ihrer Betthälfte schlafen können. Nachdem sie die Laken gewechselt hätte natürlich. Statt dessen rollte sie sich auf dem Sofa unter einem dünnen Plaid zusammen und lag bis gegen drei Uhr wach. Sprach nicht mit Janne. Sie hatte jedoch das Gefühl, daß er nicht schlief, als sie nach Hause kam. Daß er nur still dalag und die Augen geschlossen hatte. Daß er nicht den Mut hatte, ihr gegenüberzutreten.

Mut.

Das ist schon ein seltsames Wort. Weiß der Himmel, was Mut eigentlich ist. Das meiste, was man so nennt, ist wahrscheinlich nur Idiotie. Eitelkeit. Aggressivität. Eine Art hormoneller Overflow. Wenn man wirklich Mut braucht, hat man ihn nicht. Vielleicht gibt es ihn überhaupt nicht. Dann muß man trotzdem tun, was schwierig und vielleicht gefährlich ist. Peinlich ist es auch. Man steht mit einem Teebecher in der Hand in der Tür und fragt:

»Willst du etwas Tee?«

Und man hört selbst, daß die eigene Stimme piepsig klingt. Er ist zerzaust und blaß und antwortet, aus Mutlosigkeit, nur mit einem Grunzen. Da kommt es darauf an.

»Ich war vorgestern hier. Nur kurz.«

Er starrt natürlich. Sein Gesicht ist aufgedunsen, seine Augenlider sind verquollen, und das bißchen, das sie vom Weiß der Augen sieht, ist rot und trüb und gestreift. Kann er einen Kater haben?

»Ich war es, die die Handtasche genommen hat.«

Da fängt er an zu weinen. Das ist es, was so seltsam ist. Weinen ist er ja nicht gewohnt, so daß es inflationär würde. Krampf und Fluten. Seine Oberlippe wird schleimig, und es rinnt ihm über den Mund. Es ist fast nicht zu verstehen, was er sagt, denn er drückt das Gesicht tief in das nasse Kissen. Aber es hört sich an wie *alles zerstört*. Immer und immer wieder. Sie versucht ihn anzufassen. Dem Ganzen irgendwie ein Ende zu machen. Man soll doch nicht derart weinen. Sein Körper ist ganz steif. Und ihre Finger sind kalt. Wohl deshalb zuckt er zusammen. Sie versucht es erneut, vorsichtiger. Berührt ihn am Kopf, sein dunkles Haar. Da schlägt er sie weg. Und jetzt hört sie ganz deutlich, daß er sagt:

»Du hast alles zerstört.«

Janne hatte ebenfalls einen kleinen herrschsüchtigen Gnom in sich. Bis er dieser verdammten Lili begegnete. Da wurde sein Gesicht offen. Mund und Augen wie Wunden. Ja, er hat sich geöffnet – wofür? Für etwas, das man nur bekommt, wenn man die Gier und den Machthunger aufgibt. Diese andere, diese verdammte Lili Thorm hatte das vielleicht auch getan. Bis sie ihre Kontokarten vermißte. Da enterte ihr Gnom wieder den Führerplatz.

Oh, Janne – mein Gott, was habe ich getan? Warum konnten wir uns nicht füreinander öffnen? Haben wir etwas falsch gemacht? Waren wir zu besonnen? Die Liebe sollte sich lohnen.

Aber es ist doch nicht falsch, anständig zu leben! Oder doch? Ist es nur Gier?

Der Sturm, der uns ergreift, die Woge, die uns mitreißt, hielten wir für einen primitiven Trick, einen psychischen und hormonellen Mechanismus. Wir belächelten ihn, bis er dich ergriff, und jetzt ergreift er mich, und ich wußte nicht, daß diese Ordentlichkeit und Vernünftigkeit meine erbärmlichen Tricks waren, um drum herumzukommen.

Wintermorgen, und die Sonne für den ganzen Tag zwischen dem Turm bei Danvik und Sofia gefangen. Mein lieber, kleiner Holm, du all kleiner Holme Ehre, in rosigen, doch eiskalten Dunst gehüllt, noch ein Stündchen vom Rauhreif glitzernd, ehe die Sonnenwärme die Kristallgebilde verdampft. Da kommen die Pferde des Königs! Mit gebeugten Nacken klappern sie unter funkelnden Bäumen dahin. Der Kutscher im langen schwarzen Mantel atmet Eiswolken, und vor den Nüstern der Pferde steht ebenfalls dieser stolze Dampf.

Es ist ihre Morgenstunde. Geklapper und doch Stille. Schwarzes Leder, schwarzgestrichenes Holz, schwarze, seidenglatte Lenden und Widerriste. Schwarze Augen schimmern wild oder ängstlich; ein blaues Häutchen über ihrer Tiefe, die keine richtige Tiefe ist, nur eine Spiegelung.

Nun klappern sie über einen *Expressen* von gestern dahin. Es ist ihnen gelungen, die Zeit umzukehren. Sie stürmt rückwärts durch die Furche des Djurgårdsvägen, eine Flut, dicht von Pferdedampf, und der Wagen rüttelt, und Ulla Häger schuckelt darin in einem Limbo zwischen Schlafen und Wachen.

Als sie in den Wagen stieg, dachte sie nicht daran, daß es die Pferde des Königs sein könnten. Jetzt, da sie nach der Fahrt durch diese lange Winternacht endlich mit einem matten Geklapper über die Djurgårdsbron stürmten, fand sie, daß es die einzig denkbaren Pferde waren.

Ich sitze in einem von schwarzen Pferden gezogenen geschlossenen Wagen mit einem Kutscher in langem Mantel und Persianerkragen. (Oder ist es nur Krimmer?) In einer kleinen, ovalen Fensterluke sehe ich seinen breiten Rücken und daß das glänzende und tiefschwarze Tuch seines Mantels Falten hat, einen Rückengurt und zwei blanke Knöpfe. Er trägt einen schwarzen Zylinder, und auf einem Sitz hinten am Wagen sitzt eine weitere schwarzgekleidete Person mit Zylinder und langem Mantel.

Die Nacht war lang. Manchmal hell und manchmal dämmrig und oft mit leichtem Dunst oder dichtem Nebel durchsetzt. Bisweilen war sie so naßkalt, daß die Kälte durch die undichten Fensterrahmen des alten, rüttelnden und schuckelnden Wagens drang. Es herrschten aber auch Hitze, Stickigkeit und landstraßenstaubige Schwüle. Eine stechende, kriechende Fliegenhitze war da.

Einmal ging die eine Wagentür auf, stand offen und schlug. Das war an einer Steigung, und das Tempo war nicht hoch, sondern trottend, so daß Ulla vom Wagen hätte springen können. Sie hätte diese Reise beenden und sich auf eine vernünftige Weise nach Hause begeben können. Schlimmstenfalls zu Fuß. Aber draußen war es herbstlich kalt und dämmrig. Und wo lagen Stockholm und Djurgården? Gab es in dieser durchwehten, aschgrauen Ödnis hier Menschen, und war es möglich, sie zu fassen zu kriegen und mit ihnen zu sprechen? An den Bäumen, die fast entlaubt beiderseits der Straße standen, und den zausigen Blättern, die noch in den Kronen saßen, wurde in dem heftigen Wind wie an Fetzen und Frauenhaar gezerrt. Sie zögerte zu lange, und dann wurde die Tür zugeschlagen, äußerst energisch. Sie nahm an, daß es der Mann auf dem hinteren Sitz war, der sich vorgebeugt und sie ergriffen hatte. Er mußte stark sein, da er in dem heftigen Wind die Tür in den Griff bekommen konnte. Und dann waren sie auf dem Kamm des Hügels angelangt, und das Tempo wurde wieder rasant.

Nein, sie blieb. Auf dem Boden lag noch immer das gelbbraune, zusammengekräuselte Laub, das während der Minuten hereingeweht war, die, wie sie jetzt verstand, die einzige Zeit gewesen waren, wo sie die Möglichkeit gehabt hätte, die Reise zu beenden.

Jetzt haben sie die Djurgårdsbron passiert. Sie kann weder Liljevalchs noch Hasselbacken sehen, es geht zu schnell. Aber die Bäume sieht sie, die schwarzen Stämme und Äste mit ihrem glitzernden Eisflaum, und sie weiß, daß nun Mischas Laden auftauchen wird, und gleich danach kommt ihre eigene Straße, die schlängelt sich hinauf zu dem Haus mit den Zementlöwen, und da ist sie zu Hause, und sie wird aus dem langen und sonderbaren Traum, den sie gehabt hat, erwachen.

Als sie in den schwarzen Wagen stieg, war sie aufgeräumt und nahm ihn ebenso selbstverständlich hin wie Ove Fehzéns überdimensionierte Keramikpapageien und die aromatische Brise aus seiner Klimaanlage. Warum sollte er nicht einen von schwarzen Pferden gezogenen geschlossenen Wagen bestellen können, wenn es ihm Spaß machte? Sie hatte freilich erwartet, daß der Kutscher-Funktionär, der den Schlag aufhielt, sich ein Augenzwinkern oder einen Scherz über den bevorstehenden Nostalgietrip genehmigen würde. Doch er wandte den Kopf nicht, und der andere Funktionär – der Lakai, mußte man wohl sagen – bewegte keinen Gesichtsmuskel. Nachdem er die Tür zugeschlagen hatte und der Wagen angerollt war, sah sie Ove Fehzén zwischen seinen Thujabüschen stehen und winken, und sie hatte wahrhaftig ein ausgelassenes, ja, fast ein bißchen ein aufgedrehtes Gefühl. Daß sie betrunken war, kam ihr erst nach ziemlich geraumer Weile mühsamen Räderrollens und dumpfer Hufschläge in den Sinn. Sie war auf dem hartgepolsterten Sitz schuckelnd eingelullt. Jetzt war sie begierig, zu sehen, wie weit sie gekommen waren. Das Geräusch der acht Hufe hatte sich verändert und klang trocken, klapperknallend. Vor den Fenstern herrschte schwarze Nacht. Da waren weder der gelbrosa Schimmer der Straßenbeleuchtung in der Luft noch der weiße Strom der Autos. Eigentlich sah sie überhaupt nichts, doch sie hatte das Gefühl, daß die Dunkelheit nicht nur Dunkelheit war; vor den Fenstern waren Wasser und Dunst. Die Pferdehufe knallten mit einem neuen trockenen Ton. Es klang, als stürmten sie auf einem langen Holzsteg oder einer Brücke dahin. Das Geräusch hätte nach einer Weile wieder dumpfer werden müssen. Denn so lange Brücken aus Holz gibt es gar nicht, dachte Ulla. Und was für ein Wasser ist das? Ja, der Mälaren natürlich. Aber wo? Wie fahren wir eigentlich?

In diesem Moment wurde ihr klar, daß es eine kolossal unbequeme Fahrt in dem rüttelnden Wagen werden würde. Es war wahrhaftig nicht das gleiche wie Auto fahren, und die Entfernung zwischen Gamla Enskede und Djurgården dehnte sich entsetzlich, als sie überlegte, was alles dazwischen lag. Und wenn sie nun nicht den direkten Weg nahmen? Denn dies hier war nicht der Sockenvägen, und es war auch nicht der Nynäsvägen, das war ihr völlig klar.

Erst da kam ihr der Gedanke, daß sie womöglich einen sitzen hatte. Nicht schlimm natürlich. Sie war leicht *beschwipst*, wenn es hoch kam. Dieser Gedanke beruhigte sie. Sie hatte mehr getrunken, als sie gewohnt war, und dadurch fiel ihr das Sehen schwer; sie sah nichts als Dunst und Dunkelheit, und in dieser Dunkelheit schlief sie nun ein wie ein Kind, obschon der Wagen sie wirklich nicht wiegte. Er hopste.

Im Untergestell waren harte Federn und in den Sitzen Roßhaarpolsterung. Daß es Roßhaar war, sah sie daran, daß aus einem Loch in dem verschlissenen Stoff, der wie Wollplüsch aussah, Haare hervorkrochen. Sie waren hellbraun und kräuselten sich. Ulla empfand einen leisen Ekel; sie hatte ein diffuses Bild von Pferdeschlachtung und abgeschnittenen Schweifen vor sich. Igitt, wie bin ich doch aus dem Gleichgewicht, dachte sie. Wie dumm, in meinem Alter scharfe Sachen zu trinken! Sie schloß die Augen in der Hoffnung, wieder einzuschlafen und zu Hause in Djurgårdstan aufzuwachen.

Da wurde ihr klar, daß sie die Roßhaarpolsterung tatsächlich aus dem Wollplüsch hatte hervorkriechen sehen. In der Dunkelheit konnte sie aber doch überhaupt nichts gesehen haben. Es gab also ein Licht im Wagen. Das merkte sie. Die Augenlider konnten es nicht ausschließen.

Es quietschte. Die Räder mußten nicht geschmiert sein, so, wie sie knirschten und kreischten. Das Leder des Geschirrs knarrte, und das Holz des Wagens rüttelte. Die Hufe klapperten nicht mehr, sondern patschten schwer. Manchmal hörte es sich an, als rutschten sie auf Steinen.

Schließlich mußte sie die Augen öffnen. Es war, als bräche das Licht sie auf. Und es war hell. Fahler, grauer Dämmer. Sie fuhren durch einen lichten und verwachsenen Tannenwald. Der Weg unter den Rädern, die manchmal festhingen, schien ausgefahren und uneben zu sein. Sie spürte den Ruck, wenn die Pferde erneut anzogen, und als sie aus dem Fenster schielte, sah sie, daß es ein Moorweg mit großen Regenpfützen war. Wie tief, konnte man nur ahnen. Bald bleiben wir stecken, dachte sie.

Im Wageninneren war es schwarz und schäbig. Sie merkte nun, daß es nach Staub und Schimmel roch. Das ist nicht gut, dachte sie. Das ist ein unguter Scherz. Das geht zu weit. Dieser Mann hatte etwas Übertriebenes. Das habe ich gespürt.

Jetzt kam es darauf an, mit Beherrschung und einigermaßen guter Laune die nächste Stunde zu überstehen. Am besten redete sie mit dem Kutscher und sorgte dafür, daß er kehrtmachte und sie auf dem schnellsten Weg nach Hause fuhr. Sie beugte sich vor und klopfte an die kleine Fensterscheibe, wo sie seinen Rücken in dem schwarzen Mantel sah.

»Hallo!« rief sie.

Sie wollte auf den anderen Sitz überwechseln, verlor aber das Gleichgewicht, als der Wagen festfuhr. Er begann seitlich zu schaukeln, so als wollte er gleich umkippen. Sie landete auf dem Boden und blieb auf den Knien, bis die Pferde den Wagen von dem Hindernis weggezogen hatten. Es schien ein ungewöhnlich tiefes Loch zu sein. Der Kutscher war jetzt nirgends zu sehen.

»Hallo! Hallo!«

Auch in der hinteren kleinen, ovalen Scheibe sah sie keinen schwarzgekleideten Funktionär von Freys Wagenvermietung. Als sie sich wieder auf den Sitz gehievt hatte, entdeckte sie die beiden Männer vor den Seitenfenstern. Sie hatten den Wagen auf je einer Seite gepackt und schoben. Ihr Rufen und Klopfen hörten sie gar nicht. Oder ignorierten sie es? Ulla mußte warten, bis der Weg besser wurde und die beiden wieder auf ihren Plätzen saßen.

Vor dem Fenster sah sie nun eine Gruppe baufälliger Häuser. Die Dächer waren mit etwas, das wie vermodernde Schindeln aussah, gedeckt. Der Wagen schuckelte auf einer lehmigen und zertrampelten Dorfstraße dahin. Unterhalb des Fensters konnte sie Kuhfladen und Hufspuren sehen. Daß sie im Winter die Kühe herauslassen, dachte Ulla. Aber es war nicht mehr Winter. Oder zumindest nicht hier. Jenseits der Pampe aus Lehm und zertrampeltem Kuhmist auf der Straße wuchs Gras. Ein satter und fetter Geruch nach Tierkot drang durch die undichten Fensterrahmen, in denen während der holprigen und langsamen Fahrt die Scheiben klirrten.

Dies war so wunderlich, daß sie erneut die Augen schloß. Vielleicht in der Hoffnung, daß der Anblick verschwände. Insbesondere das, was sie zuletzt gesehen hatte: ein Lumpenbündel, das vermutlich ein Mensch sein sollte. Etwas Graues, nein, Graubraunes. Etwas Zockelndes. Oder vielleicht Hinkendes. Ein Mensch mit einem Gebrechen, der den Wagen einzuholen versuchte. Wie sie, den Rücken in den Wagensitz gepreßt, mit fest geschlossenen Augen dort saß, wußte sie, daß es noch mehr solche gab. Sie hatte flüchtig mehrere gesehen.

Das ist nicht wirklich, dachte Ulla. Über dem Ganzen schwebt etwas Russisches. Oder zumindest etwas höchst Ausländisches und Fremdes. Und so weit können wir ja nicht gefahren sein.

Der Verdacht beschlich sie, das Opfer von Sinnestäuschungen zu sein. Dieser eigentlich recht nette und jungenhafte Ove Fehzén mit seinem bizarren Humor konnte ja, und mochte er noch so wohlhabend und – wie soll man das nennen? – kompetent sein, keine Ortsveränderungen dieses Schlags bewerkstelligen. Die nicht nur unwahrscheinlich, sondern schlicht unmöglich waren. Alles, was er um sich herum hatte, war ja eigentlich äußerst banal. Leatherland. Rent a plant. Larsens Vikingwhisky aus dem Tax-Free-Shop. Und einen Swimmingpool gibt es ja bald in jedem Eigenheim. Aber dies hat eine Art Grenze überschritten, dachte Ulla, als sie mit fest geschlossenen Augen in dem kräftigen Geruch nach Kuhmist saß. Irgend etwas ist mit mir geschehen. Mag es nun von der Müdigkeit oder vom Alkohol herrühren, oder mag Ove Fehzén schlichtweg etwas in den Wein getan haben. Es gibt ja Drogen, die Halluzinationen hervorrufen. Die gibt es tatsächlich. Das, was ich hier rieche und spüre und von dem ich nichts mehr sehen will, das geht in meiner Psyche vor sich.

Sie fühlte sich von dem Gedanken nicht recht getröstet oder gar beruhigt. Sie mochte das Wort Psyche nicht. Vermutlich war es griechisch. Sie wußte nicht, was es eigentlich bedeutete, denn Griechisch hatte man weder in Katrineholm noch auf der Mädchenschule lernen können. Aber es war wohl nur ein Name. Der Name einer Nymphe, die sich mit einem Untier vermählt hatte. Oder wie das war.

Wieder war Wald auf beiden Seiten, hoher grobstämmiger Tannenwald jetzt. Schwarze Flechten hingen von den Ästen herab. Es war wie in der Riddarholmskirche. Zerrissene Fahnen, Siegeszeichen. Mit Trauerfloren, igitt. Moder. Schimmelgeruch. Sie mochte ihre eigenen Einfälle nicht. Nun ließ sich jedoch schwer daran festmachen, daß das vor dem Fenster Sinnestäuschungen seien, denn es war alles so deutlich. Mächtige Tannen waren dort im Dunkel kreuz und quer übereinandergestürzt. Sie waren mit einem Gewirr von grünen und grauen Flechten bewachsen. Kräftige Laubbaumschößlinge trieben daraus in die Höhe. Und Besen von Farn. Moose schwollen grobborstig oder feinflauschig. Es war eine Üppigkeit, die vor Feuchtigkeit zu strotzen schien und sich ohne Sinn und Ordnung dahinschlängelte. Irregeleitet und wild – ja, ausgelassen. Entwurzelte Bäume streckten Armsysteme aus, ähnlich denen grauer Tintenfische. Halbmorsche, gebrochene, doch immer noch aufrecht stehende Stämme boten einen obszönen Anblick. Zwischen spitzen Felsblöcken schimmerte unbeweglich schwarzes Wasser. Sie sah keinerlei Bewegung dort draußen, keinen Schatten eines Flügels oder ein schwarzblitzendes Auge. Auch keine Pfade, auf denen sich Tiere oder Menschen zwischen den Morasten und Abstürzen durchschlagen könnten.

Sie hatte es jetzt aufgegeben, zu klopfen und zu rufen. Sie konnte ja nicht gut darum bitten, aussteigen zu dürfen, mitten in einem Wald, in dem sich zwischen all den Stämmen lebender Bäume spitz Tannenskelette spreizten und Steinblöcke und schwarze Sumpfhöhlen ein Durchkommen unmöglich machten. Anfangs hatte sie trotz ihrer Angst Neugier verspürt, als sie durch die verspritzten Fensterscheiben in das schwarzgraue Waldesdunkel spähte. Sie hatte das vorher noch nie gesehen. Auch nichts Ähnliches. Der Gedanke kam sie an, daß niemand dies gesehen hatte. Aber es gab diesen Moorweg doch. Auf ihm fuhren Wagen.

Im Untergestell tat es oft einen Schlag. Vermutlich Steine. Die Räder mühten sich auf und nieder, und bei jedem Loch wurde Ullas Körper zur Seite oder nach vorn geworfen. Sie konnte sich nicht festhalten. Sie sah jetzt nicht mehr aus dem Fenster. Sie konnte nichts mehr tun. Ihr Rücken schmerzte. Es war ein Gefühl, als hätte man sie in die Nieren getreten. Sie weinte vor Müdigkeit und hatte keine Vorstellung mehr davon, wie lange sie schon dahinrumpelten und sich vorwärtsmühten. Schließlich kniete sie im Wagen, den Kopf an den Sitz gelehnt, und versuchte mit ihrem schmerzenden Körper so gut wie möglich die Stöße abzufangen und zu dämpfen.

Irgendwann mußte der Weg etwas ebener geworden sein. Sie wußte nicht, wieviel Zeit vergangen war und ob es draußen dunkel oder hell war. Als sie merkte, daß das Rütteln nachgelassen hatte, kroch sie auf den Sitz zurück und versuchte einzuschlafen. Irgendwann mußte das ein Ende haben. Irgendwo würden Menschen auftauchen und die Türen öffnen. Sie würden ihr heraushelfen, alles erklären und nach einem Auto telefonieren. Sie brauchte nur zu warten.

Sie befand sich lange in einem Dämmerzustand, der vielleicht Schlaf war. Als sie erwachte, hatte sie große Angst. Sie war sich sicher, daß außer ihr noch jemand im Wagen saß. Sie fror jetzt und hatte gleichzeitig ein Stechen vor Angst. Sie konnte ihn beinahe sehen. Es war ein Mann in einem staubigen, grauschwarzen Mantel mit Pelerine. Er hatte seinen Hut über die Augenbrauen herabgezogen, so daß sie nur vage ein holzgraues Gesicht ausmachen konnte. So sah er aus. Sie weigerte sich jedoch, ihn anzusehen. Sie öffnete die Augen nicht, die ganze Zeit über nicht, in der er da war. Sie spürte, daß er sich über ihren Schrecken amüsierte, und sie hielt die Augen fest geschlossen und versuchte, so gleichmäßig wie möglich zu atmen, damit er glaubte, sie schliefe.

Erst als er den Wagen verlassen hatte, wagte sie es, die Augen zu öffnen. Wie er ausgestiegen war, verstand sie nicht. Die Räder hatten nicht aufgehört zu rollen, die Wagentür war nicht zugeschlagen worden. Jetzt begann sie zu glauben, daß er gar nicht dagewesen war. Sie meinte sich daran zu erinnern, etwas über eine gewöhnliche, ja, ganz und gar alltägliche Frau gelesen zu haben, die eines dunklen Abends in einen geschlossenen Wagen steigt und plötzlich findet, daß sie Gesellschaft hat. Daß in der Wagenecke eine dunkle, in einen Mantel gehüllte Gestalt sitzt.

Der Gedanke, daß der Mann in der Pelerine nur ein grauschattiges Hirngespinst (und nicht einmal ihr eigenes) gewesen sei, tröstete sie für eine geraume Weile. Aber sie hatte den Blick jetzt wieder aus dem Fenster gerichtet. Dieser Wald. Es gab keine Erklärung für das Gedränge und den Verhau. Auch nicht für das Durcheinander von Lebensformen, die in diesem Raum um Licht und Nahrung kämpften. Oder vielmehr einen Raum bildeten. Oder viele Räume. Es gab keine Erklärung für seine Unberührtheit. Es war, als ob dieser Siebenmeilenwald (oder Tausendmeilenwald!) von der Gegenwart eines Bewußtseins unberührt wäre. Ja, ihm gegenüber völlig gleichgültig. Gleichwohl fuhren sie doch wirklich auf einem Weg. Oder mühten sich auf einer Art gerodeter Strecke vorwärts.

Sie empfand Müdigkeit und Ekel. Was sie erlebte, war etwas Außergewöhnliches, das sah sie ein. Sie besaß ja Gaben. Aber was für eine Art Bedeutung hatte es? Es sollte einen doch wohl das eine oder andere lehren. Etwas offenbaren, fand sie. Sich nicht nur wie ein unappetitliches und sinnloses Wirrwarr vermehren.

Während sie zusammengekauert in der Wagenecke saß und verschiedene Stellungen ausprobierte, um das Rütteln abzufangen und den Reiseschmerz in ihrem erschöpften Körper zu lindern, kam eine Erinnerung zurück. Sie kam ebenso stark und überdeutlich wie der Anblick des spitzen, wüsten, des schlammschwarzen und dunkelgrünen Waldbodens vor dem Fenster. Ob sie nun die Augen schloß oder sich mit offenen Augen umsah, sie schien keine andere Wahl als die Deutlichkeit und Schärfe zu haben: Katrineholm, an einem Wintertag. Lange Holzstapel. Schneematsch, bräunlich vom Pferdemist und Kies. War es während des Kriegs? Oder früher? Sie konnte sich nicht erinnern, wie alt sie gewesen war. Aber sie mußte recht unschuldig gewesen sein, wie man das damals nannte. Sie ging mit ihrem Dackel auf der Straße. Ein Kleintierarzt empfing im Stadthotel auf die gleiche Weise Leute, wie es Homöopathen und ambulante Verkäufer von Damenmänteln zu tun pflegten. Ulla ging mit dem Hund zu ihm, weil das Tier an einer permanenten Erektion litt. Der Dackel versuchte ständig, bei den Freundinnen ihrer Mutter an den Beinen zu juckeln. Wenn sie ihn forttraten, blieb er mit grotesk verlängertem und verdicktem Glied, das aus seiner spärlich mit Haaren bewachsenen Hülle ragte, auf dem Fußboden stehen. Er juckelte ins Leere und sah wirklich leidend aus. Sie war sich sicher, daß die Steifheit seines Glieds ihm Leiden verursachte, und hatte viel auf ihre Eltern eingeschwatzt, mit ihm zum Tierarzt zu gehen. Aber sie weigerten sich, ihn untersuchen zu lassen. Ulla glaubte, daß er an einer schwer heilbaren Krankheit leide. Dem Ganzen haftete etwas Peinliches an. Das hatte sie natürlich begriffen. Hatte sie deswegen den ambulanten Tierarzt aufgesucht, der annonciert hatte, daß er in den Abendstunden die Hunde und Katzen und Papageien der Leute empfange? Sie hatte von ihren Eltern für diesen Besuch fünfzig Kronen bekommen. Sie waren nicht grausamer als andere Eltern und ungefähr ebenso launenhaft, was ihr Einfühlungsvermögen betraf. Der Hund gehörte Ulla und sollte der Übereinkunft gemäß von ihr versorgt werden.

Der Tierarzt sah sich den Dackel an, der tatsächlich einen seiner Anfälle bekam (Ulla streckte das Bein vor), und sagte, daß das normal sei. Das Tier habe jedoch eine schwere Entzündung unter der Vorhaut. Die solle mit Chloraminspülungen behandelt werden. Er nahm zehn Kronen Honorar, und Ulla merkte, daß er irgendwie merkwürdig war. Daß diese Merkwürdigkeit zum Geschlechtsleben, wie das mit einem unaussprechlichen Wort hieß, gehörte, wurde ihr klar, sobald sie bezahlt hatte. Mit einem Schlag verstand sie alles mögliche, wovon sie bis zu diesem Moment keine Ahnung gehabt hatte. Ihr wurde klar, welch haarige Schweine gut gekleidete und kultivierte Menschen wie ihre Eltern waren. Welche Affen. Ihr schwindelte von all dem, was sie plötzlich wußte, und sie schwankte, als sie dort in dem kahlen Hotelzimmer stand, wo der Tierarzt auf untergelegten Handtüchern seine Instrumente auf dem Bett ausgebreitet hatte.

Normal. Das war normal. Ein einziges Juckeln. Das ganze Leben lang.

Zehn Kronen. So wenig konnte das nicht kosten. Sie begriff nun, daß sie ihm leid tat und daß er sich gleichzeitig das Lachen verbeißen mußte. Verwirrt vor Scham stolperte sie, ohne sich zu verabschieden, zur Tür hinaus. Sie zerrte derart an der Leine des Dackels, daß er schnarchend und halb erwürgt mit ihr hinausrutschte.

Sie hatte noch vierzig Kronen übrig, und als sie aus dem Stadthotel trat, sah sie gegenüber an der Fassade des Bahnhofshotels ein Plakat:

BELUX DER ZAUBERER
UND
BELINDA
»DIE SEHENDE«
Eintritt 25,–

Ohne es sich zu überlegen, ging sie hinein, und sie benutzte die vierzig Kronen, die sie übrigbehalten hatte, für die Eintrittskarte. Sie war überdies gezwungen, Limonade und ein belegtes Brot zu bestellen. Es war undenkbar, daß eine Schülerin in ein Restaurant ging, und außerdem war es verboten. Sie konnte relegiert werden. Aber Ulla befand sich nach dem, was sie in dem Hotelzimmer erlebt hatte, in einem Halbdämmerzustand. Ihr war nicht einmal klar, was sie angelockt hatte, als sie das Hotel betrat.

Zu dieser Zeit hatte sie über ihre wunderliche Gabe nachzudenken begonnen. Als kleines Kind hatte sie diese als selbstverständlich betrachtet und geglaubt, daß alle Leute Gedanken lesen könnten. Sie hätte es deshalb nie gewagt, den Gedanken zu Ende zu denken, daß sie zu einer besonderen Art von Menschen gehöre. Aber dieser Abend war jenseits aller Kategorien ihres Lebens. Sie war gedemütigt, angeekelt und befand sich in wildem Aufruhr. Gleichzeitig fühlte sie sich merkwürdig schlapp.

Oben auf dem Podium verschwanden Armbanduhren und Halsketten, wenn die Hände des Zauberers Belux um die Körper der Halbbetrunkenen flatterten und tasteten. Die Hände wurden weiß und groß, wenn er sie ins Scheinwerferlicht hielt, und er sagte: »Hier nichts! Da nichts! Nix! Niente!«

Er lieh sich die Brieftaschen der Männer, und Belinda sagte prompt, wieviel Geld sich darin befand. Er trug einen schwarzen Frack, sie ein blaues Seidenkleid mit Pailletten. Sie war älter als er und stark geschminkt.

Belux rief eine kichernde Frau nach vorn, die einen Namen auf einen Block schreiben mußte. Er riß den Zettel ab, faltete ihn zusammen und hielt ihn Belinda kurz an die Stirn. Nach einer Weile begann sie sich mühsam zu dem Namen durchzubuchstabieren. Sie brummelte, sie suchte und wiederholte und kam schließlich auf den richtigen Namen. Die Frau aus dem Publikum hielt den Zettel hoch, und im Saal donnerte der Applaus und wirbelte den Zigarettenrauch auf.

Die Nummer hatte einen solchen Erfolg, daß sie sie mehrmals mit neuen Personen aus dem Publikum wiederholten. Beim fünften Namen rief Ulla: »Ein schlanker Mann ... er ist leicht krank ... sie denkt an ihn ... Emil ... er heißt Emil!«

Es war absolut totenstill und verqualmt. Alle Gesichter waren Ulla zugewandte grauweiße Flecken. Sie dachte nicht eine Sekunde daran, welche Qual es normalerweise war, wenn sie vor der Klasse ein Gedicht aufsagen oder an die Tafel gehen und die Kongruenz zweier Dreiecke beweisen mußte. Sie fuhr einfach fort: »Emil Affer ... Emil Anderf ... elt.«

Alle atmeten aus. Es zischte gleichsam in dem Raum. Die Leute staunten und lachten. Ulla spürte, daß sie sie bewunderten. Ohne es zu merken, war sie aufgestanden. Belux rief sie auf die Bühne, und sie gehorchte. Sie fühlte sich nach wie vor dumpf.

»Belinda hat eine kleine Konkurrentin bekommen«, sagte er. Nun meinte er, daß sie einen Wettstreit austragen sollten. Als der Zettel zusammengefaltet Belinda auf die Stirn gelegt wurde, sah Ulla, daß sie den Namen sofort ausrufen wollte, um nicht besiegt zu werden. Doch er hielt sie mit einer Geste zurück. In seinem schwarzen Frack sah er aus wie ein Orchesterdirigent. So aus der Nähe rochen Belux und Belinda nach Tabak, Schweiß und parfümiertem Puder. Er machte mit dem Zettel in der Hand eine ausladende Geste und wollte ihn Ulla auf die Stirn legen. Doch sie schob ihn beiseite.

»Es ist kein Lebender«, sagte sie. »Er kennt ihn nicht. Es ist nur ein Scherz, glaube ich. Obwohl ...«

»Ja! Ja!«

»Er denkt jetzt an ein Gebäck. Früher war es ein Mann.«

Belux hob beide Hände über den Kopf. Mit der einen wedelte er mit dem Zettel. Er ließ ihn zwischen den Tischen herabsinken.

»Lesen Sie!« rief er. »Lesen Sie ihn laut!«

Er wanderte durch mehrere Hände, bis ein Mann mit hochrotem Gesicht es wagte, laut vorzulesen, was darauf stand: »Napoleon.«

Schreie und Applaus. Belinda lächelte, blickte aber seltsam drein. Ulla war drauf und dran, ohnmächtig zu werden. Sie meinte, nicht dort zu sein, nicht richtig. Ständig gingen ihr der Tierarzt und das Glied durch den Kopf. Der Dackel saß angebunden draußen im Schnee. Er fror bestimmt zu Tode. Ihr fiel ein, daß nichts von all dem seine Schuld war. Das steife Glied. Das lebenslange Juckeln. Niemand konnte etwas dafür. Alle wußten es. Aber niemand konnte etwas dafür.

Da stürzte sie hinaus.

Als sie jetzt mit fest geschlossenen Augen in dem Wagen saß, wurde ihr klar, daß die Menschen in dem verqualmten Bahnhofshotel sie lächerlich gefunden hatten. Sicherlich, sie hatten ihre Fähigkeit bewundert. Waren erstaunt darüber. Aber in ihrem Beifall hatte auch Herablassung gelegen, Verachtung gar, wenn auch eine recht gutmütige und alkoholgetränkte. Aus dem Abstand eines halben Jahrhunderts horchte sie den Applaus und die Zurufe ab. Überlegte, wie sie ausgesehen haben mochte, konnte sich aber beim besten Willen nicht daran erinnern. Alle Mädchen trugen in der kalten Jahreszeit natürlich braune Wollstrümpfe. Skistiefel und Socken mit umgeschlagenen Beinlingen. Fäustlinge. Einen damenhaft geschnittenen Mantel. Eine Schulmütze aus schwarzer Seide mit einem Silberabzeichen am Samtband um den Hutkopf: einen Lorbeerkranz und eine Zahl. Welche?

Da wußte sie abermals, daß sie nicht allein im Wagen war. Er war zurückgekehrt. Er saß in der anderen Ecke. Sie konnte seine Anwesenheit spüren, nicht als einen Geruch oder als die geringste Bewegung. Nur Anwesenheit, so dicht wie eine Substanz.

Sie wußte, daß sie diese Anwesenheit mit geschlossenen Augen und am besten ohne zu denken ertragen mußte. Doch die Überzeugung, daß es sich um den schäbigen Podiumskünstler aus dem Bahnhofshotel in Katrineholm handelte, der gekommen war, um sie zu holen, wuchs sich in der Dunkelheit immer mehr aus.

Ulla dachte nicht darüber nach, was sie in ihrem Leben alles erfolgreich ertragen hatte und wie das zugegangen war. Es wirkte aber trotzdem und gab ihr die Kraft, völlig still zu sitzen. Ob es Stunden waren, die sie in ihrem Ertragen so reglos dasaß, davon hatte sie keine Vorstellung. Ihr Körper schmerzte. Und ihr Schrecken steigerte sich, wenn der Wagen sich neigte oder gegen ein Hindernis stieß. Dann wußte sie, daß sie auf *ihn* geschleudert werden konnte. Auf halber Höhe von der Decke herab hatten ihre Finger eine Schlaufe gefunden. Diese fühlte sich an, als wäre sie aus grob geflochtener Seide, daran hielt sich Ulla fest und redete sich ein: Die ist stark. Die ist unglaublich stark.

Schließlich verschwand er ebenso leise wieder, wie er gekommen war. Der Krampf in ihren Muskeln löste sich. Sie empfand jetzt nur noch Müdigkeit. Im Wagen war es jetzt hell, das wußte sie. In ihrer dumpfen, beinahe dämmerhaften Erleichterung und Müdigkeit wagte sie es, die Augen zu öffnen.

Es war das erste Mal, daß die Pferde in den südlichen Djurgården rauschten. Diesmal vermutlich über die Brücke bei Djurgårdsbrunn. Ulla bekam es nicht mit. Aber sie meinte, die entlaubten Eichen und Hügel zu erkennen, obwohl sie schneebedeckt waren. Wo die Taubstummenschule von Manilla hätte auftauchen müssen, kam nichts, nichts und dann Wasser. Kein Eis, sondern graues Wasser in kurzen, wütenden Wellen mit weißen Schaumkronen. Der Wagen fuhr nun durch etwas, das ein winterlicher Garten sein mußte. Sie machte eine halb verschneite Rasenbank aus. An den in Form geschnittenen Büschen, die den Weg säumten, hatten sich wilde Auswüchse aus Schnee gebildet, die im Wechsel von Tauwetter und Verharschung erstarrt waren. Niedrige Buchsbaumhecken bildeten in weißen Schnee und schwarzes Astwerk gezeichnete Labyrinthe. Auf dem Grund eines Springbrunnens lag in einer dünnen Eisschicht eingefrorenes Laub, und die knubbligen Körper der Putten hatten Schneekleckse. In einem verwelkten Laubsaal hingen noch zusammengekräuselte Blätter. Ulla verkroch sich wieder in die Wagenecke, schloß die Augen und ertrug. Es gab vielleicht nichts, wovor sie sich im Moment fürchten mußte. Wenn da nicht die Verlassenheit dieses verwelkten und gefrorenen Gartens gewesen wäre.

Es ist unerklärlich, daß sie in ein und derselben Nacht – denn es war doch Nacht? –, in der sie in ihrer Wagenecke zusammengekauert gefroren hat, auch Hitze und gleißendes Sonnenlicht erlebt hat, daß sie vor Kälte und Schmerzen gezittert hat, daß sie sich vor einer Gestalt gefürchtet hat, die sie nicht gesehen hat, daß sie durch einen nie enden wollenden Wald gefahren ist, auf den niemand Anspruch zu erheben schien. Es ist unerklärlich und ermüdend, und sie kann da nichts machen, sich nur in der Ecke zusammenkauern und den Geruch von Schimmel und Staub einatmen. Versuchen zu schlafen. Sich nicht erinnern, nicht erinnern.

Allerdings konnten es doch gar keine Erinnerungen sein. Und was sind Erinnerungen eigentlich? Vor kurzem hat sie Oda – oder war es Sylvia? – über Deckerinnerungen sprechen hören. Das soll eine Art von Erinnerungen sein, die die Psyche produziere, um – ja, was? Etwas, was nicht geschehen war, zu verdecken, obwohl es doch wirklich war. Ulla hatte die Psyche eine Decke steppen sehen, eine emsig stichelnde Psyche, eine kleine Produzentin wärmender und schützender Hüllen.

Das mag auch sein, fand Ulla. Es ist sowohl menschlich als auch erklärlich. Aber eine Psyche, die sich lauter Unwirklichkeiten produziert – das ist widerlich. Das ist Skeptizismus. Das ist es. Und er wird mich noch an den Rand des Wahnsinns treiben, Oda! Womöglich bin ich bereits dort.

Sie hatte ja in dieser Nacht den Wahnsinn gesehen. Sie war an diesem Rand entlanggefahren. Er war eine Art Weg, der sich jederzeit in Morast verwandeln konnte. In ihrer Wagenecke zusammengekauert, hatte sie eingesehen, daß es außer ihr nichts und niemanden auf der Welt gab. Der Wald war kein Wald. Es waren Bilder, die einander vor dem schmutzigen Wagenfenster grotesk und wirr ablösten. Wenn sie den Kopf abwandte, hörten sie auf zu existieren. Wenn sie etwas anderes, ebenso Groteskes, ebenso Entstelltes ansah, gab es auch das nicht, obgleich es sowohl stank als auch Geräusche von sich gab. Es entstand lediglich in dem Moment, in dem sie ihren Blick darauf heftete.

Während der Fahrt durch den gefrorenen Garten hatte sie die Eingebung, daß sie nicht zum Wagenfenster zu ihrer Linken hinaussehen sollte. Täte sie es, würde sie das Entsetzliche sehen.

Nichts. Nix. Niente.

Und zur gleichen Zeit, da sie wußte, daß sie um keinen Preis in die Richtung blicken durfte, wo es nichts gab, spürte sie, daß sie jederzeit zusammenzucken und völlig unabsichtlich in die gefährliche Richtung sehen konnte. Wie in einem Reflex, einem Zucken der Nerven nur.

Sie mußte ganz, ganz still sitzen.

Dies ist vielleicht ihr letzter Gedanke, denn jetzt befindet sie sich in einem Dämmerzustand, und sie erfaßt nur schwach, daß sie nach langer Zeit die Djurgårdsbron passieren. Aber sie wagt es natürlich nicht zu glauben.

Sie schläft mit offenen Augen (das sagt sie sich zumindest selbst: Ich schlafe mit offenen Augen) und glaubt gar nichts mehr, so lange nicht, bis die Equipage der 47 begegnet, die den Strom erneut wendet und ihn brüllend zur Djurgårdsbron mitzieht, der Stadt, dem Tag entgegen.

Sie darf aussteigen. Der Schwarzgekleidete, der hinten gesessen hat, hält ihr den Schlag auf. Er sagt nichts, und auch Ulla sagt nichts. Sie weiß, daß der Versuch, mit ihm zu sprechen, sinnlos wäre. Der Wagen steht am unteren Ende der Straße, in der sie wohnt. Sie sieht Mischa aus seinem Laden kommen und vor dem Eingang Schnee fegen. Er sieht nicht nach ihr und nimmt auch von den schwarzen Pferden keine Notiz. Das findet sie gut, denn sie könnte ihm nichts von ihrer Heimfahrt erzählen.

Es ist jetzt Winter und Morgen, und die Dohlen sind auf dem Weg zur Mülldeponie von Årsta. Vor dem Küchenfenster sitzt benommen ein überwinterndes Amselweibchen im Schneebeerenstrauch. Ulla steigt steifbeinig die vereiste Treppe hinauf, an der die Zementtiere wachen, das eine mit einer dürren Efeuranke überm Katzengesicht.

Sobald sie in die Wohnung kommt, will sie sich ausziehen und sich ins Bett legen. Vorher vielleicht noch ein wenig warme Milch trinken. Sie ist durchgefroren, und ihr Körper schmerzt. Dann wird sie schlafen. Und wenn sie aufwacht, ist das alles geträumt. Davon ist sie jedenfalls fest überzeugt.

Jetzt raucht Ahmeds und Jamins Mutter die letzte Zigarette. Glücklicherweise steht sie im Zimmer und betrachtet die Fragmente im Restauriertisch, als sie sie ansteckt. Dann zerknüllt sie die Packung. Da sticht es Blenda in den Achselhöhlen.

»Gudd?« fragt die Mutter freundlich und nickt in Richtung der gelben Seidenteile. Es ist schwer zu entscheiden, was sie meint. Doch Blenda stimmt zu.

»Yes good, very good.«

Jetzt sind es nur noch ein paar Züge. Dann muß sie in die Küche gehen, um die nächste Packung zu holen. Die es nicht gibt. Es ist kein gutes Gefühl, diese Leute zu täuschen. Selbst wenn sie geheimnisvoll sind, selbst wenn sie praktisch dafür sorgen, daß sie stets bewacht wird, so sind sie doch freundlich. Auch diese Frau ist freundlich. Wenn auch meist wortlos.

Ahmed ist gegen neun Uhr gegangen, Jamin gleich danach. Da steckte ihre Mutter noch immer in ihren morgendlichen Stoffmassen. Die sahen ungefähr so aus wie das, was sie tagsüber trug, aber sie sollten jetzt gewechselt werden. Zuvor ging sie jedoch ins Badezimmer. Da huschte Blenda auf schnellen und ganz leisen Sohlen in die Küche, nahm die Stange Zigaretten aus dem Küchenschrank, öffnete so vorsichtig wie möglich das Fenster und warf sie hinaus. Dann kehrte sie an ihren Arbeitstisch zurück.

Ahmeds und Jamins Mutter raucht und raucht und hat keine Ahnung, daß dies die letzte Zigarette ist. Es dringen noch mehr freundliche Laute aus ihr. Möglicherweise eine Anfrage wegen Kaffee. Blenda nickt und lächelt. Sie hat einen trockenen Mund.

Nun geht die Mutter in die Küche. Die Minuten sind jetzt lang. Blenda steht am Fenster und sieht den Passat unten auf der Straße. Es muß kalt sein. Sylvia sitzt schon länger als eine Stunde dort. Blenda kann sie noch durch den Dunst gefrorenen Atems auf den Seitenfenstern schimmern sehen. Ab und zu hat sie den

Motor angestellt und ihn ein Weilchen laufen lassen, damit es wärmer wurde.

Jetzt hört Blenda die Schranktüren schlagen. Ahmeds und Jamins Mutter ist auf der Suche, und die Geräusche klingen wütend. Jetzt ist sie im Wohnzimmer. Hier ist der Schwachpunkt in Sylvias und ihrer Berechnung. Es können sich noch an irgendeiner anderen Stelle, von der Blenda nichts weiß, Zigaretten befinden. Jetzt das Schlafzimmer. Sie schlägt im Zimmer der Jungen mit den Kleiderschranktüren. Es hört sich nicht so an, als ob sie etwas fände.

Blenda ist noch nie in eine Intrige verstrickt gewesen. Sie hätte sie sich auch gar nicht ausdenken können. Das war Sylvias Werk. Die clevere Sylvia, die jetzt dort unten im Auto in ihren Waschbären gekauert auf das Zeichen wartet. Blenda hütet sich, zu nahe ans Fenster zu treten. Sie fürchtet, sie zu früh herauszulocken.

Wenn denn etwas daraus wird. Aber sie glaubt kaum, daß die Mutter der Jungen es längere Zeit ohne Zigaretten aushalten kann. Sie streift durch die Wohnung. Die Badelatschen schlurfen. Und dann ist es plötzlich still. Blenda spitzt die Ohren. Sie hört ganz deutlich einen Kleiderbügel klirren. Ein leises Rascheln. Sogar ein leises Stöhnen und einen schwachen Rums. Noch einen. Sie zieht die Stiefel an. Und jetzt die Wohnungstür, äußerst, äußerst vorsichtig. Knack, knack.

Das darf sie von Ahmed und Jamin und Assia aus nicht tun. Sie darf Blenda und den Rock nicht unbewacht lassen. Aber sie muß. Sie ist so nikotinsüchtig, daß sie es tun muß.

Blenda ist jetzt kicherig zumute, sie hat aber immer noch einen trockenen Mund. Erst als sie die Mutter in ihrem grünen Steppmantel aus dem Haus treten sieht, zeigt sie sich richtig am Fenster. Und Sylvia tut mit. Wachsam.

Sylvia, die an strömendem Wasser aufgewachsen war, wußte nicht, daß sie verdorren sollte. Freilich von einer anderen Art Leben wimmelnd, so, wie ein Tannenskelett. Als Kind entfernte sie die Rindenscheiben von den verdorrten Tannen und legte die Schrift auf deren Innenseite frei. Daß es Borkenkäfer waren, die dort krochen und sich vorwärtsnagten, wußte sie wohl. Doch sie wollte diese Schrift wie Hieroglyphen lesen; wo Leben war, sollte Sprache sein.

Wie auf dem Felsen am Strom. Dort bekam sie Tierkörper und Räder zusammen. Figuren. Ein Mädchen mit gespreizter Krone. Hörner oder Flügel.

Dann vergaß sie sie. Erst als der Kraftwerksstaudamm gebaut werden sollte, dachte sie wieder an die Furchen in der Steinhaut. Das war in den frühen fünfziger Jahren, und sie war Studentin. Ein junges Genie namens Michael Ventris hatte die minoischen Zeichen auf den Tontafeln aus Kreta gedeutet. Sie erinnerte sich wieder an die Rindenplatten ihrer Kindheit. Und dann fielen ihr die Linien auf der Felsplatte am Strom ein. Ob die geritzt waren?

Mama, die jetzt dick und erdverbunden war und ärger denn je Jämtländisch sprach, machte sich einen Dreck aus Felszeichnungen. Sie ärgerte sich pausenlos, weil sie den Unterricht der Kinder in der Unterstufe und das Geschäft und die Ziegen hatte aufgeben müssen. Papa erledigte kommunale Aufträge und eignete sich Allgemeinbildung an. Fuhr mit dem Fahrrad zu den Gemeindeversammlungen, las *Allers Familjejournal* und *Triumf.* Er glaubte, daß es Felszeichnungen seien.

Jetzt aber sollte es einen Wasserspeicher geben und der Felsen verschwinden. Da ruderten sie hin. Die Strömung war stark. Es war Frühjahrshochwasser, und die Felsplatte lag halb unter Wasser. So, wie die Linien dort unten sich bewegten, spielten und gebrochen wurden, hätten es Tiere, Schiffe, Männer mit Speeren sein können – alles. Enthusiast, der er war, wußte Papa nicht, was er glauben sollte.

Im Sommer kamen Herrschaften. Ein kleiner, stämmiger Herr, ein Großhändler aus Stockholm. Er wollte seiner Frau zeigen, wo er während des Kriegs über die Grenze gegangen war. Er sei mit der illegalen Zeitschrift *Håndslag* im Rucksack in Norwegen gewesen, sagte er. Und das glaubte man gern. Nicht aber, daß sie seine Frau war. Denn es umgab sie etwas Sündiges. Lust und Freiheit hätte man es nennen können, dachte Sylvia Jahrzehnte später. Sie war größer als er, sprach finnlandschwedisch. Nicht einmal als sie mit dem Bus ankamen, hatte sie einen Hut getragen. Die liebe Oda.

Papa sprach so, wie es in der Gemeinde als fein galt, und ruderte sie zu dem Felsen hinüber, damit sie als gebildete Leute ihn sich ansähen. Da war der Wasserstand gesunken, die Furchen lagen trocken in der Sonne. Sylvia, zwanzigjährig und entsetzlich verlegen, zeigte, berichtete und fuhr mit dem Finger nach, was sie als Kind gesehen hatte. Das war nicht schwierig. Es war, als säßen ihr die Figuren in der Zeigefingerkuppe. Besonders diejenige, die sie für ein Mädchen hielt. Oda Arpman sah, was Sylvia sah. Der Großhändler äußerte sich mit einem Jein. Feig wechselte Papa auf die Seite des Großhändlers über, versprach aber immerhin, mit dem Polier des Staudammbaus zu sprechen.

Am Abend nahmen Oda und ihr Großhändler Sylvia im Boot mit und streuten nach Sylvias Anweisung Mennigepulver in die Furchen. Die Figuren lebten auf. Das war seltsam. Steindichtung, sagte der Großhändler lächelnd. Das Inlandeis und das Mädchen und Oda hatten vereint diese Welt gedichtet, die nicht sterben wollte.

Tags darauf hatte ein nächtlicher Wolkenbruch aus dem norwegischen Fjäll die Mennige in alle Furchen zerfließen lassen. Es sah wie ein Schlachtplatz aus, und der Polier, der sich schon auf das Schlimmste gefaßt gemacht hatte, das heißt, auf das Zentralamt für Denkmalpflege, konnte erleichtert feststellen, daß es sich nur um Kinderphantasien gehandelt habe. Der Großhändler war jedoch nicht so triumphal zufrieden, wie man hätte erwarten können.

Sie erinnert sich kaum an ihn. Aber an Oda. Wie diese mit Trotz und Lust und Freiheit in Sylvias präzise und ehrgeizige Studentinnenwelt einbrach. Die Felsplatte am Strom setzte das Kraftwerkunternehmen unter Wasser, sprengte sie sicherlich auch, so daß niemand recht bekommen konnte.

Sylvia begann Archäologie zu studieren. Das war sehr konkret und kiesig: Knochenreste, sprödgebrannter Stein, Pfahllöcher. Im Winter saß sie am Labortisch. Doch das, was sie suchte, fand sich dort nicht. Ihr wurde klar, daß es spurlos vermodert war. Erst lange nachdem sie zur textilen Archäologie übergewechselt war, sah sie ein, daß es sich auch in den Krypten nicht fand. Was verloren war, war verloren.

Wir erschaffen die Vergangenheit. Sylvia empfand Scheu vor diesem Wort. Erschaffen, das ist, etwas aus dem Nichts erstellen. Neue Datei erstellen? fragte ihr Computer, fast so, als wäre sie ein Gott und würde vom Pfarrer angerufen.

Doch sie, die ein kantiger und schneller Mensch war, lernte durch die Archäologie Behutsamkeit und Zärtlichkeit. Allein so, scheint es, kann die Vergangenheit unter unseren Augen und Händen aufleben. Aber ein Wort fand sie dafür eigentlich nicht. Cyrus sagte dichten. Genau wie der Großhändler. Daß wir das, was gewesen ist, dichten. Dichten, das bedeutet auch dichtmachen. Und das war es: Sie machte die spärlichen Spuren dessen, was gewesen ist, das dünne und zerschlissene Gewebe, dicht.

Die erste Erscheinung, die vielleicht nur Phantasie war, hatte halb unter Wasser geschimmert. Bringt deshalb Blendas Seidenmantel für Sylvia den Boden zum Schwingen, als sie sich in das Zimmer schleicht?

Der Raum wird fast gänzlich von dem großen Waschtisch eingenommen. Er ist selbstgebaut, ganz offensichtlich. Die Brüder oder ihre Helfer haben dazu Spanplatten verwendet. Wasserdicht scheinen sie ihn dadurch gemacht zu haben, daß sie ihn mit einer Baustellenplane ausgeschlagen haben. Unter dem Abflußloch steht ein roter Plastikeimer.

Es ist schwer zu verstehen, daß das, was die Seide trägt, lediglich destilliertes Wasser von irgendeiner Tankstelle in der Nähe ist. Darunter schimmert es. Schmutz und Starre haben sich gelöst. Der Stoff hat seine Form wiedergefunden. Die Fasern sind aufgequollen und haben sich ausgerichtet. Es ist, als hätten sie getrunken. Die gelbe Grundfarbe ist klar, die Farben des Musters funkeln.

Da sind ein Tal und ein blaues, strömendes Wasser aus Seide unter diesem nüchternen Wasser. Ein Vogel mit gekrümmtem Schnabel liegt da und breitet die Flügel aus. In dem Wasser sind Blumen und Blätter. Auf dem schmalen Landstreifen wachsen

Iris, Tulpen und Lilien. Dazwischen wandern Vögel. Sie heben den Schnabel, spreizen Schwanzfedern, und sie schreiten mit feierlich hochgezogenen Beinen und feinen kleinen Krallen. Auf Steinen im Strom sitzen sie. Auf Felsvorsprüngen. Im Schatten des Feigenbaums, auf dessen Ästen. So viele Vögel.

Das Wasser hat die Seide ihre Brüchigkeit vergessen lassen. Sie lebt einige Augenblicke lang so, wie sie vor langer Zeit gelebt hat. Langsam kommt Sylvia zur Besinnung und hört allmählich wieder Geräusche. Vor der Tür redet Blenda wie ein Maniac. Jetzt rüttelt sie mehrmals an der Türklinke. Wieviel Zeit ist vergangen?

Sylvia weiß es nicht. Sie haben zwanzig Minuten vereinbart. Sie hat gesagt, daß das zu wenig sei. In so kurzer Zeit würde sie es nicht einmal schaffen, das Material zu prüfen. Doch Blenda meinte, die Frau nicht so lange in der Küche zurückhalten zu können. Sie hätten ja keine gemeinsame Sprache. Gudd, gudd und Kaffee reichten nicht lange. Sylvia hätte sich schon längst hinausstehlen müssen. Ihr wird klar, daß die Zeit deshalb vergangen ist, weil sie es geschafft hat, alles aufzunehmen. Das geneigte Oberteil des Tisches ist ein Trockentisch, wo auf Glasplatten die Fragmente der Vorderteile liegen. Auf einem gewöhnlichen Malerbock befinden sich Blendas Tropfflasche, der Haarpinsel, das Löschpapier und die Schwämme. Ihre Nähseide und die Crepeline hat sie auf einem Extratisch.

Sie hat die nahezu aufgelöste Ganzheit der Vorderteile zwischen zwei Schichten von Seidenschleiern fixiert und dabei mit mustergültig lockeren Stichen und feiner Nadel genäht. Sylvia guckt mit der Lupe. Die Stiche bestehen aus wenigen Fäden.

Die Türklinke geht rauf und runter, Blendas Stimme klingt schrill.

In einem Kollegheft hat sie sich eine Dokumentation erstellt. Daneben liegt ein Vogelbuch. Sie hat das Bild auf dem Rückenteil abgezeichnet und mit Hilfe von VÖGEL EUROPAS beschrieben. Papagei und Pfau hat sie natürlich so erkannt. Turteltaube hat sie neben die Markierung der weißen Taube mit der großen Halskrause geschrieben. Ob das wohl stimmt? Und Stieglitz? Doch Schneehuhn, Bachstelze, Rebhuhn, Wachtel und Nachtigall scheint sie in dem Buch gefunden zu haben. Da stehen Seitenverweise. Der Falke heißt nur Falke. Sylvia würde ihn Abendfalke nennen. Wiedehopf heißt der kleine mit den aufgerichteten Scheitelfedern, der inmitten des Stroms auf einem Stein sitzt. Enten und andere Wasservögel hat sie zusammenfassend für diejenigen geschrieben, die sie nicht identifizieren konnte.

Warum sind alle diese Vögel versammelt?

Jetzt ist Blenda im Zimmer. Sie hat die Tür so knapp wie möglich geöffnet und steht nun an sie gedrückt.

»Du mußt gehen!«

»Ich bin noch nicht fertig.«

»Du *mußt.*«

Dann flüstert sie: »Verstehst du denn nicht, daß ich Angst habe vor denen. Ich gehe jetzt in die Küche zurück. Und werde versuchen zu quatschen und Mätzchen zu machen ... wenn du wüßtest! Und dann mußt du unbedingt gehen. Sei vorsichtig, wenn du die Sicherheitskette aufhakst. Das hört man.«

Und dann ist Sylvia wieder allein mit dem Anblick unter Wasser. Sie will es nicht anders. Ihr Gehör hört auf zu funktionieren. Sie spürt auch nichts. Sie sieht.

Kajan Tidström war einst Handarbeitslehrerin. Das heißt jetzt nicht mehr so. Sie wurde in einer anderen Zeit ausgebildet, wurde zu Sorgfalt und feinen Stichen ausgebildet. Sie ließ die Mädchen Babykleidung nähen und stricken. Das ist lange her.

Aber sie beherrscht die neuen Nähmaschinen. Nun soll sie die Schülerinnen und Schüler Applikationen machen lassen. Das Fach heißt nicht mehr Handarbeiten. Sie kommt in ihrem engen Wildledermantel (man sollte seine Kleidung nicht so lange tragen, und außerdem sollte man ein Auto haben) zur Schule, und sie hat eine sehr verschwommene Vorstellung davon, wie die Fächer auf dem Stundenplan heißen. Es soll jetzt aber etwas Künstlerisches sein. Keine Babykrägelchen, keine Strickhöschen.

Sie macht diese Vertretung nicht als Springerin. Solche übernimmt Kajan nicht mehr. Sie ist außerdem zu alt, um noch angefordert zu werden. Aber jetzt hat Blenda sie wieder gebeten. Sie tut so geheimnisvoll, sagt, daß sie einen Auftrag erhalten habe. Mehr nicht. Daß es eile.

Ansonsten widmet Kajan heutzutage einen großen Teil ihres Lebens Vereinigungen. Ihre Amnesty-Gruppe schreibt Briefe an Präsidenten und erinnert sie daran, daß in ihren Gefängnissen Gefangene verschmachten. Sie macht bei *Frieden und Freiheit* mit (dort lernte sie damals auch Oda kennen) und bei *Frauen für Frauen* und dann natürlich in Odas Gesprächskreis.

Kajan ist ein bißchen zu konturiert, um farblos zu sein, und man kann nicht behaupten, daß sie geheimnisvoll sei. Trotzdem stellt sich ein solches Wort ein, wenn man sie betrachtet. Stellt sich ein und wird verworfen. Ihr Verhalten vielleicht? Ihr Akzent zum Beispiel. Sigge hat immer gedacht, es sei ein Sprachfehler oder vielleicht Gotländisch. Kajan ist die Witwe eines Volkshochschulleiters aus Gotland. Aber Oda weiß etwas. (Oda weiß *ein bißchen* etwas.)

Womöglich ist sie nur zurückhaltend. Hebt sich nicht selbst

hervor. Wie jetzt in der Frage des Aufrufs. Und keine von ihnen ahnt, daß sie, besonnen und korrekt wie sie ist, eine törichte Angst verspürt. Daß sie eine Taschenlampe am Bett hat, einen Packen belegter Brote und ein Necessaire mit Toilettenutensilien.

Sie wissen nicht, daß sie ein äußerst scharfes Gespür für Gefahren hat. Daß sie diese wittern kann. Sie wissen nicht einmal, daß sie selbst, verglichen mit ihr, stumpf, träge und fühllos sind. Gleichwohl hat sie in der Frage des Aufrufs nur eines gesagt: daß es besser sei, wenn um die Zukunft des Krylundschen Hauses nicht so viel Aufhebens gemacht werde. Sie vertritt die Ansicht, daß die Medien die Ereignisse machten. Sie setzten unerwünschte Geschehnisse in Gang. Deshalb hat Kajan schließlich gegen den Aufruf Stellung bezogen. Nicht für die andere Alternative, nein, keineswegs. Aber gegen Odas *Fickrigkeit*. Das ist das Wort, das sie gebraucht hat. Während ihr der Mund trocken geworden ist und es in ihren Handflächen und unter den Armen zu stechen begonnen hat.

Wenn sie in ihre Stunde kommt, hat sie dagegen überhaupt keine Angst. Nicht auf dieser Ebene. Ihr Selbstvertrauen als Lehrerin und Aufrechterhalterin der Ordnung in einem Klassenzimmer ist ungebrochen. In den letzten Jahren vor ihrer Pensionierung fand sie, daß die junge Lehrergeneration nachließ. Sie witterte Anbiederei bei ihnen.

Es kommt darauf an, niemals nachzugeben. Keine Bresche zu bieten.

Sobald sie an diesem Nachmittag das Klassenzimmer betrat, spürte sie natürlich, daß eine ungute Spannung herrschte. Zwischen den Mädchen sitzen zwei Mannsbilder mit geschorenen Köpfen. Sie darf nicht vergessen, daß sie trotz ihrer mächtigen Schenkel und Hände keine Männer sind. Jugendliche, denkt sie. Es sind Jugendliche.

Die Mädchen sind nicht mehr wie früher. Sie reden schriller, ihre Augen sind dunkel wie von Belladonna und glänzen. Sie riechen wie gewöhnlich nach Parfüm, aber auch nach Brunst und Schweiß. Ist das möglich? Das hat sie früher nie bemerkt. Sie duschen doch so wahnsinnig viel.

Wenn sie das nun nicht mehr tun? Wenn nun etwas mit der Mode oder dem Trend geschehen ist?

Sie ist nicht so dumm, daß sie durch das Aufrufen der Namen

diese beiden, die nicht dazugehören, ausscheidet, um sie aus dem Klassenzimmer zu bekommen. Nein, darauf warten sie wahrscheinlich nur. Wie auf einen feierlichen Augenblick. Sie ahnt das halb erstickte Kichern der Mädchen, das deren Gemotze begleiten würde. Sie hat das schon erlebt und läßt sich nicht verleiten.

Da sagt der eine von den maschinell Geschorenen, daß er eine Flagge nähen wolle.

»Ich auch«, echot der andere.

Das also ist die Provokation, denkt Kajan. Wenn es weiter nichts ist. Nun – das werden wir klären. Sie denkt in diesem Augenblick praktisch an sich selbst, als wäre sie mehrere. Oder zumindest zwei. Keine Bresche. Der eine von den Geschorenen möchte, was zu erwarten war, gelben Stoff haben und blauen. Der andere roten, schwarzen und weißen. Der mit dem knochigeren und knolligeren Kopf möchte eine schwedische Flagge nähen, sagt er. Das löst Gekicher aus. Glänzende Augen. Die Weibchen duften. Kajan sagt, daß dies nicht das sei, womit sie sich in diesem Kurs beschäftigten. Sie ist sich ziemlich sicher, daß eine der jungen Lehrkräfte nachgegeben und damit die erste Bresche aufgetan hätte.

Der Knochenkopf fängt zu argumentieren an. Dürfe er sein Land denn nicht lieben?

»Gelb und Blau habe ich nicht in den richtigen Farben«, sagt Kajan. »Und leider kein Schwarz. Aber Rot geht in Ordnung. Und Weiß. Das habe ich in Baumwolle.«

Jetzt hat es angefangen. Es gibt kein Zurück. Sie spürt ein leichtes Schwanken oder Sinken in sich. Im Zwerchfell. Keinen richtig festen Boden. Deshalb wendet sie sich von dem großen Körper ab: Muskeln in Ruhe, blaue Augäpfel, spärliche blonde Härchen auf den Unterarmen, gelbweiße Zähne. Gesundheit, denkt sie. Vorrechte. Sie ist ein klein wenig verwirrt.

»Leben wir nicht in einem freien Land?« fragt der Knochenkopf. Der andere wirkt intelligenter. Vielleicht nur, weil er nichts sagt.

»Doch, dies ist ein freies Land«, entgegnet Kajan. »Und im Moment befinden wir uns in einer Schulstunde. Du führst eine Scheindiskussion, die nichts zum Unterricht beiträgt. Wir kehren jetzt zu den Applikationsbildern zurück.«

Er ist verstummt. Zuerst empfindet sie Triumph. Dann wird

ihr klar, daß der andere ihn zur Vernunft gebracht hat. Da wird sie unsicher. Sie kehrt ihnen den Rücken, um ein paar Mädchen zu zeigen, wie sie die Applikation mit der zweitfeinsten Zickzacknaht annähen sollen. Doch zuerst müssen sie heften. Es ist wichtig, daß die Applikation glatt auf der Unterlage aufliegt. Stecknadeln allein reichen nicht. Sie vermeidet es, die beiden Geschorenen anzusehen. Sie hat jedoch mitbekommen, daß der Blonde ein Stück gelben Stoff gefunden hat. Aus Wolle. Sie wendet jedoch nicht ein, daß ein Flaggentuch aus Baumwolle sein müsse. Sie hantiert mit Flicken aus pastellfarbener Seide. Himmeln in ausgewaschenem Blau. Sie steht bei einem lebensvollen Mädchen und blickt nicht auf. Wenn er ein gelbes Wollkreuz auf ein Stück blauen Nylonstoff machen will, dann soll er doch. Es wird Falten werfen. Er wird eine erbärmliche Flagge machen.

Dies ist das letzte Mal, wird ihr jetzt klar. Die letzte Vertretung. Das Winterlicht, das durch das große, nicht unterteilte Fenster fällt, trifft auf den weißeren Schein der Arbeitsleuchten. Manchmal hört sie. Aber meist sind um sie herum Schweigen und ein dichter Geruch. Kajan weiß nichts. Große Stellen des Bewußtseins sind verschwunden.

Sie beratschlagt sich mit den Mädchen, steht über ihren gebeugten Rücken und üppigen, nach Shampoo duftenden Haaren und prüft die Stichlänge. Schlägt vor, ein Stück Waschseide mit einer Einlage zu versteifen. Der Kamerad des Knochenkopfs sitzt über seine Applikation gebeugt. Er ist dunkel. Ein dunkler Schatten auf glänzender Schädelhaut. Er hat ein Stück roten Baumwollstoff ausgebreitet und einen weißen Kreis aus Leinenzeug daraufgelegt. Kajan wandert zwischen einem Blumenmotiv mit Perlen und funkelnden Steinen und dem Bild eines Hundes in braunem Samt weiter. Ein verbissenes Mädchen aus dem sozialen Zweig näht Figuren auf hellblauen Grund. Rosa Seide für nackte Körper, grüne, noppige Wolle für Bäume. Kajan dachte zunächst, daß es ein Paradiesbild werde. Aber es handelt sich um ein Gedenkbild. Jemand, den dieses Mädchen kannte, ist an AIDS gestorben.

Kajan geht zurück. Da sieht sie es. Rot, Weiß, Schwarz. Das Feld. Den Kreis. Die Keile. Den dunkel beschatteten glänzenden Scheitel.

Sie geht hin und pflückt die schwarzen Samtkeile von dem

weißen Kreis sowie den weißen Kreis von dem roten, viereckigen Stück Stoff. Dann sagt sie: »Das ist nicht erlaubt.«

Der Knochenkopf brüllt. Doch der dunkel Beschattete schweigt. Er hält den Kopf noch immer gesenkt. Und um ihn herum sind Schweigen und sauerstoffarme Luft. Kajan schwankt ein bißchen, weiß aber, daß das nur innerlich ist. Unter der lautstarken Forderung des Knochenkopfs nach Meinungsfreiheit sammelt sie die Stoffteile zusammen. Der andere rührt sich nicht. Er lächelt tatsächlich leicht. Kajan überkommt ein absurdes Gefühl von Gemeinschaft mit ihm.

»Es ist in der Tat nicht erlaubt, Stereotypien zu verwenden«, sagt sie. Es wird still. Vermutlich verstehen sie das Wort nicht. Sie hört, wie der Knochenkopf Luft für ein neuerliches Gebrüll holt.

»Vorbilder sind nicht erlaubt. Die Applikationsbilder sollen freie und eigene Kompositionen sein. Ich habe von eurer regulären Lehrerin eindeutige Anweisungen erhalten.«

Es ist vorbei. Der Knochenkopf sagt ganz deutlich: Alte Schreckschraube! Aber es ist vorbei. Die Mädchen beugen sich über ihre Bilder, und ein paar Nähmaschinen surren. Vor den Fenstern leuchten jetzt die Straßenlaternen unscharf in dem grauen Dämmer. Irrende Autoscheinwerfer. Die Hochhäuser glimmern. Kajan geht langsam durch die Reihen. Dann kommt sie zu ihrem eigenen Arbeitstisch zurück. Da sieht sie ihn.

Er liegt auf dem Tisch. Er liegt allein. Weiter am Rand der Tischplatte liegt die Anwesenheitsliste in ihrer Plastikhülle. Ihr eigenes Scherenetui. Die Handtasche. Auf dem freien Teil der Tischfläche liegt er. Jemand hat mit der zweitfeinsten Zickzacknaht an der Kante entlanggenäht.

Niemand von ihnen ist aufgestanden. Sie müssen ihn also weitergereicht haben. Wer? Sind da noch mehr, die ...

Nein.

Sie haben ihn untereinander weitergereicht, weil sie das natürlich für einen Scherz halten. Einen Gag. Sie bezeichnen es als Gag. Sie meinen es nicht so. Auch wenn sie es gleichwohl tun. Sie führen die Tat als solche aus.

Gelber Filz. Es ist nicht schwierig, einen Davidsstern herzustellen. Zwei ausgeschnittene und aufeinandergelegte Dreiecke. Nun berührt sie ihn. Er ist auf einem Stück schwarzem Baumwollstoff festgenäht. Es steckt eine Sicherheitsnadel darin.

Sie hat den Blick noch nicht gehoben und auf sie gerichtet, doch sie kann ihr Schweigen und ihre Erwartung spüren. Ja, Erwartung. Jetzt nimmt sie den gelben Filzstern und drückt die Sicherheitsnadel auf. Sie denkt daran, wie sie unter einem Güterwagen mit Alteisen lag und ein Paar bestiefelter Beine und Füße vorbeigehen sah. Das hat sie immer schon getan: sich verkrochen. Sich ferngehalten. Ja, sie ist sehr vorsichtig gewesen. Bis heute. Warum sie jetzt so handelt, weiß sie nicht. Sie steckt sich den Stern an die Bluse, auf der linken Seite, gleich unter dem Schlüsselbein. Dann blickt sie auf.

Sie sind still. Ihr habt einen trockenen Mund, denkt sie. Es ist lustig, dies über sie zu wissen. In dem großen Klassenzimmer ist es völlig geruch- und lautlos. Sie findet das angenehm.

Ja, es ist angenehm in dem Raum. Das Sprechen geht leicht. Die Atmung, die kleinen Bewegungen mit der Zunge, den Lippen und dem Kehlkopf gehen leicht. Die Rede weiß selbst, was sie sagen soll. Kajan braucht nicht darüber nachzudenken.

»Ich heiße nicht Katarina Tidström«, sagt sie. »Ich heiße Katarzyna Grossman. Ich bin in Warschawa geboren. Warschau, sagen die Deutschen. Mein Vater hatte dort eine Herrenschneiderei. Wir hatten auch Verwandte in Schweden. In Norrköping. Manchmal war ich im Sommer dort.«

Sie hat die rechte Hand auf die Brust gelegt und fingert an dem Stern.

»Ich trug diesen Stern seit Oktober 1939. Ich ging durch die Straßen damit. Man hatte uns verboten, ohne ihn auf die Straße zu gehen. Wir waren Juden. Mein Großvater war sogar Rabbiner. Ich genierte mich, ihm zu begegnen. Ich mochte meinen Großvater sehr, aber er war so altmodisch. Ich hatte kurzes Haar und Seidenstrümpfe. Ich weiß, daß ihm das nicht gefiel. Er lebte auf dem Land. In einem kleinen Dorf. Ich habe ihn nie wieder gesehen. Wir mußten unsere Wohnung über der Schneiderei verlassen. Wir mußten ins Ghetto ziehen. Niemand wußte, was dann geschehen sollte. Es ging die Rede von Arbeitslagern. Doch wir wußten nichts. Wir lebten zu acht in einer Küche mit Alkoven. Diejenigen, die schon vorher dort wohnten, waren arme Leute, und sie genierten sich, uns mit hineinzubekommen. Die Erwachsenen hatten alle Angst. Aber ich hatte keine so große Angst. Ich dachte viel an einen Jungen, in den ich verliebt war. Alles wurde anders. Mir gefiel das. Es war auch eine Art

Freiheit. Wir trafen uns draußen. Das war vorher nicht angegangen. Meine Eltern waren sehr um mich besorgt. Doch nun waren sie von all den Gerüchten und der Unruhe in Beschlag genommen. Ja, ich glaube, man kann sagen, dem Schrecken. Leute von außerhalb kamen zum Ghetto, sie standen nachts am Zaun und erzählten, was sie gehört hatten. Ich glaube, ich habe nie so gut ausgesehen wie in jenen Monaten. Ich dachte viel an Kleider und ans Kämmen, und ich war an Puder herangekommen.«

»Ohoooo ...«

Das Geräusch löst sich aus dem Knochenkopf. Wie ein Steinschlag. Dann lehnt er sich mit seinem schweren Körper zurück. Die Jeans rutscht ihm ein Stück herunter. Zwischen dem T-Shirt und dem Hosenbund wird ein Hautwulst sichtbar. Weißrosa. Wie bei einem Säugling.

Er ist ein Kind. Er hat die Gedanken eines Kindes. Jetzt tut er so, als ob er gähnte. Ich war ebenfalls kindlich, denkt Kajan und ist in jener Zeit, von der sie erzählt. Körperlich war ich fast erwachsen, aber meine Gedanken waren kindlich. Ich empfand Spannung und Verliebtheit und Erwartung und Lust, als ich die Todesgefahr hätte ahnen müssen. Ich war voller Koketterie. Vielleicht war ich wie ein kleiner Fisch oder ein junges Häschen. Ich wollte leben. Ich wollte wirklich leben. Nicht dasitzen wie meine Mutter, schwerfällig und voller Schrecken. Vielleicht will er auch nur leben. Wie ein Kind.

Aber der andere ist kein Kind. Nein.

Bisher hat sie überhaupt nicht darüber nachzudenken brauchen, was sie erzählt und wie sie es erzählt. Jetzt wird ihr jedoch klar, daß das anfängliche Erstaunen dort im Raum nicht mehr vorhanden ist. Das Ausatmen klingt anders. Ein Kichern überschattet den Ausbruch des Knochenkopfs. Sie sieht das Gesicht des dunklen Mannes. Ja, sie möchte ihn als Mann bezeichnen. In seinen feinen, dunklen Zügen liegt etwas, das mehr ist als ein Entwurf. Ihn würde sie nach zwanzig Jahren, nach dreißig Jahren wiedererkennen. Und sie muß jetzt auswählen, was sie erzählt.

Sie wollen Spannung haben. Sie wollen den Schock haben. Wenn sie das nicht bekommen, werden sie gehen. Oder auf den Maschinen nähen. Schwatzen. Wenn sie nicht bekommen, was sie haben wollen, werden ihre Blicke sie und alles, was sie gesagt hat, in etwas Klägliches verwandeln.

»Mann, das war vielleicht gräßlich, wie sie da stand«, werden sie sagen. Aber sie werden meinen: gräßlich für uns. Kajan hat angefangen und kann nicht aufhören. Sie steht unter Erzählzwang. Bei ihrer Wahl hat sie nicht einmal einen Überblick. Ihr Gedächtnis schweift über tote Felder. Aber sie begreift, daß sie das knochige, geschorene Kind und diesen Dunklen aufgeben muß. Denen kann sie nichts erzählen. Sie hat jedoch junge Frauen vor sich. Lebensvoll und bereit zu lieben. Mag sein, daß ihre Körper deswegen duften, weil feine Dosen von Hormonen in ihr Blut ausgestoßen werden. Sie sehnen sich nach dem Duft von Hemdkragen und frisch rasierten Wangen. Nach Kinderpuder und einem flaumigen Scheitel. Sie sind programmiert. Wie ich es war. Aber die Liebe ist dennoch als Anlage in ihnen vorhanden. Sie kann Wirklichkeit werden. Sie kann sich verwirklichen; sie schimmert bereits durch den Hormonnebel, durch den Schleier von Blut, die Schleimhülle. Deshalb wählt sie, ohne eigentlich zu wissen, daß sie wählt, die Geschichte von dem Kind. Diese hat sie sich selbst nie erzählen können. Aber sie ist in ihr.

»Ich kam nach Oświęcim«, sagt sie. »Wir fuhren viele Tage lang. Manchmal standen wir auf den Gleisen still. Anfangs waren wir achtzig Personen. In einem Güterwagen. Als wir ankamen, wurden wir gemustert. Von SS-Wachen. Ich war jung und kräftig und durfte in eine andere Richtung gehen als meine Eltern. Ich konnte mich nicht einmal verabschieden. Ich dachte, wir würden uns am Abend wiedersehen. Das sagte irgend jemand. Ein Deutscher. Solche gab es auch. Die beruhigen wollten. Ich war nur vier Monate dort. Dann fuhr ich wieder. In der gleichen Sorte Güterwagen. Ich war meine Kleider losgeworden. Ich hatte einen rotbraunen Rock, einen Jumper aus Baumwolle und ein Paar Unterhosen bekommen.«

Die Mädchen zischen jetzt um Ruhe. Jedenfalls ein paar von ihnen.

»Die trug ich den ganzen Krieg über. All die Jahre trug ich diese Kleider, sonst nichts. Und Papiersäcke. Wenn es im Winter kalt war. Wir stopften Papiersäcke mit anderem Papier, das wir fanden, aus und banden sie uns um. Das durften wir nicht. Aber es blieb uns nichts anderes übrig. Während der Appelle stopften wir uns das Papier unter die Kleider. Damit sie es nicht sahen. Ich kam zuerst in eine Fabrik, wo wir irgendwelche Lederbeschläge nähten. Wir wußten nicht, wozu die sein sollten, nahmen aber an, daß sie für Fallschirme waren. Es war Winter. Das war vor den Papiersäcken. Es war nicht so schlimm. Wir bekamen jeden Tag eine Suppe. Es waren sogar Fleischreste darin. Oder Stücke von Häuten. Wir nähten und nähten. Später kam ich in eine andere Fabrik. Dort nähten wir Schafpelze für die Ostfront. Das wußten wir. Es gab viele Gerüchte. Schließlich kam ich nach Essen. Es waren viele Fahrten kreuz und quer gewesen. Warten. Immer waren es Güterwagen. Man konnte aus dem kleinen, vergitterten Fenster sehen: Felder mit Kartoffelkraut. Viehställe mit Misthaufen. Bahnhöfe. Und dann Essen. Es war ein Stahlwerk, wohin wir kamen. Ich mußte auf einer Schubkarre Alteisen hineinziehen. Sie schmolzen jetzt Schrott ein. Es waren schwere Stücke. Eisenträger. Alte Schienen. Auch Blech. Da hatte man Glück. Es waren jedoch viele Träger. Und zu essen gab es nur dünne Kartoffelsuppe. Aus der Kälte in die Hitze. Man zog. Man mußte auch heben. Man mußte durchhalten. Ihr versteht sicherlich. Ich denke, auch ihr hättet verstanden, was die Absicht war. Aber ich wollte leben. Wohl, weil ich jung war. Man besitzt einen Lebenswillen. Eine Art Blindheit vielleicht. So daß man jeweils nur ein Stück weit sieht. Das Stück, mit dem man überleben kann.«

Wer erzählt, ist den Folgen des Erzählens ausgeliefert. Das Erzählen gebiert die Erzählung. Wenn die Zunge lügt, erzählen die Füße oder die Augen oder der Rücken. Man muß. Und man muß durchhalten. Kajan erzählt, wie sie Brot bekommen habe. Auch Konservendosen. Mit irgendeiner Mischung aus Kohl und Fleisch. So überlebte sie im Stahlwerk. Doch von dem Schlag mit dem Gewehrkolben, der ihr Ohr traf und es taub machte, erzählt sie nichts. Denn sie hat gewählt. Und jetzt befindet sie sich in der Konsequenz ihres Erzählens und erzählt jungen Frauen, niemandem sonst.

»Ich mußte ihm zu Willen sein. Vielleicht empfand ich auch Dankbarkeit. Es war keine Gewalt. Da waren viele erloschene Gefühle, möglich, daß im Grunde Dankbarkeit eines davon war. Aber irgend etwas war da. Vielleicht die Hoffnung auf mehr. Und danach zu vergessen.«

Sie erzählt, daß sie auf der Pritsche in der Baracke ein Kind geboren habe. Ein hungerndes und verdorrtes Gewächs versucht zu überleben, indem es blüht. Sie hatte nicht verstanden, daß sie überhaupt ein Kind bekommen konnte, denn sie hatte seit Jahren nicht mehr menstruiert. Eigentlich ist es so, als ob das Kind erst jetzt, da sie davon erzählt, geboren würde. Vorher ist es in einem Schleier aus Grauheit und Zeit geboren worden. Auch da standen Menschen, Frauen, um sie herum, und das Leben des Kindes hing von ihnen ab, so wie jetzt auch.

»Sie brachten es in ein Säuglingsheim. Ich mußte weiterarbeiten. Ich glaubte an den Blutungen sterben zu müssen. Doch ich war immer noch kräftig. Warum?«

Sie sieht, daß jemand weint. Wasser fließt. Wasser ist Leben. Es ist Leben in der jungen Frau, die da weint. Ihre Wangen sind feucht vor Leben. Sie hat noch immer die Hände auf ihrer Applikation. Es ist der Samthund.

»Ich hegte eine Hoffnung für mein Kind. Ich dachte, daß sie Sklaven haben wollten. Das Kind würde zu essen bekommen, um in ihrem Stahlwerk Sklave zu werden. Gut. Ich dachte so. Denn es gingen Gerüchte um, daß bald Schluß sei. Die Gerüchte kamen mit dem Brot. Saurem, schwarzem Brot. Keine Konservendosen mehr. Nichts, denn jetzt hungerten alle. Und dann ging es mit den Bombardierungen ernstlich los. Ich dachte an das Kind, es war ein Mädchen. Da war eine andere Frau, jung wie ich, die in der Küche dieses Säuglingsheims arbeitete. Ich traf sie in der Baracke. Sie sagte, daß sie mich abends mal hineinlassen könne. Ich sollte mein Kind sehen dürfen.«

»Ach Gottchen«, sagt der Knochenkopf. Jetzt zischen mehrere um Ruhe. Er lehnt sich ungestüm auf dem Stuhl zurück und kippelt unentwegt. Wenn er umfällt, werden sie lachen. Das ist so. Eine weint. Mehrere zischen. Es besteht eine Spannung. Das gibt einen Schock, wenn er umfällt. Dann werden sie lachen.

»Ich durfte hineingehen. Es roch nach Urin. Die Betten waren feucht und schmutzig. Die Kinder lagen im Sterben. Auch mein Kind. Es hatte vermutlich nie die Augen geöffnet. Aber es nukkelte an einem Lumpen. An einer schmutzigen Windel. Es hatte Wunden an den Leisten, große Wunden.«

»Schluchz, schluchz«, sagt der Knochenkopf und steht auf. »Eine saugute Schnulze! Wie im Kino. Schluchz, schnief, schnief!«

Er geht jetzt. Der Dunkle folgt ihm. Einen Augenblick lang sehen Kajan und der Dunkle sich an. Es ist, als läge ein leises Lächeln auf seinem Gesicht, fast sichtbar. So, als ob sie und er ein Geheimnis zusammen hätten. Nachdem die beiden die Tür geschlossen haben – der Knochenkopf tut erst noch so, als rülpse er –, hört sie, daß ein anderes Mädchen laut weint.

»Ja«, sagt Kajan. »Das war es, was ich zu sehen bekam. Danach ging eigentlich alles sehr schnell. Es kamen mehrere Bombenangriffe. Ich versuchte nicht mehr, mich zu schützen. Doch ich überlebte. Es war etwas Starkes in mir. Ich glaube nicht, daß es etwas Psychisches war. Sondern Leben. Gesundheit und Kräfte aus den Jahren vor 1939. So, wie ihr in euren Körpern Kräfte und Gesundheit habt. Es war Leben in mir. Ich fand das widerwärtig.«

Sie weiß, daß ihre Erzählung jetzt zu Ende ist. Sie ist von selbst zu Ende gegangen. Die Grauheit und Zeit, die eine Weile zerrissen waren, schließen sich wieder um die Erinnerung.

»Das Leben kann widerwärtig sein. Es kann aber auch so sein, wie dann, wenn du weinst«, sagt sie zu dem Mädchen mit den feuchten Wangen.

Dann verstummt Kajan und setzt sich an ihren Arbeitstisch, die Hände auf der Platte. Sie tasten nicht nach dem Scherenetui oder nach der Plastikhülle mit dem Papier. Sie ruhen, und als Kajan sie ansieht, denkt sie, daß es die Hände einer alten Frau seien.

Die Mädchen sehen einander an, sagen aber nichts. Nach einer Weile beginnt eine an ihrem Stoff zu nesteln. Sie haben Angst vor mir, wird Kajan klar. Ja, sie haben Angst. Sie hört eine Schere klappern. Hört, wie sie über die Tischplatte, die dem Geräusch Resonanz verleiht, durch den Stoff kracht. Eine Nähmaschine beginnt zu surren. Sie kann hören, wie vorsichtig das Mädchen, das sie bedient, mit dem Fuß ist. Ein beinahe unmerkliches Nähsurren. Sie begreift jetzt, daß es für die Mädchen zu spät ist, um noch etwas zu sagen. Es wird keine Fragen geben. Aber wenn es klingelt. Dann werden sie Individuen.

Es vergeht viel Zeit, findet sie. Vielleicht zwanzig Minuten, vielleicht weniger. Dann klingelt es draußen auf dem Flur. Da erheben sich alle. Wie Enten oder Rehe.

Das Mädchen, das vorher feuchte Wangen hatte, stolpert an Kajans Arbeitstisch vorbei. Mit gesenktem Kopf. Sie sind auf dem Weg nach draußen. Es ist wohl nicht einmal eine Flucht. Es ist nur so, als flögen Enten auf. Sie sehen den weißen Spiegel einer anderen Ente, und da fliegen sie auf.

Zuerst kommt Jamin nach Hause. Dann kommt Ahmed. Da bricht Blenda in Tränen aus. Die Hoffnung, daß sich Sylvia unbemerkt hinausstehlen könnte, versiegt in ihr. Ihre Angst versiegt ebenfalls. Alles. Sie weint nur noch.

Sie sind nett zu ihr. Ist sie müde? Ist es zuviel gewesen? Oder ist es das Geld? Sollen sie ihr die Handtasche holen, damit sie ein Taschentuch hat? NEIN! Die Mutter kommt mit einem Kleenex aus dem Badezimmer. Ihre Badelatschen schlappen ergeben und einfühlsam übers Linoleum, und das Geräusch läßt Blenda vor Schluchzen erbeben.

Zu Hause hat es gar keinen Sinn zu weinen. Deshalb hat sie seit vielen Jahren nicht geweint. Aber sie kann weinen. Sie kann weinen, daß es fließt und weich und feucht wird und schwillt. Eigentlich hat sie zum Weinen die gleiche Veranlagung wie zum Orgasmus. In diesem Moment ist es fast genauso schön. Es ist eine lange, feuchte Befreiung. Sie ist auf dem Urgrund, in der weichen Feuchtigkeit, wo jede Berührung sie nur noch reichlicher fließen macht.

Da klingelt es. Ja. Es ist absolut unglaublich, aber im Arbeitszimmer klingelt es. Ein leises Piepsignal, das sich rasch wiederholt. Jamin hat sich erhoben. Ahmed ist während des Horchens die Kinnlade heruntergeklappt.

»Hast du ein Telefon dabei?«

»Nein!«

Wie kann sie nur so etwas Dummes antworten? Ahmed ist jetzt auf dem Weg in die Diele. Blenda fängt zu schreien an. Sie treibt ihr Weinen in hysterische Höhen hinauf. Aber das ist hurerisch, das ist gespielt. Er steht mit schwerem, gesenktem Kopf da.

»Antworte«, sagt Jamin.

Es klingelt jedoch nicht mehr.

»Ach was«, sagt Blenda, »da war wohl nichts.«

Da öffnet Ahmed die Tür zum Arbeitszimmer, und Blenda,

die im Wohnzimmer auf der Eckcouch sitzt, kann Sylvia sehen. Sie sitzt auf dem Hocker vor dem Restauriertisch und hält ihr Handy ans Ohr. Hört auch nicht auf zu sprechen. Deutsch. Es klingt zu schlimm. Es klingt ganz einfach konspirativ. Mit einem langen Satz ist Ahmed bei ihr. Packt den Hörer. Er sucht den Knopf an der Seite und schaltet das Telefon ab.

»Wer sind Sie?« fragt er.

Jeder Mensch hat ein gewisses Maß an Kraft. Wenn sie verbraucht ist, kann man sie nicht zurückbekommen oder neue Kraft erhalten. Sie ist zu Ende. Die meisten Menschen verbrauchen ihre Kraft gleichmäßig und ruhig über das ganze Leben verteilt. Das wollen wir zumindest glauben. Aber einige Menschen geben bei nur einer oder ein paar Gelegenheiten in ihrem Leben enorme Mengen Kraft ab.

Jetzt ist Kajans Kraft zu Ende, und sie weiß das.

Als sie in die Diele tritt, sieht sie, daß diese dunkel ist. Ihr wird klar, daß sie eine stärkere Lampe und einen helleren Schirm hätte haben sollen. Vielleicht eine völlig andere Deckenbeleuchtung, eine mit zwei Lampen. Ganz unnötigerweise hat sie eine dunkle Diele.

Die Veränderung des Blicks, der sie sehen macht, wie dunkel die Diele ist, hat sich erst jetzt eingestellt. Sie sieht auch das schmucke, aber enge Schlafzimmer, sie sieht die Fotografien auf der Kommode. Es könnten Gesichter fremder Menschen sein. Aber das sind sie nicht. Das sind Herberts und ihr eigenes Gesicht. Sie sieht auch die Küche mit den blaugestrichenen Stühlen und dem dazugehörigen Tisch. Sie stammen aus Herberts Elternhaus. Er war ein Bauernsohn. Schwede. Wie merkwürdig.

Die Stachelbeercreme auf diesem Tisch fällt ihr wieder ein. Auf der Platte lag ein Wachstuch. Und unter der Deckenlampe mit dem weißen Porzellanschirm schwirrten Fliegen. Damals. Und die Flickenteppiche. Solche hatte sie noch nie gesehen. Aber der Wassereimer aus Kupfer glich einem, den sie als Kind gesehen hatte. Sie war mit ihren Eltern in einem litauischen Dorf gewesen. Dort hatte sie auf einer Birke auch Birkhühner gesehen. Während der ersten Zeit in Schweden dachte sie manchmal an Litauen. Ein Dorfschreiner im Julita Kirchspiel in Sörmland in Schweden hatte das reelle, wenn auch ziemlich klobige Küchenmöbel hergestellt. Eigentlich hat sie es bis heute nicht gesehen. Am Ende der Zeit und der Kraft.

Es ist nicht besonders interessant, das zu sehen, was sie sieht. Über die blanken Flächen im Wohnzimmer gibt es nicht viel zu sagen. Ebensowenig an der Küche etwas auszusetzen. So sieht es eben aus. Sie hat gewählt und geordnet, oft hat sie Dinge, die sie bekommen hat, behalten, manchmal etwas widerstrebend. Auch der Zufall hat etwas hereingestreut. Ja, gar nicht unerheblich im übrigen.

Eine Handvoll Laub auf einem geharkten Kiesweg.

Ein Fenster stand offen, und ein Schneewind legte einen rasch schmelzenden Flor aus Eiskristallen auf ein blaues leinenes Tuch. Feuchtigkeit. Schnell verschwundene. Aber das hatte es gegeben.

Auch der Zufall war ein Arrangeur, freilich einer anderen, einer fremden Ordnung. Sie rührt einen Augenblick lang leicht daran. Dann ist sie wieder Katarzyna Grossman in ihrem Leben, in einem Muster, welches dadurch das ihre wurde, daß Wirkung auf Ursache folgte, dadurch, daß sie wählte, pflegte, verzichtete und empfing.

Das andere, das, was aus einem offenen Fenster kam, hat das einen Namen? Wie ein Wind kam es. Aus einem Fenster. Oder aus der Öffnung eines Güterwaggons. Aus ihrem eigenen Körper.

Ein Wind, der kein Wind ist, hat der einen Namen? Atmet jemand?

Sie fragt sich, ob die Tat, die sie jetzt zu vollbringen gedenkt, die Tür zu jenem öffnen wird. Zu jenem, was atmet. Einem Wind öffnen wird, der womöglich keinen Namen hat. Aber es ist nur das, was man einen Augenblick nennt, daß sie sich dies fragt. Es ist weniger als ein Gedanke. Es schneidet nur ein. Und ist verschwunden. Denn sie ist in ihrem Leben und ihrer Ordnung, und die Tat, die sie jetzt vollbringen wird, gehört zu ihrem Leben, wie auch alle anderen Taten dazugehört haben.

Ich brauche mich nicht zu schämen, denkt sie, während sie ein belegtes Brot ißt. Sie findet es merkwürdig, daß sie ißt. Aber sie braucht ein bißchen Kraft. Sie will auf den Dachboden. Dort hat sie eine Flagge und eine Flaggenleine. Die Stange verrottete von innen heraus. Sie ließ sie zehn Jahre nach Herberts Tod vom Grundstück des Sommerhäuschens auf Gotland entfernen.

Ich habe viel Scham empfunden. Ja, mehr als die meisten. Scham über den Hunger. Ich schämte mich, daß ich nicht so sein konnte, wie ich sein wollte. Jung und rein. Ich fühlte mich, als hätte ich Menschenfleisch gegessen. Obwohl es nur Hammelfleisch war. Hammelfett. Hammelfetzen. In Kohl. Jetzt brauche ich mich nicht mehr zu schämen.

Da klingelt das Telefon. Sie versteht das Geräusch nicht. Erst, als jemand zu reden beginnt, begreift sie. Als sie weggegangen ist, hat sie den Anrufbeantworter angelassen. Jetzt redet Oda. Es sei wichtig, sagt sie. Sie redet und redet. Sie redet ihr wichtiges Gerede. Kajan tastet über die Knöpfe an dem Apparat. Es gibt einen, der STOP heißt. Aber nur, weil sie auf den Knopf drückt, hört Oda nicht auf, über alles, was wichtig sei, zu reden.

Kajan fällt vor dem Garderobentisch auf die Knie. Sie tastet sich zur Wand und erwischt das Kabel. Dann reißt sie den Stecker heraus, und Oda ist nicht mehr zu hören.

Monica, Mariellas Lehrerin, hat zu ihr gesagt, daß sie zur Schulschwester gehen und sich wiegen lassen solle. Wie sie dort ist, sagt die Schulschwester nach dem Wiegen, daß sie das jede Woche tun muß. Dann fragt sie, ob ihr irgendwas weh tut, und dann, ob sie schlafen kann. Mariella sagt, daß ihr nichts weh tut und daß sie nachts schläft. Am nächsten Tag sagt Monica, daß sie zu einer Frau gehen und mit ihr reden soll, die ihr helfen kann.

»Bei was?« fragt Mariella.

Aber sie bekommt keine Antwort. Diese andere sitzt in einem Zimmer hinter dem der Schulschwester, und auf dem Tisch vor sich hat sie massenhaft Zeichnungen, die Mariella gemacht hat. Es sind Zeichnungen aus den Schulstunden. Sie sollten alles mögliche zeichnen, und Mariella hat nicht daran gedacht, daß sie das nie getan hat, bis jetzt, wo sie all die Zeichnungen dort liegen sieht. Sie hat immer nur eines gezeichnet. Sie fühlt sich mies. Sie hat ein Mädchen mit dunklem Haar gezeichnet. Es soll kraus sein, sieht aber borstig aus. Die Haare werden von einem nylonüberzogenen Haarband zusammengehalten. Das Band hat auf jeder Zeichnung eine andere Farbe, fast. Und das Mädchen andere Klamotten. Auf einem Bild schwarze Stiefel und auf einem anderen Joggingschuhe, obwohl es wahrscheinlich nicht zu sehen ist, daß es welche sein sollen. Und ein langes Kleid mit Blumen und Schleifen. Das Gesicht ist immer dasselbe.

»Wie heißt sie?« fragt die andere.

Als Mariella nicht antwortet, sagt sie: »Rosemarie?«

»Sie steht immer gleich da«, sagt sie dann. »Kannst du sie nicht zeichnen, wie sie etwas tut?«

»Warum denn? Warum soll ich hier zeichnen? Wir haben auch gar nicht Zeichnen.«

»Ich dachte, ich könnte dir helfen«, sagt die Schrulle. Sie hätte sich die Zähne putzen sollen. Sie hat Quark zwischen den beiden größten Vorderzähnen.

»Ich bin Psychologin«, sagt sie. »Weißt du, was das ist? Das ist eine Person, die den Leuten hilft, wenn sie betrübt sind. Möchtest du, daß ich dir helfe? Möchtest du hier zeichnen? Zeichne Rosemarie, wie sie etwas tut.«

Die hat eine Meise, denkt Mariella. Oder sie ist von der Polizei. Dann tut sie nur so blöd. Als die Tante auch noch wissen will, was Rosemarie am Luciaabend getan hat, nachdem sie den Laden verlassen und zu Sascha tschüs gesagt hatte, ist Mariella davon überzeugt, daß sie von der Polizei ist.

»Du hast sie um nichts gebeten«, sagt sie.

»Wie gebeten?«

»Nun, daß sie dir etwas mitbringen soll oder so?«

»Nein.«

»Gar nichts?«

»Nein.«

»Aber wenn du gedacht hast ...«

Es ist bullig warm im Zimmer, und die Heizkörper säuseln. In dem Zimmer davor hört sie, wie die Waage scheppert, wenn jemand draufsteigt. Die Stimme der Schulschwester ist ebenfalls zu hören, aber nicht, was sie sagt. Aber Mariella weiß es. Sie wiegt die Dicken und sagt, daß sie nicht so viel essen sollen. Wenn sie es doch tun, wird sie mit ihren Eltern reden. Sie dürfen keine Süßigkeiten essen. Manche müssen sich jeden Tag wiegen lassen. Mariella glaubt, daß sie die einzige ist, die sich hat wiegen lassen müssen, weil sie zu mager ist.

»Hast du sie um etwas gebeten, von dem du glaubst, daß sie es dann getan hat?«

Mariella antwortet nicht.

»Ich meine, dann könntest du ja auf den Gedanken kommen, daß es deine Schuld sei, daß sie verschwunden ist.«

Das Säuseln kommt nicht von den Heizkörpern. Es kommt von der Belüftungsanlage.

»Glaubst du, daß es so ist?«

Es ist ganz klar, daß die Alte von der Bullerei ist. So eine Type! Mariella sagt nichts mehr, und sie zeichnet auch nichts. Als sie nach Hause kommt, hat die Lehrerin bei Ann-Britt angerufen. Die ist natürlich ganz aufgeregt, total hysterisch.

Oda hat nur Kajans Anrufbeantworter erreicht. Mehrere Male hat sie aufgelegt, nachdem sie den äußerst korrekten Ansagetext gehört hat. Sie kommt sich jedoch feig vor. Also hat sie schließlich darauf gesprochen, obwohl sie diesen Apparat verabscheut. Sie hat sich gesagt, daß sie nicht mit dem Apparat spricht, sondern daß Kajan es hört, wenn auch vielleicht nicht in diesem Augenblick.

Das Jetzt ist genauso unzuverlässig geworden wie die Geschichte. Es kann erst in einer Weile oder in ein paar Stunden aufblitzen oder lossurren. Aber daß sie mit ihrer Stimme nie bis an Kajans Ohren dringen würde, das glaubt Oda nicht. Also versucht sie zu sprechen. Doch dann entsteht eine Art Taubheit. Stummheit. In eben diesem Apparatelauschvermögen. Sie kommt schlichtweg zu der Überzeugung, daß niemand hört, was sie sagt. Nicht einmal dieser Apparat. Vielleicht ist das Band zu Ende. Das wäre ja nicht verwunderlich, denn sie hat lange gesprochen, obwohl sie normalerweise nicht auf Anrufbeantworter spricht.

Sie möchte weitersprechen. Es ist etwas in ihr, das nicht aufgeben will. Sie möchte etwas von Johan Krylund erzählen, sie ist gerade auf ihn zu sprechen gekommen. Johan Krylund habe tatsächlich mehrere Reisen nach Deutschland unternommen, hat sie gesagt, als diese Taubheit entstanden ist. Denn sie ist davon überzeugt, daß Kajans Unerreichbarkeit mit Deutschland zu tun hat, mit Erinnerungen. Es sind Erinnerungen, von denen Oda nichts weiß. Nur, daß es sie geben muß.

»Er war anglophil«, sagt sie. Denn sie kann nicht aufhören. »Aber er war niemals in England. Stell dir vor. Nach Deutschland fuhr er in den zwanziger und dreißiger Jahren jedoch mehrmals. Sein Großhandel hatte Geschäftsbeziehungen mit einer großen Importfirma für Gewürze und Kakao in Berlin. Das war der eigentliche Anlaß seiner Besuche, weißt du«, sagt Oda, obwohl sie den Hörer aufgelegt hat und man zu einem Barometer kaum du sagen kann. Dessen rundes Gesicht aus Glas und Zahlen in einem Mahagonirahmen ist es, das sie schließlich zum Schweigen bringt. Es ist ein altes Barometer. Odas Vater hatte es in seinem Arbeitszimmer. Es kann Unruhe anzeigen. Doch die Ausschläge sind grob. Ganz unten steht ERDBEBEN.

Jaja. *Ich hab' noch einen Koffer in Berlin.* So was Albernes. Heisere, sensuelle Albernheit. Das lag nicht gerade auf seiner Wellenlänge. Doch Berlin in seiner hohläugigen, falsch glitzernden Hungerzeit hatte auf jeden Fall seine Lebensanschauung geprägt. Er wurde nicht zynisch, und er machte, soweit Oda weiß, keine großen Gewinne, spekulierte nicht mit den schwindelerregenden Währungsunterschieden. Jedenfalls nicht direkt. Obwohl, wenn man es sich überlegt, muß er ja doch daran verdient haben. Aber er probierte weder die halbverhungerten Mädchen noch das Kokain, das deren Augen glänzen ließ.

Er selbst beschrieb das Ergebnis seiner ersten Berlinreise ja als eine Ernüchterung. Merkwürdig eigentlich, denn ein Schwärmer war er bei seiner aufgezwungenen Kaufmannstätigkeit auf gar keinen Fall. Nach der Berlinreise aber begann er mit dem, was für ihn vorher selbstverständlich gewesen war, achtsam umzugehen. Sagte er. Mit so etwas wie Gesundheit, Ordnung, Pflichterfüllung und regelmäßigen Gewohnheiten.

Oda weiß im übrigen, daß er da unten ernstlich verliebt war. Das tut noch immer ein bißchen weh. Was es nicht getan hätte, wenn ich mich mit ihm hätte wieder verheiraten können. Was?

Weh. Weh. Aber nur ein bißchen. Er lag auch schwerkrank darnieder. Womöglich war er drauf und dran, über den Rand zu fallen. Das weiß sie in der Tat nicht. Sie weiß nur, daß er in einem Zustand zurückkehrte, den er als ernüchtert bezeichnete.

Und dann die dreißiger Jahre. Wenn die Achtsamkeit, die ihm beim ersten Mal so wichtig wurde, dem persönlichen Leben gegolten hatte, so zeitigten seine Reisen in den dreißiger Jahren ein anderes Resultat: Sie galt nun der Demokratie. Er übertrug seinen Respekt vor der Gesundheit und den guten Gewohnheiten auf das öffentliche Leben. Das, was in Deutschland geschah, betrachtete er als eine Ausbreitung einer infektiösen und heftig auflodernden Krankheit. Einer Pest, so geschminkt, daß sie Gesundheit und Kraft glich.

Oda befindet sich jetzt unter dem Barometer, kehrt ihm, wie sie da im Korbstuhl sitzt, den Rücken zu.

Epidemisch, endemisch, denkt sie. Lieber Johan. Und dann wird ihr klar, daß sie gar nicht weiter auf Kajans Band hätte sprechen können. Sigge hat recht. Dieses ganze Pestvokabular ist überholt. Es ist etwas anderes, wovor wir Angst haben müssen. Allgemeine Blutvergiftung?

Und die Unruhe ist so groß, daß ihr Wellen von Übelkeit durch den Körper schwappen.

Sylvia strebt durch den Winterwind auf der Skeppsbron. Sie ist auf dem Weg in Richtung Slussen und zur U-Bahn. Sie geht durch den Blå Gången, um dem naßkalten Wind zu entkommen. Als sie direkt an der Haltestelle der 46 wieder auf die Straße tritt, hebt sie das Gesicht, um sich vom Verkehrslärm und dem spritzenden Matsch zu befreien und an den kleinen Garten am Mosebacke an einem Abend Anfang Mai zu denken. Da erblickt sie etwas, sieht es wirklich mit ihren Augen: ein grünes Büschel auf der schwarzen und rauhen Fläche des Katarinabergs.

Das ist merkwürdig. Mitten im Winter.

Das grüne Büschel begleitet sie, während sie im U-Bahn-Wagen sitzt, wenn auch jetzt als unstetes inneres Bild. Sylvia ist auf dem Weg nach Rinkeby. Voriges Mal war es zu eilig. Hektisch, obwohl die Stunden vergingen. Das Klingeln des Telefons verriet sie. Sie saß am Restauriertisch, als der dunkle Mann hereinkam, und sie hatte noch immer Erikas deutsches Gebrabbel im Ohr. Wie konnte sie bloß auf die Idee kommen, sie dort und ausgerechnet in diesem Moment anzurufen! Aber sie kannte natürlich weder Ort noch Zeit. Sie rief – ja, wo? – an. Bei einer frei umherschwebenden Sylvia Fransson-Bleibtreu. Mehr oder weniger schrie sie auf schweizerdeutsch, daß es nun *genug* sei, zur gleichen Zeit, als der dunkle Mann, der Ahmed hieß (sagte Blenda später), sie fragte, wer sie sei und was sie da mache, und Erika schrie (tatsächlich), daß Sylvia Cyrus – sie sagte natürlich: *meinen Vater* – sitzengelassen habe. Himmel, wie sehr diese Sprache sich doch nach Weihnachtsmann anhören konnte, und dann Ahmed: Wer sind Sie? Dann schaltete er über Erikas Stimme das Telefon ab, und er bewegte sich dabei flink und voller Kraft, was Sylvia erschreckte, doch sie versuchte es zu verbergen. Sie konnte also nicht ungestört an Erika denken und hätte sie eigentlich anrufen sollen, als sie in die Frejgatan nach Hause gekommen war, doch da war sie todmüde, richtig erschöpft. Und alles war so unbegreiflich.

In diesem Rinkebyhaus standen sie dann um sie herum, im Wohnzimmer. Sie saß auf einer ungeheuren Eckcouch, den Waschbären um die Schultern. Nicht, weil es kalt war. Sie benutzte ihn, um damit Unnahbarkeit zu signalisieren oder jene Unverletzbarkeit, die aus der stabilen Zugehörigkeit zur oberen Mittelschicht resultiert und über die sie sich normalerweise (innerlich) ins Fäustchen lacht, in der zu ruhen sich in diesem Moment jedoch als angenehm erwies. Aufs äußerste angespannt. Denn sie waren übel dran, sie und Blenda. Irgendwie waren sie übel dran.

Da war eine ziemlich dicke Frau, die Mutter der Kerle (sagte Blenda), die nur rauchte und sie anstarrte, und dann war da noch der, der Jamin hieß und telefonierte. Er sprach in einer fremden Sprache, einer wirklich sehr fremden. Sie dachte an die Zeit, als man die fremden Sprachen, die um einen herum gesprochen wurden, noch verstanden hatte, Deutsch, Französisch, Englisch. Diese war unverständlich. Türkisch, Kurdisch, Persisch? Arabisch? Dann hieß es warten und warten. Blenda saß auf der Couch und schluckte. Machte sich schier in die Hosen, ganz offensichtlich. Hatte überdies verquollene Augen. Sylvia wünschte, sie würden ihnen Tee oder etwas anderes anbieten, aber das taten sie nicht. Sie warteten. Die Mutter schlappte auf flachen Sohlen hin und her. Aus der Küche drang Essensgeruch; es roch nach gebratenem Fleisch und Zimt, in der Tat.

Sylvia versuchte vernünftig zu sein. Sie appellierte an sie, die Zeit nutzen zu dürfen, um das Material im Restauriertisch zu untersuchen. Doch sie reagierten überhaupt nicht darauf. Sie sprach von Verantwortung. Daß sie von Blenda verlangt habe, das Material sehen zu dürfen. Daß sie als Textilarchäologin es nicht verantworten könne, daß ein einzigartiges Material amateurhaft und unprofessionell konserviert, womöglich gar ruiniert werde.

Da schaltete der jüngere der beiden den Fernseher an. Es war bizarr; sie saßen alle da und starrten auf ein Bildungsprogramm über Supraleiter; es handelte sich vermutlich um eine Physiklektion. Das Zimmer war verqualmt, dunkel und unpersönlich. Sylvia hatte nicht das Gefühl, daß hier eine Flüchtlingsfamilie mit Erinnerungen an ein anderes Dasein lebte. Sie sah keine Fotografien. Keine solchen Teppiche, wie sie sie gewöhnlich hatten. Jedenfalls wenn man sie im Fernsehen sah. Sie erinnerte sich daran, daß an der Tür Åhlström stand. Sie wohnten wohl zur Untermiete. In dem Moment, als sie dies dachte, bekam sie Angst; wir wissen schon zuviel über sie, fuhr es ihr durch den Kopf. Sie mußte Blenda mit einer Bewegung oder einfach einem Hauch des Schrecks, den sie empfand, angesteckt haben, denn Blenda begann jetzt laut zu schluchzen. Und sie warteten. Worauf, wußte sie nicht, und es hatte auch keinen Sinn, noch weiter zu fragen. Sie sah, wie nervös sie waren. Eine geraume Weile versuchte sie, vernünftig an dieses seltsame Gespräch zu denken, das sie mit ihrer, wie soll man das nennen – Stieftochter? – geführt hatte. Das klingt lächerlich, wenn nicht so viele Jahre zwischen einem liegen. Erika ist ein kalter Fisch. Ja, doch. Aber es ist klar, daß sie bei der Scheidung zu ihrer Mutter gehalten hat. Erika und Sylvia haben nicht sehr viel miteinander zu tun. So ein bißchen Zivilisiertheit an Geburtstagen und Weihnachten. Aber dieser Ausbruch war keineswegs zivilisiert. Sollte sie Cyrus sitzengelassen haben? Dadurch, daß sie so lange in Stockholm bleibe, sagte Erika. Dieses Lied kannte Sylvia schon: Sie hätte ganz *hausmütterlich* zu Hause bleiben sollen.

Die Ehre der Arbeit.

Wenn du wüßtest, was das ist, Erika. Du mit deiner verkniffenen, gierigen, beschränkten Weiblichkeit. Die du für natürlich hältst. Wenn Frauen aber ihr Leben endlich mit Arbeit, mit dem Inhalt der Arbeit füllen können, dann sollen wir anfangen, für die Freizeit zu leben. Oder wiederum für einen Mann. Oder für Kinder, die bald zum letzten Mal die Türen zuschlagen und dann unter Gestöhn und Gezeter an Weihnachten nach Hause kommen. Das mache ich nicht mit. Ein Sack werden, wie Blenda. Ein Sack voller Kummer und Tränen.

Sie sprachen nicht einmal miteinander, Blenda und sie. Es war so wahnsinnig langweilig, in dieser kalten Spannung zu sitzen. Sie hatten keine Ahnung, worauf sie warteten (oder hatte Blenda das?), und als sie für einige Augenblicke allein im Zimmer waren, sagte Sylvia, daß es wie *Villa Victoria* oder *Der Beigeschmack des Todes* sei, doch Blenda blickte verständnislos und verquollen drein. Es war so langweilig, daß es in den Ohren surrte. Oder im Gehirn.

Schließlich kam sie. Mit Winterluft in einem sehr teuren Mantel aus hellbeigefarbener Wolle, eingefaßt mit – ja, was? Mink? Marder? Es war natürlich Assia, die clevere Assia. Unter der

Wolle von Hand bearbeitetes Ziegenleder, das Knie und Waden umschmeichelte. Sie wirkte effektiv und ungerührt. Sylvia glaubte jedoch plötzlich, eine ebenbürtige Gesprächspartnerin bekommen zu haben, eine, die ihre Gesichtspunkte verstehen werde. Also begann sie, ziemlich hochgestochen, von Verantwortung zu sprechen. Von archäologischer Moral. Es war ganz offensichtlich, daß Assia sich keinen Pfifferling darum scherte. Das einzige, was sie wissen wollte, war, ob sie mit irgend jemandem darüber gesprochen hätten, was Blenda machte. Es waren viele Fragen zum selben Thema: Das Institut? Angehörige? Keine Freundin – so ganz nebenbei? Nein? Sicher? Kein Mann? Schließlich wurde Sylvia ungeheuer gereizt, sie fand ganz einfach, daß die clevere Assia mit ihnen Schlitten fuhr, und sagte: »Wir haben nichts gesagt. Bitte nehmen Sie das endlich zur Kenntnis. Nicht, daß ich begreife, was das für eine Rolle spielen soll. Es ist ohnehin bekannt, daß Sie dieses Material haben.«

»Bekannt?«

»Ja, die Botschaft ...«

Da brach Blenda in ein lautstarkes Heulen aus. Und dann kam diese Geschichte mit dem Treibhausflieder und dem hellgrünen Leinenkostüm und allem. Es war, als könnte sie diese nur auf eine einzige Art erzählen, obwohl alle, selbst Sylvia, außer sich waren vor Gereiztheit.

Dann endete alles so frustrierend. Assia war freundlich kühl. Verabschiedete sie. Sagte, sie gehe davon aus, daß sie auch weiterhin nichts sagten. Dann standen sie draußen im Treppenhaus. Bevor sie die Tür schloß, sagte sie freundlich: »Ich gehe, wie gesagt, davon aus, daß Sie sich an unsere Abmachung halten.«

Leck mich am Arsch, dachte Sylvia.

»Sie bekommen nur eine Verwarnung. Eine.«

Sagte dieses Wesen aus *Villa Victoria* oder *Wolffs Revier*. Daß sie tatsächlich von dort weggingen, erschien Sylvia, sowie sie zu Hause war, so unbeschreiblich tappig, so inkompetent und wirklich blödsinnig, daß sie es gar nicht fassen konnte, es getan zu haben. Deshalb ist sie jetzt wieder auf dem Weg dorthin.

Es ist gar nicht so leicht, die Straße vor dem Haus zu finden, wo sie am Vortag in Blendas Passat gehockt hatte. Ganz Uppland oder ihretwegen auch Sörmland liegt wie ein nasser grauer Filz um die Körper der Häuser, und aus Tiefdruckwirbeln tröpfelt der Himmel. An diesen Ort würde sie niemals fahren, wenn es sich vermeiden ließe. Aber es läßt sich ebensowenig vermeiden wie Gymnastik oder Betakarotin oder *Rapport*, denn sie ist ein disziplinierter Mensch und kann sich zwar aus purer Verblüffung inkompetent verhalten, aber auf lange Sicht tut sie das, was sie tun muß, und zwar schon seitdem sie beschlossen hat, sich den Ziegengeruch und den Dialekt abzuschrubben und aufs Gymnasium in Östersund zu gehen. Jetzt beabsichtigt sie, noch einmal diese exotische Familie aufzusuchen, um zu verhandeln. Sie will ihnen erklären, daß die zerfallenden Spuren der Vergangenheit eine Kostbarkeit seien, für die sie ihre Ehre oder eine Niere oder das Vaterland zu opfern bereit sei, daß sie praktisch drauf pfeife, wer sich am Ende der brüchigen safawidischen Seide annehme, Hauptsache, es geschehe kompetent. Das Land, das sie verlassen hatte, weil der Stallgeruch und der Verfall der Provinz auch dann nicht herausgingen, als sie Computerprogrammiereramerikanisch zu sprechen begannen, hat für brüchige persische Seide nichts übrig, schon gar nicht, wenn es Geld kostet, diese zu verwahren und zu bewahren, darüber zu forschen und sie in dämmrigem Licht zu zeigen; das wollte sie ihnen sagen. Sie ist keine Repräsentantin der Supermarktgesellschaft, sie möchte lieber teure, verwickelte und prächtige Theaterinszenierungen haben, die von jeweils hundertfünfzig Menschen gesehen werden, als die Olympischen Spiele in Stockholm. Sie ist zuverlässig. Sie können ihr die Seide anvertrauen, sie wird sie präparieren, dokumentieren und verpacken. Sie ahnt, daß sie sie gestohlen haben (das will sie freilich nicht sagen) und daß sie vorhaben, sie teuer zu verkaufen, und das bedeutet wohl in die USA, und daß sie dafür vermutlich Waffen für die eine oder andere Befreiungsbewegung (Her mit dem Schleier!/Weg mit dem Schleier!) kaufen werden, und sie nimmt es nicht auf sich, zu entscheiden, welche nun die richtige, die ehrliche, die demokratische ist, sie weiß nur, daß sie 1521 nicht auf die Reformation gesetzt hätte. Die Seide ist nicht zerstört, Blenda hat nichts Irreparables angerichtet. Sie hat ein bißchen mit gewöhnlichem Modokoll E von Mo & Domsjö geplatscht und geplanscht, und wenn sich die Lösung geklärt hat, hat sie Polyglykol zugesetzt. Kein Plastik, keine scharfe oder harte Chemie. Sie hat die Seidenstücke in destilliertem Wasser eingeweicht, das Ahmed und Jamin an Tankstellen geholt hatten, wo die Leute vermutlich annahmen, daß sie

Schnaps brannten. Aus einem alten Vorrat hat sie Befeuchtungsmittel bekommen, aber trotzdem hatte sie eine Heidenangst, als Sylvia unbedingt darauf bestand, das Resultat ihrer amateurhaften Bemühungen zu sehen. Deshalb legte sie das gesamte Material ins Wasser, damit es lebendig und frisch aussähe. Aber sie muß es an der Luft gehabt haben, um daran zu nähen, und es wird wieder trocknen. Farbe und Glanz werden erlöschen, und es wird trocken und spröde. Womöglich wird es einen Staub absondern, wenn man es berührt, ein Pulver des Verfalls, des Alterns, des Schmutzes, ja, der puren Ermattung. Dann wird Sylvia mit ihrer Feuchtigkeitsspritze und ihren behutsamen Fingern da sein und versuchen, die Sichtbarkeit und den Glanz, die sie Leben nennt, zu verlängern. Sie wird es aufhalten und es dazu verleiten, noch ein Weilchen zu bleiben, obwohl sie sehr wohl weiß, daß alles erlischt. Es wird braun, und es fault und modert. Erst ganz allmählich oder nach eimerweise grauer Zeit und brauner Zeit in der Hölle bekommt es vielleicht wieder Licht, bekommt es Leben und schimmert woanders.

Jetzt hat sie jedenfalls die Tür, auf der Åhlström steht (warum?), gefunden, und sie setzt den Zeigefinger in dem Nappalederhandschuh auf den Klingelknopf. Es klingelt nur einmal, so daß sie das Manöver wiederholen muß, und sie tut es mit Zuversicht und wartet darauf, daß die Pantoffeln übers Linoleum schlappen. Blenda war gestern dämlich und hat nur geheult, weswegen Sylvia sie gar nicht erst angerufen hat. Sie hat erklärt, daß sie nie wieder einen Fuß in dieses Haus setzen wolle, sie werde versuchen, alles zu vergessen und *normal* zu leben.

In der Wohnung rührt sich nichts. Da erinnert sich Sylvia, wie Blenda die Türklingel nachgeahmt hat – PING PINGLINGPING PING – und versucht nun ihrerseits, sie nachzuahmen. Doch auf der anderen Seite bleibt es still. Sie fingert die Briefkastenklappe auf und lauscht hinein. Stille tröpfelt durch einen fernen Geräuschfilter: Motoren, Lüftungsgebläse, Kühlschränke. Aber etwas Menschliches ist nicht dabei. Sie sieht ein Stück des Dielenbodens und darauf Abfälle. Papier, Styroporteile. O Gott, sie weiß! Aber sie will es nicht glauben und ruft, unterdrückt und beharrlich, durch die Briefkastenöffnung: »Hallo! Hören Sie! Ich bin es – Sylvia Fransson-Bleibtreu! Hören Sie!«

Vielerorts, in der Bank zum Beispiel und im Haus der Versicherungsgesellschaft an der Skeppsbron und im Institut in

Zürich und in dem Haus, in dem sie und Cyrus wohnen und wo es keine Namensschilder an den Türen gibt, dagegen einen Portier in Uniform, ja, sogar bei der Paßkontrolle in Arlanda würde Sylvia Fransson-Bleibtreu ohne weiteres eingelassen; ihr Name besitzt Validität, und hinter solchen Türen ist immer jemand. Das Dasein in einer Bank oder in einem Wohngebiet für wohlhabende Schweizer oder in einem Land wie Schweden ist stabil. Es wird nicht an einem Tag hinweggefegt, ohne mehr als ein paar Abfälle und einen unpersönlichen Mietshausgeruch zu hinterlassen.

Es bläst ein Wind, es weht und zieht durch diese Ödnis, und das ist nicht der Wind des Geistes, es ist der Wind des Vergessens und des Verfalls. Jetzt weiß sie (obwohl sie nicht will, daß es wahr ist, es *darf* nicht wahr sein), daß die safawidische Seide für sie verloren ist, daß sie nicht einmal bestätigt bekommen wird, daß diese Seide ein halbes Jahrtausend alt ist, daß die Bilder, die Blenda plump und amateurhaft liebevoll zusammengepuzzelt hat (*verflucht* - das war keine Liebe! Das waren Unwissenheit und Verzweiflung!), bald auch in ihrer Erinnerung ausgelöscht sein werden; sie sind es bereits. Sie erinnert sich an das blaue Wasser und die blitzenden Vögel nicht besser als an das grüne Büschel bei Slussen. Sie existieren nicht im Jetzt. Dessen ist sie beraubt. Es hat niemals ein Jetzt gegeben. Sylvia verachtet diese Zeit, die unablässig ihr eigenes Erbrochenes kaut und es Jetzt nennt.

Ein Gegenstand ist etwas anderes. Ein Häufchen Seide. Das gibt es. Aber nicht in ihrer Zeit und in ihrem Raum. Sie möchte heulen, wie sie nicht einmal damals heulte, als das Kraftwerkunternehmen den Felsen mit den Bildern im Strom unter Wasser setzte und sprengte, wie sie es damals gar nicht verstand zu heulen. Denn sie hatte keine Ahnung, daß es das Jetzt nicht gibt! Sie glaubte, darin zu leben und daß es jede schattenhafte Gebärde der Vergangenheit übertreffe. Sie war überzeugt davon, daß es die richtige, die wahre, die ehrliche Zeitschicht sei, diejenige, die *gelte*.

Deshalb heult Sylvia direkt in die Briefkastenöffnung, so daß sich die Tür der Nachbarwohnung öffnet und dann irgendwie aufgestoßen oder aufgeschoben wird. Sie schwingt nämlich ins Treppenhaus auf, und dann sitzt da ein altes Männchen, im Rollstuhl. Sie fragt ihn, ob er wisse, wohin seine Nachbarn gezogen seien. Er nickt und nickt, und dann greift er an einen kleinen Hebel an der Armlehne, der Rollstuhl surrt und bewegt sich rückwärts in die Diele. Er winkt sie hinein. Denn es sei eine lange Geschichte, sagt er, und Sylvia macht, ungeduldig, ein paar Schritte in die Diele. Dann muß sie zur Seite treten, denn der Rollstuhl soll wieder nach vorn, surrend, bis zur Tür, und dort verschließt der Alte das Chubbschloß und steckt den Schlüssel in die Tasche.

»Warum machen Sie das?« fragt sie, aber er antwortet nicht. »Wo sind sie? Wo sind sie hingezogen? Ihre Nachbarn.«

Da sieht sie, daß sie in einem Loch, einer Dreckbude gelandet ist, die mit Flaschen und alten Schuhen und Klamotten vollgestopft ist und in der es nach Lumpen riecht.

»Kommen Sie rein, kommen Sie rein.«

Sie hat keine große Wahl, am besten, sie versucht es auf die sanfte Tour. Dies gleicht dem Dorf zu Hause, in ferner Kindheit. Eine Tür öffnen und eine Welt voller wunderlicher und unerklärlicher Gerüche betreten. Da war ein alter Mann, er hieß Hunds-Aron. Er war bärtig und haarig, und im Winter trug er eine Art Pelz. Den Namen hatte er dadurch erhalten, daß ihn einer der Holzfäller, der ihn von der Hütte herunterkommen sah, für einen Hund, und zwar einen großen, gehalten hatte. Ebba mit dem Bart war übrigens auch nicht ohne. Obwohl sie hübsch zurechtgemacht wurde, als die Modistin, die mit dem Bus kam, aus Papas Lager einen Rasierapparat entlieh, sie im Geschäft rasierte und ihr einen Hut aufprobierte. Und Mama im Charmeuseunterrock und Pullover und mit kaputten Gummistiefeln auf dem Weg zum Stall; in der obersten Kommodenschublade lag eines der besten Zeugnisse, die je im Seminar ausgestellt worden waren. Und Papa, der mittags auf der Ladentheke schlief. Nein, Mensch, diese Welt gibt es nicht mehr, oder aber es gibt sie jetzt *hier,* doch Sylvia will nichts damit zu tun haben.

»Sagen Sie schon, wo sie jetzt hin sind«, bittet sie und bleibt in der engen Diele stehen. Der Alte ist ins Zimmer gesurrt, ins einzige, soweit sie das sehen kann. Die Möbel und Kartons und Schuhe und Kleiderstapel sind ringsum an den Wänden aufgetürmt, und das Bett steht wie ein Altar da und quillt von unappetitlichen Decken und fleckigen Kissen über.

»Ich bin müde«, sagt er. Er sieht jedoch keine Spur müde aus. Er ist ein kleiner, dunkler Mann mit niedriger Stirn und krummer, schmaler Nase. Ein Habichtsschnabel. Das Kinn ist spitz. Nichts ist vom Fett oder Alter verwischt. Blaß ist er allerdings, weißgrau. Und seine Augen sind wie schwarzer Glimmer.

»Ich möchte nur wissen, wo Ihre Nachbarn hingezogen sind. Und ich finde ganz und gar nicht, daß Sie müde aussehen.«

»Aber ich bin müde von den Bürden des Lebens«, sagt er grinsend. »Verlassen Sie sich drauf: Wer so lange lebt wie ich, wird müde.«

»Jaja. Aber jetzt dürfen Sie mich rauslassen.«

»Ich habe in der Dunkelheit die Schicksalsgöttinnen wie Kamele trampeln hören. Wem sie begegnen, den töten sie. Wer den trampelnden Hufen entgeht, wird so alt wie ich.«

»Ich nehme jetzt Ihren Rollstuhl hier hinten und schiebe Sie in die Diele, damit Sie mir aufmachen können. Vielen Dank auch.«

Er läßt sich jedoch nicht von der Stelle bewegen. Sie begreift, daß es irgendeine Art Bremse gibt. Er hält einen Finger auf einem Knopf. Im Traum kommt es vor, daß man alte, gebrechliche Menschen schlägt, Tiere tritt und Kinderkörper, die im Weg sind, wegschubst. Aber man *tut* es nicht; man träumt, daß man es tut. Und selbstverständlich tut Sylvia so etwas nicht. Sie versucht auch nicht, sich an seine Tasche heranzumachen und den Schlüssel herauszuholen. Der Gedanke, daß sie dazu über den fleckigen Hosenstoff tasten müßte, ekelt sie.

»Fahren Sie jetzt in die Diele und öffnen Sie mir!«

Das ist die Sylvia in der Bank oder an der Paßkontrolle, wenn es nicht gutgegangen ist. Wenn etwas geklärt werden muß.

»Hören Sie«, sagt er. »Es dauert normalerweise ungefähr ein Jahr, zu mir vorgelassen zu werden. Das haben Sie nicht bedacht. Wissen Sie, wer ich bin?«

Selbstverständlich antwortet sie nicht darauf. Er ist eine Art Hunds-Aron oder Bart-Ebba. Auf einem Stuhl steht ein Telefon. Sylvia streckt sich danach aus und bekommt den Hörer zu fassen. Da ist er ohne ein Surren bei ihr und schlägt ihr die Hand um den Oberarm. Das tut weh. Als ob ein Eisen zugeschlagen und sich um die Muskeln und den Röhrenknochen geschlossen hätte. Ja, sie spürt ganz deutlich ihren Knochen im Arm, spürt, daß es ihn gibt und er zu ihrem Körper gehört. Und der Alte sagt: »Ich habe in meinen besten Jahren mit Leichtigkeit einen Arm, dicker als diesen hier, gebrochen.«

Es gibt vermutlich Möglichkeiten, sich aus solchen Situationen herauszureden, aber die kennt Sylvia nicht. Sie gehören nicht zu ihrer Ausbildung.

»Sie brauchen nicht so gewalttätig zu sein. Wir können doch miteinander reden.«

»Ich wette, daß Sie mich als Herrschertyp nicht mögen, Sie mögen Ingvar Carlsson lieber. Grauer Anzug. Nicht einmal ein Federmesser bei sich. Ich habe meine Sklaven eigenhändig kastriert. Das gefällt Ihnen nicht?«

»Nein.«

»Aber ich führte es fachmännisch aus. Sie stellen sich eine blutige Metzgerhölle vor und daß ich in einer Art grausamer Verzückung herumhüpfte. Aber so war das nicht.«

»Nein. Das verstehe ich.«

»Nein. Das verstehen Sie *nicht*.«

Er drückt wieder ihren Oberarm.

»Carlssons Sklaven sind genauso kastriert.«

»Können wir die Balkontür ein bißchen aufmachen?« fragt sie.

»Nein. Das können wir nicht. Kann man von Carlsson behaupten, daß seine Führung kraftvoll und rücksichtslos brillant gewesen ist? Daß sie schlau gewesen ist? Daß er soweit wie möglich Diplomatie angewendet hat, um militärische und polizeiliche Ressourcen zu sparen?«

»Nein, das glaube ich nicht.«

»Aber das wurde von mir behauptet! Ich schuf Sicherheit. Wissen Sie, warum? Ich setzte der Herrschaft der Stammeshäuptlinge ein Ende. Aber er konnte nicht einmal der Erpressung des Gewerkschaftsbundes Einhalt gebieten. Was?«

»Sie sind sehr gut informiert«, sagt Sylvia.

»Und das wundert Sie. Sie glauben es kaum. Sie sagen das nur, um mich bei Laune zu halten. Im Innersten glauben Sie nicht, daß einer, der weder lesen noch schreiben kann, Kenntnisse und Macht besitzen kann. Da irren Sie sich.«

Erst jetzt fällt ihr auf, was in seiner Dreckbude fehlt: nämlich Zeitungsstapel.

»Schönheit, das ist was für Sie, was? Ja, nicht was Sie anbelangt. Sie sind ja welk und dürr. Ich weiß nicht mal, ob ich Sie als Siebzehnjährige hätte haben wollen. Ich hatte meistens blonde Frauen. Christliche Mädchen.«

»Eingesperrte, natürlich.«

»Eingesperrte! Sie wollen wissen, was eingesperrt ist! Nein, es handelte sich um purdah. Ein richtiges Leben. Aber jetzt spreche ich nicht von dieser Sorte blutender Schönheit, die so schnell welkt. Sondern von Maidân-i Schahs Keramikkuppel. Sie kennen sie?«

»Ja. Und ich möchte, ohne schmeicheln zu wollen, sagen, daß Sie ein großes Wissen haben.«

Aus der Filiale der Stadtbibliothek, denkt sie. Aber wo sind die Bücher? Es gibt in diesem Zimmer und in dieser Diele nichts, worauf Buchstaben wären.

»Schönheit keramischer Güter. Schönheit ziselierten Stahls. Schönheit auf Seide. Ich erschuf Schönheit.«

»Erschaffen ist ein gewagtes Wort. Es bedeutet aus dem Nichts heraus machen. Sie waren gleichwohl kein Gott?«

Es liegt ihr wirklich daran, am Ende mit der Stimme nach oben zu gehen, sie leicht fragend zu machen. Höflich fragend.

»Nein, aber ich stamme vom Propheten Gottes ab. Meine Ahnen zählen zu den Märtyrern der Schia. Jaja, das gehört alles dazu. Auch der höchste Sufi. So was gehört dazu.«

Er blickt plötzlich melancholisch drein. Er hat sich in sich selbst zurückgezogen. Der kleine, graue Schildkrötenkopf ist faltig.

»Die Schönheit«, sagt Sylvia. »Wollen Sie darüber sprechen? Carlsson hat keine Schönheit erschaffen – oder?«

»Nein, warum sollte er? Die will niemand haben. Er hat auch keine Sicherheit geschaffen. Obwohl die alle haben wollen.«

»Nein, das glaube ich nicht. Nicht diejenigen, die auf dem Dach der U-Bahn surfen.«

Obwohl gerade diejenigen sie mehr haben wollen als alles andere, denkt sie. Schönheit möglicherweise ausgenommen.

»Ich tötete einmal einen Mann im Schlaf«, sagt er in seiner Melancholie. »Ich war auf der Jagd. Das Revier war geräumt. Das war immer so. Es wurde geräumt, bevor ich jagen ging. Dann kam ich auf dem Pferd. Er lag da und schlief. Da waren Blumen.«

Sylvia sieht die Blumen. Lotos auf dem Teich. Schwertlilien am Ufer. Ein Hase duckt sich unter einem Pfingstrosenstrauch. Und er selbst sitzt dort mit einem Turban und streckt die Hand aus. Der Falke auf dem Handschuh trägt eine Haube.

»Ich tötete ihn mit einem Pfeil. Den armen Idioten, der sich unter einem Jasmin schlafen gelegt hatte. Das klingt alles so einfach. Aber da gab es mehrere sorgfältige Bewegungen und wichtige Momente. Das Überreichen des Falken. Die Entgegennahme des Bogens. Das Aufnehmen des Pfeils. Das Ansetzen. Das Erheben des Bogens. Das Spannen. Und, schließlich und endlich, der singende, kräftige Schuß. Finden Sie, daß ich ihm etwas weggenommen habe?«

»Nein«, antwortet Sylvia und begreift, wie leicht man das zu antworten lernt, was man antworten muß.

»Nein, nichts. Er schlief, und dann fuhr er fort zu schlafen. Unter dem Jasminstrauch, den er selbst gewählt hatte.«

Er nestelt mit den Fingern an der Hosentasche. Vielleicht will er den Schlüssel herausholen, hinausfahren und ihr öffnen. Vielleicht kann er sagen, wo die Nachbarn hin sind. Das alles war wahrscheinlich nur der Preis, den sie bezahlen mußte. Vielleicht.

»Doch in der Dunkelheit trampelten die Schicksalsgöttinnen wie Kamele um ihn herum«, sagt er nach einigem Nachdenken. »Jaja. Sie zertrampelten ihn. Mich haben sie verschont. Oder verfehlt.«

Er grinst.

»Ich habe Ihnen nun zugehört. Mit großem Interesse«, sagt Sylvia. »Ich verstehe auch, daß die Audienz sich ihrem Ende zuneigt.«

»Da irren Sie sich.«

»Ich möchte, daß Sie mich jetzt rauslassen.«

»Finden Sie, daß ich Ihnen etwas wegnehme?«

»Nein, nein.«

»Nein, ganz richtig. Wissen Sie, daß sie ein Jahr warten konnten, um vorgelassen zu werden? Dann dauerte die Audienz – haben Sie das gesagt? – einige Minuten. Sie sind gekommen, ohne vorher angemeldet zu sein. So eine Anwesenheit kann ein Jahr dauern. Oder länger.«

»O nein.«

Und das ist das erste, was sie mit Überzeugung sagt.

»Ich selbst bewegte mich viel. Sich frei bewegen zu können, das ist königlich. Auf dem Markt, im Basar. In meinen Jagdrevieren. Ich bewegte mich wie Wasser, wie ein Iltis, wie der Wind bewegte ich mich. Und wenn es mir Spaß machte, nahm ich meine Besucher mit hinaus und setzte sie in Bewegung. Botschafter. Ich erinnere mich besonders gut an den spanischen, denn er hatte die gleiche Miene wie Sie. Höfliche Schlauheit. Zustimmen, nur ja zustimmen. Er war jedoch vom Warten erschöpft. Da nahm ich ihn mit in den Basar. Er durfte Konfekt naschen. Ich nahm ihn mit in ein Kaffeehaus. Es wurde einen Moment lang still, wenn ich eintrat, so still, als wäre ein Tiger eingetreten, verstehen Sie? Und dann wieder all die geschäftigen Geräusche, das Klirren, das Klappern, das Mahlen der Mühle. Und wir tranken süßen, starken Kaffee, der nach Anis duftete, und ich fütterte ihn mit Konfekt und zog ihn an den Ohren und nannte ihn Baba, so als ob er ein alter Opa mit Moos in den Ohren wäre. Baba. Baba. Guck nur, Baba. Hier hast du, wonach du dich dein Leben lang gesehnt hast. Und ich ließ Jungs vor ihm tanzen, mit ihren süßen Ärschchen wackeln, verstehen Sie? Solche Jungs, die er sich kaufen konnte, wie man Konfekt kauft. Und Baba durfte naschen und trinken und mit seiner alten, faltigen Haut an junger Haut kleben, ja, er durfte alles machen, wovon er in seinem Innersten träumte, und dann durfte er nach Hause schreiben und sich beklagen. Besser kann man es doch wohl nicht haben?«

Da klingelt es. Pling pling plingeling. Ganz ähnlich wie Blendas eingepauktes Signal. Keine Spur zögerlich. Dann hört Sylvia, wie ein Schlüssel ins Schloß gesteckt wird, und die Schildkröte bekommt wieder melancholische Falten im Gesicht und läßt ihr dürres Köpfchen hängen.

»Hallo! Ich bin's!«

Die Hauspflegerin läßt Sylvia schließlich hinaus. Mit nackten Armen, nachdem sie den Mantel ausgezogen hat, voller Muskelkraft. Sylvia traut sich daraufhin, in der Tür stehenzubleiben und zu fragen, ob er ihr möglicherweise jetzt sagen könne, wohin die Nachbarn verzogen seien. Er läßt dort in der Dämmerung seiner Dreckbude, im Staub und Kamelgetrampel den Kopf hängen, und die Hauspflegerin antwortet statt seiner:

»Ach, der weiß nichts. Der verkriecht sich hier nur. Nicht wahr? Aber solltest du heute nicht ein bißchen rausfahren? Denk nur, du hast Besuch gekriegt. Das ist doch toll, Abbas!«

Ulla Häger hat sich seit dem Abend, der so makaber endete, von Oda ferngehalten. Sie hat für die Kinder ihrer Nichten Weihnachtsgeschenke gekauft, alle Karten geschrieben, Früchtebrote gebacken und sie als Geschenke in Aluminiumfolie mit roten Seidenbändern verpackt. An den Schleifen sollte eine Dekoration sitzen, ein Silberzapfen oder ein Bündel Fliegenpilze, doch die Dekorationen sind sowohl teuer als auch vulgär geworden. Sie hat in Gamla Stan gesucht, denn dort, dachte sie, würde ein Geschäft wirklich noch Stil bewahren. Aber auch dort war es unglaublich geschmacklos, und es herrschte ein Gedränge wegen der Finnen von den Fähren. Schließlich kaufte sie ganz einfach Silberglöckchen, solche, die man an den Baum hängt. Das war am Sveavägen, das Geschäft war ein Schock, aber es sollten die Silberglöckchen sein, obwohl sie eigentlich viel zu empfindlich waren.

Jetzt ist sie mit den Früchtebroten herumgefahren. Es war eine schreckliche Fahrerei mit der U-Bahn, und Oda hätte auch ihr Brot bekommen sollen. Aber es war eines zuwenig. Ulla wird es im nächsten Jahr nicht mehr schaffen, Früchtebrote zu backen, und da spielt es ja keine so große Rolle, wenn Oda diesmal schon keines erhält. Sie ist nur die erste, die die Einschränkung zu spüren bekommt. Rum in den Teig zu gießen, damit hat Ulla bereits aufgehört. Sie reist ja nicht mehr und kann deshalb den 80prozentigen Rum, zu dem Carl Carlsson ihr den Tip gab, nicht kaufen. Daß er sich immer noch Carl C.son Häger nennt! Es ist merkwürdig, daß er das Recht dazu hat. Sie hat, anonym, beim Standesamt angerufen (sie ist eigentlich nicht jemand, die anonym anruft), und es verhält sich unzweideutig so; er hat das Recht, sich auch nach der Scheidung Häger zu nennen. Sie hält das für einen Übergriff; es ist wie diese ekelhafte, heiße Nacht im Parador, als sie nicht atmen konnte, und im Auto – nein!

Alle haben ihr Päckchen zu tragen, wahrlich. Das pflegte sie früher bei der Telefonseelsorge zu sagen, aber heute sagt sie das zu sich selbst.

Den Heiligen Abend werde sie, so hat sie gedacht, wie immer bei der Familie ihrer Schwester in Ängby feiern, und am ersten Weihnachtsfeiertag ist sie für gewöhnlich bei ihrer anderen Schwester und deren Mann in Henriksdal zum Essen. Doch dann ruft die Schwester aus Ängby an und teilt mit, daß sie Weihnachten ganz allein und ruhig, nur im engsten Kreis der Familie, verbringen werden, denn Dittan, ihre Tochter, sei im Krankenhaus gewesen und habe, preßt die Schwester heraus, eine kleine gynäkologische Korrektur vornehmen lassen. Ulla, die schon geahnt hat, daß Dittan schwanger gewesen ist, sagt nichts. Dann stellt sich heraus, daß der Schwager in Henriksdal sehr heftig von seinem Rheuma geplagt wird und daß sie Weihnachten auf Madeira, wo es wärmer ist, feiern werden. Da kommt Ulla einen Moment lang Oda in den Sinn, die ist bestimmt auch allein, jedenfalls am Abend. Sie hat uns jedoch mit *eiserner Hand* regiert, ich will einfach nicht!

Ullas Neffe kommt mit einer Schachtel Pralinen, Marke Paradis, und wünscht ihr frohe Weihnachten. Die hat er bestimmt am Zeitungskiosk bei der U-Bahn gekauft. Junge Menschen haben so ihre Art. Aber ein bißchen schnöde ist das schon. Draußen in der Diele hat er eine ganze Tüte mit solchen Pralinenschachteln. Womöglich hat er sie in der Firma gekauft und Rabatt bekommen.

In dieser betriebsamen Zeit hat Oda mehrmals angerufen. Sie hat gemeckert, daß sie Kajan nicht erreiche. Ulla hat aber wirklich keine Zeit gehabt. Oda fällt es schwer, zu verstehen, daß die Familie an Weihnachten auf jeden Fall vorgeht, denn Oda hat so wenig Familie, eine Art Einwandrerin, die sie ja in der Tat ist. Warum fährt sie über Weihnachten nicht einfach nach Helsingfors hinüber? Sie hat doch ihren Sohn und seine Familie dort. Und warum macht sie sich wegen Kajan Sorgen? Alle wissen doch, daß Kajan zurückgezogen lebt und ihre Ruhe haben möchte.

Sie ruft jedoch selbst mehrmals bei Kajan an, ohne sie zu erreichen, und obwohl sie Oda nicht wieder fickrig werden lassen will, empfindet auch sie ein gewisses Unbehagen. Schließlich ruft sie Ruth Anser an, die es gewohnt ist, Verantwortung zu übernehmen und Dinge in die Hand zu nehmen. Sie ist auch so hurtig. Schon am selben Nachmittag teilt sie mit, daß mit Kajan alles in Ordnung sei. Sie habe eine Vertretung übernommen und beim Verlassen der Schule frohe Weihnachten gewünscht, wahrscheinlich sei sie in irgendeine Pension gefahren. Sie habe doch so große Angst, zu stören oder sich aufzudrängen, wenn Feiertage ins Haus stünden, und sie wisse, daß alle mit dem Ihren beschäftigt seien.

Nun kommt es doch so, daß Ulla zu Oda hinausfährt. Sie nimmt ganz einfach diese Schachtel mit den Paradispralinen, die sie von ihrem Neffen bekommen hat, und macht sich auf den Weg. Es ist bald Abend und schon längst dunkel. In Dalen brennen Weihnachtssterne und elektrische Kerzenleuchter in den Fenstern, in den Höfen stehen erleuchtete Tannenbäume, und um die Garagentore sitzen Lichterketten. Allerdings keine, die blinken, und keine bunten Lampenketten. In Dalen bewahrt man einen gewissen Stil. Bei Oda sieht es jedoch aus wie immer. Sie hat ihre eigenen Ideen. (Ich brauche das Haus nicht in eine Tankstelle zu verwandeln, nur weil Weihnachten ist.) In ihrem Haus brennt gelbes Licht, punktweise und sparsam in den Wogen von Zeit und Dunkelheit, die in dem Haus zusammengepreßt liegen, und Ulla muß sich zusammennehmen, um zu klingeln. Sie hat das Gefühl, als störe sie etwas, einen Dunkelungsprozeß. Es sind auf jeden Fall Geräusche zu hören, Musik, wenn auch nicht besonders weihnachtliche. Schrill ist sie, und es ist unbehaglich, sich vorzustellen, daß Oda bei einer schwachen Lampe da drinnen sitzt und diese schrille und disharmonische Musik hört. Sie hört auch das Klingeln nicht. Ulla muß auf der Treppe stehen und warten und sich kalte Füße holen, bis es still wird. Da drückt sie rasch auf den Knopf und klingelt lange, denn ihr ist klar, daß dies nur die Pause zwischen zwei Sätzen ist.

Oda schaltet sicherlich den Plattenspieler ab, denn es wird so still, daß Ulla ihre Schritte hören kann. Herrje, sie *wackelt* ja. Sie ist wirklich schon heillos alt. Und dann reißt sie die Tür auf. Wie oft haben sie ihr nicht gesagt, daß sie zuerst fragen solle, wer draußen sei, oder durchs Küchenfenster auf die Veranda gucken. Sie tut es einfach nicht.

»Du bist es?«

Sie wirkt nicht die Spur bedrückt oder mitgenommen oder so etwas. Sie ist wie immer, und Ulla ärgert sich insgeheim ziemlich. Aber jetzt ist sie hier, und sie hängt ihren Ulster auf und gibt die Pralinenschachtel ab. Den Hut behält sie jedoch auf. Als Zeichen, und Oda soll sich dessen klar sein.

»Willst du diesen Hut aufbehalten?« fragt sie, und Ulla sieht sich unwillkürlich im Spiegel. An diesem Hut ist wirklich nichts verkehrt. Oda hat keinen Grund, sich derart auszudrücken. Sie selbst geht immer ohne Kopfbedeckung. Außer wenn es zu windig ist, dann hat sie ein Kopftuch auf, und wenn es klirrend kalt ist, eine Strickmütze, die wie eine Teehaube aussieht. Ulla nimmt den Hut ab. Nun ist ihr Ärger in unsägliche Wut übergegangen. Aber nur für einen Augenblick. Wir sind doch erwachsene Menschen, denkt sie. Wenigstens ich. Wenn man zu alt wird, ist das wohl so eine Sache damit.

»Ich höre mir Schostakowitsch an«, sagt Oda. »Möchtest du den letzten Satz hören?«

Ulla weiß nicht, woher sie diesen Mut nimmt, aber sie sagt jedenfalls klipp und klar:

»Nein, vielen Dank.«

Dann erzählt sie, daß mit Kajan alles in Ordnung sei, daß sie über Weihnachten in eine Pension gefahren sei und daß Ruth Anser die Sache in die Hand genommen habe. Oda stakt in die Küche, um Tee zu machen. Wenn sie sich eine Weile bewegt hat, scheint sie gottseidank gelenkiger zu werden. Sie trägt lange Hosen und eine Tunika und Schaffellpantoffeln, ihre Brille hängt an einer Schnur. Ihr Haar ist hinten platt. Sie liegt wohl viel und ruht, denkt Ulla. Die Tunika hat einen Fleck, auf dem Bauch. Ulla macht das verlegen. Ihr fällt der gestrickte Teekannenwärmer wieder ein und Odas Gewackel, und ihr wird ein bißchen warm ums Herz. Zumindest flackert ein Gefühl der Wärme auf, beinahe eine Andeutung von Tränen – herrje, wenn Oda nur nicht so wäre, wie sie ist, und alles zerstörte, beinahe augenblicklich. Es fängt an, als sie mit dem Teetablett hereinkommt. Sie bringt diese mystische Karottenmarmelade, von der sie behauptet, daß sie Aprikosen enthalte, und dann die Digestivkekse. Nichts, was mit Weihnachten zu tun hat, nein, bloß nicht! Das hieße wohl, das Haus in einen ICA-Laden zu verwandeln, denkt Ulla und bereut es sogleich.

»Wir werden uns doch *Aktuell* ansehen«, sagt Oda und schaltet den Fernseher ein, dessen Bildschirm winzig ist; es ist unfaßbar, daß sie überhaupt etwas sieht. Aber einen richtigen Fernseher zu haben hieße wohl, das Haus zu einem Hotel zu machen? Als ihr diese Frage kommt, ist Ulla peinlich berührt. Ich bin doch kein garstiger Mensch, denkt sie. Warum kommen mir bloß solche Sachen? Es ist wie Aufstoßen. Es ist unangenehm. Ich habe keine innere Disziplin, ich bin zu müde, ich weiß nicht, was mit mir los ist.

Oda sieht sich *Aktuell* von Anfang bis Ende an. Sie hat Tee eingeschenkt, vergißt aber, sich Zucker zu nehmen und umzurühren. Es ist schier verwunderlich, wie aufmerksam sie ist. Es geht um Stromausfall. Schwerer Schnee auf den Leitungen. Vierzig Grad minus in Norrbotten. In Deutschland gibt es Überschwemmungen. In schönen alten Städten sind die Straßen so voll mit Wasser wie die Kanäle in Venedig, und man rudert zu den beliebten Kneipen. Da sagt Oda: »Das war jetzt Europa.«

Dann folgt ein langer Abschnitt über die Delphine im Tierpark von Kolmården. Sie sind so trübsinnig, wenn es Weihnachten wird. An Weihnachten vermissen sie das Personal, das sonst immer mit ihnen spielt. Und ein Mädchen erzählt: »Sie sind so froh, wenn wir zurückkommen. Dann schmusen wir mit ihnen. Wir geben uns Küßchen und haben es gemütlich.«

Nun dringt ein Laut aus Oda. Sie hört sich an wie ein Pferd, und Ulla wird nervös und sagt: »Ja, das ist ein bißchen albern. Ich meine die Wortwahl. Aber Delphine sind gewiß unerhört intelligente und empfindsame Tiere.«

Da schaltet Oda den Fernseher ab. Man kann sagen, daß sie ihn direkt über die Knopfreihe abschneidet, und dann zieht sie recht derb vom Leder. Auf irgendeine Weise finnisch.

»Weihnachten in Europa«, sagt sie. »Die schlimmste Schießerei seit Monaten in Sarajevo. Sie wissen, wie viele getötet wurden. Sie wissen exakt, wie viele Kinder gestorben sind. Wie viele von Heckenschützen und Granaten erschossen, verwundet und getötet wurden. Von Heckenschützen auf Hochhausdächern, die da oben liegen und auf sie zielen, wenn sie Wasser holen, auf ihre Körper zielen. Sie wissen nicht genau, wie viele an der Kälte, an Lungenentzündung und Schwäche gestorben sind. Die Häuser sind ausgekühlt. Sie haben keine Medikamente. Sie kommen in Krankenhäuser und liegen dort in der Kälte. Keine Betäubung, kein Penicillin. Die Nahrungsmittel sind zu Ende. Das wissen sie. Aber sie quatschen über Delphine und Weihnachten.«

Ulla ist ganz und gar nicht wohl in ihrer Haut. Sie kommt sich vor, als sei sie es gewesen, die die Beiträge von *Aktuell* zusammengestellt und den Text der Delphinreportage geschrieben habe. Sie wünscht jetzt, daß besser sie auf die Idee gekommen wäre, den Fernseher abzuschalten. Jetzt sitzt sie da wie eine Angeklagte, obwohl sie es selbst ein bißchen albern fand, als das Mädchen über die Delphine erzählte.

»Ja, es ist doch bald Weihnachten«, sagt sie.

»Das ist es doch, was ich sage.«

Oda blickt böse drein.

»Sie rechnen damit, daß die Leute es nicht aushalten, sich alles und jedes Elend anzuhören«, sagt Ulla. »Nicht ständig.«

»Nicht *aushalten*. Was meinst du mit aushalten?«

»Ich meine nur, daß man wie gelähmt wird. Man nimmt nichts mehr auf.«

»Stell dir vor, diejenigen, die in den Krankenhäusern von Sarajevo liegen, hätten es so gut. Daß sie *wie* gelähmt wären anstatt gelähmt und daß sie nichts *aufnähmen*. Das wäre ein guter Ersatz für die Betäubungsmittel, die es nicht gibt. Stell dir vor, daß sie es nicht *aushalten*. Den Schmerz nicht aushalten, die Kälte nicht aushalten. Was passiert dann? Kommen dann Delphine und lösen sie ab?«

Jetzt wird sie unzusammenhängend, denkt Ulla. Das muß ich mit Vernunft angehen. Sagt sie nicht selbst immer, daß man räsonieren, vernünftig reden müsse? Vernunft annehmen.

»Ich glaube, daß es vernünftig sein kann, die Informationen zu rationieren«, sagt sie. »Zumindest ein wenig. Man riskiert sonst ganz einfach, daß die Leute abschalten.«

»Also nimmt man ein paar Delphine, damit sie es aushalten. Damit das erschöpfte und sozusagen gelähmte schwedische Volk das Leiden der bosnischen Muslime aushalten kann, es etwas besser ertragen kann – ist das die Absicht, die hinter der Delphintherapie steckt?«

Wie sind wir bloß dahin gelangt? fragt sich Ulla. Das ist doch wahnsinnig. Mir gefiel diese Delphinreportage nicht und auch das mit den Deutschen nicht, die zu den beliebten Kneipen ruderten. Aber es ist zu spät, das jetzt zu sagen. Oda ist wahnsinnig. Sie hat einen furchtbar seltsamen Blick. Ich wünschte, Ruth Anser wäre hier. Die ist so vernünftig. Die arbeitet sozial. Niemand kann von ihr behaupten, daß sie keine Verantwortung übernehme. Von mir eigentlich auch nicht. Oder zumindest früher nicht, als ich bei der Telefonseelsorge war. Ich habe doch hinterher Karten bekommen. Menschen bedanken sich. Oda sieht wahnsinnig aus. Jetzt hat sie sich vorn mit Marmelade bekleckert.

»Die widern mich an«, sagt Oda.

»Jaja«, sagt Ulla, die jetzt erschöpft ist. »Ich weiß, daß die Leute in Finnland besser sind. Sie haben ja den Krieg mitgemacht. Alles ist besser in Finnland. Außer der Wirtschaft vielleicht.«

Himmel, was sage ich?

»Ich meine nicht die Leute«, sagt Oda. »Ich weiß nichts von den Leuten. Ich meine die zwei, drei, vier, die heute die Beiträge für *Aktuell* ausgewählt haben. Die widern mich an.«

Sie hat jetzt trotzdem angefangen, Kekse mit Marmelade zu essen, große, knirschende Bissen. Ich werde das jetzt mit Vernunft angehen, denkt Ulla. Oda ist so emotiv. Das ist ihr eigenes Wort. Ja, nicht für sich selbst, sondern für andere, die verzweifeln. Sie ist auch alt, das darf ich nicht vergessen. Alte Menschen bekommen eine weichliche Psyche. Es ist schön von Oda, daß sie sich engagiert. Sie kann nichts dafür, daß sie übertreibt und emotiv wird. Das ist eine Art des Alterns genau wie entzündete Gelenke am großen Zeh. Ein Altern der Psyche.

»Ich verstehe genau, was du meinst«, sagt sie sehr ruhig, genau wie bei der Telefonseelsorge. Genau wie bei solch einer Verrichtung, die ein sozial geregelter und am Ende praktisch (freilich sehr niedrig, nahezu symbolisch) vergüteter Versuch ist, mit gewaltig aufgeregten, nicht selten haßerfüllten und von ihren starken Gefühlen, offen gesagt, verrückten, verletzten, katastrophal desillusionierten Menschen zu räsonieren, sagt sie jetzt: »Es gibt auch eine andere Sichtweise.«

»Welche denn?« brüllt Oda.

»Nun, es ist die psychologische, wie ich schon angedeutet habe.«

»Ich pfeif auf die Psychologie! Ich halte es für einen verdammten Betrug von diesen Leuten, die mit allen möglichen Informationen dasitzen – die ergießen sich doch in ihre Computer –, diese Leute *wissen*, und trotzdem lallen und plappern und schäkern sie mit Delphinen! Sie müßten es uns in den Hals stopfen, sie dürften nie aufhören! Sie müßten berichten, wie es ist.«

»Aber Oda, was würde es denn nützen, wenn die Menschen nur abschalteten?«

»Sie sollten drauf pfeifen, so psychologisch zu sein! Sie sollten nur sagen, was ist, und sie sollten es immer wieder sagen, bis es angekommen ist: Wir können es nicht so lassen, wir können nicht Kinder ermorden lassen. Man unterschätzt die Leute – du hast eben Menschen gesagt, aber du meinst die Leute –, man unterschätzt sie, wenn man glaubt, daß ihnen zu nichts etwas einfallen könnte. Aber wenn man wenigstens sagt, was ist, und es immer wieder sagt, dann fällt vielleicht doch jemandem, vielleicht sogar mehreren etwas ein. Es haben vielleicht nicht alle so ein ausgestopftes Hirn wie ich, der mir nicht klar ist, wie es damit ein Ende haben könnte. Es gibt vielleicht ein Ende, es gibt vielleicht eine Lösung. Niemand weiß, wo sie liegt, wo sie im Moment schlummert. Die Journalisten müßten sagen, was ist, aber die sind so psychologisch. Die Schriftsteller müßten sagen, was ist, aber die sind so ästhetisch. Sie behaupten, daß sie nach Auschwitz die Sprache verloren hätten, aber damals sind sie noch in den Kindergarten gegangen oder noch gar nicht auf der Welt gewesen. Sie müßten sagen, was ist, auch auf die Gefahr hin, es ästhetisch zu weit zu treiben – warte, ich zeig dir ...«

Und Oda wackelt davon, sie wackelt jetzt wirklich, diese große, lange Person, denn sie hat eine ganze Weile stillgesessen und ist steif geworden. Sie ist jetzt in der Bibliothek und wühlt in den Regalen. Dort herrscht keine besondere Ordnung. Die Bücher fahren oft raus und rein, und viele sind geplatzt, da sie nur geheftet sind.

Kommt sie mit dem Krylundkommentar, dann werde ich nicht länger stillhalten, sagt sich Ulla. Dann sage ich meine Meinung, mag sie so alt sein, wie sie will. Wenn sie mit diesem graugelben, absolut heillos zum Einschlafen langweiligen Papierhaufen kommt – denn mehr ist das nicht, auch wenn ein Buchdrucker ihn drucken und binden ließ. Schlecht geheftet ist er obendrein und zerfleddert. Sie lebt doch nicht in der Wirklichkeit! Krylund war Gemischtwarenhändler oder möglicherweise Lebensmittelgrossist. Es ist lächerlich, es ist erbärmlich. Ein geschäftiger, selbstgefälliger, pseudointellektueller *Großhändler*. Haferflocken und Weizenmehl und Kakao und Salz. Eine Person aus einer anderen Zeit, in der die Leute vor Radiogeräten saßen und Vorträgen lauschten und auf Festen gemeinsam sangen und zu Hause Klavier spielten. Ich werde ihr folgendes sagen: Schmalspurdenker! Gemischtwarenphilosoph. Mensch, Oda, komm nicht mit dem Krylundkommentar, bittet Ulla jetzt ganz ernsthaft in ihrem Inneren, denn sie bekommt allmählich Angst vor dem, wozu sie sich verschworen hat. Es wogt bereits, in ihr hat sich ein Sturm erhoben. Sie hat Angst, daß alle Dämme brechen: *Komm nicht mit dem Krylundkommentar!*

Damit kommt Oda auch nicht. Sie kommt mit *Krilon selbst*, und er steht auf seiner Klippe, klein und viereckig, auch er recht selbstgefällig, denkt Ulla wild. Aber es wogt nicht so hart gegen die Dämme, wie es das getan hätte, wenn Oda mit diesem abscheulichen Papierhaufen gekommen wäre, den anzubeten sie alle jahrelang gezwungen waren. Eyvind Johnson war immerhin Schriftsteller, und später wurde er Nobelpreisträger. Er beherrschte das Intellektuelle. Er war auch beherrscht, beherrscht intellektuell.

»Jetzt wirst du gleich sehen«, sagt Oda. »Das schreibt er 1942: In der *Dagens Nyheter* hatte Hjalmar Gullberg ein Gedicht, in welchem Strophen von großer Schönheit, die man noch in vielen Jahren lesen wird, an den Ernst des Tages erinnern:

Die Brunnen, sie versiegen,
die Völker leiden Not.
Den Hunger zu besiegen,
wer gibt uns Brot?

Wer füllet uns die Mägen,
macht neue Ernte groß?
Wir klagen und wir wägen
des Tages Los.

Was sagst du dazu?«

»Das ist sehr schön«, sagt Ulla. »Sehr feierlich. Das ist ja auch wie mit Sarajevo. Die Brunnen versiegen, und das Volk leidet Not. Er war ein großer Schriftsteller.«

»Wer?«

»Gullberg. Ja, Eyvind Johnson auch. Er schreibt schließlich – ja, wie war das? Strophen ...«

»Strophen von großer Schönheit.«

»Ja, genau. Gullberg schreibt, was ist, in Strophen von großer Schönheit.«

»Aha. Ich finde das verdammt kitschig. Eyvind Johnson war ein gerissenes Aas. Vermutlich ist das hier ironisch. Gegen die Bereitschaftslyrik.«

Wenn sie nicht ständig wettern würde, wäre es einfacher, ihrem Gedankengang zu folgen. Sie wettert, und sie ist verwirrt, denkt Ulla und sagt recht gemessen: »Ich verstehe dich nicht. Ich finde, es sind Strophen von großer Schönheit.«

»Zu schön. Ich glaube, daß Eyvind Johnson hier auf die Gefahren hinweist. Er war sich ihrer bewußt. Aber er hatte keine Angst.«

»Wovor sollte er Angst haben?«

»Da gab es einiges, wovor man Angst haben mußte, als er diese Bücher schrieb. Aber ich dachte jetzt eher daran, daß er ästhetisch Angst gehabt haben könnte. Es ist riskant, zu sagen, was ist. Sein Krilon ist eine lebensgefährliche Figur.«

»Lebensgefährlich!«

»Ja, ästhetisch lebensgefährlich. Ein selbstgefälliger Kleinkrämer. Ein Besserwisser. Wie nennt Sigge uns? Ein Gutmensch. Ein pseudointellektueller ...«

»Ich will jetzt nichts mehr hören«, sagt Ulla und steht auf. »Kein Wort mehr über Krilon. Oder Gullberg. Du machst alles nieder. Du zerpflückst alles. Es reicht jetzt.«

Aber Oda denkt gar nicht daran aufzuhören. Sie hat sich warmgeredet, sie ist jetzt richtig in Fahrt. Trotz Sarajevo.

Diese fürchterlichen Ausbrüche von guter Laune, woher kommen die? Sind es die Drüsen? Oder ist es Psychologie? Vorkriegspsychologie, eine überholte Mentalität. In Volksmärschen mitgehen. Frage und Antwort spielen. Äpfel am Feuer braten. Ich möchte nach Hause, denkt Ulla. Das ist mißglückt hier. Ich habe es aus sentimentalen Gründen getan. Mir hat diese groteske alte Frau mit den Flecken auf der Bluse und Haaren, die nach allen Seiten abstehen und hinten platt sind, leid getan. Sie tut mir leid, und dann regt sie mich so rücksichtslos auf.

»Er hatte niemals Angst«, sagt Oda. »War niemals ästhetisch feig. Und trotzdem kannte er die Gefahren. Und außerdem war er Ironiker – ein geborener Ironiker, denke ich. Hatte er etwas von einem Punkt aus dargestellt, dann mußte er die Schilderung umdrehen. Sie umstoßen. Sie umschlagen lassen. Mit Johan war es das gleiche. Er konnte sich mitunter feierlich anhören, und dann merkte man, daß er mit sich selbst zufrieden war.«

»Oda, ich will nichts mehr hören!«

»Was denn? Du findest, daß ich alles niedermache. Aber das mache ich gar nicht. Johan war so, in einer Weise. Ein ganz klein wenig wichtig. Er kannte seine Bedeutung. Aber dann war da die Ironie. Der Scherz.«

Sie begleitet Ulla im Reden hinaus, als wäre es ein normaler Abschied und kein Abzug. Sie sieht, wie Ulla ihren Ulster anzieht, und redet die ganze Zeit: »Auch wir müssen unsere Bedeutung kennen. Das war ihm völlig klar. Ich bin *wichtig*. Das, was ich mache und sage, ist wichtig. Ja, weißt du, er wollte, daß wir uns alle als Staatsmänner sähen, stell dir das mal vor, als Staatsmänner, deren Taten und Stellungnahmen von großer Bedeutung sind. Stell dir das mal heute vor! Schon damals lag das sehr nahe an Wichtigkeit in einem anderen Sinn – ja, wie man so sagte: eine kleine Person, die sich wichtig macht. Das wußte er. Das wußte er, verstehst du. Darin lag die Ironie!«

Sie redet. Sie hat sich heißgeredet. Die Pralinenschachtel hat sie nicht einmal angesehen, und sie sollte diese Bluse wechseln, sie in die Schmutzwäsche tun.

»Aber er war wichtig«, sagt sie. »Gewichtig. Vollwertig. Das Leben stieß ihn mal hierhin, mal dorthin. Wie eine Handvoll Kies in einer Waschpfanne. Die Rückstände und Abfälle und der Sand wurden mit der Zeit ausgewaschen. Aber das Goldkorn blieb übrig. Er *war* wichtig.«

»In seinem Kreis, Oda. In seinem Kreis.«

Und dann schließt Ulla die Haustür und steigt vorsichtig die vereiste Treppe hinab. Sie hätte Oda eigentlich eine ganze Menge sagen wollen, praktisch ein paar Wahrheiten. Aber an Oda ist schwer heranzukommen. Nein, sie ist herrschsüchtig. Eine herrschsüchtige alte Frau, die unbedingt alle Gespräche leiten und bestimmen muß, worum sie sich zu drehen haben. Man darf durchaus so denken. Sie muß einem nicht immer leid tun.

Die Häuser in Dalen schimmern, alle, außer dem Krylundschen. Das ist schwarz. Aber alle anderen leuchten wie Laternen. Es sieht nett und behütet aus. Odas Haus schimmert ebenfalls wie ein kleines Gefäß für Gemütlichkeit und Gemeinschaft. Ulla ist sich jedoch sicher, daß Oda jetzt dort im Halbdunkel umherläuft und mit sich selbst spricht; sie läßt sich lang und breit darüber aus, wichtig zu sein. Ulla hätte ihr sagen können, daß der Gemischtwarengrossist Johan Krylund, wenn er sich als Staatsmann bezeichnete, eine narzißtische Störung gehabt habe. Sie hat von so etwas gelesen und weiß außerordentlich gut darüber Bescheid, wie man es nennt, wenn Leute glauben, sie seien große Staatsmänner: Megalomanie. Schlimmstenfalls. Gelbes Licht schimmert und sickert heraus auf die Schneewälle unterm Fenster. Drinnen aber läuft Oda umher und ist genauso rücksichtslos und aufgeblasen wie in dem Moment, als Ulla kam. Wie ihre dürren Apfelbäume ist sie. Es würde ihr natürlich nie einfallen, die verwilderten Kronen stutzen zu lassen. Die Äste mit ihren Zweigen stehen ab wie Odas Haare, wenn auch etwas gedämpft vom Schnee. Sie hätte ihr sagen können, wie das heißt, wenn ein Mensch sich einbildet, außerhalb seines eigenen Kreises wirken zu können. Sich lang und breit auslassen und kritisieren. Magnifiker Narzißmus heißt das.

Als Ulla Häger Odas Grundstück (es ist nicht geräumt, sie muß große Schritte machen) verlassen will, meint sie, in einem Kellerfenster des Krylundschen Hauses ein Licht zu sehen. Es ist jedoch nur ein schwacher und flackernder Schein, und außerdem ist es ja kaum möglich.

Um zehn Uhr abends kommt der späte *Rapport*. Ich bin ein kranker Mensch, sagt sich Oda. Suchtkrank. Es könnten genausogut Käsesnacks sein. Ich kann das Gucken nicht lassen. Ich öffne zwei Gucklöcher. Ich gucke zu, wie Kronos seine Kinder verschlingt. Das dauert lange.

Die Dame hinter der Scheibe ist nicht schön. Sie ist normal. Sie spricht und spricht, und der Brei, der Kronos' Kinder war, rinnt ihr aus den Mundwinkeln. Sie betont. Die Betonungen schwinden, werden mal stärker, mal schwächer. Sie gehen rauf und runter. Sie betont ausdrucksvoll, und dann betont sie etwas weniger ausdrucksvoll und danach sehr ausdrucksvoll, um anschließend mit einer außerordentlich ausdrucksvollen Betonung vorzupreschen, und dann wieder zu einer gerade richtig ausdrucksvollen herabzusinken. Sie preßt und prescht. Heraus kommen Kronos' Kinder.

Es ist nicht möglich, sich vorzustellen, zu wem sie spricht. Oda versucht es trotzdem. Wer antwortet der Dame?

Die Möwen antworten ihr.

Es ist Sommer, und der Fernsehapparat ist von den Wellen des Meeres in eine kleine Bucht geworfen worden. Dort sind Dünen von Tang, der in der Sonne verrottet. Dort sind ein Motorradstiefel und eine Sauermilchverpackung. Dort liegt schief der Fernsehapparat. Er ist verkratzt und vom Salzwasser angefressen, doch das Glas ist noch heil. Und die Dame spricht. Außerhalb des Tanggürtels schaukeln Styroporteile. Die Möwen antworten. Da kommt ein Eisbehälter. Da kommt ein blaues Seilende. Krabbenschalen schwimmen in ihren Pfützen. Die Dame spricht, und vier Millionen Seetulpen flehen mit ihren biegsamen Fangärmchen um Käsesnacks.

Sylvia bedarf der Ruhe. Sie muß sich Tee machen, sich mit ihrer Teetasse hinsetzen und über die Baumkronen von Vanadislunden blicken. Es müßte dämmern. Doch mitten in dieses Ruhebedürfnis bricht das Telefon ein. Da ist wieder Erikas Stimme. Sie ist in Arlanda; sie hat Cyrus dabei, und sie sagt, daß sie ihn übergeben will. Oder abliefern. Sie benutzt in kontrolliertem, aufgeregtem Schwyzerdütsch das Wort *überliefern.*

Es vergehen fünfundvierzig Minuten, in denen Sylvia es nicht schafft, etwas anderes anzunehmen oder zu verstehen, als daß die Batterien schlecht gewesen sein mußten, als sie zuletzt miteinander sprachen. Dann sieht sie vom Balkon aus, wie sie aus dem Flughafentaxi steigen, und ihr kommt der bizarre Gedanke, daß Cyrus von jemand anderem angezogen wurde. Als sie in ihre kleine Diele treten, stehen zwei große Koffer neben ihm. Elegante Koffer aus grünem Segeltuch mit ledernen Ecken und Riemen. Trotzdem muß sie an Flüchtlinge denken. Nicht bei Erika natürlich. Aber Cyrus hat eine so seltsam demütige Miene, eine Miene, die ganz und gar nicht zu seinem Gesicht gehört.

»Ja, wir sollten wohl essen«, sagt er.

»Du hast gegessen«, sagt Erika. »Du hast im Flugzeug gegessen, und du hast auf dem Flughafen gegessen. Zieh jetzt deinen Rock aus.«

Er bleibt jedoch so stehen. Sylvia geht zu ihm hin und legt die Arme um ihn. Es ist, als fasse sie um einen Baum. Der große Baum steht da, und sie helfen ihm beim Ablegen.

»Willst du jetzt endlich wahrhaben, wie es steht?« fragt Erika. Man kann sagen, daß sie die Worte hervorzischt. Sie sind nicht für Cyrus' Ohren bestimmt, aber vermutlich hört er sie, auch wenn er nicht den Eindruck macht, als kümmerte er sich darum.

»Hier ist es ja sehr gemütlich«, sagt er. »Aber jetzt werden wir doch essen.«

Mit eckigen und wütenden Bewegungen schlägt Erika in Sylvias kleiner Küche mit den Schranktüren. Sie hört erst auf, als sie

Frühstücksflocken und eine Packung Milch, Teller und einen Löffel gefunden hat. Nachdem sie Flocken und Milch in den Teller gegeben hat, ruft sie, daß Cyrus zum Essen kommen könne. Das ist eine Unverschämtheit Cyrus gegenüber. Sylvia spürt, wie sie die Wut beschleicht. Er setzt sich jedoch und macht einen zufriedenen Eindruck. Erika zieht Sylvia in die Diele und schließt die Küchentür.

»Willst du jetzt endlich wahrhaben, wovor du dich zu drükken versucht hast! Zwei Jahre lang! Das ist bequem. Nicht wahr? Kommen und wieder fahren. So tun, als ob man nichts merken würde. Allem entfliehen, ohne auch nur darüber zu reden. Weißt du, daß er angefangen hat, von Mama zu sprechen? Er will zurück. Er spricht von Emma. Ach, Emmchen. Jetzt wäre es genehm. Das wäre wohl bequem für dich?«

Bequem, sagt sie. Immer wieder. *Bequem, bequem*. Bin ich von Natur aus bequem?

»Was ist passiert?«

»Nichts! *Jetzt* ist nichts Besonderes passiert. Das geht schon lange so. Und du hast das sehr wohl gewußt. Aber du hast dich gedrückt. Du hast ihn sitzenlassen. Du hast gehofft, daß meine Mutter sich statt deiner um ihn kümmern werde.«

Sie starrt Sylvia an. Wendet ihr dieses Pferdegesicht zu. Die lange Nase. Das gutgepflegte und diskret gefärbte Haar. Nein, Sylvia mag sie nicht, sie hat sie noch nie gemocht.

»Dein Mann ist senil!«

Schweden ist eine westliche Demokratie. Löwenzahn gehört zu den Korbblütlern. Cyrus Bleibtreu ist senil.

Jetzt ist Erika mit einem Taxi gefahren. Sie hat gefragt, welche Läden Tax-Free-Verkauf hätten, und Sylvia hat geantwortet, daß es das bei NK gebe, ganz sicher. Erika hat eine Abendmaschine nach Zürich gebucht. Sie will nicht mit ihnen essen. Eine Heuchlerin ist sie immerhin nicht.

Versteht man einen Löwenzahn, indem man ihn als Komposite bezeichnet? Ja, man versteht ihn tatsächlich. Man tappt um den Löwenzahn herum. Irgend etwas versteht man schon von Zugehörigkeit, von Ähnlichkeiten und Charakteristika. Jetzt sabbert sich Cyrus ein bißchen aufs Kinn. Das tut er schon lange. Es sind kleine Unreinlichkeiten vorgekommen, eine gewisse Hilflosigkeit. Und recht oft Vergeßlichkeit. Aber das hatte keinen Namen. Den hatten dagegen die Versprecher. Emma. Emmchen. Und die gleichgültige Freundlichkeit, seicht wie Uferwasser. Diese hat Sylvia Betrug genannt. Mit weniger hat sie sich nicht zufriedengegeben.

»Wann geht mein Zug?« fragt Cyrus.

»Mein Lieber, du bist mit einem Flugzeug gekommen. Und jetzt wirst du doch bei mir bleiben. Weihnachten feiern.«

»Aha.«

Er sitzt jetzt in dem kleinen Wohnzimmer auf dem Sofa. Seine Finger zupfen an der Tischdecke. Dann ziehen sie daran. Die Vase mit den Weihnachtstulpen wackelt.

»Ui!« sagt Sylvia. »Das kann schiefgehen, weißt du.«

Doch er zieht und zieht.

Es wird lange dauern, aber irgendwann wird Sylvia lernen, daß er ein Tuch oder ein Handtuch haben möchte, an dem er zupfen kann. Am liebsten will er den Stoff vor sich auf den Tisch legen. Ein Sofakissen auf dem Schoß taugt auch als Unterlage. So will er dasitzen und immer wieder den Stoff falten. Versuchen, ihn hübsch zu falten. Er verwendet viel Gedankenarbeit darauf, wie dieser Stoff gefaltet werden muß, um auf die richtige Weise gefaltet zu sein. Aber meistens gibt es nur kleine Ecken und Fältchen. Manchmal gibt es Stoffknollen.

Wenn sie in den vergangenen zwei Jahren bei ihm zu Hause in Zürich war, saß er meistens an seinem Schreibtisch. Er legte Papiere dorthin, wo sie liegen sollten, verrückte sie wieder und legte sie anders hin. Sie nannte dies Müdigkeit. Ein Emeritus hat das Recht, müde und zerstreut zu sein. Besonders wenn noch jemand im Zimmer ist und seine Konzentration gestört wird.

Jetzt stört ihn nichts. Die Tulpen sind weggestellt. Sylvia setzt sich neben ihn aufs Sofa.

»Mein Lieber«, sagt sie. »Kannst du mich nicht ein bißchen in den Arm nehmen?«

Er lächelt und faltet. Sie legt den Arm um diese kräftigen Schultern, den leicht gebeugten Rücken. Es ist nichts Betrügerisches an ihm und keine Feindseligkeit.

Endlich dämmert es. Sie hat keine Lampen eingeschaltet im Zimmer. Dies ist kein Moment, in dem sie einen Entschluß fassen muß. Draußen sind Baumkronen, schwarzes Astwerk und das Geräusch von Autos im Matsch. Es könnten ebensogut Unterwasserwälder sein. Brandungen an einem Strand.

In dieser dichten Meeresdämmerung haben schwere Entscheidungen keinen Platz. Nichts verlangt nach ihr, hetzt oder drängt. Sie hat ein kleines Stück Wirklichkeit zu fassen bekommen.

Zu manchen Zeiten kommt es vor, daß man Dinge zu tun hat, die nicht im Fokus des Lebensinteresses liegen und nicht viel Kraft verschlingen. Es ist eher so, als behandele man ein kleines Leiden. In Sigges Fall ist es, zur Kate bei Löfsta zu fahren und Janne zu holen.

Es ist klar, daß er auch allein nach Hause kommen kann. Aber das dauert. Er gondelt mit öffentlichen Verkehrsmitteln hinaus und kann ja schwerlich anders nach Hause kommen. Das Häuschen – oder die Bruchbude – hat er geerbt. Es hat nichts besonders Romantisches an sich. Bretterverschalt, rot gestrichen mit einst weißen Fensterfuttern, die jetzt grau abblättern. Eine Vortreppe, um die im Sommer Wiesenkerbel wächst. Unten am Ufer war es im vergangenen Herbst leicht sumpfig. Jetzt liegen die Mälarbuchten unter Eis: Brofjärden, Näsfjärden und Görväln. Das Häuschen ist natürlich ausgekühlt. Das hat sie schon ein paarmal zu spüren bekommen. Eine rauhe, schneidende Kälte, die muffig riecht. Rattenkötel. Schimmlige Matratzen.

Was macht er dort? Weiß der Himmel. Janne ist kein Naturfreak. Das ist es also nicht. Vielleicht überlegt er, was er mit dem Häuschen anfangen soll. Verkaufen? Die Wohngebiete drängen heran. Einmal mußte Sigge unbedingt anhalten und einem Eichhörnchen zusehen, das die Faserplane von einem Beet zu zerren versuchte. Sie hatte nicht das Gefühl, daß es an das heranwollte, was in dem Beet wuchs. Es wollte viel eher Baumaterial haben. Es zerrte und zerrte, bekam aber zuviel. Zweihundert Gramm Eichhörnchen mit zehn Meter Faserplane im Schlepp. Das sah total daneben aus. In den Vorratsräumen der Häuser verwahren sie Giftsäcke, um Augentrost auszurotten, warum also sollen nicht auch Eichhörnchen leicht pervers werden können?

Es ist klar, solange es Herbst war, konnte Janne ja umherstreifen und nachdenken. Oder was immer er da tat. Es kümmerte sie nicht. Sie tat ihm gern den Gefallen, hinauszufahren und ihn abzuholen, wenn sie wußte, daß er dort war. Der Winter, die Kälte, das Eis aber haben die Sache ein bißchen zugespitzt. Ein bißchen.

Es ist auch nicht geräumt. Und er hat keinen Weg getrampelt. Es scheint, als sei er ziemlich planlos im Schnee umhergestapft. Um das Häuschen herum. Daran vorbei. Diesmal doch zur Vortreppe. Und wieder hinaus, um die Ecke.

Eine kleine Sache. Janne nach Hause zu holen. Nur, daß sie diesmal aus einem anderen Grund nach Löfsta gefahren ist. Kontrollieren. Daß er dort ist und nicht mit Lili Thorm zusammen.

Diesmal findet sie ihn nicht. Er war bei dem Häuschen. Die Spur schlängelt sich. Kreuzt sich selbst. Der Schnee ist nicht so tief. Sie steigt in seinen Fußspuren umher, stapft ein wenig. Aber es ist völlig unmöglich, eine Ordnung in die Spur zu bekommen. Es ist, als versuchte man einem Tier zu folgen.

Auf der Rückfahrt gerät Sigge in den Stoßverkehr. Sie bildet bald eine von dessen potentiellen Verdickungen, einen Flatschen auf dem Weg, sich mit anderen dahinströmenden Flatschen zu vereinen. Doch solange es auf dem Löfstavägen und dem Bergslagsvägen fließt, saust sie in der Einsamkeit und dem Frieden, die in jeder dieser Blechkisten herrschen oder zumindest herrschen können, dahin. In den Blechkisten Musik und Aufmerksamkeit bindende Meldungen; sieben bis acht Minuten umfaßt ein menschliches Bewußtsein als ein Jetzt. Sicherheitshalber kommen die Meldungen ein klein wenig gedrängter. Aber in den meisten Blechkisten gibt es Musik. Vielleicht auch Gedanken. Doch keine Funken. Autos haben keine Stromabnehmer. Sie schlagen keine blauen Überschlagfunken, wie es die Straßenbahnen getan haben, diese majestätisch dahinrüttelnden, holzknirschenden, bimmelnden Glasveranden, die sich an offenen Wassern und strengen Häuserreihen vorbeibewegten.

Sie denkt natürlich an die Begegnung, den Schubs, den Funken und das zu gegebener Zeit wärmende Lebensfeuer, das entstand, als an einem Septembernachmittag 1930 eine Straßenbahn mit einem Ruck Tegelbacken passierte. Sie ist sich im klaren darüber, daß eine solche Begegnung hier nicht stattfinden kann und daß sie dies auch nicht wollte. Sie will in einem elektronischen und windstillen Wolkenbruch allein sein. Oder mit ein paar kostbaren, wahllosen Einfällen. Kopplungen, die nie zustande kommen könnten, wenn dort ein Mitmensch mit Schnurrbart stünde, den Hut lüftete und um Freundschaft flehte, die, zum großen Teil, Zeit ist.

Sie denkt viel ans Alleinsein, daran, sich darauf einzulassen. Das gemeinschaftliche Leben als eine praktische Angelegenheit zu handhaben. Ein urbanes Wesen in einer selbstverständlicheren Kultur als dieser zu sein. Wie in großen Mittelmeerstädten. Nicht dieses nordische Tasten in Nebeln und Nieseln. Nicht naßkalt vor Einsamkeit. Sondern eine selbstverständliche, oberflächliche Gemeinschaft und ererbte Einsicht: Bist du allein, so sei es. Du kannst es mit den Leuten trotzdem sehr schön haben.

Du brauchst nicht zu predigen. Keine Lösungen zu finden. Nicht das Morgengrauen eines neuen Geistes zu erfinden. Bestell dir einen Cappuccino und einen Kognak, und benimm dich wie ein normaler Mensch. Finde den *Ton*, den gemeinsamen. Und der kommt nicht aus einem Schilfrohr an einem zugefrorenen Mälarstrand.

Es verwundert sie, daß sie sich so deutlich an diese Begegnung in der Straßenbahn erinnert. Eigentlich ist es außergewöhnlich, daß Romantexte in einen Menschen einziehen und sich in ihm wie Erinnerungen an Erfahrungen und gelebtes Leben heimisch machen. Gar nicht einmal Texte, die uns tief berühren. Nach einer Weile sind sie nicht mehr deutlich, noch lassen sie sich wieder hervorrufen. Die Erinnerung flackert wie ein Cursor, mehr nicht. Ein Jahr nach der Lektüre sind noch eine Vorstellung von dem Text, eine Stimmungslage und ein paar Fragmente von Beschreibungen vorhanden. Nach zehn Jahren hat sich eine totale Verwitterung vollzogen. Die Flagge der Erinnerung ist zerfallen. Wenn ich den Text erneut lese, wird Sigge klar, ist das Wiedererkennen gering. Eigentlich sind es vor allem meine Gefühle, an die ich mich erinnere. Die Panikreaktionen eines halbblinden Wesens. Im Jetzt dagegen bin ich immer intelligent, sensibel und habe eine vorzügliche Gedächtniskapazität.

Ich wollte die Texte, die mich tief berührten, beherrschen. Andere will ich gar nicht lesen. Beherrschen ist, sich aktiv zu erinnern. Auf Bestellung hervorzuholen und Kontrolle über das Lager zu haben. Aber ich erinnere mich an entsetzlich wenige Dinge im Leben, die ich wirklich als Wissen beherrsche. Meistens handelt es sich dabei um Eingeschliffenes. Wie dies, daß ich jetzt über die Tranebergsbron gefahren bin und daß alles grau und braun ist und sich bewegt und daß wir keine Jahreszeit haben oder alle, weil ich meistens mit dem Gedächtnis sehe. Das Bild ist überlagert. Ich bin viele, viele Male hier entlanggefahren und habe ein Bild der Erinnerung über das andere gelegt: dort drüben, gleich neben der Straße, *hier*, wohnt Kajan, ihre Fenster liegen auf einer Höhe mit der Fahrbahn, ein Betonbalken durchschneidet ihr die Aussicht. Dort ist es still, graubraun in einem Sturm von Geräuschen. Ich erinnere mich wie im Traum, und ich sehe wie im Traum. Lektüre, Leben durchströmt uns. Aber wir sind grobmaschige Netze.

Sicherlich wurde ich aus Gier und Großhändlerinstinkt Literaturwissenschaftlerin. Wie mit Janne. Wissen aneignen. Kennenlernen. Auf Lager haben. Und nun folge ich ihm wie den Spuren eines Haustiers, das sich verirrt hat und eingefangen werden muß.

Als sie sich entschloß, nach Löfsta hinauszufahren, hatte sie den halben Armanianzug ausgezogen. Es ist, als säße eine alte Grübelkrankheit in den schwarzen Leggings. Als sie zum Fridhemsplan kommt und die Möglichkeit hat, den Golf in eine Spur zum Norr Mälarstrand zu drücken, dort hinauskommt und mit einem Seitenblick das Konglomerat von Häusern und Felsen sieht, die auf Söder glitzern und klettern, und sieht, daß im Eis des Riddarfjärden eine dunkle Rinne verläuft und sich der Körper des Stadthauses dem gefrorenen Wasser nähert, um aus der Rinne zu trinken, da beschließt sie, nach Hause zu fahren, die Anzughose und die neuen Boots anzuziehen, sich die Augen zu schminken und irgendwohin zu gehen, ins Frippes, ins Prinsen, und ein Glas Wein zu trinken, eine Abendzeitung zu lesen und ein Mensch unter anderen zu sein, ein Gemeinschaftswesen. In dem Sträßchen beim Katarina Friedhof steht jedoch ein kleiner, weißer Alfa, und in dem Alfa sitzt Lili Thorm. Geschmeidig und geladen steigt sie, sowie sie Sigge sieht, aus dem Auto und schlüpft durch die Haustür, bevor diese zuschlägt. Sie bleibt unten stehen, bis Sigges Schritte verhallen und sie den Schlüssel ins Schloß steckt, hineingeht und die Tür schließt. Da ist Lili Thorm mit geschürzten Lippen zur Stelle, drückt den Daumen auf den Türspion und klingelt. Leicht munter, halb bekannt. Es klingt praktisch wie ein verabredetes Signal. Allerdings kann Sigge sich natürlich nicht daran erinnern, welches. Sie öffnet einfach.

»Die Handtasche. Die Karten«, sagt Lili.

Sie versetzt Sigge einen Kniestoß. Trifft das Schambein. Aber eigentlich ist es nur ein Stoß, um sie aus dem Weg zu schieben und in die Diele zu gelangen. Ein Hammer aus Knochen gegen einen Amboß mit viel zu dünnen, nervendurchzogenen Schichten aus Fleisch. Sie wiederholt: die Handtasche, die Karten, und Sigge sieht, wie Lili der Speichel über die Zähne rinnt. Wenn sie ein Kerl wäre, bekäme ich Angst, denkt Sigge. Dann muß sie zurückweichen, weil Lili sie mit Kniestößen vor sich her zum Schlafzimmer treibt.

»Wo hast du sie?«

»Weggeworfen«, antwortet Sigge. Sie bekommt eine Art tonlosen Holper in der Stimme, der die ersten Worte verschluckt.

»Ins Wasser, du Biest?«

»Nein. Auf einer Treppe. Birger Jarlsgatan... Eriksbergsgatan. Dort oben irgendwo.«

»Und die Karten?«

»Hab ich weggeschmissen.«

»Verdammte Scheiße. Du hast dich mit Klamotten aufgemotzt. Meinst du, ich seh das nicht? Du alte Fotze.«

»Nicht mit deinen Karten. Hab alles weggeschmissen.«

Da bleibt Lili Thorm stehen, überlegt vielleicht, schluckt die Information, entscheidet, ob sie sich diese einverleiben oder mit einem neuerlichen Kniestoß von sich weisen soll, zündet sich währenddessen eine Zigarette an. Sie hat natürlich eine andere Handtasche, aus dünnem, seidenähnlichem Leder mit zwei rosa Streifen. Ihr Gesicht ist so nahe, daß Sigge sehen kann, daß sie kein Make-up aufgelegt hat. Nur Lippenstift und Mascara und irgendein Gepinsel über den Augenbrauen, die größtenteils ausgezupft sind. Das Rouge sitzt direkt auf dem Jochbein, braunrot, ein kräftiger Strich. Lili nimmt einen tiefen Zug aus der Zigarette, so als wäre sie ein Joint, doch es scheint eine normale Marlboro zu sein.

»Ich glaube dir«, sagt sie.

Sie dreht die Zigarettenglut auf der Oberfläche des Nachttischchens aus und schlägt Sigge ins Gesicht, ein lässiger Schlag mit dem linken Handrücken. Dann schubst sie sie vor sich her, bis Sigge an der Wand landet, und dort verabreicht sie ihr zwei Ohrfeigen, auf jede Wange eine. Die sind nicht ganz so lässig, und sie brennen offensichtlich auch Lili in den Handflächen, denn sie steht einen Moment lang da, reibt sich die Hände und leckt sich die Oberlippe. Sigge ergreift die Gelegenheit und geht zum Bett, in die Ecke beim anderen Nachttischchen. Lili Thorm grinst, als sie sie dort sieht, und Sigge kapiert zu spät, daß sie sich selbst eingeschlossen hat. Sie streckt die Hände vor, als Lili sich nähert, und neigt den Kopf schräg nach unten. Als der erste Schlag fällt, hat sie bereits die Augen geschlossen. Jetzt kommen die Fäuste. Auf die Lippen, die Zähne darunter als Amboß. Auf das eine Auge. Es wird warm. Dann muß sie mit den Armen über dem Kopf an der Wand zusammengekrochen sein, denn es erfolgt eine Serie von Schlägen, die auf dem Schädel und den Unterarmen und dem Rükken landen. Auch Tritte in den Rücken. Die Fäuste und die Füße in den Boots hämmern. Ganze Serien, eine Art Rhythmus. Dann folgt eine Pause, in der die Hitze und das Nasse im Mund wirklich werden, nicht aber der Schmerz. Der kommt erst eine Weile später und an einer neuen Stelle; ein beschuhter Fuß tritt genau über dem Steißbein zu, und Sigge hört ein Aufheulen, das aus ihr dringt, aber nicht zu ihrem Körper gehört, ebensowenig, wie alles, was rinnt, zu ihm zu gehören scheint. Dann ist es lange still. Sie ist fest in ihrem Fleisch und ihren Knochen verknotet. Die Arme über dem Kopf. Das erste, was sie spürt, ist nicht Schmerz, sondern etwas Rauhes an den Lippen. Der Teppich? Die Tagesdecke? Dann ein ganz lockerer Tritt in den Hintern.

»Hoch mit dir!«

Sie liegt da wie ein Knoten. Dann hört sie wieder das Klicken des Feuerzeugs, und Rauchgeruch kommt ihr entgegen.

»Hoch, du kleine Scheißerin. Es ist vorbei. Du hast eine Abreibung bekommen. Mann, was du eingesteckt hast! Dir scheint das zu gefallen.«

Aus Sigge dringen Laute. Sie weiß selbst nicht, was das ist. Weinen oder eine Art Grunzen.

»Aha. Doch nicht. Hast nur eingesteckt. Schlapp. Du bist krank.«

Sie ist jetzt sehr viel näher. Sigge kann sie atmen hören. Der Fuß, ein Zeh aus Leder, stupst sie am Rücken, der sich zusammenzieht.

»Du hast gedacht, ich hätte dir diesen kleinen Scheißer Janne weggenommen. Wie traurig! Nicht auszudenken, daß du ihn nicht weiterhin hättest versorgen können! So eine Tragödie, was? Und den, hast du gedacht, sollte ich haben wollen. Wo er doch Lazars Syndrom hat. Weit fortgeschritten obendrein. Anfangs ist es leicht geil, mit einem zu pennen, der Lazar hat. Dieser Tiergeruch. Aber dann ist es bloß noch fad. Mach du weiter. Wir sind quitt.«

Die Schritte entfernen sich. Sie steht da und guckt – vielleicht? Nein, sie ist jetzt raus aus dem Zimmer. Die Geräusche kommen nun aus einer größeren Entfernung. Eine Art Schlurfen und Krachen. Dann zerbricht etwas. Ein einziges Ding aus Glas oder Porzellan. Mehr nicht. Ein Türenschlagen. Das Bekannte. Ist das ein Trick? Steht sie noch da draußen?

Jetzt meldet sich Woge auf Woge der Schmerz. Das Blut treibt ihn in die Muskeln, in die Haut. Sigge versucht sich aufzurichten. Als sie die erstarrten Arme heruntergebracht hat und sich übers Gesicht streicht, bekommt sie nasse Hände. Sie hat solche Angst, daß sie es nicht wagt, in die Diele zu gehen. Sie denkt nur daran, denkt die ganze Zeit daran, daß sie hinausgehen und die Sicherheitskette vorlegen sollte, wagt es aber nicht.

Schließlich ist es, als ob die Zeit selbst, die mit dem Licht ins Zimmer fällt, sie veränderte. Die Haut über dem Auge wird starr. Ein Schmerz pocht im Rücken, hämmert tief drinnen. Hinter den Lippen vollzieht sich etwas. Es wird klebrig statt naß. Und die Angst läuft aus und scheint einzutrocknen, als wäre sie ein Sekret. Es gelingt Sigge, auf die Knie zu kommen und sich umzudrehen. Wackelig kriecht sie den halben Weg zur Diele. Dann zieht sie sich am Garderobentisch hoch und erblickt ihr Gesicht im Spiegel, sie wundert sich, daß es noch so kenntlich ist. Aber verschmiert.

Nachdem sie sich zur Tür hochgehangelt und dabei beim ersten Versuch den Vorhang heruntergerissen hat, legt sie das Ende der Kette in deren kleine Buchse. Sie empfindet jedoch keine Sicherheit hinterher. Sie muß die ganze Wohnung inspizieren. Das dauert lange. Die Küche. Der Besenschrank. Die Garderobe in der Diele. Wie sie Jannes Geruch in seinen Kleidern wahrnimmt, kommen ihr die Tränen. Es werden aber nur ein paar Schluchzer. Es ist wie ein Krampf, und sie muß weiter. Kontrollieren. Im Wohnzimmer, wo es dunkel und eng ist, liegen massenhaft Bücher aus dem Bücherregal auf dem Fußboden, und der Ficus benjamina ist auf ihnen gelandet und hat seine

Erde aus dem zerbrochenen Topf über die Umschläge und aufgeschlagenen Seiten verstreut.

Der Ficus ist groß. Ein Baum. Wie sie ihn dort liegen sieht, bekommt sie wieder Angst. Der Wurzelballen mit der abgefallenen Erde. Sie beginnt Erde auf die Wurzeln zu schütten, damit er nicht austrocknet, und merkt, daß sie es jetzt nicht schafft, sich um ihn zu kümmern. Vielleicht kann sie ein feuchtes Frotteehandtuch über den Ballen legen. Zuerst muß sie aber auf dem Balkon nachsehen. Dann weiß sie, daß niemand da ist. Daß sie allein ist. Und nie wieder in ihrem ganzen Leben wird sie die Tür öffnen, wenn die Person, die kommen möchte, nicht vorher angerufen hat. Kurz vorher. Von einem Handy aus. Nie wieder.

Sie liegt neben dem Ficus auf der Seite und denkt an alles, was sie tun muß. Versuchen, sich zu waschen. Die Bücher aufheben. Sie hat jetzt große Schmerzen. Überall im Rücken und im Gesicht. Sie wird Paracetamol nehmen. Drei Stück. Dann wird sie sich ins Bett legen. Aber sie muß den Ficus aufstellen. In einen Eimer vielleicht. Sie liegt neben dem gewaltigen, wirren Laubwerk des Ficus benjamina und denkt daran, wie feig sie war. Daß sie nicht versucht hat, sich zu wehren. Jetzt erinnert sie sich an all ihre hochtrabenden und verwickelten Gedanken im Auto. Doch nur zwanzig Minuten, nur eine halbe Stunde später lag sie hier und steckte ein. Krank. Schlapp. So als hätte sie schon immer Prügel bekommen und nichts anderes erwartet.

Krank und schlapp, das sind Lili Thorms Worte. Sie läßt sich von ihr benennen. Sie steckt ein. Und ist bereit, Paracetamol zu schlucken und mit dem Aufräumen anzufangen.

Die ausgestorbene, vereiste Högbergsgatan. Kein Himmel, nur eine leuchtende, graue Masse. Über all diesem gefrorenen, halb durchschienenen Wasserdampf befindet sich der Sternennebel in einem Zeit-Raum, der einer Landstraße voller Schlaglöcher gleicht, die in alle Richtungen gleichzeitig führt, und deren Löcher niemand sehen kann.

Beim Reichstagsgebäude neigt sich in diesem Augenblick eine Weide über den Strömmen. Die ganze Krone ist in Eis gekleidet, jeder Zweig glaciert. Wie elegant. Und welch feines, diesiges Licht in dieser Glasur. Die schwarzen Wirbel des Strömmen und die Lichtblitze und die hohen alten Häuser: dichte Massen an Zeit und Stein. An so etwas kann man denken, während man daliegt. Daß die Weide noch immer dort unten steht. Daß sie eisig schimmert.

Kjell hatte das Gefühl von Grippe, oder aber es waren Nebenwirkungen des Antidepressivums, weswegen es nötig war, ein bißchen mit ihm zu reden, bevor sie ins Bett gingen. Anne auf Grönkulla sagte, daß alle Menschen schwitzten, und Kleiner Sonnenstrahl behauptete, daß Tryptizol ein zuverlässiges, bewährtes Mittel sei und die Hoden davon nicht schrumpften. Schließlich erbot sich Netter Kamerad, sich auf ihn zu setzen und ein ganz klein wenig zu bumsen, was er ausschlug, weil er diese Nettigkeit womöglich als sonnig, jedenfalls aber als Egoismus durchschaute.

Die Natur strebt nach Ausgleich, weswegen Blenda jetzt mit den Stichen der Schlaflosigkeit, mit einem Ziehen und Surren in den Beinen und abgebrochenen Tiraden im Kopf bezahlen muß. Bis sie sich weigert und das Kommando übernimmt, siebzehn Jahre alt wird und Eiskunstlauf betreibt.

Auf Silbereis. Im Samtröckchen über einem gerade richtig molligen Hinterteil. Mit Pailletten. Und einem Kavalier mit derselben Art Pailletten, allerdings mit festerem Hinterteil. »Er ist fünfundzwanzig und sie ist siebzehn.« Und sie stürzt und reißt ihren Kavalier mit und heult hinterher in der Box vor den Kameras eine ganze Badewanne voll. Das ist einfach. Alles ist cerise und blank und nach Punkten gezählt. Und er tröstet sie. Sie ist nicht die Bohne nett. Ganz und gar kein Sonnenstrahl.

Aber dann fängt es wieder an, zu surren und zu stechen. Assias Stimme. Sylvias. Diese gutgekleideten und hochgebildeten Frauen. Was wissen die von Angst? Und kann man denn alles verlassen, so wie man seine erste Liebe verlassen hat: *Jetzt ist Schluß*. Obwohl das nicht ganz stimmt, denn ihre erste Liebe (Liebe?) vollzog sich (vollzog sich?) in einem Sommerhaus. Papa hatte damals einen Opel und fuhr jeden Tag ins Büro. Einmal in der Woche, manchmal zweimal, fuhr Mama mit, um einzukaufen, und da kam er. Er war zweiundvierzig, als es anfing, und sie war vierzehn. Im August wurde sie fünfzehn, also war es dann wohl nicht mehr ungesetzlich. Er war ein guter Bekannter, ein Gutsbesitzer aus der Umgebung. Jedenfalls Großbauer mit einem herrenhofähnlichen Hauptgebäude, einer kecken Frau, mit Stöberhunden und Dackeln und zwei Söhnen, die viel älter waren als Blenda. Es war heiß auf dem Dachboden; dorthin zogen sie sich zurück, für den Fall, daß jemand käme. Schätzchen, Schätzchen, du bist so sanft ... ich sehe dich immerzu an, weißt du, daß dein Geruch mir in den Traum folgt, ich erwache davon. Wir sitzen da und spielen Bridge, und du gehst vorbei, in der Nacht kommt mir dann dein Geruch wieder. Ich bin steif, weißt du, fühl mal, genau wie jetzt. Und du gehst dort und bist so sanft, und ich darf dich nicht berühren. Ich muß mit den Karten dasitzen und passen und verdoppeln. Und er war auf der Innenseite ihrer Schenkel, und sie konnte ihre Sanftheit selbst spüren. Die Hitze und in den Dachritzen die funkelnde Sonne und die Orgasmen, klitzeklein zunächst, ein leises Flackern im Blut und dann die Dünungen durch den ganzen Körper. Die konnte er lange Minuten hindurch andauern lassen, und er brachte ihr bei, wie sie es selbst machen mußte, und er ließ sie es für ihn machen. Sie fand, daß es fast *zu* leicht war, überhaupt keine Mühe. Es war, als hätte alles nur ihr gegolten, sie wurde verwöhnt. Ja, sie wurde gut behandelt, liebkost, und sie lernte, voller Erwartung zu sein. Mama brauchte nur diese Einkaufstasche zu nehmen, schon füllten sich Blendas Schamlippen mit Blut, und in den Schenkeln pulsierte es, und sie fürchtete, er würde die Gelegenheit verpassen. Aber das tat er selten, denn er sah das Auto vom Fenster seines Kontors aus, wie er es nannte, sah, daß Mama dabei war. Und dann kam er, und es gab niemals irgendein Palaver oder unnötiges Gequatsche, überhaupt kein Gequatsche, außer dem über Sanftheit, und es war so schön, zu lernen, daß es Dinge gibt, zu denen man nicht nein sagen oder auf die man nicht verzichten kann – es geht einfach nicht. Wenn es nun ein Verbrechen wäre oder ... ja, weiß der Himmel ... aber ein Verbrechen war das doch nicht? Es liegt wohl vor allem daran, daß die Leute so viel über das, was sie tun, reden, es miteinander hin und her wälzen. Aber sie beide sprachen nicht darüber, niemals mit irgend jemandem. Was man heimlich und in sonnenfunkelnder Hitze zu einer Tageszeit macht, zu der eigentlich niemand an so etwas denkt, und worüber man niemals spricht, das ist in der normalen Wirklichkeit auch nicht geschehen. Das ist in einer anderen Wirklichkeit geschehen, wo es sanft ist und köstlich und steif und einen niemand stört und es nach altem Holz und modriger Wattematratze duftet und die Wespen aus und ein surren. Und danach kann man sich am ganzen Körper mit dem lauen Seewasser spülen. Schwimmen, treiben lassen. An den Seerosenstielen zupfen, das blumige Wasser des Sees riechen. Da kam es vor, daß er am Waldrand stehenblieb und ihr zusah und nicht weggehen konnte, vielmehr gingen sie noch einmal auf den Dachboden, und sie wurde trocken und wieder feucht, freilich in anderer Weise.

Aber eines tat er nie. Nein.

Deshalb weiß sie nicht, ob dies als ihre erste Liebe bezeichnet werden kann. Denn ein solch *richtiges* Erlebnis hatte sie später, in dem Winter, als sie siebzehn war. Das war in einem Auto, und es war kalt, und sie kam gar nicht dazu, richtig feucht zu werden, so daß es scheuerte. Aber es war *richtig*, es handelte sich um Penetration. Jaja.

Sie lenkt ihre Gedanken wieder auf das Seewasser, auf die Sanftheit und die klitzekleinen Wellen, und nach einem Weilchen folgt auf die Wellen, auf das leise Keuchen der Schlaf, und er ist freundlich zu den Muskeln, zu deren Surren und Stechen. Er besänftigt, er ist wie dunkel duftendes Seewasser.

Unten auf der vereisten Högbergsgatan ist es nach wie vor menschenleer. Ein Gott oder eben Gott hat sie vielleicht geleert. Dann erwacht die gesamte Straße von einem Krachen in den Wänden und im Schlaf selbst, von einem überschallartigen, dumpfen Grollen, das die Fensterscheiben erbeben läßt – ja, die nächstliegenden zerspringen, und in diesem Grollen klingt die Explosion gellend und dröhnend und blechern. Manche meinen, das Haus sei über ihnen eingestürzt. Eine alte Dame denkt, es sei ein Gewitter, sie ist allerdings taub.

Dann zeigen sich in den Fenstern Gesichter, in den kaputten nur zögernd. Sie ziehen sich schnell wieder zurück. Blenda wohnt jedoch weiter oben, sie und Kjell starren auf die Straße hinunter und sehen ein Loch und Schrott und Rauch. Es ist der Passat. Zuerst wird ihr das gar nicht klar.

Es muß sich wohl nur um eine Namensgleichheit handeln. BELUX – das kann man sich bestimmt neu ausdenken? Er muß doch schon tot sein, sagt sich Ulla Häger, als sie die Veranstaltungsbeilage des *Svenska Dagbladet* liest. Ich hielt ihn schon damals im Bahnhofshotel für schrecklich alt. Aber da war ich natürlich noch ein junges Mädchen. BELUX. Es ist merkwürdig. Ein bißchen weit hergeholt, daß jemand wieder darauf verfallen sollte. Es *bedeutet* ja nichts. Oder doch?

BE-LUX?

Wie wunderlich, wenn sie auch ihm begegnen würde. Denn Belinda ist sie vor vielen, vielen Jahren einmal über den Weg gelaufen. In Paris. Ulla fuhr mit einer Charterreise dorthin. Man streifte, organisiert, durch den Montparnasse. Der Bus wartete. Da war ein kleiner Markt, er hieß Edgar Quinet. Dort ging die Sehende, dort ging Belinda. Übrigens mit einem Einkaufsnetz. So einem praktischen kleinen Ding, das die französischen Hausfrauen zusammengeknüllt in der Tasche haben und mit Gemüse und Fleischpaketen füllen. Sie war Hausfrau geworden, obwohl sie noch immer reiste. Früher hatte sie in Hotels und Pensionen gewohnt. Jetzt war ihr Zuhause ein Wohnwagen.

Sie war unerhört erfreut, daß Ulla sie wiedererkannte. Ungestüm und beschämend erfreut. Als ob ihr ganzes künstlerisches Dasein (sie nannte das so) dadurch Sinn und Bedeutung erhalten hätte, daß eine schwedische Chartertouristin in Paris sie wiedererkannte und erzählte, daß sie als Schülerin im Bahnhofshotel von Katrineholm eine der Seancen von Belux und Belinda der Sehenden gesehen habe.

Sie arbeitete jetzt mit einem Clown aus Bulgarien. Er trug einen Frack mit langen, weiten Hosen und große Lackschuhe, die über den Kanevas schlappten, und eine Fliege, die unter dem Kinn herumschnurrte.

»Das ist jetzt ganz neu«, sagte Belinda. »Viel Mechanisches und so.«

Sein Trick war, daß er zauberte und dabei ständig versagte oder durchschaut wurde. Sie war seine Assistentin, stolperte und reichte ihm die falschen Sachen. Wenn sie sich in den Kasten quetschte, den er durchsägen sollte, ragten zuerst die Füße und dann der Po heraus, und die Leute brüllten vor Lachen, denn sie war ziemlich fett geworden. Ulla sah das alles. Voll banger Erwartung nahm sie die Metro zur Porte d'Orleans und besorgte sich eine Eintrittskarte für die Zirkusvorstellung, saß ganz allein in einer Loge und sah, wie der bulgarische Clown mit einem Hut zu zaubern versuchte, aus dem nur Kaninchenkötel herausfielen. Das Kaninchen selbst hielt Belinda hinter ihrem Rücken, und sie versuchte es in den Hut zu schmuggeln, während die Leute lachten, aber nicht so sehr wie über ihren Po.

Sie waren beide sehr geschickte Artisten, und sie arbeiteten auf hohem Niveau. Vielleicht läßt sich das erst machen, ahnte Ulla, wenn man aufgehört hat, sich selbst ernst zu nehmen. Wenn nur noch der Trick ernst ist, wenn es nur noch um ihn geht und man sich nicht auf die Schnüre in irgendeinem Gerät oder auch nur auf sich selbst verläßt. Dann ist es ernst.

Hinterher trank sie mit ihnen in ihrem Wohnwagen Wein. Dort war es sehr aufgeräumt und fein, und das Gespräch bestätigte Ullas Ahnung: Belinda war in ihrer künstlerischen Karriere wohl noch nie so ernst gewesen wie da. Als Ulla sie nach Belux fragte, lachte sie nur und sagte, daß er vor ihr eine Alinda gehabt habe und danach eine Celinda, und nun sei er wahrscheinlich sowohl mit Delinda durch als auch mit Elinda und Felinda – was wisse sie denn? Womöglich sei er auch schon tot.

Aber wer ist dann BELUX? Der Name wirkt jetzt eher wie der einer Firma. Er – oder diese – hat etwas in einem Old Munic, das PANTOP heißt. Das steht in der Anzeige über Disembodied Dance und schwimmende Architektur, über navigierbare Musik und Worldmaking und The Ultimate Universal Environment. Das ist ja alles unverständlich. Als sie nach der Adresse guckt, wird ihr klar, daß es sich um die Münchner Brauereien handelt. Dort ist sie schon oft zu Kunstausstellungen gewesen, folglich muß es doch etwas Seriöses sein. Sie wird nicht schlau daraus, ob es dabei um eine Installation oder eine Art Vorstellung geht. Mitten in der Weihnachtshektik fährt Ulla jedenfalls dorthin. Es ist äußerst imperativ, oder wie Oda das zu nennen pflegt. Sie kann es schlicht und einfach nicht lassen; sie muß herausfinden, wer oder was Belux ist.

Wie sie dorthin kommt, steht da, daß der Vergnügungspalast Old Munic rund um die Uhr geöffnet sei, nichts ist mehr, wie es einmal war. Sie muß sich durchfragen, denn in dem großen Gebäude befinden sich viele Veranstaltungsräume. Kinos, Discos, die jetzt leer und abgeschaltet sind, Spielhallen mit blinkender Elektronik und mehrere Bars und Restaurants. Es gibt auch eine Sauna, von der aus man Faxe und E-Mails senden kann; das läßt sich von den meisten der Bars aus gewiß auch machen. Sie hat jetzt vergessen, wie dieses Lokal oder, wie sie dachte, die Ausstellung hieß, und sie versucht sich daran zu erinnern, was darüber in der Zeitung stand – Disembodied Architecture vielleicht? Da ist ein junger Mann in einer Art Wärterfunktion, wenn auch natürlich im T-Shirt, und der sagt: »Aha, sie wollen ins Cyberspace, was?« Er erklärt ihr den Weg. Es gibt kleine Schilder, und es geht hoch hinauf, viele Treppen, und es ist praktisch leer. Auf einer Treppe kommen ihr zwei junge Männer entgegen und schubsen sie fast hinunter. Nicht in böser Absicht, es ist sehr wohl zu merken, daß sie wegen all der Kraft, die in ihnen steckt, ohne Rücksicht drauflosgehen. Als sie oben ist, sieht sie das Schild mit dem Namen PANTOP, den sie dummerweise vergessen hat. Wenn es aber um Cyberspace geht, dann ist es wohl so etwas wie ein Film. Sie ist mit Kajan im Cosmorama gewesen und hat Galaxien im Universum und andere unglaubliche Dinge gesehen. Die Krux ist nur, daß das hier hundertfünfzig Kronen kostet. Das will sie auf gar keinen Fall ausgeben. Im Reichsmuseum weiß man immerhin, was man bekommt, da steckt Wissenschaft dahinter. Also fragt sie nach Belux, sagt, daß sie ihn kenne. Nun ja. Aber sie tut es. Das junge Mädchen, im T-Shirt, geht ihn holen. Und es ist tatsächlich Belux!

Sicherlich, er ist älter geworden. Er sieht jetzt aus wie Count Bronowsky in *Das Juwel in der Krone,* allerdings trägt er keine schwarze Augenbinde. Er reagiert genauso wie Belinda vor mehr als zwanzig Jahren; er ist unerhört und beschämend geschmeichelt und erfreut. Er behauptet außerdem, daß er sich an sie erinnere: das Mädchen aus Katrineholm mit den natürlichen Anlagen! Ulla glaubt freilich nicht, daß er sich an sie erinnert, aber das sagt sie nicht. Sie sagt nur, daß sie eigentlich nicht aus Katrineholm sei. Sie komme von einem kleinen Herrenhof außerhalb der Stadt.

Es ist keine Rede davon, daß sie hundertfünfzig Kronen bezahlen soll. Er lädt sie ganz einfach ein. Ulla hat das Gefühl, daß das nicht so sehr darauf beruht, daß er sich an sie erinnert und sie von ihrem Zusammentreffen mit Belinda hat erzählen können (worüber er auf eine wirklich nicht ganz angenehme Weise lacht), sondern weil er sich nach einem Gespräch sehnt. Er möchte auf einem anderen Niveau verkehren. Die Kundschaft scheint hier vor allem aus jungen Männern in Jeans und T-Shirts zu bestehen. Er ist doch so korrekt, ja, es ist tatsächlich wie mit Count Bronowsky: Er ehrt das Reich mit einem ungewöhnlich schicken Anzug. Sein Reich ist das, was Cyberspace genannt wird. Ulla erklärt sogleich, daß sie nicht recht wisse, was das sei. Es gebe so viele Begriffe und Wörter heutzutage. Belux (ja, er heiße natürlich nicht Belux, er heiße Bénédict de Luz, sagt er; allerdings glaubt sie nicht, daß er so heißt oder zumindest nicht von jeher) sagt, daß der Mensch sich schon immer gewünscht habe, mittels Gedanken die physische Welt in Bewegung zu setzen und sie zu beeinflussen. Und dieser Traum sei jetzt in Erfüllung gegangen! Im Cyberspace habe sich das Ziel der Wissenschaft erfüllt. Definitiv. Die Menschen, sagt er, begnügten sich nicht mehr mit den engen Grenzen einer einzigen Persönlichkeit, sie wollten multiple Persönlichkeiten mit Potentialen in allen Richtungen sein, *die sich überdies verwirklichten*, und obendrein wolle jeder Mensch an verschiedene Orte verstreut sein, und dabei gehe es nicht um Charter und zollfreien Alkohol und enge Flugzeugsitze, sondern er wolle an mehreren Orten *zugleich* sein.

Sie sitzen in einem kleinen provisorischen Büro, und er bietet ihr aus einer Pumpthermoskanne, mit der er nicht recht zurande kommt, Kaffee an. Ulla muß ihm den Mechanismus erklären. Sie findet sein Reden interessant, und ihr wird klar, daß sie schon viel früher auf ihn hätte stoßen können, denn er schien sehr bekannt zu sein. Er habe enorme Erfolge gehabt, erzählt er. Kein Geringerer als er habe vor fünfundzwanzig Jahren die großen Fernsehshows mit Gedankenlesen und dem Verbiegen von Metallgegenständen mittels Gedankenkraft, ja, Geisteskraft habe er es praktisch genannt, arrangiert. Das sei enorm populär gewesen. Er habe auf der Geisteslinie weitermachen wollen.

Aber an der Grenze zum Totenreich habe das schwedische Fernsehen die Bremse gezogen, wiehert er, was Ulla unsicher macht. Das ist ein klein wenig vulgär, aber vielleicht läßt er sich nur von seinem eigenen Enthusiasmus hinreißen. Jedenfalls sei nichts aus der Mitwirkung entschlafener Geister geworden, obwohl Bénédict de Luz seriöse Kontakte ersten Grades habe garantieren können. Statt dessen habe er für eine deutsche Gesellschaft zu produzieren begonnen, und jetzt habe er Verbindungen in Rußland. Aber er sei auch auf dem Weg zurück auf den schwedischen Markt, der nicht mehr so engstirnig sei wie damals. Das Unternehmen heiße EDEN SPACE, eine Tochtergesellschaft eines Multimedia- und Kommunikationskonzerns namens GLOBECOM.

Er hat sein Glück gemacht, daran gibt es gar keinen Zweifel. Es waren andere Zeiten, als er ihr das erste Mal begegnet war. Damals waren es heruntergekommene Stadthotels, jaja, er hält nicht hinterm Berg damit. Es war, wie es war, und es beruhte auf den *Meinungsmachern*, die zu jener Zeit eigentlich nur aus einer einzigen Person mit einer lächerlichen Stimme und einem Monopol auf Anschauungen bestanden haben, die zudem die größte Morgenzeitung des Landes zu ihrer Verfügung gehabt habe. Ja, es habe auch Schriftsteller gegeben, aber die hätten eine marginale Bedeutung, denn es seien vor allem Frauenzimmer, die sie läsen. Wie auch immer, seine Branche sei heruntergekommen und in die Stadthotels verbannt worden.

Aber jetzt sei das anders. Jetzt sei die Wissenschaft an ihrem definitiven Ziel angelangt, beim ultimativen Menschen in seinem universellen Milieu, und Ulla werde dies gleich als multiple Persönlichkeit *an ihren äußersten Grenzen* zu sehen und zu erleben bekommen.

So ist sie, als sie schließlich ins PANTOP geführt wird, voller Erwartung. Es sticht sogar in den Handflächen. Er hat viel von dem eisigen Cyberspaceraum gesprochen, doch da drinnen riecht es ein bißchen staubig, und es ist ziemlich eng. Da ist ein Stuhl, oder soll man sagen: Bett, der sich in alle möglichen Richtungen schwenken läßt. Eine Art Zahnarztstuhl, auf dem er sie festschnallt. Es ist eigentlich ein ganz klein wenig unbehaglich. Als ob sie sich einer Behandlung unterziehen soll und man erwarte, daß sie dieser zu entfliehen versuchen würde. Er versichert ihr jedoch, daß sie nur deswegen auf dem Stuhl festgeschnallt sein müsse, weil sie so eifrig werden und so schnelle, impulsive Bewegungen machen werde. Sie soll auch einen Helm aufsetzen, einen Helm mit einer großen, kameraähnlichen Brille, und sie muß die Hände in steife Handschuhe stecken und prüfend mit den Fingern wackeln.

Als sie den eigentlichen PANTOP-Raum betraten, sah Ulla draußen Stockholm in eisigem, sonnendurchglühtem Nebel, doch in dem inneren Raum mit dem Stuhl sieht sie nichts. Sie ist in einer schwarzen Box, die im Moment von einer einzigen Leuchtstoffröhre erhellt ist. Sie soll auch Schuhe tragen, das sei wichtig. Diese sehen aus wie die Moonboots, die Armstrong vor dreißig, vierzig Jahren trug. Sie muß zuerst ihre Stiefel ausziehen, und sie geniert sich ein bißchen, weil sie so alt sind. Aber Bénédict de Luz ergreift sie elegant mit den Fingern und bringt sie irgendwohin, Ulla weiß nicht wohin, und dann ist sie plötzlich allein in der Box. Sie sieht nichts und hört seine Stimme ganz nah, in den Schnecken der Kopfhörer. Dann erscheint ein Licht, und sie bekommt große Angst, denn ihr geht durch den Sinn, daß alles elektrisch sei, auch der Stuhl, und sie hat das Gefühl, daß das hier, wenn Belux sich ebenso ... ja, unbeholfen anstellt wie mit der Pumpthermoskanne, schlimm enden könne.

Seine Stimme klingt immerhin beruhigend. Er erteilt ihr letzte Instruktionen und sagt, daß sie mit ihren Erlebnissen dann allein sein werde. Daß sie diese selbst bestimmen und hervorrufen werde. Dazu reichten kleinste Bewegungen in den Handschuhen, dem Helm und dem Schuhwerk: es sei größtenteils die Gedankenkraft, die arbeite. Eine winzige Bewegung mit dem Brustmuskel (dem Brustmuskel? Wo sitzt der denn?) reiche beispielsweise aus, um fliegen zu können. Ihre Gedanken würden in dem Helm erfaßt und aufgefangen, elektronisch. Das heiße, ihre Zielrichtung, Farbe, Temperatur. Sie würden in dreidimensionale Bilder übersetzt. Es werde ganz einzigartig sein. Es werde ihre eigene Welt sein, eine Welt, die kein Mensch vor ihr erlebt habe.

Sie staunt über den Inhalt ihrer eigenen Gedanken, als sie diese in allen Richtungen vor sich in einem Weltallraum sieht, dessen Grenzen sie nicht zu umfassen vermag. Sternennebel, rote Sandstürme – neein. Ihr fehlen tatsächlich die Worte dafür, und sie sitzt völlig starr. Erinnert sich aber irgendwann daran, daß sie sich bewegen muß, und sie versucht es auch: Sie berührt mit der rechten Hand ein rotes Wasser in einem – Bach? Und da fliegt etwas auf – möglicherweise Feuerfliegen oder Eispartikel oder – ja, jetzt ist es vorbei, und nun wogt klarblauer Wasserriemen vom, wenn er es denn ist, Himmel herab, und natürlich kann das gar kein Tang sein.

Aber so kann ich doch nicht denken, denkt Ulla. Sie denkt es mühsam. Praktisch Wort für Wort. So habe ich doch noch nie gedacht.

Da erinnert sie sich an etwas leicht Peinliches. Es ist natürlich Oda. Die kann ja mitunter derb sein. Das ist wohl etwas Finnisches. Sie erzählte einmal von ein paar Jungen, nun, es waren wohl junge Männer, auf dem Korridor irgendeiner Schule. Sie hatten keine Ahnung, daß eine Treppe tiefer jemand stand und alles hörte, es war nicht Oda, denn sie hat das nur in einem Buch gelesen, und sie haben diskutiert, wie man es – wie mag das heißen? *einhalten* könnte – obwohl das wohl etwas anderes ist. Auf jeden Fall: wie sie den Höhepunkt zurückhalten könnten. Oda drückte sich sicherlich derber aus. Einer von ihnen sagte: Ich denke an Schnee. Und dann hat Oda eine Auslegung darüber gebracht, und weiß der Himmel, ob nicht doch ein Sinn dahintersteckte und nicht nur die Lust, frech zu sein. Denn Ulla denkt jetzt, daß sie an Schnee denken solle.

Sie denkt an Schnee. Sie denkt intensiv an Schnee.

Noch immer quellen Bilder hervor, Landschaften mit sprühenden, purpurvioletten Geysiren und grün funkelnden Sandstürmen. Aber sie stimmen ganz und gar nicht mit ihren hartnäckigen Gedanken an Schnee überein. Sie denkt: Es ist 1942, es ist ein Samstag. Es ist Februar, und das, was jetzt sprüht, sind Feuerschein und Rauchwolken, es ist *Die Götterdämmerung*. Das geben sie in der Oper, also stimmt es. Ja, so ist es. Im Dramaten geben sie *Claudia*. Claudia? Was ist das für ein Stück? Aber es ist Samstag, es ist Februar mit Schnee, Schnee, Schnee, ein schrecklich kalter Winter. Lange Holzstapel den ganzen Strandvägen entlang. Die Farben sind nicht Crimson und Magenta, sondern Grau und etwas Braun, Pferdeäpfelbraun und schmutziges Weiß. Es ist wie ein Rauschen in der Luft, das sind die Beifallsstürme, als Jussi Björling singt. Er singt im Konzerthaus zugunsten finnischer Kinder, da ist sie sich ganz sicher. Ja, sie glaubt an diesem Februarsamstag ganz und gar in Stockholm zu Hause zu sein, obwohl vor ihren Augen silberviolette Ströme fließen und sie ein Meer sieht, das mit langen, gleichsam wehmütigen Tentakeln, einer Art Glieder, nach ihr zu greifen versucht.

Sie wird so gut aufgelegt von dieser absoluten Sicherheit, zu wissen, wie es war, damals, im Februar 1942, daß sie sich zu entschließen wagt, nicht mehr nur an Schnee zu denken, sondern den Blick über Europa zu heben, wo es zwar kalt ist, aber kein Schnee liegt, nicht überall. Sie ist im übrigen in einem Haus. Sie sieht ein Radiogerät, das von zwei agavenähnlichen Kakteen eingerahmt ist, in deren weißlichgrünen, tütenförmigen Blättern rosa Blüten sitzen, und sie weiß, daß es die Stimme des Reichskanzlers Adolf Hitler ist, die sie aus dem Radiogerät vernimmt. Die knattert elektrisch auf deutsch und sagt: *In diesem Krieg wird es keine Sieger oder Verlierer geben, sondern nur Überlebende und Vernichtete.* Und Ulla findet es verwunderlich, daß über Krieg etwas so Kluges gesagt werden kann und in solch eigenartig hysterischem Tonfall. Das hat nichts mit dem schimmernden Meer um sie herum zu tun, nichts mit der Willkürherrschaft, mit deren Protzen oder mit den heißen Bächen, die über die rote Erde dahinrauschen. Sie zieht sich wieder zum Schnee zurück, das heißt, ihrem inneren Schnee, den leicht pferdeäpfelbefleckten, von Straßenbahnen zermalmten Matsch auf dem Strandvägen in Stockholm, und macht einige Bewegungen, weil sie sich daran erinnert, daß sie greifen und fliegen und was sonst noch tun soll. Jetzt fallen ihr auch die Frachtschiffe mit Brennholz wieder ein, das Durcheinander von den Tauen der Takelagen mit den großen, grauen Segeln, die sie ungefaltet einzuholen pflegten (was schlampig aussah). Die Frachtschiffe sind an diesem Februartag wohl eingefroren. Der rotverquollene Himmel und die Heißwasserbäche werden jetzt von einem farbenfrohen Eisblumendschungel abgelöst, er sieht wirklich heiß aus, und dort blühen, wie es scheint, vulvaähnliche Münder, sicherlich haben Männer das gezeichnet. Lilien mit Haifischzähnen, ja doch, mit blitzenden Zungen, ja, Zungen aus kühlem Feuer über den Vulven. Da sind Bäume mit phantastischen, vielhändigen Armen, mit Lungen wie silbrige Schwimmblasen. Ulla hält in Gedanken jedoch an den Brennholzfrachtschiffen fest, und die Erscheinung darf sich beschäftigen, womit sie will. Es hat seinen Reiz, Bäume mit gleichsam schlurfenden Füßen an pfeilerähnlichen Silberbeinen zu sehen, und sie weiß, daß sie jetzt Bewegungen machen muß, um in den Wald zu gehen, und tut auch, was man ihr gesagt hat. Sie ist jedoch so erfüllt davon, daß Jussi Björling im Konzerthaus singt. Und *Claudia* und *Die Götterdämmerung*. Das ist ja phantastisch! Dieses Zugegensein!

Sie ist gänzlich von diesem vorletzten Samstag im Februar 1942 erfüllt, als sie die Box verläßt und von ihrem Helm und ihren Handschuhen und den schweren Boots befreit wird. Bénédict de Luz blickt jedoch ein bißchen skeptisch drein. Er glaubt nicht, daß sie Brennholzfrachtschiffe und Pferdeäpfel und ein Radiogerät mit Kakteen beiderseits gesehen hat. Und das hat sie ja auch nicht! Sie erklärt es ihm. Sie habe das nur *gedacht*. Aber das Phantastische ist, daß das, was sie gedacht hat, richtig ist und sie weiß, daß an jenem Samstagabend vor so langer Zeit tatsächlich *Die Götterdämmerung* in der Oper gespielt wurde – und wie kann sie das nur wissen? Ist das nicht phantastisch?

»Ich habe meine Gaben noch!« ruft sie, denn sie ist jetzt – wie Sigge sagen würde – ziemlich high. Bénédict de Luz wirkt jetzt etwas müde, kaputt praktisch. Aber er räumt ein, daß es schön sei für sie, ihre Gaben noch zu haben. Was ihn angehe, so gelte wohl, daß der öffentliche Anklang nicht immer so sei, wie er es sich zu Recht erhoffe. Erstaunlich viele Menschen lehnten neue Welten ab. Ja, sie wollten schlichtweg keine neuen Welten haben. Sie wollten Spiegel haben, sagt er mit einem schiefen, müden Bronowskylächeln. Er spricht mit ihr, als wäre sie eine aus der Branche, was er auch tun muß, wie sie im Hinblick auf die Gaben, die sie besitzt, findet. Er sagt, daß vor allem junge Männer hierherkämen und die wollten Suggestionen und Schocks haben. Wenn man schon sagen soll, wie es ist.

In gewisser Hinsicht wünscht Ulla, daß er es gelassen hätte, zu sagen, wie es ist. Vorher war es netter, ehe er müde wurde und so kollegial mit ihr zu reden anfing.

»Sie wollen keine Wunder«, sagt er. »Sie wollen etwas haben, das nur aussieht wie Wunder. Jaja. Das kennen wir von früher. Und außerdem sind wir uns ja völlig darüber im klaren, daß sich Wunder nicht wiederholen – nicht wahr? Folglich sollte es keine Tourneen geben.«

»Nein, Ulla«, sagt er ganz intim, »wir sind klug, wir sind erfahren. Wir wissen, daß unsere Kunst sich nur damit befassen kann, das Wunder nachzuahmen.«

Aber er hätte sich wohl lieber anders unterhalten. Ulla hat ihn enttäuscht, und es tut ihr leid. Aber sie ist immer noch aufgekratzt von ihrem großen Samstagserlebnis im Februar 1942 und denkt nicht einmal daran, sich ihrer altmodischen und ziemlich zerschlissenen Lederstiefel zu schämen, als er sie ihr überreicht. Erst als sie im Bus sitzt, fällt ihr ein, was Oda über Wunder gesagt hat.

Die Kunst kann das Wunder vollbringen. Aber sie kann es niemals wiederholen. Sie hat ja auch noch eine andere Aufgabe, eine bescheidene und nützliche. Sie ist dazu da, um uns an das Wunder zu erinnern. Daran, daß es existiert.

Jaja. Die liebe alte Oda mit ihrem Schnee.

Jedes Jahr und immer an einem Sonntagmorgen unmittelbar vor Weihnachten kommt Heikki (Oda beharrt nicht mehr darauf, ihn Henrik zu nennen) zu Besuch. Er kommt mit der Fähre, und es ist schon vorgekommen, daß er ein wenig benebelt war, weil seine Fahrt zu Oda manchmal mit einem Betriebsausflug zusammenfällt. Er hat sowohl in der Markthalle in Helsingfors als auch auf dem Schiff eingekauft. Den Grundstock seines Einkaufs bilden stets grüne Geleekugeln, Wodka, saunageräucherter Schinken und dunkles Brot. Diese Sachen ergeben Odas Weihnachtstisch. Die Kugeln ißt sie nicht. Die bietet sie an, wenn jemand vorbeikommt. Im vergangenen Jahr schenkte sie die ganze Schachtel dem Mädchen, das ihr aus dem kleinen Laden im Zentrum von Tallkrogen immer Waren bringt. Sie hat sie jetzt ein paar Tage lang nicht gesehen. Oda beschließt, die Kugeln in petto zu halten.

Heikki wird sechzig. Er ist schwerfällig. Er spricht beträchtlich besser Finnisch als Schwedisch. Als Oda seinen Vater kennenlernte, konnte sie auf Finnisch im großen und ganzen nur Begrüßungsworte und Kinderreime. Um lustig zu sein (es ist anfangs etwas schwierig mit Heikki), sagt sie nun taktfest: »Hevonen Pferd!« und donnert den Weihnachtsschinken auf die Spüle. »Liesi Herd!« und macht das gleiche mit dem Käse. »Suola Salz!« mit den Geleekugeln, taktfest, und »Mallas Malz!« mit dem Wodka, etwas vorsichtiger, und »Kaikki alles!« Aber es ist nicht alles. Es gibt auch eine mild gepökelte Lachsseite. Und Neunaugen. Und geräucherter Aal ist da noch. Jetzt kommt es darauf an.

Es steht nämlich so mit Oda, daß ihr das Essen langsam über ist. Sauermilch kann sie essen, Kartoffeln und Brot. Aber alles, was geräuchert, gespritzt, fritiert, mild gepökelt, mit Wein mariniert und schokoladenüberzogen ist, ekelt sie. Ganz zu schweigen von pfefferzuckersalzigem rohem Rinderfilet und diesen Fischfetzen mit Algen drum herum, die man Sushi nennt. Sowie von Glasiertem und Sautiertem und Blanchiertem und Emulgiertem. Ja, besonders letzterem. Mayonnaise betrachtet sie als Ausscheidung.

Sie hält Mayonnaise für etwas ausgesprochen Schwedisches. Ebenso Hovmästarsoße und Fleischwurst. Etwas, das Heikki mitgebracht hat und das Oda wirklich mag, ist dunkles, beinahe schwarzes eestnisches Brot. Es heißt eestnisch, auch wenn die Leute hier eßtnisch sagen.

Sie kann Heikki doch nicht sagen, daß ihr von seinen Weihnachtstüten übel wird. Sie sorgt lediglich dafür, daß er davon soviel wie möglich selbst ißt. Den Schinken kann sie essen. Jedenfalls nach ein paar Schnäpsen. Es muß ein bißchen munter zugehen. Denn jetzt fragt er wie üblich, was sie am Heiligen Abend mache. Sie sitze doch nicht etwa einsam rum?

»Einsam bin ich wie der Heide Kraut«, sagt Oda.

Der große, schwerfällige Heikki, der mehrere Arbeitskolonnen Betongießer leitet, hat bereits zu essen begonnen. Den Schnaps trinkt er ohne schwedischen Zinnober. Es spielt keine Rolle, ob sich das Licht im Inhalt des Glases brechen kann, als wäre es Wein, oder ob man einander fest und feierlich in die Augen sieht. Heikki kippt wie ein Prachttaucher den Hals nach hinten, und schon ist das Zeug unten. Gleich noch einen. Oda hält mit.

Ihr ist klar, daß Heikki viel trinkt. Er arbeitet auch viel. Er ist das, was man in Schweden früher einen Patentingenieur nannte. Ein großer, schwerfälliger Gockelhahn, denkt sie, und dann trinkt sie noch einen mit ihm, denn es ist eigenartig, so von seinem Sohn zu denken. Sie hat Enkelkinder, zwei Mittelschichtsfrauen mit guter Ausbildung. Die eine ist amtlich bestellte Wirtschaftsprüferin, die andere Geschäftsleiterin eines Reisebüros. Sie hat auch Urenkel, drei Jungen, die sie vor allem als Sommerfotos in kräftigen Farben gesehen hat. Die verblassen jedoch ziemlich schnell. Oda hat gemerkt, daß auch ihr Interesse für die Jungen langsam Farbe und Kontur verliert. Es ist nicht so, daß sie das Interesse, ja, die Angst vor der Zukunft, die sie, wie sie weiß, nicht mehr erleben wird, verloren hat. Das ist die Zeit der Jungen. Deren wirkliche, tätige Zeit, die, für die sie Verantwortung werden übernehmen müssen. Auf die eine oder andere Weise.

Einmal sprach sie in eben diesem Zimmer mit Sigge über die

Zukunft, und ihr wurde klar, daß Sigge sich fragte, warum Oda eigentlich daran denken sollte. Sie, die keine nennenswerte Zukunft mehr hat. Sigge sagte das nicht. Aber sie dünstete es aus. Noch fünf oder zehn Jahre mit zunehmenden Asthmabeschwerden, Gliederreißen und Gedächtnisverlusten. Das ist Odas Zukunft. Warum also sich lautstark darüber aufregen und sich quälen wie über eine große politische und erhaben menschliche Angelegenheit? Warum kann sie nicht einfach morgens aufwachen und zufrieden sein, daß sie noch da ist und überlebt hat? Daß sie den Zufall ein weiteres Mal überlistet hat. Sich ein bißchen Tee aufgießen und das zweite Rundfunkprogramm einschalten. Ihre Zukunft würde doch, sagte Sigge, von fremden und gleichgültigen Menschen bevölkert. Was habe sie mit denen zu schaffen?

Sigge polemisiert gern auf diese Weise. Gibt sich gern zynisch und ironisch. Sie ist ein gutherziges und pflichtbewußtes Geschöpf. Auch wenn sie solche Fragen stellen kann: Im Grunde deines Herzens glaubst du doch wohl nicht, daß du mit einer ganzen Masse von Menschen etwas gemein hast? Mit der ganzen Bevölkerung? *Der Menschheit*. Daß das Leben wie ein Sonntag im Hagapark ist, wo alle ungefähr dasselbe Ziel und dieselbe Absicht vor Augen haben: ein bißchen Sonnenwärme, ein paar Drosselrufe am Abend, einen Proviantkorb mit Grillhähnchen und Wein, verspielte Gemeinschaft: Bälle und Kinder und Hunde und Kreuzworträtsel. Sie weiß doch, daß die meisten sich damit zufriedengeben?

»Ja doch«, sagte Oda. »Die meisten geben sich damit zufrieden. Aber die meisten bekommen es nicht. Es gibt welche, die sie daran hindern. Es sind nicht viele, aber die sind effektiv.«

An dieser Stelle wurde Sigge böse. Das ist prima. Sigge ist ehrlich. Sitzt nicht da und faselt, als ob Oda altersdement wäre. Sie fiel über sie her und sagte, daß das nur die alte linke Paranoia sei. Die Hausaufgabe der Progressiven und Sozialisten, die sie im Traum herunterbeten könnten. Sie sagte, daß sie tatsächlich einmal an das herankommen wolle, *Oda zerlegen* wolle. Sie wolle ihre Überzeugungen auf einen Glasstreifen schmieren und unterm Mikroskop untersuchen. Die ganze Krapotkin- und Bakuninschicht, die Rousseauablagerungen und den edlen Wilden und das dem kleinen und normalen Menschen innewohnende Gute wegstochern. Die Wahrheit sei, daß es sich um normale Menschen handle, die sich gegenseitig schnitten und verstümmelten und zu unvorstellbarer Erniedrigung zwängen; das täten sie, um sich zu rächen. Böses gebäre Böses. Es gebe keine Unschuldigen, und es gebe keine andere Zukunft, als die, die wir hier sähen. Jetzt.

»Oda!« Sie schrie fast. »Was ist die Zukunft? Ist es die nächste Enkelgeneration? Oder die der Urenkel... Das geht schnell. Stell dir mal eine Frau namens Sigrid vor. Im sechzehnten Jahrhundert zum Beispiel. Nicht dumm. Denkt. Wie denkt sie an die Zukunft? Sie denkt an ihre Kinder und an ihre Kindeskinder und wünscht ihnen alles Gute. Aber schon wenn sie sich als Uroma kleiner Urenkel vorstellt und versucht, sich diese als Erwachsene vorzustellen, ist ihr Interesse abgekühlt. Urenkel und deren Enkel. Nein, Oda, da ist das Gefühl *erloschen*. Wenn wir uns nun vorstellen, daß ich eine in direkt absteigender Linie matrilineare Nachfahrin dieser denkenden und fühlenden Sigrid aus dem sechzehnten Jahrhundert sei, dann kann ich dir sagen, daß sie sich einen Dreck um mich scherte. Total. Ich war nicht einmal ein Fleck in ihrem Bewußtsein. Wir befinden uns auf unserer Insel in der Zeit, und wir haben nichts mit den anderen Inseln und deren Bewohnern zu tun.«

»Und Montaigne?« fragt Oda.

»Was ist mit Montaigne?«

»Nun, er war ja dann ein Zeitgenosse deiner Sigrid. Und er dachte an dich. Er interessierte sich für dich, auch wenn er sich dich nicht vorstellen konnte. Er richtete sich, ganz bewußt, an dich. Und er legte Entwürfe dessen vor, was dein Denken werden sollte.«

»Ich will dir mal ganz ehrlich etwas sagen«, sagte Sigge beherzt. »Ich habe von Montaigne noch keine einzige Zeile gelesen.«

»Aber ja doch. Dem bist du nicht entkommen. Ständig Zitate. Zitate und Referate und Anspielungen. Außerdem dieser Entwurf, wie gesagt. Montaigne hat ebenso wie du eingesehen, daß wir auf einer Insel leben, nicht nur in der Zeit, sondern auch im Raum. Im Weltraum. Leichtsinnig verspielt stellte er sich vor, daß es weit weg im All Leute mit Hundeköpfen gebe. Leute mit nur einem Auge auf der Stirn oder einer einzigen Brust. Sicherlich war ihm klar, daß deine Insel in der Zeit sehr weit von der seinen entfernt liegt und daß sie Bewohner mit noch seltsameren Köpfen haben muß. Aber er dachte oft daran. Er dachte an die

Zukunft. Er kommt mit seiner Insel zu uns. Er hat es geschafft, daß sie abhob, so, wie diese Insel in Gullivers Reisen abhob und mit ihren zeitgebundenen Geschöpfen auf Reisen ging.«

»Wo, zum Teufel, sind die Piroggen!«

Es stellt sich heraus, daß Oda sie übersehen hat. Sie sind noch in der Tüte von Stockmann, die sie zwischen die Mülltüten gestopft hat. Aber die Packung ist noch intakt. Richtige schiffsförmige, kleine Roggenpiroggen mit sauber umgebogenen Kanten und einer kleinen Fuhre Milchreis kommen zum Vorschein. Oda heizt den Backofen ein und macht ein paar hartgekochte Eier, um sie kleinzuhacken und Eierbutter daraus zu bereiten. Heikki darf zu den Piroggen Lachs essen. Sie selbst kommt auf die Zwergmaränen in Finnland zu sprechen. Ihr schwindelt ein bißchen von der Schiffsladung Heimweh, das die kleinen Piroggen, zeitlich und räumlich, mitgebracht haben. Und obwohl sie beschlossen hat, nicht über den Krieg zu sprechen, unter keinen Umständen anzufangen, mit Heikki über den Krieg zu sprechen, sagt sie doch, daß man sich damals nach so etwas am meisten gesehnt hat: nach dem Einfachen, Finnischen.

»Na, na«, meint Heikki, »bei Kämp und La Ronde gab es wohl auch noch ein bißchen was anderes. Als du deine kleine Romanze mit dem Krieg hattest.«

Mit Arpman meint er. Der Fieber hatte. Ja, und ob wir Fieber hatten! Alle. Nicht Wundfieber wie Oberleutnant Arpman, der ehrenvoll Verwundete. Sondern das Fieber des Patriotismus und der großen Ereignisse. Finstre Gestalten regten sich in uns, wuchsen. Sie trugen Stirnbinden und Uniformen. Es gab keine Gutmütigkeit, kein *Sauce, mein Gott! Wenn wir gegessen, reiten wir aus!* So etwas konnte man an den Tischen bei Kämp und La Ronde nicht mehr sagen. Die Späße sahen anders aus. Sie waren fiebrig. Größe und Finsternis und Fieber eroberten uns von innen heraus.

»Und die kleinen Kinder habt ihr fortgeschickt«, sagt Heikki.

Es ist unglaublich, daß ein so schwerfälliger, erwachsener, *fertiger* Mann solch einen Tonfall bekommen kann: den eines verletzten, verlassenen Kindes.

»Aber die Bomben, Heikki! Daß du nie begreifen willst, daß ich das gemußt habe.«

Er kippt sich noch einen hinter die Binde und stößt Luft durch die Nase aus.

»Es war immerhin privat! Wir kannten die Leute doch. Eine Oberstudienratfamilie, nette Menschen. Ein Haus in Södra Ängby. Das kann nicht die Hölle gewesen sein, Heikki.«

»Ich habe nie behauptet, daß es die Hölle war.«

»Nein, aber das einzige, was du je von dieser Zeit erzählt hast, ist die Entlausung in der Marienschule. Von schwedischen Bereitschaftshelferinnen in Uniform. Grauer Salbe und Sabadillessig und harten Händen. Und ich habe dir gesagt: Die, die tatsächlich Läuse hatten, waren trotzdem schlimmer dran. Aber das willst du nicht verstehen.«

Das haben sie früher schon durchgenommen. Es ist wie in einer Vorweihnachtsnacht hier im Haus in Dalen vor ziemlich vielen Jahren. Das erste Mal, daß ich ihn mit einem ordentlichen Affen sah, erinnert sich Oda. Und er redete von seinem Vater. Wir sahen uns Fotos an. Eines, auf dem ich auf der Esplanade stand, vor Kämp. Es ist Sommer. Folglich ist es nach dem Winterkrieg. Muß, unmittelbar bevor Lars und ich uns trauen ließen und nach Stockholm fuhren, gewesen sein. Unmittelbar bevor der andere Krieg ausbrach, der eine andere Art Krankheit war, eine langwierigere und schändlichere, eine, von der Lars angesteckt war. Ich stehe dort in einem gelben Kleid, auch wenn es auf dem Foto weiß aussieht, gelb mit kleinen weißen Tupfen. Das Mieder ist zu einem im Dreieck aufragenden Taillenbund hin drapiert. Das war damals so modern. Und weiße Schuhe mit Keilabsatz und Korksohle. Neben mir steht Lars, in Zivil, in einem dunklen Anzug. Und Heikki fing zu lachen an, als er es sah. Kein Säuferlachen, aber verwandt. Sagte: »Das war also der Krieg!«

Ich habe den Mantel unterm Arm, einen Hut auf den Locken. Lächle finster, wie ausgeschnitten. Ich erinnere mich an diesen großen, blutroten, ziemlich trockenen Lippenstift. Ich habe mich bei Lars untergehakt, und Heikki lacht boshaft über uns und ähnelt Harjalintu, ähnelt ihm einen Moment lang ganz gewaltig.

Heikki blieb nur so lange wie nötig bei mir in Schweden. Zuerst waren es die langen Sommer in Finnland, bei Juhas Eltern. Sie kommt von da, diese Kunst, zu genießen, die er besitzt und beherrscht. Die nicht einmal eine Kunst ist, wie sie es für mich wäre, für uns alle, die mit den Traditionen (und, naja, Schulden) des jüngeren Oberstudienrats lebten. Hafersuppe und Hering gab es. Bei Festen hatten wir Platzteller und zwischen den Tellern Klöppelspitzen. Die Suppe aber war dünn. Julienne. Kleine Gemüsestreifen. Heikki kann essen und saufen, und er ist auch sinnlich, dessen bin ich mir sicher, obwohl Mütter an so etwas nicht denken sollten, das ist nicht schön. Ich glaube, in der Arbeiterklasse genießen sie, denkt Oda und gönnt es ihm. Sie genießen, wenn sie können, und haben wenig Geld, und Heikki hat es finanziell zu etwas gebracht und gehört wohl gar nicht mehr zur Arbeiterklasse. Er ist aber auch nicht gerade Papas Enkel. So, wie er damals gestänkert hat: »Das war also der Krieg! Wie gut, daß du mich rausgebracht hast, bevor die Bomben auf Kämp und La Ronde gefallen sind. Das sind sie doch? Oder?«

Der Krieg ist eine so merkwürdige Sache, würde ich gern zu Heikki sagen. Aber wir reden nicht mehr darüber. Krieg ist so vieles. Er geht auch zu Herzen. Nicht nur als Fieber. Sondern als Zuversicht und guter Wille. Er ist auch Erfindungsreichtum und gute Wünsche, verstehst du. Die Pilze und die Äpfel und die Preiselbeeren. Die Rundfunkansprachen. Jaja, auch Lippenstift und Schuhe mit Keilabsätzen. Die Haare auf Lockenwickel zu drehen, wenn man aus dem Keller kommt, nachdem man die ganze Nacht über dort gesessen und auf die Detonationen gehört hat. Krieg, das sind gute Menschen, die sich da unten im Keller so zeigen, wie sie sind. Mitten in der Bosheit, der Erniedrigung und Barbarei zeigen sie sich.

Aber für die Kinder ist der Krieg Betrug, nichts anderes.

Wie oft habe ich dich von den Kameraden erzählen hören, die in Helsingfors bleiben durften. Daß sie sich nicht einmal gefürchtet hätten. Daß sie sich nach oben geschlichen hätten, wenn alle anderen in die Schutzräume hinuntergingen, weil sie die Abzeichen auf den Bombern sehen wollten. Sie durften dabeisein. Aber wie kann ich dir sagen, daß Kinder keine Hunde sind, für die es am besten ist, wenn sie dabei sind, egal was ist?

»Im nachhinein hat man leicht reden, mein Lieber«, sagt sie plötzlich, obwohl sie beschlossen hat, nicht über den Krieg zu sprechen. »Aber wir waren mittendrin, und es war damals nicht einfach, sich für etwas zu entscheiden. Daß es Krieg geben würde, wußten wir. Aber wie würden sich die Ligen aufteilen? Wie würden sie zueinander stehen? Franco siegte nach drei Jahren Bürgerkrieg. Es war März, als der zu Ende ging und dem blutenden Spanien der eiserne Deckel übergestülpt wurde.«

Heikki grinst. Sie braucht nicht zu fragen, warum. Sie weiß, er findet, daß ihr die Worte so leicht kommen.

»Nun wurde auch die Tschechoslowakei vollständig deutsch. Das war für Hitler nämlich nur noch ein Kinderspiel nach der Preisgabe von München, die uns doch den Frieden garantieren sollte. Im April okkupierte – oder soll man sagen kolonisierte Mussolini Albanien. Das Römische Imperium sollte wiedererrichtet werden. Prost, Juha Harjalintus' Sohn! Ich dachte damals an meinen Papa, den Lateinlehrer. An seine Pax romana und sein Mare nostrum und andere edle Embleme für – ja, wofür? Merkantile Roheit, merkantile Vergewaltigung, merkantile Plünderung. Totalitäre eiserne Deckel auf lebendigen Quellen. Zucht und Ordnung. Oder Ordnung und Zivilisation. Gottseidank war er tot und brauchte zu den Paraphrasen der Geschichte auf sich selbst nicht mehr Stellung zu nehmen. Wir hatten Mussolini zunächst nicht für so gefährlich gehalten. Dieses Korporative schreckte uns weniger als der Bolschewismus. Ganz zu schweigen vom Judenhaß und der Hetze in Deutschland, aufgepeitscht von dem *Teppichfresser* mit dem Schaum vorm Mund. Wer würde mit wem zusammengehen? Das ahnten wir noch nicht, als in den Gräben des Frühlings 1939 der Huflattich gelb zu blühen begann.

Von der Grenze her roch es nach Rauch«, sagt Oda. »Ich war bei Großmutter. Wir verbrachten diesen Sommer auf Lindholmen. Erinnerst du dich? Nee ...«

Er sieht weich aus. Nett. Er ist auch nett. Groß und schwerfällig und nett und wäre im Krieg gern dabeigewesen, um die Bomber zu sehen.

»Die russischen Villen standen leer, alle, bis auf eine. Dort saß die alte Surkova und nähte Weißzeug. Sie glaubte, das würde die Familie versorgen. Aber die Töchter, Vogelscheuchen mit Hüten vom Beginn der zwanziger Jahre ... an die erinnerst du dich doch? Die stammten aus den Jahren der Flucht, aus dem letzten Modegeschäft in Petersburg ... die Fräulein Surkov verkauften Tjinuski-Sahnebonbons auf dem Markt. Und Kwass. Am hellichten Tag liefen die Ratten frech über die schwingenden Bretterböden, und es roch bis in die Zimmer nach Rauch. Das war es, was ich sagen wollte. Wir wußten nicht, was da überhaupt brannte. Woche um Woche dieser Brandgeruch aus dem Osten. Ich weiß bis heute nicht, was das war. Das ist der

Krieg, sagten wir. Der Krieg, der kommen würde. Der Sommer ging mit dem Krieg schwanger und stank bereits.«

»Na, dieser Geruch ...«

Heikki saugt gleichsam träumend an den Worten, womöglich erinnert er sich. Gerüche sind etwas Besonderes. Kinder tragen sie ohne Worte mit sich herum, womöglich sogar ohne Bilder.

»Am dreiundzwanzigsten August, es war Mamas Geburtstag, lasen wir in den Zeitungen vom Molotow-Ribbentrop-Pakt. Etliche von uns waren naiv genug, zu glauben, daß das etwas Gutes sei.«

Jetzt glotzt er düster, obwohl sie dabei gar nicht an seinen Vater gedacht hat.

»Etliche von uns hielten es wenigstens für eine deutliche Sache«, sagt sie trotzig. »Die versklavenden und extremen politischen Bewegungen – und Regime – hatten sich zusammengetan und zeigten ihr wahres Gesicht. Aber das richtige Totenkopfgrinsen sahen wir nicht, noch nicht. Eine Woche lang oder so lebten wir in naiver Verwirrung. An Übelkeit erinnere ich mich. Physische Unruhe. Rastlosigkeit. Wir tranken viel an den Abenden, aber ohne Freude.«

Er trinkt ihr ernsthaft zu. Er ist dabei. Er war auch damals dabei. Sie erinnert sich an seine Bluse aus Kadettenstoff und an sein sonnenblondes, trockenes Haar.

»Dann marschierte Hitlers Armee in Polen ein, rollte, donnerte dort ein, heulte durch die Luft, nehme ich an. Am dritten September war Krieg. Großkrieg. Ich schälte gerade Äpfel. Pilze, Äpfel, Preiselbeeren. Das war es nun, woran wir dachten und was wir sammelten. Im Zusammenhang mit der Rundfunkansprache des Staatspräsidenten am zehnten Oktober erinnere ich mich ebenfalls an Äpfel, die langsam braun werden. Schalenkringel. Wasser mit Zitronensäure, in das ich die Früchte legen sollte. Ich vergaß es. Sie wurden dunkel, und seine Stimme bat uns, Ruhe zu bewahren. Glaube ich. Ruhigere Verhältnisse, daran erinnere ich mich. Die sollten wir am besten aufsuchen. Damals, am zehnten Oktober, saß ich mitten in Helsingfors und schälte Äpfel, die ganz braun wurden. Die Sowjetunion hatte Estland, Lettland und Litauen gedroht. Verhandeln nannten sie das. Es war eine Drohung. Sie wollten einen Pakt mit ihnen haben. Das Versprechen militärischen Beistands. Und natürlich Stützpunkte. Und die gingen darauf ein. Unverzüglich. Doch für uns war alles verwirrt und langwierig. Weißt du, Kriege sind in allen ihren Stadien so lang. So voller Warten und Unkenntnis. Die Geschichte schreibt sich tastend und kritzelnd vorwärts. Sie schliert und stürzt. Man weiß nicht, welchen Weg sie einschlagen wird. Man schält Äpfel und riecht den widerlichen Rauchgestank. Womöglich trinkt man zuviel, und man fragt sich, was man mit seinen Kindern machen soll. Ob es ernst wird. Oder ob es nicht... Wir wiegten uns in das Langwierige. Den ganzen Herbst lang. Lasen gehetzt alle Zeitungen. Es war so: Hetze und Langwierigkeit. Bis sie bombardierten.«

Sie verstummt und blickt in ihr Glas. Es ist, als läge der Krieg darin. Sie kippt das Glas, so daß sich die farblose Flüssigkeit bewegt.

»Da war der kleine Heikki auf dem Weg nach Stockholm. Und das habe ich zu bereuen, das habe ich gelernt. Diese Lektion. Aber woher sollte man das wissen? *Was* sollte man wissen?«

»Na, prost«, sagt Heikki.

Er will eine Abendfähre nehmen. Sie haben nicht mehr viel Zeit. Er hat auch ein Weihnachtsgeschenk. Das überreicht er mit einem Lächeln in seinem großen, roten Gesicht. Er lächelt, als wäre sie ein Kind. Und Oda holt ihr Weihnachtsgeschenk für ihn, einen Seidenschlips, der dem jüngeren Oberstudienrat gehört hatte. Aus einem der feinsten Herrenmodegeschäfte in Viborg. Violett mit braunblauen Streifen und einem fast unsichtbar gestickten Monogramm. Diese Seide ist über Kontinente und durch ein Jahrhundert gewandert. Oda weiß nicht genau, was sie will, was er damit soll. Sie besitzen vielleicht. Johan Henriks Enkel sein.

»Gott in der Höh' sei Lob und Preis, das machte ich mit meiner Hände Fleiß«, sagt sie, denn der Schnaps und der Krieg und die unzulängliche Mütterlichkeit haben sie sentimental gemacht. Es wird beinahe zuviel, als er sie bittet, ihr Päckchen zu öffnen, solange er noch da sei. Es sind nämlich CDs drin. Ein Album. Sie sieht die beiden gekreuzten Duellpistolen und den Namen, der ein anderer hätte sein müssen. Tatjana hätte er lauten müssen.

»Das ist die mit Solti«, erklärt Heikki. »Die du kaputtgespielt hast. Die wird jetzt als CD rausgebracht. Restauriert.«

Eugen Onegin, etwas, das für ihn wie eine künstlerische

Arbeit in handgenähter Seide oder eine Pendüle von einem Maître d'horloger aus Viborg oder eine Kommode mit Intarsien aus Ahorn und Birnbaum oder eine Wäschestickerei mit Hohlsäumen und Klöppelspitzenkante sein muß. Er scheint jedoch zu wissen, was ihr das bedeutet. Und nun möchte er, daß sie die Hülle öffnet und ein Liedlein spielt, wie er sagt, bevor er fahren muß. Er will ein Taxi nehmen, so daß ihnen noch ein Stündchen bleibt.

Es ist zufällig die lange Nacht, in der Tatjana in sanfter Dunkelheit trillert, vor ihrem Fenster Laub und Flügelrauschen. In der sie offen und verletzlich ist wie nie zuvor und nie mehr später. In der sie sich traut. Und als die Briefszene und Tatjanas Einsamkeit zu Ende sind und Heikki mit einem Lächeln den CD-Spieler ausgeschaltet hat, ist Oda immer noch in dieser Offenheit. Sie schenkt ein wenig Pernod in ein Glas, denn so etwas hat er auch mitgebracht, und füllt ihn mit Leitungswasser auf, das leider nicht so sonderlich kalt ist. Wie sich zeigt, hat Heikki Whisky in der Aktentasche.

»Ich glaube, du hast recht, was den Krieg angeht«, sagt sie. »Der ganze Krieg ging dahin, ohne daß ich ihn recht verstand. Ohne daß ich recht verstand, was er sein konnte. Dann war Frieden, ich war in Stockholm – ja, hier in Dalen –, und es gab immer noch Rationierungen, und es herrschte Grauheit, viel ärger als in den Kriegsjahren. Die Bilder hatten angefangen zu wirken. Die Lagerstraßen. Die Leiber. Die Haufen mit Ziegeln und Mörtel und zerbrochenem Holz, die mal Häuser waren. Die Kinder, die Hungerbäuche.

Da ging ich ins Kino«, erzählt Oda. »Das Stück, auf dem der Film basierte, war finnländisch. Von Runar Schildt. Es hieß *Der Galgenmann.* Edvin Adolphsson spielte einen Offizier aus den Napoleonischen Kriegen und saß mit einer Wolfsflinte dämonisch und bitter auf einem kleinen, abgelegenen finnischen Herrenhof, der übrigens an Lindholmen erinnerte. Er erzählte der Haushälterin sein Leben. Er erzählte, wie er von der russischen Armee angeworben wurde, und er sagte: *Ich warf mich in den Krieg, so wie sich ein Otter ins Wasser wirft.*

So ist das. Und das hatte ich schon verstanden. Aber jetzt bekam ich Worte dafür.

Es ist das Element der jungen Männer. Und der schwerfälligen, alten Gockelhähne. Aber vorwiegend der jungen Männer.

Die Otter und das Wasser. Da ist gesteigerte Lebenslust. Tatkraft, Mut. Spiel und Tod.

Der Krieg ist Lust. Er ist Lebenslust und Lust am Töten. Einen schwarzen amerikanischen UN-Soldaten auf dem italienischen NATO-Luftstützpunkt hörte ich sagen: *Patience– hell! I want to kill somebody!* Sein Jagdflugzeug hatte Einsätze in Bosnien geflogen. Sie hat Markierungen, sagte er. Sehen Sie. Und er zeigte auf Zeichen im Außenblech des Flugzeugs, genau solchen, wie Edvin Adolphsson sie auf dem Kolben seiner Wolfsflinte hatte. Für jedes abgeschossene serbische Flugzeug hatte er ein Zeichen. *Sie* sagte er liebevoll zu seinem Jagdflugzeug. Oder lustvoll. Vielleicht gar brünstig. *Sie* beherrschte er. *Sie* trug ihn durch sein Element. Er selbst spielte wie ein Otter im Wasser. Ungeduldig, voller Brunst und Lust.

Jaja. Vielleicht bin ich ungerecht. Denn es gibt so viele junge Männer, die Abscheu empfinden. Remarques Buch handelt davon. Wir lasen alle *Im Westen nichts Neues,* als ich jung war. Und wir lasen den grauen Schluß von Thomas Manns *Zauberberg,* wo Hans Castorp sich in den Lehm hinausbegeben und eine Leiche im Schützengraben werden soll. Auch während meines Kriegs schrieben die feinen und sensiblen Männer über die Abscheu und die Angst. *Es galt nicht dir, Madonna,* schrieb Ralf Parland. Denn es waren nicht der Leib der Madonna und der des Kindes, die er mit seinen Stahlsplittern treffen wollte. Er war jedoch Bomberpilot.

Ich glaube schon, daß deren Sensibilität mich getäuscht hat. Erst mit diesen Worten über die Otter und das Wasser, die in einem schwedischen Film geäußert wurden, einer Art Kostümspektakel mit dem weiß Gott so virilen Edvin Adolphsson – erst da begriff ich, was der Krieg für junge Otter sein konnte: Lust, Lebenselement. Jetzt sehe ich sie überall, denn jetzt bin ich nicht mehr von dem rastlosen Einfühlen der Otterweibchen angesteckt – bei Kämp und La Ronde – ja, ja, du hattest recht.

Patience – hell! I want to kill somebody! Wer weiß, wie es Hans Castorp erging. Ob die Abscheu und der Wankelmut sich hielten – ob der mühselige Humanismus sich behauptete. Denn es ist anstrengend, Abscheu zu empfinden und zu schwanken und nie zulassen zu dürfen, daß sich ein heiles und lauteres Gefühl im Körper ausbreitet. Der Körper, siehst du. Krieg ist eine recht angemessene Verlockung für einen jungen Körper. Einen ungeduldigen Körper.«

»Angemessen?« fragt Heikki. Seine Stimme ist kratzig, ja, vielleicht sogar ein bißchen belegt. Wieviel wir trinken, denkt Oda. Wie auf den Abendveranden damals. Als wir den Rauchgestank rochen.

»Ja, angemessen, weil er der Lust zu handeln entspricht, der Lust, sich zu bewegen – zu beherrschen. Den Körper und die Welt. Der Lust, Bündnisse zu schließen, Gemeinschaft im Haß zu verspüren. Dem Trieb zur Feindschaft. Krieg erteilt die Erlaubnis. Krieg *ist* Erlaubnis. Er ist das lebhafte, bewegliche Wasser, das Lebenselement. Er reduziert die Weiblichkeit zu einem tragenden Element. Die Erde, auf die du trittst. Die Erde, die du öffnest und durchdringst. Das Territorium.«

»Das glaubst du doch wohl selbst nicht«, sagt Heikki. »Du hast deine Brüder im Krieg gehabt. Ich weiß doch selbst, was meine Onkel für welche sind. Und dein Mann. Der saubere Arpman.«

»Ja, meine Brüder waren sensibel und intelligent. Sie konnten Remarque und Parland unterschreiben. Sie mußten teuer bezahlen. Aber sie betrachteten es als Schicksal. Ihr eigenes Schicksal und das des Landes, und sie lebten damit. Sie hatten eine gute Ausbildung, auf der sie weiter aufbauten, sobald es zu Ende war. Ihr eigentliches Leben wurde die Arbeit. Als Arzt. Als Bergingenieur. Es war in den Gefühlen, der Lust verbrannt. Alles, was mit, ja, verzeih, wenn ich das sage, *Leidenschaft* zu tun hatte, war anscheinend im Rauchgestank verbrannt. War anscheinend vom Weckamin, das sie bekamen, um Tag für Tag rund um die Uhr ohne Schlaf ihren Krieg durchzuhalten, völlig abgenutzt.

Mit Lars war das anders. Er starb an der Kriegseuphorie, wenn auch hinterher. Es war ja ein Motorradunfall im Manöver. Er starb am Tempo. Aber bestimmt hätte Lars in einer arbeitenden Nachkriegsgesellschaft Platz gehabt, wenn er überlebt hätte. Er wäre Offizier in einem friedlichen Land geworden, eine Art Lehrer kann man sagen. Lehrer und Verwaltungsbeamter. Wenn er lebte. Nun starb er. Die Lust holte ihn sich. Ich sage nicht, daß Parland und Remarque unrecht hatten. Oder Norman Mailer oder Joseph Heller oder Väinö Linna. Wir lasen sie alle, aber im nachhinein. Die Hölle hatte endlich für eine Weile ihre Pforten geschlossen, und wir saßen da und lasen, wie es denen da unten ergangen war. Niemand aber las das in der Hölle des Krieges selbst.

Junge Otter lesen im übrigen nicht viel. Die wollen leben.

Arbeiten werden wenige von ihnen dürfen. Das wissen sie. Aber sie wollen leben, mehr als alles andere. Darum werden so viele von ihnen sterben. Darum werden so viele verstümmelt werden. Sie werden schwachsinnig werden hinterher. Müll. So geht das mit den jungen Ottern, die sich ins Wasser werfen.«

Es wird zuviel. Die Polizei kommt und fragt, ob sie von irgendwelchen Feinden wüßten oder ob sie jemandem Geld schuldeten, und bei der Versicherung sagen sie in seltsamem Ton, daß es durchaus dauern könne. Kjell ist es, der dort anruft, denn er will Geld für ein neues Auto bekommen. Blenda ist innerlich starr, ihre Kiefer sind starr. Völlig starr. Sie kann nicht sprechen. Sie möchte kein Auto haben. Sie traut sich nicht, mit ihrer ICA-Karte einzukaufen. Kjell dagegen nimmt alles so natürlich, redet mit den Nachbarn und telefoniert mit Freunden und sagt, daß Blenda, daß sie einen Schock davongetragen habe. Immer wieder hört sie die Worte *Schock* und *sinnlose Tat*. Sie stehen in der Zeitung, und sie sind in den ABC-Nachrichten zu hören, es wird schlicht und einfach zuviel. Sylvia ruft an. Sie hat in der Zeitung gelesen, daß in der Högbergsgatan ein roter Passat in die Luft gejagt worden sei, und sie fragt scharf: Ist etwas passiert? Aber Blenda sagt, daß sie nicht reden könne, nicht jetzt. Als Sylvia später noch mal anruft, nimmt Kjell ab, er erzählt alles, und daß Blenda geschockt sei. Da ruft Sylvia nicht mehr an. Jedesmal, wenn das Telefon klingelt, macht sich Blenda ein bißchen in die Hosen. Wirklich nur ein bißchen, ganz unerheblich, aber sie muß Slipeinlagen tragen. Und sie denkt an die Zeit, vor wenigen Wochen nur, als sie sich lediglich vor Lachen in die Hosen gemacht hat.

Blenda würde am liebsten alles stehen- und liegenlassen und abhauen, aber das tut man ja nicht (und überhaupt, wohin?), und außerdem ist bald Weihnachten. Sie hat noch kein einziges Weihnachtsgeschenk gekauft. Bis vor ein paar Tagen war alles nur Rinkeby und das Ausbessern der Seide. Es war wie Verliebtsein oder eine Krankheit. Sie hatte nichts anderes mehr im Kopf. Nein, man haut nicht ab, niemand flieht auf diese Art, wie sie es gern täte, jedenfalls keine Frau und schon gar nicht an Weihnachten.

Trotzdem tut sie es. Kalt vor Verwunderung.

Es beginnt am Morgen. Sie weiß nicht, ob sie es wagen soll, *Dagens Nyheter* zu lesen, und nimmt als Kompromiß die Wochenbeilage *På Stan*. Darin ist eine Anzeige. Wie fällt bloß ihr Blick darauf? *Warum* liest sie so etwas? Jetzt. Sonst nie. Gibt es eine Art Gott oder halb böswilligen Dämon, der in ihrem Leben herumstochert? Denn da steht folgendes:

KLUBS UND FESTE

ASFALT hat Premiere. Die Partymacher Åsa und Balthasar lassen, von Bunnys überwacht, die DJ-Elite los. HOUSE, EURO, TECHNO. An der Tür stehen die Theaterschefin Viveca Uvhult und der Alleinunterhalter Zacharias Pontén (hört sich gar nicht übel aufgelegt an). 22^{oo} *–* 05^{oo}*. Kungsgatan 18*

Daß die Bunnys Ironie sind (obwohl es sie gibt), ist Blenda klar. Aber »Theaterschefin«, ob das ein Druckfehler ist? Dann wird sie stinksauer. Das ist sonst nicht ihre Art. Aber es steigt ihr im Körper hoch wie ein Lachgasrausch. *An der Tür stehen....* Sie hat gedacht, daß diese kugelsichere Weste, die Viveca mit sich rumschleppt, für eine Theateraufführung sei. Sie hatten eine Inszenierung im Schlachthoftheater auf Skeppsholmen. Blenda und Kjell waren dort. Ein großer Kerl bepinkelte einen anderen. Alles war sehr übel und düster. Aber Blenda hatte wirklich geglaubt, daß es ernst sei. Sie möblierten die Welt mit Styropor, das blutige Schlachthofwände darstellen sollte und das sie mit ihrem Auto transportierten, das sie dann zu Klump fuhren. *Dort* fing die ganze Misere an, in Tungelsta war das wohl. Sie hätte zu Assia nie ja gesagt, wenn sie das Auto noch gehabt hätte.

Als sie mit *På Stan* vor sich dasitzt, hört sie Kjell mit der Versicherung reden, und ihr wird klar, daß er sich wohl fühlt. Er redet ins Telefon, er redet und redet und fühlt sich wohl. Er ist jetzt nicht die Bohne deprimiert. Und Viveca! Als sie sieben war, war sie auf der Feier am Ende des Schuljahrs eine Glockenblume, und Blenda hatte selbst den grünen Umhang und den blauen Helm genäht. Sie hat sie den Golf der Kunst wegen hinmachen lassen. Des Lebensziels wegen. Die Welt sollte doch besser werden. Auf irgendeine merkwürdige Weise sollte sie das werden, wenn Viveca Styropor zum Schlachthaustheater fahren und dieses so blutig und schnarrend und grausam darstellen durfte, wie es tatsächlich ist. Styropor mit roter Farbe. Vivecas *Projekt*. Blenda hatte das immer mit Weltverbesserungsprogramm übersetzt. Doch jetzt sieht sie ein, daß es das nicht ist und niemals gewesen ist. Viveca kümmert sich einen Dreck darum, die Welt zu verbessern. Sie will diese so haben, wie sie ist. Sie fühlt sich wohl.

Darum sitzt Blenda im Zug und wird nach Alvesta fahren, und dort wird sie mit dem Auto abgeholt werden, denn sie hat vorher angerufen und ist in ihrem Rausch sehr kalt und berechnend gewesen. Zu Kjell hat sie kein Wort gesagt.

Aber die Zugfahrt ist lang und zermürbt sie. So was tut man doch nicht. Sie legt sich zurecht, daß sie alle Weihnachtsgeschenke auf einmal kaufen werde und daß sie deswegen gefahren sei. Das ist so praktisch. Und sie wird Kjell anrufen, wenn sie ankommt, denn im Zug will sie keine Telefonkarte kaufen, das wird zu teuer. Die Schwedischen Staatsbahnen verlangen fünfzehn Kronen für eine kleine Dose Ramlösa. Sie wird ihm sagen, daß sie rausmußte, weil sie so geschockt sei. Und daß sie alle Weihnachtsgeschenke auf einmal bei diesem Töpfer, er wisse schon, kaufen werde.

Aber er weiß gar nichts. Sie hat nie etwas von dem Töpfer erzählt. Sie machte in der Regel bei seiner Kate halt und kaufte Becher und Vasen. Er ist viel älter als sie. Einmal kam sie ihm nahe und merkte, daß er einen herben Atem hatte, wie der Atem älterer Männer eben ist. Die schwere Erregung, die sie damals erfüllte, hat seitdem tief unten auf dem Grund gelegen. Sie weiß genau, was sie tut, auch wenn sie im Zug sitzt und praktisch mit sich selbst räsoniert.

Zu dem Töpfer würde sie natürlich auch sagen, daß sie es am einfachsten finde, alle Weihnachtsgeschenke an einem Ort zu kaufen. Sie wird jedoch nervös bei dem Gedanken, wie sie sich das leisten soll. Denn sie müßte ja ziemlich viel kaufen, damit er es auch lohnend fand, sie sowohl vom Bahnhof in Alvesta abzuholen als auch sie wieder zurückzubringen. Doch wie sie ihm dann in diesem leichten Schneetreiben auf dem Bahnhof gegenübersteht, findet sie, daß gar nichts erklärt werden muß. Sie fangen einfach an, Småländisch zu reden.

»Vielen, vielen Dank, daß du mich abholst«, sagt Blenda.

»Lieb, daß du kommst«, erwidert er.

Sie fahren durch einen hohen, alten Tannenwald, der kurz zuvor im Wind den Schnee abgeschüttelt hat. Das Häuschen des Töpfers duckt sich unter großen Tannen. Doch sie bilden nur einen Schirm, dahinter ist ein Waldschlag. Aber er fürchtet in seiner Nachbarschaft keine Kahlschläge mehr. Die Deutschen mögen das nicht.

Es fällt kein Wort über Weihnachtsgeschenke, als sie in seine blaue Küche kommen. Sie sagt nur, wie es ist: »Mir war danach, einfach zu kommen und dich noch mal zu sehen.«

»An einem alten Gestell wie mir gibt es doch nichts zu sehen«, sagt er lächelnd.

Da bittet sie darum, sich ein bißchen frisch machen zu dürfen. Sie sieht schauderhaft aus nach der langen Bahnfahrt und fühlt sich müde und abgerissen. Es handelt sich jedoch um eine viel ältere Müdigkeit, und sie glaubt, daß er das versteht. Sie sehnt sich nach dem Wasser seiner Quelle, sie möchte es trinken und im Gesicht spüren. Sie erinnert sich so gut an dieses Wasser.

Er stellt ihr eine Waschschüssel hin und gießt Wasser hinein, zu gleichen Teilen gewärmtes vom Herd und aus dem Kaltwassereimer. Man kann sich nirgendwo sonst als hier in der Küche waschen. Sein Duschraum ist ein winziger Verschlag, der nur im Sommer mit einem grünen, fast durchsichtigen Schlauch von der Quelle her als solcher fungiert. Während sie sich wäscht, riecht es vom Herd her nach Kaffee, und sie dreht sich um und sieht, wie er mit seinen schrundigen und trockenen Töpferhänden ein dunkelbraunes Roggenbrötchen aufschneidet. In den kleinen Spiegelscherben überm Waschtisch sieht sie, daß das gesamte Henna jetzt weg ist, daß ihr Haar Strähnen und Locken hat. Normalerweise schneidet sie diese Locken weg, sie will nicht wie eine schrullige, alternde Jungfer aussehen. Aber so sieht sie gar nicht aus. Sie sieht wie eine müde Frau mit dichtem, dunklem, silbrigem und lockigem Haar aus, und er betrachtet sie mit einem Lächeln. Er hat sich auf die Küchenbank gesetzt und wartet darauf, Kaffee in solche Becher gießen zu können, die sie als Weihnachtsgeschenke kaufen müßte. Sie zieht jedoch auch noch die Bluse aus und wäscht sich unter den Armen und denkt daran, daß sie das macht, ohne sich zu genieren, obwohl er dort sitzt.

»Jetzt mußt du dich umdrehen«, sagt sie, »ich will mich nämlich an einer gewissen Stelle waschen, verstehst du. Ich mach mir manchmal in die Hosen. Ich glaube, das passiert aus Angst.«

»Will dir jemand Böses?« fragt er.

»Ich glaube, ja.«

Sie merkt, daß er das ernst nimmt. Als sie nämlich mit dem Waschen und Kämmen fertig ist, tritt er zu ihr, nimmt das Haarbüschel aus dem Kamm und wirft es in den Herd, wo es kurz knistert und zu Asche wird. Sie spürt seine Fürsorge, denn Blenda ist nicht diejenige, die in Småland ist, ohne zu wissen, warum man ein Aufgebot bei Neumond bestellt oder für die Verstorbenen Reisig streut und daß man mit ausgekämmtem Haar achtsam umgehen muß.

Dann essen sie sein dunkles und süßsäuerliches, mit Käse belegtes Brot und trinken Kaffee. Sie sagen fast nichts. Er sieht aus wie im vergangenen Sommer, wenn auch die Sonnenbräune verschwunden ist. Um den blanken Schädel zieht sich ein Kranz aus nahezu weißem Haar. Er hat Blinzelfältchen, sollte vielleicht eine Brille aufsetzen. Sein Blick ist jedoch verblaßt blau, wenn er ihn ab und zu offen zeigt. Blenda fragt sich, ob er noch eigene Zähne hat und wo seine Frau geblieben ist. Vor zehn Jahren war hier eine Frau, sie stellte Webbilder her. Er hat eine Latzhose an. Blenda hat ihn noch nie in etwas anderem gesehen. Der Pulli, den er trägt, stammt wohl noch aus der Zeit der Frau. Auf dem Vorderteil ist ein gestricktes Bild im Stil Kaffe Fassetts. Doch es verfilzt allmählich, und die Farben werden stumpf. Er geht wohl nicht besonders achtsam damit um. Es scheint, als würde alles, was hier drinnen zu der Zeit entstand, als sie ihnen zum ersten Mal begegnete, allmählich verblassen und verschwinden. Er ist noch übrig. Er ist übriggeblieben.

Sie ist so müde. Nach dem Kaffee darf sie sich in der Kammer aufs Bett legen. Es ist hoch aufgebaut. Sie schaukelt darin, findet sie. Er werkelt ein bißchen in der Küche herum. Wäscht in einer Plastikwanne ab und geht irgendwohin, um das Spülwasser wegzuschütten. Er hat keine Eile, sie hört, daß er alles gewohnt und ruhig macht. Aus den Bewegungen wird ihr klar, wie sein Leben ist.

Das Bett schaukelt, als er kommt und sich neben sie legt. Sie liegt im Halbschlaf. Für ein Weilchen schläft sie richtig ein, sinkt hinab; das Bewußtsein schwirrt wie eine ins Wasser gefallene Münze. Sie hört Schienenstöße dröhnen und Stimmen, aber keine Worte. Dieses Weilchen ist zutiefst erquickend. Sie nimmt seine Hand und legt sie sich auf den Bauch. Er streichelt den Bauch ein bißchen. Da schiebt sie seine Hand weiter hinunter.

Er berührt sie nur auf dem Stoff. Drei Lagen Stoff im übrigen, wenn auch ziemlich dünnen. Trotzdem geht es für sie. Er redet nicht. Und verlangt keine Gegenleistung in Form von Liebkosungen oder Küssen oder Worten.

»Schlaf nur«, sagt er.

Nun geniert sie sich doch ein bißchen.

»Es geht so leicht bei mir«, sagt sie. »Es ist wie Niesen.«

Sie überlegt sich einen Moment lang alles, was sie nicht sagen muß, und fügt hinzu: »Ich meine natürlich, nicht immer. Es muß auf eine bestimmte Art sein. Dann ist es leicht wie Niesen.«

»Schämst du dich dafür, daß es so zu machen geht?« fragt er. »Ohne tiefgehende Gefühle? So, wie man mit Schnupftabak Niesen hervorruft.«

»Ich genieße meine kleine Dose«, sagt Blenda. »Doch ich schäme mich nicht. Nicht in meinem Inneren.«

Auch wenn nun keine lebenslang beabsichtigten, aufreibenden und tiefgehenden Gefühle (bewahre, denkt Blenda, das letzte, was ich jetzt haben möchte, ist ein *solches* Elend) in dieses Nachmittagsstündchen verwoben sind, es vielmehr unbeschwert ist wie Kaffee und Kuchen oder – warum nicht – feingemahlener, qualitätsvoller Schnupftabak, so kommt man einander durch solches Tun, durch die Zärtlichkeit und Leichtigkeit und das Interesse daran doch näher. Wenn sie an ihn gedacht hat, ist er für sie der Töpfer gewesen, doch nun nennt sie ihn Bengt, und er beginnt mit einemmal, über die Zeit vor der Kate und der Töpferei zu erzählen. Sie hat nicht darum gebeten. Aber sie ahnt, daß er diesmal einen kleinen Ausgleich haben will. Und dann sieht er zu, daß sie Kjell anruft. Er hat also verstanden, daß sie praktisch auf und davon ist. Nun hatte sie ja auf jeden Fall anrufen wollen, aber sie braucht diesen Schubs und ist froh, als das Ganze überstanden ist. Kjell ist wegen seiner Verhandlungen mit der Versicherung von heftigen Gefühlen erfüllt. Er ist genauso hitzig und lebendig wie vor zwei Jahren, als er wegen des Abzugs für das häusliche Arbeitszimmer seine große Auseinandersetzung mit den Steuerbehörden hatte. Sie gönnt es ihm von ganzem Herzen. Er wird den Weihnachtsschinken nicht vermissen, denkt sie. Der hätte spätestens heute eingelegt werden müssen, wenn er noch gewässert werden sollte. Sie findet es seltsam, daß man, indem man lediglich an die vier-, fünfhundert Kilometer fährt und, von gefrorenen Moosen und vereisten Gewässern umgeben, im Wald landet, den Weihnachtsschinken und die elektrischen Weihnachtsbaumkerzen plötzlich derart kühl betrachten kann. Niemand außer mir weiß, wo die Kerzen liegen, wird ihr mit Klarheit und innerem Gleichgewicht bewußt. Im selben Karton wie die Ostereier und die Krebslampions. BOSCH-KÜCHENMASCHINE steht darauf, und ich habe mit einem Marker SEGELSTIEFEL darauf geschrieben. Damit kommen die nie klar. Sie hört, ohne Kühle, doch mit einer Art Leichtigkeit, wie Bengt von seinem Kahn in der Nybroviken erzählt, wo er vor fünfundzwanzig Jahren Jazz- und Poesieabende veranstaltete.

»Das war also damals«, sagt sie.

Sie kennt ihn nur aus der recht späten Katenzeit, wird ihr klar. Denn als sie zum ersten Mal hierherkam und seine Frau am Bildweben saß, hatte sich die Künstlerkolonie am See längst zerstreut.

»Damals konnte ich noch nicht mal die Töpferscheibe drehen«, erzählt er. »Ich hatte noch nie Ton angefaßt. Ich hab die Sachen nur vom Extypen meiner Frau übernommen.«

»Aber das Brennen mußt du doch gelernt haben. Und die Glasuren und Farben und all das Zeug.«

»Ja, in Kursen des Arbeiterbildungsverbands in Alvesta«, sagt er lachend.

Ja, er ist vielleicht ein Scharlatan, ein fröhlicher Stümper. Ein verkleideter Amateur. Aber sie findet seine Becher und Kannen trotzdem einfallsreich. Er zeigt ihr einen Becher mit einer Blindschleiche am Henkel. Eine Blindschleiche um den Rücken zu fassen bringt Fruchtbarkeit. Deutsche Touristinnen kaufen den Becher oft.

»Sind die steril?« fragt Blenda.

»Du weißt doch, daß das immer mehr Frauen in Europa sind.«

So hat sie das nie bedacht. Sie selbst hütet sich davor, den Henkel des Bechers anzufassen. Bengt hat einen Krug, der Sebilja heißt und die Form der Urkuh mit schweren Eutern besitzt. Sie steht nun, wo sie steht, im Tjärgaberg. Aber die Zeit ihrer Gefangenschaft ist bemessen. Wenn sie freikommt, wird sie die Welt verwüsten. Und das wüßten sie genau, wenn sie sich aus ihr einschenkten, sagt er über seine Touristinnen. Denn sie sei ausgemolken und völlig fertig in den Berg gestellt worden. Aber ihre Hörner sind spitz und ihre Hufe schwer und grauenerregend.

Dann essen sie wieder. Sie fragt, wie er es anstelle, diese süße, braune Kruste auf das Roggenbrot zu bekommen, und er sagt, daß sie es erfahren werde, wenn sie bei ihm bleibe.

»Ja, hier müßte man wenigstens nicht abnehmen und an sich halten. Es ist vielleicht gar nicht so dumm, sich im Wald zu verstecken.«

»Du lachst, Blenda. Aber es ist wirklich nicht so dumm, so, wie es jetzt ist. Auch wenn man sich verkleiden muß. Und Theatersmåländisch sprechen. Wie du dir wahrscheinlich schon gedacht hast, auch wenn du nichts gesagt hast. Denn noch ist es mit den Auerhähnen und den Multebeeren und den großen Hechten nicht ganz zu Ende, und ich werde dir mein Krebsgewässer zeigen, das ein Erdenweilchen noch unverseucht ist. Und Torfmoos und Gagelsträucher und schmalblättriges Wollgras und Rauschbeerengestrüpp gibt es, und Sumpfporst, stell dir vor. Und Attich, womit man Branntwein würzen kann.«

Sie sitzt mit einer kleinen, abgerundeten Schale in der Hand da und fragt, wozu man die benutze.

»Das ist eine Opferschale«, erklärt er. »Ich zeige ihnen diese schalenförmigen Aushöhlungen im Fels am See, und dann kaufen sie so ein graues Steingutschälchen mit abgerundetem Boden. Merkst du, wie gut es in der Hand liegt? Und dann kriegen sie noch ein Wollbäuschchen mit und ein bißchen Fett. Ich nehme normalerweise Schaftalg.«

»Und dann opfern sie? Daheim in Düsseldorf. Stinkt das nicht ganz fürchterlich nach verbrannter Wolle?«

»Ja, schon.«

Er möchte ihr sein Krebsgewässer zeigen, es liegt hinter Vorhängen aus Erlen, die jetzt schwarz sind und in deren Geäst kleine Zapfen hängen. Auf dem Wasser ist Eis, und in dem Eis haben sich von irgendeinem Zentrum aus, von dem sie keine Ahnung haben, Risse ausgebreitet. Wirft jemand Steine auf das Eis? Oder kommt diese Kraft, die weiße Strahlen aussendet, von unten? Ist es die Mooskuh selbst, die dort unten zustößt? Wenn das Eis schmilzt und das Wasser lau und duftend wird, wird sie sich in einen gesprenkelten Vogel mit langem Hals verwandeln, aus dem hohle Rufe dringen. Wie aus einer Pilsnerflasche, sagt Blenda, denn sie hat ihn in ihrer Kindheit viele Male gehört. Sie nennt dieses Krebs- und Plötzen- und Halbflüglergewässer Eisblumenmoor, denn die Risse sehen aus wie weiße Blumen. Es ist kein Moor, aber er gibt zu, daß es ein sehr seichtes Gewässer ist. Es ist voller Inseln und Buchten. Im Sommer ist es ein ganzes Reich. Aber trotzdem nicht so groß wie jetzt, wo das Eis auch die Moorlaggs und Sumpfwiesen eingenommen und zwischen den Grasbüscheln Sterne ausgebreitet hat.

»Im Sommer gibt es hier Blumen«, sagt der Töpfer. »Weiße Blumen, die auf dem Wasser schwimmen.«

»Seerosen?«

»Nein, eine andere Sorte. Weiße Sterne, sie heißen Wasseraloen.«

Bevor sie ins Haus zurückgehen, werfen sie Steine auf den See, und sie sehen sie wie Poltergeister übers blanke Eis hüpfen oder wie Bügeleisen oder Curlingsteine gleiten, wenn sie schwer sind. Da hört Blenda in der Dämmerung Rufe. Hoch oben rufen Vögel, und der Klang schwebt unruhig überm Eis.

»Das sind Singschwäne«, sagt Bengt. »Sie suchen offenes Wasser.«

Sie bleiben so lange stehen, um den Vogelrufen zu lauschen, daß es bereits dunkel ist, als sie wieder bei der Hütte sind.

Sie hilft ihm, das Abendessen zuzubereiten, das weder aus Plötzensuppe noch aus Auerhahnpastete, sondern aus Wurst und Kartoffeln mit Meerrettichsoße besteht. Man könnte hier etwas am Essen tun, denkt Blenda. Es dem Brot entsprechend gestalten. Das Brot ist wirklich sein Ding. Aber Meerrettich aus einer Tube zu pressen ist ziemlich trivial. Zu der Wurst trinken sie ihren Rotwein, den guten, den Kjell kauft, seit sie mit dem Seidengeld nach Hause kommt. Nach dessen Herkunft er nicht geforscht hat. Sie hat zwei Flaschen in die Tasche gesteckt, als sie sich heute morgen auf den Weg zum Hauptbahnhof gemacht hat. Heute morgen!

Als sie nur noch Rotwein und ein Stück reifen Havarti vor sich haben, will er mehr über sie wissen, da gibt es nun kein Pardon mehr. Sie sind an diesem Punkt angelangt, und dadurch, daß sie seine Hand genommen und diese an eine gewisse Stelle unter ihrem Bauch gelegt hatte, hat sie sich dazu verschworen.

Sie denkt kurz daran, wie einfach es als Mädchen war. Fast ohne Gerede. Aber natürlich war sie ja uninteressant. Unbeschrieben, unbeschmutzt. Ein kleines, weißes Rosenblatt nur. Großer Gott, wenn man doch mal still sein könnte, denkt Blenda. Nur sein. Nicht einmal so, wie man ist, sondern unbeschrieben und unberedet. Und so fängt sie an zu erzählen.

»Ja doch, du hast recht«, sagt sie. »Ich bin eine richtige Småländerin. Freilich lebt meine Mutter jetzt in Stockholm, in einer Zweizimmerwohnung in Gröndal. Ich habe sie nach Stockholm geholt, als Papa starb. Er war Dorfkrämer, und Mama war Hauswirtschaftslehrerin. Wenn du *Wenn ich den Pfarrer heiraten würde* gesehen hast, dann begreifst du es ungefähr. Falls Viveca Lindfors Albin geheiratet hätte. Obwohl Mama bestimmt nie daran gedacht hat, denn sie schaut sich keine alten schwedischen Spielfilme an. Die findet sie albern. Ihre Zeit heißt Jetzt. Immer schon. Sie geht leidenschaftlich gern in Supermärkte. Noch bis vor ein paar Jahren sind wir jeden Sommer nach Ullared gefahren. Aber allmählich kann sie nicht mehr so recht. Papa stammte von einem kleinen Hof namens Uvhult, das haut also auch richtig hin. Ehrlich und småländisch. In der Tat.«

»Und du, Blenda?«

»Jaa ... ich habe einen Sohn und eine Tochter. Der Junge ist adoptiert. Er ist aus Korea, und er ist schizophren. Deswegen ist er nicht so viel zu Hause. Und dann habe ich eine Tochter, die ... ja, ich habe gedacht, sie sei Schauspielerin. Aber womöglich ist sie Türsteherin. Und dann habe ich einen Mann. Natürlich.«

Nein. Ich kann nicht von Kjell erzählen.

»Ja?«

Er wartet. Blenda nimmt die Rotweinflasche und gießt sich in ihr Trinkglas ein. Sie trinkt es in langen, tiefen Zügen aus. Der Töpfer guckt ein bißchen verwundert drein. Dann stellt Blenda das Glas ab, wirft sich nach hinten und streckt sich auf der Küchenbank aus.

»Ja, mein Mann«, sagt sie. »Er ist in einem Klub. Das sind wohl die meisten Männer? Ich bilde mir ein, daß euch so was gefällt. Klubs. Orden. Papa war im Elchclan und im W 6 und bei den Odd Fellows. Aber Freimaurer wurde er nie. Er war ja nur Dorfkrämer. In welchen Klubs bist du?«

»In gar keinem«, sagt er, erinnert sich aber dann, daß er bei den Ängbyjungs ist. Und im Vagabundenklub.

»Was macht der?«

»Wandern«, sagt er.

»Und Bier trinken?«

»Nun, das eine oder andere Bierchen wird es schon unterwegs. Und dein Mann, in welchem Klub ist er?«

Blenda schließt die Augen. Sie schweigt lange. Dann sagt sie:

»In einem Motorradklub. Der heißt Black Devils.«

»So?«

Er lacht auf, wirklich. Aber das wird sie ihm schon austreiben.

»Ja doch. Und jetzt werde ich dir was erzählen, was ich noch niemandem erzählt habe. Damit du verstehst, warum ich hier bin und warum ich nicht ohne Grund Angst habe.«

Sie liegt da und hält eine geraume Weile die Augen geschlossen, bevor sie fortfährt.

»Vor ein paar Wochen fuhren die Black Devils nach Gävle, um mit einem anderen Klub abzurechnen.«

»Aber Blenda ... dein Mann muß doch an die vierzig, fünfzig sein. Unmöglich kann er einer solchen Gang angehören? Er hat doch eine Arbeit und ist, wie soll ich sagen ... angepaßt. Ich meine, das sieht man doch an dir.«

»Er ist zweiundvierzig. Die andern sind auch schon recht alt. Und fett. Manche sind mager, denn sie sind allesamt Alkoholiker und verlieren ihre Muskeln, sobald sie aufgehört haben, fett zu werden. Und die Zähne. Und die Haare. Sie haben lange Haare, so lang wie möglich. Fettige. Sie sind häßlich und widerlich, und sie waschen sich nie. Mein Mann hat die Krätze und Filzläuse. Er hat sich nie die Zähne richten lassen. Er nimmt Amphetamin, wenn er Zahnweh hat. Er fürchtet sich vor dem Zahnarzt wie ein Kind. Auf der Brust hat er einen getrockneten Stierpenis an einer Schnur hängen. Den hat er in einem Hundegeschäft ergattert. Gib mir noch ein bißchen Wein, bitte. Ich werde jetzt erzählen, wie sie nach Gävle gefahren sind. Was da zu Hause passiert ist. Sie haben ein Vereinslokal. Mit einem hohen Zaun und Ketten und Vorhängeschlössern. Und dann sind da zwei Schäferhunde. Aber das nützt nichts. Jedesmal, wenn sie wegfahren, um mit einer Gang abzurechnen, kommt eine andere Gang, bricht dort ein und klaut. Super Sachen, verstehst du. Für die Motorräder. Und Sprit und CD-Player und Autolautsprecher und lauter so Zeug, was sie gestohlen oder den kleinen Fischen abgenommen haben. Wir haben das satt. Denn wir sind es, die darunter zu leiden haben. Kaum Geld. Miese Stimmung. Prügel.«

»Wir?« sagt er. »Du bist doch wohl nicht in dem Klub.«

»Nein, natürlich nicht. Ich bin ja nur eine Frau. Aber wir Frauen, ihre Bräute. *Wir* haben es satt. Also habe ich beschlossen, dem Spuk ein Ende zu machen. Immer sind es Schonen, die raufkommen. Black Balls. Wir Frauen sind also rausgefahren zum Vereinslokal, ich schloß auf – ich habe Schlüssel nachmachen lassen –, und wir gaben Pigge und Gnidde Wurst, gingen rein, heizten ein und fingen an rumzuwerkeln. Wir hatten was zu essen dabei. Und zu trinken. Tolles Essen: wirklich säckeweise Pommes. Blutiges, fettes, starkes Essen. Bierkästen. Eine ganze Batterie Wodkaflaschen. Wir hängten auch bunte Lampions auf. Aber die zündeten wir erst an, als wir die Motorräder hörten. Und dann kamen sie.«

»Wer?«

»Die Black Balls. Und wir taten natürlich so, als ob wir überrascht wären und vor ihnen Angst hätten, und sagten: okay, okay, ihr kriegt, was ihr wollt – wir laden euch ein! Wir können ja ein bißchen Spaß haben, wo ihr nun schon mal hier seid. Die Teufel kommen vor Sonntagmorgen nicht zurück. Prost, Jungs! Und wir haben mit ihnen gegessen und Knackwürste und Entrecotes in sie reingestopft und Dessertkäse und Putenkeulen und Krabbensalat mit Mayonnaise und Zwiebelchips und ...«

»Blenda, beruhige dich ein bißchen«, sagt der Töpfer. »Du hast Herzklopfen. Du bist so rot im Gesicht.«

»Nein, mir geht es gut. Und sie bekamen, was sie wollten, wir zogen die Jeans aus und saßen auf ihnen, und sie waren genauso dreckig wie unsre Teufel, und sie rülpsten und fühlten sich wohl, und hinterher lagen sie mit dem Kopf auf unserm Schoß, und wir kraulten sie, und da gab ich das Zeichen.«

»Das Zeichen?«

»Ich erhob mein Messer. Und alle Frauen holten ihre Messer raus, und dann trieb ich meines dem Präsidenten der Black Balls zwischen zwei Rippen, der guckte ungeheuer verwundert drein und hörte sich an wie ein Ochsenfrosch. Nicht alle Frauen waren so fix. Manche waren offen gestanden ein bißchen zimperlich, und wir Resoluten mußten rumgehen und den Halbtoten, die noch gurgelten, den Hals abschneiden. Dann war das erledigt.«

»Dann war das erledigt, ja«, sagt der Töpfer mit leiser Stimme. »Möchtest du dich jetzt nicht ein bißchen abkühlen, Blenda? Ich mache das Fenster auf.«

»Ich habe keine Angst vor der Polizei«, sagt Blenda. »Die kommt dort nie hin. Als unsere Teufel zurückgekommen sind, haben sie die schwarzen Bälle auf dem Fußboden vorgefunden, sie haben nie ein Wort darüber verloren, und ich nehme an, daß sie sie beiseite geschafft haben. Das ist es also nicht. Ein bißchen Angst habe ich aber davor, daß die Malmöbräute schnallen, was Sache ist, und daß sie raufkommen werden. Oder was meinst du? Gewalt erzeugt Gewalt, ist es nicht so? Ich glaube allmählich, daß es dumm war, das zu tun.«

Dann bittet er sie, ihm beim Abwasch zu helfen, und sagt, daß sie ins Bett gehen sollten. Vielleicht möchte sie auf der Küchenbank schlafen? Aber das möchte sie nicht.

Das apophantische Beschreibungsmodell. Wie uns, die wir nur stammelnd Zeugnis ablegen konnten, das paßte! Brummend, piepsend. Mit Membran an Membran und glühender, duftender Haut. Mit fest geschlossenen Augenlidern. Mit weit aufgerissenen Augen. Mit Pupillen ohne Grund. Nun sinkst du auf meinen Grund. Den es nicht gibt. Nun sinke ich auf deinen Grund. Wir steigen. Wir wirbeln zum Zenit oder Nadir.

Wir ackern. Wir ackern mit den Worten: Du. Du. Es gibt niemanden, der ist – nein! Diese Worte sagte ich am häufigsten: niemand, nein. Piepste. Du brummtest. Nein! Nein!

Dann waren wir zurück. Wir fanden sofort unsere Worte wieder. Gab es einen Augenblick ohne sie? Fanden wir Gott? Spürtest du das Abgrundtiefe in mir? Waren wir dem Tod nahe? Stiegen wir in ihn hinab wie in einen Brunnen?

Es gibt ja Zwischenräume zwischen den Worten. In welchem Zwischenraum war dieses Dunkel, das blendet und keinen Namen hat und das wir auf alle Feierlichkeiten und Spitzfindigkeiten taufen, die wir kennen? Werden wir ihn jemals wiederfinden, bei Gott oder in dem, was sie die Natur nennen, oder in etwas anderem ... etwas anderem ... etwas anderem ... ETWAS.

Erhebe den Blick! Sieben Schuß ins Genick! Das ist auch Tod. In Worten. Und nun hast du bald alle Worte vergessen. Lieber, lieber, alter, müder Cyrus, der fragt, ob es bald Essen gebe.

Nachdem Sylvia frische Pasta von METRO BARONEN gekocht und Schinkenstreifen und Sahne und ein wenig Blattspinat hineingerührt hat, sagt sie zu Cyrus, der erwartungsvoll am Küchentisch sitzt, daß er seinen Teller reichen solle. Das macht er auch, und dann sagt er:

Barfuß auf dem Eise wankt er hin und her
und sein kleiner Teller bleibt ihm immer leer.

Und obwohl er die Worte aufsagt, als wären sie ein Kinderreim, kommen sie bei ihr mit Schuberts Musik an, bitter und furchtbar.

»Liebster«, sagt sie, »erinnerst du dich wirklich an *Die Winterreise*! Oh, du mein Lieber.«

Er lächelt und ißt. Sie stürmt ins Wohnzimmer und sucht zwischen ihren CDs. Obwohl sie weiß, daß sie *Die Winterreise* nicht nach Stockholm mitgenommen hat, hofft sie doch, daß sie sich eingeschmuggelt habe und daß sie sie finden und für ihn spielen könnte, sie soll das Tor zur Erinnerung sein, die alles ist; die die Liebe ist, wenn auch bitter und winterlich und womöglich verraten. Freilich nicht von ihm, nicht von ihm.

Wie der alte, heruntergekommene Musikant stolpert er mit bloßen Füßen auf dem Eis umher, und er ist auch der Mann, der zu den verschneiten Wiesen und gefrorenen Bächen seines Liebessommers zurückgekehrt ist und dem Surren und den Drehungen eines schnarrenden Instruments lauscht. Irgend etwas muß er ihr mit diesen Worten sagen wollen, mit der Erinnerung an diese Worte, die vielleicht die Erinnerung an die Musik und die Liebe ist. Und sie möchte *Die Winterreise* für ihn spielen und, wo die Tonsprache lieblicher und weniger streng wird, in ihr aufgehen, im *Frühlingstraum* mit seinen graziösen Bewegungen und seinem Versprechen von Erneuerung, von Verspieltheit und Zufall, das einen spitzen und winterlichen Stachel haben kann, aber von Gnade gemildert wird. Er hat sie berührt, und er muß das gewollt haben, auch wenn er jetzt mit gesenktem Haupt ißt.

Sie wird sich gleich auf den Weg zu Sterling machen und versuchen, *Die Winterreise* dort auf Platte zu finden. Zuerst wird sie die Dame mit den kleinen Shih-Tzû-Hunden bitten, sich zu ihm zu setzen. Diese hatte früher ein Parfümgeschäft, wurde jedoch ausgeraubt, woraufhin sie aufgehört hat, dort zu arbeiten. Sie hat an der Pinnwand im Laden einen Zettel angebracht, daß sie Blumen gieße und andere leichte Aufträge übernehme. Cyrus ging gestern auf die Döbelgatan, als Sylvia für ein paar Stunden zur Skeppsbron fuhr, und er kam, mitten im Verkehr, bis zur Odengatan, bevor jemand begriff, daß es nicht gut um ihn stand. Sie konnte ihn bei der Polizei in der Tulegatan abholen.

Sie findet *Die Winterreise*, und als sie aus dem Bus steigt, sieht sie in einem Gebrauchtwarenladen eine gußeiserne Pfanne, die sie ohne zu feilschen kauft. Und dann kauft sie noch Kohl und Kreuzkümmel und Zwiebeln und deutsche Würstchen, die sie ebenso gut findet wie jene, an die sie sich erinnert; genau wie die gußeiserne Pfanne einer anderen Pfanne in einem österreichischen Gasthaus gleicht, wo sie während dem, was ihre eilige und heimliche Hochzeitsreise– oder Flucht– sein sollte, unter wolkenleichten Daunendecken schliefen.

Als sie nach Hause kommt, muß sie als erstes mit der Dame ein wenig Kaffee trinken und den tibetanischen Tempelhunden Hundekuchen geben, die sie bei METRO gekauft hat. Die Dame erzählt von dem Raub, eigentlich erzählt sie es Cyrus, der lächelt. Sie ist sich wohl nicht ganz im klaren darüber, daß er kein Schwedisch versteht.

»Ich hatte eine Wunde hier unterm Auge und noch eine oben in Richtung Ohr«, sagt sie vertrauensvoll. »Er ist mit dem Tränengas so nahe gekommen. Es tat weh und brannte, wie eine Brandwunde. Man ist ja nicht eben eine Schönheit, aber man kann sich ja schminken. Aber das konnte ich drei Wochen lang nicht mehr, und am schlimmsten war es mit Mama, sie war gerade im Laden, denn sie hat die Hunde immer für mich ausgeführt, sie hat einen solchen Schock bekommen, daß sie sich nicht mehr davon erholt hat. Sie ist im Frühjahr gestorben.«

Hör auf, hör auf, hör auf, *jetzt*, bittet Sylvia innerlich. Ich muß mit ihm allein sein. Ich habe den Schlüssel zu seiner Erinnerung gefunden. Vielleicht zu seiner Seele. Sie begleitet die Dame mit den Hunden zur Tür, gibt ihr das Geld, dankt ihr und ist sie endlich los. Sie kann die Hündchen im Treppenhaus kläffen hören. Dann stellt sie sich hin und bräunt in der gußeisernen Pfanne den Kohl.

Vor ein paar Tagen war ich noch lediglich eine alte Grabplünderin, die Witterung aufgenommen hat. Heute pfeife ich auf diese Seide. Sie haben Blendas Auto in die Luft gejagt, obwohl sie es kaum glauben will. Jetzt ist alles vorbei. Es ist, als hätte es niemals stattgefunden. Jetzt riecht Cyrus den Kohl. Es heißt, daß Gerüche tief unten im Gedächtnis liegen. Eingeprägt. Unauslöschlich. Und es muß ja auf eine besondere Art riechen, wenn man Kohl in einer richtig gußeisernen Pfanne bräunt. Als der Kohl gar ist und die Würste gebraten sind, legt sie *Die Winterreise* auf. Da wird er ungeduldig.

»Wir werden doch jetzt essen«, sagt er.

Dann ertönt die Musik, sie erfüllt sie mit Bildern und Düften und Klängen aus einer anderen Zeit. Palmen in einem Konzertsaal. Alpenmatten mit Schnee. Diese Lampe mit dem rosa Seidenschirm, die sie zu Hause neben dem Sessel haben. Dort saß sie für gewöhnlich und hörte zu.

Er ist ganz still, wie er seinen Teller reicht, sein Blick konzentriert sich auf die mit Kohlstreifen gefüllte Holzkelle.

«Ist denn dein Teller ganz leer?« sagt sie.

Da erstrahlt er und zitiert:

Barfuß auf dem Eise wankt er hin und her
und sein kleiner Teller bleibt ihm immer leer.

»Erkennst du die Musik?« fragt sie.

Aber er ißt jetzt. Später vielleicht. Wenn sie im Wohnzimmer sitzen. Sie selbst kann von dem Kohl und den Würsten nichts essen. Sie bekommt nichts hinunter. Als er mit dem Essen fertig ist, nimmt sie ihn mit ins Wohnzimmer. Er sitzt auf dem Sofa und blättert in einer Zeitschrift. Sie sitzt im Lesesessel und hört der Musik zu. Diese ist jetzt beim *Lindenbaum* angelangt. Sie sehnt sich nach dem Dunkel in dessen Krone, dem Dunkel ohne Namen.

Als es Heiligabend wird, muß Sigge nach Sal fahren. Sie ist mit ihren Schwellungen zu Hause geblieben und wollte sich einen feuchten Kehricht um Adams Mutter und die Weihnachtsgeschenke kümmern. Schmerz und Angst sind Ausnahmezustände. Beinahe wie ein Rausch oder zumindest eine nebelhafte Betäubung. Als der Schmerz sich legt, begreift sie, daß sie um ihren Job besorgt sein muß.

Janne hat sie angesehen. Er hat sogar die blaugrüne Schwellung über ihrem rechten Auge berührt. Aber er hat nichts gesagt, nur den Kopf geschüttelt und betrübt aus der Wäsche geguckt. Also muß ihm wohl klar sein, was passiert ist. Sie sollen wie immer an Weihnachten bei Vati essen, und sie sagt zu Janne, daß Vati glaube, sie sei auf dem Katarina Friedhof beraubt worden, als sie abends mit Sickan Gassi gegangen sei.

»Hast du gelogen?« fragt er kindlich.

Ja, und für wen, fragt sich Sigge. Und weshalb eigentlich? Aber sie hat keine Antwort darauf und weiß auch nicht, weshalb er mit ihnen dort sitzt und fertig gebratenen Schinken und gebackene Leberpastete und eingelegten Hering ißt, die sie im Konsum gekauft hat. Er hat nichts mit uns zu tun, schießt es ihr durch den Kopf. Wir tun nur so. Er hat nur mit etwas tief in meinem Inneren zu tun, etwas, von dem ich nicht weiß, was es ist, und das ich fürchte und wofür ich Prügel beziehe. Sie fragt sich, ob er auch nächstes Weihnachten hier sitzen werde und ob er sich in diesem Fall zum Beispiel nach den Kerzenhaltern erkundigen werde, diesen bleichen, alten Dalarnapferdchen. Die gehörten ins Museum, aber jedes Jahr steckt sie Weihnachtsbaumkerzen hinein, und jedes Jahr verbrennen die Kerzen ein bißchen Holz auf dem Grund des Lochs. Außer in diesem Jahr, denn Sigge muß mit dem Auto nach Sal fahren und trinkt keinen Schnaps. Er sollte es zumindest aufs Butterbrot bekommen, denkt sie und erzählt, daß ihre Mutter eigentlich aus Dalarna gekommen sei. Vati sitzt da und blinzelt. Er mag es nicht, wenn man persönlich wird. Er möchte über etwas reden, das er gelesen hat. Und Janne sagt: Ach ja, tatsächlich.

»Sie kommt aus Dalarna«, berichtigt sich Sigge, denn Mutti lebt ja noch, sitzt jetzt an einem anderen Küchentisch, in Gävle, mit einem anderen Mann. Sigge wird sie nachher anrufen, und sie hat ihr ein Päckchen mit einer CD, einem Roman und einer Schachtel Pralinen geschickt.

Vati ist dabei, die Krilonfolge noch einmal zu lesen, sagt er. Auf Sigges Vortrag in der Whitlockschen Schule hin.

»Meinen Flop in der Whitlockschen«, berichtigt sie.

Und er findet, daß Eyvind Johnson *ziemlich* deutlich und *ziemlich* unterhaltsam sei. Soll das eine Kritik sein? Er ist größenwahnsinnig geworden.

»Wenn man einen Roman schreibt, muß man das Ganze ja wie Fleischwaren anrichten«, sagt Sigge gereizt. »Da kommt man nicht drum herum. Irgendwie muß es zum Konsum einladen, und es muß auch Abwechslung geben. Den puren rohen Fleischteig kann sich niemand einverleiben. Und dann dürfen da gern pikante Akzente sein. Selbstironie, Selbstbespiegelung und Selbstreflexion. Der ganze Metakram.«

»So hast du bisher nie über Romane gesprochen«, sagt Vati traurig.

»Dann muß man noch zwischen mimetischer und diegetischer Darstellung wählen«, sagt Sigge, um ihn einzuschüchtern. Man wird nicht nett davon, Prügel zu beziehen.

»Wieso denn?«

»Entweder setzt man die ganze Wurstplatte kommentarlos vor, oder man steht daneben und nötigt wie ein beflissener Oberkellner.«

»Aber wen versucht man denn zu überreden?«

»Das weiß man nicht.«

Dich, denkt sie. Aber so einen Glücksfall gibt es freilich nicht immer. Oder Oda. Sie bekam einst eine Folge von drei Romanen in die Finger. Sie erbte sie, kann man wohl sagen, nicht nur in einer eselsohrigen und nunmehr ziemlich vergilbten materiellen Form. Sondern als ein geistiges Erbe, und sie hält daran fest wie ein Hund, der seine Zähne in Herrchens Pantoffel geschlagen hat.

»Du zum Beispiel«, sagt sie, »oder Oda Arpman. Ihr könntet die Antwort der Wirklichkeit auf die textimmanente, abstrakte und ideale Größe sein, die dem Autor des Romans vorschwebt: der implizite Leser.«

»Vorschwebt?«

Schwebte dem Schriftsteller Eyvind Johnson tatsächlich jemand vor, als er so abgearbeitet, daß er Blutgeschmack im Mund hatte, zum Drucken und Korrekturlesen strebte. Vermutlich nicht. Wie ein Einsiedlerkrebs in eine geborgte Schale kroch er in etwas, das Romanform heißt. Wie eine Köcherfliege baute er sich eine Romanröhre aus gleichen Teilen Abfall und glitzernden Steinen. Warum tat er das? Er hielt das Leben nicht aus. Er hielt das Leben im Jahre 1941 nicht aus. Es war zu sudelig. Es war Blutgestank und Gasgeruch. Die Schale verlieh einen zeitweiligen Schutz. Er nistete darin, während Mladic und Karadzic einander die Wangen küßten, während Hektors Leiche auf einer Straße in Grozny von Hunden gefressen wurde und der amerikanische Soldat in Song My sein Magazin in eine zerrissene Vagina entleerte, in die er sich kurz zuvor selbst entleert hatte. Er hielt es nicht aus. Er mußte einen edlen Mann erfinden. Wie mit Käseschimmel experimentierte er mit Edelmut auf gewissen reifenden Menschen. Betrug, behauptete er, erzeuge nicht naturnotwendig Bosheit. Er müsse nicht einmal Garstigkeit erzeugen. Betrug könne bei einem Menschen einen Reifeprozeß in Gang setzen. Hinein gehe ein völlig alberner, hormonpulsierender junger Körper. Heraus komme eine edle Seele mit Homburg.

Jaja, gewiß doch.

Zieh jedoch den Einsiedlerkrebs aus der Schale, dann siehst du einen schiefen, mißgestalteten und hautlosen Fötus. Ein Eingeweide in einer fremden Schale.

Obwohl sie dies nicht sagt, sieht sie, daß Vati trotzdem betrübt ist. Sie hat jetzt am Weihnachtsabend nicht die Stirn, ihm zu sagen, daß sie mit der Promoviererei aufhöre und die Krilonbücher nie wieder anfassen wolle.

Bevor sie fährt, inspiziert sie ihre Schwellungen im Garderobenspiegel und findet es merkwürdig, daß man sich schämt, wenn man verprügelt wird. Sickan läßt sie bei Vati. Die frißt gerade Schinken und Kartoffeln, wie sie gehen. Janne fährt im Auto mit. Er will bis Slussen mitkommen, um dort in einen der Värmdöbusse zu steigen und seine Eltern in Nacka zu besuchen. Sigge ist jedoch skeptisch. Sie sagt nichts. Allerdings glaubt sie nicht, daß er noch mit Lili Thorm gehen darf.

Er ist abgemagert. Als er von der Kate nach Hause kam, roch er leicht herb. Sie sieht nur verschiedene Stücke von Janne und kann sie nicht zu einem Ganzen zusammenfügen: den Architekturstudenten, ehemaligen Werbemann. Einen gutgekleideten, dunklen, schlanken Mann.

Dieser hier ist ein bißchen zerrupft und spitz. Fremd.

Sigge ist noch nie auf Sal gewesen. Da es ein Schloß ist, hat sie Zinnen und Türme erwartet. Sie findet jedoch einen Steinkasten vor. Entsetzlich groß, findet sie, wie sie näherkommt. Schmucklos. Wenn man die Eisen ausnimmt, die in die Wände eingemauert sind und sich auf der Fläche wie Buchstabenzeichen ausrichten, wenn auch undeutbare. Die Fensterreihen sind streng. Das Haus ist hoch.

Mittelalter, das ist ihr klar. Wie kann jemand hier wohnen? Sie denkt an kalten Stein. Abgeschiedenheit trotz des Rauschens, das vermutlich von der E 4 kommt. Oder ist da eine Stromschnelle? Die Landschaft wurde so schnell zeitlos uralt. Die Straße schlängelte sich in Kurven hierher. Sie sah einen Hasen zwischen den Wacholderbüschen.

Sie hat immer gedacht, daß Adams Mutter, Ginette Oxehufvud, von Haus aus eine reiche, junge Amerikanerin, seinen Vater geheiratet habe, um ein europäisches Schloß und den Titel einer Gräfin zu bekommen. Aber sie ist in keinen Vergnügungsrunden oder Klatschspalten zu finden, auch gibt sie, soweit Sigge weiß, in ihrem Schloß keine Fancypartys für das Königspaar. Sie wohnt allein mit einem älteren Paar als Dienstboten.

Wie klopft man an einem Schloß? Es gibt zwei große eiserne Ringe, einen an jeder Türhälfte. Sie scheinen jedoch festgerostet zu sein. Wie auch immer, sie hat längst Hundegebell gehört. Dann kommt eine kleine, gebeugte alte Frau um die steinerne Ecke gelaufen. Sie hat die Hände in die Pulloverärmel gesteckt. Als Sigge sagt, daß sie Weihnachtsgeschenke von Adam Oxehufvud für seine Mutter abgeben wolle, verweist sie sie auf einen Eingang am Giebel. Dieser hat eine angebaute hölzerne Vortreppe.

»Die Gräfin ist unten in den Schweineställen«, sagt sie. »Aber es behagt vielleicht, solange zu warten.«

Sie ist womöglich eine energische Landgräfin, denkt Sigge. So eine, die auf dem Traktor sitzt, wenn das Heu eingebracht werden muß. Nun sind auch Schreie zu hören und ein Schuß. Die Hunde bellen ärger denn je. Denn es muß mehr als einer sein.

»Was geht hier vor?« fragt Sigge.

Doch die Alte watschelt weiter eine Hintertreppe hinauf, und dann öffnet sie eine Tapetentür, und sie stehen oben in einem Treppenaufgang. Ein großer, mit Grünspan überzogener Kronleuchter scheint in dem Dämmer unter der Decke zu schweben. Aber es gibt bestimmt eine Kette dazu, und sicherlich sind Glühlampen einmontiert, auch wenn sie jetzt nicht brennen. Das Licht ist äußerst spärlich. Das Treppenhaus riecht wie eine Steingrotte. Am Fuß der Treppe sind an der Wand schwarzgekleidete Gestalten in vergoldeten Rahmen zu sehen. Ihre Gesichter und Hände schimmern schwach, gelblich. Die Kragen leuchten weiß. Die Alte geht ihr in einen Korridor voran, dessen Wände bis knapp zur halben Höhe mit dunklem Holz verkleidet sind. Darüber sind eiserne Kerzenhalter angebracht. Es gibt auch das eine oder andere Bild. Aber hier sind es nur Kupferstiche. Gedunsene Gesichter, Perücken, Eisenbrüste, drapierte Fahnen. Es geht schnell. Der Alten scheint daran zu liegen, Sigge loszuwerden.

»Hier ist die Bibliothek«, sagt sie. »Bitte sehr. Es behagt vielleicht, hier zu warten.«

Und schon ist sie blitzschnell verschwunden. Sie hat nicht einmal Sigges blaue Flecken angesehen. Hat sie diese überhaupt bemerkt? Irgend etwas geht hier vor. Etwas, das sie ärgert und zerstreut macht. Oder ängstlich?

In dem Raum ist es kühl. Aber er ist wenigstens hell. Die Alte hat zwei große Kronleuchter angemacht. Diese beleuchten eine große Porzellanfigur und einen Bibliothekstisch. Auf der dunklen Tischplatte liegen zwei aufgeschlagene Bücher, das eine mit einer alten Karte, das andere mit zierlichen Aquarellen von Früchten und Bäumen. Birnen. Sie sind sogar im Querschnitt gezeichnet.

Die Porzellanfigur würde sie als Statue bezeichnen, denn sie ist so groß wie ein Mensch. Sie stellt aber einen Affen dar. Er steht in der Ecke beim Fenster und sieht sie an. Sein Blick ist dunkel und freundlich, und er schimmert. Das kommt wohl vom Licht. Und von der Blankheit des Porzellans. Aber der Affe guckt. Er steht aufrecht und hält sich an einem Baumstumpf aus Porzellan fest. Von dem Stumpf stehen einige Äste mit glatten, dunkelgrünen Blättern und kleinen, orangegelben Früchten ab. Bei näherem Hinsehen bemerkt Sigge, daß die Äste nicht freistehen. Sie sind lediglich am Stamm modelliert, ebenso wie die eine Hand (Pfote?) des Affen, die einen der Äste umklammert. Die andere Hand zupft an einer der kleinen Früchte. Lychees? Sein Blick aber, dieser porzellanblanke, scheinbar schwarzfeuchte Blick, ist in den Raum gerichtet. Er sieht sie an.

Die Wände sind über und über mit Bücherregalen bedeckt. Bis zur Decke. Es gibt eine freistehende Bibliotheksleiter aus derselben dunklen Holzart wie der des Tisches. Vor den Regalen, an der Längswand, stehen zwei Sessel, ein mit grauroter Wolle bezogenes Sofa und ein kleiner Tisch mit einem Aschenbecher und einem Zigarettenbehälter aus mattem Zinn. Es sind verhältnismäßig moderne Sachen. Dreißiger Jahre vielleicht. Der Stoffbezug ist ausgeblichen und arg abgenutzt. Es gibt auch eine Musiktruhe. Sigge vermutet, daß der Plattenspieler darin aus den fünfziger Jahren stammt. Er hat einen automatischen Plattenwechsler und ein Fach für die Schallplatten.

Sigge versucht das Gefühl von entlegener Zeit in dem Raum festzuhalten. Aber das ist schwierig. Es sind zu viele Zeiten. Sie findet nicht einmal die Zeit, in der die Dienerin die Steintreppen rauf und runter rannte, bis sie uralt wurde. Rennt. Ihren Platz kennt? In der geschlossenen Welt, die Sal darstellt, scheinen viele Dinge, unmerklich und langsam, ihre Bedeutung verändert zu haben. Wer ist innerhalb dieser Steinwände länger wessen Dienerin?

Hat an diesem Bibliothekstisch jemand Gesellschaftsstücke geschrieben, eilends und heiter, so, wie man Trinklieder für Firmenfeste verfaßt. Zur Aufführung am selben Abend noch. Hinter Gaze. Sie hat gehört, daß Adams Großvater sich erschossen hat. Und seinen Dackel gleich mit. War das hier drinnen? Guckte der Affe ihm dabei mit seinem menschlich warmen, seinem freundlichen Blick zu?

Keine Bücher in den Regalen scheinen nach dem Ausbruch des Ersten Weltkriegs beschafft worden zu sein. Sie kommt auf diesen Zeitpunkt, indem sie Titel von Levertin, Heidenstam und Söderberg heraussucht. Nach Almqvist scheinen die Neuheiten nur noch spärlich hereingetröpfelt zu sein. Von Strindberg findet sie *Alt Stockholm* und den bizarren *Antibarbarus*. Weiter nichts. Vielleicht hielt ihn derjenige, der diese Bibliothek um die

Jahrhundertwende besaß, für unangenehm. Für einen rohen, rücksichtslosen Skandalschreiber. Sigge beginnt nach Crusenstolpe zu suchen. Aber der scheint ihnen zu starker Tobak gewesen zu sein. Die Roheit innerhalb dieser Wände ist sicherlich seit langem pompös drapiert. Militärisch.

Wie Sigge sich in einem der Sessel niederläßt, fällt ihr Blick auf *Nathan der Weise*. Er steht ungefähr in Kopfhöhe eines elf-, zwölfjährigen Jungen in einem Bücherregal. So simpel läßt es sich also erklären, daß Adam ihn kennt und den Namen nennen konnte. Sie zieht den Band aus dem Regal und fragt sich, wann dies wohl zuletzt geschehen sein mochte. Womöglich hat ihn nie jemand gelesen oder darin geblättert, seit er aus einer Sendung ausgepackt und hier eingestellt worden war.

Der Rücken und die Ecken des Buchs sind aus braunem Leder. Der Umschlag sieht aus wie eine Fotografie mikroskopierter Bakterien oder ein Computerbildschirm mit Fraktalprogramm. Woher kannten sie solche Muster, denkt sie zuerst, denn das Buch wurde 1813 in einer deutschen Klassikerbibliothek gedruckt. Dann wird ihr klar, daß die Muster irgendwo gebildet worden sind. Mit farbiger Flüssigkeit. Obwohl es gedruckt ist. Aber wie?

Das Papier ist von schlechter Qualität, vergilbt und brüchig und mit Frakturschrift bedruckt. Mühsam liest sie einige Zeilen:

Der Forscher fand nicht selten mehr,
als er zu finden wünschte.

Das ist wie der Blick des Affen. Eine Finte natürlich. Zufallseffekte. Aber es scheint, als seien die Worte an Sigge gerichtet. An sie und niemanden sonst. Und sie dreht sie herum, ehe sie ihren Sinn begreift. Die Negationen sind so schwierig. Fand der Forscher nicht mehr, als er finden wollte? Das ist ja schrecklich. Nein, er fand, nicht selten, *mehr*, als er finden *wollte*. Raffiniert, wirklich raffiniert. Wie sie jedoch die nächste Zeile liest, bekommt sie fast eine Gänsehaut:

Ist es doch, als ob in meiner Seel' er lese!

Das ist wie das I Ging oder Nostradamus. Man kann alles mögliche hineinlesen. Ich darf nicht vergessen, daß ich keine Forscherin mehr bin, denkt sie. Folglich stimmt das nicht. Außerdem weiß sie nur mit Müh und Not, wer Gotthold Ephraim Lessing war. Sie fühlte sich Adam überlegen, als er den Titel eines Dramas nannte, von dem er keinen Deut wußte. Aber wenn sie sich nun aus einem fernen Kurs daran zu erinnern versucht, wovon es handelt, fällt ihr nur ein, daß Lessing ein Mensch der Aufklärung war, daß er in *Nathan der Weise* über die Toleranz schrieb. Den Humanismus. Solch erhaben menschliche Dinge, die in Zeit und Raum umherschwirren. Edelmutsgirlanden. Lessing war ein Gutmensch des Rokoko. Ein verfeinerter Progressiver. Er machte Saladin zu einem noblen, humanistischen und toleranten muslimischen Fürsten. Die reinste Demonstration.

Wie sie jedoch in dem Buch blättert und die Repliken liest, erscheinen diese voller Angst.

Ich soll mich stellen; soll besorgen lassen;
Soll Fallen legen; soll auf Glatteis führen;
Wenn hätt' ich das gekonnt? Wo hätt' ich das
Gelernt? – Und soll das alles, ah, wozu?
Wozu? – Um Geld zu fischen; Geld!

Das Merkwürdigste an diesem Ausbruch über die verächtlichste Weise, Geld zu verdienen, ist, daß er angestrichen ist. Irgend jemand hat einen Bedeutung markierenden Strich am Rand dieses Saladinschen Ausfalls gegen List und Berechnung und Gier gezogen. Wer? Der sich erschossen hat? Irgendein blasser Hauslehrer, der während der Semester in Uppsala halb verhungerte? Das gesamte Buch ist ja voll mit Anstreichungen! Das hat jemand gelesen. Das hat tatsächlich jemand gelesen.

Die Alte taucht wieder auf, leise brummelnd. Sie steigt rasch die Treppen hinauf, wie sie Sigge in der Steinkiste nach oben begleitet, und scheint böse zu sein. Als sie eine Tür öffnet und sagt: »Bitte sehr, die Gräfin wartet«, hat sie nicht den leichten Ton einer Salonkomödie, der zu den Worten passen würde. Aus dem Raum dringt ein höchst vielschichtiger Geruch. Parfüm ist darin, kühl, diskret, oder wie man eine solche Kostbarkeit nun nennen soll, die sie mehrmals auf Adams Rechnung für Ginette Oxehufvud gekauft hat. Aber es riecht ohne Zweifel auch nach Hund. Herber Rüdengeruch. Und Blut, findet Sigge. Aber das kann nun doch nicht möglich sein. Nach Plätzchen, Naschwerk riecht es ebenfalls. Auf einem Glastischchen steht Tee bereit. Dort sitzt Ginette in einem Rattansessel mit grüngeblümtem

Chintzbezug. Es herrscht eine Art künstlicher Sommer aus Licht, Düften und Möblierung in dem Raum. Sommer von Harrods in London. Behaglich – wenn da nicht dieser herbe Einschlag im Geruchsbild wäre. Der kommt von den drei großen Hunden, die mitten im Zimmer auf einem isabellfarbenen oder eher ganz einfach dreckig weißen Teppich liegen und sich erheben, wie Sigge eintritt, und ein unruhiges Umherschwänzeln, klauenklirrendes Tappen, Schwanzschlagen und Halbknurren beginnen.

»Aus!« sagt Ginette. »Willkommen! Wie idiotisch von Adam, Sie am Weihnachtsabend hierherzuschicken.«

»Aber nein«, erwidert Sigge. »Das ist meine eigene Schuld. Ich bin nicht eher weggekommen. Und es tut mir leid, daß ich so spät noch störe.«

Ginette ist mit einem Rock aus austernfarbener grober Rohseide bekleidet. Sie trägt einen Jumper in derselben Farbe. Perlen. Die ganze Gestalt ist grauweiß, schillernd. So aus der Nähe jünger, als Sigge angenommen hat. Ein unbegreifliches Geschöpf, das im Alter von vielleicht nur neunzehn, zwanzig Jahren Adam geboren hat und dann hier in einer fremden Vergangenheit sitzengeblieben ist. Über die sie im übrigen etwas zu lesen scheint, denn auf dem Sofa liegt Ingvar Anderssons Biografie über Erik XIV. Die Hunde haben sich wieder hingelegt oder sich vielmehr wie große Haut- und Knochenhaufen auf den Teppich fallen lassen. Sie sind schütter graubraunrauhhaarig und haben lange Köpfe.

»Das sind Hirschhunde«, erklärt Ginette. »Ich hoffe, Sie wollen eine Tasse Tee mit mir trinken? Sind das die Geschenke? Uiuiui. Adam ist ein Idiot.«

Das scheint ihre durchdachte Auffassung über ihren Sohn zu sein.

»Geschäfte mit China!« sagt sie. »Dort sind die Kartoffeln so giftig, daß die Ratten sie nicht fressen. Nehmen Sie doch ein Plätzchen zum Tee.«

Sigge werden nun Butterblätter, Mandelmuscheln und Eichenlaub angeboten. Sie nimmt an, daß sie von dieser leicht wütenden oder zumindest sehr aufgeregten Alten in irgendeinem Untergrund gebacken worden sind. Oder es ist auch alles eine Finte, wie dieser modern eingerichtete, helle, warme und komfortable Raum inmitten der rauhen, steinernen Zeit, die in dem Gebäude herrscht. Die Alte steigt vielleicht in einen Volvo Kombi, kutschiert in die Stadt und kauft sie bei Tösses.

Sigge kann die Augen nicht von den Hunden wenden. Deren roher Kraft und Trägheit. Oder ist es Erschöpfung? Sie keuchen praktisch. Und außerdem ist Blut auf dem Teppich. Ohne Zweifel. Und dazu noch ein bißchen helles, als wäre es frisch.

»Ist etwas passiert?« fragt sie. »Mit den Hunden? Ich habe Gebell gehört. Sie schienen außer Rand und Band zu sein. Und einen Schuß.«

»Sie sind auf Abenteuer ausgegangen«, erklärt Ginette. »You naughty, naughty, naughty boys.«

Zum Plappern benutzt sie ihre Muttersprache. Adam ist vielleicht auf amerikanisch großgeplappert worden.

»Sie sind in die Schweineställe, und das ist ein bißchen schiefgegangen.«

»O nein! Nicht zu Adams ethischen Ferkeln!«

»Sie sind wirklich loyal«, lacht Ginette. »Aber sind die nicht genetisch?«

»Ja, ich habe mich versprochen. Sicherlich. Transgen heißt das, glaube ich.«

Sie nennt sie jedoch schon immer Adams ethische Ferkel, denn er behauptet, daß Organfarmen, wo Tiere als Spender für Transplantationsmaterial benutzt werden, ethisch wertvolle Einrichtungen seien, die den Weg in die Zukunft wiesen. Ginette scheint indes Sigges Abscheu zu teilen. Lieber tot, als mit einem pochenden Schweineherzen umherlaufen. Oder mit den Hauptzutaten für die Weihnachtsleberpastete im Bauch. Sie vertiefen sich ein Weilchen in diese Perspektiven, nachdem Ginette versichert hat, daß es ein paar der ganz gewöhnlichen und keineswegs kostbaren, jedoch genießbaren Schweine gewesen seien, denen es an den Kragen gegangen sei. Fröhlich sagt sie, daß Adam Graf Schweineherz heißen müßte. Finde Sigge nicht, daß der Name besser zu ihm passen würde als sein eigener, der doch auf den Kopf abziele, einen Körperteil also, den er nicht im Übermaß benutze?

»Es gibt ein Geschlecht, das Svinhufvud heißt«, murmelt Sigge, so weit wagt sie sich in die Illoyalität vor.

Jetzt öffnet Ginette ihre Päckchen.

»Sie wollen doch hören, was ich davon halte? Ich nehme an, daß Sie das gekauft haben? Adam würde nie ...«

»Adam weiß genau, war er haben will«, sagt Sigge diplomatisch und beinahe streng.

Ginette gefallen der Alpakapullover und die Bluse jedenfalls. Es wirkt aufrichtig. Fragt, ob Sigge vielleicht gern ein paar Schnittchen hätte. Dann würde sie Bescheid sagen. Sigge lehnt jedoch dankend ab, und sie sagt auch, daß es nicht nötig sei, die alte Hausgehilfin zu rufen.

»Ich finde allein hinaus.«

Es ist in gewisser Weise so wie in dem Moment, als sie von Vati wegging. Sie weiß, daß diese silberausternfarbene Person den Abend mit Ingvar Andersson verbringen wird. Total unhysterisch. Vielleicht mit Radiomusik. Das bringt sie auf die Frage, ob der alte Plattenspieler in der Bibliothek immer noch funktioniert. Als sie an der Bibliothekstür vorbeikommt, bleibt sie stehen. Dort drinnen hat jemand gesessen und *Nathan der Weise* gelesen. Hat angestrichen, unterstrichen. Ist tief und vielleicht glücklich versunken gewesen wie Ginette jetzt in ihren Erik XIV.

Sie will nicht vorbeigehen. Dort drinnen steht das Buch um seine Welt geschlossen. Sigge überkommt ein Gefühl der Panik. Daß es geschlossen versinke. Mit seiner merkwürdigen Frakturschrift, seinem deutschen achtzehnten Jahrhundert. Als sie die Bibliothekstür öffnet, ist ihr der Geruch bereits vertraut. Alte Bücher scheinen einen Staubduft abzusondern, der ein klein wenig streng ist. Säurehaltiges Papier? Was ist in der Druckerschwärze? Sie weiß es nicht.

Sie setzt sich wieder in den Sessel, nimmt *Nathan der Weise* aus dem Regal und beginnt langsam von vorn zu lesen, wo die Dienerin Daja Nathan entgegeneilt, der von seiner Reise zurückkehrt.

Daß das Haus gebrannt hat, weiß er bereits. Doch Recha, wie ist es seinem Liebling Recha ergangen?

Als es klingelt, rast Mariella zur Tür.

»Aber ich mach doch auf«, sagt Ann-Britt. »Willst du nicht Donald Duck sehen?«

Mariella ist bereits an der Tür. Aber es ist nicht Rosie. Es ist Eilert. Er hat Päckchen dabei, und er versucht, Mariella zu umarmen. Sie hat es jetzt eilig, denn Micky hat gerade seinen Wohnwagen geparkt. Der Fernseher ist nicht sehr laut. Sie kann jedenfalls hören, wie Eilert mit Ann-Britt in der Küche redet. Hallo, du. Ja, hallo. Geht so. Jetzt klappt Mickymaus die Schirme um den Wohnwagen zusammen, und all das Schöne verschwindet. Die Sonne und die Palmen und das Meer. Sie stehen auf einer Müllkippe.

Eilert erkundigt sich nach Rosemarie, und Ann-Britts Stimme ist anzumerken, daß sie es an der Zeit findet. Du hättest anrufen können, wenn es dich so interessiert; so ungefähr. Obwohl Eilert nicht Rosemaries Papa ist.

Jedenfalls will er bleiben. Das hört man. Goofy vergißt das Autofahren, als sie im Wohnwagen frühstücken wollen. Maiskolben: klapper-klapper-klapper mit allen Zähnen. Fragt sich, was Donald für Zähne hat?

»Stell sie in den Kühlschrank.«

»Sie ist ziemlich kalt.«

Er hat diese Flasche wohl auch in Akalla dabeigehabt. Seiner Mutter etwas angeboten. Er fährt mit öffentlichen Verkehrsmitteln. Traut sich nicht, mit dem Auto zu fahren, wenn er was trinkt. Wegen seines Führerscheins. Schwing, schwing, schwing, durch die Kurven. Keiner fährt das Auto. Micky, Goofy, Donald – keiner merkt es. Bisher. Wer FÄÄÄÄHRT?

Jetzt merken sie es.

Es beginnt eklig zu riechen. Es ist Stockfisch im Backofen. So früh, sagt Eilert, denn er hat ja bei seiner Mutter gegessen. Er sagt immer, daß Mariella Oma zu ihr sagen soll. Wieso denn?

»Selbstverständlich werden wir essen«, sagt Ann-Britt.

»Mariella kann nicht den ganzen Abend auf ihre Weihnachtsgeschenke warten.«

Es sind Kartons von Åhléns. Sie hat sie im Kleiderschrank gesehen. Keine Seidenbänder. Es sind die Vögel, die an Aschenbrödels Kleid die Seidenbänder aufwickeln. Mit den Schnäbeln. Und eine Maus fädelt eine Nadel ein. Aschenbrödel klappert mit den Augendeckeln. Es knack-zischt, wie Eilert eine Bierdose öffnet.

Dann, nachdem Benjamin Syrsa gesungen hat und es zu Ende ist, kommt Eilert ins Zimmer und redet über alles mögliche.

»Willst du nicht morgen mit zu Oma fahren?« fragt er. »Sie hat mir ein Weihnachtsgeschenk für dich mitgegeben. Du kannst es schon vorher aufmachen, wenn du magst.«

»Nein.«

»Wieso? Magst du nicht?«

»Laß sie jetzt in Ruhe«, sagt Ann-Britt.

»Laß sie *in Ruhe?* Hab ich ihr denn irgendwas getan?«

»Wir essen jetzt.«

Dann essen sie den Stockfisch, nach dem die ganze Küche riecht, und Mariella kriegt gebratene Würstchen. Als Eilert raucht, sagt Ann-Britt, daß es zu brennen anfangen kann.

»Wieso brennen?«

Sie fürchtet, daß die Papiergirlanden über dem Tisch Feuer fangen werden. Da wird er sauer.

»Ich geh besser raus und rauche dort.«

Er ist eine gute Weile draußen auf dem Balkon. Ann-Britt spült ab, und das geht langsam. Dann beginnt es nach Kaffee zu riechen, und Eilert kommt ins Zimmer zurück. Ann-Britt reut es, man merkt es ihrer Stimme an. Mariella findet auch, daß das mit den Papiergirlanden blöd war, denn es brannten ja immerhin auch Kerzen in den Leuchtern auf dem Tisch. Rosemarie mag es aber nicht, wenn Eilert bei ihnen raucht. Jetzt sitzt er jedenfalls auf dem Sofa, und Ann-Britt stellt Plätzchen hin. Eilert holt die Flasche aus dem Kühlschrank und zwei Flaschen Grapefruitlimonade, aber Ann-Britt sagt, daß sie nichts haben will.

»Du kannst dir doch wohl einen genehmigen«, sagt Eilert. »Es ist schließlich nicht so toll, hier zu sitzen und allein einen zu heben.«

»Wir werden Kaffee trinken.«

»Mußt du denn so trocken sein? Es ist schließlich Weihnachten.«

»Ich bin, wie ich bin«, erwidert Ann-Britt.

Es ist jetzt der letzte Tag auf dem Adventskalender, und Mariella bekommt ein großes Pepsi. Das hat Eilert gekauft, und da reut es Ann-Britt. Man hört, daß sie ihn eigentlich doch nett findet.

»Ich kann einen kleinen Likör nehmen«, sagt sie. »Ich hab die Flasche noch.«

Die hat sie von Eilert gekriegt, als er einen Transport nach Köln gehabt hat. Der Likör heißt Bärenjäger. Aber die Flasche ist leer.

»Die ist leer!« sagt Ann-Britt.

Da vergißt Mariella, in ihren Kalender zu gucken.

»Sieh einer an, du bist jedenfalls nicht immer so trocken«, bemerkt Eilert.

»*Ich* habe die nicht ausgetrunken!«

Ann-Britt guckt ganz komisch drein. Mariella kriegt Angst. Wenn sie zu fragen anfängt. Wenn sie erfährt, daß dieser Typ mit den Pumaschuhen hier war. Dann kriegt sie auch Angst.

»Ich begreife das nicht«, sagt sie.

Wenn sie erfährt, daß der Typ einen Schlüssel hat, kriegt sie nachts auch Angst. Und dann will sie umziehen. Sie hat gesagt, daß sie umziehen müßten, weil sie sich keine drei Zimmer leisten können. Aber Rosie kommt doch zurück! Dann kann sie bei der Miete was drauflegen, weil sie doch den Job bei Sascha hat. Man kann doch den Job nicht verlieren, nur weil man krank gewesen ist und irgendwo anders das Bett hat hüten müssen und nicht hat anrufen können. *Wenn wir aber umziehen, kann sie uns nicht finden.* Damit Ann-Britt keine Angst kriegt, sagt sie: »Ich war es, die den Likör genommen hat.«

»Du!«

»Ja. Ich hab ihn in den Ausguß geschüttet.«

»Aber warum hast du das denn getan?«

»Aus Angst, daß du zu trinken anfängst«, sagt Mariella.

»Du Dummerchen«, sagt Ann-Britt. »Du liebes, kleines Dummerchen.«

Und Eilert sagt, daß das ein recht teurer Likör aus Deutschland gewesen ist. Da erklärt Ann-Britt, daß sie ja auf jeden Fall einen Whisky-Soda nehmen kann, und ihrer Stimme ist anzumerken, daß sie das sagt, damit sie sich vertragen. Dann verteilt Ann-Britt die Weihnachtsgeschenke. Eilert sagt: »Willst du gar keine Kerzen anzünden?«

»Doch, freilich.«

Er weiß nichts davon. Er weiß nicht, woran sie die ganze Zeit denkt. Denn sie sprechen nicht darüber. Aber Mariella weiß trotzdem, was Ann-Britt meint, als sie sagt: »Diesmal gibt es nur nützliche Weihnachtsgeschenke, du bist doch hoffentlich nicht traurig?«

Mariella weiß Bescheid. Freilich kann Eilert nicht wissen, daß die geilen Weihnachtsgeschenke Rosemarie kaufen sollte, also keine Klamotten und so was. Und daß einige, die sie bereits gekauft hat, in ihrem Kleiderschrank liegen, daß sie die aber nicht angerührt haben. Das ist es, was Ann-Britt meint. Sie sitzt ganz still. Damit sie nicht zu heulen anfängt. Eilert sucht neue Kerzen und steckt sie in den Adventsleuchter. Er steckt auch welche in den Wichtelleuchter, der auf dem Fernseher steht.

»Keine Kerzen auf dem Fernseher«, sagt Ann-Britt. »Der kann explodieren.«

»Davon explodiert der doch nicht, das kommt von innen. Das kann er jederzeit tun.«

»Gut, daß man nicht hier drinnen schläft«, stellt Ann-Britt fest, und Mariella weiß, daß sie an die Zweizimmerwohnung denkt. Aber es hört sich immerhin so an, als ob sie kapieren würde, daß es dumm wäre umzuziehen. *Weil Rosie uns nicht finden würde.*

Mariella kriegt von Eilert ein Pferd mit einem blauen Mann. Er glaubt bestimmt, daß sie noch immer fünf ist. Und außerdem kriegt sie ein gekauftes Video, *Aschenbrödel*.

»Aber das kann sie doch gar nicht angucken«, sagt Ann-Britt.

Da geht Eilert in die Diele und holt einen Kasten. Es ist das Videogerät.

»Ich nehme ja nicht so viel auf«, sagt er.

Ann-Britt sieht keineswegs froh aus. Es ist ihr altes Videogerät, das sie hatten, als sie zusammenlebten. Mariella hat eine Kiste mit Bändern. Obwohl die ziemlich blöd sind, *Saltkråkan* und so was, aber damals war sie ja noch kleiner. Eilert will zurückkommen, das merkt man. Ann-Britt hat er einen BH und Slips gekauft.

»Ja, danke schön«, sagt sie.

Der BH hat Spitzen, und die Slips bestehen bloß aus ein paar Bändern mit einem Beutelchen dran.

»Das muß ich wohl umtauschen«, sagt sie. »Hast du den Kassenzettel noch?«

»Gefallen sie dir nicht?«

»Einen BH kauft man am besten selbst. Es gibt unterschiedliche Körbchen, A, B und C und so, und dann die Weite. Der hat ja nur siebzig.«

Von Oma hat Mariella ein Buch gekriegt, in dem sie liest, und eine Schachtel mit selbstgemachten Sahnebonbons. In der Schachtel waren mal Kekse. Oma hat sie mit weißem Papier und einem Engel beklebt. Das, was Eilert aus Akalla mitgebracht hat, ist eine Strickmütze.

»Willst du sie nicht aufprobieren?«

»Natürlich probiert sie die auf.« Ann-Britt nickt und runzelt die Augenbrauen.

Was nützt es, daß die Mütze die richtige Größe hat, sie kann sie doch nicht aufsetzen. Aber das sagt sie nicht. Auf dem Land, wenn man dort leben würde, könnte man mit einer solchen Mütze vielleicht rumlaufen.

Eilert sagt, daß er seine Kinder anrufen möchte. Obwohl die schon alt sind. Es hört sich dumm an, wenn er Kinder sagt. Ann-Britt schlägt es ab.

»Wir führen nie Ferngespräche.«

»Ich bezahle«, erwidert Eilert prompt.

Aber Ann-Britt sagt, daß er auch von zu Hause aus anrufen kann. Da schaltet Mariella den Fernseher ein und sagt:

»Jetzt kommt gleich die *Jönssonliga.*«

Aber das stimmt nicht, es ist noch mindestens eine halbe Stunde bis dahin.

»Du bist doch nur bockig«, sagt Eilert zu Ann-Britt.

»Ich kann mir das nicht leisten, das ist alles.«

»Warum willst du es denn so haben? Wir könnten von zwei Löhnen leben, dann müßtest du nicht so weitermachen.«

»Ich weiß, was ich zu tun habe, um klarzukommen, da gibt es nichts zu diskutieren.«

»Du wirst noch zum Sozialfall«, sagt Eilert. »Glaubst du, daß das so toll wird?«

Da wird Ann-Britt böse. Mariella geht in ihr Zimmer und liest in dem Kerstinbuch, das sie gekriegt hat. Aber sie sind trotzdem zu hören. Es sind noch zweiundzwanzig Minuten bis zur *Jönssonliga*.

»Nie«, sagt Ann-Britt. »Kein einziges Mal. Und ich habe auch nicht vor, dorthin zu gehen. Ich komme klar, weil ich sparen kann. Mariella weiß Bescheid. Sie liegt mir nie in den Ohren, daß sie alles mögliche haben will. Wir kommen klar.«

»Auch ohne Rosemaries Lohn?«

Da wird Ann-Britt wahnsinnig. Doch sie versucht, nicht zu schreien. Sie sagt:

»Wieso *ohne* Rosemaries Lohn!«

»Nun ja, wenn sie abgehauen ist.«

»*Abgehauen!*«

Dann sagt Ann-Britt etwas, das nicht zu verstehen ist. Es ist leise und sehr böse. Mariella kriegt Bauchweh. Das kommt ganz plötzlich. Dann hört sie Ann-Britt mit ganz normaler Stimme sagen: »Du hast ja auch nicht immer Arbeit. Aber du hast immer dieselben Gewohnheiten, auch wenn du keine Arbeit hast. Du willst ausgehen und Bier trinken und jede Menge Zeugs. Telefonieren und Sachen kaufen, die nicht nötig sind. Videos. Wir kommen mit meinem Lohn besser klar, weil ich genau Bescheid weiß.«

»Aber das Leben ist doch nicht bloß dazu da, daß man klarkommt. Igitt, wie trist! Merkst du eigentlich nicht, wie du geworden bist?«

»Ich bin, wie ich bin«, sagt Ann-Britt. »Ich habe nicht vor, zum Sozialfall zu werden.«

Aber Mariella weiß, daß sie irgendwie an Geld kommen muß. Für die Miete. Rosemaries Lohn fehlt ja. Sascha hat zwar das, was sie bis zum dreizehnten hereingearbeitet hat. Aber das kann sich Ann-Britt nicht auszahlen lassen. Es ist auch nicht viel. Und dann muß sie auch das Telefon bezahlen. Sie dürfen es nicht sperren lassen, *weil Rosie dann nicht zu Hause anrufen kann.*

Ann-Britt ist bei der Heilsarmee gewesen und hat siebenhundert Kronen gekriegt. Das ist ein Mal möglich. Sie hatte den Zeitungsausschnitt über Rosemaries Verschwinden dabei. Die haben genau kapiert. Jetzt geht es um die Miete, und das ist es, was so furchtbar ist. Es sieht nämlich nicht so aus, als ob Ann-Britt richtig verstehen würde, daß Rosie sie nicht findet, wenn sie woanders hinziehen. Sie nimmt das nicht ernst. Sie sagt nur:

Wir werden schon erfahren, ob sie zurechtkommt. Das verstehst du doch.

Eilert weiß gar nichts, der kapiert nichts. Er sagt nur, daß es unnötig ist, zwei Wohnungen zu haben.

»Du hast dir bloß was in den Kopf gesetzt.«

»Ja freilich«, sagt Ann-Britt.

»Diese Geschichte«, sagt Eilert, und Mariella weiß, daß er die Geschichte mit dem Mädchen, das im Hundecenter arbeitet, meint, »das war doch nur eine Suffgeschichte. Nichts war das.«

»Nein, natürlich nicht.«

Da hört sich Eilerts Stimme ganz belegt an:

»Darauf hast du doch nur gewartet. Du wolltest, daß wir auseinanderziehen. Aber du solltest auch an Mariella denken. Sie darf ja nicht mal Papa zu mir sagen.«

»Das hält sie, wie sie will. Sie sagt auch nicht oft Mama zu mir.«

»Das ist unnatürlich. Sie braucht doch einen Vater, sie wie alle andern auch.«

»Alle andern?«

»Jetzt fängt die *Jönssonliga* an«, sagt Mariella.

Dann sehen sie sich den Film an. Aber mittendrin ruft Oma an, und Mariella muß sich für die Weihnachtsgeschenke bedanken.

»Danke für das Buch«, sagt sie. »Und für die Bonbons.«

Ann-Britt stupst sie und sagt tonlos: die Mütze!

»Die ist doch nicht von ihr. Die ist von der andern.«

»Ja, natürlich.«

»Und außerdem hab ich eine Fleecemütze.«

Da nimmt Ann-Britt den Hörer, Mariella geht wieder ins Wohnzimmer und sieht sich den Film weiter an. Er wird jetzt recht lustig. Ann-Britt weint draußen in der Diele, das merkt man. Man hört es ein bißchen. Oma redet wohl über Rosemarie, fragt eine Unmenge. Wie Ann-Britt reinkommt, schenkt sie aus der Thermoskanne Kaffee nach, sieht sich die *Jönssonliga* an und unterhält sich mit Eilert. Er ist ja nett, auch wenn er nicht alles kapiert. Mit ihm redet sie nie so wie mit Mariella, sie erklärt ihm nichts. Aber das würde wohl auch nichts nützen. Er würde trotzdem Bier und so kaufen, und die Zigaretten kosten eine Unmenge.

Am Ende hängen sie an den Uhrzeigern. Es gibt am Stadthaus gar keine solche Uhr, aber es ist trotzdem spannend. Sie baumeln mit den Beinen, und Ann-Britt läßt einen Schrei los. Sie ist jetzt fröhlicher, nachdem sie mit Oma geredet hat, obwohl sie zuerst geweint hat.

Als der Film zu Ende ist, unterhält sich Eilert mit Ann-Britt, leise. Das einzige, was zu verstehen ist, ist: Die Slips kannst du doch wenigstens anprobieren. Dann will Eilert *Der kleine Horrorladen* sehen.

»Du hast sie nicht alle! Der dauert bis halb zwei. Wir gehen jetzt ins Bett. Und du fährst, bevor es zu spät ist.«

Aber Eilert kapiert einfach nicht. Er will den Film sehen. Oder er kapiert es doch und will ihn trotzdem sehen, damit es zu spät wird und er nicht mehr zu sich nach Hause fahren kann. Mariella geht sich jedenfalls ausziehen. Die Tür zu Rosies Zimmer steht einen Spalt offen. Das war vorhin nicht so. Ann-Britt ist da drinnen gewesen. Sie hat nicht die ganze Zeit telefoniert. In Rosies Bett ist eine Mulde. Sie hat dort gesessen.

»Putz dir jetzt die Zähne«, sagt Ann-Britt.

Wie Mariella aus dem Badezimmer kommt, haben sie richtig Krach.

»Das hättest du doch gleich sagen können! Dann hätte ich es noch geschafft, bis zum Film zu Hause zu sein.«

»Von einem Film war nie die Rede.«

»Manches versteht sich wohl von selbst, auch ohne daß man drüber redet. Willst du es wirklich so haben? Allein sein mit dem Mädchen. Dasitzen und ausrechnen, was alles kostet.«

»Ich muß genau Bescheid wissen.«

»Man kann nie genau Bescheid wissen«, sagt Eilert.

»Nein, nicht wenn du dabei bist.«

»Was? Was hab ich eigentlich getan?«

»Darüber reden wir jetzt nicht. Blas bitte diese Kerze aus.«

»Was hab ich denn falsch gemacht? Hab ich heute abend was falsch gemacht? Du kannst wenigstens sagen, was!«

»Es ist nichts falsch. Aber blas jetzt diese Kerze aus, die Manschette kann sonst zu brennen anfangen.«

»Ich komme mit Weihnachtsgeschenken ...«

»Dann mach ich es selbst. Das ist Plastik. Wenn das zu brennen anfängt, hört es nie mehr auf.«

»Dann geh ich«, sagt Eilert. Aber er rührt sich nicht. »Dann geh ich, und du kannst hier sitzen und *genau Bescheid wissen.*«

Sie sammeln seine Sachen zusammen.

»Nimm das Videogerät«, sagt Ann-Britt. »Du brauchst es uns nicht da zu lassen.«

»Das kann man doch nicht machen! Man kann ihr doch nicht erst das Videogerät geben und dann, wenn sie schläft, wieder wegnehmen.«

Mariella schläft nicht. Sie guckt auf die kleinen Löcher in dem dunkelblauen Rollo. Die sehen wie Sterne aus.

»Sei vorsichtig«, sagt Ann-Britt. »Paß an der U-Bahn auf.«

»Denkst du, ich bin besoffen?«

»Nein. Aber du kannst trotzdem aufpassen, womöglich stehen dort ein paar ...«

»Naja, jetzt muß man also raus und U-Bahn fahren. Toll!«

Die Sterne bewegen sich leicht. Die Tür schlägt hinter Eilert zu. Jetzt geht Ann-Britt bestimmt ins Bett. Bestimmt gehen jetzt viele nach Hause. Zur U-Bahn. Normale Väter.

Ann-Britt geht nicht ins Badezimmer. Es wird ganz still. Und dann, nach langer, langer Zeit ist da ein leises, komisches Geräusch. Es kommt vom Fernseher. Aber das kann nicht *Der kleine Horrorladen* sein. Mariella wartet darauf, daß sie reinkommt und nachsieht, ob sie schläft. Sie hat jetzt kalte Füße, und das Ohr, auf dem sie liegt, tut ihr weh.

Gewisse Reiche dehnen sich aus, wenn sie gefrieren. Oder es ist auch so, daß man erst, wenn sich auf ihnen Eis bildet, sieht, wie weit sie in Wirklichkeit reichen.

Blenda schwebt zwischen Schlafen und Wachen. Sie spürt die rauhe Töpferhand auf der Haut ihres Bauchs. Sprach er vom Moor, das er einen See nennt? Sprach er von den eisbedeckten Pfützen weit oben auf den Wiesen und von der glasdünnen Eisschicht der Laggs, die zeigen, daß sie mit dem See eins sind? Daß es Wasser gibt, das weit dort oben lebt, wo wir glaubten, es herrschten Trockenheit und Ermattung, und daß es in sich verbunden ist. Oder meinte er andere Reiche? Vorhin machte er ein matschiges Geräusch in ihr, über das sie lachen mußten. Auch unter dem dünnen Eis am Uferrand war Ton. Als sie durch die Dämmerung wanderten, gickste es unter den Stiefeln.

Es gibt einen schwebenden, abwärtsschwirrenden Zustand vor dem Schlaf, in dem sie gern lange verweilen würde. Schlafen, obwohl man nicht schläft. Sich verlieren, hinabsegeln und fallen, lange fallen und im Fall sein, schwirrend. Läßt sich vielleicht ebenfalls hervorrufen. Genau wie Niesen. Das kann mit Schnupftabak hervorgelockt werden. Und Orgasmen kann man durch eine kaum merkliche Berührung durch Stoff hindurch bekommen. Da dehnt man sich aus. Da lebt man in den fernsten Ecken auf, in Winkeln, die vertrocknet und eingeklemmt waren. Bis weit hinauf in den Kopf reicht das Schwirren. Eigentlich bis ins Gehirn. Die Gehirnwindungen sind ja aus Fett oder dergleichen. Tête à veau – etwas Cremiges. Ist Körper. Warum sollten diese pulsierenden und am Ende schwirrenden Lustempfindungen nicht bis ins Denkvermögen, in den eigentlichen Begriffsbildungsapparat reichen und die Gedanken leicht und sauerstoffreich und sonnengoldbeschienen zartgrün oder weltraumblau machen statt eisen- und steinhaltig, und beständiger als Kupfer, als das Errichten von Gedankengebäuden und das Epochemachen. Bäh. Warum können Gedanken, ja, Ideen, wenn man sich einmal auf Odas Terrain begeben will, nicht leicht auffliegend, zart streifend und luftschichtbegleitend sein? Man müßte sie wie Papierdrachen, die schlecht fliegen, wieder herunterholen können. Und mit einem anderen wieder hinaufschicken. Probieren. Noch einmal probieren. Sie leise herabsegeln und gegen das feine Weltraumblau rütteln sehen.

Nicht schlafen, nicht schlafen jetzt. Dies ist zu schön.

Sie hat Durst und trinkt aus seinem Tonkrug mit der doppelten Wandung, die das Nachtwasser kühl hält. Sie meint jetzt, die Singschwäne wieder zu hören. Das ist nicht möglich in der schwarzen Winternacht. Sie sollten an einem noch offenen, winterlich mit Eis bekränzten Wasser schlafen, den Kopf unter den Flügeln. Aber sie fliegen übers Eis und rufen.

Im übrigen ist es so wundersam hell für eine Winternacht. Kann das Schneelicht durch die Rollos dringen? In der Textur des blauen Stoffs funkelt es. Blenda wird neugierig auf das Schneelicht, das so stark ist, daß es zu blenden scheint, obwohl es Nacht ist. Sie zieht den Pullover über das Nachthemd, das ihr der Töpfer geliehen hat, und tritt hinaus in den Flur. Dort hat er ein Schaffell an die Tür gelegt, um den kalten Zug abzuhalten. Als sie die Tür öffnet, ist es, als atme ein großes Wesen sie an. Und es ist Sonnenlicht. Ein warmer und duftreicher Wind weht ihr entgegen. Barfuß macht sie den Schritt über die Schwelle auf den halben Mühlstein hinunter, der die Vortreppe bildet, und schon hat sie die Winternacht vergessen.

Sie geht barfuß den Pfad entlang. Er ist weich unter den Füßen. Festgetreten. Das Gras niedergetrampelt. Die Haselsträucher auf beiden Seiten tragen viel Laub, und in dem Laub rascheln Vögel. Es ist Morgenlicht. Etwas anderes kann es nicht sein, obwohl sie sich hier mit den Himmelsrichtungen schlecht auskennt. Nun kommt der Erlenvorhang, und sie kann den Wasserspiegel durchblitzen sehen. Die Schwäne müssen offenes Wasser gefunden haben. Wird sie sie sehen, wenn sie zum Ufer hinuntergeht?

Sie hat gedacht, daß es sich bei dem Eisblumenmoor des Töpfers um einen recht bescheidenen Schilfsee handeln würde, wenn das Eis gebrochen sei. Aber sie hat sich geirrt. Dieses Wasserreich ist größer, als sie sich jemals hat vorstellen können. Sie kann dessen Ende nicht sehen. Die Bäume neigen sich herab und verdecken die Sicht: Erlen, Knackweiden und Salweiden,

Bäume, die mit den Wurzeln gern Wasser trinken und die sich in Wasserbildern von Tiefen, die vielleicht gar nicht wahr sind und es vielleicht doch sind, selbst gespiegelt sehen.

Sie sieht keine Schwäne, überhaupt keine Vögel. Aber sie hört viel eifriges Piepsen und viel Gekreisch und Gegicks. Eine ganze Welt von Geschäftigkeit und Tätigkeit wird vom Röhricht verborgen. Die Rohrkolben schwanken, wenn ein kleiner Körper, den sie nicht auszumachen vermag, ein Schilfrohr verläßt. Augenstreif, ein glänzendes Auge. Flügelschwirren.

Wasser und Schlamm gicksen und gacksen um ihre Füße. Als sie zu einer freien Wasserfläche kommt, sieht sie, daß sie einen Vogel aufgescheucht hat, einen grauen Vogel mit langem Hals und langem Schnabel, ja, langen Beinen, die nachschleppen, wie er sich scheu in die Luft erhebt und verschwindet. Sie findet, daß sie mit ihrem Geplatsche die Welt und Ordnung des Vogels zerschlagen hat. Sie bricht in etwas ein und verspürt einen heftigen und unvermuteten Schmerz darüber, daß das so sein muß.

Irgend etwas regt sich draußen auf dem Wasser. Ein Mensch sitzt dort. Gleitet dahin. Nein, stakt. Das muß ein Floß sein. Es liegt so tief, daß sie zuerst meint, er gleite direkt auf dem Wasser oder sitze auf einem großen Blatt. Er hat eine Stange, mit der er sich abstößt. Es muß seicht sein unter dem Floß.

Jetzt nähert er sich. Sie verspürt eine starke Spannung. Wird er sie abweisen? Sie ist womöglich irgendwo eingedrungen? Sobald er in Hörweite kommt, fragt sie: »Das ist doch nicht privat?«

Er antwortet erst, als er so nahe ist, daß sie sein Gesicht sehen kann.

»Nein, nein«, sagt er mit einem Lächeln, das in der Sonnenbräune wie ein Netz von Rissen aussieht. »Das ist öffentlich. Es ist für alle.«

Blenda geniert sich, weil sie nur ein Nachthemd trägt und einen Pullover über die Schultern geworfen hat. Aber eigentlich ist es unnötig, sich darüber Gedanken zu machen, wie sie angezogen ist. Der Mann auf dem Floß trägt nichts als ein Paar graublaue lange Unterhosen und ein Flanellhemd mit zerschlissenem Kragen. Der Stoff des Hemdes ist von der Sonne so ausgeblichen, daß das Blau und das Braun und das, was einmal Grün gewesen ist, zu einer sanften Stumpfheit verschmolzen sind.

Sein Floß ist aus Schilfrohr gefertigt, aus blanken, grünen

Stengeln. Es gleicht den Flößen, die sie als Kind gemacht hat. Sie erinnert sich, wie sie lernte, das Schilfrohr zu einer ovalen Form zu wickeln, Schicht auf Schicht, und angespitzte Stöckchen hindurchzustecken, um das Schilfrohr in seinen starren Windungen festzuhalten. Hier ist das Schilf zu dicken Bündeln gepackt, die zu einer großen Mandorla zusammengefügt sind.

Es ist ein alter Mann, sieht sie, wie das Floß näher ans Ufer gleitet. Wie alt, das zu erraten ist völlig ausgeschlossen. Er ist sehr mager und hat eine lange Bartranke, die ihm von der Kinnspitze herabwächst. Sie sieht aus wie eine Seegrasschlinge. Sein Haar ist genauso dünn und bleich grau wie der Bart, und es liegt über seinen blanken und sonnenverbrannten Schädel verstreut. Auf diesem Schädel sind Flecken, sie schimmern durch das schüttere Haar. Sie findet, daß er leicht chinesisch aussieht. Sein Lächeln läßt die Gesichtshaut ein Muster an Rissen und Falten bilden wie das Bild eines Fossils auf der warmen Haut eines Steins in der Sonne; es besteht kein Zweifel, daß er sie freundlich auffordert, an Bord zu kommen. Er hat die Stange in den Grund gesteckt, damit das Floß ruhig liegt. Blenda spült den einen Fuß ab und setzt ihn auf das Floß, und mit dem anderen macht sie es genauso. Sie möchte keinen Schlamm auf die blanke Schilffläche mitbringen.

Er stakt hinaus, und sie gleiten auf das Wasserreich hinaus oder weiter in es hinein. Es weitet sich, es verengt sich. Manchmal treffen sie auf Erlen, die Schatten auf das Floß werfen, und es gleitet darunter hin wie in einem Tunnel. Er stakt vorsichtig, schlägt aber dennoch das Wasser auseinander, so daß es duftet. Es duftet nach Seerosen, findet sie. Aber sie sieht keine Seerosen. Ihr schießt durch den Kopf, daß es sich vielleicht umgekehrt verhält: Seerosen duften nach Wasser.

Das Floß raschelt durch die Schilfreiche ohne Sicht. Aus einem Röhricht kann sie jetzt den Flaschenbläser hören. Sie lächeln sich an, der alte Mann und sie, und Blenda sagt: »Das ist die Rohrdommel. Außerdem habe ich, glaube ich, einen Reiher gesehen. Aber er flog so schnell weg. Ein graublauer Vogel, ich glaube, er war sehr scheu.«

»Ja, das war wohl ein Reiher. Er wacht hier an den Vorposten. Setzt die Grenzen.«

»Dann müssen die sich doch bewegen?«

Er nickt. Dann zeigt er ihr eine Staude mit Schwanenblumen

und läßt das Floß näher an die dünnen, scharfen Stengel und Blätter gleiten. Blenda versucht die Blütendolden anzufassen, die leicht rötlich geädert sind. Weiter am Ufer zeigt er ihr Pfeilkraut und die weißen Blütenstengel des Froschlöffels, der ebenfalls etwas leicht Rötliches hat, das dem Morgenlicht anzugehören scheint.

»Leben hier Menschen?« fragt Blenda erschrocken. Mitten in dem Schilfreich mit den spiegelnden kleinen Gewässern und den Tausenden von Vogelstimmen ist ein Gebäude aufgetaucht. Schief und seltsam, denkt sie. Dort drüben noch eines. Eine Hütte oder ein Verschlag oder so etwas.

»Aber nein, das sind nur meine Schuppen«, sagt er lächelnd. Sie merkt, daß er sich ein bißchen über ihre plötzlich auftretende Scheu amüsiert. Womöglich gleicht diese der Gier. Er selbst ist so zuvorkommend.

»Sehen Sie mal«, sagt Blenda und zeigt ihm den grauen Schuppen, den sie als ersten entdeckt hat. »Er macht sich davon. Er bewegt sich.«

»Ja, hier sind starke Strömungen, auch wenn das Wasser an der Oberfläche so ruhig ist. Das ist die Verflossenheit. Meine Schuppen, meine Aufbewahrungsschuppen muß ich wohl sagen, bewegen sich und treiben umher. Sie bewegen sich fließend. Alles Verflossene will von der Stelle. Mir gefällt es, eine gewisse Aufsicht darüber zu haben, deswegen fahre ich morgens raus und sehe nach ihnen.«

»So wohnen Sie also an Land?«

»Ja sicher. Das tun doch alle.«

Er lacht wieder leise über sie. Sie kommt sich vor wie ein Kind, das gefragt hat. Dabei ist doch klar, daß er an Land wohnt. Das tun alle Menschen. Er ist nur draußen und sieht nach seinen Schuppen.

Er ist so mager und trocken. Seine Haut ist faltig. Obwohl er graue lange Unterhosen anhat, solche, wie man sie normalerweise unter Arbeitshosen trägt, ist er zuvorkommend und freundlich, beinahe zeremoniös. Seine Hände sind voller Leberflecken, von der gleichen Art, wie sie sie auf seinem Schädel gesehen hat, als sie an Bord gestiegen ist. Altersflecken heißen die, erinnert sie sich. Sie würde gern wissen, was er in seinen Schuppen verwahrt, möchte aber nicht fragen. Das wäre womöglich indiskret. Jetzt zeigt er ihr runde, kleine Froschbisse, die auf der Oberfläche treiben, und er sagt, daß sie weiter weg – sie seien bald dort – Wasserpest zu sehen bekomme.

Ein häßlicher Name für ein so zerbrechliches Blümchen, findet Blenda. Eine blaßviolette Krone steigt an gekränzten Blattgirlanden, die unter der Wasseroberfläche zu schweben scheinen, nach oben.

»Hier im Norden kennen wir nur die weibliche Pflanze«, erklärt der alte Mann. »Die männliche Pflanze scheint niemand ausfindig machen zu können. Ich suche sie jeden Sommer. Bisher habe ich aber nur die weibliche gefunden. Wie von der Wasseraloe.«

»Das ist doch nicht möglich«, sagt Blenda. Sie will nicht näher auf das Gebiet der Befruchtung und Vermehrung eingehen, denn es ist etwas Zierliches und Feinfühliges an ihm. Aber er kommentiert diesen merkwürdigen Umstand selbst.

»Dieser See war ja einst ein Opfersee«, erklärt er. »Jedes Jahr kam Freirs Gemahlin hier in die Gegend, um zu baden und damit ihr geopfert wurde. Wenn da denn ein Zusammenhang bestehen kann. Man weiß es nicht.«

»Nein, man weiß so wenig«, pflichtet Blenda bei. Dann findet sie, daß das dumm war. Schlapp. Eine leicht geschwätzige Zustimmung, ohne einen Gedanken dahinter. Also fügt sie hinzu: »Wenn man auch die ganze Zeit die Grenzen seines Wissens erweitert.«

Sie errötet tief. So rot ist sie nicht mehr geworden, seit sie ein junges Mädchen war. Es ist wie verhext. Egal wie sie sich verhält, sie bringt eine Platitüde hervor. Doch taktvoll, wie er ist, tut er so, als merke er es nicht. Zögernd sagt er, daß er daran auch schon gedacht habe. Jedesmal, wenn der Reiher auffliege, denke er daran.

»Warum das?«

»Ganz einfach deshalb, weil er oft an einer anderen Stelle auffliegt, als ich mir gedacht habe. Als ich es mir habe vorstellen können. Der Grenzvogel.«

Blenda läßt die Hand über den Rand des Floßes hängen, und in den entstehenden Perlen steigt Wasserduft auf. Sie blickt in das bräunliche, aber klare Wasser und erkennt dort unten starre Blattsterne. Sie erinnern sie an die Eissternblumen, die sie und der Töpfer auf ihrem Spaziergang gesehen haben, und sie erinnert sich, daß es Winter ist. Es streift sie zumindest. Ein bißchen spitz. Eine sternenartige Kühle, die vorüberzieht. Um ihre Hand perlt es. Hier gibt es für alle Sinne etwas. Blenda sagt sich, daß sie nicht zu denken brauche. Das muß man nicht ständig. Und das Empfinden von Winter läßt sich wohl verjagen.

»Gibt es Eissternblumen?« fragt sie.

»Neein«, sagt der alte Mann nachdenklich. Es ist, als ob er in Gedanken diese Floren und Wasserbuchten und deren Zuflüsse inventarisierte. »Nein, Eissternblumen gibt es, glaube ich, nicht.«

Aber eigentlich ist es Winter. Und ich weiß das. Ich muß nach Stockholm. Ich muß vor dem Abend zu Hause sein. Es ist Winter. Freilich, die Zeit und der laue Wind. Nein, ein Wind geht ja gar nicht. Mich atmet der Sommermorgen an.

»Die Zeit ist eine seltsame Sache«, sagt sie zu dem Mann, der das Floß stakt.

»Sehr seltsam.«

»Manche halten an ihr fest wie an der schwedischen Grammatik«, sagt Blenda.

Er nickt, erwidert aber nichts. Sie hat das Gefühl, daß sie, was die Zeit betrifft, völlig übereinstimmen. Und wie dieser Morgen atmet! So mild. Aber ich muß Bengt sofort, wenn ich zur Hütte komme, bitten, den Motor vorzuheizen.

»Das kann ich machen, wenn ich vorbeigehe«, sagt der Mann. »Ich werde jetzt ohnehin raufgehen.«

Er sitzt da und sieht sie freundlich und interessiert an. Hat sie wirklich laut gedacht?

»Wollen Sie sich das Floß ausleihen? Sie möchten vielleicht allein umherfahren?«

»Ja, danke. Es würde Spaß machen, diese Gewässer auszuforschen.«

»Das ist kaum möglich«, sagt er lächelnd. »Sie sind zu veränderlich. Aber auf ihnen fahren, das kann man. Sich bewegen. Und sehen Sie sich ruhig meine Sammlungen in den Schuppen an.«

»Sammlungen?«

»Nun, das ist eigentlich ein zu anspruchsvoller Begriff. Ich habe sie ja auch nicht gesammelt. Sie haben sich losgerissen. Sie treiben hier. Aber man kann sie besichtigen, wenn sie zufällig auftauchen. Ich habe einiges, was hier versteckt und vergessen wurde. Ja, selbst Dinge, die beiseite geschafft wurden. In Sicherheit gebracht. Gerettet, kann man sagen. Und viel Stolz und Ehre treiben hier umher.«

Das letzte kommt Blenda sehr schwülstig vor. Aber vielleicht hat irgendein heimgekehrter karolinischer Offizier in einem Herrenhof am See gewohnt. Verwahrt der alte Mann Trompeten, verrottete Fahnen und Lederkanonen in seinen Schuppen? Sie nimmt sein Angebot an, das Floß und die Stange, mit der er gestakt hat, auszuleihen. Nachdem er das Floß ans Ufer gefahren und sie verlassen hat, sieht sie ihn rasch und mit leicht gebeugten Knien den Pfad entlanggehen. Die Erlen verdecken ihn bald. Er hat dem Fahrzeug einen kräftigen Stoß versetzt, so daß es flottgekommen ist und sich wieder in Bewegung gesetzt hat. Manchmal ist das Wasser ruhig, dann muß sie sich vorwärtsstaken. Sie gleitet umher, ohne diese Schuppen, in denen er seine Sammlungen hat, finden zu können. In der Ferne säuselt es im Schilf, ein leiser Wind, der nicht bis zu ihr dringt. Aber er moiriert die Oberfläche. Schauer gehen darüber hinweg, heftige Lüftchen und Windstöße runzeln die blanke Fläche.

Da entdeckt sie diesen Schuppen wieder. Den ersten, den sie gesehen hat. Aber er ist jetzt an einer ganz anderen Stelle. Er treibt unter schweren, dunkelgrünen Erlenzweigen, schaukelt in den Windstößen. Jetzt sieht er ziemlich komisch aus. Ein kleines, halb verrottetes Haus, im Umkippen begriffen. Sie stakt und versucht, es einzuholen. Was mag er darin verwahren? Es gibt viele Arten von Stolz und Ehre. Vielleicht sind sie hier in alten Manuskripten und Noten versteckt. In brüchig gewordenem Papier, in Tintenschrift, die braun geworden ist wie altes Blut. In Aquarellen mit verwässerten Farben. Zerbrechlichen Holzinstrumenten.

Sowohl ihr Floß als auch das Haus befinden sich jetzt in tiefem Wasser. Blendas Stange erreicht keinen Grund. Zu versuchen, damit zu paddeln, ist zwecklos. Aber sie setzt sie achtern wie ein Ruder, und es gelingt ihr, in einem günstigen Windstoß näher heranzukommen. Wie ein Rahsegel fängt ihr Rücken den Wind auf. Das Haus liegt in einer anderen Windschicht. Sie holt es ein und kann es plötzlich mit der Stange erreichen. Aber sie muß sich heftig abmühen, bis es ihr gelingt, das Haus festzuhalten.

Es treibt halb umgekippt mit offener Tür. Im Freien ist es zu hell. Blenda kann drinnen nichts erkennen. Sie muß hinüberklettern und in das kleine Gebäude steigen. An dem Floß ist ein Seilende, mit dem sie es vertäut. Dann klettert sie hinauf und kriecht durch die Türöffnung, die schräg nach oben zum Himmel zeigt.

Im Inneren ist es kühl und schattig. Die Sonne blitzt durch die Ritzen zwischen den Wandbrettern und den lichten Dachschindeln. Es ist, als befände man sich in einer sehr dunklen Nacht in einem Käfig mit Gitterstäben aus Licht. Es riecht nach altem, trockenem Holz, doch unterm Fußboden murmelt das Wasser.

Sie tastet sich zu einer Holzbank, und ihre Augen gewöhnen sich langsam an das Licht. Ihre Hand fährt über ein gegargeltes Holzgefäß, nein, einen großen Bottich. Allmählich sieht sie in dem Dämmer. Das Licht blendet nicht mehr. Eine Kesselmauer. Sie weiß, daß man sie so nannte, die großen Waschkessel, die hinter einer Klappe unterm Bauch eine kleine Feuerstelle hatten. Auf dem Fußboden liegen Waschhölzer. Und zwei Waschbretter. Das Haus ist noch gar nicht so alt. Ein halbes Jahrhundert vielleicht. Die Waschbretter sind mit Wellblech aus Zink beschlagen, das grau und matt geworden ist. In dem Gerümpel auf dem Fußboden liegen leere Laugendosen. Ein mit einem Lappen umwickelter Holzzapfen für den Bottich. Es sieht aus, als hätte sich der Stoffetzen am Ende mit dem Holz verbunden, obwohl er ursprünglich um den Zapfen geschlagen worden war, damit das Loch besser abgedichtet wurde.

Ein Waschhaus, das in irgendeinem Frühjahrshochwasser abgetrieben ist. Was weiter? Für Blenda ergibt sich kein Zusammenhang. Sie versteht nicht ganz, was hier gesammelt wurde. Sie verspürt sogar eine leise Angst vor der Dunkelheit und der Strenge in diesem geneigten Haus, vor dem Schmutz, der über diese Bretter geflossen ist, der hier ausgeschlagen und -gerieben und -gespült und -gelaugt worden ist. Flocken von Schmutz, breiige Ströme aufgeweichter Unreinlichkeit.

Meine Sammlungen. Er muß ein alter Narr sein.

Sie krabbelt wieder aus dem Schuppen und gelangt auf ihr Floß. Nachdem sie es losgemacht hat, treibt es zunächst mit einer Strömung und einem Wind, die sich vereint haben, ab. Doch dann bleibt es liegen, und sie merkt, daß man bei dieser Tiefe nicht staken kann. Sie bereut jetzt, daß sie nicht weitsichtig genug gewesen ist, sich ein Brett zum Paddeln herauszubrechen. Jetzt ist das Waschhaus außer Reichweite. Sie befindet sich auf richtig freiem Wasser, und die Vögel sind nur entfernt zu hören. Blenda muß warten. Sie legt sich in dem goldenen Sonnenschein auf den Rücken und verspürt ab und zu eine Bewegung, so, als ob behutsame Hände das Floß trügen und es anschöben. Sie schläft wohl ein bißchen, denn als ihr der Geruch von Blumen und Schlamm in die Nase steigt, ist sie verwirrt. Als sie die Augen öffnet, zieht in ganz geringer Entfernung ein Vorhang aus Schwanenblumen vorüber. Sie legt sich auf den Bauch und blickt ins Wasser. Es ist jetzt wieder seicht. Sie kann den Grund und die Schlingen der Wasserpflanzen sehen, die sich von dort nach oben bewegen.

Da fällt ihr Blick auf die Sternrosetten. Es sind nur Blätter, aber sie stehen dort unten auf dem Grund. Starr, scharf gezähnt. Warum kann sie sie so deutlich sehen? Eine von ihnen steigt. Ja, eine ist auf dem Weg an die Oberfläche. Als sie oben angekommen ist und sich auf die Wasserfläche legt, entdeckt Blenda in dem Blattstern eine weiße Blüte.

Nicht lange, und es treibt noch ein Blattstern nach oben, und eine weiße Blüte geht auf. Sie ist nicht ganz so groß wie die erste. Es kommen noch mehr. Vielleicht vergeht Zeit. Doch Blenda merkt das kaum. Sie ist auch selbst kaum zu bemerken, denn sie liegt flach auf den Schilfkränzen des Floßes und rührt sich nicht. Als sie den Blick von einer dieser schwimmenden Blumenstauden zu heben wagt, entdeckt sie den Reiher in einem Schilfdickicht. Unbeweglich sieht sie ihn seinen langen Hals neigen und mit dem Schnabel im Brustgefieder suchen.

Jetzt sind rings um die erste Blüte neue Stauden nach oben getrieben. Sie sind alle ein bißchen kleiner und gleichen aufwartenden Jüngferchen um eine Königin herum. Blenda sieht sich nicht satt. Denkt: Hier bin ich. Hier darf man nicht lange sein. Der Reiher sieht streng aus. Fast wie eine Warnung, wenn er den langen Hals reckt. Jetzt hebt er ganz schulmeisterlich ein Bein.

Nein, hier darf man nicht lange sein.

Eine Strömung erfaßt das Floß, ohne daß Blenda die leiseste Bewegung macht, und sie wird langsam in die engen Gewässer gelenkt. Sie ist jetzt müde. So müde. Das Ufer nähert sich, als wollte es zu ihr kommen.

Ruth Anser lügt nicht. Jedenfalls nicht oft. Aber in vereinzelten Fällen muß man sich wehren. Ein einziger Mensch, wie gut organisiert er auch ist, schafft nicht alles. Zumindest nicht auf einmal.

Ruth hält daran fest, den Rotkohl selbst zu machen. Außerdem hört sie sich jedes Jahr vier Tage vor Weihnachten die Rundfunkübertragung von der feierlichen Zusammenkunft der Schwedischen Akademie an. Die Leberpastete hingegen hat sie aufgeben müssen. Die Zeit, da sie und Nils mit einer Tasse Tee und ein paar Kostproben des Weihnachtsgebäcks im Wohnzimmer saßen und den Reden im Börsenhaus lauschten, ist natürlich vorbei. In diesem Jahr konnte sie sich die Sendung anhören, während sie den Rotkohl anbräunte. Mitten in der Direktorenrede kam Oda Arpman.

Das war so taktlos. Wenn man auf Kollisionskurs geraten ist, dann ist man auf Kollisionskurs. Dann soll man nicht wie Oda in dummer Manier mit einer Weihnachtsblume ankommen. Man soll nicht versuchen, wieder anzuknüpfen, wenn man nichts mehr miteinander gemein hat. So wie Oda zu tun, als hätte man keinen Gegenaufruf verfaßt, ist schwach. Das ist undurchdacht, schwammig und vermutlich völlig ungeplant. Ruth fragt sich, ob Oda außer Sune Kyndel noch jemanden dazu gebracht hat, diesen Aufruf zu unterschreiben. Sie macht sich lächerlich. Und jetzt kommt sie mit einem Weihnachtsstern daher. Ruth stand also in der Küche und bräunte Rotkohl an, als Oda anklopfte. Die Direktorin der Schwedischen Akademie sprach, und Oda sagte, daß sie auf keinen Fall stören wolle. Sie setzte sich an den Küchentisch und hörte zu, wobei sie den Kopf schräg hielt, ganz offenbar auf eine Teufelei aus.

»Soso, sie spricht über den Sprachverfall«, sagt sie. »*Den Sprachverfall.*«

Es schien, als ob Oda das Wort auf eine unbekannte Weise genieße.

»Der Sprachverfall und die schlechte Schule. Eine Freude für alle Lehrer, das zu hören.«

»Entschuldige bitte, aber ich höre zu«, sagte Ruth. »Ich habe nicht so oft Gelegenheit dazu.«

Oda vermochte tatsächlich eine Weile ruhig zu sein. Aber nicht sehr lange.

»Stürmischer Wind von rechts!«

Sie glotzte beinahe lüstern das Radiogerät an. Und nach einer Weile:

»Welch ein Mut, wie die herrschende Mehrheit zu denken!«

»Macht es dir etwas aus, wenn ich den Weihnachtsstern mit ins Büro runternehme«, sagte Ruth.

»Du kannst damit machen, was du willst. Ich finde die häßlich.«

Nach diesem rätselhaften und, wenn man sich die Mühe machen wollte, dem dahinterliegenden Gedanken nachzuforschen, vermutlich kränkenden Ausspruch sagte Oda: »*Organismus!*«

Dann behauptete sie, daß die Sprache kein Organismus mehr sei.

»Die Sprache ist wohl, was sie ist«, sagte Ruth schroff.

»Glaubst du, daß nordische Linguisten begeistert sind, wenn sie das hier hören?« meinte Oda. »Organismusmystik. Als sprachwissenschaftlicher Terminus ist der Organismus ausgestorben.«

»Es ist schon eigenartig«, entgegnete Ruth jetzt mit einer gewissen Schärfe, »was du alles weißt. Wie gescheit du bist, Oda!«

»Hä!«

Vermutlich verstand sie nicht. Sie sah aus, als lauschte sie andächtig dem Radio.

»Sie spricht über Gesetz und Ordnung! Merkt sie denn nicht, wann es nach faulem Fisch zu riechen beginnt?«

Da schaltet Ruth aus.

»Sie sprach gerade darüber, wie wichtig es sei, daß die Kinder in der Schule Sprüche und Gedichte auswendig lernen. Ist das etwa falsch? Zitierst du nicht selbst immer? Zu jeder passenden und unpassenden Gelegenheit, möchte ich fast sagen. Hast du nicht selbst immer bei der einen oder anderen Sache etwas aus der Literatur anzuführen? Ist es denn falsch, nur weil *sie* das sagt?«

»Ja, ganz richtig scheint es nicht«, erwiderte Oda, als hätte sie sich die Sache tatsächlich überlegt.

»Ich glaube, daß die Dichtung lebenserhaltend wirken kann. Ja, wirklich. Aber jetzt reden wir nicht mehr davon. Ich muß übrigens gleich einkaufen fahren. Und was wirst du an Weihnachten machen?«

»Däumchen drehen, Löcher in die Luft gucken, Tee trinken ...«

»Kommt dein Sohn mit seiner Familie heim?«

»Heim? Die leben doch in Espoo.«

Dann kam diese bedauerliche Notlüge, die an Ruth nagen sollte. Sie rutschte ihr heraus, weil sie nicht wußte, woher sie die Kraft und Zeit hätte nehmen sollen, mehr zu tun, als sie getan hat. Oda sagte:

»Eigentlich bin ich gekommen, um nach Kajan zu fragen. Sie meldet sich nicht. Ulla Häger sagte, du wüßtest, wo sie ist.«

»Mach dir keine Sorgen.«

»Es ist aber ungeheuer wichtig, daß wir mit Kajan in Kontakt bleiben. Daß wir genau wissen, wo sie ist.«

»Sie feiert Weihnachten auswärts«, sagte Ruth. »Sie wollte nicht gestört werden.«

»Lebenserhaltende Dichtung«, sagte Oda, auf eine Art Luft ausstoßend, die nicht gnädig war. »Die erfinden sie, glaube ich übrigens, selbst: Alle Kinder stehen um den Krater, nur nicht Brigitte, die ist in der Mitte.«

»Ich habe jetzt keine Zeit mehr«, sagte Ruth.

»Alle Kinder spielen auf dem Rasen, nur nicht Gunter, der liegt drunter.«

»*Frohe Weihnachten*, Oda.«

Eine bedauernswerte alte Frau. Und wäre da nicht diese kleine Lüge gewesen, dann würde Ruth nicht mehr an diesen Besuch denken. Ehe sie sich auf den Weg zum Einkaufen machen konnte, rief Ulla Häger an, um frohe Weihnachten zu wünschen. Sie redete so lange, daß Ruth das Ohr am Telefonhörer heiß wurde und zu schmerzen begann. Sie war auf das Herrenhofleben an Weihnachten gekommen: Hasenjagd und Schlittschuhlanglauf und Spaziergänge mit Dackeln und Schlittenfahrten zur Christmette. Auch sie fragte nach Kajan. Da wurde Ruth vor lauter Eile schier von Panik ergriffen, und mehrere Punkte ihrer Planung mußten schlicht übersprungen werden, wollte sie noch eine Ordnung in ihre Weihnachtsfeierlichkeit bringen. Also sagte sie: »Kajan feiert Weihnachten auswärts. Sie will nicht gestört werden.«

Am Abend vor Heiligabend rief Ruths Schwiegertochter Birgitta an und sagte, daß sie wie verabredet zum Weihnachtsessen kämen, aber nicht bis zum Abend bleiben könnten. Sie hätten eine Last-minute-Reise nach Kreta bekommen. Eine Stornierung. Folglich müßten sie nach Hause und packen.

Wie viele Worte sie machte.

Es blieb viel von dem Rotkohl übrig, und es wurde fürchterlich hektisch. Sie fuhren um zwei Uhr, um rechtzeitig zu *Donald Duck* zu Hause zu sein.

Ein kleiner Schneewirbel zieht über Dalen. In Odas Küchenfenster brennt Licht, die blauweiße Leuchtstoffröhre ist schon den ganzen Abend an. Im Wohnzimmer schimmert es gelbrot. Nichts Weihnachtliches. Nur der alte Pergamentschirm der Leselampe. Daß der noch zusammenhält! Rissig und starr.

Sune Kyndels Lampen brennen auch. Was machen diese Menschen? Ruth für ihren Teil hat sich die *Jönssonliga* angesehen. Das hätte sie nicht getan, wenn Birgitta und Hasse und die Jungen dageblieben wären. Dann hätte sie verlangt, den Weihnachtsabend so zu feiern, daß sich die Kinder später daran erinnerten. Familienzusammenhalt. Gemeinsame Erinnerungen schaffen. So wie Hummeln Honig sammeln. Sagte sie. Das war ein hübscher Ausdruck. Aber er rief einen der gewöhnlichen, bizarren Ausbrüche rings um den Tisch hervor: fette gelbe Larven, die in einem Hummelnest mit Honig vollgestopft wurden. Sie waren alle so naturwissenschaftlich ausgerichtet. Sie sahen *Welt der Wissenschaft* und abonnierten *Forschung und Fortschritt*. Und sie trieben mit allem ihre Späße. Außer mit dem Vergnügen, dachte sie. Das nehmen sie ernst. Sie ist fast überzeugt, daß Hasse und Birgitta nach zehn Jahren Ehe noch immer ein befriedigendes Sexualleben führen. Wenn sie schäkern und zynisch sind, können sie manchmal einen verschwommenen Blick bekommen. Wie Heringslake, dachte sie einmal. Wirklich.

Ruth ist nicht resigniert. Sie weiß, daß die grundlegenden Werte auf jeden Fall weitergegeben werden. Wie eingesammelter Honig. Dieses Bild wird sie jedoch nicht mehr verwenden. Es ist zynisch von Birgitta, zu ihren eigenen Kindern zu sagen: Ihr seid wirklich fett wie Hummellarven. Laßt die Schokolade jetzt. Zynisch, aber vielleicht richtig. Folglich tischte Ruth das Eis erst gar nicht auf.

Sie glaubt nicht an die Stornierung. Diese Kretareise haben sie wahrscheinlich bereits Monate im voraus gebucht. Das ist es, was sie glaubt. Aber zuerst hat sie gar nicht so gedacht. Erst, als sie Sune Kyndels und Odas Lampen brennen sieht und daran denkt, daß die Lampen in ihrem eigenen Haus genauso brennen und sie sich die *Jönssonliga* angesehen hat. Dabei hat sie dem Film gar nicht viel Beachtung geschenkt. Sie war so müde. Jetzt im nachhinein kommt er ihr als Blitze und Schreie in den Sinn. Ihr Kopf ist voll mit Blitzen und Schreien und Geschnatter. Und trüber Heringsbrühe und Stille Nacht und zerrissenem Geschenkpapier.

Sie glaubt absolut nicht, daß sie unbedingt nach Hause fahren mußten, um zu packen. Sie glaubt, daß sie nach Hause gefahren sind, um das Computerspiel zu spielen. »Es benötigt einen 1,4 Megabyte RAM-Speicher«, sagte Hasse. »Und eine VGA mit zweihundertsechsundfünfzig Farben. Auf deinem alten Hobel läßt sich das gar nicht fahren. Sie müssen es zumindest ausprobieren, bevor wir nach Kreta abhauen.«

Sie hatte ihnen wohl oder übel auch ein Computerspiel geschenkt. Sie sollten nach ökologischen Prinzipien eine Zivilisation aufbauen. Am besten. Es ließ sich auch anders spielen. Aber dann gewann man nicht. Wenn sie es sich überlegt, wirkt es als Spiel nicht sonderlich verlockend. Couronne, denkt sie. Halma. Monopoly. Mensch ärgere dich nicht. Alles wird alt. Man muß die Entwicklung mitmachen. Herrgott!

Ruth ist drauf und dran, auf dem Stuhl einzuschlafen. Gelbe, fette Larven. Thou little town of Bethlehem. Glänzend, Sickan! *Nein*. Außerdem hat sie Hunger. Das meiste Essen kam in der Eile gar nicht erst auf den Tisch. Und dann dieser widerliche Scherz über die Hummellarven. Sie hat nicht die geringste Lust, sich etwas vom Weihnachtsschmaus aufzutragen. Der Rotkohl ist mit Odas Sarkasmen vermischt, und der Weihnachtsschinken erinnert sie an den Parkplatz vor OBS. Was sie gern hätte, ist Weihnachtsbrei: gewöhnlichen Milchreis. Mit ein bißchen Zimt bestreut und Rosinen, die während des Essens zum Vorschein kommen. Warmen Brei mit kalter Milch. Es ist schon mehrere

Jahre her, daß sie den Brei aufgeben mußte. Die Jungen wollten hinterher Eis haben.

Das Eis!

Sie hat es im Auto vergessen. Es ist tatsächlich so. Als sie die Einkaufstaschen in den Kofferraum stellte, nahm sie die Eispakete heraus, damit sie nicht zerdrückt würden. Sie liegen auf dem Rücksitz. Es ist nicht besonders kalt draußen. Vermutlich zerläuft es bereits.

Sie hat es auf einmal so eilig, daß sie gar keine Zeit findet, den Mantel anzuziehen, und sie läuft in Pantoffeln zum Carport. Merkt, daß sie die Autoschlüssel vergessen hat und muß wieder ins Haus rennen. Und dann rutscht sie neben dem Auto im Schnee aus, fällt auf den Rücksitz, muß sich abstützen und fährt dabei mit der Hand in die Tüte mit den Eispaketen. Es ist wie ein Alptraum oder wie bei der *Jönssonliga*. Die Tüte ist entzweigegangen, und das Eis hat sie selbst mit der Hand, mit der sie sich aufgefangen hat, auf dem Bezug verschmiert.

Es ist selbstverständlich, daß sie das in Ordnung bringt. Es ist sogar so, daß die Katastrophe sie klarer denken und effektiver handeln läßt. Nicht sofort. Sie ist praktisch dabei, die Pakete mit dem halb geschmolzenen Eis in den Briefkasten zu stecken. Doch da wacht sie auf. Allerdings ist ihr jetzt übel. Das kommt vom Gedanken an den Hundehaufen im Briefkasten, den sie weggeworfen hat. In die Mülltonne. Herrgott! Besteht die Welt denn nur aus Abfall und Elend?

Ja, ihr ist übel. Sie reißt sich aber zusammen und organisiert die Rettung des graublauen Bezugs auf dem Autositz. Das dauert. Zuerst mit einem Bratenwender abkratzen. Dann mit lauwarmem Wasser waschen. Was morgen eventuell noch zu sehen ist, wird sie mit Textilshampoo entfernen.

Sie friert. Die ganze Zeit über hat sie ohne Mantel und nur in Pantoffeln gearbeitet. Wie sie ins Haus kommt, gehen ihr Dünungen von Übelkeit durch den Körper, und sie ist verschwitzt und durchgefroren zugleich. Ihr Herz hat äußerst heftig zu schlagen begonnen.

Es dauert lange, bis sie begreift, daß sie krank ist. Sie hat Schmerzen im linken Arm. Ich muß still sein, denkt sie. Ganz still. Ich muß jetzt die Treppe hinaufkommen. Ins Bett. Ganz still sein.

Keine Pflanze hat wohl so viel Gesellschaft wie das Heidekraut. Von sich selbst nämlich. Heide, Heide, überall Heide.

Zachris Topelius sitzt da und hat sein blankes Hütchen mit der Schnalle auf. Er schaukelt in einem Boot. Das Wasser ist treuherzig blau.

Wenige Pflanzen blühen so spät wie das Heidekraut. Spät im August. Ein guter Dichter kann bewirken, daß alle möglichen Dummheiten hängenbleiben. Vielleicht sollte man das Wort »gut« austauschen. Nur, wogegen? Das Bild von Topelius hängt in Runebergs Heim an der Wand. Welche Ehrfurcht sie voreinander hatten! Hat P. C. Jersild ein Bild von Lars Andersson an der Wand? Nein.

Dieses *Einsam-bin-ich-wie-der-Heide-Kraut-früh-erblüht-und-jung-ergraut* ist jetzt wirklich lange genug geschleudert worden. Wird man mit den Jahren etwa ein bißchen wirrer im Kopf? O nein.

Was ist eine alte Frau? Ein Staubkorn im Auge, ein Splitter für den Fuß. Wie soll die Alte Freude spenden? Sie soll schweigen, sie soll verschwinden. Dann, wenn niemand ihrer gewahr wird, spendet sie die höchste Wonne.

Runeberg lag schweigend in seiner Welt und starrte in den Fensterspiegel. Aber sein stierer Blick war nicht auf Frauen geheftet, die über das Kopfsteinpflaster der Straße in Borgå spazierten, sondern auf die kleinen Vögel. Fredrika las ihm vor. Stunde um Stunde, zwanzig Jahre lang. Güte. Hier kein austauschbares Wort. War sie nun endlich vorüber, die mit Güte und Gewissensbissen vermischte Bitterkeit?

Warum hat auch die Alte Gefühle, warum möchte auch sie leben, warum will sie vor ihre Tür schauen? Drinnen ertönt frohe Rede, ertönt fröhliches Lachen. Es sind die jungen Männer, die innig über des

Lebens große Träume sprechen, über das Schöne, über das Angenehme. Die alte Frau soll ja nicht dort hingehen, um deren Freude zu verscheuchen.

Gleiches wird mit Gleichem vergolten. Die Toddys sind bis auf den letzten Rest geleert. Es ist aus mit dem Zuprosten und Deklamieren. Der Große ist längelang hingefallen. Jetzt kriecht die alte Frau hervor. Du hast vielleicht anfangs im Fensterspiegel deines Schlaganfalls nach verlockenden, wiegenden, glühenden jungen Frauen Ausschau gehalten. Aber jetzt siehst du kleine, graue Vögel. Und an deiner Schulter kriecht die Alte, Graue und Gute und vielleicht auch ein bißchen Bittere hervor. Sie liest dir vor, liest und liest.

Ich glaube, daß sie endlich ausruht, während sie liest. Ich glaube, sie lebt.

Das habe ich doch schon gelesen, denkt Oda und legt die *Zeichnungen und Träume* beiseite. Mag sein. Aber ich habe das auch schon gedacht. Das ist ärger. Über Topelius haben wir uns auf der Töchterschule schon lustig gemacht. Fredrika haben wir nie gelesen. Oda hatte Ida Strömborg als Lehrerin. Idas Vater war der Rektor der Töchterschule. Sie kann sich nicht erinnern, daß Ida jemals über etwas anderes gesprochen hatte als über Runeberg. Strömborgs hatten im selben Haus wie der Dichter gewohnt. Ida hat das nie gemerkt, denkt Oda. Man merkt nicht, daß man immer um dasselbe kreist.

Früher glaubte sie immer, daß diejenigen, die schrieben oder malten oder komponierten oder spielten oder sangen oder ihren Körper in Tanzmustern bewegten, aus diesem Kreisen, diesen Wiederholungen herausfänden. Irgendwo anlangten. Daß es ein Resultat gäbe. Sie glaubte, daß Johan irgendwo anlangte, wenn er spät abends dasaß und seine Protokolle über die Überlegungen des Gesprächskreises schrieb.

Ich bewunderte Johan dafür, daß er sich sammelte. Seine Gedanken zu einer Lebensanschauung sammelte. Jaja. Er war alle Bewunderung wert. Ein einzigartiger, erstaunlicher Mensch. Ich selbst fühlte mich flattrig. Vielleicht dachte ich an einem bestimmten Tag tatsächlich ernsthaft über etwas nach, einem Tag, an dem auch wirklich etwas passiert war, was – ja, der erste Sprengversuch nach dem Krieg. Aber am nächsten Tag war etwas Neues eingetreten, manchmal nur in meinem eigenen

Leben, meinem begrenzten Odablickfeld in Helsingfors oder auf Lindholmen oder in Dalen, und das nahm mich ganz in Anspruch, und ich vergaß das, was ich mir gedacht hatte und wo ich fast angelangt war. Dann kam etwas anderes. Und noch etwas anderes. Es war ständig so ein Mischmasch. Da war die Liebe, und da war die Trauer um Lars, den feinen, aber sich selbst in die Irre führenden, muß man wohl sagen, und da war Mama und ihr schamloser, ja unanständiger Lebenswille, und da war Heikki und seine sauertöpfische Verlassenheit, und da waren der Atlantikpakt und die Lügerei und die Schielerei hinterm Vorhang (ob Aina dort stand, hinter ihrem), und dann kamen ja die Trauer um Johan und die Umweltzerstörung und dieser neue Rassismus, obwohl das vielleicht übertrieben ist, und das ist ein ungeheurer Mischmasch und ein Geflimmer. Manchmal wird der Kopf zu einer Schleuder, und irgend etwas saust darin wie ein vergessener Strumpf herum, vermutlich ist das meine Lebensanschauung.

Aber dann ist da eine Sache, die ich mir jetzt in den späten Jahren gedacht habe. Es ist schon rastlos. Ein ungeheurer Mischmasch. Schwierig zusammenzuhalten. Aber am Ende merkt man doch, daß man zurückkommt, obwohl man sich über weite Gebiete bewegt.

Ich kann nicht behaupten, daß ich mir einen Altar in so etwas wie Mamres Terebinthenhain errichtet hätte – wie Johan es praktisch tat, wenn auch natürlich nicht für einen Gott. Mehr für die Demokratie und den freien Gedankenaustausch. Solche Sachen. Etwas, um während des rastlosen Umherstreifens zur Konzentration und Kontinuität zurückzukehren. Von Religion konnte im übrigen auch für meinen Teil keine Rede sein. Denn die errichtet man nicht, zumindest nicht die echte, mittels Willen. Aber wie Johan: Lebensanschauung. Oder warum nicht Programm.

Ein eigenes Programm bekam ich nie zusammen. Am Ende verstand ich aber immerhin eines: Das rastlose Umherstreifen führt nicht geradewegs in die Nichtigkeit oder Austauschbarkeit. *Man bewegt sich auf Gebieten, die einem zueigen geworden sind.* Aber warum wurden ausgerechnet diese Wüsteneien, diese blühenden, schönen Täler und Müllhalden und krummen Wege die meinen?

Schau, das weiß ich nicht. Jedenfalls sind sie mir zueigen

geworden. Die meinen, durch Rückkehr. Und doch ist diese innere Landschaft der des Traumes, dem, was man das Unbewußte nennt, nicht unähnlich. In weiten, weiten Strecken ist sie traumartig, und öde kann sie wirken mangels eines festen Punktes. Eine Art Altar. Aber doch wiedererkennbar. Praktisch genau wie das, was man liest. Also sind diejenigen, die schreiben und tanzen und spielen und mit ihren Körpern und ihren Stimmen und ihren Händen Bilder erzeugen, uns anderen womöglich gar nicht so unähnlich. Sie kehren zu dem, was das Ihre ist, zurück. Warum es aber das Ihre wurde, das wissen sie nicht.

Vielleicht gehören diese ständigen Aufbrüche nur zum Alter? Erinnere ich mich falsch? War es früher auch rastlos? Johan war ja ein gefestigter Mann. Da kann niemand etwas anderes behaupten. Freilich wurde er nicht so alt. Er durfte nicht lange leben und brauchte seine Sicht nicht zu revidieren. Er wurde nicht einmal sechzig. Er stand in der Fülle seiner Kraft, und er glaubte an diese Kraft und an seine Festigkeit.

Er sah, wie Osteuropa unter einer Todesbürokratie versklavt wurde. Die nukleare Kraft, die wir anfangs ahnungslos und jargonhaft Atomespalten nannten, betrachtete er als ein Todeswerkzeug, als die Möglichkeit der geisteskranken Machtmenschen, von einer giftigen Sonne ein Massensterben ausgehen zu lassen. Da war er sehr entschieden. Ich weiß nicht, was er über eine Zivilisation gesagt hätte, die bei jedem kleinen energieverbrauchenden Prozeß, und sei es nur beim Toasten von zwei Scheiben Weißbrot, dieses giftige Potential in sich trägt, die Miniatursonne des Todes. Er bewunderte den Autor der Krilonbücher und der Mondreisen sehr. Er starb jedoch, bevor ein Lunik auf dem Mond landete, und er bekam nie die Welt zu sehen, die Gegenstand des Buches über Erinnerung und Tod seines großen Schriftstellers war, das dieser *Reise ins Schweigen* nannte. Dort schält sich ein vergiftender und lähmender Gedanke heraus: Die Welt, die Geschichte und die Masse der Menschen verändern sich nicht. Der Haß, die Gier, der Überdruß, die Lust, zu quälen und zu töten, begleiten die Menschen in immer wiederkehrenden Wellen von Zeit und Geschichte. Das Leiden, die Summe aller Schmerzen, die wir anderen zufügen und die das grausame und gleichgültige Dasein uns zufügt, ist konstant. Dort drinnen, in dieser gewaltigen Wellenbewegung aus Finsternis und Schmerz, können Licht und Barmherzigkeit aufblitzen. Die Individuen können sich bisweilen, wenigstens für den Augenblick, von der Qual und von der Lust, einander zu quälen, befreien. Doch die finstre Welle, das grausame, aber gleichgültige, schmerzerfüllte, das gefühllose Dasein bleibt sich immer gleich.

Das war ein finstrer Gedanke, ein finstrer Lebensfond, kann man vielleicht sagen, denn er war bei diesem Schriftsteller immer vorhanden.

Ich darf nicht vergessen, daß Johan sagte, die Männer des Widerstands, ja, er nannte sie so, die diesen finstren Lebensfond nicht hätten, besäßen auch keinen richtigen Glauben an die Hoheit und Würde des Menschen. Solche Worte gebrauchte man damals. Jaja. Jetzt kann man sie dem Weihnachtsbaum erzählen. Diejenigen, die ohne Einsicht in die grausame Schmerzfinsternis des Lebens Widerstand gegen die Bosheit zu leisten versuchten, seien lediglich Selbstvergolder und Scharlatane, sagte er. Der Widerstand beruhe auf einem Paradox.

Quand même.

Solche Worte wurden gebraucht. Sie waren das Fundament. Er erachtete es als unter der Würde des Menschen, sich von der finstren Welle verschlingen und zum Schweigen bringen zu lassen. Ja, er ging sogar so weit, in diesem Widerstand gegen den Tod und die Finsternis und die Qual den Sinn des Lebens sehen zu wollen.

Er wußte natürlich ganz genau, daß der Tod und die Schmerzen auch bei ihm das letzte Wort haben würden und daß er gezwungen sein würde, sich zu unterwerfen. Aber das geschah relativ früh in seinem Leben. Er stand in der Fülle seiner Kraft. Er erreichte nie das Alter, und deshalb konnte ich nie erfahren, ob auch in seinem Leben die finstre Welle herangerollt oder wie Zeitwasser eingesickert wäre und ihn seines Widerstands und seiner Freude beraubt hätte.

Johan ist bei mir immer als ein Mann in der Fülle seiner Kraft zugegen gewesen, und deshalb habe ich womöglich länger, als es sonst möglich gewesen wäre, die finstre Einsicht, die Kühle und Lähmung dämmen können. Ich lebe in gewisser Hinsicht in der Vergangenheit. Ich lebe in einer bewahrten Liebe.

Sie ist ja nicht lebendig, denn sie verändert sich nicht. Sie hat auch keine warme, glühende Haut, sie hat keine köstlichen Flüssigkeiten, die rinnen und sich vermischen; sie ist bewahrt, und deshalb ist sie vielleicht auch nicht lebendig.

Das war vielleicht ein gräßlicher Moment da auf dem Waldfriedhof. Ich habe mich nicht daran erinnern wollen. Nein. Ich glaubte, daß mich die Zeit und das Sterben eingeholt hätten. Ich hatte starke Schmerzen in der Brust. Ich saß zusammengesunken da. Ich wußte nicht einmal etwas davon, daß ich den Arm in die Höhe reckte. Da sagte eine Stimme: Meine Liebe! Was ist los?

Eine völlig unbekannte Person beugte sich über mich, und alles wurde aufgeschoben. Blieb aber nahe. Der heilige oder unheilige, aber dieses Mal vielleicht milde Einfall der Erde, der Tod, wurde für eine Weile aufgeschoben.

Im Mund blieb jedoch der Geschmack nach Asche und der Gedanke, den ich nicht denken will: Ich bin durch die Landschaft des Todes gegangen, und ich habe einen Geistergeliebten gehabt. Das ist keine lebendige Liebe. Jetzt erfaßt mich am Ende die finstre Welle, und ich muß weiterleben und mir in Bitterkeit eine böse Welt ansehen.

Habe ich deswegen vor ein paar Tagen bei Ruth den Hanswurst gespielt? Sigge hat nicht angerufen. Kajan hat nicht angerufen. Von Ruth hätte ich kein Wort gehört, wenn ich nicht hingegangen wäre. Ulla Häger war hier, aber sie ließ mich in unbändiger Wut zurück. Kein Ton von Blenda. Sylvia – eine zerstreute Stimme am Telefon. Irgend jemand rief die ganze Zeit nach ihr.

»Jetzt bin ich es wirklich leid«, sagt der Weihnachtsbaum auf dänisch zu Oda. Weshalb er Dänisch spricht, ist ihr schleierhaft. Aber weil es die Weihnachtsnacht ist, ist jetzt wohl alles in voller Fahrt; Teekannen und Metallschweine und Nachtigallen bewegen sich.

»Du bist viel ehrenwerter als deine Rede«, sagt der Weihnachtsbaum. »Ich kenne dich besser als du dich selbst.«

Sigge wird nie erfahren, wer da auf Sal in der Bibliothek gesessen und über den weisen Nathan gelesen hat. Sie ahnt nicht einmal, wann das war. Vor hundert Jahren oder vor hundertfünfzig? Irgend jemand hat hier gesessen und tief konzentriert gelesen, wie Vernunft und Rechtschaffenheit und Liebe abergläubische Buchstabentreue und Machtgier und Grausamkeit besiegen. Er (oder sie?) hat an genau solchen Stellen weiche Bleistiftstriche gezogen.

Worte. Blankverse. Deutsche Frakturschnörkel. Aber auch etwas anderes. Eine Anwesenheit. Beinahe wie ein Atmen. Eine gespannte Aufmerksamkeit an genau den Stellen, wo die Vernunft und die Rechtschaffenheit und die Liebe in dem schönen und natürlichen Lauf der Verse zur Sprache kommen.

Jetzt befindet sich Sigge im Raum des Lesens. Sie ist allein. Sie ist sogar befreit allein und kümmert sich nicht groß darum, wo sie sich körperlich befindet. In dieser Einsamkeit hat sie Gesellschaft. Anfangs ist sie nicht groß. Ein älterer, edler Herr. Eine junge Dame, vor Verliebtheit glühend. Europäisches Rokoko natürlich. Aber auch Mittelalter und der Orient. Und es ist Sigges Zeit: Sie fragt sich, ob der Brand in Nathans Haus gelegt wurde und was für ein Pöbel das war, der in diesem Fall die Flaschen mit Benzin hineingeworfen hat. Ob er jung war. Ob er sich christlich oder weiß oder möglicherweise asengläubig nannte. Die Dienerin Daja findet sie ein bißchen beschränkt und beflissen. Aber nett. Und sie denkt daran, wie sich allzu feste Überzeugungen doch mit einer Art Liebenswürdigkeit und sogar Nettigkeit und vielleicht Güte vertragen können. Nur, wie lange? Ein paar Damen aus Odas Diskussionsgruppe haben sich nun zu dieser Gesellschaft gesellt. Sie halten sich am Rand, so, wie auch Emil Hovall. Der steht da und zwirbelt an seinem Hängebart, während Al-Hafi, der Derwisch, einen Zug auf dem Schachbrett machen soll. Ja, wie leicht werden Visionen doch unbehaglich, und wie eingeschnürt ist man doch, obwohl man ein freier, derwischhaft wirbelnder Geist sein möchte! Und der Klosterbruder ist die Kreatur einer Diktatur, aber als solcher recht bedauernswert, und er vermeidet es praktisch, Nathan spornstreichs zu verraten. Ja, da finden sich Melierungen, Nuancen und Abstufungen. Man fragt sich nur – wie lange?

Wie lange hält sich gewöhnliche Liebenswürdigkeit? Gewöhnliche, menschliche, ungezierte Gutmütigkeit. Er (oder sie?), der die Bleistiftstriche gezogen hat und hier gleich neben Sigge bei ihrer bald eiligen, bald nachdenklichen und Mal um Mal wiederholenden Lektüre atmet, scheint nicht daran zu glauben, sucht eher etwas anderes. Veredelte Liebenswürdigkeit. Durchdachtes. Er sucht vermutlich ein Programm oder Prinzipien.

Aber sind Prinzipien nicht gefährlich? Bilden sie nicht ein Fundament für Schurken wie den Patriarchen? Können solche Dunkelmänner, deren Geschick, ja Intelligenz nicht zu unterschätzen ist, sich nicht der Kindlichkeit bedienen, in die wir zurückzufallen scheinen, sobald wir glauben, festen Boden unter den Füßen zu haben?

Der Aberglaub', in dem wir aufgewachsen
Verliert, auch wenn wir ihn erkennen, darum
Doch seine Macht nicht über uns. – Es sind
Nicht alle frei, die ihrer Ketten spotten.

Das hätte er unterstreichen sollen, aber er hat es nicht getan: Die Überzeugungen, mit denen wir aufwachsen, haben Macht über uns, auch wenn wir uns frei wähnen und mit ihnen Späße treiben und sie sogar Aberglauben nennen. Verstand er nicht, daß das wichtig ist? Die Überzeugung kann ja sehr kindlich sein. Das Skelett eines Glaubens an Zwang und Macht. So wird der Revolutionär fügsam. Und ein gewöhnlicher, liebenswürdiger Mensch fängt an zu behaupten, daß es auch für die Liebenswürdigkeit Grenzen geben müsse. Ordnung müsse sein.

Warum machte er hier keinen Bleistiftstrich? Lebte er in einer idyllischen Zeit? Gibt es idyllische Zeiten? Sigge wird dies auf jeden Fall anstreichen, sie sieht sich nach einem Stift um. Da fällt ihr Blick auf den Affen; man kann sagen, daß er ihr einen sehr forschenden Blick zuwirft. Braun, schimmernd.

Dann wird Sigge klar, daß es nicht der Affe sein kann. Sie sieht wieder hin. Es sind wirklich die dunklen braunen und höchst ausdrucksvollen Augen, die sie ansehen. Schön jetzt, weil sie in einem menschlichen Gesicht sitzen. Gleich neben dem Affen, schräg hinter ihm, steht noch eine Gestalt. Lugt hinter dem Affen hervor und scheint dessen Blick mitzunehmen. Denn die Porzellanfigur hat jetzt nur einen blanken und dummen Ausdruck.

«Guten Abend ... schönes Fräulein ... darf ich?«

Und erst als Sigge nickt, stumm, tritt er vor. Wie grauenhaft häßlich er ist! Armer Kerl. Ja, es gibt wahrhaftig häßliche Menschen. Jenseits allen Räsonnements über Geschmack und Stile und Zeiten und Rassen.

Aber die Augen! Er hat so schöne Augen.

Jetzt verneigt er sich auf eine verwickelte Art. Den rechten Fuß setzt er hinter den linken, der linke Arm liegt am Zwerchfell, der rechte macht eine Flossenbewegung in der Luft und landet schließlich am Körper, so daß die Hand auf dem Herzen liegt oder an der Stelle des Herzens unter dem grauen Rock. Gleichzeitig neigt er den Oberkörper und den Kopf, so daß sie auf seinem Haupt eine Naht sieht. Er hat keine eigenen Haare. Er trägt eine recht alltägliche, gräuliche Perücke, und der Scheitel besteht aus einer Naht. Er trägt dicke, zerschlissene Lederschuhe mit einer angelaufenen Metallspange und weiße oder eher vergilbte Strümpfe, die ein bißchen schlottrig sitzen. Die Hosen sind aus dem gleichen grauen Wollstoff wie der Rock und reichen bis zu den Knien, wo sie mit einem Schnallenriemen fest zugezogen sind. Vom Hemd sieht man nur eine ziemlich zerknitterte Krause, der Rest ist von einer schwarzen Weste mit einer langen Knopfreihe verdeckt. Sein freundliches Gesicht strahlt in seiner Häßlichkeit. Aber wovon? Es hat ja einen ziemlich dunklen Teint und ist voller Grübchen und Narben. Die Nase ist grotesk groß. Ein richtiger Zinken. In den Nasenlöchern sitzen Schnupftabakkörnchen. Sie sind in den dunklen Haarbüscheln hängengeblieben. Er hat fleischige Lippen, und die Zähne, die bloßgelegt werden, wenn er die Lippen schürzt, sind kräftig, beingelb und bis weit hinauf vom Zahnfleisch befreit.

»Wer ...«

Er verneigt sich wieder, jetzt nicht ganz so tief und verwikkelt. Aber noch ausreichend. Es dauert eine Weile.

»Mein Name ist Mójsche Ben Menachem Mendel«, sagt er. »Menschenfreund und Philosoph. Ich wage mich in aller Bescheidenheit so zu nennen.«

»Was?«

»Ihr könnt mich Moses Mendelsohn nennen, wenn es Euch behagt.«

»Ich werde jetzt nach Hause gehen«, sagt Sigge. »Ich meine, ich werde nach Hause fahren.«

Er lächelt, und in seinem Gesicht sieht sie jetzt einzig die braunen, fast schwarzen Augen.

»Ich werde Auto fahren«, fügt sie hinzu.

»Ich störe vielleicht? Die Sache ist die, daß die Weihnachtsgäste auf Sal um diese Zeit einen kleinen Bischof zu bekommen pflegen.«

Er geht mit gebeugten Knien.

»Dieser Affe«, sagt Sigge.

»Ja?«

Er zieht an einer Schnur, die neben der Tür hängt. Irgendwo bimmelt es.

»Ich dachte nur, er ist so groß. Praktisch wie ein erwachsener Mensch.«

»Ja, es ist grotesk«, sagt er. »Das hat nichts mit Kunst zu tun. Aber selbstverständlich mit Geschicklichkeit.«

Alles, was in den letzten Minuten geschehen ist, und das ist eigentlich nicht viel, ist Sigge privat vorgekommen. Etwas zwischen ihnen. Er und sie. Eine Verneigung. Ein paar Worte. Doch jetzt geht die Tür auf, und die alte Haushälterin, oder was sie sein mag, klappert auf eine alles andere als private oder traumhafte Weise herein. Sie trägt ein Tablett mit einem Glas, einer Schüssel mit Gewürzen und getrockneten, tiefgelben Schalen, einer Kanne mit warmem Wasser, einer Facettenkaraffe mit rotem Wein und einer Zuckerschale. Sie brummelt und murmelt und stellt das Service unsanft auf die Tischplatte. Der häßliche Kerl mit den braunen Augen bittet sie um ein zweites Glas. Sigge will protestieren. Nicht, weil es so verkehrt wäre, etwas zu trinken. Aber sie findet es furchtbar, daß die alte Frau noch einmal die steilen Steintreppen rauf und runter laufen soll. Und wer weiß, wie weit. Sie hat nur Pantoffeln an den Füßen. Merkwürdige, bootähnliche Pantoffeln. Sie laufen in einer schmalen, hochgebogenen Spitze aus und sind bestickt. Doch als das Glas kommt, hat Sigge sie vergessen. Denn jetzt spricht der häßliche Kerl mit seiner warmen und melodischen Stimme, und was er sagt, interessiert sie zutiefst.

Er erzählt, daß der Porzellanaffe zusammen mit vielen anderen gleich großen Figuren seinerzeit auf direkte Anweisung des Königs von Preußen angefertigt worden sei. In der königlichen Porzellanmanufaktur sei man sehr kunstfertig gewesen. Man habe natürlich verschiedenartige Tiere anfertigen können. Aber es seien Affen geworden.

»Es war ein besonderer *point*, Affen zu wählen, versteht Ihr? *Darf ich?*«

Er gießt dampfendes Wasser in den Wein. Ihr steigt Pomeranzengeruch in die Nase.

»Mitglieder meiner Gemeinde wurden gezwungen, die Porzellanfiguren zu kaufen. Sie waren grotesk groß und deshalb sehr kostbar.«

»Eurer Gemeinde?«

»Der mosaischen.«

»Aha ... sie zwangen also reiche Juden, die Porzellanfiguren zu kaufen. *Und wozu?*«

Er sieht sie mit seinem warmen, intelligenten Affenblick an. Einem auffordernden Blick. Und Sigge antwortet sich selbst: »*Um Geld zu fischen.*«

Er deutet eine Verneigung an, nur mit dem Kopf jetzt.

»Ja, es war eine Art Zwangskontribution an den Staat. Ein Verfahren, welches König Friedrich II. und seinem Hof vermutlich sehr spirituell erschien. Ihr könnt Euch denken, daß die Affen Heiterkeit hervorriefen.«

Er sagt dies ohne Schärfe. Er blickt im Grunde traurig drein.

»Aber hatte Friedrich der Große nicht gesagt: *Die Religionen müssen alle toleriert werden*?«

»Das Toleranzreskript! Es lebt also noch!«

»Ja«, sagt Sigge. »Worte haben ein ganz wunderbares Überlebensvermögen. Mit den Menschen steht es schlimmer. Sie sterben wie Fliegen.«

Er sitzt schweigend da. Es ist unmöglich, zu entscheiden, ob er unangenehm berührt ist oder ob er sie schlicht nicht versteht. Er muß mich für grob halten. Vielleicht eklig. Wie eine Fliege sterben. Denkt er so? Er sieht eine Fliege, die daliegt und in trägem Krampf die Beine bewegt. Zu zappeln versucht. Er vermag nicht, die richtige Vorsilbe vor das Wort zu setzen. Die unseres Jahrhunderts.

»Massensterben«, sagt sie probeweise.

Seine Augen sind ganz und gar offen, leer.

»Sechsundzwanzigtausend unbewaffnete Inder wurden 1919 von den Engländern bei Jallianwala Bagh in Amritsar erschossen. Aber die Worte überlebten.«

»Welche Worte, *gnädiges Fräulein*?«

»Die abendländischen Werte. Demokratie. Toleranz. Humanität.«

Er sitzt jetzt da und dreht sein Glas, den dunklen, schweren Kopf schräg geneigt und mit schmollenden dicken Lippen. Er blickt ein bißchen traurig drein, aber im Hinblick auf Sigges Ausbruch eigentlich viel zu wenig. Nur leicht bedauernd. Da schießt es ihr durch den Kopf, daß er verlegen ist. Ich war zu direkt, sieht sie ein. Habe gesagt, wie es sich verhält. Hier war etwas, etwas war im Entstehen begriffen; er versucht, dies wiederherzustellen. Eine gewisse zarte und tastende Übereinstimmung, vielleicht einen Gedankenaustausch. Oder nur eine Stimmung. Aber ich bin zu grob. Massensterben. Massenerschießung. Massenvergewaltigung. Das ist zu roh.

»Sie erinnern mich an jemanden«, sagt Sigge in einem Ton, den sie leicht zu machen versucht. Rokokograziös.

»Und Ihr, junge Dame, erinnert mich plötzlich, just in diesem Augenblick, da Ihr auf diese Weise den Blick auf mir ruhen ließet, an eine entzückende Frau, die ich einst kannte. Sie hieß Henriette Herz. Ihr übt wohl auch keine schriftstellerische Tätigkeit aus?«

»Nein«, sagt Sigge verblüfft. »Eine schriftstellerische Tätigkeit? Wieso?«

»Ich dachte nur. Henriette besaß eine tiefgehende Bildung, aber sie übte keine schriftstellerische Tätigkeit aus. Sie sprach, kann man sagen. Trieb Konversation. Und an wen erinnere ich Euch?« fragt er jetzt die tief errötende Sigge.

»Ich dachte an Lessings Figur ... diesen jüdischen ... ja, den weisen Nathan also. Vielleicht.«

Sie wird immer roter, denn es ist nicht ganz wahr. Sie macht Komplimente. Sie trägt zum Aufbau der leichten und graziösen Stimmung bei. Es ist privat. Keine Massen einbezogen. Er und sie. Ein paar Worte, leicht verfliegend. In gewisser Hinsicht erinnert er sie an Nathan. Sicherlich. Aber von der grotesken Häßlichkeit läßt sich nicht absehen. Dieser dunkelbraunen, narbigen, dicklippigen, großporigen Häßlichkeit. Es gibt Augenblicke, in denen sie davon befreit ist, sie zu sehen. Aber es ist eine Lüge, eine leichte, graziöse, vielleicht sogar spirituelle Lüge, auf jeden Fall aber eine Lüge, daß er Nathan dem Weisen gleiche.

»Der weise Nathan ist eine edle Gestalt, deren Mantel Freund Lessing meine Schultern hat streifen lassen«, sagt er lächelnd. »Ihr wißt sicherlich, wie die Schriftsteller sind. Sie veredeln uns. Sie bauen uns zu heroischen Ausmaßen auf. Wir selbst sind – eben so.«

Er schlägt mit den Händen aus und neigt den Kopf, so daß sie wiederum die Naht der staubigen oder möglicherweise gepuderten Perücke sieht. Dann erhebt er sich und verneigt sich leicht. Er streckt den Ellbogen heraus, und Sigge versteht nicht, weshalb.

»*Gnädiges Fräulein, darf ich wagen?*«

Er möchte, daß sie seinen Arm unterfaßt.

»Ich möchte Euch gern etwas zeigen.«

Sobald sie die Bibliothek verlassen haben, empfindet Sigge ein Unbehagen, das Angst gleicht. Sie will nicht mit ihm untergehakt gehen. Sie will ihn überhaupt nicht berühren, aber er glaubt, sie auf der Treppe stützen zu müssen. Ihr Türen öffnen. Sich verneigend ihr den Weg weisen. In einem engen Durchgang befreit sie sich von seinem Arm. Sie erkennt diesen Steingeruch wieder. Krypta. Wuchtige Gewölbe. Womöglich werden alte Häuser allmählich fossiliert; die Steine verschmelzen Molekül um Molekül mit Mörtel und Eisen und Holz, und das Haus wird wieder zu Fels, zur Höhle. Er geht jetzt schnell. Sie sieht seinen schiefen Rücken, der den Stoff des Rockes verzieht, so daß er Falten wirft. Die matt gepuderte Perücke endet in einem Zopf, der so fest mit einem schwarzen Band umwickelt ist, daß er aussieht, als läge er in einem Päckchen.

»Wohin gehen wir?« fragt sie, obwohl sie eigentlich gar nicht mit ihm sprechen will, denn sie hat jetzt das Gefühl, als ginge sie neben einem Toten durch die Gänge der Höhle. Der leeren Repräsentation eines Menschen, von Kleidungsstücken, Gestik, Worten zusammengehalten.

»Wir durchschreiten, wir durchschreiten«, murmelt er. »Das

geht schnell. Das versichere ich Euch. Das geht sehr schnell.« Sie merkt jedoch, daß dies eine Beschwörung ist; er findet, daß es zu langsam geht. Die Korridore und Treppen sind jetzt dunkel. Sie müssen über löchrige Steinwände tasten. Eine Tür geht auf und ächzt: Eisen gegen Eisen. Dann erscheint das Licht der schneeigen Nacht, und eine kühle, feuchte Luft weht Sigge ins Gesicht. Er geht vor ihr durch den Neuschnee.

Schräg hinterm Haus befindet sich ein Flügel. Es ist ein einstöckiges Gebäude mit einer einzigen Außentür. Diese öffnet er mit einem Schlüssel, den er aus einer Tasche im einen Rockschoß holt, und er bittet sie, einen Augenblick zu warten. Es blitzt schwach, und drinnen im Dunkeln flackern ein paar Lichtschimmer auf. Dann flackert ein unsicherer gelber Schein über die Bretterwände. Es ist ein Flur. Mendelsohn weist sie durch eine weitere Tür und blitzt erneut mit einem kleinen Gerät, das er wie ein Feuerzeug bei sich getragen haben muß. In diesem Raum sind die Bretter an den Wänden gespundet und grün gestrichen. Darüber sitzen auf der kleingeblümten Tapete Messinghalter mit Kerzen. An den Fenstern hängen grünkarierte Baumwollgardinen, und neben der Tür steht ein Stuhl mit zerrissenem Bezug aus dem gleichen Stoff. Ein Stockständer. Ein Spucknapf. Ein großer Schrank. Weiter keine Möbel. Auf der Oberkante des Schranks liegen Sträuße mit getrockneten Butterblumen, dunkelgelb in dem flackernden Licht.

»Ich würde mir gern das Vergnügen Eurer Gesellschaft ausbitten«, sagt er im selben Moment, in dem er die doppelten Schranktüren öffnet. »Noch ein Stück in …«

In was? Er verstummt, während er Kleider hervorholt. Es scheinen vor allem riesige Stoffe zu sein. Und Pantoffeln.

»Wir müssen unsere Repräsentation etwas verändern. Wenn es Euch behagt?«

Was soll sie darauf sagen? Sie steht mit einem Armvoll weißer Seide da. Diese fühlt sich leicht und spröde an, so, als ob sie sehr alt wäre. Im Weiß spielen Blau und Grün – die Schatten flackern. Eigentlich läßt sich nicht leicht sagen, was für eine Farbe es ist. Silberweiß. Mit eingesetzten Spitzen. Mendelsohn ist weit in die Dunkelheit dort hinten getreten, aber sie sieht, daß er seinen Rock ablegt, und da legt auch sie ab. Behutsam, um die Seide nicht zu beschädigen, zieht sie das Kleidungsstück, was immer es sein mag, über den Kopf. Auch der dunkle, affenähnliche Mann da hinten hat sich in etwas Weißes gehüllt. Und jetzt nimmt er die Perücke ab und hängt sie an einen Nagel neben dem Schrank. Sie sackt zusammen, ihr fehlt die Form des Schädels.

Da sieht Sigge, daß er nicht nur schöne Augen hat. Er hat auch schönes Haar. Es ist dunkel gelockt, nicht sehr lang. Außer an den Schläfen. Da hat er lange Korkenzieherlocken. Er legt den Kopf schräg und lächelt sie an. Er ist jetzt überhaupt sehr viel ansprechender. Die Nase ist nicht so grotesk. Die Lippen straffer. Und das Licht schmeichelt seinem Teint.

Er bringt ihr noch einen Armvoll Stoff. Aber wolkenleichten. Es ist ein langer Schleier. Er zeigt ihr, wie sie ihn tragen soll. Vom Kopf herab übers Gesicht. Es wird warm dahinter. Der Stoff ist durchsichtig, spärlich mit Blumen und Vögeln bestickt. Ein Netz nur, in dem diese sich verfangen zu haben scheinen. Gebremster Flug, Verwandlungen. Stoffgefühl. Eigentlich will sie nicht. Aber er sagt so freundlich flehend, daß es notwendig sei.

Sigge zieht ihre Boots aus. Sie steckt die Füße in flache Lederpantoffeln, die wie Boote aussehen, vorn mit Blumen bestickt sind und eine langgezogene, gebogene Spitze haben.

»Herr Mendelsohn«, flüstert sie. »Ich schaffe es nicht, daß dieses Kleid zusammenhält.«

Er lächelt und gibt ihr eine große, patinierte grüne Spange, die sie an der Schulter befestigen soll, so daß das weiße Seidengewand ihren Bewegungen folgt. Er selbst müht sich mit einigen langen Schals mit Quasten und Buchstabenzeichen ab. Diese müssen offensichtlich in ganz bestimmten Falten und Wiederholungen um Schultern und Leib liegen. Jetzt sieht sie, wer er ist.

»Herr Mendelsohn«, flüstert sie. »Ihr habt Euch ja völlig verwandelt. Seid Ihr jetzt Nathan?«

»So gut es geht, so gut es geht. *Was sind wir Menschen?*« sagt er lächelnd und mit ganz normaler Stimme.

Sie versteht nicht, warum sie selbst geflüstert hat. Aber ihre Stimme kommt ihr heiser und seltsam vor. Am liebsten würde sie überhaupt nicht sprechen. Sie fragt sich, wer sie selbst wohl ist. Ich kann ja nicht Henriette Herz sein, denkt sie. Oder doch? Unter dem leichten Schleier und in der kühlen Seide zu stecken erregt sie. So, wie sie erregt war, als sie bei NK den Armani-

Anzug anprobierte und sah, wie sehr sie Lili Thorm ähnelte. Wirklich. Wenn sie nur wollte!

Allerdings ist es hier natürlich er, der will. Was, weiß sie nicht recht. Er öffnet jetzt eine Tapetentür und weist sie hinein. Oder besser hinauf. Eine steile Treppe führt zu einer weiteren Tür. Mendelsohn oder Nathan, der er vielleicht sein will oder jetzt ist, trägt einen Messingleuchter in der Hand, und die Kerze tropft und rinnt und flackert im Zug. Sigge fürchtet, daß unversehens etwas in Brand geraten könnte. Es ist so viel Holz überall. Trockenes, altes Holz und Tapeten mit Rissen mitten in den spärlichen Blumenbuketten.

Oben ist ein Tor. Und das Wunderliche ist, daß es wie eine große Kirchenglocke klingt, als er daran schlägt. Ein Kupfertor. Das ist es. Ein doppeltes Tor aus schwarz und rot schillerndem Metall mit einer Spur Grünspan in den Zeichenkringeln, mit denen es verziert ist. Buchstaben. Freilich nicht zu deuten. Sie verlaufen wie in Sand.

Sigge starrt auf die Zeichenkringel und Muster auf dem Tor, das noch immer nachhallt, und fragt, was da stehe, doch sie ist jetzt so heiser, daß sie kaum sprechen kann. Da liest Nathan mit lauter und fester Stimme:

Wenn die Sonne sich verfinstert
Wenn die Sterne sich verdunkeln
wenn die Berge zu beben und sich zu bewegen beginnen –

Ihr ist schon klar, daß dies in einer anderen Sprache dasteht und daß er übersetzt. Extemporiert, würde er selbst vielleicht sagen. Sie fragt sich, ob das in Hebräisch oder Griechisch oder einer noch älteren Sprache dasteht, traut sich aber nicht zu fragen, nicht jetzt, denn seine Stimme ist so anders. Sie hat nichts mehr von dem Zuvorkommenden und Liebenswerten und Tastenden, das sie als deren Essenz aufgefaßt hatte. Und hinter seinen Worten hallt wie eine Kirchenglocke noch lange nach dem Läuten leise das Tor nach.

Wenn den Kamelstuten, die gebären sollen,
keine Pflege angedeiht
Wenn die Wildtiere sich zusammentun
Wenn die Meere sieden
Und die Seelen sich vereinen

Wenn die Mädchen, die lebendig begraben wurden,
einstehen dürfen für die Sünde, derenthalben sie
getötet wurden
Wenn die Schriftrollen geöffnet werden

Wenn der Himmel gehäutet wird
und die Hölle aufflammt
Wenn das Paradies nahe ist

Dann wird ein jedes wissen
was es ausgerichtet hat.

Daß die Himmelshaut abgezogen und auf diese Weise weggerollt werde, glaubt sie sich aus der Bibel zu erinnern, und sie möchte ihn fragen, ob das Jesaja sei, aber sie bekommt jetzt keinen Ton heraus. Er scheint sie jedenfalls zu verstehen, denn er sagt, daß dies die Worte des Propheten seien. Doch jetzt beginnen die Torhälften zu knirschen, und sie schwingen auf, und zu ihrer Verwunderung sieht sie, daß Nathan sich duckt, und er sagt etwas mit sonderbar schriller Stimme. Er winselt praktisch.

»Salla allahu alaihi wa sallam!« lautet es.

Ihr ist das unangenehm. Vor einer halben Stunde waren seine Bewegungen frei und leicht und seine Stimme und Worte graziös und ansprechend in jedem Sinn des Wortes. Nun scheint dies hier nicht so ernst gemeint, denn er erhebt sich recht schnell und geht durch das Tor, ohne die beiden großen Männer zu beachten, die aufgetaucht sind. Er geht ihr voran, und Sigge findet das sonderbar, denn sie hat sich an seine zuvorkommenden Gesten und den ständig dargebotenen Arm gewöhnt. Sie selbst ist völlig verstummt. Sie hat keine Angst. Aber sie hat den Faden verloren.

Die Männer sind schwarz, glänzend, groß. Der eine sieht aus wie Ben Johnson, und der zweite sieht aus wie der erste. Sie riechen nach Schweiß und Parfüm und Öl. Sie müssen sich die Haut eingerieben haben. Sie stehen breitbeinig in kurzen, pludrigen Hosen da, beide Hände auf einem Schwertgriff. Alles an ihnen ist gleich: Schwerter, Gesichter, Turbane. Sie starren geradeaus. Sie scheinen weder sie noch Mendelsohn oder Nathan zu sehen, der in seinem langen und schweren Leinengewand mit den Quasten und gewebten Borten groß und stattlich ist. Sein dunkles Haar ist silbrig geworden. An beiden Ohren zittert eine lange, glänzende Silberlocke. Die Augen sind gleich geblieben, der braune, warme Blick sucht sie. Doch die groteske Nase, der grobe Kiefer und der schiefe, fleischige Mund, die Zähne, die sich um den Platz drängen – davon findet sich keine Spur. Wenn er sie anlächelt, sieht er genauso nett und klug aus wie vorher. Aber jetzt ist er schön. Wir sind verwandelt, denkt Sigge. Wie die Vögel und die Schmetterlinge und die Blumen auf dem spinnwebenfeinen, golddurchwirkten, glitzernden Schleier, den er mir umgelegt hat. Merkwürdigerweise riecht es hier nach Zirkus. Und ich höre unruhige Geräusche. Schnauben und Stampfen.

»Wir gehen im Palast seiner fürstlichen Hoheit Sallah-Al-Din nach oben«, sagt Nathan. »Dort unten ist sein Stall.«

Tief unten, unter dem Wirbel der Treppe, sieht sie zottige und höckrige Tiere. Die Traumvanille steifschlagen, las Sigge kürzlich auf einem Päckchen im Supermarkt. Ich sehe Kamele. Was wird als nächstes kommen? Sie kann nicht mit ihm reden. Aber das macht nichts. Denn sie will gar nicht reden. Sie will nicht einmal kichern, wie sie es soeben noch getan hat. Mein Lebtag habe ich pausenlos geredet, geht ihr auf. So kommt es mir vor. Jetzt will ich still sein. Ich will in diesem Verwundern verweilen.

Dies feierliche Wort – das sie nur gedacht hat, allerdings sehr deutlich – macht sie für einen Augenblick Nathan-Mendelsohn gegenüber verlegen. Sie ist sich nämlich sicher, daß er es gehört hat, auch wenn sie es nicht über die Lippen gebracht hat. Der Mund und die Kiefer fühlen sich steif an. Die Zunge ist klumpig und dreht sich unterm Gaumen. Sie fährt über die Zähne, die knollig wirken. Wieviel Körper man doch hat! Die ganze Zeit über. Immer diesen verletzbaren, schweren, klebrigen Körper. Man ist nicht gerade ein Kolibri. Wenn man jetzt auch am liebsten fliegen würde, umherschwirren.

Die Treppen sind lang. Sie riechen nach Staub und Getreide. Und dann nach Speisen, ölige und würzige Düfte. Absatz für Absatz steigen sie durch Schichten von Geräuschen und Gerüchen nach oben, hinter Türen und Gittern sind die Palastwohnungen, wie ihr klar wird. Es gibt viele ölglänzende Ben Johnsons in seidenen Baggy-Hosen, die Hände auf Schwertgriffen. Sie folgen Sigge und Nathan nicht einmal mit dem Blick. Wir sind zwei Fliegen, die an einer Torte hochkrabbeln, denkt Sigge. Im Süßen nach oben.

Denn es riecht ständig süßer, vanilleartiger. Aber auch rauchiger. Der Stallduft ist nicht gänzlich verschwunden. Aber er ist nahezu aus dem Gedächtnis getilgt, als sie auf einem Absatz stehen, von dem Nathan behauptet, daß es der letzte sei; auch dort wiederum zwei hochgewachsene Männer, einander ähnlich wie zwei schwarzglänzende Seelöwen, die einen Eingang ohne Türen bewachen. Das erste Geräusch, das Sigge hört, nachdem sie hier oben angelangt sind, ist das feine Perlen von Wasser. Dann hört sie Stimmen, intensive, leise Stimmen. Ein Gespräch. Leises Lachen. Aber immer dieselbe Person, die zuerst lacht. Dann fallen die anderen ein, wie ein Nachperlen, ein sauerstoffreiches Blubbern aus einer Fontäne. Bald kann sie auch entfernte Musik ausmachen. Es sind spröde Töne, und sie scheinen aus Silber und Bambus und leichten Holzarten zu stammen sowie von Saiten, so fein, daß sie unter der Tonfolge schier zerreißen. Sie kann die Musizierenden nicht sehen. Jetzt stehen sie am eigentlichen Eingang zu einem Saal, und Sigge hat ausreichend Zeit, dessen Ecken zu zählen, acht an der Zahl.

Ein gewaltiger Saal– oder ist es ein Garten? Das Licht fällt durch Fenster in einer Kuppel herein. An den Seiten sind durchbrochene Wände mit dünnen Stoffen in den Öffnungen, Blumenspaliere und grazile Gitterwände aus geschnitztem und profiliertem Holz. Ihr wird klar, daß acht Räume um das Oktogon herumgebaut sind, dessen Mitte von einer Fontäne sowie von einem erhöhten Ruhelager mit Seidenkissen und glänzenden Teppichen eingenommen wird. Dort sitzen Männer. Bei der Wasserkunst, die aus einer kreisrunden, mit klarem Wasser gefüllten Marmorzisterne plätschert, steht auch ein Baum.

Die Äste des Baumes ragen so regelmäßig aus dem Stamm, daß sie sie zählen kann: achtzehn Stück. Die Zweige sind schwieriger zu zählen, und die Blätter sind nicht unzählig, aber fürchterlich zahlreich, und sie sind alle mit der gleichen Sorgfalt angebracht. Denn es besteht kein Zweifel, daß das ein künstlicher Baum ist. In dem Baum sind auch Vögel. Aber sie scheinen auf den Zweigen festzusitzen. Sie singen und pfeifen und quinkelieren auf angenehme und abwechslungsreiche Weise. Manche sind aus Silber, andere aus Gold, und das farbenfrohe Laub glitzert ebenfalls metallisch – silbrig, golden.

Es riecht nach Moschus und Rosenöl und Nelken, und leichte Lüftchen bewegen die dünnen Stoffe und das Gold- und Silberlaub und lassen die Vögel erzittern. Da ist eine ständige Bewegung; jetzt sieht sie Dienerinnen, sie laufen barfuß mit Schüsseln und Schalen umher. Beim Sitzlager senken sie den Kopf, damit man ihre Gesichter nicht sieht. Aber sie haben ungeheuer wenig an. Wenn dies das Paradies ist, was Sigge nicht mehr für unwahrscheinlich hält, dann ist es mit Geschmack eingerichtet. Irgend jemand hat hier, vielleicht vor fünfzig Jahren auf einer Pritsche im Männerdampfbad liegend, geschmackvolle Träume geträumt. Und dieser ägyptische Herrscher kurdischer Herkunft, der jetzt in diesem jerusalemischen Sturebad residiert, hat es sich leisten können, es bis ins kleinste goldgravierte, fein ausgepinselte, seidenbestickte und in Elfenbein geritzte Detail verwirklichen zu lassen.

Saladin heißt er. Er gab seinem verwundeten Widersacher Pfirsiche und ließ dessen Wunden mit Schnee kühlen. Er schenkte dem seiner Pferde verlustigen Erzfeind zwei arabische Vollblüter, mit denen er den Kampf fortsetzen konnte. Alles mögliche kann man über ihn sagen. Er kann in unsere sanftesten Träume von den Zeremonien des Herrschens gekleidet werden. In diesen Sälen empfängt er Ströme von Menschen aus Jerusalems Straßen: sie bitten, sie weinen, sie erzählen ihm von ihren Mißgeschicken in einer grausamen und gleichgültigen Welt. Wenn er stirbt, wird er keine geheimen Schatztruhen hinterlassen. Das kann man über ihn sagen. Nathan spricht jetzt sehr leise. Er hat zu Sigge gesagt, daß sie am Eingang verweilen sollen.

»Wir müssen hier bei den Mamelucken warten. Wir müssen den gnädigen Wink abwarten«, flüstert er. Und währenddessen erzählt er über den Fürsten. Daß er seine Herrscherbürde bisweilen mit Ballspielen auf smaragdgrünen Wiesen erleichtere. Daß er manchmal mit Pfeil und Bogen zwischen Pfingstrosenbüschen jage und seine Jagdfalken über Mandelbäumen auffliegen lasse. Daß er Schach spiele. Oder mit Gleich- und Andersgesinnten Gespräche führe, so wie jetzt auf diesem Seidenlager, das unter einem fächelnden Baum an einer klaren, plätschernden Quelle aufgeschlagen sei. Oder einem Brunnen. Oder einer Zisterne mit Pumpwerk, möchte Sigge sagen. Aber sie kann ihren starren Kiefer nicht bewegen. Sie meint nur eine Menge Zähne im Mund zu haben, keine Worte. Glücklicherweise, oder ärgerlicherweise, scheint Nathan dennoch zu wissen, was sie sagen will.

»Es ist uns gestattet, uns eine milde Herrschaft vorzustellen. Und plätschernde Quellen. Mag sein, daß wir nicht oft auf sie treffen. Wenn überhaupt jemals. Aber wir haben kein Recht, möchte ich sagen, sie in unserer Vorstellung auszurotten.«

Er spricht sanft und fest. Doch Sigge ist unkonzentriert. Da ist etwas – vielleicht wieder der Zirkusgeruch? O nein. Aber da hat etwas aufgeblitzt. Und sie weiß, was es ist. Ein Affenfuß.

Ist es so schlimm? Verstohlen schielt sie auf Nathans Füße, während er spricht. Aber seine Füße sind wirklich sehr edel. Das, was man sieht, sind zweifelsohne Teile von erhaben menschlichen Füßen. Die Erhöhung des Spanns, der weiße, geäderte Fußrücken, der im Pantoffel verschwindet, ist nobel. Sie kann die Form des großen Zehs unter dem weichen, bestickten Leder ausmachen. Es ist kein Greifzeh. Er liegt hübsch an den anderen Zehen an.

Doch Sigge ist sich sicher, daß sie einen Affenfuß hat aufblitzen sehen. Sie sieht nach den Mamelucken, die breitbeinig in ihren Baggy-Hosen aus Rohseide dastehen. Sie sind barfuß, und sie haben kräftige, schwarze Füße. Menschenfüße. Ein Diener läuft in einiger Entfernung mit einer Schale Obst vorüber. Es sieht wie Nektarinen oder Lycheefrüchte aus. Sigge bekommt einen ungeheuren Appetit. Und wird gleichzeitig wahnsinnig neugierig. Sie ist drauf und dran, sich zu der Obstschale zu stürzen, und vergißt, daß sie auf die Füße des Dieners achten muß. Seltsamerweise setzt sie sich hin. Wums. Auf den Hintern. Und dann beginnt sie sich am Kopf zu kratzen. Nicht, weil es so arg juckte, sondern nur, weil sie so eine wahnsinnige Lust dazu überkommt. Nathan legt ihr seine feine, weiße Hand auf den verschleierten Arm, und da stellt sie sich wieder auf die Beine und schämt sich, daß sie über die Stränge geschlagen hat. Der Diener kommt im übrigen bald zurück, eine Silberschale mit ausgespuckten Kernen in den Händen. Sie hat genügend Zeit, sich seine Füße anzusehen, während er auf dem Marmorfußboden vorübereilt. Plattfüßig, menschlich. Sigge hat sich erhoben und geht ein paar Schritte vorwärts. Nathan legt ihr wieder lächelnd die Hand auf den Arm. Es ist, als glaube er, sie wolle sich in den Saal begeben, wo auf dem niedrigen, achteckigen Tisch zwischen den Diwanen die Obstschale steht. Er tätschelt sie ein bißchen aufmunternd, tröstend.

Aber es ist zu spät. Sie hat den Fuß entdeckt. Er ist jetzt zu sehen. Er ist schütter schwarz behaart. Er hat einen abgespreizten Greifzeh und lange, braune Nägel. Er ist widerlich. Nathan tätschelt und tätschelt.

Dieser Fuß ragt unter ihrem eigenen weißen Kleid hervor. Sigge nimmt die Hände auseinander und streckt die Arme aus dem Schleier und der Seide. Sie sind behaart. Die Hände ebenso. Nur auf der Innenseite nicht. Die knochigen, langen Finger haben Nägel, die sich wölben. Braungelb.

Nein – das ist abscheulich. Sie befühlt mit der Zunge erneut die Zähne und läßt die Finger mit den kräftigen Nägeln den Scheitel betasten. Sie findet eine kleine Mütze. Von der wußte sie nichts. Sie nimmt sie ab und zupft an der Seidenquaste. Nathan schüttelt schmunzelnd den Kopf und setzt ihr die Mütze wieder auf den Schleier.

Ich bin ein Affe. An diesen Gedanken muß man sich erst gewöhnen. Ich bin ein Affe, der an den Sachen zupft, der mit eifrigen Krallen zupft. Ein großer. Kein Rhesusäffchen oder Silbermandrill. Ich bin vielleicht ein Gorilla. Nein, ich bin bestimmt ein mit Seidengewändern verkleideter Schimpanse mit einem lustigen Mützchen auf dem Kopf.

Wie konnte er das tun? Sigge weint. Sie spürt, wie ihr die Tränen durch das schüttere Fell auf den Wangen rinnen. Nathan lächelt sie an. Es ist ein freundliches Lächeln. Aber ihr ist dennoch klar, daß es zum Schießen aussieht, wenn ein Affe weint.

»Es ist notwendig, *gnädiges Fräulein*«, flüstert Nathan. »Das versichere ich Euch. Anders wäre es nicht gegangen. Als Frau, als menschliche Frau, hättet Ihr nicht die Gelegenheit bekommen, ein Gespräch zu verfolgen, dessen ich hoffentlich durch einen gnädigen Wink bald teilhaftig werde. Ihr wärt in die Frauenabteilung des Palastes geleitet worden, in des großen Salah-Al-Dins Harem. Dort hätte es Naschwerk gegeben, *gnädiges Fräulein*. Aber ein Begleitaffe, das ist etwas anderes. Ein lustig gekleideter Affe kann allenfalls ein flüchtiges fürstliches Lächeln wecken. Wir wollen dies jedenfalls hoffen. *Schönes, liebenswürdiges Fräulein* – haltet durch!«

Weiß der Himmel, wie es mit Sigges Durchhaltevermögen bestellt gewesen wäre, wenn sich jetzt nicht etwas ereignet hätte: Saladin in seinem weißen Seidengewand gibt seinem Emir ein Zeichen, und der Emir gibt einem hohen Mamelucken ein Zeichen, und der Mameluck einem niederen, barfüßigen Mamelukken, der einem Diener ein Zeichen gibt, der – plaff, plaff – durch den Raum eilt und sie holt. Nathan wendet sich lächelnd an Sigge und bietet ihr genau wie vorher seinen Arm an.

»*Schönes Fräulein*«, sagt er. »*Darf ich wagen?*«

Und so wandern sie zur Mitte des Raums und zu dem mit Seidenteppichen belegten Diwan, wo Saladin auf dem Ellbogen ruht. Und er lächelt tatsächlich, er lächelt nicht nur fürstlich, langmütig und höchst milde, sondern auch anerkennend über das Paar, über den weisen Nathan und seinen verschleierten Affen mit dem Quastenmützchen. Für Sigge ist diese Wanderung über den Marmorfußboden jedoch schwierig, ihr schmerzen die Knie und Hüften.

Bei den Diwanen angelangt, läßt Nathan ihren Arm los, und er tut etwas, das sie sofort nachmacht: wirft sich vornüber auf den Boden, die Hinterpartie in der Luft. Sigge bleibt nicht so lange liegen wie Nathan, und deshalb bekommt sie mit, daß Nathans Vornüberfallen mit würdevollem Nicken aufgenommen wird, während das ihre eine gewisse Gereiztheit hervorzurufen scheint. Sie begreift, daß sie Nathan nicht in allem nachäffen darf. Statt dessen schlägt sie einen Salto. Obwohl die Seide und der Chiffon und die Stickereien um sie herumflattern, geht das ganz leicht und natürlich, und der Salto wird mit Gelächter belohnt. Das macht sie kühn; ihre langen, braunschwarzen Finger tauchen stracks in die Konfektschale auf dem Tisch. Sie erwischt ein Stück Konfekt, das wie eine grüne Eichel mit vergoldetem Mützchen geformt ist. Es ist so vortrefflich gemacht, daß selbst der kleine Stiel auf der Spitze des Eichelmützchens nicht fehlt. Doch sie verschlingt es nur. Sie kann nicht an sich halten. Dann macht sie erneut einen Satz und schlägt einen Salto auf einem Seidenteppich. Sie fragt sich, ob sie ihren Po sehen. Womöglich die Affengenitalien. Hat sie solche? Sie fragt sich auch, ob sie einen Schwanz hat. Es gibt vieles, was man über sich selbst nicht weiß, denkt sie. Aber sie denkt nicht mehr traurig. Denn sie ist nicht traurig. Es ist nämlich alles sehr lustig. Geradezu komisch. Saladin ist zwar kolossal edel und schön mit seinem scharfgeschnittenen Profil, dem olivbraunen Teint und den braunen, fast schwarzen Augen, aber Sigge kann es nicht vermeiden, festzustellen, daß seine Hosen einen Schnitt haben, der ihm lästig sein muß. Sie liegen an den Unterschenkeln eng an, und ab den Knien pludern sie, und dann wird der Zuschnitt von so viel Stoff zum Problem. Falten und Knicke ziehen sich unerbittlich zusammen; es besteht kein Zweifel, daß er für einen leeren Hosenarsch, mag er auch aus Seide sein, ein erkleckliches Sümmchen zu sühnen hätte.

Die Mamelucken haben jetzt Wachablösung. Es sind bezaubernde und gefährliche und schöne Männer. Und stark sind sie. Wenn sie sich jedoch im exakten Marsch bewegen – zum Dröhnen der Darabukken jetzt –, dann dackeln sie praktisch, und wenn sie ohne sichtlichen Anlaß rechts und links um machen, dann gleichen sie der Wachablösung beim Schloß in Stockholm. Findet Sigge und zieht die Mütze wie ein UN-Barett tief in die Stirn, äfft sie mit kreisenden Armen und Knien nach und sieht dabei dämlich aus und wichtig und blöd. Sie erweckt Heiterkeit. Ich bin amüsant, denkt sie. Ich bin richtig toll. Das war ich bisher noch nie. Die Herren sind auch komisch. Sie sprechen jetzt über Philosophie. Averroes sagen sie. Und Ibn Chalid. Und Spinoza. Und die drei Religionen, sagen sie. Surr surr murr. Sie reden Kokolores, so daß die Bärte wehen. Murr murr murr. Es dringen lange, zeremoniöse Bänder wichtiger und edler Worte aus ihnen, sie ringeln sich aus ihren Mündern. Sie nippen an Minztee und sirupdickem Kaffee. Essen Konfekt aus der Schale. Sigge kommt nicht mehr heran, und sie ist nicht unempfindlich dafür, daß die anderen ihrer Faxen jetzt womöglich überdrüssig sind; sie ist nicht mehr ganz so komisch. Murr murr murr. Allmählich wirkt deren Rede einschläfernd, und sie versucht es noch einmal mit einem Salto. Doch nun packt ein Diener sie am Arm, preßt ihn ziemlich fest, und sie wird zu Nathan gebracht, der sie an die Hand nimmt und sie festhält, während er murr murr murr sagt.

Es ist keine ausschließlich in Seide gekleidete, diamantengeschmückte und fein bestickte Versammlung, die rings um das achteckige, ziselierte Tablett sitzt, das auf einem Untergestell aus dunklem Holz aufliegt; über einem Schachbrett grübelt eine ziemlich verlumpte Gestalt, und da ist auch ein Mönch in einer derben Kutte. Er sieht mürrisch drein. Dort ist ein junger Mann. Vermutlich. Sein Geschlecht ist schwer auszumachen, die Hautfarbe ebenfalls. Er ist blaß, war ursprünglich aber vermutlich recht dunkelhäutig, womöglich schwarz. Er ist kühl und stramm, und sein Murrmurren wirkt leicht kalt und recht theoretisch, auch auf Nathan, der ansonsten in seinem Element ist. Die Schläfenlocken beben. Er strahlt. Und redet.

Zwei Dienerinnen kommen mit einem tief verschleierten Mädchen herein. Ja, sie ist so umhüllt und eingewickelt, daß Sigge von ihr weder Hand noch Fuß sieht. Nur eine schwarze Stirn mit einem funkelnden Schmuckstück. Einem kleinen Engel mit Flügeln übrigens. Folglich ist das Mädchen wohl Christin, obwohl es eingehüllt ist wie eine ehrbare muslimische Frau. Eine Dienerin ist bei ihr, mit bootähnlichen Pantoffeln. Sie wikkelt die Schleier und Stoffe auf, so daß das Mädchen zumindest von Nathan und Sigge gesehen wird. Den anderen wendet sie schüchtern den Rücken zu. Und Nathan ruft: »Recha! Recha, mein liebes Kind!«

Er weint vor Glück, und Sigge fragt sich, ob das Mädchen trotz aller Behutsamkeit, mit der es praktisch wie ein kostbares Paket behandelt wird, hier eine Gefangene sein kann. Und warum veranstaltet Nathan dann nicht ein Höllenspektakel? Er schwimmt indes in Tränen, und die Worte sprudeln, und er küßt das Mädchen, das schwarz wie Ebenholz ist und dessen Haar in Myriaden von kleinen, festen Zöpfen aufgesteckt ist, die zu flechten Stunden und Aberstunden gedauert haben muß. Dann paketieren sie sie wieder. Das letzte, was Sigge von ihr sieht, ist, daß sie wie eine große Schlafpuppe die Augen schließt. Nathan hat wieder eifrig zu reden begonnen. Averroes, sagt er. Und Ibn Chalid. Murr murr und surr. Es ist entsetzlich langweilig. Aber

Nathan füttert sie mit einem Stück Konfekt, während er redet, und sie wird wieder munter. Saladin ist schön. Es ist eine Wonne, ihn anzusehen. Überhaupt nichts Dackeliges an ihm. Schöne Männlichkeit; Geist im Körper. Die braunschwarzen Augen sehen aus wie die von Omar Sharif in *Doktor Schiwago*. Allerdings macht Saladin wirklich den Eindruck, als könnte er Gedichte schreiben. Die Augen, samtschwarz –

Sigge hat unmerklich ihre Hand aus der Nathans gelöst und nähert sich Saladin, vorsichtig, auf allen vieren. Er sieht belustigt drein. Doch Nathan zieht sie mit einem Griff am Schleier zurück.

Der Tempelherr dort hinten ist nicht so verlockend. Er hat einen kantigen Schädel mit straffer Haut. Bestimmt ist er weiß? Oder schwarz. Ein Tempelherr, ein junger Mann aus der militanten christlichen Aristokratie muß doch weiß sein? Seine straffe Haut ist von seltsamer Blässe. Die Augen liegen tief in ihren Höhlen, funkeln wie das letzte schwarze Aufblitzen des Schlamms in einem bald versiegten Brunnen.

Sigge versucht wieder an die Konfektschale heranzukommen, erhält aber einen Schlag auf die Hand. Ein Diener packt sie und schubst sie zu einer Ecke am Rand des gewaltigen Saales. Niemand scheint es zu bemerken. Nathan redet nur. Und einmal in der Ecke, bekommt Sigge einen Tritt zwischen die Rippen und dann einen in den Hintern, mit großem Nachdruck. Sie spürt, daß sie keinen Schwanz hat. Aber einen Schwanzwirbel.

Weit dort drüben redet Nathan. Und redet und redet. Sigge streift auf allen vieren in dem Oktogon herum. In einen der Räume, die an den Saal grenzen, hat sich die abgelöste Wache zurückgezogen. Sie erhascht einen Blick auf die Körper hinter dem Blumenornament des Gitters. Auf ihre muskelbepackten Oberarme und Brüste, die vor Öltropfen glänzen. Ihre gewaltigen Schenkel. Es riecht streng da drinnen. Beißend, wie nach Samen und Schweiß. Die damaszierten Klingen schwitzen. Sie sind eingeölt. Dort hineinzugehen würde sie nicht wagen. Auch nicht in den Raum daneben. Hinter vorgezogenen Gardinen ist dort Gekicher zu hören, und es wabert ein Geruch nach parfümiertem Räucherwerk heraus. Sie kitzeln jemanden. Die gekitzelte Person schreit so, daß es einem durch und durch geht, schreit kichernd. Aber in dem Schrei ist Schmerz. Wie sie weiterstreift, sieht sie einen hageren Herrn über Karten gebeugt. Er hat ein Astrolabium auf dem Tisch. Der will Sterne ergreifen, aber er guckt nicht zum Himmel, denkt Sigge. Seine Finger sehen jedenfalls kräftig und geschmeidig und kompetent aus. Sie würde es nicht wagen, in deren Reichweite zu kommen.

Am Tisch hat der Klosterbruder ein Stück Konfekt aus der Schale genommen. Sigge hat Appetit. Sie glotzt. Der Klosterbruder hört Nathan zu und steckt sich das Konfekt in den Mund. Jetzt kaut er, denkt Sigge. Jetzt wird es süß in ihm. Jetzt wird es mandel- und arrak- und vanillesüß. Er schließt die Augen beim Kauen. Das sieht philosophisch und theologisch aus. Aber er genießt wohl. Er genießt die mächtige, füllige, erlesene Süße. Und sie hat selbst so großen Appetit.

Sie gieren nicht. Sigge hält den Blick auf die weißen Hände geheftet, die zu der Schale wandern. Es läuft ihr aus den Mundwinkeln, rinnt am Hals hinab, so wie ihr vorhin die Tränen durch das Fell auf den Wangen rannen. Aber sie wagt sich nicht an den Tisch, denn ihr tut noch immer der Schwanzwirbel weh. Sie zockelt an den Ecken und Winkeln des Oktogons entlang, nicht ständig auf allen vieren, das wäre zu peinlich. Aber ein bißchen vorgebeugt stützt sie sich hin und wieder mit den Händen ab. Sonst schmerzen die Hüften und tun die Knie weh.

Da hört sie wieder ein Wasser murmeln. Aber es ist anders, feiner und lebhafter als das Plätschern der Wasserkunst in der Marmorfontäne. Und Vogelgezwitscher. Wetzen und Knappen und Quirilieren und Piepen. Und eine lange, sanft überredende melodische Tonfolge, eine Abendgirlande aus dunklen Baumkronen. Und ein spitzes Schnattern und gewisses Gequake. Vermutlich von einer Wildente oder von einer zahmen Ente, die sich selbst aufs höchste ernst nimmt. Es riecht nach Laub und Gras. Satt und auguststark. In einer Fensteröffnung flattert eine feine Gardine, und in dem Raum, einem der acht, sitzt ein rundlicher Mann mit einer Schaffellweste, großen, karierten Pantoffeln und einer schwarzen Kalotte. Mit einem spitzen Stift, den er hin und wieder in einen Napf mit Farbe taucht, schreibt er eifrig Blockbuchstaben. Wie sie am Fenster steht und ihn ansieht, blickt er hoch und lächelt freundlich. Sigge ist sich jetzt schon lange völlig im klaren, daß sie ein lausiger Affe ist, und sie ist baß erstaunt, als er sie mit anmutiger Höflichkeit grüßt.

»Bitte sehr, tretet ein«, sagt er und zeigt auf eine Tür mit feinem Perlenvorhang. Sigge tritt näher und versucht, sich so gut es geht auf zwei Beinen zu halten. Es tut jetzt eigentlich gar nicht so weh. Oh, Vögel …

Sie hat Lust, nach ihnen zu greifen. Schwirrende Flügel. Laubleichte Körper. Spitze Schnäbel stochern in Daunen, und pathetische Brüstchen plustern sich auf. Und wie sie singen! Wie Pavarotti, obwohl sie mit einer Marke für einen Standardbrief verschickt werden könnten. Und dort ist einer, der auf dem Scheitel einen Helmbusch aus Federn aufrichtet, stolz sein Haupt erhebt und seinen langen Schnabel reckt.

Der Raum scheint eine große Voliere zu sein. Die Vögel fliegen darin umher. Jetzt sitzt eine Eule auf dem Manuskript und äugt tagträge auf die Blockschrift hinab. Mitten im Raum steht ein Baum in einem Topf, ein mächtiger Ficus benjamina, und seine Krone ist voller Vögel. Sie schaukeln auf den Zweigen und schlüpfen in dem reichen, blanken Blattwerk aus und ein.

Der leicht rundliche Mann am Schreibpult nickt und lächelt. Er spürt offensichtlich ihre Wertschätzung, obwohl Sigge, aus Angst zu grunzen, keinen Laut von sich zu geben wagt. Mein Gott, einen solchen Raum zu haben, der ein einziger, großer Vogelkäfig ist, eine Voliere für umherfliegendes Vieh mit Federn und Gezwitscher und Krallen! Da entdeckt sie etwas, das sie nun doch grunzen macht: ein ganzer Schwarm kleiner Karmingimpel fliegt auf der anderen Seite geradewegs zum Fenster hinaus. Sie sind frei!

»Ja, natürlich sind sie frei«, nickt er, als ob er gehört hätte, was sie dachte. »Sie fliegen herein, und sie fliegen hinaus. Schaut nur hinaus, dann werdet Ihr schon sehen.«

Unten liegt der Palastgarten. Sie sieht einen Teich mit weißen, sternförmigen Blumen und an dessen Rand einen großen Pfau spazieren, der sehr nachdenklich die Beine hebt, seinen Prachtschwanz senkt und ihn nachschleift. Auf dem Wasser schaukeln weiße Enten. Ein graublauer Reiher steht auf einem Bein und starrt in die Tiefe, die vermutlich gar nicht so arg tief ist. Aber sie glaubt, daß er etwas anderes sieht als das, worauf seine Augen gerichtet sind.

»Sie werden sich bald auf den Weg machen«, sagt er, und seine braunen Augen glänzen freundlich. »Es sind Zugvögel«, verdeutlicht er.

Aber das kann doch nicht sein. Keinesfalls macht sich ein Schneehuhn mit einer Bachstelze auf den Weg. Papageien fliegen nicht in einer Schar mit Rebhühnern und Falken. Und Wachteln, Nachtigallen, Fasane können verständlicherweise nicht mit Pfauen oder Turteltauben zusammengehen. Ringeltauben und Eulen und Stieglitze … nein. Sigge versucht zu sagen: Zuuugvö-gel. Sie versucht es wirklich, und außerdem will sie einen Fragebuckel dahintersetzen. Aber es wird nur ein Grunzen. Trotzdem antwortet er: »Sie sind schon dabei. Jedenfalls haben sie mehrmals aufzufliegen versucht. Sie wollen ein Zeichen bilden, in welchem sie zu ziehen gedenken. Dennoch ist es jedem erlaubt, sein Ziel auf eigene Faust zu suchen. Ja, das Ziel des einen ist dem anderen verborgen.«

Dies ist nicht nur wunderlich. Es ist etwas anderes, und Sigge will das sagen. Sie denkt daran, wie sie auf Saladins Seidenteppich Saltos schlug. Doch es ist schlimmer. Ein Salto mortale. Aber so heißt das nicht. Es ist ein Wort, das sie nicht einmal zu grunzen versuchen möchte, so schwierig ist es.

»Ja, so heißt das«, sagt er lächelnd, als ob er das Wort gehört hätte. »Und wir müssen unbedingt daran glauben. Solche Vorstellungen auszurotten haben wir kein Recht. Ebensowenig wie die Großtrappe und die Wasseraloe. Diese Vögel ziehen zusammen, all ihrer Unterschiede zum Trotz, und unter Führung dieses energischen und willensstarken Vogels, den Ihr bereits bemerkt habt.«

Es ist der Vogel mit dem schwarzweißen Helmbusch, auf den er zeigt. Doch wie kann er nur verstehen, was Sigge fragt? Er scheint auch darauf zu antworten, lächelnd: »Ergreif das Wort ohn' Zunge und Ruf«, sagt er mit einer Art mildem Spott. »Ohn' die Vernunft. Und hör es nicht mit Ohren.«

Trotzdem hat Sigge nicht das Gefühl, daß er sich über sie lustig macht.

»Ihr seht Euch um?« fragt er. »Unser Palast hat viele Räume. Und hier, rings um den fürstlichen Audienzsaal, liegen der Raum der Musik, wie Sie sicherlich gehört haben, und der Raum der Sternenkunst und der Raum der Mathematik und der Raum der Heiligen Gesetze. Und dann haben wir den nicht weniger heiligen Raum der Unvernunft, der himmeltiefsuchenden und bisweilen wirbelnden. Und dies ist, in aller Bescheidenheit, der Raum der Dichtung, worin während einiger kurzer Menschenjahre mich aufzuhalten mir die unendliche Ehre und der gebieterische Zwang zugekommen sind. Obwohl ich auch Bonbons herstelle.«

Sigge kann zählen, zumindest bis acht. Und was er aufgezählt hat, waren nur sechs Räume. Sie hat noch zwei gesehen.

»Hier gibt es noch einen Frauenraum«, sagt sie. »Und einen Soldatenraum.«

Und nachdem sie das gesagt hat, muß sie sich an den Kiefer fassen. Ist es möglich? Ja, er nickt aufmunternd. Diese Worte begriff er nicht, ohne daß die Zunge im Spiel war. Und er hörte sie offenbar mit den Ohren, in denen weiße Haarbüschelchen sitzen. Das ist angenehm. Das ist – ja, sie möchte sagen: das Paradies. Oder welches Wort man nun für einen solch sanft erhöhten und unbegierigen Zustand, in dem sie sich befindet, verwenden will. In einem luftdurchrauschten, blumenduftenden, vogelschwirrenden und zwitschernden Raum. Mit einer Quelle, die unter dem Fußboden perlt und ab und zu einen kleinen Strahl heraufschickt, eine kristallische Ejakulation am Fuß des Ficus benjamina.

Es ist gut jetzt. Alles ist gut jetzt. Sie hat keinerlei Wünsche. Doch in dem Moment, in dem sie dies denkt, überkommt sie einer. Eine Dienerin ist mit einem großen Tablett hereingekommen, das sie auf einem Tisch abstellt. Konfekt. Genau diese süßen, mit gerösteten Mohnsamen und vergoldeten Sesamkörnern bestreuten Stücke, die draußen im Audienzsaal gegessen werden und die wie Trauben und Eicheln aussehen. Sind das seine Bonbons?

Er streitet es nicht ab. Ehrenvollerweise für ihn, den Hersteller nämlich, werden sie König-Saladin-Konfekt genannt. Zwar ist es nicht der alte Kalottenmann selbst, der die Mandeln mahlt und mit Honig mörsert, und er formt auch die Bällchen nicht und knickt sie nicht. Aber er führt die Aufsicht darüber und legt manchmal letzte Hand an ein Rosenblatt oder ein Eichenlaub, er bestimmt den Gehalt an Rosenöl und Veilchenessenz, und er hat auch geheime Ingredienzen, leicht narkotische, aber keine, die abhängig machen, wie er versichert, die er morgens eigenhändig unter die Konfektmasse mischt. Er ist nicht umsonst neben seiner Berufung zum Dichter Apotheker. Und er stellt jeden Tag ein Originalkonfektstück her, ein einziges, das er mit eigener Hand sowohl formt als auch füllt.

»Ist das für den Fürsten?« fragt Sigge.

»Das weiß man nicht«, sagt er. Und er fügt hinzu: »Glücklicherweise weiß man es nicht. Denn dann würde einem womöglich die Hand zu zittern beginnen.«

»Ich fühle mich so wohl hier«, sagt Sigge. Aber sowie sie es gesagt hat, findet sie, daß sie ihre Worte ungewöhnlich schlecht gewählt hat. »Mir ist so wohl zumute. Und ich kann wieder reden. Ich rede gern. Eigentlich rede ich viel zuviel. Ich sollte damit aufhören, habe ich mir gedacht. Ich denke manchmal, daß das, was ich geredet habe, für ein ganzes Menschenleben reicht, obwohl ich erst knapp über dreißig bin. Ich habe mir gedacht, später schweigsamer zu werden. Aber ich frage mich, wie das geht. Ich habe bemerkt, daß ältere Frauen selten von sich aus schweigsamer werden. Aber wie dem auch sei, so will ich jetzt gern mit Euch reden. Ich finde, ich sollte die Gelegenheit ergreifen. Denn ich war so betrübt und enttäuscht.«

»Was hat Euch denn enttäuscht?«

»Ich dachte, ich könnte da draußen ein wirkliches Gespräch verfolgen, einen Interesse weckenden und tiefgehenden Gedankenaustausch. Aber da kamen nur Worte, die ich nicht verstand, und mein Kopf wurde so müde, und es juckte, und meine Kiefer wurden starr. Obendrein wurde ich auch noch in den Hintern getreten. Ich hatte so hochgeschraubte Erwartungen. Ich hatte mir eingebildet, daß über den Skeptizismus gesprochen würde. Ich witterte es in der Luft. Ich hatte mir gedacht, etwas über die skeptische Gemütsverfassung und ihr feines Ausbalancieren zu erfahren. Wie das früher vor sich ging und vielleicht heute vor sich gehen könnte, wenn sie versucht, nicht in den Zynismus abzustürzen und auch nicht in Aberglauben und Frömmigkeit und blinden Glauben zurückzufallen. So etwas hatte ich mir erwartet, versteht Ihr?«

»Mir fällt auf, daß Ihr das Wort Frömmigkeit benutzt.«

»Ja.«

»Aber erlaubt mir zu sagen: in einem Zusammenhang, in den es nicht gehört. Frömmigkeit ist nicht blind. Nicht, wenn sie echt ist. Frömmigkeit ist keine Überzeugung. Sie ist Staunen. Schaffendes Staunen.«

»Oh«, sagt Sigge. »Ist sie das ... Ich weiß so wenig davon. Im Grunde.«

»Wir müssen einen inneren Raum schaffenden Staunens haben.«

Oh, denkt Sigge. O je. Wenn man nur ...

»Wir müssen versuchen, einen solchen Raum in uns zu bereiten, wenn wir ihn nicht schon haben.«

Er deutet auf das Tablett auf dem Tisch.

»Nehmt ein Stück Konfekt.«

Aber sie findet, es wäre eine Entweihung, jetzt, da er so sanft und feierlich spricht, zu essen. Aber sie kann es nicht lassen. Also nimmt sie noch eine Eichel. Eine hellgrüne mit goldenem Mützchen. Sie schlürft ein wenig beim Essen, da läßt sich nichts machen. Aber er hat einen freundlichen Blick für Tiere, und er spricht ja mit ihnen, als ob sie empfindende Wesen wären. Er sitzt da und krault zerstreut das Gefieder des willensstarken und energischen Helmbuschvogels.

»Er verliert Federn«, sagt er. »Er hat eine in China verloren. Ja, er verliert hier und da seine Federn. Das mag ein wenig zufällig und zerstreut erscheinen. Das habt Ihr Euch sicherlich schon oftmals gedacht, wenn Ihr durch den Wald oder an einem Meeresstrand entlanggestreift seid und dabei eine Feder gefunden habt. Oder ein paar Daunen. Aber ...«

Er unterbricht sich und blickt ganz aufmerksam durch das Fenster zum Audienzsaal.

»Das müßt Ihr sehen.«

Was muß sie sehen? Auf irgend etwas, das da draußen geschehen werde, hat er gewartet. Sie hat gemerkt, daß er die Gesellschaft der ins Gespräch vertieften Herren rings um den Fürsten nicht aus den Augen läßt.

»Jetzt hat seine Hoheit, der Emir, ein Stück Konfekt genommen«, flüstert er.

»Ja ...«

Das hat er schon mehrmals getan, denkt Sigge. Der Emir ist ein richtiges Naschmaul.

»Jetzt.«

Da wird ihr klar, daß der alte Mann mit der Kalotte die ganze Zeit über die Konfektstücke im Auge behalten hat. Der Emir steckt mit einem feinen Lächeln (er lauscht Nathan) das Konfektstück in den Mund, und dann kaut er. Diskret. Hübsch und menschenwürdig. Hört aber zu kauen auf. Er sitzt völlig still, und seine Augen sehen Nathan nicht mehr. Sie sehen aus, als wären sie auf etwas in weiter Ferne oder tief in seinem eigenen Inneren gerichtet. Er wird doch wohl nicht sterben, denkt Sigge.

Aber er stirbt nicht. Er richtet sich nur auf und wirkt stramm. Seine Lippen sind fest geschlossen. Da sieht sie, daß ihm aus dem Mundwinkel etwas Blut rinnt. Und das schlimmste ist, daß der rundliche Kalottenmann mit seinem freundlich blinzelnden Blick und den Silberbüscheln in den Ohren belustigt wirkt. Er lächelt.

Jetzt beugt sich der Emir vor und nimmt ein Leinentuch vom Tisch. Es ist eine Serviette. Seine Bewegungen sind sehr gemessen und beherrscht, und keiner in der Gesellschaft scheint zu bemerken, daß ihm Blut aus dem Mund rinnt und daß er eine Serviette darauf preßt, um den Fluß zu stoppen und zu verbergen. Warum hilft Nathan ihm nicht? Er muß das doch gesehen haben! Der Emir hat eine innere Blutung bekommen. Und der edle Nathan sieht ihn nicht einmal an. Keiner sieht ihn an. Die Leinenserviette bekommt einen roten Fleck, aber das Gespräch geht weiter wie bisher. Saladin ist lebhaft. Seine Augen sprühen vor Leben.

Jetzt flüstert der Kalottenmann Sigge zu, daß das König-Saladin-Konfekt für seine Schmackhaftigkeit und seine gute Wirkung berühmt sei. »Es wird unter meiner Aufsicht hergestellt«, sagt er, »von äußerst tüchtigen Dienerinnen, denen Geschmacksstoffe zur Verfügung stehen, die sie aus Rosenblättern und zerstoßenen Samen extrahiert haben.« Es bestehe aus acht schmackhaften Sorten. Und dann noch einer, die überhaupt nicht schmackhaft sei. Diese habe der Emir bekommen.

»Sie ist gefüllt«, flüstert er.

»Mit Gift?«

»Aber nein, keineswegs. Lediglich mit Blut. Blut. Sonst nichts.«

»Aber was sagt der Fürst dazu?«

»Bisher nichts. Denn er weiß nichts davon. Und keiner hat es sich je anmerken lassen, wenn er an dieses Stück geraten ist. Seht Euch den Emir an. Er hat Blut im Mund. Jetzt hat er es hinuntergeschluckt. Jetzt ist er wieder der alte. Nein, sie lassen sich nichts anmerken.«

»Aber wenn nun der Fürst an dieses Stück gerät?«

»Ja, dann werden wir sehen. Dann werden wir sehen.«

Er sagt das beinahe träumerisch. Sigge schaudert es, so daß

sich ihr die Fellhaare auf den Armen sträuben. Nein, es ist Flaum. Ziemlich feiner Flaum. Vorsichtig streckt sie ihre Füße in den Pantoffeln vor und sieht, daß der Spann hoch und hellhäutig ist. Gottseidank! Danke, mein Gott! Danke, danke! Sie flüstert nicht einmal. Aber er muß es ohne Hilfe der Ohren gehört haben, denn er schmunzelt.

»Ihr vergeßt die Frömmigkeit wohl nicht«, sagt er.

Sie ist ganz verwirrt. Aber nun muß sie sich beeilen. Wenn sie eine menschliche Stimme und menschliche Füße hat, so muß sie doch dabei sein und verstehen können. Sie dankt ihm. Sie sagt Dinge, von denen sie nie gedacht hat, daß sie sie über die Lippen bringen würde. Dankbare, feierliche und dringliche Dinge. Und dann eilt sie durch die Tür und an dem Raum des Sternkundigen und dem Frauenraum vorüber, und als sie gerade am Wachraum der Soldaten vorbeigeht, bemerkt sie etwas da drinnen, das nicht dorthin gehört. Ein silbernes Blitzen. Den Schatten von Wimpern auf einer dunklen Wange. Es geht so schnell. Das war doch Recha, denkt sie. Sie ist dort drinnen.

O mein Gott! Sie haben sie dort bei sich, und jetzt haben sie sie versteckt. Recha ist bei den Gefangenen. In diesem Gestank. Jemand hatte eine kräftige Hand um einen schlanken Oberarm gelegt. Ich habe es gesehen. Ich sah etwas, das ich kaum glaubte, weil ich es nur aus dem Augenwinkel sah. Aber ich weiß, daß es wahr ist.

Sie muß das jetzt Nathan erzählen, damit er es dem Fürsten sagen kann und Recha dort herausbekommt. Ihr wird jedoch klar, daß sie vielleicht vorsichtig sein sollte, und sie zieht den Schleier fester ums Gesicht, zieht die Füße unter den Rocksaum und steckt die Hände in die Ärmel. Trippelnd, aber doch vorgebeugt und sich hin und wieder mit der Hand auf den Fußboden stützend, nähert sie sich dem Tisch in der Mitte des Saals. Sie geht wie ein Affe, der eine feine Dame nachzuahmen versucht. Und bei Nathan angelangt, läßt sie sich auf den Fußboden gleiten und flüstert: »Herr Nathan, Recha ist dort drinnen bei den Soldaten. Sie haben sie bei sich. Sie verstecken sie.«

Sie hat angenommen, daß er aufspringen und mit den Armen um sich schlagen werde. Aber statt dessen kriecht er in sich zusammen.

»Herr Nathan, Ihr müßt Recha befreien!«

»Schsch ...«

Er kriecht in sich zusammmen. Sein Rücken ist schief. Sie versucht, von unten sein Gesicht zu sehen. Er sieht müde und verzweifelt aus. Und er weint. Seine schönen schwarzbraunen Augen weinen. Sie berührt seinen Arm.

»Herr Nathan ... *ich bitte! Ich verständige Euch ...*«

Was soll sie sagen? Rings um sie herum geht das gesellige Beisammensein weiter, als sei nichts geschehen. Ein schnellfüßiger Diener hat die blutbefleckte Damastserviette des Emirs gegen eine reine und glänzende ausgetauscht. Saladin spricht aufgeräumt. Im Wachraum ist nichts von diesen Körpern zu entdecken. Hinter dem Gitter sind nur Schilde und Schwerter und Ledergurte und Peitschen und seltsam geformte Eisen an den Wänden zu sehen.

»*Ich bitte Euch, Herr Nathan*«, sagt Sigge verzweifelt und ein bißchen zu laut.

»Spricht der Affe?«

Saladin klingt jetzt anders. Er hat eine blaumetallene und harte Stimme. Sigge plappert drauflos, und alle fangen zu lachen an.

»Der Affe spricht!«

Dann scheinen sie sie zu vergessen. Das Schreckliche aber ist, daß auch Nathan gelacht hat. Wenn auch unsicher. Es klang eher so, als habe er geschluchzt. Er sieht ganz und gar nicht mehr edel aus. Sein Kiefer ist grob. Die Silberlocken sind dunkel und zottlig.

»*Bitte, bitte ...*«

»Wir müssen gehen, *Fräulein.*«

Er ist so derb, seine Lippen bewegen sich steif. Er verneigt sich, während er rückwärts das Sitzlager verläßt. Fällt auf die Knie und vornüber, so daß er mit der Stirn den Fußboden berührt.

»Nein, nein, Herr Mendelsohn!« flüstert Sigge.

Jetzt schlurft er rückwärts mit gesenktem Kopf und gefalteten Händen hinaus. Am Ausgang richtet er sich plump und steif auf. Er nimmt ihre Hand in die seine. Saladin scheint ihren Auszug kaum bemerkt zu haben. Er unterhält sich. Nun gehen Sigge und Nathan zum Tor. Sie gehen am Wachraum vorüber, wo zwei unbewegliche Mamelucken am Eingang stehen.

»Wir müssen hineingehen und sie finden«, sagt Sigge. »Und wir müssen mit dem Sultan sprechen.«

Aber er schüttelt nur sein gebeugtes Haupt.

»Herr Mendelsohn«, flüstert sie auf der Treppe und versucht ihn wieder nach oben zu ziehen. »So darf das nicht vor sich gehen. Das wissen wir doch. Warum habt Ihr nicht wenigstens protestiert?«

Sie ist ganz verzweifelt.

»Habt Ihr Angst?« ruft sie.

Er antwortet nicht.

»Habt Ihr Angst vor dem Tod? Vor Schmerz?«

Sie zieht ihre Hand aus der seinen, setzt sich auf die Treppe und verbirgt den Kopf in den Armen. Schmerz. Ich weiß doch gar nicht, was Schmerz ist, denkt sie. Ich habe ja nur eine einzige Wurzelfüllung bekommen, allerdings mit Betäubung. Und dann habe ich dieser Tage Prügel bezogen. Aber *Schmerz*. Er hat vielleicht gar keine Angst davor oder vor dem Tod. Er hat womöglich Angst davor, daß sie ihn zwingen, ihren Urin zu trinken, davor, daß sie seinen Kopf in eine Wanne voll Kot und schmutzigen Wassers tauchen und ihn lange hineinhalten. Und daß sie es immer wieder tun und nur weggehen und ihn ausruhen lassen, während sie im Fernsehen Fußball gucken. Solche Handlungsweisen sind es, vor denen er Angst hat – womöglich. Ich muß mir darüber klar werden. Ich hätte mir darüber klar werden sollen, bevor ich so etwas sagte. Mit welchem Recht werfe ich ihm vor, daß er Angst vor dem Tod oder vor dem Schmerz habe? Er hat vielleicht Angst davor, daß man ihm die Hoden zerquetscht, und was weiß ich, wie sich ein solcher Schmerz anfühlt. Vielleicht hält er die Scham und Erniedrigung und die Kellerbehandlungen nicht aus – am Geschlechtsorgan anderer Männer zu saugen, sie in die Hoden zu beißen, mit den Zähnen daran zu reißen, um sein Leben zu retten. Und womöglich kann man das tun, ohne daß man es will, allein aus blindem Lebensinstinkt. Und dann wacht man auf und weiß, daß man es getan hat. Das ist es vielleicht, wovor er Angst hat. Vor sich selbst. Vor seiner Scham. Und davor, in diesen Brunnen mit Blut und Fetzen hinabzusehen. Ist er es, in den Ihr hinabseht, Herr Mendelsohn, wenn Ihr jetzt schweigt und weint?

»Habt Ihr solche Angst?« flüstert sie. »Ich habe auch Angst bekommen. Ich rannte davon, mir wurde schlecht. Ich hätte dort hineinrennen sollen, als ich sie flüchtig sah. Ich hätte dem Sultan zurufen sollen, daß seine Männer ein Mädchen bei sich haben. Aber mir wurde so fürchterlich schlecht. Hattet Ihr auch solche Angst? Aber Ihr seid doch der weise Nathan!«

»Ich konnte nicht an sie herankommen, mein Kind.«

»Aber einst kamt Ihr heran! Recha ist doch Eure geliebte Tochter, und der Tempelherr ist ihr Bruder! Ihr wißt das alles. Ihr wißt, wie es vor sich gehen muß.«

»Jetzt konnte ich nicht an sie herankommen. Die Zeiten sind geschlossene Räume. Es gibt keine Türen dazwischen. Es geschieht, und es geschieht wieder.«

Moses Mendelsohn weint. Nachdem sie durch das Tor gegangen und die Treppe hinuntergestiegen sind und die kleine Tapetentür geöffnet haben, setzt er sich auf einen Stuhl und weint noch mehr. Sigge legt den Schleier und das Seidengewand ab und zieht sich ihre Jacke und ihre Boots an. Sie nimmt die Perücke vom Nagel, setzt sie ihm auf das gesenkte Haupt und rückt sie zurecht, als sie schief sitzt.

»Weint nicht, Herr Mendelsohn«, sagt sie. »Ich weiß im übrigen nicht genau, wie es war. Ob ich überhaupt ein Mädchen gesehen habe. Ich habe mir das alles vielleicht nur eingebildet. Und sitzt jetzt nicht allein hier herum. Wie ist das – befinden sich vielleicht noch mehr Weihnachtsgäste auf Sal?«

»Ja, ich werde sie aufsuchen.«

»Tut das. Da gibt es sicherlich Pontac und Bischof. Und *Glühwein*. Und Nüsse. Schmalzgebäck und Spritzkuchen. Und sie können dasitzen und plaudern. Ich verabschiede mich jetzt von Euch.«

Sie sucht aus dem schlaff gewordenen Leinen der Manschetten seine Hand hervor und drückt sie. Es ist eine derbe, knochige, aber sauber manikürte Hand. Eine Schreiberhand. Sie hat eine platte Kuppe am rechten Mittelfinger. Dort hat die Feder aufgelegen. Ihr Schaft hat gegen das oberste Mittelfingergelenk gedrückt, und es hat sich eine Schwiele gebildet. Tinte ist in einem Tüpfelmuster auf die Manschette gespritzt.

»Lebt wohl, Herr Mendelsohn. *Und recht herzlichen Dank.*«

»Lebt wohl, mein Kind.«

Als sie nach draußen kommt, findet sie die Luft angenehm und frisch und von Schneegeruch gesättigt. Der Schnee ist flokkig und frisch gefallen. Das Schloß ist dunkel. Sie kann nirgends auch nur ein einziges Licht brennen sehen.

Ihr Auto steht auf der Vorderseite und ist eingeschneit, so daß es runder aussieht. Als sie hinkommt, entdeckt sie das Kabel. Irgend jemand hat ein Kabel zum Vorheizen des Motors unter die Haube gesteckt. Es führen Spuren zum Auto und zur Motorhaube. Flache, bootförmige Spuren. Und in dieser Nacht springt das Auto leicht an.

Alles im Wohnzimmer ist ausgeschaltet, bis auf die elektrischen Kerzenleuchter und den Fernseher. Ann-Britt liegt auf dem Sofa und sieht sich eine Menge alter Knacker an, die herumgehen und singen. Einer von ihnen hat eine Mütze auf, die ist so groß wie ein Kissen und spitz. Das ist nicht der Ku-Klux-Klan, und das sind auch nicht die Sternknaben. Sie singen und bimmeln und singen. Es raucht aus kleinen Schalen, die sie hochhalten und schwingen. An Ketten.

»Das ist die Mitternachtsmesse«, sagt Ann-Britt. »Ich werde bald ins Bett gehen. Das muß man sich jedenfalls nicht ansehen.«

»Ich kann nicht schlafen«, sagt Mariella.

»Na, das macht nichts. Wir können morgen früh ausschlafen. Komm, wirst sehen. Hol deine Decke. Eilert hat das Videogerät angeschlossen.«

Als Mariella mit der Decke zurückkommt, hat Ann-Britt eine Kassette eingelegt.

»Wir sehen uns ein bißchen *Aschenbrödel* an«, sagt sie. »Und dann schlafen wir.«

Mariella hätte lieber *Jurassic Park* gehabt. Aber Eilert ist nett. Ein Video zum Kaufen kostet fast zweihundert Kronen. Und dann ist es dasselbe Aschenbrödel wie bei Donald Duck und seinen Freunden, ein Stück weiter. Mit den Mäusen. Da hat Mariella ein Weilchen geschlafen.

»Schau«, sagt sie. »Es ist dasselbe.«

Alle Vögel fliegen um Aschenbrödel herum und helfen ihr. Sie haben die Bänder in den Schnäbeln. Sie bringen das Kleid in Ordnung, und alles wird fein. Es ist genau, wie wenn man träumt. Es ist so eilig, und nichts wird fertig. Aber dann kommen die Vögel.

»Ich weiß, wie das geht. Die helfen ihr. Auch wenn man es gar nicht glauben kann. Ich meine, das mit den Mäusen und Vögeln.«

»Das ist wohl ein Wunder«, sagt Ann-Britt.

»Wieso Wunder?«

Dann kann Mariella beim Reden die Augen nicht mehr aufhalten. Sie schwirren ihr.

»Wie gut, daß du schon die Zähne geputzt hast«, meint Ann-Britt. »So können wir uns gleich hinlegen. Den Rest sehen wir morgen. Wir holen den Kaffee und deinen O'Boy-Kakao hier rein.«

»Die helfen ihr«, sagt Mariella. »Ich weiß das. Es ist dasselbe.«

Großer, schwerfälliger Heikki. Er wird immer über den Krieg maulen. Aber er hat mir verziehen. Die CDs mit *Eugen Onegin* waren eine Liebesgabe. Oda bekommt Lust, das Wort laut zu sagen. Aber man soll nicht zu den Tapeten sprechen. Jedenfalls nicht viel und nicht oft. Sie hat sich schon so gut wie entschlossen, damit aufzuhören. Weil es kein Gespräch ist. Trotzdem hat sie Lust, dieses Wort in den Mund zu nehmen. Viele Wörter sollten benutzt und geprüft werden, bevor man sie streicht. Es gibt natürlich welche, die rettungslos sind, wie Dormeuse oder Galoschen; sie haben keine Entsprechung mehr. Mannesmut? Vielleicht.

Als Oda am späten Heiligen Abend die erste CD einlegt, wird die wehmütige Melodie mit den Streichern lebendig. Die Bläser übernehmen. Es ist, als ob sie die Melodie zum ersten Mal hörten und zu antworten versuchten. Die Frauenstimmen haben ebenfalls eine Ahnung. Die vollen Klänge der Harfe: Spätsommer, schwere, fruchtige Luft. Die Stimmen der Frauen – sie verflechten alles, was reich und fruchtbeladen ist und sich trotzdem so fein zwischen ihnen windet. Gespräche. Sie muß an Hummeln und Saft denken. Vielleicht paraffinieren sie Einmachgläser, diese vier Frauen, und sprechen dabei zueinander. Und die Musik nimmt sie ernst, sie erweist ihnen leisen Respekt. So wie sie Nachtigallen ernst nimmt. Hundert Jahre vor Doris Lessing; Molly und Anna essen Erdbeeren und sprechen miteinander, sprechen, sprechen.

Ja. Er war bestimmt ein wunderbarer Mann, Pjotr Iljitsch. Vielleicht war Puschkin das auch. Er ist ja so vielen zu Herzen gegangen. Aus der Schule erinnere ich mich nur an wenig von *Onegin.* Wir hielten ihn für hochtrabend. Ja, Übersetzungen – man fragt sich, wie man selbst... Puschkin war vierzig Jahre von Tschaikowsky entfernt. Wie heute die Brüder Parland. Und doch nahe. Lebendig. Der Abstand zu diesen Provinzdamen ist jedoch vorhanden. Kleider, die dem Petersburger Stutzer altmodisch vorgekommen sein müssen. Larina ist ja nicht reich. Sie sehen aus wie die Fräulein Surkov und ihre Mutter; die sehe ich vor mir. Aber man soll wohl keine Dinge *sehen*, wenn man hört.

Rührende Provinzdamen aus großem Abstand. Daleko, singt sie – daleko! Das bedeutet *weit weg*. Das, was weit weg ist, ernst zu nehmen, und das, was damals weiblich und träumerisch war, was ungeprüfte Gefühle und Haltungen waren, auf so sanfte Weise ernst zu nehmen! Nicht hochromantisch, fordernd, selbstvernichtend ernst. Sondern geschmeidig weich wie im Dunst der Streicher. Er sah alles aus milderndem Abstand, wie ein Stück auf dem Jagdschloß: zaghafte Bewegungen durch Gaze.

Sie singen von einem Vogel, daran erinnere ich mich. Der Nachtigall? Das ist die Stimme der Nacht, ein Lied der Liebe und der Trauer – schmerzlich und schlicht. Nočnoj, singen sie. Das ist das, was der Nacht angehört, sanfter Dunkelheit. Nočnoj – das kann in keiner anderen Sprache so sanft geraten, weil es dort so weiße Nächte gibt und die Birkenstämme leuchten. Dann kommt die Dunkelheit des Spätsommers und legt sich auf die Häuser, und in dieser Dunkelheit schimmern die Fenster, wenn das Laub sich bewegt. All das findet sich im Gedächtnis der Sprache, weshalb auch die Sprache der Kindheit so lebendig in uns ist. In ihm finden sich Gefühle, die dem Kind und dem jungen, offenen Menschen gehören; in der Sprache findet sich das Echo vom allerersten Mal des Erlebens. Es ist schwierig, in jenem Moment ironisch und erdumfassend und globalclever zu sprechen. Dort unten auf dem Grund der Sprache herrscht sanfte Dunkelheit. Vielleicht weichen ihr deshalb heute so viele aus und schreiben auf englisch. Ulf Lundells Sprache ist dagegen dunkel und herzhaft, wenn er singt. Die Sprache des Volkes nannten sie das in lateinischer Zeit. Die vulgäre Sprache. Ja, von dort kommt viel der nötigen Dunkelheit.

Jetzt merkt Oda, daß sie *nachsinnt*. Bei Johan war das genauso, wenn er Musik hörte. Er sagte, daß es falsch sei, was er mache. Obwohl er die Musik liebte, sann er beim Zuhören nach, und manchmal sah er auch etwas. Das hat er zugegeben, als ich erzählte, daß ich beim Musikhören oft etwas sehe: Häuser, Wälder, Menschen, die sich bewegten, sogar Pferde. Ja, das ist natürlich falsch, und ganz besonders das Nachsinnen. Die Musik ist eine Sprache aus der guten Dunkelheit. Sie zersetzt unsere andere Sprache, oftmals mild und gewissermaßen lächelnd.

Zumindest sollte sie das. Aber man kann doch nichts dafür, daß man etwas vor sich sieht, etwas wie die Fräulein Surkov und ihre Mutter in diesen ausgeblichenen, altmodischen Baumwollkleidern.

Wieviel Kraft in dem Bauernlied steckt, starkes Rauschen. Ausgereifter Weizen, Selbstbewußtsein. Daß er so träumte! Kostja Levin aus *Anna Karenina* fällt einem da ein, seine bäuerliche Sicht und seine Hoffnungen. Wie sie erniedrigt werden sollten. Doch jetzt rauscht es in den Laubsälen und Weizenfeldern, jetzt sind die starken Wohlgerüche in den Strichen des Cellobogens: Klee, Honig, Hopfen. Spätsommer und Reife. Kräftige Männer und Frauen, keine Gnome oder Wichte, die Leute heroischerer Ausmaße bedienen sollen, nein, nein. Und er glaubte wohl, daß sie ihrer Gutsherrin so rauschend und kraftvoll huldigen wollten, Ivar Lo hätte das freilich nicht so geschrieben. Aber es ist trotzdem wahr; *hier drinnen* ist es wahr.

Sie sind bestimmt gegangen, denn jetzt sind da nur noch Frauenstimmen. Als sie nicht singen durften, als sie Jungen und verstümmelte Männer hatten, Stimmen ohne die Erfahrung von Frauen, ohne unsere Gefühle und Erinnerungen in den Stimmen ... Aber vielleicht mit etwas anderem, nicht der Brillanz der Leere, sondern einer seltsamen Färbung in der Stimme, so wie Schatten Farben haben können: Veilchenblaubraun, warmes Ocker, die Farbe des schmerzlich Verlorenen.

Er flicht diese Stimmen in Vertraulichkeit. Er ist mit der Vertraulichkeit unter Frauen vertraut, weiß, daß sie diese brauchen. Er ist in Antonina verliebt. Sie war wohl seine Tatjana. Und dann wurde er so grausam verletzt. Ja, herrje, natürlich war er ebenfalls Tatjana. Aber daß sich die Dauer einer Ehe in Wochen zählen läßt, das ist ungewöhnlich. Davon habe ich nur in Ulla Hägers Fall gehört. Da ging es freilich noch schneller, aber da war, glaube ich, Brutalität im Spiel. Und das konnte bei Pjotr Iljitsch ja nicht der Fall sein; kann man so eine Musik schreiben und eine unkontrollierbare Lust zu kränken in sich haben? Nein. Das will ich auf keinen Fall glauben, auf gar keinen Fall. Bei bestimmten Dingen muß man sich entscheiden, ob man sie glauben will oder nicht. Man kann nicht für alles offen sein. Das wäre praktisch auch Zynismus. Illusionen sind ja nicht nur Projektion. Doch, natürlich. Aber sie sind auch *Zutrauen*. Und obwohl die Ehe in die Brüche ging, vollendete er *Onegin*. Daran sieht man, daß die Figuren ein eigenes – soll man es Leben nennen? – haben. Sie zerbrechen nicht, wenn die Verliebtheit zerbricht, so wie Tatjana nicht zerbrach, als Antonina aus ihr *heraustrat*, als wäre sie aus einer Krinoline gestiegen. Er war bereits selbst in Tatjana; sie lebte, oder wie man das nennen soll.

Nun sind sie schrecklich aufgeregt. Was ist denn jetzt los? Sie bekommen Besuch, richtig. Hier hat er die Romantik aus einer anderen Zeit geholt. Jofurs und Paphos ganze Macht wird aufgeboten, es stürmt und wogt, als ob sie den Kriegsgott persönlich erwarteten. Und dann kommt ein weltgewandter Herr aus der Petersburger Gesellschaft. Ja, es sind zwei, aber Onegin schweigt vorläufig. Das ist jetzt wohl er: dalakoj – dalakoj. Weit weg – weit weg. Ja, er meint natürlich die Langweiligkeit der Provinz.

Wie ernst doch Tatjanas Stimme ist! Sie erzählt, daß sie viel liest. Ja, sie nimmt das Lesen in der altmodischen provinziellen Einfachheit ernst. Für sie ist das gelebtes Leben. Dort im Birkenwald, in dem Holzhaus bei den gemähten Buchweizenfeldern. Sie ißt die Grütze davon, krutaja kaša, sie trägt verschlissene Baumwollkleider und liest viel. Bei den Bläsern, finde ich, sind diese inneren Strömungen die Tonfolgen gelesenen, mit dem Gefühl geprüften, gewissermaßen abgeschmeckten Lebens. Birkenrauschen und blitzende Sensen und lauter solche äußeren Lebendigkeiten sind bei den Streichern, auch wenn sie einander spiegeln, Reflexe ineinanderwerfen – so, wie man nach einem gelesenen Stück dasitzt und reflektiert, die Bewegungen im Birkenlaub sieht und an das denkt, was man gelesen hat.

Lenski ist so ernst. Sein Arioso ist bereits voller Feuer und Trauer. Welche Männer! Daß sie schließlich gekommen sind. Es wäre ja nicht in Ewigkeit gegangen, Frauenstimmen ineinanderzuflechten.

Večnost! Das ist Olga. Ewigkeit bedeutet das. Sie findet es schauderhaft. Oder zumindest langweilig. Ein merkwürdiges Wort. Es gibt wirklich Wörter, die wir prüfen müssen. Wir müssen sie in den Mund nehmen, um zu spüren, wie sie sich anfühlen und was wir mit ihnen meinen können. Das ist gar nicht so einfach. Večnost! Kakoe slovo strašnoe! Olga gefällt es nicht, aber sie prüft es. Sie nimmt Stellung dazu. Keine vergessene Vokabel aus dem Altrussischen für sie. Ewigkeit, das ist für Olga schlicht Tristesse.

Jetzt sitzt Tatjana da und starrt natürlich in den Spiegel. Jaja. Das ist wohl nicht nur in der Stockholmer Oper so. Vermutlich steht es im Libretto. Aber man bekommt dieses weibliche Spiegelgestarre allmählich über. Opern und Filme voller Damen, die in den Spiegel starren. Bilden sich die Mannsbilder denn alle ein, daß wir uns selbst anstarren, wenn wir allein sind? Daß wir uns dämlich grübeln, ohne weiter zu kommen als bis zur Spiegelfläche; kurz gesagt, daß wir uns fragen, wie wir wirken. Das stimmt nicht. Er hätte auf das Spiegelgestarre verzichten sollen. In der Musik hat er es nicht. Diese lange Introduktion – das ist Hammershøj. Der konnte darstellen, wie Frauen mit sich allein sind. Die Abgewandtheit. Ja, Tatjana müßte hier ein Nacken sein. Ein Nacken über einem weißen Kragen. Ein Gesicht, das wir nicht sehen, weil es von den Ansätzen der Streicher, Pinselstrichen aus Licht und Dunkel, verborgen wird. Im Rechteck des Fensters hält die weiße Gardine das Licht wie auf einem ausgespannten Tuch. Das Geheimnisvolle dort draußen ruht im Licht der Nacht. Dalakoj – dalakoj, sagen die Streicher jetzt, eine Frau kann auch eine weiße, geschlossene Tür sein, Hammershøj wußte das.

Wie tastend sie beginnt, als ob die Stimme eine Sonde wäre und sie sich vorsichtig auf den Schmerzpunkt zubewegte. Sie ist krank vor Liebe. Es liegt bereits Trauer darin. Armes Kind, sie spricht von Schmerz und Scham. Und trotzdem ist sie für das, was so weh tun wird, offen. Sie traut sich.

Drugoj! Das ist das Wort.

Der andere. Die andere. Das andere.

Sie weiß ja, wen sie eigentlich hätte heiraten sollen. Wie sie bescheiden glücklich oder unglücklich würde. Normal. Das wäre die Alternative zum Verbrennen. Onegin, er ist *der andere*. Das andere Leben. Der Zwang, die Krankheit. Oder das höchste Glück des Lebens ... armes Mädchen. Sie ist voller Angst. Ambivalenz. Sie weiß genau, so jung sie auch ist, daß Liebe Ambivalenz ist. Das hat sie sich aus sentimentalen Romanen angelesen. Richardson!

Ja, die Romantik war wohl der Beginn unserer Ambivalenz. Armer Alter, wozu geigen, kann's die Schmerzen denn verzweigen ... Gespaltenheit ist entstanden, das Innere stimmte nicht mehr mit dem Äußeren überein. Der Troll war nicht das Böse. Es war nicht der Neck, der Mensch selbst war es, der da draußen in der Gespaltenheit geigte, im rauhen Nebel und in der Kälte, wo die Konturen so schwer auszumachen sind. *Drugoj! Drugoj!* Das ist die Stimme der Romantik. Mit sanfter, nichtsprachlicher Gewalt ist sie aus der Person und der Zeit ausgebrochen. Sie charakterisiert nicht mehr die Unschuld und den russischen Landadel und die mädchenhafte Schwärmerei. Es ist lediglich eine Stimme, lediglich Schmerz: von *drugoj*, dem anderen, der anderen zu wissen. Wenn auch von ferne, aus der Distanz der siebziger Jahre des neunzehnten Jahrhunderts. Wie durch Gaze – dabei legt sich etwas Liebliches über diese Chevreaustiefel und die Duellpistolen.

Nein, ich weiß es im übrigen nicht. Vielleicht begann er im Süßen. Doch in dem ausdauernden Ton der Oboe liegt Schmerz, mehr als das Mädchen ertragen kann. Die Stimme übernimmt und trägt ihn – ja, sie trägt etwas Böses und Wundes, das das Mädchen nur ahnt und sich angelesen hat. So wie dreizehnjährige Mädchen dieses *Geh, wohin dein Herz dich trägt* lesen, in einfacher Sprache etwas über die erotischen Jugendverirrungen und Verwirrungen einer uralten Frau lesen. Irgend etwas geschieht dabei. Es entsteht eine neue Gespaltenheit, und sie erfahren davon genau dort, in einer einfachen, romantischen und verachteten Sprache. Seltsamerweise wissen sie, woher sie sich ihre Nahrung holen müssen. Die krutaja kaša des Herzens. Mama sagte immer, daß Buchweizengrütze sich wie Baumwolle ums Herz lege, und wir brauchen doch auch ein bißchen Baumwolle, sie kann die Schmerzen verzweigen.

Wir sind ein bißchen mehr als das, was unser biologisches Alter und unsere sozialen und psychischen Umstände angeben. Wir sind auch eine nackte Stimme: menschlicher Schmerz. Wie selten aber darf er hervorbrechen! Zu jener Zeit mußte er durch die Lieblichkeit dringen, wie durch eine Unmenge von Tüll oder Gaze. Heute ist es der Zynismus. Wie hieß noch dieses dänische Chorstück, das ich gehört habe? Über den Mann, der sich in die Frau seines Freundes verliebte. Er ist zum Essen bei ihnen. Er wirft einen Kandelaber um, und daraufhin brennt das Haus ab. Nachdem er gegangen ist, steht seine Geliebte in den Flammen und winkt, der Mann an ihrer Seite, und der Chor singt wie Glas. In einer so völlig unmöglichen Situation ließe Onegin sich nicht unterbringen. Gewiß schießt er, er wendet äußerste Gewalt an – gegen seinen Freund. Aber auch aus Eugen Onegin bricht die menschliche Stimme hervor. Er macht nichts aus oberflächlicher Bösartigkeit, dieser glasharten. Er wirft keine Kandelaber um, verwandelt seine Geliebte nicht in eine im ganzen gebratene Gans. Er nimmt am Ende seinen Schmerz auf sich – auch er wird eine menschliche Stimme. Sein Zynismus und seine Duellpistolen sind nur Requisiten, und sie wandern auf den Müll, wenn diese Stimme hervorbricht. Und Tatjana, die bitterlich Verletzte, sie kann nicht mit Bitterkeit dargestellt werden – Miss Otis regrets, she's unable to lunch today, nein, das geht nicht.

Tatjana, ja, auch Onegin, sie können Schmerz ertragen. Sie haben die Stimme, oder die Stimme hat sie; sie haben menschliche Stärke.

Dennoch ist es in Pastell gemalt: die Melodiewindung der Oboe, das Singdrosselecho der Flöte und Klarinette und in der Grundfarbe der Klang der Harfe. Das wird kein Asphalt. Das ist weicher, grauer Dunkelheitsdunst, in dem sie sich vorwärtstastet.

Jetzt wollen die Streicher sie mitziehen. Die Jungfrau steht am Wasser, und es lockt. Es hetzt sogar. Aber diese Selbstmordkrankheit wird mit den Brandungen des vollen Orchesterklangs vertrieben. Mit Gesundheit und Lebensfreude. Sie hat einen jungen Körper.

Freilich ist da wieder dieses holdselige Tasten nach dem Schmerz. Wenn ich nicht wüßte, worum es geht, würde ich es Mystik nennen. Jesu träufelnde Wunde oder der Schwindel der Magersucht oder ein hartes Training, bis die Qual zum Rausch wird. Wie konnte er so viel über junge Frauen wissen?

Alle Frauen wissen, wenn sie jung sind, daß sie einem schweren Schmerz entgegengehen: sie werden gebären. Es ist aber schon passiert, daß es mir vorkam, als ob junge Frauen den Schmerz zu leicht im voraus suchten, egal beinahe, welchen Schmerz. Um sich als Aufnahme- und Ausstrahlungsapparate des Schmerzes als würdig, bereit, richtig beschaffen zu erweisen? Onegin ist natürlich kein bierseliger, rülpsender Rohling. Aber trotzdem: *So schön ist es nicht.* Mißhandlung. Sie mißhandelt im Grunde sich selbst, und die Oboe, sie verleitet sie ständig dazu. Es entsteht ein Sog.

Aber nun kommt die Alte. Da sollte sich Ernüchterung einstellen. Doch die Alte hat trotz ihrer eigenen düsteren Erfahrung viel zuviel Verständnis für diesen weit offenen, rosenblattrosigen *Mut*. Sie öffnet ihm doch. Zockelt mit dem Brief davon. Geh, wohin dein Herz dich trägt. Jaja. Alte Kupplerinnen wollen, daß Frauen gebären. Wir wollen das. In der Tat. Daß das Ganze weitergeht. Wir wollen nicht, daß junge Frauen Nacken sind, allein mit einem Türspiegel, einem Fensterrechteck und einem Buch. Dieser fließende musikalische Ausdruck die lange Briefszene über, melodisch, elegisch, war nichtsdestoweniger *Tinte*, Stimme suggerierende Schrift. Die Körperflüssigkeiten sollen jetzt fließen. Jetzt soll es ernst werden.

Aber zuerst spitzelt der Spaß herein. Das haben sie wohl alle von Shakespeare gelernt. Es beginnt wie Möwengelächter. Die Mädchen singen und pflücken Beeren und reizen Männer, und dann laufen sie nach allen Seiten davon. Ich hörte ein rohes Wort, damals war es wohl jedenfalls roh: Lachgans. Eine, die sich herauskicherte. Wenn es zu heiß wurde. Aber Tatjana besitzt keine so launische Tugend. Und jetzt weiß sie es bald. Die Streicher arbeiten die schreckliche Ahnung heraus. Sie schreit innerlich, weil sie es weiß. Sie sagt elegisch, melodisch, aber zerrissen ein Verschen. Da ist diese Oboe, die sie verleitet hat. Trauer, antwortet sie jetzt. Ein Trauerbetrag auf einer sicheren Bank.

Onegin wird ein bißchen weich angekündigt, aber er ist doch pompös. Beherrscht. Das ist Kultiviertheit. Obwohl man weiß, was er zu ihr sagt, kann man bei ihm trotzdem Weichheit aufspüren, sie bricht hier mitten in seiner Abweisung durch. Diese Stimme will verflochten werden, will einer anderen und helleren nahe sein – drugoj, drugoj –, der andere ist in ihm, doch das weiß er nicht.

Jetzt wird er nur noch pompös. Jetzt wird seine Stimme mit den Stimmen dieser Bezauberinnen verflochten. Dieser Lachgänse. Solche will er haben.

Die Melodie der Oboe ist jedoch echt. Ja, das ist wirklich etwas Echtes. Sie zog Tatjana zu einer für ein feinfühliges Mädchen nahezu unerträglichen Scham fort. Aber sie war echt. Das hört man der Oboe an. Und die Flöte unterstreicht dies.

Dieser Walzer – wie er sich emporarbeitet! Ta taa-ti-ta taa-ta taa-ta ti-ti-ti-ti-ti-ti – Seidenschuhe, Kronleuchter, Blumen an den Busen. Das wogt jetzt, das geht in Tüllwellen und Seidenbrandungen mit schwarzer Fracktuchverbrämung dahin. Und die Flöte unter den Stimmen – Silberreflexe sind da, Kristall, perlender Schaum. Dieser weiche, wiegende Balleichtsinn. Als sich der Chor jedoch emporgearbeitet hat, bekommt der Rausch fast einen militärischen Takt und Ton. Und dann einen Paradetortenabschluß. Baumkuchenschicht auf Baumkuchenschicht disziplinierten Leichtsinns.

Onegin jetzt freilich. Die Düsternis in seinem weltgewandten Ton.

Jetzt.

Jetzt kommt es.

Der alte Triquet. Da ist etwas, das ich nicht erklären kann. Hier in meinem Herzen. Ein kleines Couplet. Ich kann seine feinen, tanzenden Füße in dünnen Lederschuhen sehen, wie er trippelt:

brillez – brillez!
brillez – brillez ...

Das muß ich als Kind gesehen haben. Aber ich erinnere mich nicht daran. Er singt in mir. Ich denke an Papa. Die Behutsamkeit. Die Finesse. Sich einem jungen Mädchen – so fein – zu nähern.

brillez – brillez toujours!

Sie schön sein lassen. Läßt sie strahlen. Die jugendliche Ballkönigin. Ich denke an das kindliche Herzeleid bei Thomas Mann. Tripp trippetripp ... *und frühes Leid*. Aber dies hier ist wärmer. Es ist leicht scherzhaft, aber er verleitet sie nicht. Es ist behutsam. Carpe diem, liebes Mädchen. Weine nicht, noch nicht.

brillez – brillez
brillez – brillez bell-é Ta-tí-a-ná!

Jetzt kommt die Mazurka. Messieurs! Mesdames! Es heißt, daß die Tänze des Volkes die der Herrschaften imitieren. Aber die Touren der Herrschaft haben hier durchaus etwas Holzschuhartiges, Tennenbodenknackendes –

Und Lenskis immer offenkundigere Verzweiflung – mitten in diesem erotischen Geplapper. Wie Krilon auf Fågelön, zu jung und zu klein und vielleicht zu würdevoll im Rausch.

Onegin! Jetzt aber. Jetzt muß er sich erklären. Er ist reich ausgestattet, dieser Byron vom Rande Europas. Ja, jetzt braut es sich zusammen. Und die Frauenstimmen klagen. Vorläufig nur Larina. In Lenskis verletzter Seele ist Wehmut, nicht nur Wut. Warum können sie die Aggression nicht bremsen? In die Bahnen der Verhandlung lenken. Wie kann ein Mann mit einer so delikat seelenvollen Stimme in einem Hormonsturm weiter dem Tod entgegenstürmen?

Er hat *drugoj* entdeckt. Bei dem Mädchen hat er es gesehen. Der Lieblichkeit wohnt ein Dämon inne. Olga ist eine Rose und eine Schlange. Und Lenski vermag *das andere* nicht zu ertragen. Er stürmt mit einer Duellpistole in der Hand auf die Eindeutigkeit zu.

Wenn Tatjanas Thema bei den Streichern wiederkommt, zeigt es, wieviel weiter sie gekommen ist. Sie beherbergt *das andere* bereits, auch wenn sie singt:

ich bin verloren
ich bin verloren ...

Ja, das ist das Paradoxe. Man gewinnt seine Seele, indem man das kleine, verletzte Ich verliert. Common knowledge. Aber selten praktiziert.

Lenskis Arie, sie ist für uns hier in den Birkenwäldern, im sommerlichen Licht der Nacht geschrieben. Lieblich ist sie im rauhen Nebel. Und er sollte nicht sterben müssen. Aber es ist das, was man einen Schwanengesang nennt. An Tuonelas Strom ... wie lieblich. Die Streicher und Flöten, die ihn begleiten, sind Vögel und Laub. Er weiß. Ja, er weiß, daß seine Brust bald durchschossen sein wird und nie wieder von diesem Ton erfüllt werden kann. Die Dakapos existieren nicht und auch nicht der Beifall und das Abschminken. Er weiß. Die Infamitäten der Kritiker können ihm nichts anhaben und auch die der Karikaturisten nicht: ein rundlicher Tenor in engen Hosen. Er ist nicht da. Er ist in der Arie, und die ist Birkengesang, Wassergemurmel, Sonnenlicht durch Nebel.

Und welche Wehmut noch, als das Ganze eigentlich nur noch dumm ist, als die beiden dem sicheren Tod entgegentapern. Etwas männlich und militärisch Ehrenvolles ist das nicht in dem schauerlichen grauen Licht des Wintermorgens. PANG! Trauer bei den Holzbläsern. Jetzt greifen die Streicher die Trauer auf, und es wird lange, lange darüber geklagt werden. Onegin wankt wohl hinaus. Er überlebt. Oder sein Körper. Denn wer überlebt einen Mord?

Die Polonaise. Nach dem Duell erscheint sie einem wie eine Pause. Kaffee und Sarah-Bernhardt-Kuchen im Goldfoyer. Prozession und Vergoldung und auch eine Art Alltäglichkeit. Routine. In gewisser Weise kann man sich den Hang der jungen Männer zu den schicksalsschweren Entscheidungen schon vorstellen. Da gibt es wenigstens nicht Kaffee und Kuchen und Prozessionen. Wie der liebe Lars, der gute, feine Arpman. Er wollte sein Leben opfern. Aber es wurde ihm statt dessen gestohlen. Es wurde von einem zynischen Librettisten abgezwickt. Und dann wurde der Tank zermalmt, und das Benzin geriet in Brand, und er verbrannte.

Wie kann eine mutige, wenn auch verirrte Seele mit einem so entsetzlichen Tod belohnt werden?

Jetzt Onegin. Sie sind etwas älter und stämmig, die besten Tenöre, deshalb ist es angenehm, ihn nicht zu sehen. Denn man darf nicht vergessen, daß er praktisch über den inneren Tod eines sehr jungen Mannes singt. Eines Mannes, der selbst getötet hat. Ja, was wird aus ihnen? Leere? Hektik. Es sieht so undramatisch aus mit so einer lebendigen Knabenleiche. Stumpfheit. Das Werkzeug der Gewalt wird stumpf und beschmutzt.

Aber er führt gleichwohl ein Gespräch mit sich selbst, ohne großes Aufheben. Er ist nicht nur oberflächlich geworden. Nein, dies auch noch darzustellen war Tschaikowsky wahrscheinlich nicht möglich. Dazu mußte man ein diabolischer Machinator sein und Hoffmanns grausige Hirnzappelei annehmen oder wie Poe einen Toten wirklich in Nachzuckungen sprechen, bereits verbrauchte Luft aus eingefallenen Lungen ausstoßen und dann rasch zu einem stinkenden Haufen verwesen lassen.

Er sieht sie. Hält es nicht für wahr. Das glühende Mädchen in eine stattliche Dame von Welt verwandelt. Die Fürstin Gremin.

Knjaginja Gremina –
smotrite smotrite!

Ja, guck du nur, Onegin. Das ist Gullas Triumph. So etwas muß man sich gönnen. Aus purer melancholischer Finesse wird keine Oper.

Gremin ist alt. Seine Stimme, nicht die körperliche, sondern die andere Stimme, ist Erfahrung und Stärke und Güte. Soldat. Veteran. Ein General, der bei Puschkin nicht vorkommt. Warum machte er diese Stimme zu der eines Soldaten? Hatte er kurz zuvor *Krieg und Frieden* gelesen? Wollte er wie Krilon daran glauben, daß man sich traurig mit Waffen schlagen kann, wenn man muß? Daß es richtig ist, dies zu tun.

Wollte er einen betrübten, freundlichen General gestalten, einen alten Beschützer der Freiheit? Vielleicht verraten. Aber nicht gespalten. In Gremins Arie ist er mit sich selbst eins. Hörte ich sie zum erstenmal, würde ich sagen, daß es ein religiöser Gesang ist. Ein ruhiger, religiöser Gesang. Über einen Menschen, der an die Güte glaubt und sie findet. Seinen Stern.

Nein, ihn kann man nicht betrügen.

Ja, sie trippeln und stolpern und tapern in ihren Ballschuhen zur Ecossaise. Die Musik hat ihre körperlichen und sozialen Verhältnisse jetzt jedoch verlassen, sie hat das Dekor verlassen. Sie tastet sich nach innen. Nun sind sie allein. Fast nur noch ihre Stimmen jetzt, Tatjanas und Onegins. Ein paar Bogenstriche. Ihre Stimmen klettern im Käfig umher, befühlen die Gitter der Wände, tasten.

Zwei Stimmen. Ich erinnere mich nicht, was sie zueinander sagen, aber es geht um die Liebe, die hätte sein können, sie ist es, die hier umhertappt und sucht, um zu sehen, ob es einen Ausweg gibt. Sie tastet sich zum Augenblick des Entschlusses.

Wir, die wir Körper sind, keine Stimmen, sind gezwungen, die Liebe zu verwirklichen – und uns zu erniedrigen. Uns in der Liebe durch Betrug zu erniedrigen.

Tag 1:
Heiligabend. 23°° Uhr. Übelkeit. Schmerzen im linken Arm. Heftiges Herzklopfen.
Hielt Bettruhe.

Tag 2:
Erster Weihnachtsfeiertag. Schneeräumen. Heftiges Herzklopfen. Anhaltende Schmerzen drückender Art im linken Arm. Sehr heftige Übelkeit. Bestellte via Notruf einen Krankenwagen. Konnte nur mit der Notaufnahme des Söder-Krankenhauses sprechen.
Wurde aufgefordert, mit dem Taxi zu kommen.

Hier wird es schwierig. Es wird so viel. Es war dreckig. Es roch nach abgestandener Trunkenheit, und einer, dem eine Stockfischgräte im Hals steckengeblieben war, kam vorher dran. Und dann war da eine alte Tante mit einer Quetschwunde im Gesicht. Und Kinder. Nein. Es geht nicht.

Wurde äußerst flüchtig untersucht, mußte dann zwei Stunden im überfüllten Wartezimmer warten.

Ruth ist es gewohnt, Berichte zu schreiben. Sie kann komprimieren und zusammenfassen, und sie sah den Bericht schon vor sich, ehe sie damit anfing. Tag 1, Tag 2, Tag 3, Tag 4. Doch nun fällt ihr auf, daß man einen Zweck verfolgt, wenn man einen Bericht schreibt. Man will bestimmte Fakten und bestimmte Umstände hervorheben. Andere sind irrelevant. Für den Zweck nämlich. Aber sie können sich trotzdem gewaltig aufdrängen. Wie dieses alte, zerschlagene Gesicht. Das nicht hierhergehört. Man kann sich ja nicht darüber *beklagen.* Man kann das in einen Bericht über einen Einzelfall, der der Gesundheitsbehörde zugestellt werden soll, nicht aufnehmen. Mißstände im Gesundheitswesen. Der Geruch dort gehört möglicherweise dazu. Aber den brachten sie ja mit. Es kann ja jemand, der genau in dieser Weise krank war, auf der Toilette gewesen sein. Kurz zuvor. Bevor jemand vom Reinigungspersonal dorthin gekommen ist. Es gibt natürlich alle möglichen Umstände und Entschuldigungen. Aber jetzt geht es um einen Einzelfall.

> Anläßlich der Untersuchung, die erst nach zwei Stunden erfolgte, wurde ich mittels EKG untersucht.

Ich klingt nicht gut. Ich. Mittels EKG.

> wurde eine EKG-Untersuchung vorgenommen. Ein äußerst gehetzter diensthabender Arzt erklärte, daß das EKG keinen Anlaß zur Beunruhigung gebe.

Jung war er auch. EKG, das EKG.

> erklärte, daß es keinen Anlaß zur Beunruhigung gebe. Wurde aufgefordert, nach Hause zurückzukehren.

Nach Hause. Mit dem Taxi. Auf eigene Kosten. Aber es ist schwierig, das alles mit hineinzunehmen. Und dann diese Nonchalance. Er sah mir überhaupt nicht ins Gesicht. In die Augen. So etwas kann man natürlich nicht schreiben. Unter den Ärztekitteln tragen sie nur Unterhemden.

> Erklärte, daß die Notaufnahme auf Grund eines Verdachts auf Infarkt aufgesucht wurde.

Und da sagte er:

»Wer hatte diesen Verdacht?«

Das klang nicht einmal höhnisch, nur müde. Aber es war Hohn. Freilich kann man das nicht vorbringen. Nicht auf objektive und zusammenfassende Weise. Dann sagte er etwas von Gefäßbeschwerden, sehr undeutlich. Warten wir's ab. Warten wir's ab.

»Wie ist das mit Ihrem Hausarzt?«

Das war indes purer Hohn. Gegen die Reform natürlich. Muß man das die Patientin spüren lassen? Aber ein Tonfall kann nicht wiedergegeben werden. Nur nackte Tatsachen.

> Tag 3:
> Unschuldiger Kindertag.

Das ist allerdings ein so altmodischer Ausdruck. Besser mit Datum.

> Nachmittags erneuter Anfall. Heftige, drückende Schmerzen im Arm.
> Übelkeit. Rief wieder die Notaufnahme des Söder-Krankenhauses an und wurde aufgefordert, mit einem Taxi dorthin zu kommen. Neuer Arzt.

Ja, das ist klar. Aber daß er noch jünger war! Auch das kann man nicht schreiben. Unterhemd. Lange Haare. Vielleicht war es übrigens gut, daß er so jung war, denn er wurde etwas unsicher. Ich hatte ja endlich begriffen, daß man sich nicht um jeden Preis aufrechthalten soll. Nicht so wie früher, wo Beherrschung und solche Dinge zählten. Jetzt geht es darum, zu zeigen, wie krank man ist.

Etwas anderes greift nicht. Man darf nicht nur krank sein, um im Krankenhaus aufgenommen zu werden. Man muß krank auftreten. Himmel noch mal! Ich entsinne mich, wie Papa ein Magengeschwür bekam. Wie man anrief und ein Zimmer *bestellte*. Ein Privatzimmer.

> Wurde nach Untersuchung aufgenommen. Kein freies Bett vor 18.30 Uhr. War zu diesem Zeitpunkt, schwer herzkrank, seit 14.30 Uhr im Krankenhaus.

> Tag 4:
> Belastungs-EKG.

Das hieß so. Ich fragte, ob es ratsam sei, eine herzkranke Patientin auf etwas radfahren zu lassen, das am ehesten einem Heimtrainer gleichkam.

> Kam auf die Station zurück. Wurde aufgefordert, den Nachttisch sowie unterm Bett sauberzumachen.

Aber ich legte mich hin. Jetzt wird alles so verzwickt. Für alles gab es einen Plan. Auch einen Putzplan. Und unterm Bett war eine Wollmaus. Eine alte natürlich. So ein luftiger Bausch. Eine Patientin kann nicht innerhalb von vierundzwanzig Stunden eine Wollmaus zustande bringen. Aber ich habe sie doch gesehen. Muß wohl ein paarmal mit diesem Mopp durchgefahren sein. Wie gehorsam wir sind!

Ruth würde gern schreiben, daß sie sich gekränkt fühlte. Aber von wem? Das Mädchen, ja, es war wohl eine Schwesternhelferin, war ach so gutmütig.

»Jetzt machen wir sauber, sehen Sie.«

Keine Diskussion. Sie würde nie verstehen, daß ich nicht in meiner Eigenschaft als Chefin des Sozialamts und Mitglied des kommunalen Fachausschusses gekränkt war. Sondern als Kranke. Und die Krankenschwestern waren so gehetzt und lächelten immer nur. Sie lächelten und lächelten und lächelten. Und dann die Visite. Welch erotische Spannung zwischen diesen Unterhemdendoktoren und den Krankenschwestern in weißen Overalls und Holzschuhen! Das merkte man schon von weitem.

> Wurde nach einer nicht zufriedenstellenden kurzen Beschreibung des Zustands als Gefäßkrampfbeschwerden entlassen.

Ausgepflegt. Das ist ein Wort, das Ruth tatsächlich benutzt hat, wie sie sich erinnert. Aber jetzt kann sie das nicht machen. Mußte ein Taxi nehmen, um Medizin zu holen. Aber das braucht sie nicht zu schreiben. Eigentlich ist der Bericht fertig. Es bedarf nur einer Zusammenfassung der Mißstände in diesem Einzelfall.

Sie hat noch nie einen so schlechten Bericht geschrieben. Das muß man einfach zugeben. Den kann man schlicht nicht abschicken. Nicht einmal, wenn sie in der Zusammenfassung eine Abrechnung hinbekommt, die sich gewaschen hat. Es ist unmöglich, Berichte über etwas zu schreiben, worüber man zuviel weiß. Das wird wirr.

Eine Menge Dinge, die wirr, hoffnungslos und durcheinander aussehen, müssen aus einem gewissen Abstand betrachtet werden, um deutlich zu werden. Dann schreibt man verständlich. Aber aus dieser Entfernung geht das nicht. Es wird entweder ein einziges Durcheinander oder viel zu mager. Das hier ist mager.

Sie ist krank. Man kann keine Berichte schreiben, wenn man krank ist. Sie hat im ganzen Körper eine Art Überdruß. Etwas, das sie noch nie verspürt hat. So als ob man mit bleiernen Schuhen ginge.

Tag 1.

Tag 2.

Tag 3.

Sie ist schon drei Tage zu Hause und nimmt diese Medizin. Drei Sorten. Plus eine, die sie nehmen soll, wenn sie einen erneuten Anfall bekommen sollte. Ich kann auf Kreta anrufen, dachte sie am Tag 1, war aber zu müde. Rethymnon. Rief am Tag 2 an. Es war wirklich ein Unterfangen, denn sie waren natürlich nicht im Hotel. Irgendwann rief aber Birgitta zurück. Ruth sprach auch mit Hasse. Dann laß es dir jetzt gutgehen! Laß es dir gutgehen! Kein Schneeräumen, hörst du!

Und nun ist der Tag 4. Silvester. Laß es dir gutgehen. Jetzt hätte man besser ein bißchen Kontakt zu den Nachbarn. Aber Oda, nein danke. Und dann muß man Kyndel als Nachbarn haben! Das ist – ja, was ist das? Zynisch. Ironisch. Als hätte es sich jemand ausgedacht.

Laß es dir jetzt gutgehen. Und trag keine schweren Taschen. Nein, natürlich nicht. Sie will nichts zu essen haben. Das Weihnachtsessen kann sie nicht einmal einfrieren. Das kann sie nur noch wegwerfen. Aber Milch braucht sie, also ruft sie bei Sascha an. Er nimmt fünfunddreißig Kronen für eine Anlieferung. Aber ich bin doch krank, möchte Ruth sagen. Sie fragt, was für Brotbelag er habe. Gravad Lachs, Pastete mit grünem Pfeffer, italienische Salami. Ja, sie fühlt sich bleivergiftet. Ekel kommt ihr hoch. Da fällt ihr der Milchreis wieder ein, und sie bestellt eine Packung Rundkornreis. Und Rosinen.

Gegen Abend hat sie den Brei gekocht und ißt ihn langsam. Er ist gut. Das ist ein einfaches Essen. Es ist die Kindheit, die daraus aufsteigt. Der Krieg. Es ist ein einfaches Leben, das sie ißt. Das Haus war gleichsam dünner damals. Es zog. Und dann warfen wir alles mögliche in den Kompost. Eierschalen. Beim Balkon stand eine Eberesche. Ich hatte eine Steppdecke mit Satinfutter. Um sechs Uhr wurde gegessen.

Es ist gut. Sie ißt den Brei zum Gedenken an ein einfaches Leben. Skistiefel. Fußkalte Räume. Klavierspiel. Der Hund, der auf Papas Ledersessel schnarchte. Auch er mochte den Zug am Fußboden nicht. Ihm hätte es gefallen, den Rest vom Brei zu bekommen. Aber was fraß er sonst? Es gab keine Dosen mit konserviertem Fleisch, HUNDEMAHLZEIT MIT LEBER, kein in Form gepreßtes Hundefutter. Ein Riesenschnauzer. Ein großer deutscher Hund. Papa bekam vom Schlachthof in Enskede Luftröhren und Lungen, so war das. Es war wahrscheinlich auch Herz dabei, denn sie nannten das Geschlinge Herzschlag. Igitt. Ein stickiger Geruch entstand, während es in einem großen Topf kochte. Wir hätten wirklich keine gekochten Kartoffelschalen in den Kompost tun sollen.

Armer Papa. Er setzte wohl ein bißchen auf das Deutsche, ja, nicht auf Hitler oder die Nazis, aber er setzte auf das Deutsche, auf Goethe und Beethoven. Er dachte wohl, daß die Offiziere die Macht übernehmen würden, weiß Gott, was er dachte. Daß sie politische Macht bekämen, wenn der Krieg gut verliefe. Deutschland würde wieder deutsch werden, wenn sie nur siegten. Als Rommel zum Feldmarschall ernannt wurde, dachte er, daß sich alles wenden würde. Aber dann kam El Alamein. Sie erinnert sich an die Worte, sie stecken in dem Brei: *Rommel ist zum Generalfeldmarschall ernannt worden.* Und dann sechs Wochen lang Wüstenvernichtung.

Papas Enttäuschung. Das ist gelinde gesagt. Seine beißende, zehrende, erbarmungslose Desillusion. Vielleicht war es auch noch etwas anderes. Man weiß so wenig über das Leben seiner Eltern. Er wurde grau. Krank. Und Mama kochte ihm Brei. Er aß Brei anstelle einer richtigen Mahlzeit, denn er hatte ein Magengeschwür bekommen. Eines Mittsommers blutete es. Körniges, fast schwarzes Erbrochenes kam eines Sommermorgens aus seinem Inneren. Mama sorgte für einen Doktor. Für ein Auto. Ein Privatzimmer. Und dann für seine Rekonvaleszenz. Das leichte, weiße Essen. Gekochter Fisch. Reis. Damals gab es nur Rundkornreis. Silbertee: heißes Wasser mit Zucker und etwas Sahne. Weiß Gott, was Mama über seine Enttäuschung dachte. Weiß Gott, im übrigen, was sie über seinen Enthusiasmus gedacht hatte. Sie kümmerte sich nicht groß um diesen Diskussionsklub.

Aber sie sagte nichts. Eine Frau ließ sich zu jener Zeit nicht lang und breit über ihre Ansichten aus. Sogar Oda Arpman war etwas gedämpft. Viel jünger als Mama. Groß und berückend, wirklich. Das war das Wort, das man gebrauchte.

Es gibt ein Foto von Mama und Papa zusammen mit Oda. Lars Arpman muß es aufgenommen haben. Der unsichtbare Arpman. War Johan Krylund schon von Anfang an da?

Nein, einfach war dieses Leben natürlich nicht. Aber das Essen. Obwohl es freilich wieder mit großen Büfetts losging, sobald der Krieg zu Ende war und die Rationierungen nach und nach aufgehoben wurden. Aber da war eine Einfachheit. War es die meine? Die des Kindes. Obwohl ich ja fast erwachsen war, sechzehn, siebzehn, als ich abends hier am Klavier saß. Am liebsten, wenn ich allein zu Hause war. Spielte im Halbdunkeln. Nur die Lampe über dem Notenständer brannte. Die Fotografien auf dem Klavier klirrten, wenn ich ordentlich in die Tasten griff. Allerdings spielte ich meistens sehr leise. Bei gedrücktem linken Pedal.

Das schwere, graue Gefühl bewirkt, daß Ruth es nicht schafft, den Breiteller abzuspülen. Sie weicht ihn nur ein. Dann geht sie ins Wohnzimmer und schaltet den Fernseher ein. Eine Dame in Schwarz und Gold liest aus einem Kinderbuch vor, bevor die nächste Sendung beginnt: *Wer soll den Lillan trösten?* Nein, das wird zuviel. Aber es ist natürlich gut gemeint. So, wie Onkel Sven, wenn er an Silvester seinerzeit zu den Kranken und Einsamen sprach. Allerdings war er bestimmt nicht festlich gekleidet, und wenn er es war, so sah man es im Radio nicht. Sie schaltet auf den nächsten Kanal um. Der Quizmaster trägt einen Frack. Auf den Punkteziffern ist Flitter. Sie sind mit silbrigem Schnee überzogen. Dann wird eine Vorschau auf den Zwölfuhrschlag gezeigt: Partyhütchen, Smokings, Papiertrompeten, Luftschlangen, Champagner in spitzen Gläsern, Konfetti. Es tutet, es schießt, es spielt. Raketen knallen und heulen. Sie hat diesen Ausschnitt schon viele Male gesehen. Was in aller Welt werden sie tun, um das noch zu übertreffen, wenn es tatsächlich zwölf Uhr ist?

Eine Sängerin zeigt Brüste, die zusammen sieben oder acht Kilo wiegen müssen, und singt feurig von Zigeunerliebe. Beim Vibrato schlägt sie mit den Augenlidern. Dann kehrt sie der Kamera die Pobacken in rotschwarzem Lamé zu. Da schaltet

Ruth den Fernseher aus. Sie macht das nicht mit der Fernbedienung, sondern mit dem Knopf am Apparat. Es wird absolut still und dunkel im Zimmer. Halbdunkel, sowie sich die Augen daran gewöhnt haben. Sie will nicht so viel Licht haben, also schaltet sie die Klavierbeleuchtung ein. Noten liegen keine da. Es spielt niemand mehr.

Das ganze Haus ist seit dem Krieg zwei-, dreimal renoviert worden. Die Einrichtung ist anders. Aber das Klavier und der Klavierschemel sind noch vorhanden. Natürlich keine Fotografien auf dem Klavier. Das hatte man ja früher. Bei den Walzern klirrte es leise. Kein dickes Seidentuch mit Streifenmuster in Violett, Dunkelblau und Rosa? Wo ist das hingekommen?

Sie erinnert sich an etwas Staubiges, Brüchiges: mürbe Seide. Zerschlissene Fäden. Hände, die wegwarfen. Ja, es waren meine. Meine Hände. Wie konnte ich nur, denkt sie wider alle Vernunft.

Sie lüpft den Deckel des Klavierschemels. Es ist, als hätte sie in all diesen Jahren nicht daran gedacht, daß der Sitz ein Deckel ist, der sich lüpfen läßt. Noten. Das erste Heft ist: *Ja, dieser Brief, die ihn schrieb, sie lag in meinen Armen, es ist Britta, weiter nenn' ich nicht den Namen.* Taubes Bereitschaftslied. Wie braun es geworden ist. Oder war. Hier sind auch Sachen, die sie selbst gespielt hat. *I dream of Jeanie with the lightbrown hair, born like a vapour in the summer's air ...*

Vorsichtig probiert sie mit dem Zeigefinger. Drei b! Wie konnte ich das nur? Aber die alte Stephen-Foster-Melodie erwacht. Sie ist wieder im Haus und bewegt sich im Halbdunkel, spröd und unrein. In den letzten Jahren hat es keinen Grund gegeben, das Klavier stimmen zu lassen. Aber daß die Melodie sich jetzt bewegt, daß sie im Haus und im Körper ist! Ja. Da ist sie wahrscheinlich die ganze Zeit über gewesen. In der Erinnerung, sagt man, aber ich kann mich nicht erinnern, daß ich mich daran erinnert hätte.

Hier zu sitzen. Vielleicht eine Stunde. Vielleicht zwei. War das so einfach?

Hatte ich überhaupt keine Eile? Ich mußte doch bestimmt irgendwelche Zeiten einhalten? Ich mache es einfacher, als es war; ich habe vergessen.

Aber der Körper hat nicht vergessen. Er nimmt die Melodie auf, die süße, womöglich sentimentale Melodie, er nimmt sie mit Wiedererkennen und Ruhe auf. Sie beginnt mit der linken Hand zu tasten. Findet die Akkorde. Himmel noch mal – drei b! Und das sitzt im Körper. In den Händen. Tief in mir gibt es ein Wiedererkennen, nicht verschwommen und weit weg, sondern genau. Ja, sehr genau. Unberührt von all der Zeit, die dahingeflossen ist. All der Zeit, der ich mich entgegengestemmt habe wie eine Schwimmerin einer harten Gegenströmung. Ich habe mich durch sie hindurchgekämpft. So hart. So hart für den Körper, für die Erinnerung und die Gedanken. All das. Für die Seele. Auch so ein Wort. Aber mangels eines besseren: so hart für die Seele.

Unberührt von der Zeit entsteigt den Noten und ihren Händen und ihrem Körper und dem alten Klavier, das jetzt nicht scheppert, die Melodie. Ein bißchen unrein ist sie. Aber die Erinnerung korrigiert. Und ohne daß Ruth Anser es gemerkt hat, hat ein neues Jahr begonnen.

Am zweiten Tag des neuen Jahres bekommt Oda Besuch von einem jungen Mann, der wie das blühende Leben ist, so als wäre er zappelnd unter einer Dusche geboren worden. Er riecht nach Austern, aber das ist wohl ein Herrenparfüm, und er hat dunkles, halblanges Haar in ganz frisch gewaschenen Wellen.

»Darf man ein gutes neues Jahr wünschen?« fragt er fröhlich und jungenhaft. Aus seinem Mund weht ein frischer Atem. Den hat er einem Spray zu verdanken, das hat sie gesehen, bevor er aus dem Auto stieg.

»Und ein kleines Präsent der WOHNKONTROLLE überreichen?«

Sigge hat gesagt, daß Oda niemanden reinlassen solle, den sie nicht kenne. Aber der Tag ist grau. Das Leben ist lang. Unglaublich lang im Grunde. Und der da wird sie nicht niederschlagen, denn er würde nicht das Risiko eingehen, sich zu besudeln. Er ist darauf aus, sie übers Ohr zu hauen. Und das wird schwieriger, denkt Oda, möglicherweise im Übermut.

Er tritt also ein, und das Päckchen landet auf dem Couchtisch. Es sind Pralinen.

»Bitte sehr?« sagt Oda.

»Au weia«, sagt das alerte Bürschchen und sieht sich um. »Bißchen schwer zu bewältigen, wie? Nicht gerade leicht sauberzuhalten, wie?«

Er sagt wiiiie, mit schneidendem I-Laut.

»Ich putze nicht soviel«, sagt Oda. »WOHNKONTROLLE? Wollen die Behörden kontrollieren, wie ich wohne? Allerdings pflegen die keine Pralinen anzubieten. Folglich handelt es sich wohl um ein Geschäft. Was verkaufen Sie?«

»Überhaupt nichts«, erwidert er, obwohl sie auf ein fünfzehnbändiges Nachschlagewerk mit einem Ratenvertrag, der nur mit einer Lupe zu lesen wäre, getippt hat.

»Wir wollen, daß die Wohnenden die Kontrolle haben.«

»Aha. Worüber?«

»Über ihr Wohnen! Vollständige Kontrolle. Das ist die neue Idee. Und das ist es, was ich wissen will: ob Sie die haben.«

»Kontrolle?«

»Ja – ob Sie über Ihr Wohnen Kontrolle haben.«

An seinen Zähnen scheint nie Essen geklebt zu haben. Sie sind weiß und glänzen, und sie haben kleine, gesunde Zwischenräume.

»Treppen«, sagt er. »Sowohl ins Obergeschoß als auch in den Keller. Oje, oje. Und ein großer Garten. Und wie ist das mit dem Schneeräumen?«

Ja, das ist klug gefragt. Normalerweise kommt Polander, der drei Häuser weiter wohnt, mit einer Schneeschleuder und surrt sowohl für Oda als auch für Ruth Anser den Schnee beiseite. Aber Polanders sind im Moment auf Madeira. Sie haben offensichtlich mit einem jungen Mann verabredet, daß er kommt und die Schleuder bedient und den Briefkasten leert und jeden Tag zu unterschiedlichen Zeiten im Haus das Licht an- und ausmacht. Aber der kommt natürlich nicht zu Oda. Sie hat sich einen Trampelpfad zum Briefkasten gemacht. Und Ruth scheint aufgegeben zu haben, mehr oder weniger.

»Sie haben nicht über ein Wohnen nachgedacht, das Ihnen etwas mehr Kontrolle über die Situation gibt?«

»Möchten Sie das Haus kaufen?«

Er legt den Kopf auf die Seite und hält zwei rosige und reine Handflächen auf. Das soll wohl nein heißen. Oder ja.

»Der Fliederhof? Der Rosenhof?« sagt er. »Waren Sie schon auf dem Fliederhof in Saltsjöbaden? Oder in Vallentuna auf dem Rosenhof? Ruhiges, gut kontrolliertes Wohnen. Service mit Essen, Krankenpflege, allem. Aktivitäten. Sie ahnen gar nicht, welch ein Angebot an Aktivitäten!«

»Doch, doch«, sagt Oda.

»Das können wir einrichten.«

»Ach ja. Verkaufen Sie dort Wohnungen?«

»Nein, nein, aber wir können das für Sie managen, wenn Sie gern etwas mehr Kontrolle über Ihr Wohnen bekommen wollen. An den Warteschlangen vorbei, verstehen Sie. Kein Problem.«

In diesem Moment klingelt es an der Tür. Oda hatscht mit einiger Mühe davon, um zu öffnen. Es ist nicht gefährlich, ihn mit den Bildern und der Pendüle des Viborgmeisters allein zu lassen. Er ist auf mehr aus. Auf der Treppe steht Sune Kyndel.

»Tagchen«, zischelt er. »Ich will nicht lange bleiben. Möchte dich nur warnen.«

Er zeigt in die Wohnung und zwinkert. Oder schneidet vielmehr Grimassen.

»Was ist denn?«

»Der Kerl«, flüstert Kyndel. »Er hat es auf uns abgesehen.«

»Ist der auch bei dir gewesen?«

Kyndel nickt.

»Mit Pralinen?«

»Einer Tüte Twist.«

»Komm rein.«

Aber Kyndel will an der Tür stehen und flüstern.

»Hab gesehen, wie er hier rein ist, verstehste. Und ich hab ihn früher schon gesehen. Er hat für Fehzén gejobbt, wie der BOSTABIL gehabt hat. Was dann pleite ging. Aber jetzt taucht er wieder auf. Sie sind auf die Häuser aus. Die Säuberung ist im Gange. Sie wollen es hübsch haben hier. Die Preise steigen, du weißt schon.«

»Hat er dir auch eine Wohnung im Fliederhof angeboten?«

»Eine Einzimmerwohnung in Trollbäcken.«

»Ich glaube aber nicht, daß Fehzén auf noch mehr Häuser aus ist. Der verkauft doch. Er hat der Stadt das Krylundsche Haus verkauft.«

»Doch nur deshalb, weil er gedacht hat, daß daraus so was wie ein Kulturzentrum werden soll, verstehste. So was zieht jetzt. Die Preise steigen. Jetzt soll es Kultur sein. Und die Stadt hat in der Tat gesagt, daß es dort irgendwas mit Kultur geben soll.«

Sie bekommt ihn schließlich ins Haus. Das frische Gesicht, das jetzt in der Sofaecke leuchtet, wird beschmutzt, als es Kyndel reflektiert. Ein hauchdünner Belag von Mißvergnügen. Gleich wieder weg. Wieder fein säuberlich.

»Ausgezeichnet!« sagt er enthusiastisch.

Die Luft verdichtet sich, als Kyndel in die Wärme hereinkommt. Er trägt dicke Socken. Die Stiefel aus Graninge hat er in der Diele ausgezogen, und er legt auf eine Weise, die Oda an einen alten Hund erinnert, den sie auf Lindholmen hatten, einen Fuß auf den anderen. Der Hund ruhte oder wartete immer mit gekreuzten Pfoten.

»Was meinst du, Kyndel, sollen wir auf den Fliederhof ziehen, du und ich? Oder ins Veilchenheim. Oder in die altersgerechte Wohnanlage Duftwicke. Oder wie war das? Was hatten Sie Sune Kyndel anzubieten?«

»Wir versuchen individuelle Lösungen zustande zu bringen. Es gibt Unterschiede in der Palette. Ebenso wie es zwischen den Individuen Unterschiede gibt.«

»Genau«, sagt Oda. »Wie den Unterschied zwischen Twist und Alban Berg.«

»Schweden hat ein bißchen zu lange Gleichmacherei betrieben. Nehmen Sie die Reihenhäuser. Außen gleich. Innen gleich. Aber unterschiedliche Leute. Sehen Sie sich nur die Fernsehserie *Schwedische Herzen* an. Ich finde, das sagt einiges. Und die Palette an Krediten. Der reinste Wildwuchs. Chaos. Der eine kommt mit einem günstigen staatlichen Grundkredit und guten, alten Hypotheken davon, und der andere muß zum Notar und Zinsen bezahlen, die einem Krokodil die Augen tropfen lassen. Ich finde, wenn schon Gleichheit herrschen soll, dann doch wohl Gleichheit vor den Banken. Wir werden einen gemeinschaftlichen Grundkredit anbieten, überhaupt ein gemeinschaftliches Kreditkonzept und gemeinschaftliche Neuverhandlungen.«

»Ich verstehe nicht«, meint Kyndel. »Das wird ja dann gleich.«

»Genau! Die Zeiten haben sich geändert. Es herrscht eine andere Stimmung. Die Leute verlangen ein bißchen mehr vom Wohnen. Wir haben ein Konzept. Schlicht und ergreifend. Man spürt, individuell, wo man wohnen will. Ich meine, man kauft ja nicht nur ein Haus, wie? Man kauft eine Umgebung. Nachbarn. Man kauft den Lärm. Einbrüche. Garagendiebstähle. Die ganze Palette. Und da haben wir eingehakt. Kein Gerenne mehr zu Nachbarn, die den Briefkasten leeren, und keine Krisen mit dem Schneeräumen. Sondern ein ganz klares, sauberes Konzept. Von den Krediten bis zum Schneeräumen. Bewachung. Alarmsystem. Passiercodes.«

»Mensch«, sagt Sune Kyndel, »ich habe im Radio was über einen Typen gehört, der draufgekommen ist, daß ihn seine Pelargonien erkennen. Das war irgend so was wie Fotozellen. Empfindlichkeit für Ausstrahlung. Er hat sie dazu gebracht, die Garagentüren aufzumachen. Oder was das war.«

»Toll. Wir haben also diese Palette mit den gesamten Systemen. Wir glauben an die Kraft des Individuums hier. Daß die Leute so gescheit sind, das zu wählen, was für sie taugt.«

»Spürten sie denn eine Art Aura?« fragt Oda.

»Wie bitte?«

»Ja, ich meine die Pelargonien.«

»Bestimmt«, meint Sune Kyndel. »Die spürten was. Vielleicht war es eine Aura.«

»Das ist seltsam«, sagt Oda träumerisch. »Aber es ist nicht unwahrscheinlich. Doch, vielleicht. Aber auf keinen Fall *unmöglich*. Obwohl es ein gutes Stück jenseits der Grenze des Wahrscheinlichen zum Möglichen ist.«

»Jetzt komme ich nicht ganz mit, fürchte ich«, sagt der WOHNKONTROLLE-Mann alert und aufrichtig.

»Pelargonien, die Garagentüren aufmachen«, sagt Oda. »Der Mensch ist ebenfalls so ein feingestimmtes Instrument. Die ganze Natur spielt auf uns, glaube ich. Ebenso auf den Tieren und den Pflanzen. Die Säfte steigen und sinken in den Gefäßen des Körpers oder der Pflanze, sie steigen und sinken je nach Jahreszeit und Stellung der Planeten und so. Es geht folglich darum, mitzukommen und den richtigen Takt einzuhalten ...«

»Phantastisch«, sagt Sune Kyndel. »Richtig verdammt gut.«

»Das ist nicht auf meinem Mist gewachsen«, gesteht Oda. »Ich habe das heute morgen in einem Buch gelesen.«

»In welchem Buch?«

»Es heißt *Tausend Jahre in Småland*.«

»Das schreib ich mir ins Gesangbuch«, sagt Sune Kyndel.

»Den richtigen Takt für Arbeit, Ruhe, Liebe, Mahlzeiten und fromme Übungen. Glaube ich, stand da.«

»Prima«, sagt der WOHNKONTROLLE-Mann. »Toll.«

»Wissen Sie was«, sagt Oda. »Ich finde die Palette hübsch.«

»Welche?«

»Ihre. Das Konzept. Kultur und Bewachung und Schneeräumen. Für mich klingt das nach Paradies. Werden sie Uniformen tragen?«

»Äußerst diskrete.«

»Tarnanzüge?« fragt Kyndel, aber da kommt der WOHNKONTROLLE-Mann aus dem Konzept, deshalb sagt Oda: »Laß die Späße, Kyndel. Das ist ernst hier. Ich erlaube mir jetzt mitzuteilen, daß ich wohnen bleibe. Ich möchte im Paradies wohnen.«

»Ich auch«, sagt Kyndel.

»Wir kaufen das ganze Konzept ohne die Kredite. Denn wir haben keinen Kredit. Nicht wahr, Kyndel?«

»Ich gehe jetzt«, sagt der alerte junge Mann.

Sie hören sein Auto mit einem weichen, sensuellen Knurren anspringen, und Oda sagt, daß sie jetzt zu den Pralinen ein Glas Portwein anbiete.

»Hör mal, ich würde mich in acht nehmen vor diesen Pralinen«, sagt Kyndel. »Die Twisttüte habe ich in den Mülleimer geschmissen. Fehzén ist ein gerissenes Aas. Das ist doch er, der hinter der Sache steckt. Das weiß ich.«

»Du meinst, er soll die Pralinen vergiftet haben, um uns loszuwerden?«

»Ich meine gar nichts«, erwidert Kyndel. »Aber ich bin da vorsichtig.«

Da holt Oda zwei in den siebziger Jahren des vorigen Jahrhunderts in Petersburg erworbene geschliffene Gläser und eine Karaffe selbiger Herkunft und schenkt Kyndel und sich selbst goldgelben Portwein ein. Sie reißt die Zellophanhülle um die Pralinen auf und stellt die Schachtel geöffnet mitten auf den Küchentisch.

»Kyndel«, sagt sie, »wir werden jetzt Pralinen essen.«

Sie nimmt ein Stück Mandelkrokant und steckt es sich in den Mund, und während sie noch kaut, steckt sie sich ein helles Stück mit weißer französischer Nougatfüllung und ein zartbitteres mit Kirschlikör in den Mund.

»Iß jetzt«, sagt sie.

»Nein, nein, vielen Dank. Ich mach mal lieber hübsch langsam.«

»Wir müssen von diesen Pralinen essen, sonst werden wir krank«, erklärt Oda, während sie das französische Nougat vom Gaumen zu manövrieren versucht. »Ich habe eine junge Freundin, ja, du weißt, Sigge, die für Oxehufvud hier nebenan gearbeitet hat. Sie nennt das Paranoia. Deshalb essen wir jetzt diese Pralinen, um nicht paranoisch zu werden. Paránoia heißt das. Ich hatte einen Bruder, der war Arzt. Er störte sich daran, daß sie anfingen, Parranója zu sagen. Aber das ist die Krankheit unserer Zeit, also streichelt man sie ein bißchen. Spricht es familiär aus. Sie ist das Kätzchen des zwanzigsten Jahrhunderts. Nimm mal so eine, Kyndel. Trüffel mit Kaffeegeschmack. Unser kleines

Haustier. Hast du diese großen Katzen gesehen, die in der Dämmerung vor nordafrikanischen Häusern umherschleichen? Man kann sie bis hinauf in die Hotelhöfe sehen. Solche Katzen können sehr groß werden. Sie gehen an die Müllhaufen. Am Ende werden sie große, muskulöse Raubtiere, und sie können sich von Leichen ernähren. Die Kriege kommen von solchen Hauskatzen wie der Paránoia.«

Er steckt jetzt tatsächlich ein Stück in den Mund, doch er sucht sich das kleinste und dünnste aus, helle Schokolade mit Orangengeschmack, und er spült mit Portwein nach.

Als sie genügend Pralinen gegessen haben, so daß Oda sie auf der sicheren Seite wähnt, bittet er sie, ihr etwas zeigen zu dürfen. Was verdammt Merkwürdiges, sagt er. Sie zieht sich Stiefel an, denn dieses Merkwürdige ist ein Stück weit in seinem Garten. Gleich neben dem Mistbeet.

Es liegt nicht mehr viel Schnee. Die Tage zwischen den Jahren sind feuchtgrau gewesen, tauend. Stengel mit Samenträgern stehen trübselig nackt in dem kleinen Schneerest, der noch vorhanden ist. Die Baumkronen haben schwarzes Geäst.

»Hier.«

Es ist eine geschützte Stelle an den fast vermorschten Brettern.

»Hab das schon lang gesehen. Jahrelang. Will sagen, die Blätter.«

Jetzt aber blüht sie. Der Stengel ist kräftig, ein bißchen krumm, vielleicht davon, daß sie sich vor ein paar Tagen aus einer vom Schnee behinderten Lage emporgearbeitet hat. Es sind fünf Kronblätter, weißgrün. Ja, eisig weiß mit grünem Lüster.

»Die ist groß wie so eine Scheißanemone«, sagt Kyndel.

»Das ist gewissermaßen auch eine Anemone. Helleborus niger. Christrose.«

»Jedenfalls ist es verdammt merkwürdig. Im Winter zu blühen. Was? Sich so was einfallen zu lassen.«

Die Zeit hört nicht auf. Die Prozesse gehen weiter und die Verwandlungen.

Vielleicht läßt sich Zeit, die aufgehört hat, als ein geschlossener Raum vorstellen. Aber auch in einem solchen Raum blühen Topfpflanzen. Bei Trockenheit blühen sie darbend und werden braun und welk. Aber die Zeit und die Verwandlungen hören auch dann nicht auf. Die Pflanzen beginnen allmählich zu verrotten.

Dieser Raum in einem Haus der Wohnungsbaugenossenschaft HSB ist nicht geschlossen. Diejenige, die hier ans Ende der Zeit gekommen ist, war sehr rücksichtsvoll. Deshalb steht die Balkontür offen. Eine zusammengefaltete Zeitung klemmt darunter, damit sie nicht zuschlägt. Die Topfpflanzen, eine Reihe von Usambaraveilchen in weißen Keramiktöpfen, haben noch nicht zu verrotten begonnen. Sie sind eher gefriergetrocknet.

Der Hausmeister glotzt die ganzen Feiertage über auf diese Balkontür. Er weiß nicht, daß sie aus Rücksicht offensteht, wahrscheinlich unter anderem auf ihn. Er findet es nur eine Schweinerei. Die Wärme geht auf direktem Weg hinaus. Und dann wird es auf die Mieten umgeschlagen. Das sagt er zu seiner Frau. Sie guckt nun auch auf die Balkontür dort oben. Aber sie regt sich nicht so auf. Sie habe sie nur vergessen, meint die Frau. Er findet es trotzdem eine Schweinerei.

Dann ruft ausgerechnet aus Visby ein Weibsbild an. Sie fragt nach der da oben hinter der offenen Balkontür und sagt, daß sie die ganzen Feiertage über versucht habe, sie zu erreichen. Aber sie nehme nicht ab. Am ersten Werktag im neuen Jahr ruft noch eine an. So eine verdammte Sozialschrulle. Sie nimmt es genau mit den Titeln. Aber sie rufe privat an, sagt sie. Da findet er es allmählich zum Kotzen.

Er weigert sich, mit Hilfe des Hauptschlüssels in die Wohnung zu gehen, als wieder ein Anruf aus Visby kommt. Jetzt ist es ein Kerl. Er sagt ihm, wenn er in die Wohnung wolle, dann müsse er herkommen und sich ausweisen. Oder die Polizei, sagt er.

Es gibt ein ewiges Hin und Her. Und die ganze Zeit über steht diese Balkontür offen. Schließlich einigen sie sich auf die Polizei. Wir können doch nicht einfach so von Visby weg, meint der Kerl. Wenn dann doch nichts ist.

Der Hausmeister geht nicht mit hinein. Das läßt man lieber. Das sagt er zu seinem Weibi, noch bevor das Polizeiauto da ist. Man hat so was schon mitgemacht.

Es sind zwei Polizisten. Ein Mann und eine Frau. Die kriegen bestimmt einiges zu sehen. Ja, nun, sagen sie, wie sie herauskommen. Es ist der Mann. Das sei eine unangenehme Geschichte hier. Wann haben Sie sie zuletzt gesehen? Was ist denn? fragt er. Hat sie der Schlag getroffen oder so? Es sei noch unangenehmer, sagt die Frau. Da begreift er, daß sie sich umgebracht hat.

Die Geräuschbrandung vom Drottningholmsvägen dröhnt weiter durch die beiden Räume. Auch am nächsten Tag ist die Wohnung noch kalt. Die Frau aus Visby bibbert. Es ist jetzt leer. Nichts Schreckliches mehr dort in der Wohnung. Sie bewegen sich auf jeden Fall bibbernd und mit Widerwillen auf den kleinen Flächen. Die Usambaraveilchen könne man wohl hinauswerfen, sagt die Frau. So ein Haken, sagt der Mann. Der sei doch nur für eine Lampe. Daß der gehalten habe. Sie sei doch federleicht gewesen, sagt die Frau und bibbert. Klein.

Die Polizei hat den Brief an sich genommen. Er lag auf dem Bett. Es muß alles untersucht werden. Aber sie haben derweilen eine Fotokopie bekommen. Es steht nichts Persönliches darin. »Es ist, als ob wir nicht existierten«, sagt die Frau. »Ich meine, ich bin immerhin eine Nichte. Ihres Mannes, ja. Ja, aber immerhin. Und wir sind es auch, die alles erledigen müssen.«

In dem Brief steht, daß die Beerdigung im jüdischen Teil des Waldfriedhofs statthaben solle, ja, statthaben steht da. In der Anzeige und auf dem Grabstein solle Katarzyna Tidström geborene Grossman stehen. »Aber das ist doch völliger Wahnsinn«, sagt die Frau. »Sie war nicht sie selbst. Nach so was kann man sich doch nicht richten.« Warum denn nicht? »Es ist klar, daß sie neben ihrem Mann liegen muß. Das ist doch selbstverständlich.

In Hemse. Sie muß völlig verwirrt gewesen sein. Und man kann auch ihren Namen nicht so schreiben. Da weiß ja niemand, wer das ist.« Doch der Mann findet, daß man sich nach dem Brief richten müsse. Warum denn? »Das ist doch wohl kein *Testament.*« Es gebe wohl keins. »Nein, weil kein Geld da ist. Sie hat eine Unmenge hergegeben. Sie war doch ständig an einer Unmenge Sammlungen beteiligt und spendete selbst. Und wenn sie auf dem jüdischen Friedhof begraben wird, kannst du dir vorstellen, was das wird. Und wir, wir wohnen auf Gotland.« Na und? »Wir können das ja nicht kontrollieren, verstehst du. Sie schmeißen dort immer wieder Grabsteine um und sprühen Hakenkreuze und alles mögliche.« Nicht immer, entgegnet er. »Nein, aber *im Augenblick* tun sie es. Und werden es wohl weiterhin tun. Wir können das nicht verantworten. Ich finde, sie muß bei ihrem Mann begraben werden. Mein Onkel hätte das so gewollt. Wir richten uns nach ihm. Schließlich war *er* mein Onkel. Und auf dem Friedhof in Hemse ist es so schön. Wo man doch eine Grabstätte und alles hat. Das macht doch nur einen merkwürdigen Eindruck mit dem Waldfriedhof und diesem Teil. Oder wenn es außerhalb ist. Und was gibt das *dort* für eine Beerdigung? Ich meine, das macht doch kein schwedischer Pfarrer.« Aber freilich, sagt der Mann. Wenn auch kein ... »Jetzt reden wir nicht mehr drüber«, sagt die Frau. »Er war immerhin mein Onkel. Und von diesem Brief weiß niemand was.« Doch, die Polizei, sagt er. »Die Polizei! Denkst du, daß die Polizei kontrolliert, wo die Leute begraben werden? Jetzt hören wir auf, dummes Zeug zu reden. Sieh nach, ob im Schrank unter der Spüle Tüten sind. Wir nehmen die Usambaraveilchen mit und werfen sie in den Müllschlucker. Wir gehen dann wieder her, wenn es hier ein bißchen wärmer geworden ist. Wir müssen auf jeden Fall aufräumen.«

Janne ist nachts außer Haus. Bei Lili Thorm, hat Sigge natürlich gedacht. Wenn es so einfach wäre, so wäre jetzt wohl Schluß. Dann würde Sigge seinen Krempel in ein paar hübsche Kartons packen und mitteilen, daß er sie abholen könne.

Aber sie kann nirgendwo anrufen und es mitteilen. Er hält sich in keinem Haus auf, er ist nachts außer Haus. Buchstäblich. Eines späten Abends, es war zwischen den Jahren, ging sie mit Sickan eine Runde über den Katarina Friedhof und fand ihn dort. Obwohl es eher Sickan war, die ihn fand. Zusammengekauert.

»Bist du deprimiert?« fragte sie, als sie zu Hause waren und sie ihn in einen warmen Pulli gesteckt und ihm Tee gegeben hatte. Er schüttelte den Kopf. Er ist so still geworden. Sagt fast gar nichts. Und dann wäscht er sich wohl auch nicht mehr. Oder was das ist. Denn er riecht seltsam. Herb.

Am Morgen war er wieder fort. Sigge hat eigentlich keine Zeit, ihn weiter zu suchen, denn sie sind jetzt mit EIN TAG VOR DER ZUKUNFT in vollem Gange. Sie arbeitet manchmal mit Lili Thorm. Eiskalt. Was soll sie machen? Sie kann sie nicht wegen Mißhandlung anzeigen. Dann käme ja alles heraus, über die Karten und das Telefonverzeichnis und das Geld, das Sigge weggeworfen hat. Sie kann auch nicht aufhören. Denn wer würde dann arbeiten? Janne geht nicht hin. Trotzdem machen sie jetzt mit seinem Turm weiter. Der ist auf den Plakaten und soll eine Art Emblem werden. Wie kann ihm das nur so egal sein?

Sie fährt jedenfalls zu der Kate hinaus, obwohl sie eigentlich keine Zeit hat. Sie spürt, daß er dort ist. Es beginnt zu dämmern. Die Mälarbuchten mit ihren schneebedeckten Eiskrusten, die im Tauwetter stellenweise schwarz werden, scheinen nicht stillzuliegen. Sie schweben mit den Inseln in dem spärlichen Licht. Man weiß nicht, was gefrorenes Wasser ist und was schneebedecktes Land. Die Kätnerhütte sieht aus, als wäre sie angeschwebt gekommen und im Schnee umgekippt. Janne ist hineingegangen. Und dann wieder heraus. Aber nicht zum Weg zurück.

Es ist wie in einem Indianerbuch. Sie folgt seiner Spur. Wirklich und ernsthaft. Als Kind merkte sie, daß das mit dem edlen Hirschfuß nur Quatsch war. Es gibt niemals Abdrücke im Boden, wenn der nicht aus Lehm oder Sand besteht. Schnee nimmt jedoch Abdrücke an. Jannes COPY CAT. Sie hätte Sickan dabeihaben sollen, um ihn aufzuspüren. Aber die ist bei Vati geblieben.

Er ist der liebste der Welt, denkt sie. Warum muß er diese Quadratlatschen tragen? Obwohl er das mit Lili Thorm gemacht hat, ist er lieb. Ich weiß das. Janne ist durch und durch lieb. Und jetzt ergeht es ihm übel. Doch weswegen?

Ich weiß, was du brauchst. Vati hat einmal gesagt, daß dies Liebe sei. Zu wissen, was jemand brauche.

Früher oder später gelangt man zu diesem Wort. Man muß es vielleicht nicht in den Mund nehmen, aber sich wenigstens seiner annehmen. Für sich selbst. Es kann doch nicht irgend etwas x-Beliebiges bedeuten. Oder gar nicht existieren. Liebe. Sie hat nie gedacht, daß sie Janne liebt. Sie ist nicht einmal für ein paar Wochen oder so über beide Ohren verliebt gewesen. Es ist etwas anderes. Es ist wie ein widerwärtiger, bohrender Menstruationsschmerz. *Ich weiß nicht, was du brauchst.* Ich weiß überhaupt nicht, was mit dir los ist und wie ich dich zu fassen kriegen und dir helfen können soll. Nichts weiß ich.

Sie meint Spuren davon zu sehen, daß er geraume Zeit im Haus gewesen ist. Hat er hier geschlafen? Die Kälte ist doch beißend und rauh, und es riecht nach Schimmel. Er hat den Ofen nicht eingeheizt. Außerdem ist wahrscheinlich gar kein Brennholz da.

Sie beschließt nachzusehen. Vielleicht kann sie hier warten, wenn sie das Haus warm bekommt. Sie muß. Er braucht auf jeden Fall Wärme.

Draußen gibt es einen Brennholzschuppen. Die Tür ist nur schwer aufzubekommen, weil davor der Schnee zusammengeweht worden und dann getaut und gefroren ist. Sigge hackt mit einem Bandyschläger, den sie im Flur gefunden hat. Schließlich kommt sie hinein. Es ist wohl eher eine Rumpelkammer als ein Brennholzschuppen. Die erste Schicht wirkt modern. Untertassen aus Plastik. Motorradstiefel. Ein Bob aus Holz mit gebrochenem Lenker. Dann kommen alte Pirkangeln mit Blinkern, die, wie es scheint, aus Zinnstücken gemacht sind. Stöcke mit roten Quasten und knotigen Leinen. Selbstgebasteltes Angelzeug womöglich. Ein Tretschlitten und ein Paar alte Damenskistiefel. Sie sind mit einem Streifen Schaffell eingefaßt. Sie findet einen Apparat, der vielleicht mal ein Spielzeug war. Unter einem Deckel liegt eine Schiene auf einem feucht gewordenen Papierstreifen mit Alphabet. Über die Schiene ist ein Dingelchen mit Zeiger gelaufen. Sigge ist jedoch nicht klar, mit welcher Kraft, denn es ist kein Platz für Batterien zu sehen. Ganz hinten ist tatsächlich Birkenholz, ein zusammengefallener Stapel. Sie fragt sich, wie alt die Holzscheite wohl sind. Sie sind grau und voller Mäuseködel.

Wenigstens brennen sie. Ihr wird von selbst warm, während sie mit kleinen Holzlasten hin- und herrennt. Aber wie sie sitzt, kommt die Kälte gekrochen. Da ist ein Korbstuhl, den sie an den Ofen zieht. Es lodert zwar da drinnen, aber altes Holz spendet wohl nicht viel Wärme. Sie muß die Thermosflasche öffnen und ein bißchen Schokolade trinken. Eigentlich sollte Janne alles bekommen, wenn sie ihn fände.

Es ist jetzt absolut still und dunkel. Sie muß nach Kerzen suchen. Wie sich herausstellt, sind in einem Küchenschrank ein paar Stummel. Sie sind jedoch nicht leicht zu finden, denn bis dorthin reicht kein Reflex vom Ofen. Vier kleine Lichter auf einer Untertasse. Sie flackern und brennen. Wie lange soll sie so dasitzen? Die Sache hat ja nichts Plausibles an sich. Nichts, dessen Dauer man festlegen kann. Man kann niemanden fragen. Man weiß schlicht und einfach nicht. Die Kerzenflammen spiegeln sich unruhig in den Fensterscheiben. Sechs kleine Scheiben in jeder Fensterhälfte. Zwölf kleine, unruhige Lichtgeister. Eine schimmlige Decke und ein altes Schaffell. Ein Radio, das nicht funktioniert. Es ist aus weinrotem Bakelit.

Sie schläft wohl ein bißchen. Oder duselt für ein Weilchen ein und wacht davon auf, daß sie noch ärger friert. Bis ins Mark. Aber sie hat ein Geräusch gehört. Nicht jetzt. Womöglich hörte sie es in ihrem seichten Schlaf, aber sie weiß nicht, wie lange es her ist. Steif beginnt sie, sich aufzurichten und Leben in ihre Glieder zu bringen. Es sticht vor Kälte. Diese kommt wie ein rauher Atem aus allen Ecken des Raums, und Sigge beginnt zu zittern. Es ist nahezu unfaßbar, daß man derart frieren kann. Sie hat auch Hunger. Ich bin noch nie hungrig gewesen, denkt sie. Nicht richtig. Nicht so wie jetzt. Und ich habe noch nie so gefroren, daß der Körper derart gezittert und geschlottert hat. Er zittert ganz von selbst.

Das Geräusch. Hat sie nur geträumt? Jetzt muß sie jedenfalls weg von hier. Wenigstens bis zum Auto. Sie will den Motor anlassen, um den Wagen aufzuheizen. Dann kann sie dort ein Weilchen warten. Als sie jedoch auf die Vortreppe hinauskommt, sieht sie, daß sie nicht länger zu warten braucht. Da ist Janne. Ein dunkler Haufen. Doch als sie ihn dann anfaßt, ist er eher wie ein harter Knoten. Schneelicht umgibt sie. Nach einer Weile sieht sie besser.

»Janne«, flüstert sie. »Wach auf! Janne ...«

Da hebt er den Kopf. Das ist nicht er, denkt sie. Obwohl er es ist. Natürlich erkennt sie ihn. Da ist nur etwas so völlig Fremdes. Es ist etwas in seinem Gesicht, das sie noch nie gesehen hat. Jedenfalls nicht bei einem Menschen. Da öffnet er den Mund und faucht.

Es ging alles absolut korrekt zu, als Ruth Anser die Gruppe zu einer Gedenkstunde für Kajan Tidström zusammenrief.

Sie trafen grau und schwarz gekleidet an dem triefenden Winternachmittag ein. Braun war auch dabei, in Sylvias Pelz und in dem Tuch, das Blenda sich um Kopf und Schultern geschlungen hatte. Sie kamen in denselben Farben wie die Erde, die hervortaute, und die Kruste aus Ruß und Kies auf den schmelzenden Schneewehen. Gelinder gesagt hatten sie eine entfernte oder vage Ähnlichkeit mit dem Amselweibchen, das in der Hecke hockte. Sie waren unangenehm berührte, durchgefrorene Weibchen.

Ruth servierte einen trockenen hellen Sherry und reichte eine Schale mit Mandelbisquits herum. Dann hielt sie eine kurze Ansprache. Es war naheliegend, daß sie das machte. Sie hatte sie einbestellt, und sie war es gewesen, die schließlich herausgefunden hatte, was mit Kajan geschehen war.

So sagte sie das. Man hätte es natürlich auch anders ausdrükken können. Zum Beispiel: was Kajan mit sich hat geschehen lassen. Oder sogar: was sie mit Kajan haben geschehen lassen. Aber so sagte Ruth das nicht. Ihre Rede war sachlich. Sie hatte eine sachliche Würde.

Dies war ja keine Trauerfeier. Die hatte bereits stattgefunden. Auf Gotland, sagte Ruth. Kajan sei auf Gotland zu Hause gewesen. Sie sei heimgekehrt. Hier zeigte sich Ruth auch gefühlsmäßig der schwierigen Situation gewachsen. Ihre Rede hatte einen zutiefst persönlichen Ton angenommen. Oder Touch. Ulla Häger weinte unverhohlen.

Nach der Ansprache legte Ruth den ersten Satz, Allegro maestoso, von Liszts Klavierkonzert Nr. 1 in Es-Dur auf. Das sei wirklich sehr gut gewählt gewesen, fand beispielsweise Ulla Häger hinterher. Traurig, würdig und mit *purem* Ernst. Nichts Schnarrendes oder – ja. Man habe sich heutzutage ja so an Disharmonien gewöhnt. Obwohl das Majestätische vielleicht doch ein bißchen, ja, arg viel geworden sei. Und eine gewisse Unruhe ... es habe gedröhnt. Musik sei ja so schwer zu charakterisieren, sagte Ulla. Aber ..., ja, man finde ja doch, daß die Dinge positiv enden sollten. Also, auf die Art ...

Sie wurde unterbrochen. Es war offensichtlich, daß Ruth ein Programm hatte und nicht wollte, daß sie einander mit geselliger Unterhaltung ablenkten. Es schien, als wollte sie noch eine Rede halten.

»Ich habe euch heute natürlich als Kajans Freundinnen eingeladen«, begann sie. »Nicht als Diskussionsgruppe.«

Nein, das ist ja offensichtlich.

In dem langen Schweigen, das diesen Worten folgt, befindet sich die Gesellschaft jetzt. Es scheint tatsächlich so, als entglitte Ruth die Kontrolle über die Situation. Sie pausiert etwas zu lange. Ulla ist drauf und dran einzufallen. Sie ist kein Mensch, der Schweigen ertragen kann. Doch sie nimmt zuerst einen Schluck Sherry und atmet dabei so unglücklich ein, daß ihr der Wein in den falschen Hals gerät. Die etwas zu lange Pause wird mit ihrem Husten ausgefüllt. Sie hüstelt auf diskrete Weise. Blenda Uvhult schneuzt sich. Ihre Regung scheint nach innen gegangen zu sein und Schleim statt Tränen abgesondert zu haben. Sie schnaubt lange, so lange, daß Ruths Worte jetzt in einer anderen Zeit geäußert worden zu sein scheinen. Sigge sitzt da und wippt mit dem Fuß. Es ist schwierig, nicht auf ihre blanken schwarzen Boots und den Anzug zu schielen, den sie beim vorigen Treffen zum erstenmal gesehen haben. Sie hat ein großes Veilchen am rechten Auge, ist aber geschminkt, hat die Haare auf eine ziemlich aufsehenerregende Weise geschnitten und wirkt ganz allgemein straffer. Sylvia dagegen scheint zusammengesackt zu sein. Sie hat ihr Sherryglas in einem Zug ausgetrunken und sitzt jetzt mit geschlossenen Augen ins Sofa zurückgelehnt.

Da klingelt es.

Eine Elektronik in ihren Körpern scheint auf das Klingeln zu reagieren. Es ist unbehaglich, wie bei einem drohenden Gewitter. Ruth erhebt sich indes mit ruhiger Würde und verschwindet aus dem Zimmer. Das Telefon läutet noch ein paarmal. Dann ist es still. Ruth kommt zurück.

»Ich habe den Stecker herausgezogen«, erklärt sie. »In einem solchen Moment wollen wir doch nicht gestört werden. Ich hätte vorher daran denken müssen.«

Man kann nicht behaupten, daß Ruth vorteilhaft aussieht. Ihre Gesichtsfarbe hat etwas Graublaßes und beinahe Ungesundes. Einen bleiernen Schatten. Aber sie hat die Situation jetzt wieder im Griff. Ein großes Unbehagen ist jetzt im Raum. Sylvia, die so sitzt, daß sie durchs Fenster zum Nachbarhaus sehen kann, hat noch immer die Augen geschlossen. Ulla sitzt mit dem Rücken zum Fenster, hat aber eine unbezwingbare Lust bekommen, sich umzudrehen und zu gucken. Gleichzeitig ist dies das letzte, was sie will. Sigge kaut sich den Lippenstift von der Unterlippe, und Blenda beginnt laut zu schluchzen. Nachdem sie sich geschneuzt hat, ruft sie: »Ich dachte, ich hätte sie *gesehen*!«

Da kann Ulla nicht mehr an sich halten. Sie dreht sich um. Der Nachmittag ist weit fortgeschritten. Das Licht ist mattgrau. Im Fenster auf der anderen Seite ist jedoch unbestreitbar ein Schatten. Ein großer Haufen. Aber es ist vermutlich die Kontur eines Körpers. Vergrößert, findet Ulla. Das liegt wohl an dem merkwürdigen Licht.

In diesem Moment sagt Ruth Anser, daß alles absolut korrekt zugegangen sei, als sie sie einbestellt habe.

»Ja, aber natürlich!« sagt Ulla.

»Ich habe Oda mitgeteilt, was mit Kajan geschehen ist. Aber ich sah keinen Gewinn darin, sie in mein Haus einzuladen. Ich will keinen Hehl daraus machen, daß die Frage über die Zukunft des Krylundschen Hauses Oda und mich auseinandergebracht hat. Ziemlich weit auseinander.«

»Ja, aber sie würde es auch gar nicht schaffen!« sagt Ulla. »Sie ist doch so müde. Es wäre für sie nur aufreibend gewesen. Ich habe sie ja besucht. Vor Weihnachten war das. Aufrichtig gesagt wirkte sie ein bißchen verwirrt. Oda hat nicht mehr dieselbe ... Kraft. Ich meine, so wie in ihren besten Jahren.«

»Ich muß los«, sagt Sigge. »Wir haben in der Firma jetzt viel um die Ohren. Wir bereiten gerade eine Konferenz vor.«

»Wollen wir zusammen einen Wagen nehmen?«

Sylvia klingt träge.

»Ich finde das gräßlich«, schluchzt Blenda. »Es ist wie in der Schule. Wir sind wie so kleine Biester auf einem Schulabort.«

Das ist eine bizarre Bemerkung, und sie wird in Schleim oder Tränen erstickt. Man kann über Ruth sagen, was man will, aber an Mut mangelt es ihr nicht. Ulla muß die Festigkeit, mit der sie Blendas Ausbruch begegnet, fast bewundern.

»Meine liebe Blenda«, sagt sie. »Sicherlich ist das bedauerlich. Aber wir müssen den Tatsachen ins Auge sehen. Ich glaube, nein, es ist meine *Überzeugung*, daß die Tage der Diskussionsgruppe gezählt sind. Oda war die zusammenhaltende Kraft. Das gebe ich zu. Aber wenn die Kraft ihre Wirkung verloren hat, dann ist das eben so.«

»Wenn nun das Salz kraftlos wird, womit soll man's salzen«, sagt Sylvia, ohne aufzusehen. Sie hat sich selbst noch ein Glas Sherry eingeschenkt und es in einem Zug geleert. Jetzt starrt sie auf dessen Grund, wo sich ein kleiner Satz abgelagert hat.

»Es ist absolut selbstverständlich, daß wir einander weiterhin treffen und miteinander Umgang pflegen! Wir sind doch Freundinnen«, sagt Ruth. »Aber wir sind auch Individuen. Die Frage ist, ob wir tatsächlich all das gemeinsam haben, was wir immer voraussetzen. Was Oda immer voraussetzt. Wird das am Ende nicht etwas *gekünstelt*?«

»Ich für meinen Teil werde wohl wegziehen«, sagt Blenda. »Folglich spielt es keine Rolle. Ich habe mich noch nicht ganz entschieden, aber ich werde wohl nach Småland ziehen.«

»Ich werde ja nach Zürich zurückgehen. Praktisch etwas früher als geplant. Ich habe einiges zu tun bekommen. Zu ordnen.«

Sylvia klingt undeutlich.

»Entschuldigt mich«, sagt Sigge und erhebt sich, »aber ich muß jetzt los. Ich habe um vier Uhr einen Termin mit einem Cateringmenschen. Wir müssen die Schnittchen und Petits fours und so festlegen. Das ist wirklich ziemlich wichtig.«

Ulla Häger ist die einzige, die nichts sagt. Sie sieht völlig verwirrt drein. Aber sie verläßt zusammen mit den anderen das Haus. Ganz offensichtlich ist Ruths Programm für die Gedenkstunde ja nun zu Ende.

Als Ulla an allen Straßen des Pilzeviertels vorbeigeht und bei den Ampeln den Tallkrogsvägen überquert, ist sie von einem Gefühl oder vielmehr einem Energiestrom erfüllt, der ihr sehr vertraut ist. Sie nimmt den kürzesten Weg unter dem pfeilergestützten und dröhnenden Beton des Nynäsvägen und geht dann über einen matschigen, von Büschen gesäumten Rasen zur U-Bahn. Ursprünglich war der Platz wohl als Park vorgesehen, aber er ist eher eine Art Winkel der Wirklichkeit. Mitten am Tag durchquert man ihn rasch und sonst überhaupt nicht. Aber es ist hier, in dem Moment, in dem sie um eine lehmige Schmelzwasserpfütze herumgehen muß, in der ein dünner Plastikhandschuh und ein Snickerspapier liegen, daß sie einsieht, was für eine Art von leiser Energie sie antreibt.

Jetzt werde ich nach Hause gehen und Kajan anrufen.

So etwas denkt man ja nicht in Worten. Es ist einfach da. Das Gefühl ist, im voraus einer Reserve aus Vertrauen, Übereinstimmung und Zeit entnommen, da. Vor allem Zeit. *Sie hat Zeit für mich.* Wir können lange über diese Sache sprechen. Daß alles so verkehrt lief. Die Musik. Der Tee, der nie getrunken wurde. Die Eile zum Schluß.

Mitten vor dem Matsch in der Pfütze, zwischen zwei abgetretenen Rasenstücken mit schmutzigen Schneeresten, sieht sie ein, daß es unmöglich ist, noch länger dieses Gefühl zu haben. Trotzdem hat sie es. *Sie will mit Kajan sprechen.*

Der entsetzliche Park, diese verpinkelte, mit Flaschen gespickte und mit Würstchenpapier befleckte entlegene Ecke, die kaum zählt und nur mechanisch durchquert wird – wenn man nicht zu einer bestimmten Klientel gehört –, wird im Handumdrehen die ganze Welt. Ihr Hier und ihr Jetzt. Sie setzt sich. Wahrscheinlich dringt ihr die Feuchtigkeit aus den halb vermorschten Brettern der Bank durch den Mantel. Aber sie vermag nicht aufzustehen. Und sie sieht sich um. Sie sieht jetzt wirklich.

Es ist so, wie es ist. So sitzen Menschen. So sitzen diejenigen, die *nichts* haben.

Jetzt ist die Kälte durch den Mantel zu spüren. Sie hört eine U-Bahn. Es ist, als hätte sie noch nie zuvor gehört, wie eine U-Bahn klingt. Wie sie ... zischt. Und wie der Strom der Autos donnert, ein ewig langer Erzzug. Das schlimmste ist, daß sie sich auch selbst hören kann. Das Gezwitscher. Das hurtige, beflissene Gezwitscher. Das falsche. Das kriecherische. Das ängstliche also.

Ich habe gesagt, daß die Musik gut sei. Ich zwitscherte über traurigen, würdigen, puren Ernst. Das ist ja entsetzlich! Das war ganz und gar nicht die Musik, die zu Kajan paßte. Aber ich mußte das unbedingt sagen. Ich konnte den Mund nicht halten. Ich hatte solche Angst, daß sie merken würden, wie schlecht sie paßte. Ich glaube, Ruth hat sich nur den Anfang der Platte angehört. Zu mehr hatte sie keine Zeit. Es gibt niemanden, der Zeit hat. Niemand auf der Welt hat Zeit.

Ulla weiß, daß sie nie wieder von dieser leisen Energie geladen werden wird: Kajan zu haben. Trauer – das ist etwas anderes als dies hier. Trauer ist ein Wort, das zu diskreter Kleidung und diskreten Mienen paßt. Dazu die richtige Nuance zwischen Graphitgrau und Schwarz mit einem kleinen Lüster darin zu finden. Mollgestimmt, gedämpft. Trauer ist – Verkleidung. Das hier ist ... Das hier ist nur schrecklich. Das ist Tod.

Tod.

Das ist morsch. Wie in einem Park, wo niemand sein will. Der aber ist. Solche Plätze sind es, an denen Menschen hängenbleiben, wenn sie nicht mehr können. Wenn sie *nichts* haben.

Es war ja nichts Besonderes zwischen Kajan und mir. Ich meine, man wird das wohl nicht Liebe nennen oder so. Aber mein Gott, wie wir miteinander sprechen konnten! Wie sie es gefunden hätte, daß es bei Ruth verkehrt lief. Alles.

Da fällt Ulla die entsetzliche Geschichte von dem kleinen Hund ein, den die Herrschaften während der Belagerung Leningrads schlachten mußten, weil sie hungerten. Und dann aßen sie den Hund als Eintopf, und die Frau sagte: »Wie gern Lajka diese Knochen gemocht hätte, wenn sie noch lebte!«

Als dies aufblitzt, denkt sie, daß sie verrückt sei. Daß etwas kaputtgegangen sei. Aber dann gibt es viele, die verrückt sind. Denn das ist *Zynismus*. Das ist es. Etwas in diesem lehmigen und zertrampelten Park hat begonnen, in sie einzudringen. Sie sieht ein, daß sie sich erheben und von dort weggehen muß, und es gelingt ihr auch, auf die Beine zu kommen. Gehen ist die Füße und Beine bewegen und die Handtasche an die linke Seite gepreßt halten. Keine Aushänge mit Schlagzeilen, Würstchenpapiere, Töpfe mit Grabblumen sehen. Es ist grauer Asphalt, es ist grauer Beton, es ist Kaugummiflecken und Ölflecken und womöglich Blutflecken. Schmutz. Warten ist ebenfalls gehen. Füße und Beine bewegen. Umkehren. Füße und Beine bewegen. Über das Graue, Fleckige. Wieder umkehren. Dann kommt die Bahn. Das ist es, was geschehen soll. Es geschieht auch. Aber meine Güte, was *ist* das? Transportiert werden.

In dem Wagen ist es wenigstens hell, und Menschenleiber und Gesichter sind dicht gedrängt. Sie wird sich unsicher, was diese ausdrücken. Ist es nur eine Leere des Wartens, während die Tunnelfinsternis und die Lampenschimmer vorbeigleiten?

Wenn man zu seinem richtigen Leben nach Hause kommt, dann bekommt man vielleicht sein richtiges Gesicht. Oder *ist* es so, wie es ist? Auf dem Platz gegenüber sitzt eine junge Mutter mit einem kleinen Mädchen, und das Gesicht des Mädchens ist weich, und es liegen Geheimnisse und Erwartung darin. Die Kleine muß flüstern, wenn sie mit ihrer Mutter spricht. Sie wendet ihr das Gesicht zu, und es wird das einer Blume. Ulla sieht die ganze Zeit über das Gesicht des Mädchens an. Sie steigen genau wie sie bei T-Centralen aus und entschwinden im Gewühl. Da fällt ihr Blick auf Kerzenflammen und Blumen. Sie schimmern zwischen Körpern und Kleidern hindurch, sie flakkern leise.

Es ist eine Mordstelle. Das weiß Ulla. Nicht, weil sie wüßte, was dort geschehen ist. Aber die Anzeichen sind danach: halb verwelkte Rosen und kleine Büschelnelken. Teelichter in ihren Metallbehältern. Dicke Paraffinkerzen, deren Docht in einer Pfütze zu ertrinken droht. A-4-Bogen in Papierhüllen mit Gedichten und Grüßen, mit dickem Filzstift in Blockbuchstaben geschrieben. WARUM? steht unter einem Farbfoto. Zwei blasse Mädchen in schwarzen Lederjacken knien nieder und zünden neue Kerzen an. Ulla will nicht so nahe hingehen. Vermutlich sind dunkle Flecken auf dem Beton. Das ist kein gesegneter und geweihter Platz. Es sind graublasse Mädchen mit stark geschminkten Augen, die ihn gestaltet haben, die beiden hier oder irgendwelche anderen. Die eine steht jetzt da und raucht. Man sieht, daß sie geweint hat. Sie sieht auch müde aus. Die Boots, die Haare, die Jeans. Ulla hat das Wort Materialermüdung gehört, und das fällt ihr jetzt ein. Die Haare im Waschbekken mit Henna färben, die Jeans in der Waschmaschine wirbeln, die Boots den Asphalt treten lassen, jeden Morgen das Gesicht schminken. In Tunnelfinsternis mit vorbeigleitenden Lampenschimmern transportiert werden.

Wie sie von dort weggeht, sind ihre Schritte schneller, und sie denkt, daß die Mädchen es richtig machen. Sie machen es viel besser als Ruth Anser. Die Gedenkstunde war nicht gut. Im Eßzimmer war eine Teetafel gedeckt, Ulla sah sie flüchtig, als sie hinkam. Aber dann waren die Schiebetüren geschlossen. Und alles löste sich nur auf. Das letzte, was sie hörte, war Sylvias Stimme: »Jetzt bleibt nur noch das logistische Problem.«

Das sollte wohl eine Art Scherz sein. Die Gedenkstunde für

Kajan endete in einem Scherz, den Ulla nicht verstand. Sie steht auf der Rolltreppe, einen Körper dicht vor sich und einen dicht hinter sich. Körper in Winterkleidung und blasse Gesichter gleiten neben ihrem Strom, der aufwärts geht, abwärts. Da kommt ihr der Gedanke, daß sie gern zum Drottningholmsvägen fahren und früh morgens, bevor der Verkehr richtig dicht würde, auf die Straße gehen und dort einen Kranz von Lichtern anzünden sowie Blumen, geschnittene weiße und rosa Hyazinthen, und ein einziges A-4-Blatt in einer Plastikhülle hinlegen würde. Kein Text. Nur ein Pfeil. Ein dicker, roter Pfeil direkt in Richtung Fensterreihe. In Richtung des Fensters. Dann würden in der morgendlichen Stoßzeit die Autos kommen, sie würden über den Beton dröhnen und donnern, sie würden dahingleiten, und sie würden ... die Blumen und Lichter zermalmen. Ja.

Es sind nur Bilder. Es sind keine Gedanken. Man kann nichts für Bilder. Trotzdem merkt sie, daß sie sich nun zusammenreißen muß. Für ihre Gedanken Verantwortung übernehmen muß. Sich nicht zermalmen lassen darf. Sie wird sich darüber Gedanken machen, was sie essen will. Etwas Einfaches. Bei Mischa etwas Einfaches einkaufen. Ein paar Scheiben Schinken, eine Packung tiefgefrorenen Spinat. Blattspinat. Ein bißchen fettreduzierte Sahne. Das denkt sie in der 47, während sie Gesichter voller Geheimnisse und Erwartung sucht. Aber sie findet keine. Als sie bei Djurgårdsslätten aussteigt, schafft sie es nicht, zu Mischa hineinzugehen. Sie schafft die Mienen und den Tonfall nicht, die sie annehmen muß, weil sie Trauerkleidung trägt. *Traurig, würdig und mit purem Ernst.* Wie konnte ich nur?

Es ist jetzt dunkel, und da hinten unter den Bäumen beim französischen Gasthaus steht etwas Schwarzes. Sie ist sich sicher, daß sie weiß, was es ist, und daß sie das nichts angeht. Es ist dieser Wagen. Es sind die schwarzen Pferde und der Kutscher und der Mann auf dem hinteren Sitz, und in dem Wagen ist ein Mann in grauschwarzer Pelerine, und er wartet auf sie. Aber das geht sie nichts an. Sie stehen dort unter den Bäumen, doch sie gehören nicht hierher. Sie tritt in das Haus mit den Zementlöwen und denkt, daß sie eine Dose Thunfisch light aufmachen und ein bißchen Reis kochen werde. Oder auch nur Salat und Toastbrot zum Thunfisch essen werde. Das reicht. Als sie jedoch mit dem Büchsenöffner ein Loch in die Dose gemacht hat, riecht sie den Fisch, und er ekelt sie. Sie kann nichts essen.

Nachdem sie den Inhalt der Thunfischdose in ein Plastikgefäß gefüllt, dieses mit einem dicht schließenden Deckel zugemacht und in den Kühlschrank gestellt hat, denkt sie, daß man das macht, um keinen Botulismus zu bekommen. Dann will sie in Lachen ausbrechen, und sie findet, daß sie sich so fühlt, wie Sylvia sich innerlich fühlen muß. Da fällt ihr das logistische Problem wieder ein, und sie geht zum Bücherregal und schlägt das Wort nach. Sie schlägt sowohl im Wörterbuch als auch im Lexikon nach. Nun lernt sie, daß Logistik die Kunst oder die Wissenschaft oder vielleicht ganz einfach der Trick ist, in einem Krieg Soldaten und Lebensmittel und Munition und Waffen und Pferde und Kanonen von hier nach dort zu schaffen. Ja Pferde, denn es ist ein alter Begriff. Aus der Napoleonischen Zeit. Sieh an! Dann ist wohl Krieg, wenn Sylvia von hier nach dort ziehen wird. Überall ist Krieg. Sie hat ja so recht. Es ist Krieg, und es ist Kriegsinfizierung. Der Krieg infiziert die Worte, die wir wählen; man wählt beispielsweise ein operatives Konzept, und niemand weiß, ob man eine Stadt kaputtschießen oder ob man dort eine Werbekampagne betreiben wird. So ist das, Sylvia. Krieg. Und die Diskussionsgruppe ist aufgelöst. Jaja. Auch gut. Sylvia hat lange über das gelacht, was sie Kaffee und Information nennt. Gemütliches Beisammensein, sagt sie. Sie hatte tatsächlich die Stirn, das zu sagen, nachdem Kajan und ich mit dem Vorstand von FRAUEN FÜR FRAUEN zu einer Informationsveranstaltung im Palmezentrum gewesen waren. Doch in der Gerechtigkeit Namen: sie wußte nicht, daß wir dort gewesen waren. Man muß gerecht bleiben. Oder zumindest ehrlich. Wenn es dunkel ist auch. Oda wurde damals ziemlich heftig: *Wenn es diese Menschen nicht gäbe,* sagte sie, wenn niemand über etwas diskutierte, wenn es kein demokratisches Vereinsleben gäbe, wenn es niemals Kaffee und Schnittchen und Informationen gäbe. Wenn es still wäre, sagte sie. Wenn alles nur Schweigen und Gewalt wäre.

Kajan und mir kam es vor, als spräche sie von uns. Und das tat natürlich gut. Aber war es richtig? War es *wahr*? Oda sagt oft ziemlich feierliche Dinge. Sylvia sprach einmal von hehrer *Lächerlichkeit*. Sie sagte, das stehe in *Krilon*. Ist das wahr? Was steht eigentlich in diesen Büchern? Eine ganze Menge von Gesprächen. Und daß Gespräche so wichtig seien. Aber diese Gespräche hat doch niemand geführt. So redet man doch nicht.

Gänsefüßchen bla-bla-bla-blablabla. Gänsefüßchen

Gänsefüßchen bla-bla. Gänsefüßchen
Gänsefüßchen bla! Gänsefüßchen
Gänsefüßchen blablablabla ... Gänsefüßchen

Da ist dieser alte Krylundkommentar wahrer, weil Johan Krylund ja praktisch im nachhinein dasaß und sich das meiste zusammenreimte. So wie in den Krilonbüchern konnte Nisse Åslund nicht reden. Oder Simon Fock! Ja, ich war ja noch nicht so alt, aber ich erinnere mich, daß Fock sich räusperte. Immer wenn er etwas sagen wollte, klang es, als ob eine alte Schildkröte versuchte, etwas aus sich herauszubringen. Es ergab selten etwas. Aber Bridge spielen, das konnte er. Wenn auch nur nach Culbertson. Und Fredh sagte meistens so etwas, was alle sagen: Hrmmmuurrmmm ... ich für meinen Teil ... sicherlich verstehst du ... jaja, gewiß doch, das kannst du laut sagen!

An ein Mal erinnere ich mich ganz deutlich. Sie sprachen über Steuern. Über die kommunale Steuerfestsetzung. Ich erinnere mich daran, weil ich damals dachte, daß ich nie erwachsen werden wolle. Ich wollte nicht an einem runden Säulentisch mit gehäkelter Seidendecke und Nelken in einer Zinnvase sitzen und über die kommunale Steuerfestsetzung sprechen. Aber das war natürlich keine Zusammenkunft. Das war zu Hause bei Papa und Mama, und Papa war ja nicht in der Diskussionsgruppe. Er hatte keine Zeit. Aber er sympathisiere damit, sagte er.

Gespräche. Das ist doch nur, damit Oda selbst reden kann. Es gibt keine Gespräche. Irgend jemand schreibt sie hinterher. Als Protokolle oder Romane. Sprechen, das ist eine Unmenge kurzer Ausrufe und abgebrochener Wörter, und dann gibt man einander recht und sagt solche Sachen ... *traurig, würdig und mit purem Ernst.* Wie konnte ich nur!

Gespräche sind keineswegs das, was Oda sagt. Es sind nur kleine Fetzen, es ist ein Flattern und Vagabundieren. Wie in den Gedanken. In den Gedanken sind es nicht einmal Worte. Es sind kleine ... es ist nichts. Geflatter. Vagabundierende Bilder. Auch kaum Bilder. Gefühle, die ... Ich weiß nicht, was Gedanken sind. Sigge sagte innerer Monolog. Daß Menschen einen inneren Monolog führten und daß es eine große Erfindung gewesen sei, als die Literatur begonnen habe, ihn wiederherzustellen. Daß Joycens *Ulysses* eine Art innerer Gedankenfluß sei und daß das damals etwas ganz Neues gewesen sei.

Daß man dasaß und zustimmte! Jaja, gewiß doch und sicherlich verstehst du und nein, wie treffend jedenfalls. Aber das ist doch nicht wahr! Die Leute denken keineswegs so. Zumindest denke ich nicht so. Ich kann das nicht. Ich kann Gedanken nicht festhalten, so daß sie Gedanken werden. Niemand kann das. Sie entschlüpfen. Es sind keine Worte, es ist … nichts. Geflatter. Weite, weite Teile in den Romanen handeln davon, wie Leute gehen und gehen und gehen und dabei denken. Niemand kann übrigens so weit gehen. In den Krilonbüchern geht Hovall bis nach Haga hinaus und über Söder zurück und kreuz und quer. Das ist unmöglich. Noch dazu im kalten Winter. Ja, so weit kann man vielleicht gehen, wenn man trainiert ist. Aber Gedanken kann man nicht festhalten. Sie sind wie Zeit. Zeit ist … nichts.

Beckholmen. Sie sieht die dunkle Masse der Insel vor dem Fenster. Dort geschah ein Mord.

Früher ging ich nach Beckholmen, ich ging oft über das Brückchen und an den kleinen, ausrangierten Schärenbooten vorbei. HEBE. Ihr kleiner Schornstein. Die weiße Reling mit den Rostflecken. Ich ging zwischen den Häusern, es wirkte etwas privat, aber man konnte dort gehen. Dann geschah ein Mord. Nur wann?

Irgend jemand ging wie ich dort zwischen den Büschen und alten, rostigen Vorrichtungen für Boote umher, mit denen diese hochgezogen wurden, glaube ich. Auch Militärisches. Caissons, oder wie das heißt. Irgend jemand ging dort und sah einen … Körper. Eine Hand vielleicht, wenn es barmherzig war, nur eine Hand. Oder irgend etwas. Ich ging dann nicht mehr dort umher. Ich bin nie wieder auf Beckholmen gewesen. Aber ich erinnere mich nicht daran, ab wann ich nicht mehr dorthin ging.

Ich weiß nicht, ob wir Zeit verstehen können, ob es die Zeit überhaupt anders gibt als … Ich weiß wirklich nicht. Denn ich kann mich überhaupt nicht daran erinnern, wann das war. Es ist wie mit den Kriegen und all so etwas. Die Kinder in der Schule wissen besser, wann eine Schlacht oder eine Erstürmung oder etwas so Entsetzliches wie Stalingrad war. Das war jedenfalls im Winter. Man hörte Radio. Ebenso, als die Amerikaner Hanoi so schrecklich bombardierten. Massiv, sagte man. Das hörte ich auch im Radio. Stand da und horchte, konnte mich nicht vom Fleck rühren, und es war an einem Weihnachtsabend, daran erinnere ich mich. Aber in welchem Jahr das war, fällt mir nicht mehr ein. Es ist, als ob die Zeit sich auflösen würde. Es ist entsetzlich. Ich werde mich daran erinnern, daß Kajan vor Weihnachten starb, eines Winters. Aber nicht an das Jahr. Ich muß das wie ein Schulkind lernen. Sonst wird Kajan lediglich eines Winters gestorben sein. Was immer Oda sagt, es ist, als ob wir nicht dafür gemacht wären, Zeit zu ergreifen und Gedanken zu formen. Wir tasten wie Säuglinge umher. Wir haben die Wirklichkeit so schwach im Griff. Und dann tasten wir nach den Planeten und den Stimmen der Toten und nach den Gedanken anderer Menschen. Die es kaum gibt. Wir tasten nur.

Kajan würde doch nicht... nie. Das weiß ich. Kajan würde nie, nie von sich hören lassen. Planeten sieht man ja im übrigen nicht. Und daß die Sonne aus dem einen Zeichen heraustritt und in das nächste eintritt, in das Haus des Löwen und das des Wassermanns und was das alles ist, und daß der Mond von Viertel zu Viertel geht, davon merkt man ja nicht viel. Wer weiß schon, wann Neumond ist? Man kann sehen, daß die Venus der Abendstern ist, in der Zeitung sieht man das, und da steht, daß das eine große Bedeutung habe, einigermaßen, und daß man unter einem gewissen Einfluß stehe. Aber man weiß ja, daß das nicht wahr ist. Man kann die Venus im übrigen selten leuchten sehen, auch den Merkur nicht, jedenfalls nicht als Abendstern, denn es leuchtet so viel Licht. Das ist die Stadt, sie bildet ihr eigenes Lichtuniversum. Sterne kann ich ja überhaupt nicht sehen. Vielleicht, daß sie früher eine Bedeutung hatten, die Sternzeichen und die Stellung der Planeten. Daß da ein Einfluß war. Was weiß man schon? Denn wenn man unter ihnen geht und sie sich dort oben drehen sieht, das Horn des Mondes sieht und die schimmernde Deichsel des Kleinen Wagens, wie sie auf den spitzen Polarstern zeigt, und den Gürtel des Orion mit den Juwelen auf dem Schwert, wie man sagt, dann wird man vielleicht beeinflußt. Das ist ja alles nur eine Erfindung. Daß der Sirius brenne, daß die Berenike ihr Haar frei fließen und funkeln lasse. Aber vielleicht würde man sie immerhin dann, wenn man tatsächlich unter den Sternen ginge, wenn sie einem ihre Bilder einprägten und der Himmel schwarz wäre, wenn es wolkenlos wäre und nicht grau und lichtverquollen, sondern schwarz, tiefschwarz wie Bahrtuchsamt, und man jedesmal bei klarem Wetter sähe, daß sie sich gedreht haben und daß sie gewandert und vom

Horizont aufgestiegen sind, vielleicht würde man sie dann in sich spüren. Ich weiß nicht.

Eigentlich weiß ich es. Es gibt keine Sternbilder. Diese Spärlichkeit und das Funkeln beruhen nur darauf, daß wir so schlecht sehen. In Wirklichkeit sind es Unmengen von Sternen. Milliarden. Es sieht aus, als hätte jemand einen dicken Brei aus Dunkelheit zu sehr gezuckert. Es gibt auch keinen planetarischen Einfluß. Selbst wenn sogar in *Krilon* etwas davon steht und dazu noch ziemlich viel. Das dürfe man nicht so wörtlich nehmen, sagt Oda. Sie fürchtet sich so sehr davor, über so etwas zu sprechen. Nein wirklich, das ist dann wahrscheinlich poetisch oder ironisch. Nie kann man sich dort an etwas halten. Das ist wie mit der Zeit und den Gedanken, sie lassen sich nicht festhalten. Zeit, das sind eigentlich nur Glockenschläge und die Eile dazwischen. Auch Jahreszahlen, wenn es einem gelungen ist, daß sie im Gedächtnis haftenblieben, wie etwa, daß Mama im selben Jahr starb, in dem auf den Rechtsverkehr umgestellt wurde. Jetzt ist die Zeit, wo ich im Radio das Kulturmagazin einzuschalten pflege, wenn etwas Gutes kommt. Es ist jedoch ein junger Schriftsteller, der über sein Lieblingsthema, die Bosheit, spricht, so stand das da, und das war sicherlich keine Ironie. Poesie war es jedenfalls nicht. Also lassen wir das. Heute morgen in den Kulturnachrichten hat jemand ein Band zu früh aufgelegt. Eine Stimme ertönte, die sehr engagiert klang, er begann gerade zu reden und wurde sofort zum Schweigen gebracht. Verzeihung, sagte der Moderator, wir haben das falsche Band erwischt. Und dann kam etwas anderes, über einen Film. Eine Weile später jedoch war er mitten in einem Räsonnement, und dann rief er jemanden an. Nicht wahr, Erik Ask! sagte er. Und da kam diese engagierte Stimme mit derselben Tirade wieder, denn jetzt, da er sie wiederkäute, da das Band erneut abgefahren wurde, wurde es ja eine Tirade, obwohl es ein Gespräch sein sollte. Sie taten nur so. Mir fiel ein, wie bei der Fußball-WM ein Tor fiel. Der Ball springt in den Kasten oder rollt, zischt, saust, zieht ab – sie haben so viele Wörter dafür –, Tor! Tor! schreien sie, und so ist es geschehen, und das Publikum ist in Ekstase, und die Spieler werfen sich auf einen großen Haufen. Aber dann geht der Ball noch einmal ins Tor, jetzt aber ganz, ganz langsam, und das Bein, das ihn geschossen hat, bleibt mit dem Fuß und dem Schuh noch lange in der Luft, und in ausgedehnten Ballettsprüngen sozusagen freuen die Spieler sich aufs neue, sie heben ganz, ganz langsam die Arme. Eben noch rollten sie wie Welpen in einem Knäuel aus aufgeregter Freude im Gras. Jetzt rollen sie mit ausgesuchter Langsamkeit, ihre Bewegungen werden zuerst gedehnt und schließlich obszön. Sie sehen homosexuell aus, wenn sie sich in ganz, ganz langsamer Gedehntheit auf dem Boden umeinanderschlingen. Immer und immer wieder. Und aus neuen Blickwinkeln. Man kann weder sagen, daß es geschieht, noch, daß es geschehen ist. Wenn wir den Genuß zum vierten Male geleert haben, geht das Spiel bereits weiter und ist bereits eine Weile weitergegangen. Die Zeit ist an vielen Stellen vergangen, und an einigen hat sie sich nur einen Moment lang verhakt und mit pornographischer Langsamkeit bewegt.

Ich sah diesen Kopf, es war beim ersten Mal. Ich sah ihn dort, wo alles still sein sollte.

Ich habe das ja so viele Male gesehen, fand ich. Den Asphalt, das ausgeflossene Blut, die vornübergefallenen Körper in den Kleidern der Billigkaufhäuser, den Kleidern aller Welt. Aber es war dieser Kopf. Er bewegte sich, wo alles hätte still sein sollen. Er hob den Kopf, obwohl der in seiner Blutlache lag. Er versuchte, einem anderen Menschen in die Augen zu sehen. In meine. Er tat, was ein Mensch tut, wenn er neugeboren ist. Augen müssen für ihn da sein und Hände, Wärme, Brüste. Das wußte er als Neugeborener, und er wußte es auch jetzt, es war das einzige, was er wußte. Er hob den Kopf in seiner dunklen Blutlache, um einem anderen Menschen in die Augen zu sehen.

Sie zeigten es noch einmal in *Rapport* und dann in *Aktuell*, und da wurde mir klar, daß sie es auf allen vier Kanälen, die ich normalerweise sehe, und vielleicht auf sechzehn, auf vierundsechzig ... auf allen Fernsehkanälen der ganzen Welt gezeigt hatten. Denn diejenigen, die die Bilder der Nachrichtenagenturen auswählen, fanden wohl alle, daß es ein ungewöhnlich gutes Bild sei, ein ergreifendes und starkes Bild, eben weil er den Kopf hob. Da begriff ich, daß er mich nicht *jetzt* ansah und daß er gar nicht mich ansah, als er in seiner dunklen Blutlache den Kopf hob. Er blickte in eine Kamera. Und der Kopf selbst war ja schon längst abtransportiert, als ich ihn sah, eben dieses Behälters mit der zerfetzten Haut und den Blutzotteln, wo die Haare gewesen waren, das Ohr ab und der Mund aufgerissen, hatte man sich ja angenommen. Er existiert nicht mehr.

Alles kann geschehen. Alles kann immer und immer wieder geschehen. Ich weiß, daß es auch geschieht. Die ganze Zeit unfaßbare, unerträgliche Grausamkeiten oder nur Unglücke, solche, die die Grausamkeiten der Existenz sind, die es nur gibt, weil wir leben, weil wir versuchen, uns hier durchzuschlagen. Wir sehen keine Sterne. Vielleicht gibt es sie, aber wir sehen sie keineswegs. Ich weiß, daß es niemals anders wird, auch wenn wir zu Zusammenkünften gehen. Oda kann sagen, was sie will, aber es nützt nichts. Und jetzt ist überdies Schluß mit den Zusammenkünften. Dunkelheit und Grausamkeit und Leiden sind es, die herrschen. Man versucht, das Beste aus allem zu machen, und man zwitschert und sagt solche Sachen wie *traurig, würdig, purer Ernst*. Aber es ist schmutzig und nicht traurig, sondern gewaltsam und widrig, und die Würde währt nur so lange, wie der Körper es aushält. Wir lasen vor vielen Jahren *Jerusalems Nacht*, und wir diskutierten darüber und widersetzten uns Delblancs Schwarzseherei – ja! Denn wir konnten es nicht aushalten, daß dieser arme alte Jude, der Jesus begleitete, es auch nicht aushielt. Der Körper brach zusammmen, und da brach alles zusammen, die Würde und die Reinheit und die traurige Tapferkeit. Wir fanden das so übertrieben und so rhetorisch und voller Parallelismen und Oxymora und allem möglichen, was Sigge sagte. Aber es war wahr.

Sie wären alle baß erstaunt, wenn ich sagte, daß es wahr sei. Denn ich bin es doch, die immer auf Würde und Traurigkeit und Ernst hält. Manchmal auch auf die Planeten, das habe ich tatsächlich getan. Oder angedeutet. Sie würden ihren Ohren nicht trauen, wenn ich sagte, ich glaube nicht, daß man die Gedanken anderer Menschen auch nur erahnen könne, weil es keine Gedanken gebe. Es gebe nur Geflatter und kurze, abgebrochene Bildfolgen und hilflose Worte, die in all der Dunkelheit ertränken. Oder in Trivialitäten wie solchen, daß man einkaufen gehen müsse oder daß jemand etwas Verletzendes zu einem gesagt habe oder daß der nächste Bus in acht Minuten komme.

Nicht einmal, wenn man einander richtig gut kennt und einander so gern hat, wie es bei Kajan und mir der Fall war, entsteht ein Gespräch in der Art, die Oda meint. Aber es entsteht etwas anderes. Man weiß schließlich so viel voneinander, auch wenn man es nicht direkt gesagt hat.

Ich wußte, daß sie während des Kriegs in Deutschland war.

Nicht in Polen und auch nicht hier. Ich weiß nicht, wie ich es erahnte. Aber so etwas kommt heraus, irgendwie kommt es heraus, wenn man miteinander durch die Straßen trottet und in Geschäfte geht oder bei Malms Tee trinkt oder zur Nachmittagsvorstellung ins Kino geht. Einmal war die Rede von Konzentrationslagern, aber sie sagte, daß sie nicht so viel darüber wisse.

Aber irgend etwas war da. Man nimmt hier ein Teil und dort ein Teil. Eine Freundschaft ist wie ein großes Puzzle mit vielen säuberlich laubgesägten Teilen. Viel Himmel und Grün natürlich, aber manchmal weiß man, daß man ein wichtiges Teil erwischt hat, daß es hineinpaßt.

Sie sagte, daß die Kirchen auf Gotland sehr interessant seien. Daß sie mittelalterliche Kirchenmalereien gesehen habe, die eine außerhalb der eigentlichen Hölle liegende Hölle zeigten. Das sei nicht die richtige. Es sei eine andere. Eine *Vorhölle*, sagte sie. Das Fegefeuer liege rechts davon und die brennende Hölle mit den Teufeln links davon. Und sie sagte, daß das stimme.

Da war etwas damals. Ich habe das nie vergessen. Das gebe es auf mittelalterlichen Kirchenmalereien, aber das gebe es auch bei Dante, sagte sie ein wenig pedantisch. Im *Inferno*. Es gebe eine Vorhölle. Dante habe dort Juden und ungetaufte Säuglinge plaziert, sagte sie. Das habe also eine lange Tradition in der europäischen Geschichte.

Ich kann sie nicht danach fragen. Nie mehr.

Jetzt muß ich hier allein umhertrotten, denn ich habe nicht ihren Mut. Ich muß hier umhergehen. So dasitzen. Ohne Gedanken im Grunde. Ohne Zeit. Denn so ist es immerzu. Das weiß ich jetzt, und vielleicht habe ich es die ganze Zeit über schon gewußt, auch wenn ich meinte, etwas anderes sagen zu müssen.

Ursprünglich wollte Adam Oxehufvud den Saal der Ersten Kammer im alten Reichstagsgebäude mieten. Er mochte die solide Stimmung von alter, guter Demokratie dort. Das Volk und das Land, sagte er. Himmel wie auf der Wandmalerei. Hätten sie nicht eine verdammt spitzenmäßige Wandmalerei dort? Blaugraue Figuren. Das Volk besitze sein Land mit dessen Himmeln und regiere es.

»So prima Stimmungen, wie wir sie bei EIN TAG VOR DER ZUKUNFT haben werden«, sagte er.

Sigge fand, daß es in diesem Fall besser wäre, die ganze Veranstaltung auf Skansen zu machen. GIGGLE JUGGLE INCs Old Munic auf Söder war auch auf dem Tapet. GLOBECOM UNIVERSAL NET (GUN) in allen Sälen, Bars und Filmsälen flimmernd, bis in die Sauna totalen Anschluß an GUN. Adam spielte mit diesem Gedanken, bis er einsah, daß die amerikanische GIGGLE JUGGLE INC ebensowenig wie der Präsident des Reichstags ihre Einwilligung zum GLOBE TOWER gäben.

Es blieb das GLOBECOM CENTER. Adam hat wohl in seinem Inneren noch immer die Vision, daß das Reichstagsgebäude von Jannes Turm gekrönt werde. Er sieht auch ein, daß es schwierig wird, diesen von GLOBECOM zu entfernen. Die Leute werden hinterher finden, daß das Gebäude wie ein eingefallener Pudding aussehe. Bleibt er bestehen, gibt es Probleme mit den Hysterikerinnen des Schönheitsrats.

Er erhob sich in einer Nacht. Ja, eigentlich in einem Nu. Aber für die Leute, die über den Klarabergsleden kommen, muß es so aussehen, als sei er in der Nacht errichtet worden. Die Oberflächenstruktur und Densität sind perfekt. Er ist vinylhart und hat unbestreitbare Masse. Das Lichtergefunkel in den Fenstern wird vom Kontrolltisch aus gesteuert, und die Außenfarbe ist durch Sensoren dem Tageslicht angepaßt, das aufgrund der Jahreszeit leider ziemlich krank ist. Ein blanker, harter Hochsommerhimmel wäre der richtige Rahmen gewesen, findet Adam. Die Leute rollten in Kolonnen dahin und pfiffen darauf, ob sie zu spät zur Arbeit kämen, berichtet GUN RADIO. Sie wollten den Turm von allen Seiten sehen. Mehrere Rundfunkstationen berichten, daß er eine Vorder- und eine Rückseite habe, und GUN meldet sich wieder und sagt, daß er Ecken habe wie jedes andere Gebäude auch und daß sich unterhalb des GLOBECOM CENTERS jetzt eine Menschenmenge versammelt habe. Die Leute wollten in das Gebäude und nach oben kommen und die Wände des Turms anfassen. Adam hätte also recht zufrieden sein müssen. Trotzdem hatte er am frühen Morgen einen ungewöhnlichen Ausbruch schlechter Laune. Das kann am Jetlag liegen, denn er ist eben erst aus Peking zurückgekommen. Sigge sagte, daß der King Cab wieder da sei. Sie habe in als gestohlen gemeldet, und er sei bei einem Schrottplatz hinter Alvik gefunden worden.

»Verdammte Scheiße!« sagte Adam. »Du solltest ihn doch nicht als gestohlen melden!«

»Aber das ist doch bescheuert«, sagte Sigge. »Klar, daß ich das gemeldet habe.«

»Kapierst du nicht, daß du Anweisungen zu befolgen hast!«

»Nein. Zumindest keine dummen.«

»Ist er bei der Polizei?«

»Er steht unten in der Garage.«

Dann sagten sie kein Wort mehr über den King Cab. Sie brachte Sickan in die Långholmsgatan. Sie kann sie während der Sendungen bei GLOBECOM nicht brauchen. Vati hat eigentlich nicht viel Kraft, um mit ihr Gassi zu gehen. Aber er sagt, daß er wohl ein paar kleine Runden hinkriegen werde.

Jetzt ist sie auf dem Weg zum Hagapark, um Janne zu treffen und ihm ein Paket mit belegten Broten und eine Thermosflasche mit warmer Milch zu bringen. Es kann ein bißchen schwierig werden, ihn zu finden, denn er kommt nicht immer zu der verabredeten Stelle. Das letzte Mal saß er hinter den Tennisplätzen unten am Rand des Schilfs und beobachtete die Enten in einer Wuhne. Er beobachtete sie auf eine seltsame Weise.

Sie hat zu ihm gesagt, daß sie sich weiter oben im Park bei dem Schild mit dem Plan treffen sollten. Doch sie fährt sicherheitshalber zum Bootsklub beim Stallmästargården hinunter und parkt dort. Da kann sie die ganze verschilfte Uferlinie untersuchen. Als sie zu dem Schild kommt, ohne ihn entdeckt zu haben, kribbelt es ihr im Körper. Sie hat nicht viel Zeit, denn sie muß zurück sein, bevor die Konferenz eröffnet wird. Sie hat fast die ganze Nacht hindurch gearbeitet, und sie hat Kopfschmerzen. Aber es hat keinen Sinn, Janne böse zu sein. Das weiß sie jetzt.

Alles ist ruhiger. Er ist viel draußen, aber er fährt wenigstens nicht mehr zur Kate. Am Ende fürchtete er vielleicht die Kälte. Das weiß sie nicht. Er sagt nicht sehr viel. Er ist mager und lächelt leicht entschuldigend, wenn sie fragt, ob er nicht bald nach Hause komme. Manchmal taucht er tatsächlich in der Wohnung auf. Aber dann ist er so ruhelos, daß sie nervös wird. Und dann schämt sie sich, weil sie denkt, daß es angenehm wäre, wenn er ein bißchen ausginge. Aber nur für ein Weilchen. Zum Katarina Friedhof oder so.

Es war dunkel, als Sigge von zu Hause wegfuhr, und käsige Dämmerung, als sie Sickan bei Vati ablieferte. Jetzt ist die Sonne aufgegangen. Rot geschwollen ist sie, vor Gasen und Staub schimmernd. Auf dem Eis sitzen Krähen. Sie lauern auf etwas. In den ersten Tagen, als sie hier draußen in Haga nach Janne suchte, war das Eis reingefegt und wirkte dünn. In allen Baumkronen war schwarzes Geäst, und die Krähen lösten sich aus diesem schwarzen Aderngeflecht und schrien warnend. Jetzt hat der Schnee alle Konturen eingeebnet, ist getaut und wieder gefroren. Es ist kein richtig schmutziger Winter hier draußen, aber er ist alt. Zwei Hunde rennen über den Schnee zur Brunnsviken hinaus. Das Eis muß jetzt dicker sein. Hinter ihnen kommt langsam eine Menschengestalt gegangen. Große, kräftige Hunde mit bogigen Rücken. Sie verspürt Angst, obwohl sie nicht in ihre Richtung laufen, und sie weiß jetzt wenigstens, warum. Ja, sie hat Angst wegen Janne. Aber er wird wohl mit ihnen fertig, denkt sie. Er hat jetzt andere Kräfte. Oder Instinkte. Er flieht rechtzeitig.

Er hat mit ihr nirgends hingehen wollen, schüttelt nur den Kopf beim Gedanken an Ärzte und Krankenhäuser. Sie weiß überhaupt nicht, was sie machen soll. Es ist häßlich, einen Arzt anzurufen und zu sagen: Mein Freund ist krank. Psychisch. So, als wollte man ihn loswerden. Ihn einsperren lassen. Manchmal ist ihr schon der Gedanke gekommen, daß er vielleicht gar nicht krank ist. Oder daß er sie mit seinen Gedanken, seiner Vorstellung angesteckt hat. Falls er von dieser Sache überhaupt eine Vorstellung hat. Sie weiß das immer noch nicht.

Ihr fiel jedoch ein, daß sie einen Bekannten hatte, der Mediziner war. Er tauchte bei den Literaturabenden draußen in Frescati auf. Einer von der humanistischen Sorte. Ihr fiel ein, daß er einmal gesagt hatte, er lese gerade C. S. Lewis' *Amor und Psyche*, und daß sie damals der Meinung war, alles sei gut, wenn es Leute gebe, die *Samuel Ödmans Erinnerungen* und *Die Verwirrungen des Zöglings Törleß* und *Aufrichtige Erzählungen eines russischen Pilgers* und *alles* gelesen hätten. Alles war lebendig und gleichzeitig vorhanden. Deshalb hatte sie sich ihn gemerkt und sich immer mit ihm unterhalten, wenn er damals auftauchte. Aber sie kannte ihn nicht, und als sie ihn nachschlug, stellte sich heraus, daß er jetzt Allgemeinmediziner war, wo sie doch geglaubt hatte, er wolle Psychiater werden.

Er war jedenfalls der einzige, den sie sich zu fragen traute, also rief sie ihn an und durfte kommen. Er arbeitete in einer ziemlich schäbigen Praxis am Karlavägen in Richtung Runebergsplan. Dort waren mehrere Ärzte angestellt, und es schien ein Ort zu sein, wo man für die Fahrprüfung und die Rentenversicherungen ein ärztliches Attest bekam. Sie hatte nicht das Gefühl, daß man darauf eingestellt war, Leute zu heilen, doch das Wartezimmer war voll, und sicherlich klingelte die Kasse. Sie fragte sich, ob er wohl Geld haben wolle, und dachte, daß er das wohl müsse.

»Weißt du, was Lazars Syndrom ist?« fragte sie, als sie ihm gegenübersaß, denn sie fand, daß es keinen Sinn habe, alles zu verheddern. Sie fühlte sich unbehaglich bei dem Gedanken, über Janne zu sprechen.

»Hast du einen Grund, zu glauben, solche Symptome zu haben?« fragte er. Da sagte sie, daß das nur jemand gesagt habe und sie nicht wisse, was das sei. Aber darauf ging er nicht ein. Sie fand es jetzt äußerst unbehaglich. Sie war in der Königlichen Bibliothek gewesen und hatte nachgeschlagen und das Wort nicht einmal gefunden, so daß sie ihn ganz einfach fragen mußte.

»Es geht um meinen Freund«, sagte sie. »Ich möchte nur gern wissen, was das eigentlich ist.«

»Da mußt du zu einem Psychiater gehen«, sagte er.

»Ich weiß. Aber kannst du mir nicht einfach sagen, was das ist?«

»Ich bin ein normaler Körperdoktor«, sagte er und lachte

leise. »Ich weiß nicht viel mehr als du. Und man kann bei Leuten, die man nicht gesehen hat, keine Diagnose stellen.«

Da wurde Sigge ärgerlich. Im Grunde kam sie sich lächerlich vor. Also stand sie auf, sagte vielen Dank auch und wollte gerade fragen, was sie schuldig sei, als er sich vorbeugte und auf den Stuhl klopfte, von dem sie sich erhoben hatte. Da setzte sie sich wieder.

»Das ist etwas Neues«, erklärte er. »Ich habe Artikel darüber gelesen. Es ist eine europäische Erscheinung. Eigentlich hat sie noch keinen richtigen Namen. Lazars Syndrom wird sie nach einem Exilrumänen in Paris genannt, der sie auf einem psychiatrischen Kongreß beschrieben hat. Mehrere haben sie schon beschrieben und sie – ja, mit einer Menge Namen belegt. Nicht gerade Lykanthropie. Aber in die Richtung.«

»Spinnst du?« sagte Sigge. »Du glaubst doch wohl nicht, daß Janne so ein Scheißwerwolf geworden ist. Er ist der liebste Kerl der Welt.«

»Nein, das wurden die, die Lykanthropie bekamen, auch nicht. Sie glaubten das ja nur. Das war eine kollektive Psychose. Sie zogen umher. Das ist jetzt lange her. Im siebzehnten Jahrhundert war das, glaube ich. Dies hier ist schwerer zu charakterisieren.«

Er saß ein Weilchen schweigend da und betrachtete seine großen, sommersprossigen Hände.

»Du«, sagte er, »ich kann nicht in der Praxis sitzen und über diese Sache plaudern. Das wäre falsch. Ich meine, hier müßtest du meine Patientin sein. Der erste Artikel, den ich gelesen habe, war von *The Lancet* abgelehnt worden. Er stand in einer psychoanalytischen Publikation. Ich weiß nicht, wieviel an der Sache dran ist.«

»Wollen wir essen gehen?«

So mußte es vor sich gehen. Die Praxis war leicht dreckig, und sie arbeiteten am laufenden Band. Aber er besaß eine Art Berufsmoral, die ihm verbot, während der Arbeitszeit über Lazars Syndrom zu sprechen und dafür Geld zu nehmen. Andererseits hatte er nichts dagegen, im Gåsen Hirschfilet mit in Butter gebräunten Champignons und Madeirasauce zu essen. Sigge bezahlte mit Adams Karte. Erst nachdem sie gegessen hatten, kam er auf die Sache zurück.

»Riecht er herb?« fragte er.

Sigge nickte.

»Er will meistens draußen sein, auch nachts, und er friert, und es ergeht ihm übel. Glaubst du, man kann ihn zurückholen? Ab und zu kommt er ja nach Hause. Aber ich meine, endgültig?«

»Glaubst du, daß er das möchte?«

»Es scheint nicht so. Allerdings weiß ich nicht, ob er viel denkt. Er ist mit etwas anderem beschäftigt.«

»Wir wissen noch so wenig über diese Menschen. Ich glaube nicht einmal, daß man weiß, ob sie krank sind. Und ob sie – wie du sagst – tatsächlich frieren und es ihnen übel ergeht.«

Jetzt sieht sie ihn auf der anderen Seite der Bucht. Er steht, halb verborgen, am Abhang unter den Bäumen auf Bellevueudden. Sie ist jetzt darin trainiert, unter dem Geflimmer von Schnee und Astwerk Formen von Körpern auszumachen. Auf der Suche nach ihm hat sie manchmal Tiere gesehen. Einen Fuchs, der am Uferrand unterhalb des Pavillons Gustafs III. entlangschlich. Einen graubraunen Schatten, möglicherweise von einem Damhirsch, jenseits des nackten Haselgebüschs.

Eines Nachmittags wußte sie, wie es ihm ging. Sie spürte es in ihrem eigenen Inneren. Es war in der Abenddämmerung, als die spärlichen Schneeflecken das letzte Licht des Himmels ansogen und zwischen den Bäumen formlos die Dunkelheit wuchs. Sie glaubte einen Schimmer von ihm zu sehen. Es war fast Nacht im Park. Nacht, spät im Winter. Das durchweichte, braune Laub löste sich auf. Unter den Eichen herrschte eine braune Dunkelheit.

Tiere wollen schlafen, spürte sie. Rühren sich aber noch. Die Schlafdroge im Blut sinkt auf den Grund. Wollen schlafen. Aber es bohrt. Es ist ein Loch. Es ist bohrende Leere. Die Nacht der Zeit und der Erde. Braun. Tief unten ist das Laub noch dürr. Sammeln, sammeln. Dürres Laub zwischen Pfoten. Eine braune Höhle. Ein Loch. Ein Schlaf. Tiere.

Wenn die Worte den Raum zwischen den Bäumen verlassen haben, fällt langsam die Zeit. Wind und Feuchtigkeit vom See strömen durch den Raum, lösen ihn auf.

Es ist ein Loch: Er ist jetzt hungrig. Er sucht. Brunst, Scheu, Schrecken – alles ist verschwunden. Er verspürt Hunger. Er ist Hunger.

Hunger.

Warum gehen manche von uns fort? Sie starrt auf das braundunkle Geflimmer aus Schnee und Laub, wo soeben der Schatten verschwunden ist. Warum gehen manche von uns hinaus in die Wortlosigkeit und die Kälte? In den Hunger. Er kann ja nicht viel Witterung haben. Kann nicht reißen. Trotzdem geht er. Er weiß wohl, daß er am Ende nach Hause gehen muß. Wenn es denn ein Zuhause ist. Ein Haus voller Menschengeruch, der ihn erschreckt.

Warum gehen manche von uns fort? Aus Scham. Vielleicht aus Scham. Die sollten wir alle haben.

Sie bekam im Gåsen schließlich einige Antworten von ihrem Medizinerbekannten. Er war satt vom Hirschfilet, und von einem anständigen Rotwein, einem kräftigen, dunklen Burgunder, war ihm behaglich zumute. Kaffee hatte er dankend abgelehnt, war aber erfreut, als sie fragte, ob sie noch eine Flasche Wein bestellen sollten. Beim zweiten Glas aus der frisch geöffneten Flasche wurde er ernster.

»Sie sind wahrscheinlich aus dem Menschlichen herausgetreten«, sagte er. »Sie tun uns leid. Sie gehen ihren Weg ja nicht aus freien Stücken, sondern unterm Zwang der Psychose. Vermutlich. Sie verarmen. Sie werden immer einsamer. Wir sagen, sie werden wie Tiere.«

»Bist du einem begegnet? Ich meine persönlich. Hast nicht nur diesen Artikel gelesen.«

Er nickte.

»Ich glaube. Es kommen jedenfalls immer mehr in die psychiatrischen Kliniken. Aber da sie weder für sich selbst noch für irgend jemand sonst eine Gefahr darstellen, läßt man sie wieder gehen. Zumindest anfangs. Sie werden zu Herumtreibern, weil sie sich ihrer neuen Natur gemäß nicht in Räumen aufhalten wollen.«

»Ihrer neuen Natur?«

Er machte eine Bewegung mit den Händen, nahm sie hoch, wie um den Worten abzuschwören. Aber sie dachte: Er hat recht. Janne hat sich verwandelt. Er hat eine neue Natur. Er hat das Bedürfnis eines Fuchses, umherzustreifen und allein zu sein. Vielleicht ist er ein Fuchs.

»Werden sie zu Tieren?«

»Sie glauben es zumindest. Aber sie werden nicht zu x-beliebigen Tieren. Richtige Studien sind ja noch nicht gemacht worden. Das Phänomen ist ja neu, auch wenn es schon sehr verbreitet ist. Jedenfalls hat es den Anschein. Es scheint so zu sein, daß sie zu Dachsen oder Hermelinen werden können. Luchsen. Mardern. Und sie verwandeln sich nicht unbedingt in stattliche Tiere. Die Klapsmühlen des neunzehnten Jahrhunderts waren voll mit Christus- und Napoleoninkarnationen. Aber die heutigen Fälle werden nicht nur zu Tigern oder Bären. Allerdings mußte ich damals, als ich den starken Verdacht hatte, einen solchen Patienten vor mir zu haben, an Almqvist denken: *Es ist nicht ungewöhnlich, einen Bären leicht den Kopf schütteln und tränende Augen haben zu sehen.* Sie werden ebensogut zu Mauswieseln oder Lemmingen. Aber nicht zu Hirschen und zu Wölfen. Sie gehen nicht im Rudel und leben nicht in Herden. Sie scheinen auf die Einsamkeit zuzusteuern.«

Dann sagte er etwas, das sie sehr verwunderte. Nicht in der Sache, sondern daß er dies, ein paar Häuserblocks von der ziemlich schäbigen Praxis entfernt, einfach so in der Mittagspause sagte. Sie fragte sich, ob er viel darüber nachgedacht hatte oder ob ihm die Gedanken in diesem Moment gekommen waren. Ein kräftiger Burgunder, tief braunrot und beinahe rauh am Gaumen, weckt vielleicht gewisse Vorstellungen. Wenn sie einen hellen Beaujolais getrunken hätten, hätte er es vielleicht anders betrachtet.

»Ja, sie scheinen auf die Verwirklichung einer Einsamkeit zuzusteuern, von der wir nicht wissen, welch tieferen Sinn sie hat. Ich weiß nicht einmal, wie man sie nennen soll. Vielleicht Mysterium.«

Er saß eine Weile nachsinnend da, nahm dann einen tiefen Schluck und behielt den Wein lange im Mund.

»Was würdest du sagen, wenn du erfahren würdest, daß sie das zottige Haar und die Klauen und die Brunst und den Hunger und ihr Erdulden von Schmerzen und Kälte nur dazu benutzen, um für sich etwas wirklich werden zu lassen. Etwas, das letztendlich menschlich und nur menschlich ist?«

Er trank wieder und saß eine Weile schweigend da. Sigge merkte mit einem Mal, daß das Lokal voll von Leuten war, die redeten und sich bewegten, Wärme und Worte absonderten, rote Gesichter bekamen und rauchten und ihre Kreditkarten in die Höhe hielten, um zu bezahlen.

»Leute wie du und ich haben so romantische Vorstellungen vom Mysterium«, sagte er.

Ja, dachte Sigge. Ich weiß. Ich habe kindliche Vorstellungen. Und mein Verlangen ist auch nicht so stark. Ich bin im Gewöhnlichen so zu Hause.

Sie ist wirklichkeitsorientiert und meistens recht wach, und außerdem ist sie vernünftig. Das weiß sie. Aber sie begreift trotzdem, daß es Dinge gibt, die einen Menschen dazu treiben können, ernsthaft nach *jenem* zu suchen. Vielleicht ein großer und schmerzlicher Verlust. Sie ist kindlich genug gewesen, oder romantisch, wie er es ausdrückte, zu glauben, daß dieses Jene etwas Schönes und Harmonisches sei. Wie ein Extragenuß all der Genüsse, nach denen ein Mensch strebt. Die Krone des Werkes.

Wenn der Weg dorthin aber nun Kälte und Hunger heißt?

Es herrscht jetzt Kälte. Sterilität. Warten. Angst und Bosheit walten. Es ist eine Krankheit. In der Seele, in der Zivilisation ist Winterlicht. Die lange Krankheit des Winters ist hier. Der Schnee nur ein unreiner Wundschorf. Er bedeckt den Boden und droht den Menschen zu ersticken und zu versteinern.

Wenn nun die Pforte, die geöffnet werden soll, Scham und Abgewandtheit heißt?

Er war vorhin unter den Bäumen auf der anderen Seite des Wassers, dessen ist sie sich sicher. Sie hat es jetzt eilig. Deshalb nimmt sie das Auto und fährt nach Bellevue hinüber und parkt den Wagen auf halber Höhe auf dem Rasen und hofft, daß es gutgehen wird. Dann stürmt sie den Hügel hinauf, und sie läuft mal, mal geht sie auf den Schleifen der Spazierwege um die ganze Landzunge. Aber sie ruft nicht. Damit hat sie aufgehört.

Er läßt sich diesmal nicht mehr blicken, und Sigge legt das Brotpaket in der Nähe der Stelle, wo sie ihn zuvor gesehen hat, auf eine Bank. Er ist da, sie kann das spüren. Aber sie muß los. Die Konferenz beginnt in einer knappen Stunde.

Gabriel Gabb ist von kleinem Wuchs, aber er hat Schultern, die Jacken ausfüllen. Fünf Stunden der Konferenz werden direkt gesendet, und im Fernsehen ist vieles eine Frage von Schultern. Lili Thorm an seiner Seite hockt sprungbereit, mit einem Rist wie ein Jaguar.

Um im richtigen Augenblick ihre Einsätze geben zu können,

verfolgt Sigge die Sendung an einem Monitor. Sie muß die Hostessen überwachen, die den nächsten Redner über Schnur- und Kabelhindernisse lotsen und die geleerten Mineralwasserflaschen auswechseln. Adam steht proper aussehend da. Er trägt einen blauen Anzug und ein weißes Hemd mit ganz feinen blauen Streifen. Sein halblanges Haar ist von der Stirn aus glattgekämmt und mit Frisiergelee gebändigt. Im Nacken lockt es sich maßvoll und frisch gewaschen.

Die Versammlung ist illuster. Da sind zwei Mikrobiologen und ein Materialphysiker. Der Vorsitzende der Metaller in einem Pullover mit Wikingerhelm ist da sowie der Universitätskanzler in grauem Anzug. Der Vorsitzende des Schwedischen Arbeitgeberverbands trägt ein Sakko mit einem Abzeichen, das ihn als Angehörigen des Elchclans ausweist. Da sind ein Wirtschaftshistoriker mit perfektem Toupet und eine Streßforscherin der älteren Generation, Silberglanz auf den klarblauen Augenlidern. Eine heisere, doch professionelle Feministin ist nach einer Behandlung mit Cytostatika kahlköpfig und möchte auch so auftreten. Sie hat sich mit dem Produzenten, der einen Seidenschal auf dem blanken Scheitel verlangt, angelegt.

Eine Berufsdebattiererin, die mit fünf Milchkühen und kleinindustrieller Fertigung von speckgefüllten Kartoffelklößen angefangen hat, trägt ein blaues Wollkleid. Da ist ein Schriftsteller mit einem Textverarbeitungsgerät, der sich zur Informationsgesellschaft und deren Technik äußert. Er ist Muslim und trägt ein Käppchen aus Ostturkestan. Das einzige anwesende Kabinettsmitglied trägt Boots mit dicken Sohlen, ist oben aber mit einer softfeministischen Jacke von BIG AND TRENDY ausstaffiert. Adam ist fürchterlich nervös, bevor er seine Begrüßungsworte sagen soll.

»Verdammt, Sigge, ich muß kotzen«, sagt er und starrt im Monitor Gabbs vertraueneinflößende Schultern und den braunen Blick an, der an den eines treuen und freundlichen Hundes erinnert. Gabriel Gabb ist wirklich ein Moderator mit einer Schulterpartie für jedwede Zeit: Sicherheit schaffend oder offensiv. In der Jeansjacke war sie seinerzeit militant. Als der Bildproduzent eine Gruppe von Konferenzteilnehmern einfängt, die im Unterschied zu Gabb unangenehm und intellektuell aussehen, trinkt Adam so heftig von seinem Mineralwasser, daß er einen Schluckauf bekommt. Die Versammlung ist schwer politisch, geistreich, kometenhaft aufgestiegen und erfolgreich Mittel fordernd. Adam hofft jetzt vier Millionen Zuschauer zu haben, aber vor denen hat er keine Angst. Sigge zupft ihn am Jackenschoß und flüstert: »Der Turm ist erloschen.«

»Was?«

Er hört auf zu schlucksen, aber sie hat das Gefühl, daß er ihr dies nie verzeihen wird. Er muß jetzt rein, und im nächsten Augenblick steht er auf dem kleinen Podium neben Gabbs und Lili Thorms Tisch und sagt: »Willkommen zu EIN TAG VOR DER ZUKUNFT ! Wir von GLOBECOM begrüßen Sie, die Sie hier im GLOBECOM CENTER sind und sich unter dem GLOBE TOWER versammelt haben«, sagt er mit einem bösen Blick auf Sigge, »und alle, die die Konferenz via Satellitenfernsehen auf dem GUN, dem, wie Sie wissen, GLOBECOM UNIVERSAL NET, verfolgen, und Sie alle, die Sie, wenn uns die Zukunft eingeholt haben wird, alle multimedialen Möglichkeiten von GLOBEVISION auf GLOBE-ROM und dessen Nachfolgern nutzend, an diesem epochemachenden Tag teilnehmen werden.«

Gerade als Sigge schon befürchtet, die Leute könnten meinen, daß GLOBECOM Hundefutter in Dosen sei, sagt er, daß die Informationstechnologie mit MULTIMEDIA und HYPERVISION dabei sei, eine konjunktive Grammatik für unsere Wort-, Bild- und Zeichensprache mit einer gleichzeitig totalen individuellen und universellen Kontrolle sowie den Möglichkeiten einer im Grunde unendlichen kybernetischen Phantasie zu entwickeln. Der Begriff Wirklichkeit selbst, sagt er, werde einen anderen Sinn bekommen und habe ihn hier drinnen und unter dem emporstrebenden Bogen des GLOBE TOWERS heute bereits bekommen.

»Menschen wollen hier herein«, sagt er. »Und wir haben Platz für Menschen. Jetzt geht es nicht mehr um die Massen, sondern um freie Individuen. Alle, die so alt sind wie ich, haben das Phantastische daran erlebt, Codeschlösser mit Fingerabdruckkontrolle und Hundehalsbänder mit elektronischer Verhaltenssteuerung zu bekommen. Wir hielten es für einen Erfolg, als Architekten, die einen Vorschlag präsentieren wollten, anstatt maßstäbliche Modelle anzuschleppen, mit Disketten zu uns kamen. Aber das ist alles schon antiquiert, meine Freunde. Heute liegen ganze Gebäude, wie der GLOBE TOWER, auf riesigen Festplatten. Heute ist alles möglich, und die Grenzen der physischen Welt sind endlich aufgehoben. Der Mensch steht vor einer Neudefinition des Begriffs Wirklichkeit, und wir hier bei GLOBECOM stehen mit ergonomischem Komfort, informationstechnischer Kontrolle und kybernetischer Kreativität bereit. Wir *können* die digitalen Medien. Wir haben Direktkontakt mit einer analogen Welt, die bald hier ist. Wir wollen, daß Sie in ein interaktives Universum eintreten, wo Sie die Entwicklung selber mit dem Zeigefinger kontrollieren. Willkommen!«

Auch Sigge fühlt sich erleichtert, wie Adams Feuerprobe überstanden ist. Reden und Mineralwasser fließen jetzt wie Frühjahrsbäche, und niemand fällt auf dem Weg zum Rednerplatz über Kabelhindernisse oder wirft eine Topfpalme um. Während der Filmeinlage hört sich die Versammlung wie eine Schulmensa an, bis der Aufnahmeleiter wieder Sendung signalisiert. Der erste Film heißt KRIEG UND FRIEDEN und zeigt, wie Bofors mit Besucherguides, die in dreiundzwanzig Multimediastationen auf Laserdisks gespeicherte Videosequenzen vorführen, seinen neuen Granatwerfer verkauft. Dann folgt das Interieur eines Großproduzenten von Fleisch, der via Steuerpult mit Sensortasten unter Glas die Futterausgabe, die Medikation und die Vierundzwanzigstundenkontrolle des Lichts steuert. Man sieht auch Kühe mit veilchenfarbenen, verträumten Augen und feuchten Mäulern. Nach dem Film kommt der Geschäftsführer von GLOBECOM mit einer humoristischen Einlage, die das schwerfällige Auditorium hell glucksen läßt.

»Winston Churchill once said that political ability is the ability to foretell what is going to happen tomorrow, next week, next month, next year, and to have the ability to explain afterwards why it didn't happen. *Technical ability* is the ability to foretell what is going to happen in the future and *control* it!«

Die Stimmung ist gut, als Hyacinth Patricia Alexanderson von ERFORSCHTE ZUKUNFT (EFZ) zwischen den Palmen hervortritt. Ihr blasses Puppengesicht hat eine gerade Nase und einen kleinen Mund mit deutlichen Amorbogen. Sie hat ein tadellos funktionierendes Gehirn, ein breites Gesäß und stabile Waden. Weil das Bild sie in der Halbtotalen zeigt, ist dies nicht von Bedeutung, und außerdem schätzt Adam ihre Visionen. Sie ist eigentlich Archäologin und die Tochter eines klassischen Philologen von internationalem Ruhm. Ihre Ideologie von der Zukunftsgesellschaft baute ursprünglich auf dem alten Griechenland auf, das sie nie alt, sondern klassisch und demokratisch nennt. Sie hat sie mit ihren innovativen Vorstellungen ausgebaut. Zur Mobilen Nordischen Wissensgesellschaft. Ihr Ding seien die Wikinger, sagte Adam, als der Name Hyacinth Patricia Alexanderson zum erstenmal auftauchte. Ihr zufolge waren die Wikinger keineswegs ein verlaustes Volk, das mit stinkenden Tierhäuten handelte und Klöster überfiel. Sie waren vor allem Informatoren. Sie transportierten Wissen zwischen den Ländern Europas, und zwar in einem interaktiven Prozeß mit einer bis dahin unübertroffenen Distributionskapazität: leichten, schnellen Schiffen. Sie hatten einen unermeßlichen kulturellen Einfluß. Sie kamen mit politischen Ideen von Staatsbildung und Föderation dorthin, wo Rußland entstehen sollte. Sie übten auf den Inseln der Angeln, Sachsen und Pikten für alle Zeiten einen sprachlichen Einfluß aus, so daß das Englische noch heute voller altnordischer Wörter ist. Sie waren die Moderatoren der Kultur, der Sprache, der Politik und der Wirtschaft. Daß vor Hyacinth Patricia Alexanderson noch niemand diese Leistung entdeckt und gewürdigt hat, beruht darauf, daß die Geschichtsforschung vor einem Paradigmenwechsel gleichen Ausmaßes steht wie dazumal, als die Quellenkritik zur Anwendung kam. Bislang wurde der Schwerpunkt auf die Bewegung von Materie gelegt, egal, ob diese aus Kriegsschiffen, Fußvolk, Getreideladungen oder Eisenbahnschienen bestanden hatte. Krieg hatte schwere Transporte und Verluste von Materie bedeutet. Territorien wurden erobert oder verloren. In dieser Hinsicht lag der Einfluß der nordischen Völker während der Eisenzeit im Schatten. Sie waren keine Eroberer von Territorien, und ebensowenig waren sie große Verfrachter von Materie. Eine neue Geschichtsforschung wird entdecken, was tatsächlich stattgefunden hat. Es sind Informationen ausgetauscht worden. Mentale Inhalte sind bewegt worden. Es ist Zeit, das kulturkommunikative Konzept der Wikinger gerecht auszuwerten und ihr Werk weiterzuführen. Der Norden steht vor der informationstechnischen Weiterverfolgung seines eigenen Erbes und kann, wenn man dies einsieht, einer Blütezeit entgegengehen.

Hyacinth Patricia Alexanderson schließt damit, den Norden als den vor Intelligenz sprühenden GIPFEL EUROPAS aus den Nebeln und dem Schneematsch heraufzubeschwören. Hier, so meint sie, würden Menschen zum ersten Mal voll das Lebenskonzept der neuen Zeit erproben: TO COMPOSE ONE'S LIFE. Es existiere keine Peripherie mehr. Mit den Kommunikationsmöglichkeiten der Informationstechnologie-Gesellschaft werde jeder Mensch sein Leben wählen können, individuell formatiert, operativ standardisiert, zugleich auf eine Weise integriert, die uns am Ende Möglichkeiten eröffne, zu dem großen intellektuellen Erbe der Wikinger aufzusteigen.

Nach dem Film über ATTENTION, INTEREST, DESIRE, ACTION – SATISFACTION ! kommt die Katastrophe. Wie eine der Hostessen die Dame im Seidenturban hereinführt, sagt Gabriel Gabb, daß Jutta Monasdotter zu gut bekannt sei, um noch vorgestellt werden zu müssen. Er nennt sie eine in der Wirtschaft und Politik angebrachte feministische Sprengladung und fragt, ob sie vorhabe, jetzt hochzugehen. Er muß schnell erfahren, daß es gefährlich ist, mit Bomben zu scherzen.

Sie hat sechs Minuten zur Verfügung bekommen und vergeudet keine davon mit leerem Geschwätz. Sie beginnt damit, zu erzählen, daß es im GLOBECOM UNIVERSAL NET radikale Pornographie mit Kindern als Darstellern gebe. Sie kann, bevor sie gestoppt wird, Kinder beschreiben, die mit länglichen Gegenständen penetriert würden, die gezwungen würden, steife männliche Glieder in den Mund zu nehmen, und die sich von Hunden an ihren eigenen unentwickelten Genitalien lecken lassen müßten. Gabriel Gabb wirkt apoplektisch. Ihm hängt einen Augenblick lang das Kinn herunter, unglücklicherweise im Bild. Es ist die Mitmoderatorin Lili Thorm, die einschreitet.

»Einen Moment, Jutta Monasdotter«, sagt sie.

»Niemals«, sagt Jutta, und macht im selben Augenblick das, worauf Sigge die ganze Zeit gewartet hat: reißt sich das Seidentuch herunter und steht in blankglatziger Pracht flammend neben ihrer Palme. Einen Moment lang sieht man die Streßforscherin im Bild, ihre silberglänzenden Augen schließen sich.

»Großer Gott«, jammert Adam an Sigges Seite. »Himmel, Arsch und Wolkenbruch!«

»Doch!« sagt Lili Thorm. »Du darfst gern von dem Programminhalt erzählen, der im Grunde auf einem *äußerst* peripheren Gebiet liegt, du hast tatsächlich *gegraben, wo du stehst*, Jutta. Aber dann solltest du auch erzählen, daß es in dem Programm keine Bilder von wirklichen Kindern gibt. Kein Kind ist jemals dem ausgesetzt worden, wovon du, mit einer gewissen Wollust, finde ich schon, erzählst.«

»Ich habe sie selbst gesehen! Das sind fotografierte, *gefilmte* Kinder. Es handelt sich nicht um Zeichnungen!«

»Laß mich hier dazwischengehen, bevor wir zu rührselig und, entschuldige, daß ich das sage, Jutta, in diesen tatsächlich ziemlich avancierten multimedientechnischen Zusammenhängen zu technisch ahnungslos werden, dann werde ich erzählen, worum es sich dreht. Was Jutta Monasdotter schlicht in den falschen Hals bekommen hat.«

»Versuch es erst gar nicht! Ich habe die Kinder gesehen!«

Ihr Mikrofon ist abgeschaltet worden, und ihre Stimme dringt wie aus einem fernen, rauschenden Wald zu den Tischmikrofonen der Moderatoren. Es rauscht jetzt tatsächlich im Auditorium. Zwei christdemokratische Repräsentanten haben sich erhoben, um anzuzeigen, daß sie möglicherweise die Konferenz zu verlassen gedenken.

»Wir vom GLOBECOM UNIVERSAL NET geben gern und mit einem gewissen Stolz zu ...«

»Ha!!!« brüllt Jutta Monasdotter, der schwant, daß ihr Mikrofon abgeschaltet ist.

»Es mag paradox klingen, in diesem Fall von Stolz zu sprechen, doch wir sind der Meinung, daß wir einen Beitrag geleistet haben, der in einer künftigen multimedialen Welt von Bedeutung sein wird. Wir wissen alle, daß es Leute gibt, die so etwas, wovon Jutta eben gesprochen hat, sehen – und vor allem darüber sprechen – wollen. Wir wissen, daß es solche Menschen immer geben wird, egal, was wir davon halten. Genauso, wie es wohl immer – ja.«

Sigge ist nicht die einzige, die sich fragt, was sie sagen wollte. Kriminelle? Legastheniker?

»Wir haben eine Alternative gebracht zu dem verbrecherischen und, das will ich wirklich sagen, zutiefst kränkenden Vorgehen, das überall in unserer Gesellschaft abläuft und das in kinder-, gewalt- und tierpornographischen Videofilmen resultiert, die via Postversand oder über unseriöse Internetadressen verbreitet werden. Wir von GUN bieten *saubere* Ware an. Ich sage sauber, weil sie ebenso wie saubere Apothekenspritzen oder eine legale Verschreibung narkotischer Präparate nicht den geringsten Zusammenhang mit einem kriminellen Vorgehen hat. Die Bilder in DIE BADENDEN KINDER, SONNENSCHEINKINDER und MY HEART BELONGS TO DADDY sind mit digitalen Effekten und computersimulierter Bildtechnik hergestellt. Es sind niemals irgendwelche Kinder in solchen Situationen, wie Jutta sie so ausführlich beschrieben hat, vor der Kamera gewesen.

»Lüge!« ruft Jutta.

»KLAPS AUF DEN PO wird als erster Film, der in diesem Zusammenhang digital kreierte Bildformen verwendet, in die Filmgeschichte eingehen. Etwas, das Jutta Monasdotter völlig unbekannt zu sein scheint, ist, daß alle Arten von Bildelementen unseres Universums, von Körperteilen bis zu ganzen Galaxien, heutzutage als standardisierte Software gehandelt werden und daß Unternehmen wie unser eigenes, UNIVERSAL DIGITAL MAGIC, hier führend sind. Man kann Formen herausholen, deren Oberflächenstruktur und Bewegungsschemata von einer Tastatur aus kontrolliert werden. Man kann organische Formen, wie zum Beispiel Kinderkörper, dazu bringen, sich mit gefühlvoll variierter Geschwindigkeit und subtilen Farbspielen zu bewegen und zu verändern, die die körperliche Resonanz auf Veränderungen des Gemütszustandes simulieren. Kinderkörper sind in diesem Fall ein Material wie jedes x-beliebige andere Material auch.«

»Eben!!!«

»Wir erstellen mit Hilfe dieses Materials imaginäre Handlungsabläufe, und wir befinden uns in einer Welt jenseits der wirklichen Welt und jenseits der moralischen Kategorien, die Jutta Monasdotter mit ihrem Ausbruch so pathetisch zu verteidigen glaubt. Mein Vorschlag an dich, Jutta, ist: Hör auf, periphere Adressen im Netz zu suchen, um Filme zu sehen, die für eine bedeutend bedauernswertere Kategorie von Menschen gemacht sind, als die, zu der du gehörst.«

»Laßt das!« schreit Jutta Monasdotter, jetzt jedoch an die Adresse zweier Hostessen, die sie lächelnd an den Armen pakken, um sie zu ihrem Platz zurückzubringen.

Lili Thorms Gesicht ist jetzt in extremer Großaufnahme. Ihr brauner Blick ist durchdringend und ernst.

»Hör auf, digital hergestellte Bildelemente zu verteidigen, sie sind keine Kinder, Jutta. Widme dich tatsächlich notleidenden und geschändeten Kindern. Es gibt genug davon auf der Welt.«

Adam schreibt Gabriel Gabb einen Zettel, der ihn rasch liest und den Materialphysiker aufruft. Er hält sich tadellos ans Thema. Hinterher kommt der Film über EPOC, das neue Universalmaterial.

»Bring die Kartoffelkloßtante *jetzt*«, sagt Adam, der lange Zeit wie ein trauriger Kutusov bei Borodino ausgesehen hat, von den Berichten aus der Telefonzentrale und dem E-Mail-Dienst jedoch aufgemuntert wird. Es sind jetzt bedeutend mehr, die Jutta Monasdotter angeklagt, tot, aufgeschlitzt, interniert, eins auf die Rübe verabreicht und mit Elektroschocks behandelt sehen wollen, als diejenigen, die fordern, GUN die Sendelizenz zu entziehen. Gabb hat sich wieder gefangen und stellt die kräftige Gesellschaftsdebattiererin als die Autorin Gerda Myklebyst vor. Sie blickt biestig drein und schubst bei ihrem Aufmarsch eine Palme beiseite. Wie Jutta Monasdotter hat auch sie lange Vortrags- und Debattentourneen über die basisdemokratischen und umweltschonenden Potentiale der Informationstechnologie-Gesellschaft gemacht. Nach Juttas resoluter Wende sieht Gerda ein, daß sie sich vielleicht zu hoch an den Wind gelegt hat, und beschließt, über Stag zu gehen. Gabriel Gabb, der sich einige Augenblicke lang in falscher Sicherheit gewiegt hat, lehnt sich während der einleitenden Worte zurück, zuckt aber zusammen, wie Gerda Myklebyst erklärt, daß niemand glauben solle, die Leute seien Idioten. *Wirklichkeit*, sagt sie mit breitem l. *Scheißen* und *Gras fressen* stellt sie mit Nachdruck fest. Sie hat vier Minuten zur Verfügung und ökonomisiert diese mit Professionalität. Lili Thorm ist bereit zum Zuschlagen, kann aber nicht eingreifen. Gerda Myklebyst kommt mit *glücklichen Kühen* zum Ende und marschiert dann zu ihrem Platz beim Mineralwasser hinunter. Gabriel Gabb dankt ihr, sieht aber hinterher ein, daß Ironie ein unwirksames Stilmittel ist, wenn es im Fernsehen übertragen wird. Wie viele Male er die kleine Sequenz auch ablaufen lassen wird, er wird in seinem kleinen, fülligen Gesicht nichts anderes sehen können als schafsköpfige Dankbarkeit.

Sigge hört nicht mehr zu. Sie verfolgt die Bewegungen auf dem Schirm und merkt, daß sie ohne Kopfhörer aufmerksamer ist. Sie sieht, wie Adam sich mit nervösen Katzenschritten am Rand des Palmenbereichs bewegt. Sie findet ihn ein bißchen pathetisch. Sein Traum von diesem Tag war, daß dieser vor Interaktivität sprühen und flimmern und das ganze Volk ergreifen würde. Nachdem das Fernsehen seine Mühle einige Male herumgedreht hat, ringelt sich der Brei von Äußerungen und Gebärden in etwa so wie immer heraus. Glänzende Augenlider, behaarte Warzen und Schultern werden langsam mit Ansichten und Vorstößen vermahlen. Gerda Myklebyst war einmal eine mutige Autorin. Jutta Monasdotter war eine aufgeweckte und zornige Journalistin. Die Mühle dreht sich weiter. Persönlichkeiten werden in falsche Hasen verwandelt. Womöglich merkt er das gar nicht, denkt Sigge. Er ist indes von Juttas und Gerdas Beiträgen schmerzlich erschüttert.

»Sie sind übergelaufen!«

Obwohl er zischelt, klingt er schockiert. Er hat bisher zu wenig mit freien Intellektuellen zu tun gehabt. Sie hat ihn gewarnt. Wie alles zu Ende ist, scheint er sich jedenfalls wieder gefangen zu haben. Juttas Beitrag liegt weit zurück, und die Politiker waren zuverlässig. Der Vorsitzende der Metaller schwankte vielleicht etwas in dem unbeständigen Wind, während der vom Schwedischen Arbeitgeberverband wie ein Fels in der Brandung stand. Gabb zitierte in seiner Zusammenfassung Hyacinth Patricia Alexanderson und sagte, daß das Netz kein Schutznetz sei.

»Es ist Zeit, nicht länger an der Sicherheit zu nuckeln! Wir wollen jetzt hinaus in eine größere Wirklichkeit. Dort gibt es für *alle* etwas. Dort ist die Demokratie!«

Sigge ist als erste am orientalischen Büfett gewesen, doch jetzt strömen die Leute zu Nachochips mit Guacamole, Quiche, Lachs, Parmaschinken, Hühnchen, Trauben, Cheddar, Gorgonzola, Mohnbrötchen, Muschelsalat und mit Krabben gefüllten Blätterteigtaschen. Ebenso wie in der Sendung wird Linné Mineralwasser gereicht. Es gibt falschen Champagner aus schonischen Äpfeln. Adam, der sich sichtlich erholt hat, lobt sie für den nationalen Touch. Astrein, Sigge! Er gluckst jetzt gepflegt. Jutta Monasdotter hat sich ein Taxi bestellt und ist gegangen, um einen Kommentar zu schreiben.

Draußen im Hagapark und auf der Landzunge bei Bellevue muß es schon längst dunkel sein. Vermutlich sind den ganzen Sonntag über viele Leute dort gewesen. Ist er jemals an sein Brotpaket gekommen? Womöglich hat es jemand von der Bank genommen. Sowie Sigge eine Möglichkeit sieht, rafft sie etwas vom Büfett in einen Karton und geht. Der Turm leuchtet. Janne hätte jetzt mit einem stabilen Whiskyglas in der Hand dort oben unter den Gästen stehen und zu dem Turm beglückwünscht werden müssen. Er hätte ein bißchen Angst gehabt vor mir, denkt sie. Aber vor mir braucht man keine Angst mehr zu haben. Alles geht durch mich hindurch. Es fließt wie Wasser. Da ist kein Widerstand mehr. Ich sehe Lili Thorms Gesicht und spüre praktisch gar nichts. Es fließt, es strömt. Gesichter, Körper, Ansichten.

Es ist undurchdringlich schwarz dort oben zwischen den Bäumen auf der hohen Landzunge. Sie hat nicht einmal mehr Angst. Als sie mit der Hand über die Bank tastet, merkt sie, daß das Brotpaket nicht mehr da ist. Sie steht lange mit der feuchten, kalten Dunkelheit im Gesicht da und horcht. Es ist nur der Verkehr zu hören, eine dumpfe, pulsierende Geräuschmasse. Sie stellt den Karton ab und geht auf dem glatten Weg vorsichtig Schritt für Schritt zum Auto zurück.

«Es sind alle gegangen«, sagt der Wachmann, als Sigge zum GLOBECOM CENTER zurückkommt. Aber das stimmt nicht ganz, denn die Cateringfirma packt noch zusammen, und die Hostessen sitzen in der verödeten Glashalle und warten darauf, bezahlt zu werden. Kabel und Kamerastative sind fort. In der Garderobenhalle warten Topfpalmen und Rosenspaliere auf den Transport. Sigge hat bereits ausgefüllte Quittungen, so daß es schnell geht, mit den Mädchen abzurechnen.

»Es tut mir leid, daß ihr warten mußtet. Aber ich mußte unbedingt mal eben weg. Mein Freund ist krank.«

Es ist erholsam, etwas zu sagen, das vollkommen wahr ist. Früher tat sie das immer, so gut sie konnte. Adam hat jedoch zu ihr gesagt, sie solle nicht so verdammt aggressiv sein. Ansonsten habe es nur Gutes zu berichten gegeben, als er aus Peking zurückgekommen sei, sagte er. Er sei davon überzeugt, daß GLOBECOM sich bei ihr melden werde. Er meint vermutlich jemanden von weiter oben in der Hierarchie. Sie fragt sich, wie er sich auf Dauer darin zurechtfinden werde. In dem Haus in Dalen war er Gott, der Weihnachtsmann und Oberbefehlshaber. Ihr war jedoch bewußt, daß er ständig größere Geschäfte am Wickel hatte.

Schließlich ist es still im Haus. Weit unten ist der Nachtwächter. Der Turm? Vermutlich leuchtet er noch immer. Morgen früh ist er wohl verschwunden. Grauer Morgen. Sie weiß, daß sie Kopfschmerzen haben wird. Aber bis da ist es noch lange hin.

Nach Hause will sie noch nicht gehen. Sie möchte allein sein. Janne kann zurückgekommen sein. Sie kann sein ruheloses Herumtigern jetzt nicht sehen. Es im Halbschlaf hören.

Adam hat ihr einen neuen Computer mit formidabler Speicherkapazität gegeben. Dieser ist mit GUN und dem internen Netz verbunden. Er hat beruhigende Patiencen und Musik auf CD-ROM. Sie hat sich ein Tablett mit Resten vom Büfett mit hineingenommen und nach einigem Überlegen auch ein großes Glas Whisky. Dann aktiviert sie den PC, der sich in der Ruheposition befindet. Als sie beim Spielmenü angelangt ist und die Patiencenliste angeklickt hat, fängt es zu surren an. Die Festplatte ist lange aktiv. Anstatt der schweren Patience, die sie mit einem Mausklick gewählt hat, erscheint das Logo von GLOBECOM, der kreisende Globus. Das Licht fließt in verschiedenfarbigen Ringen um ihn herum. Schnelle Texte flimmern vorüber. Schließlich bleibt ein Textfenster stehen.

DU BENUTZT SIGRID MARIA FALKS PC.
BITTE PASSWORT EINGEBEN.

Sigge macht es mit dem Gefühl, daß das System hängengeblieben ist. Sie hat das Kennwort bereits eingegeben, um hineinzukommen. Es ist, als beginne er wieder von vorn, spielerisch und farbenprächtig.

SCHÖN, DICH ZU TREFFEN, SIGRID MARIA.

Was zum Teufel ist das jetzt! Obwohl es klar ist, Adam hat gesagt, daß sie sich melden würden. Aber mitten in der Nacht...

WIR WOLLEN DIR GERN EIN PAAR FRAGEN STELLEN.
DU HAST DOCH NICHTS DAGEGEN, SIGRID MARIA?

Jetzt sieht sie die Felder für NEIN und JA. Sie will eigentlich WEISEN SIE SICH AUS schreiben, kann aber nur per Mausklick kommunizieren. Es gibt kein Feld mit SCHLIESSEN oder ABBRECHEN, und wie sie zu schreiben versucht, geschieht nichts. Sie klickt NEIN, sieht aber ein, daß das falsch ist. Aber kann sie eigentlich NEIN sagen? Das heißt JA, was anzeigen soll, daß sie etwas dagegen hat, befragt zu werden. Verwirrt versucht sie, sich daran zu erinnern, wie die Frage eigentlich formuliert war. Farbenprächtige und bewegliche Muster lösen einander jetzt auf dem Bildschirm ab. Sie nimmt einen großen Schluck Whisky. Ist das ein Scherz? In dem Fall gibt es keinen Grund, sich ungemütlich zu fühlen. Jetzt kommt eine neue Frage. Und es handelt sich vermutlich um eine Einstellungsbefragung, denn das Programm ist nun vernünftig geworden. Es kommt eine ganze Reihe von Fragen dazu, wie sie ihre Arbeit sehe, ob sie mit den Kolleginnen und Kollegen, den technischen Hilfsmitteln und den Arbeitsaufgaben zufrieden sei. Sie kann nur Antworten auf einer Standardliste markieren: WENIGER ZUFRIEDEN, ZIEMLICH ZUFRIEDEN, SEHR ZUFRIEDEN. Man sollte sich eher blöd vorkommen, als sich ungemütlich zu fühlen. Aber sie hat ein ungutes Gefühl, und sie denkt die ganze Zeit über an ihre linke Hosentasche.

DU HAST HEUTE EINEN PRIMA EINSATZ GEZEIGT. WIR SCHÄTZEN DAS: WIR ERWÄGEN, DEINE ANSTELLUNGSBEDINGUNGEN ZU VERÄNDERN.

Hollala! Das flutscht hier aber. Sie trinkt noch einen Schluck. Es ist unmöglich, diese dümmliche Art, mit Leuten zu sprechen, ernst zu nehmen. Das mit der Hosentasche ist wie eine fixe Idee. Daß etwas in der Tasche sei. Daß sie die Hand nicht hineinstekken dürfe. Jedenfalls nicht in diese Tasche. Wie dann, wenn man sich in den Kopf gesetzt hat, daß etwas Schreckliches passiere, wenn man links statt rechts an einem Laternenpfahl vorbeigehe.

WIR WERDEN JETZT EINIGE PERSÖNLICHERE FRAGEN STELLEN.

Sie ähneln den Tests in den Sonntagsbeilagen der Abendzeitungen. Indem sie Fragen beantworteten, die diesen hier glichen, prüften Janne und sie früher immer, ob sie ein gutes Sexualleben hätten oder wie intelligent sie seien. Die Grafik besteht aus abstrakten und beweglichen Mustern. Sie hat keine Möglichkeit, anders zu antworten, als eine Alternative zu klicken, plaziert sich aber aufgeräumt an der Spitze oder ganz unten. Das bringt's. Die fixe Idee hat sich verzogen. Sie steckt die Hand in die Tasche, und da ist nichts, was beißt. Nur eine feine Metallkante. Der Silberengel. Sie glaubt nicht, daß sie eine kriecherische Sklavin haben wollen, weshalb sie dreimal lustig ganz unten klickt. Schließlich soll sie den Grad ihrer Loyalität gegenüber Adam Oxehufvud angeben. Aufgeräumt klickt sie bei MÄSSIG.

Damit ist es noch nicht zu Ende. Jetzt gleicht es wirklich einem Sonntagsbeilagetest. Sie bekommt Folgefragen zur Loyalität. Sie landet mit Adam in einer heiklen Situation nach der anderen und soll antworten, wie sie sich verhielte und was sie unternähme, um ihn zu retten. Ihr werden von Betriebsspionen Bestechungsgelder angeboten. Adam bittet sie, die Umsatzsteuererklärung zu frisieren und für ihn zu fahren, wenn er blau ist. HAT EINEN ÜBER DEN DURST GETRUNKEN, steht da. Betriebsprüfer fallen ins Unternehmen ein. Sie soll fingierte Fakturen unterzeichnen. Konkurrenten bieten ihr unvorstellbare Gehälter an. Das ist schlimmer als die Hochschulprüfung, denkt Sigge. Die Fragen müssen jetzt auf Zeit beantwortet werden. Auf einem Feld ticken die Sekunden ab. Sie muß sich schnell entscheiden, ob sie Adam retten oder desavouieren will.

Anfangs hat sie ihn konsequent im Stich gelassen, doch allmählich dämmert ihr, daß sie ein kleines Schlupfloch braucht, damit sie nicht zu fragen aufhören. Sie weiß nicht, wie sie auf diese Idee kommt. Ein paar Augenblicke lang, zwischen zwei Schluck Whisky und während die Sekundenanzeige schnell weiterblinkt, denkt sie: Das ist womöglich ernst? Das ist so dumm, daß es wahr sein könnte. Sie trinkt den Rest des Glases aus, und sowie sie dem Zeitticken am rechten unteren Rand entkommt, geht sie in die Küche und holt die Flasche.

Auf dem Bildschirm ist jetzt eine lange und merkwürdig abstrakte Geschichte. Adam befindet sich in einer schwierigen Lage. Man verbreitet Gerüchte über ihn. Seine Freunde haben der Verleumdung Gehör geschenkt und ihn fallenlassen. Böse Kräfte sind hinter Adam her. Sie wollen ihn öffentlich mit Schmutz bewerfen, mit falschen Anschuldigungen kommen, die ihm als Geschäftsmann das Genick brechen und ihn, wenn ihre Vorhaben erfolgreich verlaufen, ins Gefängnis bringen können.

Sigge sieht Adam vor sich, aus höchsten Höhen in ein Kerkerloch geworfen. Dort unten liegt er und stößt lange Schreie aus.

Hoppla! Hieraus kann nur Sigrid Maria Falk ihn erlösen. Das besagt auch die unterste Textzeile. Sie soll jetzt ENTER drücken und eine Frage bekommen.

Sie hat jetzt genug. Anfangs war der Test amüsant. Doch jetzt merkt sie nur die dümmliche Mechanik. Und der Alkohol, der sie aufgemuntert und ihr ein ironisches und aufgeräumtes Gefühl vermittelt hat, macht sie nun schwer und müde. Und auch ängstlich. Oder zumindest zaghaft. Die mit Krabben gefüllten Blätterteigtaschen sind eingefallen und schmecken nach Schmalz. Sie soll JA klicken, wenn sie Adam Oxehufvud erneut retten möchte, oder NEIN, wenn sie davon absieht. Sie klickt schnell NEIN und beschließt, den Computer abzustellen. Aber da ist noch immer kein SCHLIESSEN. Und die Frage verschwindet nicht. Sie wird mit ungefähr derselben tantenhaft vernünftigen und leicht vorwurfsvollen Formulierung wiederholt.

SIGRID MARIA ! DURCH EINE VORBEHALTLOSE UNTERSTÜTZUNG DEINES CHEFS KANNST DU JETZT EINEN WIRKLICHEN EINSATZ LEISTEN. DENNOCH ZÖGERST DU. WIR GEBEN DIR EINE NEUE CHANCE, KONSTRUKTIV ZU ANTWORTEN.

Mensch, sie hat nicht gezögert! Sie hat rundweg NEIN gesagt, und sie tut es wieder. Aber sie hat vergessen, was für ein Einsatz das war, den sie leisten sollte. Sie weiß, daß es auf dem Bildschirm gestanden hat. Es muß ungeheuer schnell gegangen sein. Oder aber sie haben es nie gesagt. Der PC läßt sich nach wie vor nicht abstellen, und sie beschließt, ihn einfach stehenzulassen. Sie braucht ein Taxi, denn wenn sie jetzt selbst fährt, verliert sie vermutlich ihren Lappen. Ihr ist übel von den Blätterteigtaschen. Dem schmalzigen Gebäck und den Krabben.

Da beginnt er wieder zu nörgeln. Er sagt, daß Situationen wie diese Konsequenzen haben können. Würde sie weiterhin zögern (was denn, *zögern?*), wenn ihr die Konsequenzen bekannt wären? Dummes Zeug. Aber sie wissen etwas über Janne. Da steckt natürlich diese verdammte Schlange Lili Thorm dahinter. Sie hat getratscht. Warum wollen sie Janne in diese Sache hier hineinziehen? Das ist kein Spaß mehr. Es ist nur noch unappetitlich. Denn Janne ist krank. Hat da aber wirklich etwas über Janne gestanden? Ihr hat sich jetzt das Wort INTERNIERT ins

Gehirn gegraben. Der letzte Satz vor den Antwortalternativen ist widerlich:

SIGRID MARIA, DU RISKIERST VIEL.
WIR GEBEN DIR NOCH EINMAL DIE ANTWORT-ALTERNATIVEN.

Sie klickt NEIN. Sie hat einen schlechten Geschmack im Mund. Von den Krabben. Es erscheint jetzt ein neuer Text, ebenso geschmacklos. Sie fragen, ob sie zu deren Begehren weiterhin nein sagen würde, selbst wenn sie sich der Risiken bewußt wäre. Welcher Risiken? Vati, sagt es in ihr. Wieso Vati?

DU SETZT VIEL AUFS SPIEL
MIT EINEM NEIN, SIGRID MARIA.

Sie hat in ihrem ganzen Leben noch nie etwas so Idiotisches gehört. Die Zeitanzeige tickt weiter. Die glauben, daß ich mich nicht *traue*, mit Nein zu antworten, denkt Sigge und klickt auf das Nein-Feld, gleitet aber mit dem Zeigefinger ab, so daß die Reaktion des Programms ausbleibt. Sie starrt weiterhin auf:

DU SETZT VIEL AUFS SPIEL

Das habe ich bereits vernommen. Aber was hat das mit Vati zu tun? Krankenhaus? Das hat da nicht gestanden. Das ist etwas, das im Gehirn entsteht. Von selbst. Die halten mich für abergläubisch. Das ist es, was sie testen. Wie dumm ich bin! Wie gutgläubig und kriecherisch und leicht zu erschrecken ich doch bin! Gleichzeitig wollen sie mir das Gefühl vermitteln, daß sie alles über mich wüßten. Mensch, solche Ratten! Und sie plaziert den Mauszeiger ganz präzis auf NEIN und drückt deutlich. Der Bildschirm wird leer. Er leuchtet einige Augenblicke lang grau und blitzend. Dann erscheint ein Stundenglas und ein einziges Wort.

WARTEN

Sie hat das jetzt satt. Aber sie muß versuchen, den PC abzuschalten. Sie möchte nicht, daß jemand in ihr Zimmer kommt, wenn bei GLOBECOM der Arbeitstag anfängt, und irgendwelche merkwürdigen Fragen über Janne und Vati auf dem Bildschirm sieht. Freilich hat da eigentlich nichts über sie gestanden. Es ist jedenfalls nicht sicher.

Sie drückt ESCAPE, ohne daß etwas geschieht, und da versucht sie den Computer auszuschalten, aber er gerät nur in Ruhestellung. Oder auch wieder in dieses Grau. Ja – da erscheinen das Stundenglas und WARTEN. Sie klickt, klickt die Maus doppelt, versucht es mit der rechten Maustaste und drückt alle Funktionstasten. Der Computer ist unempfänglich. Um sie herum ist das Zimmer grau. Alles Licht, das vorhanden ist, kommt vom Bildschirm, und das ist jetzt sehr spärlich. Das Zimmer ist wie ein PC, denkt sie und fühlt sich leicht benebelt. Ich sitze in einem PC. In diesem ist ein weiterer PC mit einer Sigge, die in einem weiteren PC am Bildschirm sitzt, und in diesem ist ein PC mit einer Sigge, die ... Verdammt noch mal, wie müde ich bin!

Sie weiß nicht, wieviel Zeit vergangen ist. Die Farben sind nach wie vor verschwunden. Manchmal surrt es, als ob auf der Festplatte eine endlose Arbeit ausgeführt würde, manchmal ist es still, und dann steht da WARTEN. Schließlich kommen die Farben wieder. Sie sind nett anzuschauen. Sie nehmen die Trostlosigkeit. Zwar giftige, aber ungeheuer muntere Farben statt des Graus und des verfluchten Stundenglases und des ewigen WARTEN. Da ist wieder die Grafik mit ihrem nonfigurativen Farbenspiel. Es ist, als wäre sie zurück und als hätte die Testerei nie stattgefunden. Als jedoch der Text des Programms wieder auftaucht, ist alles wie vorher.

ES IST SCHÖN, WIEDER MIT DIR IN KONTAKT ZU
KOMMEN,
SIGRID MARIA.

Leckt mich am Arsch.

WIR FAHREN JETZT MIT UNSEREN FRAGEN FORT.

Sickan. Es kommen dieselben alten Fragen wieder. Aber jetzt denkt sie nur an Sickan. Ununterbrochen. Und es ist, als sei es Sickans Leben, das sie durch ein Nein riskiere. Wie schon zuvor, sind es drei Etappen von Fragen. Zweimal drückt sie ganz schnell auf NEIN. Als der Text auftaucht, ist er gräßlich. Er verschwindet schnell. Aber sie hat ihn gesehen. Jetzt steht da nur:

WIR GEBEN DIR DIESMAL EINE EXTRA LANGE BEDENKZEIT.

Sie hat lange nicht darauf geachtet, ob in der Ecke Zahlen gewesen waren. Sie hat so schnell geantwortet. Jetzt ist sie verwirrt, denn sie kann sich nicht erinnern, was in dem Text, der so schnell verschwunden ist, über Sickan gestanden hat. Und wieviel Bedenkzeit? Die Ziffern wechseln in ungeheuer raschem Takt. Können das Sekunden sein? Und was bedeuten sie eigentlich? Daß, wenn es zu Ende geht …

Ein Hund. Für die ist Sickan nur ein Hund. Und natürlich ist sie das ja auch. Noch fünfzehn Sekunden. Wenn es denn Sekunden sind. Neun, acht, sieben, sechs, fünf …

Da begreift sie, daß sie es machen können. Nur weil es ein Hund ist! Ohne zu wissen, wie es zugegangen ist, hat sie JA gedrückt. Schon eine Sekunde später weiß sie, daß sie geleimt ist. Sie haben mich doch drangekriegt.

DANKE FÜR DEINE MITWIRKUNG, SIGRID MARIA !
WIR SIND ÜBERZEUGT DAVON, DASS UNSERE ZUSAMMENARBEIT WEITERHIN SEHR GUT SEIN WIRD.

Arschlöcher, denkt Sigge und nimmt einen tiefen Schluck aus der Flasche. Schweine. Sie haben mich in die Falle gelockt. Der Whisky scheint verkehrt. Sie ist zittrig und fertig und braucht jetzt Wasser. Nordlichtvorhänge in grellen Farben wogen auf dem Bildschirm. Der Computer läßt sich jetzt ausschalten. Es wird graudunkel im Raum. Nur das nächtliche Licht der Stadt. Reflexe, Geblink und Lichtbündel an den Wänden. Sie muß jetzt weg von hier. Aber sie will sich von dem, was sie in der Hosentasche hat, befreien. Dem feinen Metallgegenstand. Muß man nicht haben. Unangenehm. Sie legt ihn auf das Mauspad. Er blinkt leicht.

Dort liegt er wie ein erlegter Adler. Er hat ein gelbliches Plastikgehäuse über Nase und Mund. Und seine großen Augen rollen und gehen hin und her; er möchte sich ausdrücken. Sigges Lippen berühren sanft seine beiden Handrücken, die linke Schläfe und die Stirn. Aus den Laken des Provinzialkrankenhauses riecht es nach Vati in Verdünnung. Er ist auf dem Weg zurück. Bald hat er Tabak, Geschlecht, Metall und Öl ausgefällt. Er beginnt wieder nach Säugling zu riechen. Vatis Essenz ist blumig, milchig.

Puren Schreck empfand sie, als sie sah, daß er fort war. Die Wohnung leer. Sickan verschwunden. Jetzt haben sie mich, denkt sie. Sie haben mit nicht allzu feinen Sonden getastet und getastet und sind tatsächlich ans Ziel gelangt, wie zu einer Drüse. Die sondert jetzt etwas ab. Nicht einmal eine Nachricht war in der Küche. Die Frau in der Nachbarwohnung, auch sie schreckerfüllt, aber nur in bezug aufs Öffnen, wußte immerhin Bescheid. Er ist mit dem Krankenwagen weggefahren. Der Hund?

Vati nimmt das Gehäuse ab und sagt hell, hoch oben, fast tonlos: »Mensch, Sigge. Ich habe über dieses Metafiktive da nachgedacht.«

Pfeif drauf, möchte Sigge sagen. Ich habe die Doktorarbeit aufgesteckt. Aber so etwas kann man zum Kaiser doch nicht sagen.

»Das trägt bestimmt«, sagt er. »Ich meine, ich glaube tatsächlich nicht, daß es etwas Aufgesetztes ist, ich glaube, er hat erzählt, wie wir erzählen – ja, unser Leben, wie wir das erzählen. Verstehst du?«

Dann atmet er lange unter dem Gehäuse, und der Sauerstoff zischt beinahe gemütlich. Unter der dünnen Haut an der Schläfe sieht sie die Mäanderwindung einer blauen Ader, sieht das Tikken des Lebens darin.

»Ich meine, wir sind es gewohnt, daß alle Geschichten in einem Roman irgendwie mit der Hauptgeschichte zusammenhängen, daß sie die erklären und sie, wie heißt das doch gleich, dingsbums machen, du weißt schon –«

»Vielstimmig.«

»Ja genau, verstehste. Ich habe mir *Krilon* vorgenommen, als ich von der Whitloschken heimgekommen bin –«

»Whitlockschen.«

»Ich habe es noch mal gelesen –«

»Das sind zweitausend Seiten.«

»Verflixt, Sigge. Du *weißt*. Ich kenne meinen *Krilon*. Ich habe ihn mir vorgenommen. Stundenlang. Und da habe ich gesehen, daß er vieles erzählt, was Stückwerk bleibt, was zu nichts parallel läuft – was für sich allein steht. Es sind die Stellen, wo man fast verrückt wird, weil er so umständlich ist, findet man. Aber ich habe *gesehen*, verstehste. Sicherlich ist es ein Chor, eine Art Vielstimmigkeit, regelmäßig und verflixt fein, klassisch. Aber da ist auch noch was anderes. Man blinzelt kurz, und dann sieht man es –«

Die Stimme wird abrupt abgeschnitten. Er liegt lange mit dem gelben Gehäuse über Nase und Mund da. Die Augenlider zwinkern ungeduldig.

»Man *sieht* wirklich am Ende. Man ist nicht in einem Konzertsaal, sondern in einem Wald. Hier und dort pfeift etwas. Eine einsame Flöte oder ein Vogel. Oder wenn man das mit den Linien nimmt, also die Wege durch den Roman, so gibt es alle möglichen Pfade und Wegstücke, die nirgendwohin führen oder nur zu einer Stelle, wo Schluß ist. Und es überkommt einen das Gefühl, daß es noch andere Wegstücke gibt, die nicht beschrieben sind, die irgendwo anders sind und mit diesen keine Verbindung haben. Ich meine –«

Jetzt setzt ihm Sigge ganz behutsam das Plastikgehäuse wieder auf Nase und Mund, und der Sauerstoff strömt leis in seine Atemwege. Seine Augäpfel gehen hin und her. Die Iris ist dunkelblau. Nichts kann diese Farbe auslöschen und sie zu Matsch machen. Nichts.

Nach langer Zeit befreit er sich von dem Gehäuse und hebt an: »Ich glaube, er hat nicht bloß das Gemeinsame, verstehste, sondern gerade das Einsame des Lebens geahnt. Ich glaube wirklich, daß er bereits damals in den vierziger Jahren Romane nach zwei Prinzipien, *gleichzeitig*, Sigge, konstruieren konnte, obwohl konstruieren ein blödes Wort dafür ist, denn er hat das mit einer Art

Weisheit gemacht. Lach nicht über deinen alten Vati, manchmal braucht man solche Worte. Ich meine bloß, daß es zu früh ist, von diesem Metafiktiven da abzuspringen, denn da ist was dran, verstehste. Es ist wie dieses verflixte Netzwerk, über das du gemekkert hast, seit Adam Oxehufvud angefangen hat, es mit GLOBECOM zusammenzumauscheln. Er will doch nichts lieber, als daß alles unter Kontrolle ist, aber dann ist da dieser wilde Marktplatz, von dem du erzählst, wo tausend Stimmen zu hören sind – ich bin gerührt, es sind fast wieder die siebziger Jahre und Chilekomitees und Hoffnung und Glauben. Aber da gibt's auch noch was anderes: einsame Stimmen und einsames Pfeifen, Geschichten, die niemand hört und niemand hören will. Aber sie sind da.«

Er verstummt, und lange Zeit ist nur das Säuseln des Sauerstoffs zu hören. Vati hat diesmal seine ganze Kraft aufgebraucht. Aber es ist ihm gelungen, eine schwappende, mangelhafte Gabe über eine Art Abgrund zu tragen und Sigge in den Kopf zu kippen. Tatsächlich.

Denn er hat ja recht. Es gibt zwei Romanfolgen über Krilon. Eine vielstimmige und wohlgeordnete und eine wilde und ziemlich öde. Und ziemlich oft darf die öde viel von seiner kostbaren Bereitschaftszeit, seinem wichtigen Kriegsauftrag, in Anspruch nehmen. Sie ist ebenso überzeugend wie die Stimme einer Singdrossel im Wald, wenn sie erzählt, daß es auch andere Zeiten gebe, Tage, an denen das Wichtige nicht besonders wichtig sei, und daß diese Zeiten bereits da seien. Im übrigen hat es nichts mit Zeiten und Tagen zu tun. Er sagt selbst: *Es war nicht, als seien die Jahre vergangen, sondern als habe die Beleuchtung gewechselt.* Und deshalb ist es natürlich um so scharfsinniger, als man zuerst einsieht, wenn er sagt: *Ich kämpfe auf der Seite, die die Meinungs- und Pressefreiheit hierzulande und auf der ganzen Welt verteidigen will. Ein Mensch darf den anderen nicht unterdrücken. Regierungen dürfen keine Völker unterdrücken – weder das eigene noch andere. So einfach, meine Herren, so einfach ist das.* Er wußte bereits, obwohl GLOBECOM noch nicht existierte, daß es eine Software gab, die diejenigen Absender löscht, die niemand hören will. Man bekommt sie nicht herein, so einfach ist das, meine Herren. Und er erstellte praktisch eine eigene Software, die kein Filter war, sondern eine Aufnahmemembran, und zwar eine so empfindliche, daß sie im Text selbst das Verlangen nach all dem weckt, was dort nicht erzählt werden konnte.

Sigge sieht Vatis Kranium auf dem Kissen, ein Knochenbehälter mit Inhalt, der Sauerstoff braucht. Ein bißchen dünne Haut und Haarlocken. Und darinnen alles. Wie vieles von dem Stimme bekam! Worte und Syntax und Programm. Sie erkennt, daß er wirklich gelebt hat, und sie bedauert ihn nicht, weil er sterben und zu Matsch werden wird. Ich bin es, die zu bedauern ist, erkennt sie. Ich bin es, der es weh tun und in der es Mangel und Leere geben wird, wenn dieser Geruch auf der Welt ausgelöscht wird.

Vati, jetzt sterben so viele mögliche Geschichten mit dir, sie sterben, ohne daß sie erzählt worden sind, und es schmerzt mich nach ihnen.

Da gehen die großen, gewölbten Augenlider auf, und der blaue Blick taumelt kurz, bis er den ihren findet. Er lebt, und ihre Gedanken eben werden unanständig. Das Sauerstoffgerät zischt pure Alltäglichkeit. Diese Nacht mit ihrem Motorengedröhn auf gelblich beleuchteten Fahrbahnen ist nicht anders als Nächte mit bimmelnden Straßenbahnen auf verlassenen Straßen mit langen Brennholzstapeln. Es ist das Karolinische Krankenhaus. Es ist jetzt.

Wo ist Sickan? Das hat sie schon die ganze Zeit über fragen wollen. Aber sie findet es furchtbar, das zu fragen, wenn er so krank ist. Ein Hund ist ja nur ein Hund. Schließlich fragt sie doch. Er sagt, daß Sickan bei Oda sei, daß sie allein auf dem Rücksitz eines Taxis dorthin gefahren sei und Oda ihre Ankunft dem Krankenhaus telefonisch bestätigt habe. Sigge findet das peinlich, aber das sagt sie Vati nicht. Sie könnte nie erzählen, daß sie den Gesprächskreis aufgelöst haben und daß Oda nicht einmal dabeigewesen ist, als sie es getan haben.

»Aber warum hast du ausgerechnet Oda gefragt, nachdem du mich nicht erreicht hast?« flüstert sie. »Sie ist doch so alt und wohnt so weit weg.«

»Ja, wen sollte ich denn anrufen? Sie ist die einzige aus eurer Gruppe, deren Nummer im Telefonbuch steht.«

Da fällt Sigge ein, was Oda sagte, als sie ihr erzählte, daß sie sich eine Geheimnummer besorgt habe. Nein, sie summte es übrigens:

> Tosca! Dir im Herzen
> nistet Scarpia.

Als Sigge nach Dalen kommt, stellt sie das Auto gleich neben Odas gespreizter Weißdornhecke ab. Die Auffahrt ist nicht geräumt, aber der Schnee ist geschmolzen, so daß auf dem Weg zur Veranda vor allem Matsch und hartgefrorene Eiswälle sind. Sickan hat den Automotor erkannt und bellt ausgelassen drinnen im Haus. Auf der anderen Seite der Hecke kommt Kryddan durch den Mansch aus Schnee und Lehm geschmatzt. Er trägt ein Paar ungewöhnlich große Wildlederschuhe, die locker sitzen. Jetzt ist er also da, denkt Sigge. Laut Beschluß der kommunalen Spitze. All die Hysterie umsonst. Aber es ist doch angenehm, daß die Gruppe auseinandergebrochen ist. Sie wären niemals darüber hinweggekommen, daß ich die Doktorarbeit aufgegeben habe. Ewige Vorwürfe, lange Tantengesichter hätte ich nie ausgehalten. Nein, um Gottes willen!

»Sigge!« schreit Kryddan. Er will etwas. Sie findet ihn ein bißchen geschäftig. Dick und geschäftig. Während des Umzugs war er mehrmals im Haus gewesen und hat geguckt. Hat die Fenster ausgemessen und die Farbe an den Wänden inspiziert. Er will sie bestimmt anders streichen.

»Ihr habt die Gefriertruhe vergessen«, ruft er.

»Das waren nicht wir. Die stand schon da, als wir einzogen.«

»Kann ich sie haben? Sachen einfrieren?«

»Nur zu.«

Er ist jetzt bei der Hecke, und er schnauft.

»Die ist aber abgeschlossen. Ich brauche einen Schlüssel.«

»Ich habe sie nicht abgeschlossen. Ich glaube, der Schlüssel steckt. Wir haben die Truhe nie benutzt.«

Das heißt, sie erinnert sich an ein Mal. Da fror sie eine Unmenge Schnittchen ein, die sie für eine Releaseparty gemacht hatte. Die Platte wurde mit einer Woche Verspätung hervorgeholt, doch die Schnittchen waren noch okay, nachdem sie aufgetaut waren. Ihr fällt das Büfett von GLOBECOM ein. Wir haben es zu was gebracht. Wir sind jetzt in der ersten Liga. Doch sie ist traurig, wie sie das Haus in der grauen Dämmerung sieht. Dort herrschte noch eine Art Alltäglichkeit, die ihr gefiel. Sickan bellt wie wahnsinnig bei Oda im Haus.

»Ich glaube, die stecken. Ansonsten liegen sie wohl irgendwo neben der Truhe.«

Endlich begreift Oda, daß Sickan zu Sigge herauswill, und sie macht die Tür auf. Die Hündin kommt angehumpelt, kann aber ihre Würde nicht bis zum Ziel bewahren. Sie tapst mit den Vorderpfoten über die Leggings, und der Schwanzstummel wakkelt. Dann reckt sie die Schnauze, um Sigge unterm linken Ohr zu lecken. Sie ist höflich und zeremoniös, wie Hunde es sind. Kryddan platscht davon. Oda ist auf die Veranda herausgekommen, und Sigge wappnet sich mit Mut. Es ist angenehm, mit etwas Neutralem beginnen zu können, und sie erzählt also, daß Kryddan die Gefriertruhe haben möchte.

»Ella Bask gehörte diese Truhe«, sagt Oda. »Sie hat gesagt, daß ich sie nehmen kann. Aber es wurde nie etwas daraus. Ella hatte zwei große Truhen. Sie hat eine Menge Elchfleisch aus Jämtland bekommen. Am Ende ist sie dorthin gezogen. Du willst doch etwas Tee?«

Ja, was soll sie sagen? Es ist alles so peinlich. Während Oda den Tee macht, sitzt Sigge auf einem Küchenstuhl und schaut zum Krylundschen Haus hinüber. Kryddan wird mit seinen großen Wildlederschuhen und seinem glatten Gesicht, das aussieht, als wäre darin nie ein Bart gewachsen, zu Oda hereinschlappen.

»Kryddan scheint okay«, sagt sie. »Das wird wohl ein guter Nachbar. Er wirkt so jovial. Typ Edvard Persson.«

»Der war nicht jovial«, sagt Oda bitter.

»Er hat zumindest so gespielt. Dick und gutmütig.«

»Ich habe gerade *Bruchbuden auf Söder* gesehen«, sagt Oda. »Nicht die Fernsehserie, sondern den alten Spielfilm. Da spielt er mit und rollt einen Juden in Teer und Federn.«

Sigge fühlt sich matt. Oda geht alte Spielfilme durch, um Zeichen von Bosheit und Entgleisungen zu finden. Gönnt sich keine Ruhe. Sie ist alt und müde. Praktisch verhärmt. Das Haar steht ihr nach allen Richtungen ab. Wahrscheinlich ist sie hier herumgelaufen und hat sich selbst lange Reden gehalten.

»Jetzt gehen wir hinüber und trinken Tee«, sagt sie, und Sigge darf die Teekanne mit der gesprungenen Haube von Svenskt Tenn tragen. Sie selbst stellt die Digestivkekse und die Karottenmarmelade auf den großen Tisch im Wohnzimmer. Sie hat eine Lese- und Fernsehecke am Fenster, die so eingewohnt und unordentlich ist, daß sie wie eine Höhle aussieht. Dort steht ein kleiner Sessel mit Dackelbeinen und üppigen gepolsterten Formen. Unten ist er mit gerissener weinroter Seide bezogen, doch Oda hat ein Tuch aus dem Indienladen darübergelegt, um die Löcher im Stoff zu verbergen. Aus dem Fußschemel quillt das Polstermaterial heraus. Ein kleiner Tisch ist mit Büchern und Zeitungen und Samenkatalogen überfrachtet. Zuoberst ist das Kreuzworträtsel des *Svenska Dagbladet* aufgeschlagen. Auf dem Stuhl liegt *Gruppe Krilon*. Oda sieht, daß ihr Blick darauf gefallen ist, und das ist das letzte, was Sigge gewünscht hat. Jetzt gibt es wohl richtig Krieg. Edvard Persson war nur ein kleiner Commandoraid. Oda klingt jedoch trübsinnig, als sie sagt: »Ja, ich werde wohl nie ganz fertig mit ihm.«

Sigge merkt, daß sie nicht den Mut hat, Oda zu sagen, daß sie selbst mit ihm fertig ist. Sie muß versuchen, sich still hier herauszulavieren. Da sagt Oda: »Sigge, ich bin mir nicht sicher, daß Johan ihn getroffen hat. Daß sie einander *begegneten*, das weiß ich. Er hat ihn dort auf dem Eis gesehen. Aber das war vielleicht auch schon alles. Es ist klar, daß er mächtig in Feuer geraten war. Schließlich war das doch ein Autor, den er bewunderte. Über den sie im Gesprächskreis viel sprachen. Ich glaube, ich habe dich da hineingelotst. Aber ich habe das *geglaubt*, verstehst du. Ich wollte es glauben, und in gewisser Weise glaube ich es noch immer. Für Johan war das eine große Sache, diese Begegnung.«

Sigge findet das peinlich. Es ist, als glaube Oda, sie würde etwas enthüllen, das Sigge nicht wüßte. Eine große, dramatische Abrechnung. Obwohl es kein Theater ist. Oda ist irgendwie angeknackst. Ungewöhnlich selbstkritisch jedenfalls.

»Ich habe ihn auch einmal gesehen. Gesehen und gehört. Das war nach dem Krieg. Ich war zu Besuch in Helsingfors. Ich habe dir das noch nie erzählt.«

Sie blickt auf und sieht Sigge direkt in die Augen.

»Ich fand, daß es eine schwierige Erinnerung war. Zumindest nicht unproblematisch.«

»War er nicht gut?« fragte Sigge unsicher.

»Doch. Er war – gut. Vom Aussehen her war er so, wie ich ihn mir vorgestellt hatte. Wenn auch viel kleiner. Ich sah ihn hinterher rauchen. Er rauchte schnell. Diese kleine, dünne Gestalt umgab Würde, ja, schon eine gewisse Bedeutung. Er bewegte sich langsam unter den Menschen, die ihm aufwarten wollten. Gemessen. Und wie gesagt, nicht ohne Würde und ein gewisses Gefühl für seine Bedeutung. Das Recht dazu hatte er ja. Er täuschte sich da nicht. Aber er rauchte nicht so. Überhaupt nicht. Die Zigarette verbrannte so schnell. Man sah die Spitze glühen. Und die Augen, sein Blick war so schnell. In seinem Inneren lief etwas anderes ab, das konnte man ahnen. Etwas Hitzigeres.«

Sie schweigt lange, und Sigge, die ursprünglich rasch von diesem Gesprächsthema wegkommen wollte, kann es nicht lassen, zu sagen: »Du hast gesagt, daß es für dich schwierig war, dich daran zu erinnern. Aber es war doch bestimmt nicht sein Aussehen, woran du dich aufgehängt hast.«

»Nein. Es war natürlich das, was er sagte. Ja, das war tadellos! Was anderes darfst du nicht denken. Scharf. Humoristisch. Zündend. Aber es war womöglich eine schwierige Zeit, um Feuer zu entfachen. Um uns herum war Asche. Man hatte den Geschmack von Asche im Mund.

Es war ja Nachkriegszeit. Mangel an Essen und Kleidung und Brennstoff. Es gab noch immer Rationierungen. Und Wohnungsmangel. Helsingfors war bombardiert. Es war Frieden. Gewiß war Frieden. Aber der Frieden war wie eine eitrige, halb verheilte Wunde. Es war ja auch nicht der Winterkrieg, der zuletzt war, sondern der andere, der – ja, schändlichere. Der Krieg der Deutschen. Und unserer. In der Tat unserer. Wenn man an den Fetzen, die halb verheilte Wunden bedecken, rupft und reißt, kann man nicht aufhören weiterzumachen. Es gab auch Gedanken über den Winterkrieg. Gedanken, die kamen und gingen. Über die Hetze. Über die Bilder, mit denen wir voll waren. Und darüber, ob es möglicherweise doch vermeidbar gewesen wäre ... Die Schweden machten ja Zugeständnisse. Aber welche hätten wir machen sollen? Du weißt, wie es Estland und Lettland und Litauen erging. Und eure Zugeständnisse waren doch so schändlich. Oder etwa nicht?

Zugeständnisse. Du kannst dir vorstellen, welchen Geschmack ein solches Wort im Mund hervorrief, als er dort stand und sprach. Jaja. Es schmeckte natürlich genau wie die Zugeständnisse, die seine Regierung während des Kriegs gemacht hatte. Diese Transitzüge und etliches mehr. Wie vieles, wußten wir damals nicht. Und es schmeckte wie die Drohung der

UN und das Abwarten der NATO, während ein bosnisches Dorf nach dem anderen niedergebrannt wird und die Landstraßen sich mit Flüchtlingsautos mit Kindern und alten Frauen und alten Männern füllen. Sie werden in den Autos gesteinigt, und die Kinder werden mit Messern geschnitten, weil die Soldaten von den Flüchtlingen Geld erpressen wollen. Und wir denken: So etwas darf nicht geschehen. Wer will da Zugeständnisse haben? Ach, pfui Teufel, Sigge, welch ein Geschmack in diesem Wort!

Trotzdem dachte ich an die Kinder, die wir fortschickten. Ob es zu vermeiden gewesen wäre. Die Kinder. Diese grauen Gesichterchen. Und die Särge, die auf den Bahnhöfen umverladen wurden. Es waren lauter ungestrichene Kiefernsärge. Das Fieber. Die Wunden. Die zertrümmerten Glieder. Und die inneren Wunden, die eine Art Brandwunden waren und jungen Männern für immer die Lust wegbrannten.

In diesem Moment wollte ich nur Lars zurückhaben. Seinen Körper, unversehrt. Seinen Duft. Die Augen. Als dieser recht kleingewachsene, aber schon sehr bedeutende Schriftsteller dort stand und über Zugeständnisse sprach, die nicht gemacht werden dürften, da wollte ich nur Lars zurückhaben. Das war ebenfalls kein so unproblematisches Gefühl. Wie du vielleicht verstehst.

In diesem Moment stieg ich in mich selbst hinab, so wie man in einen Brunnen hinabsteigt. Obwohl ich alles hörte, was er da vorn auf dem Podium im Solennitätssaal sagte – er wollte uns im Atlantikpakt haben –, war ich tief in mir selbst. Ich war im Sommer 1944, als der Feuersturm kam. Der Tag des Zorns. In Wirklichkeit, oder wie das heißt, war ich damals in Dalen. Hier in diesem Haus. Und ich hörte Johan Krylund zu, und ich aß und trank seine Deutlichkeit, seinen Mut. Aber ich fand, daß ich den toten Lars betrog.

Jetzt kam dort drüben im Sommer 1944 der Tag der Abrechnung. Jetzt lagen wir nicht nur mit der Sowjetunion im Krieg, wie ja schon die ganze Zeit über – keine Zugeständnisse! –, sondern mit Großbritannien und mit den Alliierten. Jetzt brannte Karelien! Jetzt kam der Rauch gequollen, den wir im Sommer vor dem Krieg gerochen hatten. Grau und stinkend legte er sich über uns. Jetzt schlugen die Flammen und die Hitze hoch, und unsere Soldaten flohen in Panik. Jetzt wurden sie bei lebendigem Leib verbrannt. In mir brüllte es. Zugeständnisse? Dem

Nazi Staph Zugeständnisse machen, um sie dem Kommunisten Jekau nicht machen zu müssen. So stellte er das Problem nie dar.

Ja – das war ja nun auf jeden Fall zu spät. Ich stieg langsam aus meinem Brunnen hinauf. Ich stieg zu dem nüchternen Tag hinauf, an dem der Schriftsteller Eyvind Johnson im Solennitätssaal der Universität in Helsingfors sprach.«

Sigge trinkt ein bißchen von ihrem Tee. Er ist kalt geworden. Ihre Hand ist unsicher, wie sie die Tasse absetzt.

»Aber was dachtest du denn eigentlich? Ich meine, welche Art von Zugeständnissen? Allen ... Alles zugestehen?«

Oda sitzt da und starrt die Tapete an. Es ist, als ob sie nicht richtig anwesend wäre. Herrje, sie kann jederzeit eine Gehirnblutung bekommen, denkt Sigge. Und ich sitze hier und weiß nach all den Jahren und allem, was geschehen ist, nicht, wie sie denkt. Wie sie zuinnerst denkt.

»Meinst du, daß man sich ducken soll? Vor allem. Weil alles vorübergeht. Weil es einem zunächst über den Kopf steigt. Weil das kleine Leben die ganze Zeit über besteht. Und weil es kleine Freiheiten gibt, die man aufspüren kann, oder eine kleine, begrenzte und anspruchslose Freiheit. Auch in straffen und totalitären Systemen. Meinst du das?«

»Ich meine nur«, sagt Oda, »daß keine Macht jemals aus Uneigennützigkeit bombt. Bomben kosten Geld. Eine Invasion kostet Geld und Menschenleben.«

»Du glaubst nicht, daß die USA in den Krieg eintraten, um die Demokratie zu verteidigen?«

»Die Bombe«, sagt Oda.

»Die Atombombe?«

»Er wußte nichts von der Bombe, als er diese Romane schrieb. Sie war noch nicht auf Hiroshima niedergegangen und auch nicht auf Nagasaki. Er wußte nicht, daß die Amerikaner die Bomben und die Strahlung an Menschen testen würden, die nichts davon wußten. Menschen der eigenen Bevölkerung. Er wußte nichts davon. Nachher wollte er uns dann im Atlantikpakt haben. Das war es, worauf die Rede in Helsingfors hinauslief.«

»Er wollte, daß wir die Demokratie sowohl gegen den Kommunismus als auch den Nazismus verteidigen. Gegen das totalitäre Prinzip.«

»Manchmal«, sagt Oda und nippt an ihrem kalten Tee, wobei

Sigge das Gefühl hat, als wollte sie ihr Gesicht hinter der Tasse verbergen, »manchmal sitze ich hier und denke an inneren Widerstand, an Sabotage ... an eine Art ... ja, ich weiß nicht. Wie Widerstandsbewegungen *innerhalb* dieser Prinzipienregimente, innerhalb der Regime, wie immer sie heißen mögen. Nazismus oder Bolschewismus oder Kommerz. Aber keine Armeen von Körpern junger Männer.«

»Radikalpazifismus?« sagt Sigge. »Ist es das, woran du denkst.«

Sie findet, daß sie plump klingt. Zu sehr in medias res. Oda sagt sehr richtig: »Das ist ein merkwürdiges Wort. Niemand glaubt daran. Aber niemand hat es auch je diskutiert.«

»O doch.«

»Nein! Am Ende bewundern wir immer den harten Widerstand. Wir bewundern den Opferwillen. Er ist so schön. Aber es sind die Körper junger Männer, die geopfert werden. Selbst wenn die Zeiten noch so verdorben sind, so voll von Lügen und Infektiösem, wird doch alles plötzlich so schön und rein, wenn man sagt: Wir ziehen gegen das Böse in den Krieg! Wogegen wir aber in den Krieg ziehen, das sind die verletzbaren Körper der jungen Männer. Wir ziehen in den Krieg gegen Kinder und gegen alte, verwirrte Frauen auf den Landstraßen. Gegen Mädchen ziehen wir in den Krieg, wir reißen ihnen den Unterleib auf. Wir schießen die Häuser zu Klump und vernichten die Gärten. Die Äcker füllen sich mit Kratern, und die Tiere laufen frei herum und hungern. Wir ziehen gegen das Böse in den Krieg, sagen wir. Aber wer sind denn diejenigen, die sterben? Und wer sind diejenigen, die verwundet werden? Glaubst du denn, das Böse stellt sich hin, um auf sich schießen zu lassen? Nein, das Böse sitzt im Bunker. Es sind die Kinder und die jungen Männer, und es sind die Frauen und die alten, verwirrten Menschen auf den Landstraßen, die wir treffen, wenn wir bombardieren.«

»Du willst nicht, daß die NATO in Bosnien Bomben abwirft.«

»Nein. Aber man kann das ja kaum mit sich selbst diskutieren. Es erschöpft sich. Es dreht sich sozusagen herum und wird zu Zynismus. Wenn die Guten um der Demokratie und des Friedens willen Bomben abwerfen, dann rückt unter dem Bomber wie unter einem Schirm eine andere Art Bosheit vor. Gewalt kriegt Junge und vermehrt sich. Das ist das einzige, was ich weiß.«

Sie bleiben schweigend einander gegenüber sitzen. Oda trinkt, und wenn sie die Teetasse abstetzt, klirrt sie lange auf der Untertasse. Sie sieht grau und müde aus, und Sigge denkt: Warum muß sie sich den Kopf zerbrechen? Warum muß sie von diesen unmöglichen Fragen zerrissen werden? Kann sie sich nicht von allem abwenden? Oder nach innen. Warum befinden sich einige Menschen immerzu im Krieg mit sich selbst? Aber sie weiß nicht, was sie zu Oda noch sagen soll. Sie kann ja schlecht fragen, ob sie für dieses Jahr schon neue Samenkataloge bekommen habe.

Da klingelt es an der Tür. Oda sieht nicht aus, als würde sie es schaffen, sich zu erheben, also steht Sigge auf. Aber draußen geht die Tür, und Kryddan kommt herein. Sie haben sich offensichtlich bereits miteinander bekannt gemacht, und er weiß, daß die Tür offen ist. Sie sollte sie nicht offenlassen. Obwohl Kryddan okay wirkt. Er steht da mit seinem Mondgesicht und sagt, daß er keinen Schlüssel für die Gefriertruhe finden könne. Da nimmt Sigge die Gelegenheit wahr, um sich von Oda zu verabschieden, und geht mit ihm zum Krylundschen Haus hinüber. Womöglich sehe ich diese alte Frau nie wieder, denkt sie und muß sich beherrschen, damit sie sich nicht umdreht und zu Odas Küchenfenster zurückblickt, wie sie durch das Loch in der Hecke und über die lehmigen Schneereste des Rasens geht.

Im Haus riecht es bereits nach Malerfarbe. Es ist leer und hell. Die Schönheit ist hier ja nicht mehr sichtbar. Aber Sigge überkommt ein heftiges Gefühl von deren Gegenwart. Die lichtdurchwebte, die durch die Erniedrigung geahnte. Wie der Schimmer eines schönen, reingewaschenen Skeletts unter Wasser. Es ist still im Haus. Es ist einer der seltenen Augenblicke, in denen die Geräuschkulisse entfernt und dumpf klingt und das allernächste eine Stille ist, die heilen würde, wenn sie lange dauern dürfte. Sie fragt sich, ob Markelius das Haus im Winter entworfen hat, ob er dabei an Schneelicht und Stille gedacht hat.

Sie gehen in den Keller hinunter. Die Gefriertruhe steht in einem Raum neben dem Vorratskeller, wo sie einst den Krylundkommentar in einem Pappkarton gefunden hat. In dem Gang zur Kellertür stehen eine Menge kleiner Kerzenbehälter aus Aluminium auf dem Fußboden. Sie bilden Kreise und Halbkreise. Die Dochte sind schwarz, und in den meisten ist das Paraffin ausgebrannt.

»Was haben Sie denn hier getrieben?« fragt sie Kryddan. Sie verspürt eine Art Unbehagen. Ein Lichterfest in einem Vorratskeller. Spinnt der?

»Das ist nicht von mir«, sagt er und tritt nach den Kerzenbehältern. »Die habt ihr hiergelassen.«

»Hier war es sauber, als wir fuhren. Ich bin selbst hiergewesen und habe die Reinigungsfirma kontrolliert, bevor ich sie bezahlt habe.«

»Hier.«

Er hat die Tür zum Raum mit der Gefriertruhe geöffnet. Auch dieser ist voller Kerzenbehälter und großen, halb abgebrannten Paraffinkerzen. Welke Blumen liegen auf dem Fußboden rings um die Truhe, die groß und wahrscheinlich ziemlich alt ist. Und sie brummt.

»Aber Sie haben sie ja in Gang gebracht.«

»Nein, die läuft schon die ganze Zeit.«

»Dann ist wohl bloß jemand an den Knopf gekommen. Das müssen die Kerle von der Umzugsfirma gewesen sein.«

Sigge versucht sich an dem Deckel. Er sitzt felsenfest.

»Er hat sich vielleicht nur festgesogen. Ein Vakuum.«

Kryddan schüttelt den Kopf und sagt, daß er abgeschlossen sei.

»Dann müssen wir nach den Schlüsseln suchen. Sie müssen noch irgendwo herumliegen. Sind sie nicht hinter der Truhe?«

»Sie sind nirgends.«

»Dann müssen wir Werkzeug finden und sie aufbrechen. Das kann nicht so schwierig sein. Und dann gehört sie Ihnen.«

Sie möchte jetzt weg von hier. Wie sie allein im Keller steht, ist ihr ungut zumute. Welke Blumen und ausgebrannte Kerzenbehälter. Dreckig ist es auch. Kies. Als Kryddans Wildlederschuhe über die Treppe schlappen, ist sie erleichtert. Er hat ein kleines Taschenmesser dabei, Hammer und Schraubenzieher sowie ein paar Nägel. Das Schloß ist jedoch nicht so einfach, wie Sigge gedacht hat. Er setzt das Taschenmesser in verschiedenen Winkeln an und stochert mit den Nägeln. Es sieht nicht sonderlich kompetent aus.

»Sie müssen einen Schlosser holen.«

Das will er natürlich nicht. Das wird zu teuer.

»Ich gehe jetzt«, sagt Sigge. »Die Truhe gehört Ihnen.«

Sie steigt langsam die Kellertreppe hinauf. Davon muß man

ja nicht gerade Abschied nehmen. Das hat sie in diesem Fall ja schon getan. Doch jetzt erinnert sie sich nur an Hetze und Gereiztheit. Sickans Klauen scharren übers Parkett, wie sie in das große Wohnzimmer mit seinen Fenstern auf den Halbkreis der Terrasse hinaus treten. Sie sieht Spuren von Sickans Pfoten draußen im Schnee auf den gesprungenen Steinplatten. Sie hat vermutlich nach Sigge gesucht, geglaubt, sie sitze im Haus und arbeite. Oder was Hunde glauben, daß man so macht, wenn man dasitzt und mit etwas pusselt. Aus dem Keller hört man, wie Kryddan an dem Schloß herumbastelt. Er hämmert jetzt. Dann ist es lange still, und dann sind seine großen Wildlederschuhe zu hören. Schlapp, schlapp, schlapp.

»Hallo!« schreit er.

»Ich bin noch da.«

Sie geht in die Diele und steht ihm gegenüber.

Alles Blut ist aus seinem Gesicht gewichen und hat einen faltigen, schweißfeuchten Hautlappen zurückgelassen. Fast keine Augen, denn er kneift die Haut drum herum zusammen. Und seine Hand ist kalt und schweißfeucht. Er streckt sie aus, hilflos, und Sigge ergreift sie. Noch einmal, als sie vor der Truhe stehen. Aber da ist sie es, die nach seiner Hand tastet, um mit ihm zurückzuweichen. Sie gehen rückwärts zur Tür und bleiben dort wie zwei Kinder in einem Märchen stehen. Aus dieser Entfernung sehen sie nur die kleinen Zöpfe. Über und über kleine, schwarze, zierliche Zöpfe, und in den Zöpfen steckt Silberschmuck.

In der Gefriertruhe sitzt ein schwarzes Mädchen. Das Gesicht war nur einige Sekunden lang zu sehen, bevor sie zurückwichen. In den Wimpern sitzt Frost, und sie zwinkern nicht. Die Luft steht nicht still; Kältedampf dringt aus der Truhe. Nach ein paar Sekunden ist er verschwunden. Das schwarze Haar, das dicht geflochten um den Schädel sitzt, ist frostig. Der Silberschmuck besteht aus Engeln. Sie bilden eine Kette. Das Mädchen trägt ein weißes Kleid mit Spitzen am Kragen.

Kryddan gibt ein seltsames Geräusch von sich und will den Körper anfassen, ihn womöglich hochziehen. Doch Sigge hält seine Hand fest. Er hat wohl nicht verstanden, daß dies eine Leiche ist, oder er will es nicht verstehen.

»Wer ist das?« flüstert er.

Sigge schüttelt den Kopf. Sie hat das Mädchen noch nie gesehen. Dessen ist sie sich sicher. Zugleich hat sie das starke Gefühl, dies schon einmal erlebt zu haben.

»Kommen Sie.«

Sie flüstert noch immer.

»Ist Ihr Telefon schon angeschlossen?«

Er schüttelt den Kopf.

»Dann gehen wir zu Oda Arpman rüber. Sie müssen aber hier abschließen.«

Dies ist Odas synkretistische Lade, es ist die Abfallkiste des Glaubens, das hebt sie wieder und wieder hervor. Ein bißchen Nationalismus ist ebenfalls dabeigewesen, in gewissen Zeiten. Es gibt vieles, woran man geglaubt hat. Während des Kriegs lange Girlanden mit Flaggen. Allen außer deutschen. Die sind entfernt. Siehst du die Schnur hier, eine lange Reihe Flaggen, jede siebte Stelle unbesetzt. Es gibt keine Gnade, wenn Oda etwas eingefallen ist, dann spult sie es triumphierend ab. Es ist vielleicht eine alte Idee, die sie bisher nur den Wänden hat wiedergeben können. Jetzt käut sie sie Sigge wieder, die den Kopf tief über die Kiste gebeugt hat und gegen die Übelkeit ankämpft. Heiße Klebrigkeit und Kälteschauer durchziehen sie, Blutwelle auf Blutwelle. Ich lebe. Ich will einen Whisky oder Schnaps haben. Was auch immer. Ich werde dies vergessen. Jedesmal, wenn das Blaulicht über das Weiß des Krylundschen Hauses und über den schwarz werdenden Garten und über die in Niesel übergegangene Bewölkung flackert, sehen sie beide auf, und Sigge wird klar, daß ihr Gesicht genauso farblos ist wie Odas. Es kommen pausenlos Autos, und ab und zu können sie Polizisten sehen. Leder und Reflexbänder glänzen draußen zwischen den Büschen. Oda hat die Kiste geholt, nachdem Sigge gesagt hat: Hast du immer noch den Weihnachtsbaum dastehen, der nadelt ja fürchterlich. Denn was sollte sie sagen?

»Der kommt jetzt raus«, sagte Oda, »es reicht mir jetzt. Obwohl es ihm zuerst gereicht hat.«

Sigge ist durchaus klar, daß die Kiste, in der sie den ziemlich schäbigen Zierat verstauen wollen, in therapeutischer Absicht hervorgeholt wurde; das Warten kann lange dauern. Es war eine Polizistin da und sagte, daß Sigge nicht nach Hause fahren dürfe, sie brauchten sie noch. Oda und sie konnten nicht mehr darüber reden. Es ging nicht. Zuerst hatte Sigge alles aus sich herausgebracht. Auch wenn es nicht viel war: daß ein Mädchen in der Gefriertruhe gewesen sei. Nein, ein totes Mädchen. Ihr

Körper. Da redete sie Unmengen. Das war vor dem Erbrechen. Sie sagte es immer und immer und immer wieder. Aber nachdem sie im Badezimmer gewesen war und die Krämpfe endlich aufgehört hatten und als sie leer und ausgetrocknet war und es ihr schwindelte, da konnte sie nicht mehr darüber reden. Zunächst konnte sie überhaupt nichts sagen. Dann sagte sie das mit dem Weihnachtsbaum. Nur, damit sie ihr nicht mehr ins Gesicht starrte. Und da holte Oda die Kiste und sagte, daß sie den Baumschmuck verstauen wollten, damit sie die Tanne endlich hinauswerfen könne. Ich hole sie jedes Jahr hervor und schmücke eine Tanne, weil mein Sohn vor Weihnachten zu Besuch kommt, und es ist nicht nötig, daß er annimmt, ich hätte aufgegeben. Aber es wird allmählich schwierig, eine Tanne nach Hause zu bekommen, und die da war wohl einer der letzten Besen. Polander war so nett und hat sie mir aus Tallkrogen mitgebracht. Sie war tot. Ich habe eine Tote gesehen. Zweihundert Kronen hat sie gekostet! Das ist völlig geistesgestört. Auf den Kahlschlägen wachsen Millionen von Tannen dieser Größe. Viele Male hat Sigge gedacht: Wenn Vati stirbt, will ich ihn nicht sehen, das halte ich nicht aus. Ich weiß nicht, warum, aber das ist so furchtbar, ich will schlicht und einfach nicht, und das muß man ja auch nicht. Warum sollte man vor einem Toten Angst haben? Das ist doch wahnwitzig. Aber Heikki sei das wohl ziemlich egal, sagt Oda, obwohl er selbstverständlich alles wiedererkenne. Er habe selbst das Papier für die Weihnachtsbaumbonbons mit zugeschnitten. Er habe sie mit einer Nagelschere operiert, um an die Zuckerstangen heranzukommen. Es ist ein bißchen knittrig, die gekräuselten Papierstreifen fallen ab, und die Engel und die Wichtelgesichter, die auf den mit Seidenpapier bezogenen Pappzylindern klebten, liegen auf dem Grund der Kiste, dort liegen auch Kerzenstummel und Rosinen und Strohhalme. Die Abfallkiste des Glaubens, wie gesagt.

»Aber du hast doch nicht gerade an irgend etwas von diesem Zeug geglaubt«, sagt Sigge schwach, um die Gedanken und Ekelgefühle zu übertönen. »Wichtel und Engel und was noch alles.«

Nein, das ist doch gerade der Punkt, Odas synkretistischer Abfallkistenpunkt: alles ist nur Gerümpel und außerdem von allen möglichen Ecken und Enden: Lebensbaum und Auferstehung, denn in der Kiste sind, ineinandergeschichtet, Ostereier aus Pappe, Ostereier mit hoppelnden Hasen und Kindergesichtern und Küken und weißen Narzissen. Ein aus Holz geschnitzter Nußknacker in Form eines schnauzbärtigen Gesichts. Oda zeigt, wie er mit dem Kiefer klappern kann. In der hölzernen Höhle, die den Mund bildet, soll die Nuß geknackt werden. Wir nannten ihn Bismarck. Und Krebslampions sind da. Der gefaltete Papiermond hat das falsche Gesicht, das eines jovialen Thor Modéen. Der Mond müßte eine Frau sein und schwierige Phasen haben, sterile Untergänge und dann Fieber und Aufgang: glühende, blutdurchströmte Empfänglichkeit. Sigges Gedanken flimmern auf der Flucht vor dem kalten Ekel, vor der Leichenangst davon. Aber irgendwann war doch wohl etwas richtig heilig; tief in einem dunklen Raum, in einem Chor hinterm Chor, gab es wohl Ehrfurcht vor dem Mysterium, Frömmigkeit, oder wie heißt das doch gleich, etwas *Richtiges*. All das hier sind doch Überbleibsel, zerschlagene Reste von etwas, das gewesen ist. Oder haben wir immer nur vom Gerümpel aus der Abfallkiste des Glaubens gelebt, purem Aberglauben, Unfug und Kunststücken? War alles nur Angst, war es von Anfang an nur Leichenangst? Die Geisterstimmen halluzinierten wir, und der Gedanke, daß der mächtige Gottkönig tot sei, wirklich nur verwest und tot und sudelig wie ein vom Bären gerissener Elchkadaver sei, war so widerwärtig und überdies so völlig unglaublich, wenn wir in der einen Gehirnhälfte weiterhin seine Stimme hörten. Irgend jemand hat darüber geschrieben, daß wir in Halluzinationen gedacht hätten, bevor die Gehirnhälften irgendwie, wohl durch die Sprache, miteinander verschmolzen und zu einem Bewußtsein wurden. Daß der Glaube aus Halluzinationen stamme. Tut er das? Sigge hat eher geglaubt, daß diejenigen, die glauben, sich in diesen Zustand emporarbeiteten, ungefähr so, wie man sich zur Verliebtheit emporarbeiten kann. Aber das kann einem wohl auch zustoßen, das tut es ja auch manchmal. Oft. Aber Angst?

Sie hat noch nie im Leben solche Angst gehabt wie vor dieser Leiche. Sigge weiß das. Die ist kein Körper mehr. Die ist nur – etwas. Die ist Fleisch. Gewebe. Die ist wie all diese Schweinekarrees, die sie während des Kommunalstreiks weggeworfen hatten und die dalagen und verwesten, weil niemand die Abfallräume leerte. Sie ist Glieder, die auseinanderfallen, disjecta membra, niemand kann so ein zerrupftes Gestell hochbringen. Sie ist zusammengefallen, nichts Menschliches, und wenn man nicht daran glaubt, daß es sich wieder um eine Art Brennpunkt oder so etwas sammeln läßt, so ist alles nur Abfall, und das weiß ich. Oda aber sitzt da und ergeht sich über ihren Weihnachtsbaumschmuck und all die schrottreifen menschlichen Vorstellungsbemühungen, als ob sich etwas Höheres und Besseres vorstellen ließe als – ja, ewiges Leben, Auferstehung und so. Etwas ebenso Ewiges und Unangreifbares. Sollte es denn die *Vernunft* sein? Nicht, daß Sigge zu fragen wagt, denn das würde neue Wortkaskaden auslösen, und das einzige, was Sigge begehrt, ist, in Ruhe gelassen zu werden, die Übelkeit so gut es geht unterdrücken zu können, in flimmrigen Gedanken ruhen und mit den Fingern an Engelshaar und Strohsternen zupfen und sie so sortieren zu dürfen, daß Odas Abfallkiste so ordentlich wird wie noch nie. Mond, Lampion, Ei. Hier ist eine Osterhexe auf einem kleinen Besen, vor vielen Jahrzehnten auf dem Markt in Helsingfors erstanden, sagt Oda. Gründonnerstag und Ostermond. Am Karfreitag steigt der Gott in die Unterwelt hinab, und – ja was? Nun, er wird wohl zerrissen. Seine Glieder werden auf öden Ebenen verstreut. Er oder das, was er war, ist zerrissen und im Finstern verwest. Es war nur sein Ebenbild, das heraufkam. Auch wenn wir das niemals merkten. Oda ist so taktvoll, nicht mehr nach dem Mädchen zu fragen, wie alt sie gewesen sei oder so. Sie sagt nur bekümmert, daß Kryddan jetzt in Schwulitäten gerate und daß dies Wasser auf eine Menge Mühlen in Dalen sei. Er sei im Finstern. Manche von uns leben von der Erinnerung. Dieses Engelshaar kannst du wegschmeißen, sagt Oda. Aber die Wunderkerzen sind wohl ... Sie wirft Sigge einen verstohlenen Blick zu, rasch und forschend, und fragt, ob sie noch ein bißchen Tee machen solle. Oder willst du einen Schnaps haben? Sigge nickt. An der Sache muß etwas sein. Alle Menschen scheinen überall und zu allen Zeiten dahin zu kommen: daß er unter der Erde aufgelöst sei. Wie sollte jemand später auferstehen können, nach dem Kalender und der Uhr? An Ostern hervorlugen wie der Kuckuck aus einer Kuckucksuhr. Mit klapperndem Holzkiefer zu uns sprechen. Manche von uns wagen nicht zu glauben, daß wir verlassen im Finstern leben. Und andere wagen nicht zu glauben, daß die Finsternis schwanger werden und wieder einen Gott gebären werde. Aber dieser Schrecken, der ist wirklich. Die Angst vor einer Leiche. Sie ist das Wirklichste, was ich bisher kenne.

»Hier, bitte«, sagt Oda. »Trink das in einem Zug. Das ist Fernet Branca.«

Welch ein merkwürdiges Getränk. Mit seiner Würze, seinem Stachel. Wie es ganz fein verteilt seine Hitze im Körper verbreitet, ohne Klebrigkeit. Wie es den Rhythmus des Blutes dazu bringt, sich zu stabilisieren. Wie es wie leicht würziger Dampf ins Gehirn steigt und es ausputzt. Klarheit, Kühle, Vernunft kehren zurück. Ein chemisches Wunder. Das muß eine der effektivsten Drogen der Welt sein. Und eine der sanftesten.

»Wollen wir diese Kiste nicht ausleeren?« schlägt Sigge vor. »Da liegt eine Menge Mist auf dem Grund. Pfefferkuchenkrümel und alles mögliche. Schau mal nach, ob da noch etwas ist, das du aufheben willst. Dann kippe ich den Rest aus.«

Oda nimmt eine Gipsplatte mit einem aufgeklebten Engelsgesicht heraus und verwirft sie, weil das Loch zum Aufhängen zu kaputt ist.

»Das Lametta?«

»Nein, das ist so dunkel geworden. Und es sind ja nur kleine Stücke.«

»Die kleinen Plastikkerzen?«

»Die gehören zu einer Weihnachtsbaumbeleuchtung, die schon weg ist.«

»Dann kippe ich sie jetzt aus.«

Wie sie den Wellpappkarton über eine Ecke in Odas Papierkorb leert, purzelt ein Engel herunter.

»Der da«, sagt Sigge. »Wo kommt der her?«

Und im selben Moment kommt noch ein Engel.

»Die gehören zu meiner Engelkette«, sagt Oda. »Kleine Silberengel – nun, das ist natürlich kein Silber –, die zusammenhängen und die man in die Zweige hängt. Aber sie lösen sich so leicht.«

»Wo ist die Kette?«

»Jaa, wo ist die? Ja doch!«

Es ist, als glaubte sie, daß es etwas Erfreuliches und Gutes sei, sich daran zu erinnern.

»Ein Mädchen hat sie sich ausgeliehen«, sagt Oda. »Rosemarie heißt sie.«

Sigge hat in der Hosentasche herumgetastet, sie hat es getan, obwohl sie gewußt hat, daß sie keinen Engel finden würde. Aber sie erinnert sich genau, was für ein Gefühl es war, das Metallstück zu umfassen. Einen bedeutungslosen Gegenstand nannten sie es. Ein kleines, spitzes und dünnes Ding.

Sie sollen sich, wie früher so oft, bei Oda zu Hause versammeln. Gekommen sind aber nur Ruth, Blenda und Sylvia. Daß die Gruppe eigentlich aufgelöst ist, lassen sie außer acht, und Ruth ist dankbar dafür.

Oda hat sie entdeckt, als sie auf der Treppe zusammengebrochen war. Sie kam herausgewatschelt und dachte, Ruth sei tot. Das merkte man an ihren Händen, als sie sie anfaßte. Es war ein sehr seltsames Erlebnis, jemanden auf diese Weise zu erschrekken. Ruth rührte sich und versuchte zu sagen, daß sie große Schmerzen habe. Ihr eigener Schrecken kam erst hinterher. Völlig widerstandslos ließ sie sich von Oda ins Haus führen.

»Nitroglycerin«, sagte sie. »Im Bad.«

Sie lag auf dem Sofa und ließ eine Tablette unter der Zunge zergehen. Nach einer Weile konnte sie sich aufsetzen. Sie erzählte, daß sie einen Gefäßkrampf gehabt habe.

Oda machte ihr Tee. Als sie sich erholt hatte, ging Oda wieder zu sich nach Hause. Sie sah aber ein paar Stunden später nach ihr. Da sagte Ruth, daß sie auf den Friedhof habe gehen wollen, um Torfmoos und ein Öllicht zu Lennarts Grab zu bringen, und daß es ihr leid tue, nicht weggekommen zu sein.

»An Weihnachten auch schon nicht«, sagte sie. »Er hat kein Licht auf sein Grab bekommen. Dort ist es absolut dunkel gewesen.«

In diesem Moment kam Oda die Idee, daß sie zusammen hinfahren könnten, mit dem Taxi.

»Ich habe jetzt einen Fahrdienst bekommen.«

»Da darf ich nicht mitfahren.«

»Wir sagen, daß du meine Pflegerin bist!«

Sie standen recht lange vor Lennarts Grab. Das Torfmoos lag ausgebreitet, und es steckten Stechpalmenzweige darin. In der Mitte brannte das dicke Öllicht. Schließlich meinte Oda, daß sie sich zum Ausgang begeben sollten.

»Warte noch«, sagte Ruth.

»Nun ja. Ich habe kalte Füße.«

Ruth dachte, daß sie noch zum jüdischen Teil des Friedhofs gehen sollten. Allerdings wußte sie, daß Kajan nicht dort begraben war. Folglich hatte es keinen Sinn. Oda dachte ebenfalls an Kajan. Dessen war sich Ruth sicher. Trotzdem verloren sie kein Wort über sie.

»Jaja, Lennart«, sagte Ruth schließlich. »Wir müssen jetzt gehen. Aber ich komme wieder. Ich komme bald.«

»Laß das, mit ihm zu reden, als ob er ein Hund wäre«, sagte Oda. »Als er lebte, war er doch nicht schwer von Begriff. Und jetzt komm.«

Doch Ruth meinte, daß sie auch auf Lars Arpmans Grab ein Öllicht stellen sollten. Sie hatte am Eingang noch eins gekauft.

»Nein«, sagte Oda. »Er liegt draußen in Haga.«

»Dann bei Johan Krylund?«

»Nie im Leben irgendein halbherziges Seelengewaber für Johan. Im übrigen hat er kein Grab.«

»Die brennen vierundzwanzig Stunden lang.«

»Zweimal im Jahr und wenn es nicht zu windig ist. Jetzt gehen wir.«

»Ich fühle mich Lennart verbunden, wenn ich im Dunkeln stehe und all die Lichter wabern und flackern sehe«, sagte Ruth.

Als sie hinterher in Odas Wohnzimmer saß, dachte sie an diese Worte. Sie waren nicht wahr.

»Ich finde, du solltest hier bei uns sein«, hat Oda zu ihr gesagt. Womöglich weiß sie nichts davon, daß die Gruppe aufgelöst ist. Daß Ruth sie aufgelöst hat.

Doch, sie muß es wissen. Denn sie hat Ruth nicht vorher angerufen. Sie sagte lediglich, daß sie sich beeilen müßten, vom Waldfriedhof nach Hause zu kommen, denn um acht Uhr kämen die anderen. Oda hat auch gesagt: »Meine Liebe.«

Das ist ein bißchen ungewöhnlich. Und dann sagte sie mit ihrer, man darf wohl sagen natürlichen Mischung aus Freundlichkeit und Bitterkeit: »Ansichten sind wie Kleider, verstehst du. Die Hauptsache ist, was man in sich hat.«

Und dies, während sie ihr aus dem Pelz half. Ruth war zu matt, um beim Aufdecken der Teetassen zu helfen. Statt dessen setzte sie sich hin und sah die ABC-Nachrichten an. Als der Wettermann kam, sagte sie zu Oda: »Der Taxifahrer hatte auch solche Haare.«

Oda machte sich nicht einmal die Mühe zu gucken. Sie weiß ja, wie der Wettermann aussieht. Da sagte Ruth: »Ich hätte gern jemanden, der hin und wieder mit mir spazierengeht.«

Wie kann man so etwas sagen?

»Du warst doch mit mir draußen«, sagte Oda vom anderen Ende des Raums her. Sie klapperte mit dem Teeservice.

»Nein, einen Mann. Jemanden zum Händchenhalten. Da gibt es doch nichts zu lachen?«

Oda hatte auch nicht gelacht. Sie sagte: »Du bist noch nicht so alt. Du kannst schon einen Mann haben wollen. In mehrerlei Hinsicht.«

Da sagte Ruth das Unerhörte, das, was sie noch nie zu jemandem gesagt hatte.

»Ich habe seit zweiunddreißig Jahren mit keinem geschlafen.«

»Was?«

»Du hast richtig verstanden.«

»Wurde Lennart impotent?«

»Nein, nicht die Spur.«

»Ist dir die Lust vergangen?«

»Aber nein.«

»Was war es dann? Wer A sagt, muß auch B sagen.«

Es ist klar, daß sie nicht mehr sagen wollte. Sie verstand gar nicht, wie sie so etwas überhaupt sagen konnte. Sie versteht es auch jetzt nicht.

»Nun, das verstehe ich nicht«, sagte Oda.

Als sie mit dem Geklapper am Tisch fertig war, kam sie in die Ecke mit den alten Sesseln.

»Ihr habt es also nie mehr gemacht?« fragte sie mißtrauisch.

»Nein, seit Anfang der sechziger Jahre nicht mehr. Der Thymusextrakt-Doktor war noch nicht soweit, also kaufte ich in der Regel Kalbsbries und bereitete es mit weißer Soße. Dann wurde es ja so teuer. Wir haben es mit Erbsen und Zitrone und Reis gegessen, zu einem außerordentlich guten Rotwein aus den Restbeständen von Papas Weinkeller. Liebesmahlzeiten. Dann machten wir es. Wir waren die vollendeten Egoisten. Aber tagsüber rackerten wir uns für die Menschheit ab.«

»Und ihr wurdet nicht arm davon.«

»Wir wurden aber auch nicht reich, obwohl wir eine Zeitlang auf dem besten Weg dahin waren. Als Lennart in Pension ging, verlor er die Aufsichtsratsposten und hatte keinen Kontakt mehr zu Vermögensverwaltern, bekam keine Tips und wurde folglich am Schwarzen Montag von Panik ergriffen – er war nie ein Ökonom, weißt du. Obwohl er das dachte. Er war praktisch ziemlich – wie soll ich sagen – entblättert am Ende.«

»Nein, er war ein feiner Mann!« sagte Oda. Sie hatte Lennart immer geschätzt.

»Ja sicher, Silberhaar und gerade Haltung und der Schalk im Auge. Aber er bekam keine Einladungen mehr zu den Essen der großen Gesellschaft. Eine Zeitlang intrigierte er in der Akademie der Wissenschaften, damit seine jungen Gegner nicht aufgenommen würden. Aber dann hörte er auch damit auf.«

»Er hätte es gebraucht«, sagte Oda.

»*Ich* hätte es gebraucht.«

»Ach was. Eigentlich ist das ja eine ziemlich lächerliche Beschäftigung für erwachsene Menschen«, sagte Oda tröstend.

Aber falsch, dachte Ruth.

»Man schnauft und reibt und rubbelt und macht. Aber manchmal geschieht wohl etwas. Von Zeit zu Zeit.«

»Du meinst Gemeinschaft. Nähe.«

»Aufrichtig gesagt habe ich eine Mordsangst vor deinem Fürsorgerinnenjargon.«

»Welches Wort willst du anstelle von Nähe denn nehmen?« fragte Ruth.

»Keines. Überhaupt keins. Das ist doch der Punkt. Keine Worte. Keine Kategorie. Völlig merkwürdig bloß. Einmalig. Hinterher wußte man nicht einmal, ob man es tatsächlich erlebt hatte. Und dann wollte man es noch einmal tun, um zu sehen, ob es sich wiederholen würde. Und es hat sich nicht wiederholt. Erst viel später vielleicht wieder.«

»Dafür muß man doch nicht miteinander schlafen«, sagte Ruth.

»Ach ja. Wie soll es dann gehen?«

»Nun, ich fühlte mich Lennart oft nahe ...«

»Ach, hör auf, dich so zu haben! Ich spreche von etwas – *Unerhörtem*. Vom Wundersamen!«

»Das tu ich vielleicht auch. Deinen Jargon kann ich wirklich auch leicht satt bekommen.«

»Wann wollt ihr das dann erlebt haben?«

»In der Natur.«

»Komm mir nicht mit Pantheismus, Ruth. Daß man sentimental wird, wenn man einen Sonnenuntergang am Meer sieht, ist nicht dasselbe, wie Gott zu begegnen. Und wenn man händchenhaltend auf einem Bergesgipfel sitzt, ist das nicht unerhört. Das ist gut. Das ist top, wie Sigge sagen würde. Aber es läßt sich beschreiben.«

»Davon weißt du nichts.«

»Was ist denn passiert?« fragte Oda geradeheraus. »Warum gab es Sonnenuntergänge statt Geschlechtsverkehr?«

»Wir reden jetzt nicht mehr darüber. Das ist wirklich privat.«

»Was ist passiert?«

»Ich kann nicht darüber reden, wenn zugleich *Rapport* läuft.«

Oda schaltete aus.

»Wurde er impotent?«

»Nein, habe ich gesagt.«

»Es würde mich nicht wundern, wenn du ihn in diesem Punkt schützen würdest. Nach wie vor. Du willst, daß ich mit dir Mitleid habe, und das ist gesund, aber du möchtest ihn nicht bloßstellen. Er konnte ihn nicht hochkriegen. Das ist alles. Die Katastrophe. Und du bist bereit, dich auf sein Grab zu werfen, damit es nicht an den Tag kommt.«

»Ja, das wäre doch wohl nicht merkwürdig. In dieser phallischen Kultur.«

»Spiel das jetzt nicht runter. Im übrigen ist es lächerlich, eine Kultur nach etwas zu benennen, das in Wirklichkeit nicht besonders oft vorkommt.«

»Daß sie eine Erektion haben? Und ob sie die haben!« sagte Ruth.

Oda gefiel es nicht, daß sie so resigniert klang.

»Nur in sehr speziellen Situationen. Wenn sie das Recht haben wollten, diese Kultur phallisch zu nennen, dann müßten sie bei allen wichtigen Gelegenheiten eine Erektion haben. Bei Prozessionen. In schwierigen Entscheidungssituationen. In historischen Augenblicken. Aber das haben sie nicht«, sagte Oda mit Bestimmtheit.

»Du meinst, Clint Eastwood müßte eine haben, wenn er schießt. Und auf der Nobelfeier müßten sie eine haben.«

»Genau. Alle. Auch der König. Er müßte stehen wie eine Boforskanone. Aber das tut er nicht.«

»Nein, tatsächlich nicht. Wollen wir uns mal die Nobelfeier ansehen? Ich war damals nicht da, deshalb habe ich sie aufgenommen. Ich hatte jedoch nie Zeit, sie mir anzusehen.«

»Ich würde gern Kalbsbries essen. Wie du das gesagt hast, klang das so lecker.«

»Das kannst du dir nicht leisten.«

»Aber der Thymusextrakt-Doktor ist doch schon tot?«

»Ja, aber hast du schon mal gehört, daß von irgend etwas der Preis heruntergegangen wäre? Im übrigen möchte ich mit niemand anderem als mit Lennart Kalbsbries essen.«

»Herrschaft noch mal«, sagte Oda. »Du tuttelst mit Lennart und tust so, als ob ihr euch unterhalten würdet, und wie viele Fotos hast du herumstehen? Und die Pfeifen. Merkst du denn nicht, daß die vertrocknen und toter aussehen als ...«

»Halt jetzt die Klappe.«

»Das war deutlich.«

»Ich spüre seine Anwesenheit«, sagte Ruth würdevoll. »Das ist eine Empfindung. Sie ist sehr stark. Ich bin nicht abergläubisch. Auch nicht religiös. Aber manchmal spüre ich, daß er anwesend ist. Wahrscheinlich glaubst du, daß es die Kraft meiner eigenen Wünsche ist, die ich spüre. Aber ich habe diese Empfindung.«

»Aha. Ich habe das nicht«, sagte Oda. »Ich habe nichts. Da ist es leer. Erinnerungen natürlich. Aber keine solchen Gefühle von Anwesenheit. Ehrlich gesagt.«

»Es ist ja auch so lange her, daß Lars gestorben ist. Mehr als ein halbes Jahrhundert.«

»Ich habe nicht von ihm gesprochen.«

»Laß mir jedenfalls das, was ich habe. Wir wollen jetzt nicht streiten.«

»Aber du weinst ja!«

»Ach was ...«

»Trauerst du dermaßen?«

»Nein, nein. Ich habe eigentlich über dich geweint. Über deine Leere.«

»Das laß mal ruhig meine Sorgen sein«, sagte Oda. »Jetzt muß ich den Apfelkuchen raustun. Der muß gewärmt werden. Wollen wir am Donnerstag ins Liljeholmbad fahren?«

»Weißt du, ich möchte das neue Sturebad sehen.«

»Das ist zu teuer. Und ich glaube nicht, daß wir uns dort richtig wohl fühlen würden. Was war denn nun mit Lennart?«

Oda hatte eine Flasche Sherry und zwei ziemlich große Gläser geholt. Sie schenkte ihnen ein.

»Sag schon. War er untreu?«

»Ja.«

»Aber nicht zweiunddreißig Jahre lang?«

»Dreiundzwanzig.«

»Ich kann mir Lennart nicht vorstellen ... er war doch so seriös. Sollte er länger als zwanzig Jahre hinter Weibsbildern hergewesen sein?«

»Nein, es war nur eine. Er hat sich verliebt.«

»Du hast sie nicht alle beisammen.«

»Doch, doch. Aber *er* wurde völlig wahnsinnig. Bekam schwarze Augen. Wurde fiebrig. Das war im ersten halben Jahr. Er hatte nicht ein freundliches Wort für mich übrig. Dann war er wie verwandelt. Netter denn je. Da dachte ich, daß es vorbei sei. Aber es war nur eine andere Phase.«

»Hast du ihm denn nicht gesagt, daß du dich scheiden lassen willst?«

»Nein. Ich habe nichts gesagt. Ich dachte, es würde vorbeigehen. Und was hatte ich mit meinen dicken Beinen denn schon für eine Wahl?«

»Du glaubst doch nicht etwa, daß so etwas wie Beine von Bedeutung sind?«

»Doch. Beine, Busen. Haare. Zähne und Zunge. Vagina. Großer Zeh. Alles. Nicht nach zehn, zwanzig Jahren. Aber anfangs. Anfangs ist eine Verliebtheit sehr roh. Darum setzte ich darauf, daß es vorbeigehen würde. Aber es ging nicht vorbei.«

»Aber daß du an dich halten konntest! Hast du nichts gesagt?«

»Im ersten Jahr hatte ich, wie soll man das nennen, Visionen. Sobald ich ein Messer anfaßte, sah ich, nein, ich sah und spürte es, wie ich es ihm im Auge herumdrehte.«

»Er muß doch gemerkt haben, daß du verletzt warst.«

»Haß. Haß heißt das. Aber er hat nichts gemerkt. Jedenfalls nicht anfangs, als er wahnsinnig war. Und danach muß er es sich irgendwie weggezaubert haben. Denn er begriff sehr wohl, daß ich begriff. Aber wir sprachen nicht darüber.«

»Niemals?«

»Niemals auch nur ein Wort. Nach ungefähr einem Jahr schaffte er Muskie an. Dann hatten wir immer einen Hund, wie du weißt.«

»Was hatte das mit seiner Untreue zu tun?«

»Weißt du, ich bin mir nicht sicher, ob man es am Ende noch Untreue nennen konnte. Er war auch mit ihr verheiratet, auf seine Weise. Sie war nicht jünger als ich. Nicht viel jedenfalls. Und Lennart war ja fünfzehn Jahre älter. Den Hund schaffte er an, um einen Vorwand zu haben, morgens und abends weggehen zu können.«

»So schnell war er dann wohl doch nicht, das auf einem Spaziergang mit dem Hund hinzukriegen!«

»Nein, aber er rief sie dreiundzwanzig Jahre lang jeden Morgen um acht und jeden Abend um elf von einer Telefonzelle aus an.«

»Und das wußtest du?«

»Das habe ich herausgefunden. Er starb in der Telefonzelle. Unmittelbar vor dem morgendlichen Anruf. Ich habe immer gesagt, daß er starb, als er mit dem Hund Gassi war, und das stimmte auch. Aber in Wirklichkeit lag er in der Telefonzelle. Oder saß darin, kann man wohl sagen. Und weil er die Münzen noch in der geballten Hand hatte, ging ich davon aus, daß er nicht telefoniert hatte. Am späten Nachmittag fiel mir das auf. Jetzt ist sie seit sieben Stunden von Unruhe zermartert, dachte ich. Da rief ich an.«

»Du wußtest, wer sie war?«

»Klar. Ich wußte alles über Lennart. Und es war phantastisch, da anzurufen. Ich war mächtig fickrig in den ersten Tagen. Euphorisch. Nein, eher gehetzt. Die Todesnähe. Die Dramatik. Ich rief an und sagte lediglich, daß er tot sei.«

»Mit der Fürsorgerinnenstimme?«

»Ganz genau. Ich wußte, daß sie glauben mußte, er hätte mir von ihrem Verhältnis erzählt. Weil ich anrief. Weil ich wußte, daß es sie gab. Das war der Triumph nach dreiundzwanzig Jahren. Sie glaubte, daß die ganze Heimlichtuerei unnötig gewesen sei. Daß er mich nur vorgeschoben habe, ich in Wirklichkeit aber alles mitgemacht habe. Sie sollte zu dem Schluß kommen, daß ich sein volles Vertrauen besessen hätte. *Das* war das Messer im Auge. Und obendrein im richtigen Auge.«

»Ich denke, ich sollte ihnen diesen Sherry anbieten«, sagte Oda. »Am besten, ich hole Gläser.«

»Sei jetzt vorsichtig. Du zerdepperst gern Gläser, wenn du Wein getrunken hast. Man verträgt immer weniger.«

»Alkohol ja. Aber ansonsten verträgt man immer mehr, finde ich.«

Sie ging brummelnd umher. Verrückte Gläser. Sagte, daß sie es nicht fasse.

»Deswegen braucht man sich nicht so zu haben. Lennart war auch nur ein Mann. Alle Männer sind untreu. Nur ich habe geglaubt, daß wir, daß er und ich eine Ausnahme seien. Daß wir irgendwie besser seien.«

»Das kannst du nicht so verallgemeinern. Sag, die meisten.«

»Alle. Buchstäblich alle. Jeder, wie er da ist. Hast du je von einem gehört, der es nicht war? Was, Oda?«

»Nja ... ein. Aber es gibt solche Männer. Alles gibt es. Alle Varianten.«

»Nein, meine Liebe. Bei dieser Sache gibt es keine Varianten. Das war es, was ich nicht begriff. Ich glaubte, es sei eine Frage der Wahl. Der Lebenseinstellung – Ethik, weiß der Himmel was.«

»Es soll keine Wahl geben, meinst du? Und die Möglichkeit, eine ethische Lebenseinstellung zu haben?«

»Doch! Aber nicht auf diesem Gebiet. Man schwitzt. Man pinkelt. Man muß essen.«

»Du meinst, es ist eine Frage der puren Biologie.«

»Ja. Ebenso wie die Aggressivität. Sie sind polygam. Und aggressiv. Wie Schafböcke. Sieh dir Bocklämmer an. Welpen, Stierkälber, Guppymännchen, goldige männliche Krokodiljunge ... Warum sagst du nichts? Oda!«

»Ja, was soll ich sagen? Ich dachte, du seist eine Liberale. Und vorhin hast du gesagt, daß du Nähe empfunden hättest, und was das noch war. Und daß es eine andere Gemeinschaft als die Intimität eines Beischlafs gebe.«

»Das habe ich gesagt, ja.«

»Stimmt es nicht?«

»Nein.«

»Warum bist du dann herumgelaufen und hast das gesagt?«

»Das weiß ich nicht. Ich glaubte wohl, es sei so. Ich wollte das. Weißt du, was Lennarts Lieblingsmusik war?«

»Neein. Sibelius vielleicht.«

»Es war Anita Lindblom. Da gab es ein Stück, das hieß *Es war damals, mein Freund*.«

»Nein, also wirklich. Ich erinnere mich daran. Sie brachten es unaufhörlich im Radio. Es ist sentimental. Und übrigens brutal.«

Da sagte Ruth beinahe streng: »Diese Platte fand ich zwischen Lennarts Unterwäsche, als er tot war. Es sollte sein Weihnachtsgeschenk für sie werden. Auf dem Päckchen stand ein dämlicher Vers. Ich kriege ihn wirklich nicht mehr zusammen. Aber er lief darauf hinaus, daß sie eine neue Platte dieser Art bekomme, weil sie die alte ausgespielt hätten.«

»Das ist wirklich kaum zu glauben. Lennart hatte doch einen sehr guten Musikgeschmack.«

»Deshalb habe ich diese Platte auch so oft aufgelegt. Ich versuche, es zu glauben. Sie war und ist eine gebildete Dame. Und Lennart störte es ungeheuer, wenn ich das dritte Programm eingestellt hatte. Aber in jenen Momenten galt das offensichtlich nicht. Da ging es roh und sentimental zu.«

»Das glaube ich trotzdem nicht«, sagte Oda. »Und jetzt schlag dir die Sache aus dem Kopf. Denk an die Gemeinschaft, die ihr hattet.«

»Welche?«

»Den Alltag ... die Sorgen. Die Natur!«

»Ja, das war wohl der größte Quatsch.«

»Ich sollte keinen Sherry trinken, bevor ich etwas gegessen habe«, sagte Oda. »Und du auch nicht.«

»Ich nehme gern noch einen, bitte.«

»Du darfst nicht in dir selbst herumwühlen und -zerren, Ruth. Vergiß nicht, daß du nicht gesund bist.«

»Wer ist jetzt die Fürsorgerin? In mir hat es die ganze Zeit über gewühlt und gezerrt. Aber ich habe versucht, ohne Tabletten zu schlafen, und ich habe Ballaststoffe gegessen, und ich habe die Teppiche in dieser Einrichtung, die wir im Keller haben, gesaugt. Ich habe niemals aufgegeben.«

»Tu das auch jetzt nicht.«

»Nein, ich will nur sagen, wie es ist. Er war ein großer Scheißkerl. Ich sehe ihn jeden Tag an. Im Silberrahmen, mit Silberhaar. Der Fasanenkrawatte. Sieh nur. Ein großer Scheißkerl. Er hat mir das einzige, was das Leben lebenswert macht, genommen.«

»Neein, weißt du, jetzt bist du melodramatisch. Denk daran, was du selbst gesagt hast! Du kannst nicht so ein Aufhebens um den Beischlaf machen.«

»Was hast du denn selbst gesagt, Oda? Was hast du vorhin gesagt?«

»Das war polemisch. Das war, um dich aus deiner Abgestumpftheit und deinen Licht- und Seelenorgien herauszureißen.«

»Aber du hattest recht. Das einzige Außergewöhnliche, was das Leben einem solchen Durchschnittsmenschen wie mir bieten kann, das ist diese Nähe. Das, was du nicht benennen mochtest, was in keine Kategorie gehört. Was extra ist. Einmalig. Ich erinnere mich nicht ganz, was du gesagt hast. Aber etwas in der Art. *Das Wundersame!* Und du hast recht. Wir sind keine Geister. Das Wundersame kann man nur erleben, indem man Flüssigkeiten vermischt. Haut an Haut legt. Sich total ausliefert. Wir erledigten hier so unseren Kram. Keine Flüssigkeiten. Dreiundzwanzig Jahre lang blieb es trocken. Er hat mich um mein Leben betrogen, Oda. Er war der größte Scheißkerl, der je in einem Paar Schuhe herumgelaufen ist.«

»Aber er konnte doch nichts dafür, wenn es so ist, wie du sagst – Biologie. Und so durchschnittlich bist du nicht. Du hättest das vielleicht auf andere Weise haben können. Als religiöse Erlebnisse. Oder in deiner Arbeit. Die Euphorie, wenn man auf etwas kommt, wenn man wirklich etwas *tut*.«

»In meiner Arbeit saß ich da und beackerte Relationsprobleme. Das weißt du. Dabei gibt es kein Fazit. Nichts, was richtig ist. Auch kein Evidenzgefühl. Jedenfalls nichts, was richtig zuverlässig ist.«

»Aber womöglich schliefen die Leute besser oder tranken weniger oder schlugen sich freundlicher, nachdem sie bei dir gewesen waren. Und in späteren Jahren hast du für die Leute doch wirklich die Dinge ganz handfest ins Lot gebracht. Nun, ich meine mit Geld und so. Im Amt.«

»Das ist schon möglich. Aber es hat mir nie diesen Kick gegeben, den mir dieses andere gegeben hätte.«

»Was bringt dich bloß dazu, solche Erlebnisse ein Leben lang zu fordern? Gibt es eine Versicherungskasse, die sie garantiert?«

»Sei nicht ironisch, denn das hilft nicht. Was mich dazu bringt, daß ich sie haben will, ist, daß ich sie mal gehabt habe. So wollte ich es haben. Lange. Oft. Ich wollte immer so leben.«

Oda ist in der Küche gewesen und hat ein paar Gläser ausgewischt, die Wasserflecken hatten. Wie sie zurückkommt, sitzt

Ruth zusammengesunken auf dem Sofa. Sie sieht so aus wie am Vormittag auf der Treppe. Da hatte sie ihre Plastiktüte in der Hand und war ordentlich gekleidet. Die Pelzmütze war ihr ins Gesicht gerutscht. Oda geht zu ihr hin und berührt vorsichtig ihren Handrücken. Sie reagiert mit einer leichten Bewegung, gottseidank.

Oda hat natürlich angerufen. Ihre Telefonsignale können in halbdunklen Zimmern sehr aufdringlich sein. Ulla spürt, daß es Oda ist. Daß sie einzudringen versucht. Draußen liegt Beckholmen, ein Klumpen, der sich in der aufgelösten Dunkelheit des Morgens zu Teer verdichtet hat. Es klingelt und klingelt, und es wird hell. Die Sonne müßte jetzt zwischen dem Turm bei Danvik und Sofia stehen, wenn man sie sähe. Einen kleinen Schimmer Wasser kann Ulla sehen. Eine Schar Schwäne, die auf diesem Dunkel schaukeln. Im *Naturmorgen* hat sie gehört, daß sie oft festfrieren. Daß die Füchse sie reißen. Daß man im Frühling ihre Kadaver an den Ufern findet. Aber das betraf wohl Singschwäne. Weiter im Norden. Hier sind die Kälte und die Dunkelheit nur noch eine Art Dumpfheit. Unlust und langsame Bewegungen, weiter nichts. Obwohl das Kältegift gerade nach unten zieht. Da klingelt und klingelt es.

Am Vormittag nahm Ulla zumindest ab. Nicht, weil sie sich entschieden hatte. Es war nichts als eine Bewegung, ein Reflex in dunklem Wasser. Der Körper zittert. Der Flügel flattert.

»Ich komme nicht«, sagte sie. »Ich glaube, ich kann nicht.«

Nachdem sie aufgelegt hatte, dachte sie: Ich brauche nicht hinzufahren und mich zu verstellen. Ich muß mir nicht einmal eine Entschuldigung einfallen lassen. Ich bin niemandem etwas schuldig.

Und doch war sie jemandem etwas schuldig. Das fiel ihr sogleich ein. Im Ankleideraum standen fünf Sammelbüchsen mit einem Aufkleber der IFFF. Sie waren voller Geld. Kajan und sie hatten auf dem Weihnachtsmarkt von Skansen eine Sammlung für FRAUEN FÜR FRAUEN geleitet. Danach war so viel geschehen. Das Entsetzliche, daß Kajan verstummt war. Dort standen die Büchsen. Sie dachte: Wenn ich sie abgebe, dann bin ich frei. Dann bin ich niemandem mehr etwas schuldig. Dann kann ich machen, was ich will.

Nur, was will man? Es ist am ehesten das Wasser, das will. Es will trüb werden, sich verdichten, einen zähen Film bilden, wie eine Haut um den Körper wachsen. Es will Eis werden.

Am späten Nachmittag rief sie in der Tjärhovsgatan an, um zu hören, ob bei der IFFF jemand da sei. Ich komme mit ein paar Büchsen, sagte sie. Sie hatte während der vergangenen zwei Wochen nicht viel gegessen, und ihr wurde schwindlig, wenn sie sich bewegte. Sie war sich nicht ganz im klaren, wie sie es schaffen sollte, den glatten Hügel hinunterzukommen und die Straße zu überqueren. Wie sie es aushalten könnte, dort draußen in der Kälte auf die 47 zu warten. Und dann? Sie mußte am Norrmalmstorg umsteigen, in die 46. Die fuhr nach Katarina hinauf. Sollte sie an der Renstiernas Gata aussteigen? Oder sollte sie mit der 47 bis zu Åhléns fahren und mit der U-Bahn bis Medborgarplatsen? Wie weit mußte sie dann gehen? Die Büchsen waren schwer von den Münzen.

Ihr fiel ein, daß sie mit dem Taxi fahren könnte. Es spielte keine Rolle, was das kostete. Sie brauchte ja jetzt nicht zu sparen. Es waren keineswegs noch eine Menge Zeit und Angst übrig. Die Zeit friert, dachte sie. Wenn sie aufhört, sich zu bewegen, wird sie wie Eis.

Sie ging in ihr Wohnzimmer und holte die drei Hundertkronenscheine, die im Sekretär lagen. Dann verstaute sie die Büchsen in zwei Plastiktüten und rief einen Wagen. Nachdem sie in den schwarz- und weißmelierten Ulster und die Stiefel geschlüpft war und den Hut mit dem Lackband aufgesetzt hatte, trank sie ein Glas Sherry. Ein ziemlich großes Glas. Davon überkam sie ein heftiger Schwindel.

Der Fahrer sagte etwas zu ihr, als sie beim Dramaten auf Grün warteten. Es war irgend etwas über den Verkehr, der jetzt allmählich dicht wurde. Diesen konnte sie wie eine entfernte Schottermühle hören, denn sie hatte die Augen geschlossen, und das verschob alles um sie herum in weite Ferne. Sie wagte es nicht, ihm zu antworten, denn sie hatte Angst, daß sie lallen würde. Der Sherry hatte in ihrem Halbhunger starke Wirkung getan. Er drückte im Brustkorb.

Als sie bei der alten Feuerwache in Katarina ankamen, mußte sie doch etwas zu ihm sagen. Sie murmelte, daß er warten solle. Sie hatte das Glück, schon auf dem Flur einer der Bosnienfrauen zu begegnen, und übergab ihre Tüten. Die Frau wollte ihr Kaffee anbieten, doch Ulla ging nicht in den hellen Versammlungsraum. Sie sagte, daß ein Taxi auf sie warte.

Dann blieb sie einfach auf dem Rücksitz sitzen. Es war, als hätten sich ihre Kiefer verriegelt. Das Herz hatte zu hämmern begonnen. Irgend etwas war in ihr, das sich bewegte, im Magen. Und das Herz: beklemmende Schläge. Schneller und schneller. Der Fahrer sagte etwas. Da wurde es besser. Etwas besser.

»Ja?«

Er wollte natürlich wissen, wohin sie fahren sollten. Da sagte sie: »Nach Enskede. Ich möchte nach Dalen.«

Das sagte sie, weil sie solche Angst hatte. Nachdem es gesagt war, fühlte sie sich besser. Nur ein bißchen taumeliger als sonst, obwohl sie saß. Taumeliger im Kopf, in den Gedanken.

Der Schneematsch spritzt ans Autoblech. Sie fahren soeben am Globen vorbei. Das Ei des Vogels Roch. Es erfüllt sie nicht mit Verwunderung über die Schöpferkraft Gottes. Der Himmel ist dunkel; sie kann sich sehr gut die Schwingen des Riesenvogels über der Autobahn ausgebreitet vorstellen. Das Ei sieht aus wie aus Eis.

In Dalen angelangt, kann der Taxifahrer die Eigenheime nicht finden. Ulla kümmert sich nicht sehr darum. Sie fühlt sich jetzt fast aufgeräumt. Daß es vorbeiging und daß sie wieder denken, über Dinge nachsinnen kann. Aber dann wird ihr bewußt, daß es, auch wenn es angenehm ist, sich in dem Auto zurückzulehnen, das sich seinen Weg durch das Schneegestöber sucht, sehr teuer werden wird. Sie beginnt jetzt selbst, nach dem Krylundschen Haus und nach Odas Haus und Ove Fehzéns und Ruth Ansers Ausschau zu halten. Aber es ist, als wären sie von einem Vogel Roch der Wirklichkeit enthoben und im Niesel fortgetragen worden. Sie fahren an Hochhäusern vorüber. In Dalen gibt es keine Hochhäuser, will sie sagen, aber sie ist sich so unsicher. Die Dunkelheit bricht herein. Die Autoscheinwerfer blenden, und die Schneeflocken peitschen gegen die Tafeln mit den Schlagzeilenaushängen. Die Straßen heißen nicht so, wie sie sollen. Grauzottlige Gestalten eilen zu den Hauseingängen. Aber es sind stets Mietshauseingänge. Wo ist Dalen mit seinen Apfelbäumen? Wie der Fahrer ein Mädchen mit Schnee im üppigen Haar fragt, sagt es, daß das hier sei. *Hier*. Das hier sei Dalen.

»Aber die Eigenheime?«

Das Mädchen schüttelt das Haar wie einen nassen Mop und geht dann weiter. Ulla sieht keine Eigenheime. Folglich ist das nicht Dalen. Sie kommen an eine Stelle, wo in den nassen Böen Buchstaben, Wörter stehen: NOTAUFNAHME DALEN.

»Wie heißt denn die Straße?« fragt der Fahrer.

Ja, wie heißt die Straße? Wie idiotisch. Das ist ihr entfallen.

»Ich weiß nicht mehr«, sagt sie.

»Verflucht noch mal!«

Ulla hat Kopfschmerzen bekommen. Nicht die gewöhnliche Sorte, die auf akkumulierter Müdigkeit und Anspannung beruht. Diese Schmerzen fühlen sich wie Stromschläge in den Stirnlappen an. Immer wieder knistert es. Sie sieht Lichtblitze. Aber das sind womöglich Reflexe auf der schneenassen Scheibe. Die Leute haben nassen Schnee auf den Schultern. Sie eilen gebeugt und mit vorgeschobenem Kopf dahin. Der Fahrer fährt neben einer alten Dame her, um nach der Eigenheimgegend von Dalen zu fragen, doch sie scheut zurück. Dann senkt sie den Kopf und biegt in einen Hof ein. Ulla ist sich ziemlich sicher, daß sie nicht dorthin mußte. Er sucht nach einem Kiosk oder Tabakladen, wo er fragen könnte, und er scheint sich dessen bewußt zu sein, daß seine schleichende Fahrweise Verdacht erregt. Oder zumindest Unbehagen. Es ist ungewiß, ob man in den Schneeschauern sehen kann, daß es sich um ein Taxi handelt. Schließlich entdecken sie eine Frau in, wie Sylvia das zu nennen pflegt, militantem Alter. Dem sie selbst angehört. Der Fahrer versucht sacht neben sie zu fahren, um sie nicht vollzuspritzen.

»Fragen Sie«, sagt er zu Ulla. »Mir ist völlig schleierhaft, wohin Sie wollen.«

Er hat einen Knopf, den er drücken kann, so daß ihre Scheibe heruntergeht.

»Ich suche die Eigenheimgegend, wo dieses Mädchen ermordet wurde«, sagt Ulla zu dem Gesicht da draußen. »Die Lucia. In der Gefriertruhe. Wissen Sie, wie man dorthin kommt?«

Verachtung. Das ist es, was sie im Gesicht der Frau liest.

»Nein. Und wenn ich es wüßte, würde ich es Ihnen nicht sagen. Fahren Sie nach Hause. Kümmern Sie sich um Ihren eigenen Kram.«

Sie ähnelt in gewisser Weise Sylvia. Autoritativ. Gepflegt unter der nassen Hutkrempe. Ulla hat einen völlig trockenen

Mund, und die Kopfschmerzen blitzen. Dalen mit seinen bemoosten Apfelbäumen gibt es nicht. Es handelt sich um nichts Wirkliches. Sie hat nur versucht, den Fahrer zu einem Ort zu locken, den es nicht gibt.

Dies hier ist wirklich. Die großen Wohnkonstruktionen. Die Betonmasse mit schimmernden Kerngehäusen, wo Menschengestalten sich wie Maden bewegen. Sie will aus dem Auto raus. Auch wenn sie keinesfalls hier sein will, wo niemand sie kennt und wo ihr Mißtrauen und Verachtung entgegenschlagen. Ihr ist klar, daß es noch schlimmer wird, wenn das Geld nicht reicht, also bittet sie, aussteigen zu dürfen. Beim Bezahlen sieht sie den Fahrer nicht an. Sie möchte, daß er normal ist. Kein schweigsamer und strenger Kutscher in wunderlichen alten Kleidern. Nur normal.

Es wird besser, nachdem sie bezahlt hat und jetzt durch den Schneematsch geht. Sie braucht nicht einmal mehr nach dem Weg zu fragen, denn sie sieht eine U-Station. Sie heißt Kärrtorp. Ulla studiert lange die Tafeln und begreift, daß sie bis Skärmarbrink fahren und dort umsteigen muß, um zum Waldfriedhof und nach Tallkrogen zu kommen. Es geht tatsächlich viel besser, wenn man nicht fragt.

Als sie ankommt und Oda sie empfängt, erfährt sie, daß sie sich nach Enskededalen verirrt hat.

»Ich dachte, das hier sei Enskede. Und Dalen.«

»Ja, Gamla Enskede. Aber Dalen heißt eigentlich nicht Dalen. Fredens Dal, verstehst du, das ist nur eine Erfindung. Man nannte es so nach dem Baumeister. So durfte es ja nicht heißen. Weder Straßen noch Stadtteile, noch sonst etwas darf nach lebenden Personen benannt werden.«

Blenda und Sylvia sitzen auf dem Sofa, aber sie stehen auf und sagen, daß sie sich hinlegen solle. Oda geht eine Decke holen. Sylvias Ähnlichkeit mit der Dame, der sie in dem verkehrten Dalen begegnet war, frappiert sie. Als sie erzählt, was ihr widerfahren ist, klingt das gar nicht so seltsam. Und sie verstehen. Sie hört ihren Stimmen an, daß sie verstehen, daß sie weit weg gewesen ist. Daß sie auf dem Fortgang gewesen ist.

Ruth sitzt in einem der Sessel zwischen Blenda und Sylvia. Ulla findet das merkwürdig. Aber es ist auch gut so. Im Zimmer ist es wärmer geworden. Die Stimmen flattern. Es herrscht ein Gemurmel, das ebensogut aus der Luft oder dem Wasser kommen könnte. Es kommt vielleicht nicht so sehr darauf an, was wir sagen, denkt sie. Nicht so sehr, wie ich geglaubt habe. Und genauso, wie Windesrauschen und Wassergemurmel bisweilen nachlassen, entstehen in dem Stimmengewebe Löcher aus Schweigen. Dann sehen sie, vielleicht ganz unwillkürlich, hinaus auf das Weiß des Krylundschen Hauses und die blitzenden Terrassenfenster.

Blenda, die Ruth am nächsten sitzt, verspürt Angst, wenn sie in die Dunkelheit hinausblickt, die keine Dunkelheit ist. Es sind zwar Schatten unter den Apfelbäumen, aber da sind ebenso das Schneelicht und die Reflexe von den Straßenlaternen. Sie hat in letzter Zeit oft Angst. Bei Oda ist es normalerweise still und ein bißchen staubig. Andere Zeiten haben hier weitergebrütet. Sie denkt an all das, was Oda über das Krylundsche Haus erzählt hat. Über die erste Rockorgie, bei der die Terrassensteine barsten. Über die Wohngemeinschaft und den Schriftsteller Paul Orne, der an einen Schuppen herangekommen war, der auf Kymmendö gestanden hatte. Auf dessen Treppe hielt er Pressekonferenzen ab, wenn er seine Bücher herausbrachte. Er tat kund, daß dies Strindbergs Abort gewesen sei. Und man glaubte ihm. Über Ella Bask, die Würste aus Elchfleisch machte und die Kinder die Wände bemalen ließ. Oda will die Auffassung, daß die jetzige Zeit schlechter sei als alle anderen Zeiten, nicht teilen. Doch Blenda findet, daß andere Zeiten jetzt stiller und komischer wirken. Sie hat das soeben behauptet. Hat gesagt, daß so etwas in diesem Haus wohl noch nie passiert sei.

Ein Körper. Ein Mädchen, dem die Halswirbelsäule gebrochen wurde. Auf einem Schlagzeilenaushang stand:

SCHWARZE LUCIA
IN TALLKROGEN
VERSCHWUNDEN

Doch Oda will nicht einmal die Auffassung teilen, daß sie schwarz gewesen sei.

»Nicht gänzlich«, sagt sie.

Und obwohl sie die ganze Zeit über die Jacke des Mädchens in der Garderobe hängen hatte, entschuldigt sie sich nicht einmal. Hört sich an, als sei es ganz natürlich, in seiner eigenen Welt zu leben. Keine Abendzeitungen zu lesen oder Schlagzeilenaushänge zu beachten.

»Und im übrigen war sie gar nicht richtig als Lucia gekleidet«, sagt sie. »Ich konnte die Luciakrone nicht finden.«

Da sagt Ruth, die ansonsten die ganze Zeit über sehr schweigsam gewesen ist: »Erinnerst du dich nicht mehr daran, daß du sie verschenkt hast? Der Anwohnerverein von Dalen hat sie bekommen. Da war ein Mädchen als Lucia auf der Bürgerversammlung.«

Oda wird rasend. Das können alle sehen. Sie ist sogar aufgestanden und geht ein paar Schritte. Der Stock rammt auf den Fußboden.

Blenda denkt an diesen Luciamorgen. Oda sah das Mädchen durch den Schnee davonstapfen. Unter dem langen, weißen Kleid trug sie Stiefel. Die hatte sie noch immer an den Füßen, als man sie in der Truhe fand. Um den Hals hatte sie einen langen, hellila Schal geschlungen. Wahrscheinlich, als sie in der morgendlichen Kälte über den Hof ging. Er ist verschwunden. Es findet sich auch keine Spur mehr von den Safranwecken, den Pfefferkuchen und der Thermoskanne mit Kaffee, die sie auf einem Tablett dabeihatte. Weggeräumt. Als ob sie niemals dort gewesen wäre. Aber warum sie dann in der Gefriertruhe zurücklassen? Und sie mit Blumen und Kerzen umgeben? Überall auf dem Kellerfußboden war Paraffin, und hier und da in den Ecken lagen welke Blumen. Und Straßenschmutz hatten sie hineingetragen, Lehm und Pampe mit Schnee an Schuhen, die grobgeriffelt waren, COPY CAT die meisten. Das kann man alles nachlesen, aber Oda, die gleich nebenan wohnt, kann man also nicht fragen. Oda, bei der das Mädchen am Morgen gewesen war. Man kann sie nicht fragen, denn da wird sie hochmütig und sagt: »Wir wollen Rosemarie Andersson jetzt in Frieden lassen. Sie war ein nettes Mädchen, das mir manchmal Waren aus dem Laden brachte. Mehr weiß ich nicht.«

Das tut sie aber. Oda ist sich nicht im klaren darüber, daß in jeder Zeitung steht, was sie weiß. Nämlich, daß sie dem Mädchen Weihnachtsbaumschmuck geliehen hat, um ihn sich ins Haar zu stecken, nachdem sie die Luciakrone nicht hat finden können. Daß sie sie in der Küche auf diesen Sänger und seine Gang hat warten lassen. Die hatten irgendein Freiluftkonzert bei einer Kirche.

Es klingelt an der Tür, und als Oda öffnen geht, nimmt Blenda die Gelegenheit wahr und sagt: »Sie ist wohl nicht nur deshalb mit den Waren gekommen, weil sie nett sein wollte. Von hier aus konnte sie nämlich ROCK OFF im Auge behalten. Konnte sehen, ob sie Martin Sallah zu Gesicht bekäme. Sie war mit Waren bei Oda, weil sie mitbekommen hatte, daß sie am Luciamorgen zu dem Haus zurückkommen wollten.«

»War sie so ein Fan?«

»Nein, sie war seine Schwester.«

»Halbschwester«, sagt Ruth. »Sie hatten denselben Vater.«

Sie flüstern praktisch und zucken zusammen, als die Vorhänge rasseln. Es ist aber nur Sickan, die hereinläuft. Sie begrüßt alle freundlich, entzieht sich jedoch einem Handauflegen. Sigge kommt hinterher. Wieder mehr die alte, kann man sagen. Sie trägt zwar nach wie vor diese Jacke. Aber mit Leggings. Und es ist jetzt schon eine Weile her, daß sie sich die Haare hat schneiden lassen. Sie ist lediglich um die Augen herum geschminkt, kräftige Striche mit dem Kajalstift, und sie sieht müde aus.

»Wir sprechen über dieses Mädchen«, sagt Blenda leise.

Oda ist in der Küche. Sie hören, daß sie mit dem Teekessel scheppert und daß das Wasser rauscht.

»Wer war sie?«

Sigge schüttelt den Kopf.

»Irgendein Mädchen eben. Ich weiß es nicht.«

»Sie soll ja seine Schwester gewesen sein?«

»Ja, das hat sie gesagt. Halbschwester. Aber sie haben ihr nicht geglaubt. Die Mädchen kommen auf so vieles, um mit Martin Sallah zusammentreffen zu können.«

»Was ist dann passiert?« fragt Blenda.

»Ich weiß es nicht. Niemand weiß es. Außer denen, die dort waren. Oder einer von denen.«

»Wurde sie vergewaltigt?« flüstert Ruth, und Sigge schüttelt den Kopf.

Blenda zieht jedoch den *Expressen* aus ihrer großen Handtasche. Sie traut sich nicht, laut vorzulesen, sondern reicht die Zeitung herum.

»Das Halstuch«, flüstert Ruth, nachdem sie gelesen hat. »Wie eklig.«

»Sie haben ja jetzt DNA-Analysen. Der Typ, den sie Lotar nannten, er heißt in Wirklichkeit bestimmt Percy noch was ...«

»Percy Gustafsson«, sagt Sigge.

»Er war ja verschwunden. Aber sie haben ihn gefunden. Und jetzt haben sie das Halstuch in einem Fitneßcenter auf dem Boden seines Schranks gefunden. Am Sveavägen. Das stammte von ihm. Das, was auf dem Halstuch war.«

Blenda sagt nicht Sperma. Aber sie lesen es in der Zeitung. Sigge auch.

»Da muß etwas in *Aktuell* kommen.«

Sylvia ist es, die nach der Fernbedienung zu suchen beginnt. Blenda findet das gut. Sylvia hat mit ironischer Miene dagesessen. Das kann sie jetzt nicht mehr, wenn sie den Fernseher einschaltet. Sie stellt auch den Ton leise, damit Oda in der Küche es nicht hört. Sie sitzen still und sehen ein Gesicht an, das über die zukünftigen Renten spricht.

»Vielleicht kommt es gar nicht.«

»Doch, es kommt immer recht viel darüber. Es kann ja eine Rassistentat gewesen sein.«

»Du lieber Himmel, welche Worte!« sagt Sylvia.

Es ärgert Blenda, daß es ihr gelungen ist, wieder überlegen zu klingen. Da kommt es. Die Reporterin ist braungelb geschminkt, hat Zähne mit Amalgamfüllungen und einen brennenden Busch von Haaren. Als sie den Staatsanwalt interviewt, rückt sie mit einem Mikrofon in flauschiger Hülle immer näher. Er wirkt ganz und gar nicht korrekt und formell, so, wie ein Staatsanwalt es tun sollte. Gleichwohl ist das, was er sagt, korrekt.

»Wir wissen noch nichts über einen eventuellen Vorsatz.«

Er trägt ein tomatenrotes Sakko. Womöglich beruht seine Wirkung darauf. Sie diskutieren eine Weile darüber.

»Es ist ein Fehler, Kleidung bei Kapp-Ahl zu kaufen«, sagt Sylvia. »Unter allen Umständen.«

Blenda denkt eine Sekunde lang, daß Oda vielleicht recht hat. Daß es mit Radio besser sei.

»Die Leiche hat, nach allem zu urteilen, einige Zeit in dem Keller gelegen«, sagt der Staatsanwalt, den Mund dicht am Windschutz, der vermutlich unsauber ist und in den schon viele geatmet haben. Gewerkschaftsbosse und Abschreibungsfirmengauner. Er wird Grippe bekommen.

»Sie war gefroren und hat seit dem dreizehnten Dezember in dem Keller gelegen.«

Blenda kommt der eigenartige Gedanke, daß er nicht Leiche

hätte sagen sollen. Daß das Wort nicht paßt, sondern in eine andere Sendung gehört.

»Ich werde in den nächsten Tagen entscheiden, ob ich gegen den Zwanzigjährigen Anklage erheben werde.«

»Vorhersehbar!« ruft Sylvia.

Wie kann sie das sagen? Sigge schweigt nur und sieht trübsinnig drein.

»Aber das Auto?« fragt Ulla Häger. »Daß er das Mädchen nicht damit weggeschafft hat. Daß er sie in eine Gefriertruhe gepackt hat. Mit Blumen und Kerzen.«

»Das war nicht er, der die Kerzen dort hingetan hat«, sagt Sigge. »Die Blumen auch nicht. Er hat nicht einmal die Gefriertruhe eingeschaltet. Er hat sie nur hineingelegt.«

»Aber warum denn?«

»Ist der geisteskrank? Ist das so ein Sexual ... wie heißt das? Ein *abnormes* Individuum.«

»Er hat sie dort hineingetan, weil ich gekommen bin.«

Es wird absolut still, sie sehen Sigge an und warten.

»Zuerst kam ein Auto, das Kassetten liefern sollte. Der Fahrer ging aber nicht in den Keller. Dann kam ich. Als ich hineingehen wollte, hatte Lotar die Kellertür abgeschlossen. Da hatte er sie wohl in die Gefriertruhe gehoben. Aus purer Panik. Damit ich sie nicht entdeckte. Ich denke, er hat sie mit dem King Cab wegschaffen wollen. Aber dann ist er einfach abgehauen. Er ist so. Ich glaube nicht, daß er sehr viel denkt. Er hat wohl den Auftrag bekommen, sie wegzuschaffen.«

»Sollte jemand anders ...«

»Nein, sie wollten vielleicht nur, daß sie über den Keller rausgeht, weil Journalisten kommen konnten. Sie schickten sie mit Lotar weg. Percy heißt er. Es ist wohl schiefgegangen für ihn da unten. Das weiß niemand.«

»Wollte Martin Sallah seine Schwester nicht treffen?«

»Wahrscheinlich glaubte er ihr nicht, als sie das sagte. Die Fans kommen auf so vieles. Niemand von denen glaubte ihr. Sie sagten nur zu Lotar, daß er sie durch den Keller hinausführen solle. Aber sie hörten vermutlich, daß da etwas schiefging. Ich glaube, mein werter Chef sagte zu Lotar, daß er sie wegschaffen soll, als er sah, was passiert war. Sie mit dem King Cab wegbringen soll. Und daß sie den Mund halten sollen.«

»Aber warum denn?« ruft Ulla.

»Schlecht für die Geschäfte. Schlecht für Fehzén, der in die Politik will. Schlecht für alle, auch für Martin. Besser, man fände sie irgendwo anders.«

Da sagt Ruth, daß in den Zeitungen über Adam Oxehufvud nicht gestanden habe, daß er diesen Percy das Auto auf diese Art habe benutzen lassen.

»Nein«, sagt Sigge. »Ich habe versucht, der Polizei zu erzählen, wie es war. Daß ich auf dem Fußboden einen Engel gefunden hatte, einen solchen, wie sie im Haar hatte. Und dann benutzte ich seine Kreditkarte privat, ohne daß er protestierte. Denn ich hatte den Engel. Ich war tatsächlich dabei, ihn zu erpressen, ohne es selbst zu begreifen. Sie wollten, daß ich den Engel zurückgab. Ja, Adam sagte das nicht direkt. Auch sonst niemand. Aber ich wurde in einem Computerprogramm subliminalen Drohungen ausgesetzt.«

»Was ist das?« fragt Ulla.

»Äh«, sagt Sigge. »Piepegal. Die Polizei glaubte, das sei eine Paranoia. Vielleicht war es das. Adam fällt immer auf die Füße. Ich glaube nicht einmal, daß er Leuten im Grunde drohen muß. Aber er war nicht sonderlich erpicht darauf, das Auto zurückzubekommen. Er glaubte ja, daß Lotar sie damit weggeschafft habe. Daß man darin Spuren finden könnte.«

»Aber sie lag doch die ganze Zeit in der Gefriertruhe.«

»Das wußte Adam nicht.«

»Warum hat Percy den Strom eingeschaltet?«

»Er hat das nicht getan. Der war abgeschaltet, als Staffan Polander und zwei andere aus seiner Gang in dem leeren Haus herumschnüffelten. Das ist der, den sie in den Zeitungen Tiger nennen. Sie hatten den Schlüssel gestohlen. Der Tiger will das nicht zugeben. Aber da ist einer, Rickie heißt er, der hat erzählt, daß der Tiger ihn sich an meinem Schreibtisch von einem Schlüsselbrett geschnappt hatte. Sie waren unmittelbar vor dem Umzug da und bettelten um Aufkleber. Der Tiger hat den Motor der Gefriertruhe in Gang gesetzt und ihn auf super gestellt. Dieser Rickie ist erst zwölf. Jetzt sitzt er in einer kinderpsychiatrischen Abteilung. Als sie die Leiche fanden, brach er nicht zusammen. Er war da unten dabei und mischte bei den Kerzen und den Blumen und der Weihe, und was das alles war, mit. Riten und Zeremonien. Diese Zeremonie war die letzte. Nur die Höchsten durften das Mädchen sehen. Der Tiger bestimmte.«

»Es ist wohl anders, wenn sonst niemand etwas weiß«, sagt Blenda. »Als sie es für sich allein hatten. Typ eigene Welt.«

Sie vergessen, leise zu sein; ihre Stimmen sind längst ziemlich schrill und erregt. Oda steht in der Tür. Sie haben nicht einmal den Vorhang rasseln hören.

Sie setzt sich schwer. Es scheint, als hätte sie den Teekessel in der Küche vergessen. Womöglich hört sie ihn gar nicht. Blenda erhebt sich, als das Geräusch des kochenden Wassers lauter wird und der Kessel fast pfeift. Sylvia beugt sich zum Fernseher vor und schaltet den Ton ab. Sie hätte ihn natürlich ganz ausmachen müssen. Man weiß nicht recht, warum sie sich mit dem Ton begnügt. Vielleicht ist es eine Demonstration von Unabhängigkeit. Es ist jedenfalls absolut still, als Blenda zurückkommt. Oda sitzt in ihrem Lesesessel, den sie an den Couchtisch herangezogen haben.

»Die Fernsehnachrichten sind ohne Ton viel deutlicher«, sagt sie und klingt fast zerstreut. »Leute. Gesichter. Ich habe gemerkt, daß sie uns oft aufnehmen, wenn wir einkaufen. Oder wenn wir auf Pflegestationen in Betten liegen. Oder wenn wir mit vielen anderen über Asphalt trotten und auf der Seite Geschäfte liegen. Manchmal kann man sehen, daß es die gleichen Bilder aus dem Fältöversten, dieser Einkaufspassage, sind, die man schon an irgendeinem Tag vorher gesehen hat. Das liegt ja in der Nähe der Fernsehanstalt. Wir kaufen ein, und wir gehen auf Übergängen, und wir liegen hilflos in Betten. Wir sind das Volk.«

Sylvia erkennt im Fernsehen immer die Treppe von METRO BARONEN. Ulla, die ihre Besorgungen im Fältöversten macht, weiß, daß Oda recht hat. Sie ist selbst schon im Vorbeigehen gefilmt worden. Man kann es ja nicht verhindern. Aber sie ist sehr schnell vorbeigegangen.

»Gerümpel«, sagt Oda. »Seht euch meine Hand an.«

Sie sehen die Hand an, die auf dem Stockgriff ruht. Sie sehen einen adrigen und fleckigen Handrücken und unter der Haut, die sich um den Silberknauf spannt, Knöchel hervortreten. Im Haus benutzt Oda den Stock ihres Vaters. Wenn sie auf glatten Straßen geht, nimmt sie einen Stock des Provinzialkrankenhauses mit spornbewehrter Zwinge.

»Wir sehen aus wie Gerümpel. Wir quellen hervor. Und wir sind fleckig und runzlig und tragen schlottrige Kleider. Wir starren mit farblosen, müden Augen auf den Asphalt. Auch die Jugend. Die Haare werden strähnig vom Wind. Immerzu haben wir es eilig, und wir bekommen Säcke unter den Augen. Wie dieser Staatsanwalt eben. Der in dem roten Sakko.«

Sie wollen natürlich protestieren, genau wie Ulla, wenn sie gefilmt wird. Aber sie schweigen und machen es wie Oda, betrachten das Fernsehbild, das ihr nicht widerspricht. Da sind einige, die überquellen. Etliche von ihnen haben schiefgetretene Schuhe.

»Gerümpel. Das ist ihre Ästhetik.«

Sie klingt unwirsch. Die Finger, die den Stockknauf umschließen, haben gewölbte Nägel. Sie sind sauber, gefeilt und poliert. Sie sehen aus, als wären sie von einem anderen Zeitalter zurückgelassen worden.

»Ich erinnere mich daran, wie wir dasaßen und darauf warteten, Kajan im Fernsehen zu sehen. Das war bei dieser Versammlung auf dem Norrmalmstorg zum Krieg in Bosnien. Ich bin mir sicher, daß Kajan etwas sehr Wichtiges gesagt hatte. Aber wir bekamen statt dessen einen Kerl zu sehen. Er fluchte darüber, daß der Krieg ihn störe. Er sagte, daß sie sich da unten gern auseinandernehmen könnten. Sie fanden wahrscheinlich, daß er ein gewöhnlicher Mensch sei und daß so einer die Gelegenheit haben sollte, sich zu äußern. Und daß Kajan ungewöhnlich sei. Womöglich war sie das auch. Aber eigentlich wissen wir sehr wenig darüber.«

Sylvia beugt sich plötzlich vor und schaltet den Fernseher ganz aus. Den Tee scheint Oda vergessen zu haben. Plötzlich schlägt die Pendüle des Viborgmeisters zehn leise, klingende Schläge. Sie zählen und schmunzeln. Oda zwingt das alte Uhrwerk nie, sich nach der Sommerzeit zu richten. Aber jetzt im Winter geht es beinahe richtig.

»Ich habe gehört, daß ihr euch über Rosemarie Andersson unterhalten habt.«

Man kann argwöhnen, daß Oda selektiv taub ist. Sie hätte sie eigentlich nicht hören dürfen, als sie in der Küche war. Jedenfalls nicht am Anfang. Sie sind auf einen Rüffel gefaßt. Aber sie klingt ziemlich versöhnlich.

»Rosemarie sieht auf diesem Foto, das die Zeitungen bringen, sowohl schauderhaft als auch gewöhnlich aus. Es ist wohl so ein Bild, wie man es in einem Kasten auf einem U-Bahnhof aufnimmt. Direkt von vorn und mit aufgerissenen Augen und üppigem Haar, das nach allen Seiten absteht. Ich finde es schrecklich, sie so zu sehen. Als sie am Morgen hierherkam, war sie so schön. Sie trug das Haar in lauter kleinen Zöpfen. Sie war so erwartungsvoll. Aber niemand anders bekam sie eigentlich so zu sehen. Denn ich glaube nicht, daß sie sie da drüben je sahen. Die sahen einen dunklen Gesichtsfleck. Die sahen einen Teufel. Die sahen eine von den vielen, die hervorquellen. Und es tut mir so leid, daß sie für andere jetzt nur deshalb wirklich und sichtbar wird, weil sie der Gewalt ausgesetzt war. Wie grob! Wie schändlich! Wir erleuchten dieses Gesicht mit seinen aufgerissenen Augen für einen Moment. Dann ist sie fort. Gerümpel.«

Sie faßt mit den Händen fest um die Armlehnen des Sessels, um sich zu erheben. Der Stock rutscht auf den Fußboden, doch Blenda bückt sich aus dem Schaukelstuhl und hebt ihn ihr auf.

»Ich werde euch etwas zeigen.«

Sie geht zu ihrem Schlafzimmer, und wie sie drinnen ist, schließt sie die Tür hinter sich. Keine von ihnen war je in diesem Zimmer. Sie haben kaum je hineingesehen. Sie wissen, daß Oda ihr Schlafzimmer früher im Obergeschoß hatte, aber dorthin geht sie jetzt nicht mehr. Die Treppe ist so steil.

Als sie zurückkommt, hat sie Fotografien dabei. Die beiden größten stecken in Zinnrahmen. Sie zeigt eines der großen, auf dem am unteren Rand mit fließender Schrift Jaeger und eine Jahreszahl stehen. 1948. Drei weitere sind Amateuraufnahmen. Sie legt sie auf den Couchtisch, und sie beugen sich alle vor, um die Fotos betrachten zu können. Nachdem sie ein Weilchen geguckt haben, dreht Oda die Bilder, damit Ulla, die auf dem Sofa halb liegt, sie aus der richtigen Richtung sehen kann.

»Ich habe euch nie gezeigt, wie Johan Krylund aussah, ist mir eingefallen. Ich habe ja viel von ihm erzählt, und ihr sollt doch auch sehen, wie er aussah.«

Was sollen sie sagen? Aha. Oder: So was! So sah Johan Krylund aus. Ein kleiner, stämmiger Herr mit dunklem Haar, das in einer langen Windung über den Scheitel gekämmt war. Er versuchte offensichtlich, eine Glatze zu verbergen.

»Ich erinnere mich an ihn«, sagt Ruth. »Er hatte braune Augen.«

Sie beugen sich vor und betrachten aufs neue seine Augen. Das dunkle Haar auf dem Atelierfoto und die Schwärze der kräftigen, zusammengewachsenen Augenbrauen sind also kein Hoffotografentrick.

»Er sah ziemlich gewöhnlich aus«, erklärt Oda.

Dem wollen sie nicht beipflichten. Nicht ganz. Dieses Finstre ist doch vorhanden. Auf den Amateurbildern sieht er dagegen weniger finster aus. Er steht vor einem Spalierbaum. Neben ihm steht eine Dame in weißer Bluse und Faltenrock. Ihr Gesicht ist auf so unvorteilhafte Weise von der Sonne beschienen worden, daß ihre Züge ausgelöscht sind.

»Das ist seine Frau«, sagt Ruth. »Aina hieß sie.«

Er ist sehr klein. Viel kleiner als die Frau. Und er muß beträchtlich kleiner als Oda gewesen sein. Sie ist ja, wenn jetzt auch gealtert und etwas zusammengesunken, eine große, man muß fast sagen stattliche Frau. Da ist auch ein Bild, das in einem Motorboot aufgenommen wurde. Darauf hat Johan Krylund ein Whiskyglas in der Hand. Er trägt eine Anzughose, die weit über die Taille reicht, und ein weißes Hemd, das am Hals aufgeknöpft ist.

Oda sammelt ihre Fotografien ein und geht damit ins Schlafzimmer. Sie bleibt lange fort. Es geht ein bißchen umständlich vor sich, und sie wissen nicht recht, was sie sagen sollen. Vielleicht sollen sie auch gar nicht miteinander zu reden anfangen. Sie hat ein Porträtfoto vergessen. Es liegt nach unten gekehrt auf dem Sofa, doch keine rührt es an. Wie Oda zurückkommt und ihre steifen Knie nachgegeben haben, so daß sie wieder auf ihrem Platz sitzt, sagt sie: »Ja doch, er sah recht gewöhnlich aus. Es ist nicht einmal sicher, daß Eyvind Johnson Notiz von ihm nahm. Ein Mensch auf dem Eis, an einem schönen Sonntag, wenn so viele spazierengehen.«

Obwohl sie das wie im Vorbeigehen sagt, verstehen sie, daß es sie Überwindung kostet. Sigge blickt auf den Teppich.

»Das können wir natürlich nicht wissen«, sagt Oda, nachdem sie sich leicht geräuspert hat. »Sie waren wohl alle miteinander ein bißchen ungewöhnliche Menschen. Vielleicht. Von diesen Fünfen, die immer zusammenkamen und diskutierten, war Johan Krylund zweifellos der Merkwürdigste. Ich bin der Ansicht, daß er schlicht ungewöhnlich war.«

Oda verstummt und sagt lange Zeit überhaupt nichts mehr.

Die anderen schweigen ebenfalls. Nicht einmal Ulla versucht, die Pause auszufüllen.

»Die Liebe und insbesondere die Verliebtheit erleuchten die Menschen und machen sie merkwürdig für uns. Der Verlust, der Schmerz kann sie noch bemerkenswerter machen. Trotzdem möchte ich sagen, daß Johan Krylund meines Erachtens ein ungewöhnlicher Mensch war.«

Keine widerspricht ihr. Es herrscht eine wohlwollende Stimmung um Oda herum. Mitleid ist nicht der Begriff, den eine von ihnen gern anwenden würde. Im Mitleid kann etwas allzu Zudringliches liegen. Oda würde sich dagegen wehren, als alte Frau betrachtet zu werden, die einen ihrer besten Freunde verloren und einem armen Mädchen geholfen hat, – ja, direkt ins Verderben zu rennen. In der Tat. Jedenfalls denkt Ruth das. Und daß Oda sich vielleicht nicht immer so sicher sein sollte. Aber in erster Linie herrscht Wohlwollen. Auch das Gefühl, zu Hause zu sein. Man kann es gern Zusammengehörigkeit nennen. Deshalb wirkt Odas nächste Äußerung sehr brutal.

»Nun ja«, sagt sie. »Ihr habt die Gruppe aufgelöst, habe ich gehört.«

Wer hat ihr das erzählt? Und weshalb hat sie sie herbestellt, ohne sich anmerken zu lassen, daß sie weiß, was in der Gedenkstunde für Kajan vorgegangen war? Jetzt blickt sie beharrlich Ulla an. Die arme Ulla, die kaum richtig sitzen kann und die so mager ist, daß die Kleider an ihr schlottern. Warum will sie über sie herfallen?

»Ich weiß nicht, wie es so kommen konnte«, sagt Ulla. »Wir fanden es wohl egal.«

Oda blickt sie weiterhin an. Das ist wirklich nicht barmherzig. Aber keine rafft sich dazu auf einzugreifen. Und Ulla sucht nach Worten.

»Ich weiß nicht, ich glaube nicht, daß ich erklären kann, was für ein Gefühl das war.«

»Versuch es«, sagt Oda.

Da richtet sich Ulla auf dem Sofa auf, so daß sie schließlich sitzt. Sie legt das Plaid zusammen, mit dem sie zugedeckt war, und legt es beiseite. Ihre Hände zittern leicht. Es ist absolut grotesk, die arme Ulla für die Auflösung der Gruppe verantwortlich zu machen. Aber keiner der anderen mag etwas einfallen, das sie sagen könnte. Es ist schlichtweg schwierig, sich daran zu erinnern, was damals vorgegangen war. Was gesagt wurde, nachdem Ruth ihnen einen Satz aus einem Klavierkonzert von Liszt vorgespielt hatte.

»Ich fand nicht, daß ich ganz auf dem Damm war«, sagt Ulla beinahe trotzig.

Oda nickt nur.

»Es hatte keinen Sinn. Ich fand, daß nichts einen Sinn hatte. Ich weiß auch nicht, ob ich das jetzt finde!«

Sie haben Ulla noch nie so etwas sagen hören. Sie hat ein paar scharf abgegrenzte hellrote Flecken auf den Wangen. Das könnte Rouge sein, aber sie wissen alle, daß sie eben noch blaß gewesen ist. Müde und grau und sehr mager.

»Ich dachte die ganze Zeit an diese Stelle ... an die tiefen Wasser. Ich weiß nicht. Ich erinnere mich nicht.«

»Welche Stelle?« fragt Oda, und ihre Stimme ist jetzt recht sanft.

»In der Bibel. Ich habe es nicht geschafft, sie zu suchen. Das Wasser geht mir bis an die Kehle. Ich versinke in tiefem Schlamm. Ich erinnere mich nicht richtig daran.«

Da sagt Sylvia: »Psalm neunundsechzig.«

Ihre Bibelkenntnisse sind erstaunlich. Die Bibelstellen scheinen ihr nichts Besonderes zu bedeuten. Aber sie weiß sie oft. Sie sagt, das komme daher, daß sie außer den Wochenzeitungen aus dem Geschäft ihres Vaters nur die Bibel zum Lesen gehabt habe, bis sie dreizehn Jahre alt gewesen sei.

»Ich finde auch, daß keine Ordnung mehr herrscht«, sagt Ulla. »Alles macht einen völlig aufgelösten Eindruck.«

Ruth stimmt ihr vehement zu. Sie reden jetzt alle durcheinander, und Oda sitzt schweigend da. Schließlich sagt sie, daß sie es für an der Zeit halte, Tee zu trinken. Nachdem sie in den alten, dünnen Tassen mit dem zerfließenden Blau ihren Tee bekommen und den nicht sehr großen Apfelkuchen verteilt haben und nachdem Oda Brot und Käse geholt hat, so daß Sigge, die direkt von einer polizeilichen Vernehmung gekommen ist und es nicht geschafft hat, noch etwas zu essen, sich ein Käsebrot schmieren kann, und nachdem sich auch Sylvia und Blenda jeweils eines genommen haben, weil der Brotkorb und der Käseteller nun einmal dastehen, und nachdem Ulla die Krümel vom Tischtuch in die hohle Hand gewischt hat und Blenda Ruth geholfen hat, die Tassen und Teller in die Küche zu tragen, da beginnt Oda von Ordnung und Sinn zu sprechen. Da sind ihnen ihre eigenen Worte schon fast entfallen. Für einen kurzen Moment scheinen sie die Sinnlosigkeit vergessen zu haben, über die sie kurz zuvor gesprochen, ja, die sie wie einen herben Atem aus der Finsternis empfunden haben.

»Ordnung und Sinn sind menschliche Erfindungen«, sagt Oda. »Ganz und gar menschliche. Aber sie ehren den Menschen. Man kann sie geradezu erhaben menschlich nennen.«

Obwohl sie sie durch diese Worte auch an das andere erinnert, das, was draußen vor den Fensterscheiben steht und mit raubtierherbem Geruch atmet oder womöglich gar nicht atmet, das, was *ist*, nicht das, was gesagt wird oder auch nur gesagt werden kann, so fühlen sie sich doch in Odas Worten zu Hause. Sie geben ihr recht, daß der Mensch ein besonderes Talent habe, Ordnung und Sinn zu schaffen. Er ist ganz einfach ein solches Wesen. Und Blenda schlägt vor, daß die jungen Leute, die in dem Keller ihr makabres Spiel trieben, diese Kinder Gottes, womöglich versuchten, sich einen Sinn und eine Art Ordnung zu schaffen, ganz auf eigene Faust. Sie tun sich schwer, auf Blendas Beitrag eine Antwort zu finden, und sie weiß nicht, ob sie ihn zurücknehmen soll. Sie ist sich unsicher. Das sind vielleicht nur kleine, perverse Monster, denkt sie. Und auch wieder nicht so klein. Und ich sitze hier und verteidige sie.

»Sinn«, sagt Oda, »kann wie alles andere Menschliche übertrieben werden. Möglicherweise ist das etwas, das uns am besten ab und an widerfährt. Oder das wir wie eine Art Wohlbefinden der Gesundheit im Körper empfinden. Was die Ordnung angeht, so ist sie im Moment auffallend gefragt. Der Ruf nach ihr erschallt immer häufiger. Das klingt wie in einer Turnhalle. Noch nicht wie auf einem Exerzierplatz. Kommt es dazu, ist die Gefahr groß, daß sich prompt sehr herrschsüchtige Ordnungen und ein sehr herrschsüchtiger Sinn einstellen. Es ist schon vorgekommen, daß man sie hervorgerufen hat. Aber wenn sie einmal da sind, sehnen sich die meisten zurück nach der alten schlampigen Zeit, in der ein jedes seinen eigenen Sinn und seine eigene, höchst zufällige Ordnung hatte. Der Mensch muß vielleicht im Zufälligen und Veränderlichen leben. Das scheint seinem Wesen gemäß zu sein. Es gibt Leute, die von Sterbebetten bezeugt haben, daß sie gesehen hätten, wie der Mund des Sterbenden sich geöffnet habe und ein Schmetterling aus dem Körper geflogen sei.«

Odas Worte sind ja genaugenommen eine Art Vortrag. Sie sind sehr bedenkenswert. Außer dem Schluß. Unweigerlich schreit Ulla auf. Es ist schlicht und einfach zu makaber. Ein Schmetterling. An einem Sterbebett. Sie denkt an so einen Trauermantel. Und das sieht Oda, die – soviel sie jedenfalls wissen – nicht im geringsten religiös ist, überhaupt nicht ähnlich. Aber sie sagt ruhig: »Ja, das ist natürlich ein Bild. Aber Bilder können sehr deutlich sein. Vielleicht ist der Schmetterling, der den starren, toten Rachen verläßt, ein überholtes Bild. Aber es muß andere geben.«

»Von Veränderlichkeit?«

»Von so etwas, ja.«

Da sagt Ulla Häger, daß das Mitleid auch eine menschliche Erfindung sei. Sie denken darüber nach, und sie denken, daß es eine gute Erfindung sei, eine, die Oda erhaben menschlich nennen müßte. Doch Sylvia weist darauf hin, daß es kein Leiden gebe, von dem man sich so rasch erhole wie vom Mitleid. Sie glauben dies schon früher von ihr gehört zu haben. Ja, es ist, als ob ihrer aller Worte hier in der Wärme schon früher zu hören gewesen wären, außer vielleicht das mit dem Schmetterling, genau wie der Ton der Pendüle des Viborgmeisters, der jetzt erneut spröde in den Raum klingt, ein einziger Schlag. Sylvia wird indessen heftig. Sie läßt nicht einmal das Schlagwerk ausklingen, als sie auch schon sagt, daß Ordnung und Sinn und die Sprache, die Sinn und Ordnung organisiere – ja, sogar das Mitleid und seine Sprache, daß all das ende, wenn das Leiden zu groß werde.

»Zu sagen, daß die Sprache an den Toren von Auschwitz geendet habe, ist natürlich schlagwortmäßig. Aber ich glaube, es stimmt! Wenn das Leiden zu groß wird, läßt es sich nicht mehr umfassen. Es wird nur grotesk. Man wird zum Sprachkonditor, wenn man es zu schildern versucht. Man spritzt und garniert das Unsagbare mit Worten. Ein ekelhaftes Handwerk. Kitsch. Scheißdreck.«

»Aber diejenigen, die in Auschwitz waren«, sagt Sigge, »die haben das doch nicht erfunden. Wer die Lager überlebt hat, sagt nicht, daß die Sprache geendet habe. Elie Wiesel zum Beispiel. Primo Levi. Oder Therese Müller. Oder diejenigen, die hier bei uns leben. Ebba Sörbom. Hédi Fried. Sie erzählen doch. Mit Sprache.«

»Aber eine Sache, die du nie zugeben willst, ist die, daß solche Bücher schlecht sein können. Ästhetisch schlecht. Bücher, in denen die Sprache kaputtgegangen ist.«

Blenda möchte jetzt etwas sagen. Doch Sylvia ist dermaßen glühend vor Eifer, daß sie sie nicht zu Wort kommen läßt. Es ist, als berühre sie der Gedanke, daß Sprache kaputtgehen kann, daß Sprache zusammenfällt und zu Dürftigkeit und Kitsch wird, daß es eine in die Sprache eingebaute Sabotage gibt, eine fatale Unterminierung des erhaben Menschlichen selbst, als berühre sie der Gedanke so tief, daß sie ihn nicht loslassen kann. Und Ruth denkt, dies beruhe darauf, daß Sylvia sich von der Sprache so abhängig gemacht habe, und zwar auf Kosten von allem anderen, von Gesten, vom Atem, von der Wärme, der Feuchtigkeit der Häutchen und dem Speichel – aber sie traut sich das nicht zu sagen. Sie weiß, daß sowohl Oda als auch Sylvia ziemlich aufgebracht wären, wenn sie mit psychologischen Deutungen käme. Sie würden es als einen Übergriff betrachten. Ruth fragt sich, ob sie es auch schon als einen Übergriff ansähen, dies zu denken, und sie versucht mit einer anderen Art Einstellung Sylvias Worten zu lauschen, nämlich der Einstellung, die sie sachlich nennen.

»Ich möchte gern was sagen.«

Es ist Blenda. Ihre Worte haben mehr Raum um sich geschaffen, als sie es wünscht. Aber jetzt muß sie weitersprechen.

»Es gibt ja nicht nur Worte«, sagt sie. »Sprache, meine ich. Es gibt ja auch Taten.«

Sie hören zu. Blenda ist ganz glänzend im Gesicht, so, als ob es ihr sehr warm geworden wäre.

»Ich habe vor, nach Småland zu ziehen. Allein.«

Das ist natürlich sensationell. Mehr oder weniger. Ulla fällt sogar dieses Buch ein, von H. G. Wells war das wohl, über Mister Polly, der so *entsetzlich, grausig, rettungslos fest* war, daß er schließlich seine Kleider am Flußufer ablegte und in ein neues Leben hinüberschwamm. Blenda, die von Natur aus so beständig ist und die so rettungslos mit ihren Sorgen zusammengefügt schien. Mit ihrer Familie. Ihrer Katze. Hatte man geglaubt. Man möchte sich fragen: Wer soll sich derer annehmen? Aber man tut es nicht. Es wäre übereifrig und könnte sie außerdem dazu veranlassen, es sich noch einmal zu überlegen. Jetzt zeigt sich, daß sie das ohnehin fast tut.

»Ich wäre natürlich nicht allein dort unten«, sagt sie und bekommt ein noch glänzenderes Gesicht. »Aber ich dachte, ich würde gern ein reineres Leben leben. Ein einfacheres. Näher bei der Natur. Als Sylvia aber das mit der Sprache sagte, dachte ich mir, daß Taten ja auch nicht... ich weiß nicht. Es wird womöglich nicht so, wie ich mir das vorgestellt habe. Es sind vielleicht auch nur eine Menge Worte.«

»Ich finde, du solltest dorthin ziehen!« sagt Sylvia mit fester Überzeugung. »Mach das.«

Ruth und Ulla stimmen ihr zu. Ruth sagt, wenn sie in Blendas Alter wäre und gesund, dann würde sie vielleicht auch gern umziehen. Wirklich. Sie sieht sich um, als habe sie erwartet, daß die anderen protestieren würden.

»Ich habe mein ganzes Leben lang im selben Haus gewohnt. Außer als ich aufs Sozialpolitische Institut ging, da wohnte ich in einer Studentenbude am Värtahamnen.«

Ulla meint, daß man der Natur auch nahe sein könne, selbst wenn man Elektrizität habe, und Sigge sagt mit derselben festen Überzeugung wie Sylvia: »Mach das, Blenda. Ich glaube, das wird toll für dich.«

Nun haben sie wieder alle durcheinandergeredet, und danach läßt sich unschwer sehen, daß Oda müde geworden ist. Die Frage ist, ob sie jetzt nicht aufbrechen sollten. Draußen stockt die Dunkelheit. Kälte, Erwartung, unbekannte Gesichter, fahles Straßenlaternenlicht stocken. Oda widerspricht ihnen nicht, als sie die Sprache darauf bringen, nach Hause zu fahren. Sigge schlägt vor, daß sie mit ihr im Auto bis Slussen mitfahren und von dort ein Taxi nehmen. Aber sie kommen noch nicht fort. Wieder ist es Blenda, die sagt, daß sie etwas zu erzählen habe. Etwas, das sie eigentlich nicht hat sagen wollen. Sie fürchtet, daß sie nur trübsinnig werden. Aber was sie nun doch auf jeden Fall sagen will.

»Es betrifft Kajan.«

Ulla sieht fürchterlich aus, als sie das sagt. Es ist, als wären in ihrem Gesicht nur Schatten und Löcher. Sie sieht schlicht ängstlich aus.

»Es scheint so, als habe sie in ihrer letzten Schulstunde etwas erzählt«, berichtet Blenda. »Etwas Schauderhaftes. Über den Krieg. Über eine Sklavenfabrik.«

»Warum hat sie das getan?« flüstert Ulla.

Blenda schüttelt den Kopf.

»Ich weiß nicht. Die Mädchen in der Klasse fanden es peinlich, daß sie ausgetickt ist. Außer eine von ihnen.«

»Was hat sie gesagt?« fragt Oda.

»Sie hat gesagt, daß sie glaube, Kajan sei womöglich Jüdin gewesen.«

Ulla kriecht in sich zusammen, schlägt die Arme um sich, um diesen dünnen Körper in dem schwarzen Angorapullover. Ihr Gesicht können sie nicht mehr sehen. Sie sehen nur noch den Scheitel, der graumelierter ist als sonst, und sie merken, daß sie zittert.

»N'oubliez pas«, flüstert sie.

Blenda streckt die Hand aus und berührt Ullas Arm. Da steht sie auf. Sie sieht leicht taumelig aus, fängt sich aber und geht zum Eßtisch. Sie tappt über die Bücher, die dort liegen. Es ist dunkel, vielleicht sieht sie nicht so gut. Ihre Hände sind jedoch nicht ungeduldig. Sie fahren über Bücher, die Oda aufs Geratewohl auf andere Bücher, die aufrecht im Regal stehen, gelegt hat. Sie suchen zwischen den Zeitungen auf dem Tischchen bei ihrem Lesesessel. Keine fragt, was sie sucht, und keine bietet an, ihr zu helfen. Es sieht aus, als wäre es gut für Ullas Hände, sich über Bücher und Papier zu bewegen, zu suchen. Schließlich kommt sie mit dem Buch zurück. Sie hat es unter dem Sonntagskreuzworträtsel des *Svenska Dagbladet* gefunden. Sie reicht es Oda, doch Oda sagt leise: »Lies du, Ulla.«

Und da liest sie.

»...wir dürfen nicht vergessen«, liest sie mit ihrer dünnen Stimme. »Ich wiederhole dies, und solange ihr euch an mein Gesicht und an meine Stimme erinnert, sollt ihr euch daran wie an eine ständige Wiederholung dieser Worte erinnern: *Vi får inte glömma! Remember! N'oubliez pas! Glem det ikke! Kom ihåg!* Solange wir leben, müssen wir andere an das erinnern, was uns widerfahren ist. Für die Jugend wird es ermüdend klingen – in zehn Jahren oder schon nächstes Jahr. Dieses Risiko müssen wir eingehen.«

Als sie zu Ende gelesen hat, sagt Oda, daß dies schöne Worte seien. Schön in ihrer Kraft. Ulla findet, daß Kajan jetzt ihre richtige Gedenkfeier bei ihnen bekommen hat. So würde sie es gern haben. Daß sie alle einen Moment still dasäßen und dann aufbrächen und nach Hause gingen, eine jede zu sich. Obwohl Ulla noch immer zittert, glaubt sie, die Einsamkeit jetzt vielleicht ertragen zu können. Sie versteht, daß sie dies nicht immerzu muß.

Aber Oda will es nicht lassen. Sie sagt, es sei traurig, daß so schöne und kraftvolle Worte so wenig Wirkung zeigten. Taten auch, sagt sie mit einem Nicken in Blendas Richtung.

»Mir kam der Gedanke an das Konzentrationslager in Jasenovac«, sagt sie.

Wie kann ihr dieser Gedanke kommen? Sie haben an diesem Abend über Auschwitz gesprochen. Sie haben die Sklavenfabriken erwähnt. Reicht das nicht? Müssen sie auch noch über heutige Konzentrationslager sprechen? Und wie kann man bei so etwas sagen, daß einem *der Gedanke kam*? Als ob es sich um einen Einfall handelte.

»Ich habe darüber gelesen. Das liegt in Kroatien, in der Nähe der bosnischen Grenze. Es gab dort keine Gaskammern. Die kroatische Ustascha, die das Naziregime in Kroatien aufrechterhielt, tötete mit Gewehrschüssen und mit Messern. Man enthauptete mit Motorsägen. Während des Kriegs in den vierziger Jahren wurden dort zwischen einer und anderthalb Millionen Menschen ermordet. Nach dem Krieg wurde das ganze Lager in ein Museum umgewandelt. N'oubliez pas! Glem det ikke! So hatte man gedacht. Der letzte Museumsleiter hieß Mirkovic. Er sagte, daß die Geschichte von Jasenovac dort gefangen läge. Sie sei für alle Zeit zwischen den Mauern eingekapselt. Was dort geschehen sei, sei nicht vergessen. Deshalb könne es nicht wieder geschehen. Im Oktober 1991 wurde das Museum geschlossen. Die Serben waren gekommen, und Doktor Mirkovic mußte gehen. Es war nicht mehr viel Zeit, um sich zu erinnern. Bald wurde das Lager in Dretelj eröffnet.

Ich weiß nicht, warum dieses *n'oubliez pas*, dieses *glem det ikke!* oft wirkungslos ist. Ich meine nicht, daß wir es aufgeben sollten. *Solange wir leben* ... ja, ich glaube ganz fest, daß Kajan so gedacht hat. *Solange wir leben, müssen wir andere an das erinnern, was uns widerfahren ist.* Aber warum verstehen die nicht? Ich habe lange darüber nachgedacht. Und ich habe über den vorigen Krieg nachgedacht, dessen hoffnungsvolles Ende man ja im letzten Buch über Krilon schon erahnen konnte. Man hatte für eine gerechte Sache gekämpft. Ja, wirklich. Und man hatte seinen Krieg gewonnen. Ohne Zweifel. Aber es scheint so, als ob

Krieg nicht gewonnen werden könnte, nicht einmal von den USA. Oder als ob man durch Krieg nichts, was einen erhabenen menschlichen Wert besitzt, gewinnen könnte. Der Faschismus hat den Krieg in Europa doch überlebt. Wie ist das zugegangen?

Ich habe an etwas gedacht, das Sigge uns einmal erzählt hat. Ja, es gehört in die Welt der Literaturwissenschaft, und womöglich habe ich es mißverstanden. Aber ich denke, es kann auch auf das angewandt werden, was wir Wirklichkeit nennen. Sigge erzählte uns von etwas, das platonische Repetition genannt werde. Davon, wie der Autor im Buch über Krilon persönlich auftrete und damit in zwei Versionen und zwei Graden von Wirklichkeit hervortrete. Das war eine platonische Repetition, wenn ich mich recht erinnere. Ich vergnügte mich damit, auf diese Weise an Johan Krylund und Johannes Krilon zu denken, und ich muß gestehen, daß ich mich auch in diesem Fall in den Gedanken einer platonischen Repetition vernarrte. Die Kopie einer Kopie der Wirklichkeit. Womöglich sind es platonische Kopien, auf die wir warten. Wenn der Faschismus sich wiederholt, werden wir ihn wiedererkennen, und dann wiederholen wir das Erlösungswerk. Johannes Krilon und die USA sind bereit auszurücken. Solche wie Krilon kommen in neuer Gestalt wieder. Klein, aber stämmig. Es ist vielleicht richtig, darauf zu hoffen.

Sigge hat mich aber auch darauf hingewiesen, daß es keineswegs sicher sei, daß man den Faschismus wiedererkennt. Er sei nicht wie Lungenpest, hast du gesagt. Oder? Man wird nicht mit einem Mal ein aufgedunsener, hustender Kadaver. Man kann richtig zivilisiert aussehen. Man kann anfangs richtig gut klingen, und man muß nicht wie auf einem Exerzierplatz schreien. Man kann ruhig, fast sanft über Ordnung und Sinn sprechen. Es kann den Anschein haben, als ob man eigentlich dem Rettungswerk angehören würde.

Damals kam mir der Gedanke, daß sich die Wirklichkeit genau wie die Romane nietzscheanischer Wiederholung bedient. Daß wir in einer Welt leben, wo sich eigentlich nichts wiederholt. Es gibt keine Kopien, sondern lediglich verwirrende Ähnlichkeiten und vage Erinnerungen. Es gibt scheinbare Wiedergeburten. Es ist etwas Gespenstisches an dieser Sache. Kajans Geschichte war vielleicht etwas Gespensterhaftes, etwas Schauderhaftes und Schwankendes für diese Mädchen. Sie hatten in ihrer Welt keine platonische Kopie, mit der sie es hätten paaren können. Es gibt vielleicht gar keine.

So habe ich gedacht. Ich habe in letzter Zeit recht viel in diesen Bahnen gedacht. Ich weiß nicht, wie weit man auf dieser Schiene kommt. Ich kann auch nicht sagen, daß ich das zu Ende gedacht habe. Wenn es sich zeigen sollte, daß am Ende des Wegs das Aufgeben steht, dann ziehe ich meine Gedanken freilich zurück. Ich glaube nicht, daß das absolut Sinnlose richtig menschlich ist.

Das normale Menschliche, wenn ich das so nennen darf, scheint mir mit einer gewissen sinnstiftenden Tätigkeit zusammenzugehören. Obwohl ich zugebe, daß ich oft mutlos bin. Von diesem Krieg, der einige von uns gestört und andere geschmerzt hat und der Hunderttausende getötet oder entstellt hat, der ein paar Millionen Menschen aus ihrem Zuhause vertrieben hat, sehen wir nun das Ende. Wir ahnen es. Aber was für ein Ende ist das, das wir da sehen? Ist es eine gespensterhafte Wiederholung? Wird der Faschismus in den verbrannten Dörfern und den zerstörten Städten überleben? Ist er es, den der Haß heimlich aufzubauen gedenkt? *Denkt* der Haß?

Ja, ich muß gestehen, daß ich das manchmal glaube. Daß er wie ein schlaues Tier denkt. Er ist ein Raubtier, das in den Höfen umherstreicht, wo es sich eigentlich nicht zeigen sollte. Aber wenn wir selbst es in uns tragen, dann hegen und pflegen wir es und nennen es Rechtsgefühl. Bei anderen halten wir es gern für handhabbar. Diejenigen, die jung sind und hassen, sollen ihm entwachsen. Wir hoffen, daß es verschwindet, wenn sie damit spielen dürfen, ohne daß wir uns darum kümmern.

Der Haß ist wie eine Katze, die wir verscheuchen. Aber er wächst und wird womöglich eines Tages ein Geschöpf, das wir nie zuvor gesehen zu haben meinen. Er wird ein entstellter Doppelgänger von jemandem, den wir einmal zu kennen glaubten.«

Nach Odas Worten sitzen sie alle still da. In den Heizkörpern rauscht es vernehmlich. Gegen die Fensterscheiben platscht eine Nässe, die weder Schnee noch Regen ist. Die Fotografie, von der sie glaubten, Oda habe sie vergessen, hat sie an sich genommen und sich auf den Leib gelegt, so daß die Montage aus Pappe und braunen Klebstreifen auf der Rückseite zu sehen ist. Nur Oda kennt das Gesicht. Der Teint war wirklich so fein und noch so zart, wie der Hoffotograf ihn getönt hat. Das männliche, das blütengleiche Gesicht: Lars Arpman ruht hinter staubigem Glas auf ihrem alten, sich wölbenden Bauch. Er trägt eine Leutnantsuniform, und er sieht fröhlich aus. Er ist einer von denen, die in den Krieg ziehen und für die Sache werden kämpfen müssen, an der Johan nie gezweifelt hat. Das ist mehr als ein halbes Jahrhundert her.

Sie muß das Bild nicht umdrehen, um zu wissen, wie es aussieht. Aber sie vermag es ihnen nicht zu zeigen. Nicht dieses Mal. Jetzt weiß sie, warum sie Didos Stimme zu hören glaubte, als Ulla die Beschwörung gegen das Vergessen las. Ihr kam sogar der Einfall, ihnen etwas von der Platte mit Purcells *Dido und Äneas* vorzuspielen. Aber sie wird es nicht tun. Nicht jetzt.

Remember me!

Das muß ein uraltes Wort sein. Geformt und vielleicht hervorgestoßen, als das Gleichgültige, das hochmütig Abgetane und bald Vergessene das Unerträgliche wurde: Zerfall und Verwesendes. Kadaver.

Er ist tot.

Didos Stimme – ein Wirbel, nachdem etwas in dunkles Wasser gefallen ist, ein Vogel, der gen öde Ebenen fliegt: *re-member me!* Sie wird nach ihm verschwinden. Er ist ein zerfallener Körper. Im Lehm und in der Dunkelheit verstreute Glieder. Disjecta membra.

Re-member me! bittet die Stimme. Setze meine Glieder zusammen. Mach mich wieder lebendig. Mach mich wieder lebendig!

«Bis auf weiteres, finde ich, warten wir ab«, sagt Oda. »Hier zu Hause ist Wachsamkeit gefordert. Ihr wißt, daß die Stadt den Gedanken an ein Flüchtlingszentrum im Krylundschen Haus jetzt hat fallenlassen. Das ist nach Kryddans Fund zu makaber. Er will übrigens nie wieder seinen Fuß dort hineinsetzen. Und nun gibt es den Vorschlag, hier eine Wohngruppe einzurichten, für Altersdemente. Jetzt fängt man wieder an, Protestlisten auszuarbeiten. Wir müssen also wachsam sein. Ich komme darauf zurück. Vermutlich werden wir einen Gegenaufruf machen müssen. Das Problem von Sigges Dissertation muß ebenfalls auf die Tagesordnung.«

»Sonst noch was«, sagt Sigge. »Das ist wohl meine Sache.

Und es ist so widrig nach diesem Kladderadatsch in der Whitlockschen.«

Alle sehen sie an. Sie denkt an das Studiendarlehen und an Janne, der, wenn sie Glück hat, auf dem Katarina Friedhof sitzt, wenn sie nach Hause kommt, und der vielleicht mit ihr nach oben kommt. Das ist ja nicht gerade etwas, worüber man reden kann. Aber sie sehen aus, als ob sie erwarteten, daß sie etwas sagt.

»Aber es ist schon klar. Ich habe ja keinen Job mehr. Wenn man das so sagen kann.«

Wie Sigge nach Hause in die Tjärhovsgatan kommt, ist kein Schnee mehr in den Böen. Der Wind hat große Teile des Himmels freigefegt. Die Wolken treiben schnell dahin, und sie erhascht neben dem Turm von Katarina einen Blick auf den Mond.

In der Wohnung ist es kalt. Ihr wird klar, daß Janne die Balkontür offengelassen hat. Als sie sie schließen will, sieht sie, daß er draußen steht. Er sitzt nicht zusammengekauert, sondern steht und stützt sich mit den Armen aufs Geländer. Es ist keine Finsternis, in der er steht und in die er sieht. Es sind kaltweiße Striche vom Mondschein, und es ist weiches, graues Licht von Wolkenfetzen, die von unten erleuchtet werden. Auf ihrer schnellen Fahrt werden sie immer spärlicher.

»Hast du gehört?«

Sie weiß nicht recht, was er meint. Aber da muß etwas sein, denn auch Sickan horcht aufmerksam, und durch ihren kleinen, festen Körper jagen Schauer. Nach einer Weile hört Sigge einen schrillen Laut. Noch einen. Zwei. Sie fließen ineinander. Es klingt wie ein Geheul. Allerdings abgehackt. Gekläff? Hohl und rauh klingt es. Sie friert, und sie geht hinein und holt den Lederkittel. Es hat keinen Zweck, Jannes Jacke mit hinauszunehmen. Er will sie ja doch nicht haben. Als sie zurückkommt, dauert es lange, bis das Geräusch wieder zu hören ist. Aber dann kommt es. Das könnte niemand nachahmen, denkt sie. Es ist zu gellend und kratzig.

»Ist das ein Hund?«

»Nein. Füchse. Es sind übrigens zwei. Rüden. Es ist Februar. Ihre Paarungszeit.«

Sie stellt sich neben ihn, legt die Arme aufs Geländer.

»Was haben die Füchse heute nacht getrieben?« fragt er nach

geraumer Zeit. »Das ist das erste, was ich mich morgens frage. Morgen werde ich nach den Spuren sehen. Ich denke, ich gehe auch zum Vitabergspark.«

So viel hat sie ihn seit Weihnachten nicht mehr sprechen hören. Sie traut sich nicht zu antworten. Sie steht ganz still und hält sich an dem kalten Balkongeländer fest.

»Sie faszinieren mich.«

Seine Stimme ist voll. Sie hat Klang. Sigge erkennt sie wieder.

»Diese Spurenwindungen. Dieses heimliche, intensive Leben. Elf Monate im Jahr sind sie diskreter als Kohlendioxid. Aber in diesem einen Monat schreiben sie, über die ganze Stadt verteilt, ihre Mitteilungen.«

»Was für Mitteilungen sind das?« fragt Sigge leise. »Was schreiben sie?«

»Wir sind hier. Wir leben unser Fuchsleben.«

Eine Samstagnacht im Februar. Johan Krylund sitzt am Eßzimmertisch, auf dem noch die Gläser des Diskussionsklubs stehen. Das Tischtuch, zu Beginn des Abends weiß und mit tiefem Linnenglanz gemangelt, ist jetzt etwas mit Zigarrenasche beschmutzt und hat Flecken von mit Kognak gemischtem Vichywasser. Aina hat die überfüllten Aschenbecher hinausgebracht. Johan sagte, daß er selbst alles in Ordnung bringen werde und daß sie ins Bett gehen sollte.

Aina war aus dem Konzerthaus gekommen. Sie hatte noch immer glänzende Augen von der starken Stimmung. Gleichzeitig sah Johan, wie in Oda Arpmans Haus das Licht anging. Nachdem Aina gute Nacht gesagt hatte, stand Oda auf der anderen Seite unbeweglich am Küchenfenster. Aina hatte ihn auf den Scheitel, auf die kahle Stelle des Scheitels, wenn man genau sein will, geküßt. Johan fragt sich, ob Oda das gesehen hat. Er fragt sich auch, ob Aina Oda jetzt am Fenster stehen sieht und ob ihr in diesem Fall bewußt ist, daß sie zu Johan herübersieht. Daß sie einander ansehen. Er beschließt, nicht mehr daran zu denken.

Oda ist zusammen mit Aina und den übrigen Frauen im Konzerthaus gewesen. Dem Damenklub, wie Siv Åslund es zu nennen pflegt. Baumeister Fredh war es, der die Karten für das Jussi-Björling-Konzert besorgt hat. Johan ahnt, daß es teure Karten waren. Aber der Zweck ist gut. Jussi Björling singt für Finnland. Die Nachfrage ist großartig gewesen.

Wie gewöhnlich schreibt Johan sein Protokoll direkt nach der Zusammenkunft. Es ist sehr schwierig, sich am nächsten Tag an die wogende, zigarrenrauchgeschwängerte Diskussion zu erinnern. Das Radio ist auch eingeschaltet gewesen. Sie haben nicht Musik gehört, sondern Adolf Hitler. Nachdem jetzt auf der Treppe Ainas Schritte mit halbhochhackigen Schuhen und allmählich auch ihr leichter Pantoffeltritt im Obergeschoß verstummt sind, ist es, als ob die Stimme noch im Raum wäre. Nicht als Geräusch, sondern als trockener elektrischer Staub.

Jetzt hat Oda in ihrer Küche das Licht ausgemacht.

Johan ist mit der Niederschrift der Diskussion über den Reichskanzler eigentlich fertig. Jetzt steht noch Simon Focks abschließender Beitrag aus. Es ist ein verzwicktes Problem, wie er damit umgehen soll. Soll er das Gedicht erwähnen, das Fock vorgetragen hat?

Es handelt sich um eine Wiederholung. Fock hat es schon einmal vor einem knappen Jahr vorgetragen. Das kam sehr unerwartet. Sie hatten sich zu einer Gedenkstunde für Lars Arpman versammelt, und zwar am Abend nach der Beerdigung. Focks Nase, deren Blutgefäße an der Oberfläche schon vor langer Zeit geplatzt waren, war kräftig blaurot. Das kam von den Kognak-Sodas, war aber vom eiskalten Wind auf dem Friedhof verstärkt worden. Womöglich auch von Tränen, von Trauer.

> An seiner Urne Honneurs erwiesen
> zwei Kandelaber,
> beleuchteten Fräcke, Schleier und Katafalk.
> Schwarz ihm zu Seite glänzte in Ebenholz aber
> die Bilder Vergänglichkeit vor der Mauer aus Kalk.

Nein, Johan hatte das nicht gefallen. Keine Honneurs. Nein, nein. Es hatte genug Honneurs gegeben in Lars Arpmans Leben. Genug Ehre, Schuldigkeit, Wille. Auch Stil, dachte Johan und schämte sich. Er schämte sich tief. Ebenso tief, wie er in Oda Arpman verliebt war. Er hatte es ihr nie gesagt. Nie etwas gezeigt, glaubte er wenigstens. Hoffte er.

Jetzt war sie Witwe, und er schämte sich, weil er eine wilde, starke Hoffnung hegte.

Die Umstände und die Diskussion waren damals etwas anders. Sie waren auf die Aufgabe der Literatur zu sprechen gekommen, humanistische Werte zu schützen, zu stützen und zu fördern, wenn diese bedroht würden. Ihre Pflicht, in bösen Zeiten die Demokratie zu verteidigen. Sie hatten über eine neue, eine früher unbekannte Art von Bosheit gesprochen.

Nisse Åslund hatte sie Roheit genannt. Er sagte, daß die Roheit sich anschleiche. Dem konnten sie alle zustimmen. Als Nisse aber als Beispiel für die anschleichende Roheit *Ich, Lars Hård* nannte, wurde Johan nachdenklich. Es war offensichtlich, daß sie mit Roheit und vielleicht auch mit Bosheit verschiedene Dinge meinten.

Johan bereute, was er über die Aufgabe der Literatur gesagt hatte. Diese Komplikation hatte er nicht vorhergesehen, ihm entglitt für einige Augenblicke die Diskussion, und er saß schweigend da. In diesem Moment rundete Simon Fock unerwartet die Zusammenkunft ab, indem er dieses Gedicht vortrug. Dieses Protestgedicht. Es hieß tatsächlich *Protest*.

Er hatte ganz stark das Gefühl, daß Fock das Gedicht vortrug, weil er es stilvoll fand und meinte, es wirke der Roheit entgegen.

Johan blickt durch die großen Terrassenfenster auf die im Licht der Straßenlampen glänzende Gipsmaske des Harsches, die die Erde bedeckt, diese Schale über verfaulten Rudbeckien und den vom Frost brüchigen Wurzeln kurzen, verwelkten Grases.

Er fühlt sich unbehaglich. Er findet es merkwürdig, daß ein Gefühl, von dem er geglaubt hat, daß es sich vor zwei Jahren mit dem Zigarrenrauch verflüchtigt habe, in ihm wieder aufleben kann. Es stellte sich heraus, daß Fock, der ansonsten kein Deklamator war, das Gedicht auswendig konnte.

Was immer sein Motiv gewesen sein mochte und wie wenig es auch mit dem wahren Geist des Gedichts übereinzustimmen schien, so hatte der Vortrag doch Focks Aussehen veredelt. Der ansonsten sich räuspernde und grunzende Buchdrucker mit der blaugeäderten Nase hatte sich edler ausgenommen, als Johan es je für möglich gehalten hatte. Er hatte ein erhaben menschliches Aussehen angenommen.

Und nun ist es also wieder passiert. Simon Fock hat *Protest* vorgetragen. Soll Johan das Gedicht ins Protokoll aufnehmen?

Eine richtige Wiederholung war es eigentlich nicht. Denn diesmal hatte Fock andere Beweggründe.

Er ist betrübt, aufgewühlt und geradezu mutlos geworden, als er begriffen hat, daß die Regierung seines Landes mit Gangstern handelt und verhandelt. Er möchte, daß diese mutig und resolut ist. Daß sie sich stilvoll benimmt und ihre Ehre, ihre Schuldigkeit und ihren Willen kennt. In der Diskussion nach Adolf Hitlers Rede hat er die ganze Zeit versucht, diesen Wunsch auszudrücken, aber es wurden vor allem Räusperer. Die Gedanken wurden gleichsam abgebremst. Sie begannen sicherlich, wie in Matsch zu rutschen. Zu rußen und zu stinken wie Focks mit Holzgas angetriebener Opel.

Johan Krylund hat manchmal selbst solcherart Gedanken. Sie pflegen nachts zu kommen, nach den Zusammenkünften. Fock dachte sicherlich an die Ruinen zerbombter Häuser und an stacheldrahtumzäunte Lager. An ausgehungerte, kranke Kinder. An Repressalien. Er sah vermutlich eine Zukunft in bizarren Reflexen wie in so einem modernen französischen Film, in den Oda sie mitgeschleppt hat. Er sah: einen Gewehrkolben im Schädel. Zertrümmerte Nägel. Blut aus dem Mund.

Wenn in den Winternächten solche Gedanken und Bilder zu kommen pflegen, fühlt sich Johan in den Brunnen der Zeit getaucht. Dort gibt es keine Geschichte. Dort gibt es kaum ihn selbst. Zumindest nichts anderes als einen Körper mit seinen Kleidern und einen Mund mit seiner Zunge, aber kaum mit Worten. Dort unten verliert er sich. Dort ereignet sich das Leiden. Welle auf Welle kommt es zurück. Die Worte in seinem Mund werden zu Geplapper. Wenn ihm das Leiden ausreichend nahe ist, wenn es seinen Körper erfaßt und seine Nägel zertrümmert, dann wird das Geplapper zu einem Schrei. So glaubt er unten im Brunnen der Zeit.

In solchen Winternächten hat es ihm geholfen, in Odas Fenster Licht brennen zu sehen. Einen Blick auf ihre zur Nacht gekleidete Gestalt zu erhaschen. In diesen Augenblicken hilft sie ihm nicht dadurch, daß sie ihm Trost oder eine flüchtige und liebliche und fast allzu menschliche Freude spenden kann. Sondern dadurch, daß sie dort steht und ihn an seinen Betrug und an das Böse erinnert, das er getan hat und weiterhin tut. An das, was er in diesem Abschnitt der Geschichte dort oben, wo diese sich abspielt, tut: seine private Geschichte und die der Welt.

Er hat schon längst begriffen, daß es schlimm ist, betrogen zu werden. Man wird nicht mit Sicherheit gut oder edel davon. Doch der Betrug, den man selbst begeht, kann einem manchmal helfen. Das Böse, für das man die Verantwortung übernehmen kann, kann einen aus dem Brunnen der Zeit heben. Auf diese Weise tritt Johan Krylund wieder in die Geschichte ein, in seine eigene und die der Welt.

In dieser Samstagnacht entschließt er sich, das Gedicht, das Fock vorgetragen hat, auf jeden Fall dem Protokoll hinzuzufügen. Das vorige Mal hat er es nicht getan. Damals fand er, daß das Gedicht, auch wenn sein alter Freund, der Buchdrucker, durch diesen Vortrag deutlich veredelt worden war, jedenfalls was sein Aussehen betraf, niemals diese Art von Einfluß ausüben würde, den Fock sich davon erwartete. Aber jetzt? Hatte Fock endlich verstanden?

Es ist immerhin nicht ausgeschlossen, sagt er sich.

Also schreibt er es nieder. *Nach einer abschließenden Diskussion trug Simon Fock ein Gedicht von Johannes Edfelt vor.* Die erste Strophe läßt er jedoch außer acht. Das hat auch Fock getan. Diesmal.

Den Schrecken des Todes, um ihn zu verjagen,
die Furcht nach der Menschlichkeit Untergang,
um Wechsel und Schicksal glorreich zu schlagen,
stimmten wir an einen Siegesgesang.

In der Persephones Zeit erscholl er aus Trotz geboren,
unter der peitschenden Ulmen Kampf und Leid.
Ob einst Worte geerntet, die im Wind sich verloren,
wissen die Lebenden in späterer Zeit.

Es ist auf dem Land. Man fährt zuerst mit dem Zug nach Gnesta und dann noch ein Stück mit dem Bus. Während man auf ihn wartet, kann man in einen Blumenladen in so was wie einer Baracke gehen. Das haben sie alles gemacht. Sie haben auch ihren Kram bei Oma eingestellt, und Ann-Britt hat ihr gesagt, daß sie zuerst auf den Friedhof gehen und hinterher Kaffee trinken werden. Oma soll also den Kaffee aufsetzen, wenn sie sie auf der Straße sieht.

Die Blumen sind Tulpen. Sie sind die ersten, die seit der Beerdigung lebendig sind. Vorher fror alles. Ann-Britt glaubt jedoch, daß diese jetzt lange stehen und schön sein werden. Es sind rosa Tulpen. Sie redet auf dem ganzen Weg zurück zu Oma darüber, und daß es einen richtigen Stein mit Rosemaries Namen drauf geben wird. Dann, wenn sie es sich leisten kann. Harry hat versprochen, Geld zu schicken. Sie hat das alles schon mehrmals gesagt, und Mariella hat immer erwidert, daß eine Taube drauf sein soll. Eine, die dasitzt und runterguckt. Aber jetzt sagt sie nichts. Weil sie gesehen hat, daß die Stromleitungen kaputt sind.

Sie erzählt es Ann-Britt nicht. Noch ist es vielleicht nicht zu spät. Sie brauchen ja noch nicht lange abgeschnitten zu sein. Man kann den Strom ein Weilchen unterbrechen, ohne daß es was macht. Aber sie kriegt Bauchweh. Es ist, als ob da unten was rumgehen und schneiden würde.

Sie bekommt eine Cola und trinkt sie aus, während sie die Semmel kaut.

»Kau ordentlich«, sagt Ann-Britt. »Es ist nicht gut für den Magen, wenn man schnell ißt. Das weißt du.«

»Wie geht es mit ihrem Magen?« fragt Oma.

»Ich geh ein bißchen raus.«

Sie glauben, daß sie nur rausgeht. Raus zum Spielen. Oma sagt das jedenfalls so. Zur Kirche kann man eine Abkürzung gehen, die Ann-Britt freilich nicht nehmen will. Sie hat Angst um die Schuhe. Da sind große Felder und an der Seite ein schmaler Weg. Es sind nur ein paar Radspuren voller Lehm. In der Mitte ist welkes, gelbes Gras. Es liegt kein Schnee mehr. Die Kirche ist ganz weiß außer dem Dach. Das ist ein Turm. Daneben stehen Bäume, und in den Bäumen sitzen schwarze Klumpen. Es sind keine Krähen, es ist was anderes.

Sie beeilt sich, so gut sie kann. Als sie am Grab standen, sah sie den Pfarrer. Er kam in einem weißen Saab. Er ging dann durch die Zauntür und verschwand in der Kirche. Sie will nach ihm suchen und ihm Bescheid sagen.

Das Auto ist noch da. Auf dem Friedhof ist kein Mensch. Alle Gräber haben Steine. Da sind Kränze aus Torfmoos, und manche haben Lichter. Der Kies macht Geräusche, wenn sie läuft. An der Seite ist dieser Graben. Sie will ihn nicht ansehen, aber sie weiß trotzdem genau, wie er aussieht. Man sieht, wie es unten in der Erde aussieht, wenn man sie aufgegraben hat. Zuerst ist es ein bißchen schwarzgrau, und dann ist es bräunlich, fast rot. Da sind nur dieser Kies und der Sand. Und außerdem die Kabel. Ein schwarzes, dickes und zwei kleinere, ein rotes und ein weißes. Die sind ab. Man sieht dünne Metalldrähte darin, sie haben ausgefranste Enden. In diesen Drähten muß der Strom fließen. Jetzt kommt er nicht an.

Es ist schwierig, die Tür aufzukriegen. Sie ist schwer und hat einen großen Eisenschlüssel, den man rumdrehen muß. Es quietscht, und sie hat Angst, daß er sie drinnen hören kann. Aber sie muß ja sowieso mit ihm reden.

Zuerst sind da ein grauer Raum und noch eine Tür. Eigentlich zwei, mit gelbbraunem Samt an den Kanten. Die wispern, wenn sie aneinanderreiben. Darüber steht DIES IST DAS HAUS DES HERRN oder so. Sie schafft es nicht, alles zu lesen. Die Kirche ist groß und riecht irgendwie nach Holz. Es ist kalt. Fast so wie draußen. Hier drinnen ist sie noch nie gewesen. Die andern fanden, daß sie bei der Beerdigung nicht dabeisein sollte. Sie mußte mit Ingela, das ist ihre Cousine, obwohl die viel älter ist, bei Oma zu Hause bleiben. Ingela sagte, daß sie Angst hatten, Mariella würde zu heulen anfangen, deswegen durfte sie nicht mit. Ganz vorn steht ein Tisch. Der sieht eher aus wie eine Kommode mit einem langen weißen Tuch. Auf dem Tisch stehen Kerzenständer und eine Vase mit Tulpen. Darüber ist ein großes Bild mit einer Menge Leute in Tüchern. Sie richten die Augen nach oben. Dort sind Wolken.

Den Pfarrer kann sie nirgends entdecken. Aber dann hört sie ein leises Geräusch. Zunächst ist ihr nicht klar, woher es kommt. Sie geht näher an den Tisch und das Bild und bleibt bei einer Figur stehen, die irgendwie geradeaus guckt. Es ist eine Frau. Sie ist aus altem, dunklem Holz, das kleine Löcher hat, und da ist Stoff, der auch aus Holz gemacht ist. Ihre Kleider liegen in Falten, und sie hat einen Holzstoff auf dem Kopf. Sie hält die Arme, als ob sie etwas tragen würde. Aber das tut sie nicht. Am linken Arm ist keine Hand. Da ragt nur ein Eisenstab raus.

Da ist wieder das Geräusch zu hören. Sie entdeckt eine Tür, die halb offensteht. Um dorthin zu kommen, muß sie über einen Teppich gehen, auf dem feine Muster sind. Es ist nicht sicher, ob man das darf, also versucht sie daneben zu gehen. Nur das letzte Stück tritt sie auf den Teppich. Dann steht sie in der Tür. Sie hat sie ein Stückchen aufgestoßen und gedacht, daß er das hören würde, weil die Tür geknarrt hat. Er steht mit dem Rücken zu ihr an einem Schrank. Er sieht normal aus, aber sie weiß, daß das der Pfarrer ist. Als er vor der Beerdigung zu Oma ins Haus kam und mit Ann-Britt redete, hatte er diese Jacke an. Das Hemd ist rot und hat eine Art Polokragen. Das ist die geistliche Tracht, hat Ann-Britt gesagt.

Er hat Silberschalen in den Händen, als er sich umdreht, und er will sie gerade in eine Tasche packen, wie er sie entdeckt.

»Der Strom ist ab«, sagt sie.

Er hält den Kopf schräg. Sie sagt es noch mal.

»Der Strom ist ab! Jemand hat die Leitungen abgeschnitten.«

Sein Gesicht erstrahlt.

»Der Graben«, sagt sie.

Endlich. Er guckt hoch, fast wie die auf dem Bild. Das heißt wohl, daß er versteht. Und dann nickt er unzählige Male. So wie Björne. Sie findet, daß alles zu langsam geht. Und da gerät sie völlig aus dem Häuschen und fängt zu heulen an.

»Aber mein liebes Kind«, sagt er.

Er versucht auch, sie anzufassen.

»Lassen Sie das!« schreit sie.

Der Pfarrer weicht etwas zurück.

»Gehen Sie raus, und schalten Sie den Strom ein!«

Er fragt sie mit höchst trauriger Pfarrerstimme, ob sie die Kabel im Graben meint. Natürlich meint sie die.

»Da sind Reparaturarbeiten, verstehst du. Das ist bald wieder in Ordnung. Findest du es kalt hier? Wir werden den Gottesdienst statt dessen im Gemeindezentrum feiern. Willst du da nicht auch mit deiner Mama und deinem Papa kommen? Wo wohnst du denn?«

»In Tallkrogen. Wann schalten sie den Strom wieder ein?«

»Ende nächster Woche«, antwortet er. »Es ist nur an diesem Sonntag, daß ...«

»Aber da ist es doch schon zu spät!«

Er hat vielleicht nicht daran gedacht. Aber es sieht tatsächlich so aus, als ob er nicht verstehen würde, daß es gefährlich ist, wenn der Strom so lange abgestellt ist. Oder aber es gibt noch andere Leitungen.

»Ist da noch ein andrer Strom in den Gräbern?« fragt sie.

Er guckt ein bißchen komisch drein und setzt sich auf den Stuhl neben dem kleinen Tisch. Er zupft mit den Fingern an einigen Papieren, und dann sagt er, daß in den Gräbern kein Strom ist. Mariella findet, daß er sich anhört wie im Radio. Wie in so einem Hörspiel.

»In Rosemaries Grab ist jedenfalls Strom.«

»Nein, liebes Kind ... warum denkst du das? Zu den Gräbern gibt es keinen Strom. Die Lichter ... das sind Stearinkerzen, verstehst du? Oder Paraffin. Solche, die lange brennen.«

»Ich meine nicht den Strom für die Lichter. Ich meine den Tiefkühlstrom.«

Er schweigt lange, und sie wartet und wartet darauf, daß er etwas sagt. Sie kriegt wieder heftiges Bauchweh. Und sie hat das Gesicht verzogen, obwohl sie das gar nicht tun wollte.

Auf dem Tisch ist eine längliche Schale, und in der Schale liegen ein Stift und ein Kamm mit Haaren. Er hat den Kamm genommen und sitzt nun da und dreht ihn herum.

»Meinst du Rosemarie Andersson? War das deine Schwester?«

So was Blödes. Er scheint begriffsstutzig zu sein. Sie mußte ihm doch unbedingt guten Tag sagen, als er bei Oma im Haus war. Ann-Britt sagte, daß sie Rosies kleine Schwester ist.

»Warum sollte da Strom sein?« fragt er beinahe flüsternd.

»Damit sie aufgeweckt werden kann.«

Dann sitzt er da und leckt sich die Lippen, und sie findet, daß nur noch mehr Zeit vergeht, und sie denkt an die Leitungen da draußen, das grobe, schwarze Kabel und die beiden kleineren.

Man könnte die Drähte zusammendrehen und ein Isolierband drum herumkleben.

»Verstehst du, in den Gräbern gibt es überhaupt keinen Strom. Keineswegs gefriert man ... das geht nicht so vor sich.«

»Auch nicht alle. Das weiß ich schon. Aber sie war jedenfalls tiefgefroren. Und darum brauchte sie nicht verbrannt werden. Sie soll so bleiben, hat Mama gesagt. Deswegen ist sie hier begraben. Oma wohnt hier. Und außerdem ist es hier billiger.«

Jetzt schwingt er auf dem Stuhl herum. Obwohl der alt wirkt, hat er kleine Räder. Der Pfarrer fährt vorwärts und versucht nach ihr zu greifen. Er hat Flecken auf dem lilaroten Hemd. Mariella weicht zurück. Er sitzt breitbeinig da und hat die Hände ausgestreckt. Dann zieht er sie zurück.

»In den Gräbern gibt es überhaupt keinen Strom«, sagt er. »Auch nicht in Rosemaries. Das kann ich dir wirklich versprechen. Du brauchst keine Angst zu haben wegen des Stromausfalls. Es ist nur ein bißchen kalt in der Kirche. Und außerdem muß man Stearinkerzen anzünden, wenn man im Dunkeln hereinkommt. Ansonsten macht das nichts, verstehst du. Nein, nein, es gibt keinen Strom. So geht das nicht vor sich. Siehst du, man braucht keinen Strom.«

Er hat so lange geredet, daß er jetzt ein Spuckekügelchen im Mundwinkel hat.

»Dann kann sie ja nicht aufgeweckt werden.«

»Weißt du, was ich bei der Beerdigung gesagt habe? Warst du da nicht dabei?«

Er ist dumm. Er weiß doch, daß sie nicht dabei war. Sie waren nur zu fünft.

»Jesus Christus ist die Auferstehung. Das habe ich gesagt. Ich las das aus diesem Buch vor.«

Er klopft auf ein Buch auf dem Tisch und sagt:

»Der Herr Jesus Christus wird dich am Jüngsten Tag auferwecken.«

»Dann ist sie ja kaputt.«

»Nur der Körper, verstehst du. Man kann sagen, daß Rosemarie trotzdem lebt. Daß sie jetzt ein anderes Leben hat.«

»Was für ein Leben?«

»Ihre Seele ist da. Die ist die ganze Zeit da.«

Da kapiert sie, daß er versucht, sie an der Nase herumzuführen. Er widerspricht sich doch selbst. Wenn sie jetzt lebt, braucht sie nicht aufgeweckt zu werden. Daran hat er zuerst nicht gedacht. Und jetzt versucht er, es wegzureden.

»Liebes Kind, wie hast du dir das denn vorgestellt? Es geht nicht, jemanden aufzuwecken, der tiefgefroren ist. Wirklich nicht.«

»Das weiß ich schon. *Jetzt* nicht. Aber die Wissenschaft wird es erfinden. Deswegen muß da Strom sein, bis sie es erfunden haben.«

»Wir werden darüber sprechen, du und ich. Es ist so kalt hier. Möchtest du mit mir in ein anderes Haus kommen? Ins Gemeindezentrum. Ich werde es dir erklären.«

Doch Mariella will nicht mehr mit ihm reden. Er wird nicht versuchen, die Leitungen zu reparieren. Das ist ganz klar. Es juckt ihn gar nicht. Sie geht zuerst rückwärts, und als sie bei der Tür ist, dreht sie sich um und rennt durch die kalte Kirche. Es geht leichter, die schwere Tür von innen aufzumachen, und er holt sie nicht ein. Als sie auf das Feld hinauskommt, traut sie sich, langsamer zu laufen.

Anfangs sieht sie alles sehr deutlich. Ihre eigenen Spuren im Lehm und die Stoppeln von einigen Halmen, die überall aus dem erdigen Feld ragen. Dann wird allmählich alles diesig, und sie macht den Mund auf, denn das Heulen tut so weh. Es läuft bloß aus dem Mund und aus der Nase und den Augen, und es tut innerlich weh. Es ist, als ob jemand sie schütteln würde. Sie hat ja begriffen, daß in dem Grab noch nie Strom war. Er hat auch noch eine Menge anderes gesagt. Eine Menge Geschwätz. Aber das mit dem Strom stimmte. Das hat man gemerkt.

Sie hat die ganze Zeit gedacht, daß sie nicht heulen wird, weil es dann so gräßlich wird. Wenn Mariella heult, fängt auch Ann-Britt an, und dann ist alles so aussichtslos. Sie läuft aber doch zu Omas Haus und die drei Treppenstufen, die aus Holz sind, hinauf. Als sie die Tür aufmacht, ist Ann-Britt schon da und nimmt sie in Empfang. Da schreit Mariella, merkt es selber aber fast nicht. Hinterher erinnert sie sich, daß sie wie ein kleines Kind schrie und daß Ann-Britt sie hochhob und hin- und herwiegte. Ihre Beine hingen natürlich herunter. Sie spürte, wie sie nachschleiften. Dann war da diese rosa und blaue Decke. Ann-Britt schloß die Tür zur Küche, und als Oma hereinkommen wollte, sagte sie: »Pst! Geh einen Moment raus.«

Sie saß mit ihr auf dem Sofa, und Mariella denkt, daß es eine gute Weile war. Ann-Britt fing nicht selber zu heulen an, sie tätschelte ihr nur den Rücken und brummelte die ganze Zeit, als Mariella von den Leitungen erzählte. Jetzt liegt Mariella allein in dem Zimmer, weil Oma vorsichtig an der Tür klopfte, und dann war ihre Stimme zu hören: »Jetzt kommt der Pfarrer.«

Da legte Ann-Britt Mariella hin. Sie schloß die Tür, als sie hinausging. Aber es ist alles zu hören. Guten Tag, guten Tag. Er hat schon wieder diese traurige Stimme, wie in einem Hörspiel. Sie achtet nicht darauf, was er sagt. Aber sie hört Ann-Britt: »*Hätten Sie sie denn nicht in diesem Glauben lassen können?*«

Sie hat so eine komische Stimme. Eine wütende. Und dann kommt seine Stimme und eine Unmenge Worte. Über den Glauben und so. Über die Bibel. Aber Ann-Britt ist nur böse. Sie sagt noch mal dasselbe, und jetzt schreit sie.

»Warum sollte sie denn nicht in diesem Glauben bleiben? Das ist doch wohl ihre Sache!«

Und dann sagt sie etwas leiser, aber Mariella hört es trotzdem, weil sie sich aufgesetzt hat und jetzt genau hinhört: »Haben Sie schon davon gehört, daß Kinder Magengeschwüre kriegen? Hä? Haben Sie davon gehört? In einem Land, wo kein Krieg ist?«

Einmal stauchte sie ein paar Jungs zusammen, die Mariella auf der Treppe piesackten. Sie hatten ihr ein Halstuch um den Mund gebunden, damit sie nicht schreien konnte. Aber Ann-Britt hörte trotzdem, daß etwas im Busch war, und kam raus. Da hörte sie sich so an wie jetzt. Aber der Pfarrer redet wieder genauso wie in der Kirche.

»Gehen Sie jetzt«, sagt Ann-Britt. »Gehen Sie, bitte.«

Aber er will bestimmt nicht gehen. Er sagt, daß sie versuchen muß, zu verstehen, daß er mit so was nicht einverstanden sein kann. Er findet es schlimm, daß man das Mädchen so was hat glauben lassen. Daß man ihr das gesagt hat.

»Das hat ihr niemand gesagt. Das glaubt sie von sich aus. Hätte ich ihr da widersprechen sollen? Hätte ich sagen sollen, daß ihre Schwester dort liegt und verwest?«

»Sie hätten mit mir sprechen können. Ich hätte es ihr erklären können. Es auf die richtige Art erzählen.«

»Man sieht ja, was dabei herauskommt, wenn Sie etwas erklären. Sie ist ja am Boden zerstört. Gehen Sie jetzt. Gehen Sie.«

Er ist wohl auf dem Weg zur Tür, seine Stimme ist jetzt nämlich weiter weg.

»Ich kann nicht mit allem möglichen einverstanden sein«, sagt er. »Ich denke doch, daß Sie das verstehen. Die christliche Lehre ...«

Man hört, daß jemand die Tür aufmacht.

»Meine Theologie.«

»Ihre was?« fragt Ann-Britt.

Dann hört Mariella, daß die Tür zuschlägt. Es muß Ann-Britt sein, die sie zumacht. Sie ist so böse.

MALIK

Kerstin Ekman
Winter der Lügen

Roman. Aus dem Schwedischen von Hedwig U. Binder. Geb.

Das neue Meisterwerk von Kerstin Ekman, der Autorin von »Geschehnisse am Wasser«. Das Mietshaus in einer Provinzstadt unweit von Stockholm ist Schauplatz eines ungewöhnlichen Krimis, der sich im schneereichen schwedischen Winter abspielt: Was ist mit der Vermieterin, der mysteriösen Tante Wallin, passiert?
In diesem raffiniert konstruierten Roman beweist die große schwedische Autorin Kerstin Ekman einmal mehr ihr einfühlsames psychologisches Gespür und ihre erzählerische Begabung, mit der sie vor dem Leser kunstvoll eine literarische Kriminalgeschichte ausbreitet.

MALIK

Catherine Lim

Das Amulett aus Jade

Roman. Aus dem Englischen von Reiner Pfleiderer.
396 Seiten. Geb.

Das einzige, was die Mutter ihrer Tochter mitgeben kann und was sie später an ihre Herkunft erinnern wird, ist ein kleines Amulett aus Jade. Han ist störrisch und aufsässig und gliedert sich in ihr neues Leben erst ein, nachdem sie sich mit dem Sohn des Hauses angefreundet hat. Solange die beiden Kinder sind, wird die Freundschaft von den Eltern Wu noch toleriert, doch als der inzwischen herangewachsene Master Wu mit Li-Li – der jungen Tochter einer reichen Familie – standesgemäß verlobt wird, nimmt die Liebesbeziehung zwischen Han, der unwürdigen Dienerin, und Master Wu, dem vielversprechenden Sohn aus gutem Hause, eine dramatische Wendung ...
Diese Liebesgeschichte aus den fünfziger Jahren unseres Jahrhunderts entfaltet sich vor dem Hintergrund eines asiatischen Herrschaftshauses mit seinen faszinierenden, aber auch grausamen Sitten und Bräuchen. Erst nach Jahren wird es Han gelingen, aus der abgeschlossenen Welt, in der ganz eigene Regeln, Rituale und Geheimnisse herrschen, auszubrechen; ihr Sohn jedoch wird der neue Stammhalter Wu.

Yannick Murphy

Jenseits der Sümpfe

Aus dem Amerikanischen von Susanne Hornfeck.
286 Seiten Geb.

Yannick Murphy erzählt in diesem faszinierenden Erstlingsroman, der von der amerikanischen Kritik mit dem »Liebhaber« von Marguerite Duras verglichen wurde, die Geschichte ihrer eigenen Mutter, die in Südostasien aufgewachsen ist.
Ein eindringlicher Roman über den Krieg und die Liebe, der im Indochina der vierziger Jahre spielt: Tian, Tochter eines Chinesen und einer Französin, wird nach dem Einmarsch der Japaner in Shanghai mit ihren Eltern und ihrer Amah, dem chinesischen Kindermädchen, gefangengenommen und in ein Lager gesperrt. Zunächst gelingt es nur den Frauen, über Saigon nach Frankreich zu fliehen, doch als auch Tians Vater endlich zu ihnen stößt, nimmt die Ehe ihrer Eltern eine dramatische Wendung. Für Tian selbst beginnt jedoch bald ein neues Leben mit einem jungen Amerikaner

MALIK

Justine Lévy

Rendezvous mit Alice

Roman. Aus dem Französischen von Christiane Filius-Jehne.
174 Seiten. Geb.

Alice war nie da, und wenn, dann kam sie nie pünktlich; und war sie doch mal zu Hause, hatte sie unmögliche Typen dabei. Mal rauchte sie Marihuana, mal klaute sie was im Laden um die Ecke, und oft vergaß sie, die Telefonrechnung zu bezahlen. Aber sie war schön – wunderschön und charismatisch und damals, Anfang der siebziger Jahre, mehr als einmal auf der Titelseite von Vogue oder Elle. Manchmal kümmerte sie sich sogar liebevoll um ihre kleine Tochter Louise.

Louise ist mittlerweile achtzehn. Sie sitzt in einem Café an der Place de la Sorbonne und wartet auf ihre Mutter, wieder einmal läßt sie auf sich warten. Während Louise noch schwankt, ob sie traurig, enttäuscht oder einfach nur sauer sein soll, bestürmen sie Erinnerungen an ihre ziemlich chaotische Kindheit, in der sie hin und her gerissen war zwischen ihrer selbst so liebebedürftigen Hippie-Mutter und einem meist abwesenden Vater. Für Louise lohnt sich das Warten, denn ihr wird bewußt, was sie ihrer Mutter verdankt: Reife und Selbständigkeit. Und dafür liebt sie sie.

MALIK

Shay Youngblood

Soul Kiss

Roman. Aus dem Amerikanischen von Astrid Arz.
230 Seiten. Geb.

Für die siebenjährige Mariah, die ihren Vater nie kennengelernt hat, ist ihre schöne Mutter Coral der Dreh- und Angelpunkt ihres Lebens. Die Tage der beiden sind erfüllt von Geschichten, Zärtlichkeiten und der Geborgenheit, die die Mutter dem kleinen Mädchen gibt.
Doch eine gescheiterte Liebesgeschichte wirft Coral dann aus der Bahn: Um Mariah vor ihrer Verzweiflung zu schützen, bringt sie sie bei zwei alten Tanten in Georgia unter – mit dem Versprechen, sie bald zu sich zurückzuholen. Mariah wartet jahrelang vergeblich; sie verbringt ihre Zeit mit Cellostunden, mit Kirchgängen und mit ihrer besten Freundin Joy, die für sie bald mehr ist als nur eine Vertraute. Die Sehnsucht nach ihrer eigenen Familie verzehrt sie so sehr, daß sie sich, als Vierzehnjährige, auf die Suche nach ihrem Vater macht…
Ein zarter, poetischer Roman über die erotischen Verwirrungen eines jungen Mädchens, das am Ende erkennt, was wirklich Liebe ist.